Marie Vieux-Chauvet
Der Tanz auf dem Vulkan

Marie Vieux-Chauvet

Der Tanz
auf dem Vulkan

Roman

Aus dem Französischen übersetzt
von Nathalie Lemmens
Mit einem Nachwort von Kaiama L. Glover

MANESSE VERLAG

Vorbemerkung der Autorin

Dieses Buch entstand auf der Grundlage historischen Materials. Die beiden Protagonistinnen und alle weiteren Hauptfiguren haben wirklich gelebt und treten unter ihren tatsächlichen Namen auf. Die wichtigsten Ereignisse in ihrem Leben sowie die geschilderten historischen Begebenheiten entsprechen den Tatsachen.[1]

«Dies ist die Geschichte zweier mit Talent überreich gesegneter farbiger Mädchen. Lächelnd überwanden sie die Hindernisse, die Menschen ihrer Rasse in den Weg gestellt wurden, durchbrachen die kolonialen Vorurteile, den Neid und den Hass und erklommen, getragen vom Überschwang der begeisterten Menge, gemeinsam die Stufen des Ruhms ...»[2]

Jean Fouchard, Le Théâtre à Saint-Domingue

I

Ganz Port-au-Prince hatte sich an diesem Junitag auf den Kaimauern eingefunden und erwartete freudig die Ankunft eines neuen Gouverneurs. Seit zwei Stunden hielten bewaffnete Soldaten eine riesige Menschenmenge in Schach, in der Männer, Frauen und Kinder aller Hautfarben versammelt waren. Die Mulattinnen[3] und schwarzen Frauen, die wie üblich ein wenig abseits standen, hatten sich größte Mühe gegeben, um mit der Eleganz der weißen Kreolinnen[4] und der Europäerinnen zu konkurrieren. Hin und wieder berührten die gestreiften oder geblümten Kattunröcke der *affranchies*[5] im Vorübergehen demonstrativ die schweren Taftröcke und die duftigen *gaules*[6] aus transparentem Musselin der Weißen. Die hier wie dort nur notdürftig von zarten, durchscheinenden Miedern verhüllten Busen zogen die erfreuten Blicke der Männer auf sich, die trotz der entsetzlichen Hitze an diesem Sommermorgen samtene Anzüge trugen, dazu plissierte Jabots, Gehröcke und, als sei das alles noch nicht genug, Westen. Unter ihren Lockenperücken schwitzten sie schlimmer als Sklaven. Welch ein Segen war es da, wenn die Frauen hochmütig ihre Fächer wippen ließen. Die farbigen Frauen, denen ein neues Gesetz das Tragen von Schuhen verbot, wirkten durch den Schmuck an ihren Zehen nur umso origineller und begehrenswerter. Beim Anblick ihrer diamantengeschmückten Füße bereuten die weißen Frauen, die neue Vorschrift gegen «diese Kreaturen» gefordert zu haben, die es gewagt hatten, ihre Kleidung und ihre Frisuren zu imitieren.

Sie hatten sich beim Gouverneur über dieses unverzeihliche Vergehen beschwert und Gerechtigkeit gefordert, ohne einzugestehen, dass sie dadurch lediglich Rivalinnen bestrafen und demütigen wollten, von denen sich ihre Liebhaber und Ehemänner allzu sehr angezogen fühlten. Die Gesetze der Gesellschaft waren seit jeher mächtig. Mühelos errangen sie den Sieg gegen die aus der minderwertigen Rasse der Sklaven hervorgegangenen *affranchies*.

Doch nun schmückten «diese Kreaturen», zweifellos aus Rache, ihre Füße mit Juwelen, die ihnen von weißen Männern geschenkt worden waren. Das war der Gipfel der Unverschämtheit. Trotzdem konnte niemand umhin, zuzugeben, dass sie hinreißend waren, kokett und betörend. Unübertroffene Meisterinnen darin, ihre schön geschwungenen Taillen, die provozierenden Rundungen ihrer Brüste und ihre geschmeidigen, breiten Hüften zur Geltung zu bringen. Die Vermischung so unterschiedlichen Blutes hatte in ihnen wahre Wunder an Schönheit hervorgebracht. Und das wiederum war von der Natur selbst unverzeihlich.

Die Offiziere in ihren blitzenden Uniformen, die sich jede Frau, ob weiß oder farbig, als Liebhaber wünschte, schielten unverhohlen nach den schwarzen Schönheiten, an deren kunstvoll geknoteten Kopftüchern ebenso viele Juwelen funkelten wie an ihren Füßen. Das Dekolleté halb entblößt, lächelten sie ihnen zu, und ihre perfekten Zähne zeichneten sich wie ein leuchtendes Band auf ihren dunklen Gesichtern ab. Hin und wieder erklang schallendes Gelächter. Doch die lärmende Fröhlichkeit war nur vorgetäuscht, und in den Blicken lauerten Verachtung, Hass und Provokation.

Unter den Frauen von Saint-Domingue tobte ein Kampf auf Leben und Tod, ausgelöst durch eine Rivalität, die in jener Zeit sämtliche Beziehungen prägte: die Rivalität zwischen weißen Plantagenbesitzern und landlosen Weißen[7], zwischen Offizieren und Regierungsbeamten, zwischen Neureichen ohne Namen oder Titel und Angehörigen des französischen Hochadels, dazu die Rivalität zwischen den weißen Grundbesitzern und jenen aus der Klasse der *affranchis*, zwischen den Haussklaven und den Feldsklaven. Zusammen mit dem Groll der *affranchis* und dem stummen Protest der afrikanischen Schwarzen, die wie Vieh behandelt wurden,[8] erzeugte dieser Zustand eine nie nachlassende Anspannung, die die Atmosphäre seltsam drückend machte.

Das war zweifellos der Grund dafür, dass man trotz des regen Treibens, des Gelächters, der prächtigen Kleider und der Perücken eine vage Bedrohung zu spüren meinte. Auch wenn nach außen hin nichts davon zu erkennen war. Wie stets bei öffentlichen Festlichkeiten reihten sich in den Straßen sechsspännige Karossen, Kutschen mit Dachsitz und leichtere Chaisen[9] aneinander. Die prächtigen Uniformen der Offiziere, die eleganten Anzüge der Kolonisten, die goldgesäumten Kutschen und die frisierten, geschminkten, behandschuhten, mit Blumensträußchen geschmückten Frauen bildeten im Zusammenspiel mit den Bäumen, dem strahlend blauen Himmel und der gleißenden Sonne ein herrliches Tableau. Lachend blieb man vor den Auslagen der Juweliere und der Parfümeure stehen, und die Frauen nahmen mit verheißungsvollen Blicken die Geschenke der Männer entgegen. Gruppen aneinandergeketteter Sklaven wurden von ihren Herren vorbeigeführt, und ab und an hörte man den scharfen Knall einer Peitsche, die auf einen nackten Oberkörper traf.

Plötzlich erhob sich aus der Menge lautes Geschrei: Das königliche Schiff war in Sicht gekommen. Sogleich begannen die Glocken zu läuten, Kanonen wurden abgefeuert. Mit Bannern und Kreuzen, Zierrat und Weihrauchfässern erwarteten die Geistlichen unter einem Baldachin das Eintreffen des neuen, vom König ernannten Gouverneurs.

Hundert Männer stiegen in Schaluppen und ruderten ihm entgegen. Als er an Land kam, applaudierte die Menge, Rufe erschallten: «Lang lebe Seine Majestät der König von Frankreich», und man geleitete ihn zur Kirche. Neugierige kleine Kinder wehrten sich dagegen, zur Seite gedrängt zu werden. Beschimpfungen wurden laut. Einige Frauen nutzten die Gelegenheit, ihren Rivalinnen Beleidigungen zuzurufen. Eine junge Mulattin heftete ihren Blick auf einen Offizier, der zu ihr herübersah. Er hielt eine blonde Frau am Arm, deren ganze Aufmerksamkeit auf das Spektakel gerichtet war. Die Mulattin nahm ein Blumensträußchen von ihrem Mieder und warf es dem Mann zu, der es lächelnd auffing. Sofort fuhr die blonde Frau herum.

«Du dreckiges Negerweib[10]», schrie sie die Mulattin an, «wenn du jemanden brauchst, der dein Feuer löscht, dann such dir einen Sklaven, die helfen dir gern.»[11]

Wortlos sah sich die Mulattin nach den Soldaten um.

Wie sollte sie dieser weißen Hure bei so vielen Uniformen um sich herum ihre Schmähungen heimzahlen? Wenn doch bloß die Soldaten nicht wären, dann würde sie ihr die Augen auskratzen! Doch nach reiflicher Überlegung zog sie es vor, dreist lächelnd die Achseln zu zucken.

Sie trug einen langen weißen, mit roten Blüten bedruckten Leinenrock, und das Batistmieder, das er an ihrer Taille umschloss, war so durchsichtig, dass darunter ihre Brüste zu sehen waren. Das Brusttuch, das sie sich nachlässig um die Schultern gelegt hatte, fiel ihr spitz über den Rücken und ließ den Ausschnitt des Mieders frei. Der hohe *madras*[12] saß schräg auf ihrem Kopf, sodass er die rechte Braue halb verdeckte, und die falschen Juwelen, mit denen er geschmückt war, funkelten in der Sonne. In geschmeidigem, wiegendem Gang folgte sie langsam der Menge, wobei sie sich mit koketten, aufreizenden Blicken umsah.

Jemand rief: «Tausendlieb». Lächelnd drehte sie sich um und winkte.

«Wo bist du denn abgeblieben? Ich sehe dich ja gar nicht mehr», rief sie auf Kreolisch.

Ein Mann trat zu ihr. Es war ein Weißer in Leinenrock und -hose, ohne Perücke und Schnallenschuhe.

«Du lässt dich nicht mehr trösten, obwohl sie dir immer noch Hörner aufsetzt?», fragte sie mit einem fröhlichen Lachen.

«Ich habe mich mit dem Gehörntsein abgefunden», antwortete der Mann und nahm ihren Arm. «Komm, Tausendlieb, lass uns im nächsten Wirtshaus etwas trinken. Ich kenne einen Wirt, der macht einen fabelhaften Punsch mit Tafia[13] …»

«Tafia … Wenn das alles ist, was du mir zu bieten hast …!»

«Meinetwegen, komm mit und bestell, was du willst.»

«Süßen Bordeauxwein, den mag ich.»

Sie gingen davon, während sich die Menge auf dem weitläufigen Platz allmählich auflöste. Unter lautem Hufgeklapper fuhren von schwarzen Kutschern gelenkte Karossen durch die Straßen.

Zwei kleine Mädchen, das eine zwölf, das andere zehn Jahre alt, gingen Hand in Hand nebeneinanderher. Sie waren barfuß, ärmlich gekleidet in ausgebleichte Kattunröcke und Mieder, die von Nadeln züchtig zusammengehalten wurden, und trugen das Haar offen. Mit ihrer goldenen Haut und dem langen Haar hätte man sie für zwei mittellose weiße Mädchen halten können. Doch wer genauer hinsah, bemerkte, dass schwarzes Blut ihren Zügen jenen besonderen Reiz, jene Spur von Andersartigkeit verlieh, die ein Weißer auf den ersten Blick erkannte. Vor allem die Ältere war mit ihren sinnlichen Lippen, den schwarzen, zu den Schläfen hin verlängerten Augen und dem widerspenstigen Haar der Inbegriff einer *mestive*[14]. Wie sie so Hand in Hand dahingingen, wirkten sie brav und folgsam, doch der Anschein wurde durch ihre neugierig blitzenden Augen Lügen gestraft.

«He, Minette», rief plötzlich eine dicke, farbige Frau, die einen schweren Korb mit Vorräten in der Hand hielt, auf Kreolisch, «wo willst du denn mit deiner kleinen Schwester hin? Sieh zu, dass du nach Hause kommst, sonst macht sich deine Mutter noch Sorgen ...»

Kaum hatte sie den Satz beendet, da rannte Minette auch schon los und zog ihre Schwester hinter sich her. Achtlos liefen sie an den Läden und den Zeltbuden der erst kürzlich aus Frankreich eingetroffenen Akrobaten vorbei und erreichten keuchend die Ecke der Rue Traversière. Eine Hand aufs Herz gedrückt, sahen sie einander lachend an. Die Straßenkrämerinnen hatten ihre Waren vor die Tür gestellt und bemühten sich, durch lautes Rufen die Aufmerksamkeit der Passanten zu erregen. Mühsam bahnten sich die beiden einen Weg durch das lärmende Gewühl, bis sie bei einem bescheidenen Häuschen anlangten, dessen schmale hölzerne Balken weiß gekalkt waren.

«Minette, Lise, wo seid ihr gewesen?»

Eine fünfunddreißig bis vierzig Jahre alte Mulattin, deren mageren, müden Zügen noch ein Rest der früheren Schönheit anhaftete, erhob sich von einem kleinen Schemel vor ihrer Haustür und kam den beiden Mädchen entgegen.

«Los, antwortet. Wo wart ihr, so schmutzig, so nachlässig angezogen und dazu noch barfuß?»

Ihr Gang hatte etwas Schwerfälliges, als sei sie müde. Alles an ihr wirkte erloschen: ihr Blick, ihre Stimme, sogar ihr Lächeln. Minette ließ die Hand ihrer Schwester los, rannte zur Mutter und schlang die Arme um deren Taille.

«Wir wollten den ‹General›[15] sehen, der gerade angekommen ist. Oh, Maman, es war so wunderschön! Wir haben elegante Damen und Herren gesehen und singende Matrosen ...»

«In diesem Aufzug?», fiel die Mutter ihr ins Wort. «Ihr könnt von Glück reden, dass euch niemand für zwei entlaufene Sklavinnen gehalten hat!»

«Uns, Maman? Oh, nicht doch ...», entgegnete Minette so selbstgewiss, dass ihre Mutter lächelte.

Sie führte sie ins Haus und stellte ihnen unter sanftem Geplauder Reis und rote Erbsen hin, die sie zum Mittagessen für sie aufbewahrt hatte.

«Euer Essen ist kalt geworden, das geschieht euch recht», sagte sie und ging wieder hinaus auf die Straße.

Die beiden Mädchen aßen mit herzhaftem Appetit, spülten ihre Teller und Becher ab und setzten sich dann zu ihrer Mutter zwischen die bunten Kopftücher, den schlichten Schmuck, die Seifenstücke und das billige Parfüm.

«Hallo, *m'sieur*, hallo, *m'dame*, hübsche Tücher, duftende Seifen, schauen Sie her, schauen Sie her ...», stimmten sie in die Rufe der übrigen Krämerinnen ein.

Aus dieser Straße stammten ihre frühesten Erinnerungen. Hier in der Rue Traversière hatten sie ihre ersten Bekanntschaften geschlossen. Alle, die sie kannten, verkauften billigen Tand wie ihre Mutter. Was sie um sich herum sahen, gab ihnen keinerlei Anlass zur Sorge. Mit ihren ersten Blicken hatten sie gelernt, die farbigen Kinder von den weißen zu unterscheiden, die reichen weißen Kolonisten von den armen Weißen und die Sklaven von den *affranchis*, zu denen auch sie gehörten. Seit ihren ersten Schritten hatten sie gewusst, dass es Orte gab, die sie niemals würden betreten dürfen; in der Kirche hatten sie Plätze für die Weißen gesehen und andere für die Schwarzen. Nicht ohne Neid hatten sie wahrgenommen, dass die Kinder der Weißen zur Schule gingen, während sie selbst nur im

Verborgenen lesen lernen durften. Die Mutter war ihre erste Lehrerin gewesen und hatte ihnen abends, im Schein der kleinen Lampe, deren schwaches Licht auf die Fibel fiel, die Buchstaben des Alphabets beigebracht. Damit endete ihr Wissen, und das bekümmerte sie, denn sie hegte für ihre Töchter ehrgeizigere Träume. Da sie nicht genug Geld hatte, um einen weißen *poban*[16] zu bezahlen, der bereit gewesen wäre, sie auf eigenes Risiko heimlich zu unterrichten, suchte sie geduldig unter den *affranchis* nach einem Lehrer, der weniger verlangte.

Bis es so weit war, wuchsen Minette und Lise wie all die anderen Kinder in ihrem Viertel ohne Bildung auf. Es gab unter ihnen eine hübsche Mulattin von vierzehn Jahren, die alle nur «das verrückte Ding» nannten, weil sie närrisch war: Sie ließ sich auf offener Straße von den Jungen küssen. Doch Nicolette, das rief Jasmine ihren Töchtern oft in Erinnerung, hatte weder Vater noch Mutter, die auf sie aufpassten. «Ach, das a'me Waisenkind», riefen die Frauen der Nachbarschaft in ihrem schleppenden Kreolisch, «de' ist nicht meh' zu helfen ...» Es gab auch einen kleinen *mestif*[17] mit lockigem Haar und schön gezeichneten Lippen, dem eine weiße Dame namens Madame Guiole den Spitznamen Pitchoun[18] gegeben hatte. Einen anderen Namen hätte man für ihn auch nicht gewusst, denn obwohl sein Vater mit seiner Mutter, der Mulattin Ursule, in wilder Ehe lebte, hatte er sich geweigert, den Jungen anzuerkennen, da er seine Haut zu dunkel fand. Pitchoun liebte es, die Soldaten vorbeimarschieren zu sehen, und er träumte davon, später selbst einer von ihnen zu werden. Er bewunderte ihre Uniformen, aus blauem Nankingstoff[19] für die *affranchis* und aus weiß-rotem Stoff für die Weißen. Er bastelte Säbel aus Karton oder Holz und sang Kriegsmärsche, die ihm sein Lehrer beibrachte. Denn als privilegierter *affranchi* hatte er einen weißen Lehrer und lernte bei Madame Guiole das Handwerk eines Goldschmieds. Obwohl Monsieur Sabès keinerlei Zuneigung für seinen Sohn empfand, hatte er sich Ursules Flehen gebeugt. Dabei war sie so sanftmütig und ängstlich, dass sie nicht einmal zu protestieren wagte, wenn Monsieur Sabès das Kind grundlos schlug und es dabei als kleinen Neger beschimpfte. Mutter und Sohn vergötterten einander. Das war ihr einziger Trost.

Manchmal, wenn Pitchoun seine Mutter weinen sah, lief er davon und suchte Zuflucht in dem kleinen Häuschen in der Rue Traversière, wo Minette und Lise ihn freudig wie einen Bruder aufnahmen. Sein größtes Vergnügen war es, sie singen zu hören. Wenn sie sich bitten ließen, zauberte er als geübter Charmeur Bonbons aus seinen Taschen hervor oder schmeichelte ihnen auf tausenderlei andere Weisen.

«Kommt schon, singt etwas für mich, und wenn ich groß bin, heirate ich eine von euch.»

«Du bist zu jung», entgegnete Minette verächtlich, «wenn wir irgendwann junge Mädchen sind, bist du immer noch ein kleiner Knirps.»

Dann richtete er sich zu seiner vollen Größe auf, um seine ansehnliche Gestalt zur Geltung zu bringen, warf sich in die Brust, zückte seinen Kartonsäbel und begann aus voller Kehle Kriegsgesänge zu schmettern ...

Als man den neuen Gouverneur an jenem Tag in seinen Palast gebracht hatte und sich das Gedränge in den Straßen auflöste, zog es die Menschen in die Schenken und Gasthäuser. Die Glocken und Kanonen waren verstummt. Man hörte nur noch die Peitschen der Kutscher knallen und die Pferdehufe auf dem Boden klappern. Dichte Staubwolken wirbelten auf und hüllten die Fußgänger ein, die sicherheitshalber zur Seite wichen und zusahen, wie die prächtigen Karossen vorbeifuhren. Da es den Farbigen verboten war, durch die Königlichen Gärten und Prachtstraßen zu gehen, wandten sie sich den schmalen Gassen zu, in denen einfachere, weiß gekalkte Gebäude standen. Pitchoun kehrte in Begleitung einiger Freunde von den Feierlichkeiten in die Rue Traversière zurück. Sie boten einen spektakulären Anblick, wie sie mit dem Säbel über der Schulter und Märsche singend die Straße auf und ab paradierten. Als sie ihr Repertoire erschöpft hatten, scharten sie sich unter dem fröhlichen Beifall der Krämerinnen um Jasmines Auslage.

«Singt etwas für uns, meine Goldkehlchen», bat Pitchoun Jasmines Töchter in schmeichelndem Ton.

«Wir sind müde. Los, verschwindet», wehrte Minette ihn ab.

Pitchoun zog eine Zuckerstange aus der Tasche und hielt sie ihnen vor die Nase. Lachend griff Minette danach.

«Ein Lied, ein Lied ...»

Rasch sammelte sich eine Menschentraube um sie. Ein paar der Krämerinnen verließen ihren Stand und kamen näher.

«Jasmines Mädchen singen ...»

Minette hob die Hand, um den Takt zu schlagen und ihrer Schwester den Einsatz zu geben. Gleich darauf erklangen ihre erstaunlich vollen, klaren Stimmen. Sie sangen eine der zahllosen französischen Balladen, die die Matrosen aus dem Mutterland nach Saint-Domingue brachten, wenn Hunderte von Schiffen, die im Lauf eines Jahres in den Häfen anlegten, sie zusammen mit einem nie versiegenden Strom von Waren auf die Insel spülten.

«Mein Gott, wie schön sie singen», rief eine alte, ärmliche Weiße in zerschlissenen Kleidern, das Gesicht gepudert wie ein Pierrot. «Das sind ja wahre Wunderkinder ...»

Sie spitzte die Lippen, streckte eine Hand aus und hob den verkrümmten Zeigefinger.

«Ich weiß, wovon ich rede, ich war Sängerin am Königlichen Theater.» Dann beugte sie sich zu Jasmine vor. «Ich sage dir, mein Kind, du kannst stolz auf sie sein ...»

Ohne zu lächeln, betrachtete die Mutter ihre Töchter. Ja, sie hatten Talent, aber was nützte das schon? Der Blick ihrer starren, weit geöffneten Augen schien die beiden zu durchbohren. Alles um sie herum war verschwunden. Unversehens war sie in die Vergangenheit zurückgekehrt. Das passierte ihr oft in letzter Zeit. Wie an einer Leine führte eine Art krankhafte Obsession ihre Gedanken immer wieder zurück zu ihren schlimmsten Erinnerungen. Dann sah sie das Herrenhaus ihrer Kindheit vor sich, den Markt, auf dem sie verkauft worden war, das rot glühende Eisen, das ihre rechte Brust zeichnete, die Peitschenhiebe, die sie erhielt, nachdem man sie dabei erwischt hatte, wie sie von einem alten Sklaven das Lesen lernte, den Blick des Herrn an jenem Abend, als er sie begehrte, den Hass ihrer Herrin und die zahllosen Züchtigungen, die ihr das eintrug ... Ohne sich etwas anmerken zu lassen, erschauerte sie, dann dachte sie zurück an die Geburt der Mädchen und schließlich an jenes

Testament, das nach dem Tod des Herrn eine *affranchie* aus ihr gemacht hatte ...

Als Minette den starren, schmerzerfüllten Blick der Mutter bemerkte, verstummte sie abrupt, stieß einen leisen Schrei aus, rannte zu ihr und vergrub das Gesicht in den Falten ihres Caraco[20]. Mit ihren zwölf Jahren hatte sie viele Dinge bereits verstanden. Sie nahm sie als unausweichliches Schicksal hin, und doch stellte sie sich Fragen. Warum? Warum waren die Dinge so und nicht anders? Warum gab es Reiche und Arme? Warum wurden die Sklaven geschlagen? Warum gab es gute und schlechte Herren, gute und schlechte Priester? Warum lehrte der Katechismus das eine und taten die Priester das andere? Sie sagten: Wir sind alle Brüder, und trotzdem kauften sie Sklaven, manchmal schlugen sie sie oder quälten sie zu Tode. Warum durfte sie nur heimlich lesen lernen? Warum hatte Rosélia, die Krämerin aus der Nachbarschaft, ihre Freiheit verloren, weil sie einen entlaufenen Sklaven versteckt hatte? Und vor allem: Warum hatte sie diesen Sklaven, den sie nicht einmal kannte, bei sich versteckt, obwohl sie um die möglichen Folgen wusste? Sie hatte den Eindruck, dass ihre Mutter nur widerstrebend antwortete, wenn sie ihr diese verstörenden Fragen stellte. Ganz allein hatte sie herausgefunden, dass Geld einem alles schenken konnte: schöne Kleider, Plantagen, Sklaven und prächtige Kutschen. Als wahre *affranchie* dankte sie Gott dafür, dass sie nicht als Sklavin zur Welt gekommen war, sprach, dem Rat ihrer Mutter folgend, Französisch, was ein Beweis für eine kultivierte Erziehung war, und betrachtete die Sklaven, obwohl sie sie um ihr Los bedauerte, als eine minderwertige, erbarmungswürdige Klasse. Unbewusst lehnte sich ihre empfindsame Natur gegen die Ungerechtigkeit ihres Schicksals auf, aber noch war sie in einem Alter, in dem man Auflehnung leicht mit Mitleid verwechselt. So spürte sie instinktiv, dass die Hand ihrer Mutter nicht ohne Grund in der ihren zitterte, wenn an Markttagen die Sklaven verkauft wurden. Doch sie ahnte nichts von ihrer entsetzlichen Vergangenheit.

II

Ein paar Tage nach der Ankunft des neuen Gouverneurs klopfte es an der Tür des kleinen Häuschens in der Rue Traversière. Minette beeilte sich zu öffnen und sah sich einem jungen Mann von achtzehn Jahren mit dunkler Haut und krausem Haar gegenüber. Er war von zarter Statur, und obwohl sein Gesicht nicht schön war, verlieh sein ungewöhnlich offener, sanftmütiger Blick den Zügen einen Ausdruck lächelnder Güte, der einen sofort für ihn einnahm.

«Ist deine Mutter da?», fragte er das Mädchen, während er respektvoll den Strohhut abnahm. «Mein Name ist Joseph Ogé.»

Dann beugte er sich zu ihrem Ohr hinab und flüsterte: «Ich bin hier, um euch zu unterrichten. Ich verlange nichts dafür. Deine Mutter soll mir zahlen, was sie kann.»

Er sprach ein makelloses Französisch mit dem leicht schleppenden Akzent der Kreolen. Minette verschwand, um ihrer Mutter Bescheid zu sagen. Sofort eilte Jasmine herbei. Sie musterte Joseph Ogé lange, dann beugte sie sich ebenfalls vor und flüsterte ihm etwas ins Ohr.

«Ich vertraue dir, Schulmeister», sagte sie schließlich laut.

Er brach in ein offenes, jungenhaftes Lachen aus.

«Das ist die schönste Art, uns zu verraten. Nenn mich einfach Joseph. Leute unseres Standes tragen keine Titel.»

«Gut, Joseph.»

Der Unterricht begann, und schon bald konnten die Mädchen fehlerfrei lesen. Dann brachte er ihnen Geschichtsbücher mit. An seiner Seite betraten sie eine neue Welt. Er erzählte ihnen vom König von Frankreich, von der Königin, von ihren Kindern und von ihren Vorgängern. Er versprach ihnen, sie später auch die Werke von Racine, Corneille, Molière und Jean-Jacques Rousseau lesen zu lassen.[21] Lise gähnte, doch Minette hörte ihm mit leuchtenden Augen aufmerksam zu.

Bald war Joseph nicht mehr ihr Lehrer, sondern ein Freund, den sie nicht mehr missen wollten, und Jasmine selbst begann ihn zu lieben wie einen Sohn.

Als hungerte er nach dieser Vertrautheit, verlor auch er mit jedem Tag ein wenig mehr von seiner Zurückhaltung. Er erzählte ihnen, dass er allein in einem Zimmer lebte, das er von einem freien Mulatten gemietet hatte, einem raffgierigen Geizhals ohne Herz und Gefühl ...

Eines Abends traf er schweißüberströmt bei ihnen ein, als sei er lange gerannt. Nachdem er die Tür geöffnet hatte, lehnte er sich eine Weile dagegen, ohne ein Wort zu sagen, und rang nach Atem. Jasmine und ihre Töchter führten ihn zu einem Stuhl und setzten ihm einen Rest Konfitüre vor, den sie für ihn aufgehoben hatten.

Doch er brachte keinen Bissen hinunter und schob den Teller von sich.

Minette brach als Erste sein verstörendes Schweigen.

«Joseph», fragte sie ihn, «wieso bist du gerannt?»

Er stand auf, und Jasmine war nicht überrascht, die Auflehnung in seiner Stimme zu hören, als er antwortete: «Ich musste wie ein Dieb vor den Gendarmen fliehen ...»

«Fliehen, aber wieso denn?»

«Sie haben mich dabei erwischt, wie ich jungen Sklaven das Lesen beibrachte.»

Mit geballten Fäusten ging er im Zimmer auf und ab, Tränen standen ihm in den Augen.

«Sie verkleiden unsere eigenen Brüder als Gendarmen und lassen sie Jagd auf uns machen. Sie versprechen ihnen Belohnungen, befördern sie und machen sie zu Mördern ...»[22]

«Wieso?», fragte Minette und stellte sich ihm in den Weg. «Wieso, Joseph, ich will das verstehen.»

«Die Wahrheit», antwortete er mit dumpfer Stimme, «ist dies: Sie fürchten sich davor, dass wir etwas lernen, denn Bildung treibt die Menschen zum Aufstand. Unwissenheit erzeugt Resignation.»

Ohne Minette anzusehen, setzte er sich hin, legte die Stirn in seine Hände und fuhr fort: «Genau wie du und Lise habe ich heimlich lesen gelernt. Als meine Mutter starb, blieb ich ganz allein zurück. Eines Tages habe ich auf dem Markt Obst gestohlen, weil ich Hunger hatte. Die Polizei wurde gerufen und verfolgte mich bis zu dem Haus, wo man mich versteckte. Dieses Haus gehörte einem freien Mulatten namens Labadie, der Sklaven und Plantagen besitzt.[23] Er gab mir Kleidung und beschützte mich. Bei ihm bin ich aufgewachsen. Nachdem er mir lesen und schreiben beigebracht hatte, versprach er mir, mich nach Frankreich zu schicken, damit ich dort einen Beruf erlernen könne. Ich sollte bei meinem Halbbruder Vincent wohnen, der seit vielen Jahren dort studiert, aber kürzlich wurde ein Gesetz erlassen, das es farbigen Menschen verbietet, das Mutterland zu betreten.»[24]

«Warum kommt dein Bruder denn nicht zurück?»

«Zurückkommen? Wozu?», entgegnete er in dem gleichen dumpfen Tonfall. «Hier ist uns alles verboten, alles bleibt uns verschlossen. Wir dürfen nicht einmal den Beruf erlernen, der uns gefällt.»

Beinahe schüchtern senkte er den Kopf.

«Ich wäre so gern ein ...»

Er verstummte, lächelte traurig und fuhr sich in einer ihm typischen Geste mit einer Hand über die Brust.

«Lassen wir das.»

Dann besann er sich, beugte sich zu Jasmine vor und sah ihr in die Augen.

«Hast du schon einmal vom *Code noir*[25] gehört?»

Sie schüttelte den Kopf.

«Nun», fuhr er fort, «dieser Gesetzestext wurde vor fast hundert Jahren erlassen, um unsere politischen Rechte festzuschreiben. In Artikel 59 steht, dass wir *affranchis* die gleichen Rechte und Privilegien genießen wie Menschen, die frei geboren wurden.»

«Die Weißen haben ihre Versprechen nicht gehalten?»

«Labadie denkt, sie verübeln uns, dass wir Wert auf Bildung legen, Ländereien besitzen und vor allem dass es zu viele von uns gibt.»

«Haben sie womöglich Angst vor uns, Joseph, haben sie Angst?», wollte Jasmine wissen, und in ihrer Stimme lag so viel Leidenschaft, dass

Minette sich eine Sekunde lang fragte, ob es tatsächlich ihre Mutter war, die gesprochen hatte.

Joseph antwortete nicht, doch er musterte Jasmine so eindringlich, dass sie erschauerte. Was hatte dieser Blick zu bedeuten? Wollte er sie an die entlaufenen Sklaven erinnern, die sich in den Bergen versteckten, an die beunruhigenden Botschaften ihrer Trommeln und Lambis[26]? Doch was hatten jene Unglücklichen mit den *affranchis* gemein, zu denen sie jetzt gehörte? Hatte sie ihr früheres Leben nicht sorgsam vor ihrem Umfeld geheim gehalten? Für alle, wie für sie selbst, war diese Vergangenheit tot, endgültig tot. «Sklaventochter», das Wort war eine Beleidigung. War es nicht besser, friedlich und mehr oder weniger respektiert zu leben, indem sie alle glauben ließ, sie und ihre Töchter seien in Freiheit geboren? Auf dem Grunde ihres Herzens verbarg sie ein grenzenloses Mitleid mit ihren einstigen Gefährten. Doch was konnte ihr Mitleid schon ausrichten? Und was ihr Bekenntnis zur Wahrheit? Wenn sie das Glück gehabt hatte, freigelassen zu werden, wenn die Dinge so waren, wie sie waren, wenn es nun einmal Kolonisten, freie Farbige und Sklaven geben musste, dann blieb ihr doch gar nichts anderes übrig, als sich in ihr Schicksal zu ergeben.

Sich in ihr Schicksal zu ergeben! Unversehens hatte Joseph diese Gewissheit erschüttert. Sein Blick, als sie, Jasmine, es gewagt hatte, von der Angst der Weißen zu sprechen! Dieser arroganten Weißen, die nachts vor Angst zittern mussten, wenn sie den schroffen, furchteinflößenden Rufen der Lambimuscheln lauschten. Wie oft hatte sie ihnen nicht selbst gelauscht und sich überrascht gefragt, wieso sie so laut klangen und ob die anderen sie ebenfalls hörten.

Sie hatte Makandal[27] und seine blutigen Aufstände nicht vergessen. Wer hätte ihn vergessen können? Sie hatten ihn getötet, das wohl. Aber wenn ein Anführer stirbt, hinterlässt er nach seinem Tod ein Vorbild ... Ja, das war es, was Josephs Blick ihr hatte sagen wollen. Ja, die Sklaven waren sehr viel weniger schicksalsergeben, als man glaubte, und die Weißen irrten, wenn sie sie für harmlose Arbeitstiere hielten. Durften sie also hoffen, gütiger Herr im Himmel ... dass irgendwann ... Nein, das war nicht möglich. Joseph war noch ein Kind, sonst würde er so etwas nicht denken.

«Hat man je Herren gesehen, die ihre Hunde fürchten?», sagte sie und schüttelte traurig den Kopf.

«Ja, wenn sie tollwütig werden», entgegnete Joseph unerbittlich.

Und bei diesen Worten richtete sich sein durchdringender Blick erneut mit der gleichen forschenden Intensität auf Jasmines Augen.

Da begriff sie, dass er nicht zu ihr, Jasmine, der *affranchie*, sprach, sondern zu der einstigen Sklavin, die gekauft, geschlagen, gedemütigt worden war, zu der einstigen Sklavin, die sie, in ihrer ständigen Angst und ihrer jämmerlichen Schicksalsergebenheit, niemals aufgehört hatte zu sein.

«Du hast es gewusst …?», fragte sie leise.

Überrascht spürte sie, wie ein wohltuender Frieden sie erfasste.

«Man fühlt sich besser, wenn man denen, die man liebt, nichts mehr verheimlichen muss», fügte sie hinzu, und das Lächeln, das über ihre Lippen huschte, war so traurig, dass Joseph ergriffen den Kopf senkte.

Lise hüstelte unangenehm berührt und erklärte, dieses Gespräch sei unverständlich und wenig erfreulich. Joseph sah sie an: Sie wirkte gelangweilt und distanziert, als sei alles, was gesagt worden war, von ihren Ohren in ihr Herz gelangt, ohne dort die geringsten Spuren zu hinterlassen. Minette hingegen senkte besorgt den Kopf und blickte nachdenklich vor sich hin …

… Zum Glück war die Stimmung nicht an allen Abenden so traurig. Im Gegenteil, jener Moment, als Joseph sich dazu hinreißen ließ, seine Auflehnung zu zeigen, war der letzte seiner Art. Normalerweise griff Jasmine nach dem Unterricht oder einer gemeinsamen Lektüre zu einer Handarbeit, die Mädchen sangen und Joseph hörte ihnen, glücklich und entspannt, mit einem Lächeln auf den Lippen zu. Manchmal kamen auch Freunde aus der Nachbarschaft, die nach ihren Lieblingsliedern verlangten, und ohne sich lange bitten zu lassen, bezauberten die jungen Mädchen ihr Publikum. Jasmine empfand Stolz. Sie, die erniedrigte, geschlagene ehemalige Sklavin, richtete sich auf, vergaß die Vergangenheit und blickte der Zukunft mit einem Lächeln entgegen. Doch dieser flüchtige

Zauber hielt nur so lange an, wie ihre Töchter sangen. Sobald das Haus wieder leer war, die Kinder im Bett lagen, erfasste sie aufs Neue die Angst vor dem, was kommen mochte, und sie zitterte um ihre Kleinen. Soweit sie sich erinnern konnte, hatte sie diese Angst schon in frühester Kindheit kennengelernt. Sie hatte Angst vor ihrem Vater, dem weißen Plantagenbesitzer, sie hatte beim Tod ihrer Mutter Angst, sie hatte auf dem Markt Angst, wo sie verkauft worden war, und Angst vor ihrem neuen Herrn, dem Vater ihrer Kinder. Ihr Leben lang hatte sie gezittert. Wer weiß, vielleicht war sie im Grunde dazu geboren, eine verheiratete Frau zu sein, eine Frau, die beschützt wurde, die einen Namen trug und deren Kinder sich an ihre Röcke hängten. Das Leben hatte sich in ihrem Schicksal geirrt und ihren ganzen Mut ausgelöscht, indem es sie zwang, jenes unerwünschte Los zu akzeptieren. Andere – denn solche Menschen hatte sie gekannt – waren eher zu Kampf und Rache geboren als sie. Sie hatte sich ihr Leben lang danach gesehnt, beschützt zu werden, und durch den Kontakt mit der entsetzlichen Realität hatte sich ihre verschreckte Seele so stark zusammengezogen, dass sie daran beinahe zugrunde gegangen wäre. Ihre Töchter waren das Einzige, was für sie auf Erden wirklich von Bedeutung war. Und dieser Junge, dieser Joseph, der sie unterrichtet, der sie geformt hatte, wie sollte sie ihn nicht lieben? Er war mit einer solchen Großzügigkeit in ihr Leben getreten, dass sein Lohn allein in der Zuneigung bestehen konnte, die sie ihm schenkte. Seine Augen erinnerten sie an die eines Mannes, den sie vor langer Zeit gekannt hatte und an dessen Namen und Gesicht sie sich nicht mehr erinnern konnte. Er war wie eine schemenhafte Erinnerung, die gelegentlich aus der Vergangenheit auftauchte und gleich wieder darin versank. Nur manchmal, wenn sie ihn betrachtete, sagte sie sich: Dieser Junge hat die Augen von jemandem, den ich kenne, aber von wem? Und irgendwie schien ihr, als liebte sie ihn vor allem deswegen so sehr.

III

Oft, wenn Minette und Lise zwischen den Kramwaren saßen und sangen, wurde das Fenster des Nachbarhauses aufgerissen und ein blonder Kopf beugte sich, überrascht und entzückt, heraus. Überrascht, ja, denn wie kamen diese beiden kleinen, mittellosen *affranchies* bloß zu solchen Stimmen? Und entzückt, denn diese Weiße war eine Künstlerin bis ins Mark ... Ihr Name war Madame Acquaire. An dem bescheidenen Haus, in dem sie ein Zimmer gemietet hatte, verkündete ein Aushang: «Hier werden Gesang, Diktion und Tanz unterrichtet». Sie war Schauspielerin am Theater von Port-au-Prince und lebte mit ihrem Mann zusammen, einem weißen Kreolen wie sie selbst. Acquaire, der Sohn eines Perückenmachers, war Tänzer und Schauspieler und bis über beide Ohren verschuldet. An Tagen größter Bedrängnis, wenn er beim Spiel verloren hatte, was sie abends zuvor bei einer Benefizvorstellung[28] zu seinen Gunsten eingenommen hatten, klopfte er an die Tür von François Mesplès[29], einem steinreichen weißen Wucherer, der als herz- und skrupellos verrufen war ...

«Hör doch, Scipion, die kleinen Nachtigallen der Rue Traversière singen wieder!»

An diesem Morgen trat ein riesiger schwarzer Sklave mit offenen, glücklichen Zügen zu ihr ans Fenster.[30]

«Ja, Herrin, das sind die kleinen Nachtigallen.»

Madame Acquaire lauschte noch einen Moment dem reinen Klang der jungen Stimmen, dann setzte sie sich, das Fenster immer noch weit geöffnet, ans Klavier.

«Das ist mein Lieblingsspiel, Scipion», sagte sie. «Ich singe etwas, und die Nachtigallen singen es mir nach.»

Sie stimmte eine Opernmelodie an, die sich gerade großer Beliebtheit erfreute. Dann hielt sie inne und spitzte die Ohren. Auch die Mädchen waren still. Madame Acquaire sang erneut ihr Lied, bevor sie wieder verstummte. Plötzlich antwortete ihr eine der Stimmen so wunderschön, dass sie begeistert vom Klavier aufstand und zu Scipion sagte: «Eines Tages lasse ich die beiden herkommen, hörst du?»

«Ja, Herrin», antwortete der Sklave lächelnd.

Er gehörte zu jenen seltenen Sklaven, die mit Menschlichkeit behandelt wurden, und aus diesem Grund war er seinen Herren bis in den Tod ergeben. Weil er, Scipion, nicht geschlagen wurde, weil man ihn wie ein menschliches Wesen behandelte, aber vor allem weil er sein Schicksal mit dem der anderen geschlagenen, gefolterten, zu Tode gequälten Sklaven vergleichen konnte, brachte er seinen Herren eine abgöttische Verehrung entgegen. Monsieur Acquaire hatte ihn eines Tages erworben, nachdem ihm das Glück beim Spiel hold gewesen war, und obwohl er seit jenem Tag schwor, mit dem Kauf des freundlichen Riesen, der ihm und seiner Frau als Domestik diente, bloß sein Geld verschwendet zu haben, war es ihm damit nicht ernst, denn im Grunde mochte er ihn gern. Scipion brachte ihn ins Bett, wenn er griesgrämig und schwankend von seinen Zechgelagen heimkehrte. Scipion strich ihm mit einer aufgeschnittenen Zitrone über die Lippen, benetzte seinen Kopf und hielt seine Eskapaden vor seiner Herrin geheim. Scipion kochte für sie, besorgte den Haushalt und lauerte an Tagen, an denen sie nichts zu essen hatten, Monsieur Mesplès auf der Straße auf, um ihm ein wenig Geld abzuschwatzen. Scipion war für sie genauso unentbehrlich geworden wie das Klavier. So wenig, wie sich die Acquaires ein Leben ohne Klavier vorstellen konnten, so wenig mochten sie auf Scipion verzichten. Madame Acquaire ließ sich sogar dazu hinreißen, ihm ihre Sorgen, ihre Hoffnungen und ihre Pläne anzuvertrauen.

Und so fühlte er sich dazu befähigt, seine Herrin auf jenes Thema anzusprechen, das ihm am Herzen lag. Ohne Schläge fürchten zu müssen, erzählte er ihr beharrlich immer wieder in schmeichelhaften Worten von den beiden kleinen Mädchen aus der Rue Traversière.

«Ich bitte dich, Herrin, lass sie hier singen.»

«Ich denke darüber nach, aber lieg mir nicht ständig damit in den Ohren...»

«Zeig ihnen das Klavier, Herrin, sie sind arm, und du bist so gut», ließ der tapfere Sklave nicht locker.

Madame Acquaire antwortete nicht, doch wenn sie nun an Jasmines Haus vorbeikam, gab sie stets vor, die ausgelegten Waren zu betrachten, um den beiden Schwestern mit mehr Muße zuhören zu können.

Eines Tages hielt sie es nicht mehr länger aus und ging zu früher Stunde hinaus. Die Straße lag verlassen da, die Krämerinnen hatten ihre Waren noch nicht nach draußen gebracht. Sie klopfte an Jasmines Tür, und da die beiden Schwestern noch schliefen, konnte sie ganz offen mit ihrer Mutter reden.

«Jasmine», sagte Madame Acquaire voller Vorfreude auf die Reaktion, die ihr Angebot auslösen würde, «willst du mir deine Töchter anvertrauen, damit ich ihnen Gesangsunterricht gebe?»

«Ihnen meine Töchter anvertrauen!»

Zitternd vor Glück wollte die Ärmste auf die Knie fallen und Madame Acquaire zum Dank den Rocksaum küssen. Doch der Kreolin genügte die Freude, die sie ihr bereitete, sie hielt sie zurück und erklärte in ihrer leicht theatralischen Art: «Ich will versuchen, mein Kind, und sei es nur in geringem Maße, jenes Böse wiedergutzumachen, das einige meinesgleichen anrichten.»

Dann forderte sie Jasmine auf, die Mädchen jeden Morgen von acht bis zehn Uhr zu ihr zu schicken.

Nachdem dies abgemacht war, kehrte Madame Acquaire nach Hause zurück, um Scipion die gute Nachricht zu verkünden. Glücklich versprach der Sklave seiner Herrin, dass der liebe Gott ihr das Gute, das sie damit tue, hundertfach vergelten werde und ihr von nun an ein Platz im Himmel sicher sei. Skeptisch, was jenseitige Belohnungen anging, lächelte Madame Acquaire, öffnete ihr Klavier, spielte eine Melodie und sang dazu. Sie war eine Frau von etwa dreißig, fünfunddreißig Jahren, nicht sonderlich schön, aber zierlich und lebhaft wie ein Vogel. Durch das regelmäßige Tanzen hatte sie sich einen geschmeidigen, makellosen Körper bewahrt. Sie verfügte über die gleiche Künstlernatur wie ihr Mann, und das Leben bestand für sie aus Glücksfällen und Widrigkeiten, die sie allesamt frohen Herzens hinnahm. Ihre Eltern waren reiche Pflanzer in Saint-Domingue gewesen, jedoch nach einem Brand, der ihr Herrenhaus und die Plantage verwüstet hatte, in Armut gestorben. Im Alter von fünfzehn Jahren, noch vor dem Tod ihrer Eltern, war sie nach Frankreich gereist, wo sie Gesang, Diktion und Tanz erlernte. Als sie mit zwanzig Jahren zurückkehrte, war sie eine gute Partie, und der Graf von Chastel, Besitzer einer Plantage mitsamt Sklaven, hatte um ihre Hand angehalten, die man ihm eilends gewährte. Die Hochzeit sollte zwei Monate später stattfinden, doch eines Abends zerstörte ein Feuer den gesamten Besitz der Eltern der jungen Kreolin. Man machte einen Sklaven, der tags zuvor gezüchtigt worden war, für die Katastrophe verantwortlich, aber als man ihn bestrafen wollte, war er verschwunden. Sobald der Graf von Chastel vom Ruin seiner Verlobten erfuhr, schob er dringende Geschäfte vor, die seine sofortige Abreise nach Frankreich erforderten. Erst zwei Jahre später kehrte er zurück, standesgemäß verheiratet mit einer Weißen aus dem Mutterland. Die junge Kreolin wusste ihre Enttäuschung zu verbergen und willigte ein, Monsieur Acquaire zu heiraten, einen Kreolen wie sie selbst, dessen Vater Perücken fertigte und über keinerlei Vermögen verfügte. Aus ihrem plötzlichen Ruin und der anschließenden Enttäuschung folgerte sie, dass der Graf, wie alle Männer aus angesehener Familie, die sich auf der Insel niedergelassen hatten, sie nur wegen ihres Vermögens hatte heiraten wollen und dass das Feuer, das man einem Sklaven zur Last legte, allein durch die schlechte Behandlung heraufbeschworen worden war, die man diesen gelegentlich angedeihen ließ. Schon in sehr jungen Jahren hatte sie grausamste Bestrafungen mit angesehen, die von Kolonisten angeordnet wurden, Freunden ihres Vaters oder auch ihrem Vater selbst, der keine Gelegenheit ausließ, zu behaupten, «diese Art» verlange eine harte Hand.

Sie hatte erlebt, wie eine ganze Familie durch Gift umgekommen war. Nicht ein einziger Sklave auf jener Plantage war bereit gewesen, den Schuldigen zu verraten. Um ein Exempel zu statuieren, hatte man drei von ihnen zu Tode gefoltert, und sie waren unter entsetzlichen Schmerzensschreien gestorben, aber ihr Geheimnis hatten sie gewahrt. Das hatte das junge Mädchen zum Nachdenken gebracht. Solche Akte der Missbilligung und der Rebellion, ausgeführt von Unglücklichen, die von allen nur als Tiere betrachtet wurden, bewogen sie zu dem Schluss, dass die Sklaven vielleicht doch nicht so dumm waren, dass sie in Wahrheit ihren Zorn verbargen, ihr Schicksal nur zum Schein akzeptierten und sich zum Ausgleich an ihren Herren rächten, so gut sie es vermochten. Sie bedauerte nichts von dem, was geschehen war, denn Monsieur Acquaire machte sie nicht unglücklich. Sie teilten dieselben Interessen.

Monsieur Acquaire liebte den Tanz und die Kunst, er war im gleichen Alter wie seine Frau, wie sie nicht mit großer Schönheit gesegnet, aber dafür gut gebaut, und er schwor, dass er nur im Theater Erfolg haben könne, denn er sei zum Künstler geboren und daher von Natur aus ein Gegner von Handel und Politik. Als die alte Scheune, die seit 1762 in Port-au-Prince als Theater gedient hatte, acht Jahre später durch ein Erdbeben zerstört wurde,[31] ersetzte man sie durch einen eleganten Saal mit siebenhundertfünfzig Plätzen, der den Namen Schauspielhaus auch tatsächlich verdiente. Damals lernten die Acquaires François Mesplès kennen, den Konzessionär des neuen Schauspielhauses, der sich trotz seines Geizes murrend bereit erklärte, ihnen gegen Zinsen ein paar Livres[32] vorzustrecken, wenn das Geld wieder einmal knapp wurde. Bald erkannten François Saint-Martin, der Direktor des Theaters, und François Mesplès, der Konzessionär, dass die Acquaires dank ihrer Begeisterung, ihres Einfallsreichtums und ihrer aufrichtigen Liebe zur Kunst für den Betrieb und den Erfolg des Schauspielhauses unentbehrlich geworden waren. Was den beiden das großzügige Wohlwollen des jungen Direktors und die freilich ordinäre Nachsicht des Konzessionärs einbrachte.

Während Madame Acquaire noch sang, wurde die Tür geöffnet, und auf der Schwelle erschien ihr Mann. Sobald Scipion seinen Herrn erblickte, beeilte er sich, ihm einen Zitronenpunsch zu servieren, den dieser so gern mochte, und ihm aus dem Leinenrock zu helfen.

«Ich komme gerade aus dem Schauspielhaus», sagte Monsieur Acquaire, nachdem er es sich in einem alten, halb durchgesessenen Sessel gemütlich gemacht hatte. «Ich habe Mesplès getroffen. Er hat uns ein paar Livres vorgestreckt.»

Madame Acquaire schlug ein paar Akkorde an und sang: «Triumph, wie schön ist das Leben …»

Dann hielt sie abrupt inne und drehte sich zu ihrem Mann um.

«Weißt du, wen ich bald unterrichten werde? Rate … Jasmines Töchter.»

«Die kleinen Nachtigallen aus der Nachbarschaft?», fragte Monsieur Acquaire und kniff hektisch das rechte Auge zusammen.

Er litt an einem Tick.

«Genau.»

«Und sie bezahlt dich dafür?»

«Nein, nicht einen Sol[33].»

«Wieso tust du es dann?»

«Es macht mir Spaß.»

«Du spielst die Wohltäterin, dabei lebst du hier in einer Bruchbude. Oh, diese Kreolinnen, sie sind ja so spendabel.»

«Schließe nicht von einer auf alle. Ich kenne so einige vom gleichen Schlag wie Mesplès.»

Monsieur Acquaire zog die Schuhe aus, dehnte seine Füße zu einem perfekten Bogen und streckte sich.

«Ich bin zu lange hinter Mesplès hergerannt. Mir tun die Muskeln weh», sagte er, und sein Auge zuckte noch stärker als zuvor.

Madame Acquaire schien nachzudenken. Plötzlich sah sie ihren Mann an.

«Diese Kleinen von nebenan haben außergewöhnliche Stimmen», sagte sie. «Vor allem eine von ihnen. Ich weiß noch nicht, ob es die Ältere ist oder die Jüngere, aber dieses Kind singt die Opernarien, die es aus meinem Fenster hört, mit einer erstaunlichen Kunstfertigkeit nach.»

«Ja», stimmte Monsieur Acquaire ihr zu, wenn auch weniger enthusiastisch als seine Frau, «sie haben hübsche Stimmen.»

«Hübsche Stimmen nennst du das?», rief Madame Acquaire. «Ich will ganz ehrlich zu dir sein. Wenn diese Kleine, die mir neulich Morgen die schwierige Melodie aus den *Drei Sultaninnen*[34] nachgesungen hat, an ihrer Stimme arbeitet, wird aus ihr eine herausragende Sängerin.»

«Welch überschwängliche Begeisterung! Aber was soll ihr das bringen? Mit diesem neuen Gesetz, das kürzlich gegen die Farbigen erlassen wurde, kann sie nicht einmal nach Frankreich reisen.»

«Das ist ungerecht und widerlich.»

«Lass uns keine Politik machen, mein Kätzchen. Wir sind Schauspieler, vergiss das nicht.»

«Ich vergesse gar nichts, trotzdem finde ich das Ganze … widerlich. Und hindere mich nicht daran, es wenigstens dir zu sagen, sonst ersticke ich.»

Monsieur Acquaire gähnte, ließ erneut die Muskeln an seinen Füßen spielen, und streckte sich so bequem aus, wie es in dem durchlöcherten Sessel möglich war.

Am nächsten Morgen zog Jasmine ihren Töchtern die kurzen Baumwollkleider an, die sie tags zuvor gestärkt und mit Frangipani-Blüten in eine Schublade gelegt hatte, damit sie deren Duft annahmen. Dann gab sie ihnen ihre Sandalen, die sie mit Ruß eingerieben hatte, und sagte, dass sie in der Sonne wie Spiegel glänzen würden.

«Seid ja artig», schärfte sie ihnen ein, «sprecht Französisch und benehmt euch kultiviert, um eurer Maman Ehre zu machen.»

Scipion öffnete ihnen die Tür. Er lächelte sie an, nahm sie bei der Hand und führte sie zum Klavier. Bis zu diesem Tag hatten sie noch nie ein Klavier gesehen. Sie umrundeten es und bückten sich, um die Pedale zu betrachten. Der Deckel war aufgeklappt. Schüchtern legte Minette einen Finger auf eine Taste, und ein Ton erklang. Sie zuckten zusammen, und Lise schrie leise auf.

«Habt keine Angst», hörten sie Madame Acquaires Stimme. «Ich bin ganz in eurer Nähe, hier, hinter dem Paravent. Ich kleide mich nur noch fertig an. Na los, Minette, drück noch eine Taste und sing den Ton nach.»

Mit nunmehr sichererem Finger tippte Minette aufs Geratewohl ein E an. Dann öffnete sie den Mund, und der klare, schwingende Ton erfüllte das kleine Zimmer.

«Dann warst du es also, die mir so schön Antwort gegeben hat», sagte Madame Acquaire und kam in einer zerknitterten durchscheinenden *gaule* hinter dem Paravent hervor. Um ihren Kopf hatte sie ein Tuch geschlungen, dessen Zipfel ihr auf eine Schulter fielen.

Sie zog Minette zu sich heran und musterte sie. Ohne jede Scheu richtete das Mädchen seine schräg stehenden schwarzen Augen auf sie. Madame Acquaire strich ihr über die langen geflochtenen Zöpfe und die sonnengebräunten Wangen und lächelte belustigt über den sinnlichen, willensstarken Ausdruck der bezaubernd vollen, afrikanisch gezeichneten Lippen. Von Minette ging ein ganz besonderer Reiz aus, der zweifellos von ihrem unverwandten schwarzen Blick herrührte, einem Blick, der, was selten vorkam, sich nicht einmal in Gegenwart einer Weißen veränderte. Die leicht ausgestellten Nasenflügel bebten bei der geringsten Erregung, doch niemals senkten sich die Lider und verbargen ihre Augen. Im direkten Vergleich der beiden Schwestern fand Madame Acquaire Lise hübscher, ihre Zöpfe waren nicht ganz so schwarz, ihre Augen weniger schmal, und ihr Mund war nicht so sinnlich. Minette verkörperte einen vollendeten Typus, der Madame Acquaires künstlerische Ader eher ansprach. Lise senkte den Blick, wenn sie mit ihr sprach, Minette hingegen verblüffte sie, indem sie ihr, nicht unverschämt, sondern mit gelassener Selbstsicherheit, geradewegs in die Augen sah.

Gleich in der ersten Unterrichtsstunde erkannte die Kreolin in ihrer Lieblingsschülerin ein solches Verständnis für Musik und so viel Temperament, dass sie sie an sich zog und küsste.

«Ich werde eine wahrhaft große Opernsängerin aus dir machen», versprach sie ihr lachend.

«Und was ist mit mir?», fragte Lise.

«Du wirst auch sehr gut singen, aber ich prophezeie dir, dass Minette eine ganz und gar außergewöhnliche Sängerin sein wird.»

Ein paar Monate lang besuchten die beiden Schwestern ihre Lehrerin fast jeden Tag. Oft wohnten Monsieur Acquaire und Scipion dem Unterricht bei. Der eine tief in seinem alten Sessel versunken, wo sein Auge bei jedem schönen Ton von Minette zuckte, und der andere auf dem Boden sitzend, ein seliges Lächeln auf den Lippen, die langen Beine vor sich ausgestreckt und den Blick auf die Münder der Sängerinnen geheftet.

Während dieser Monate wurde das Leben der kleinen Mädchen aus der Rue Traversière zu dem, was ihre Mutter, die für sie so ehrgeizige Ziele hegte, sich stets erhofft hatte. Sie waren beschäftigt, sodass sie nicht dem Müßiggang anheimfielen, jenem süßen Laster der Frauen auf der Insel, das in Jasmines Augen alle übrigen Laster nach sich zog. Morgens hatten Minette und Lise Gesangsunterricht, und abends lernten sie auch weiterhin mit Joseph. Er hatte vor Kurzem ein Buch von Jean-Jacques Rousseau mitgebracht, das Minette die Ansichten eines unabhängigen Weißen offenbart hatte, der die Freiheit liebte und sie auch für andere einforderte, außerdem *Athalie*, ein Theaterstück von Jean Racine,[35] durch das sie die Tragödie, die Kunst der Klassik, klangvolle, wohlgeschmiedete Verse und den Rhythmus eines harmonischen Satzbaus kennenlernte.

Sie ertappte sich häufig dabei, wie sie die schönen Worte, die der Autor seiner Heldin in den Mund gelegt hatte, vor sich hin rezitierte, wobei sie auf ihre Aussprache achtete, um so zu klingen wie Joseph. Überglücklich lauschte Jasmine ihrem Deklamieren, und obwohl sie ihre Vergangenheit so sorgsam vor ihren Töchtern geheim hielt, ließ sie sich dazu hinreißen, ihr zu erzählen, dass sie früher einmal eine junge Dame gekannt habe, die genau wie Minette vor einem versammelten Publikum herrliche Sätze vortrug.

«Wo denn?», wollte das Mädchen wissen.

«Ach, das ist schon so lange her ... das war eine Dame aus ... aber es ist viel zu lange her ... ich habe es vergessen.»

Wie immer, wenn sie ihre Vergangenheit wieder aufleben lassen sollte, begann sie zu stammeln. Zwar schliefen sie alle im selben Zimmer, doch seit ihre Töchter alt genug waren, um zu begreifen, hatte sich Jasmine nie mehr in ihrer Gegenwart ausgezogen. Gewisse Male, die sie am Körper trug, mussten verborgen bleiben. Sie war jetzt frei, und ihre Kinder ebenfalls. Sie wollte die Vergangenheit vergessen, sie aus ihrer Erinnerung verbannen. Die Zukunft lag noch im Dunkeln, aber sie durfte sich die leise Hoffnung erlauben, dass ihre Töchter später einmal ihren Lebensunterhalt verdienen könnten, indem sie den reichen Farbigen Gesangsunterricht erteilten.

Denn es gab sehr wohlhabende Farbige, die genau wie die weißen Kolonisten Plantagen und Sklaven besaßen. Es gab sogar viele von ihnen, zu viele, wie Joseph glaubte, um nicht die Aufmerksamkeit der reichen Weißen auf sich zu ziehen. Wie sollten diese es auch leichten Herzens hinnehmen, plötzlich mit Angehörigen einer verachteten Klasse im Wettstreit zu stehen, deren Status so niedrig war, dass man ihnen noch das Recht auf Bildung verwehrte? Man hatte inzwischen alles getan, um Hochzeiten zwischen Weißen und *affranchies* zu verhindern. Es war ihnen verboten, bestimmte Berufe zu ergreifen, selbst wenn sie mit einer einzigartigen Begabung für diese Tätigkeit geboren worden waren. Der Kampf wurde erbarmungslos geführt. Nachdem bei einem Aufstand entlaufener Sklaven Hunderte von Weißen ums Leben gekommen waren, hatte man den farbigen Männern vorgeworfen, sie hätten die Rebellen bewaffnet, und ihnen skrupellos die eigenen Waffen abgenommen. Ihre Soldatenuniform, die sich natürlich in jeglicher Hinsicht von der der Weißen unterschied, war zu einer lächerlichen Verkleidung verkommen und zog die Beleidigungen der mittellosen Weißen auf sich, die ihnen noch weniger Respekt entgegenbrachten, seit sie keine Waffen mehr tragen durften. Dabei hatte sie, Jasmine, ebenjene Männer, die man heute demütigte, erst vor wenigen Monaten Seite an Seite mit weißen Soldaten in die Schlacht von Savannah ziehen sehen, aus der sie als Sieger zurückgekehrt waren.[36]

Dieselben Männer, die inzwischen schamlos auf offener Straße durchsucht wurden, denen man noch das kleinste in einer Tasche versteckte Messer entriss, hatten die Weißen auf den Schlachtfeldern in Erstaunen versetzt. Jasmine hatte durch Joseph davon erfahren. Seit er in ihrem Haus verkehrte und vor allem seit sie ihn reden hörte, erwachten in ihr Empfindungen, die vielleicht nur geschlafen hatten oder die sie schlichtweg für tot gehalten hatte. Sie setzte nicht länger mit gesenktem Kopf und hängenden Schultern einen Fuß vor den anderen wie ein Automat. Sie schaute sich um wie ein neugieriges Kind, das das Leben entdeckt. Und da hatte sie die Augen jenes jungen, freien Schwarzen gesehen, der von einem Weißen durchsucht und beleidigt wurde. Es braute sich etwas zusammen; sie hätte nicht sagen können, was es war, aber nach einer langen Phase der Blindheit schien ihr nun, als hätten sich einige Menschen in ihrer Umgebung verändert. Dabei wurden die *affranchis* stärker zurückgedrängt denn je, wurden die Sklaven grausamer misshandelt und gefoltert, und bei jedem Aufstand entlaufener Sklaven reagierten die Weißen mit schrecklicheren Vergeltungsmaßnahmen. Doch um sich zu trösten, sagte sie sich, dass viele der *affranchis* reich waren, und sie lobte ihre Intelligenz und ihren Erfolg auch deshalb, weil sie glaubte, dass sie eines Tages respektable Ehemänner für ihre Töchter abgeben würden.

… An jenem Morgen kamen Minette und Lise zu spät zum Unterricht. Sie fanden Madame Acquaire weinend und stöhnend mit einem kühlenden Umschlag auf der Stirn im Bett vor. Sie liefen zu ihr, knieten an ihrer Seite nieder und bestürmten sie beide gleichzeitig mit Fragen. Doch die Kreolin antwortete nicht, sondern jammerte weiter wie ein Kind. Monsieur Acquaire blickte besorgt drein und ging mit großen Schritten in dem winzigen Zimmer auf und ab, wodurch er an eine Raubkatze erinnerte, die sich in ihrem Käfig unablässig im Kreis dreht.

«Oh, hör doch auf, so herumzulaufen», flehte Madame Acquaire gereizt. «Deine Schritte dröhnen wie Hammerschläge in meinem Kopf.»

Resigniert setzte Monsieur Acquaire sich auf einen Schemel am Fußende des Bettes, während sein Tick sein rechtes Auge hektisch zucken ließ. Minette, die ihn beobachtete, fragte sich, ob er sich insgeheim amüsierte, denn dieses Zwinkern verlieh ihm unvermittelt einen überraschend vergnügten Ausdruck.

«Hast du noch keine Entscheidung getroffen?», fragte er, den Blick auf seine Frau gerichtet.

«Was soll ich denn tun? Das Klavier verkaufen?», entgegnete sie.

In dem Moment klopfte es an der Tür, und Madame Acquaire verstummte abrupt. Nervös winkte sie ihren Mann heran, und er beugte sich über sie.

«Das sind Schülerinnen», flüsterte sie, «schick sie weg. Sie dürfen Minette und Lise hier nicht sehen.»

«Du hast recht.»

Monsieur Acquaire öffnete die Tür einen Spalt: Drei kleine weiße Mädchen grüßten ihn fröhlich.

«Eure Lehrerin ist unpässlich», sagte er zu ihnen, «sie bittet euch, sie zu entschuldigen.»

«Könnten wir nicht eine Minute mit ihr reden?», erkundigte sich eines der Mädchen.

Monsieur Acquaires Auge zuckte, und er kratzte sich verlegen am Kopf.

«Hmm ... Ich fürchte, sie kann euch nicht empfangen ... Hmm ...»

«Na gut», antwortete das kleine Mädchen erstaunt. Und statt noch länger darauf zu drängen, fügte es hinzu: «Dann kommen wir morgen wieder.»

«Natürlich, bis morgen, bis morgen, Mesdemoiselles ...»

Mit einem Seufzer der Erleichterung schloss Monsieur Acquaire die Tür.

«Pff ... Das war knapp ...»

Minette wechselte einen Blick mit ihrer jüngeren Schwester. Sie hatte begriffen, dass Madame Acquaire sie heimlich unterrichtete! Sie ließ sie nur deshalb frühmorgens kommen, weil sie nicht das Missfallen ihrer übrigen Schüler erregen wollte. Man behandelte sie wie Aussätzige, und das nur, weil sie *affranchies* waren.

Minettes Herz zog sich zusammen, und ihre Augen füllten sich mit Tränen. Sie waren bloß zwei kleine, mittellose *affranchies*, die eine weiße Dame aus Mitleid singen ließ! Minette stand auf, nahm Lises Hand und sah Madame Acquaire an, die mit gesenkter Stimme mit ihrem Mann redete.

«Können wir gehen, Madame?», bat sie in gedämpftem Ton.

Dem Ton eines Kleinkinds, das seine Tränen hinunterschluckt. Oh, sie würde ihrer Mutter nichts von alldem erzählen! Wozu denn auch? Das sei doch normal, würde Jasmine fraglos entgegnen, und sie sollten sich ordentlich benehmen, wenn sie weiter von Madame Acquaire unterrichtet werden wollten.

«Natürlich, geht nach Hause, meine Kleinen», antwortete die Kreolin hastig, «ich schicke Scipion zu euch, sobald es mir wieder besser geht. Und vergesst nicht, dass ihr niemals nach zehn Uhr hierherkommen dürft, niemals, habt ihr mich verstanden?»

«Ja, Madame.»

«Gut, dann geht jetzt. Auf bald, meine Kleinen.»

«Danke, Madame.»

Als Minette und Lise fort waren, ließ Madame Acquaire ihrer Erregung freien Lauf. Sie setzte sich im Bett auf, nahm den feuchten Umschlag von ihrer Stirn und tupfte sich damit die geröteten Augen.

«Was soll ich denn deiner Meinung nach tun?»

«Ich weiß es doch auch nicht.»

«Ach, wieso hast du nur das Geld, das wir mit dem letzten Stück verdient haben, beim Würfeln verspielt?»

Monsieur Acquaires Auge zuckte so stark, dass sie Mitleid mit ihm bekam.

«Mesplès weigert sich also, uns zu helfen, sagst du?»

«Ja, leider! Der Schuft behauptet, er hätte keinen Sou mehr, er sei beinahe ruiniert, nun, ein Haufen Unsinn, den ein Dieb wie er niemals erzählen sollte. Wenn ich bloß daran denke, dass ich in einer einzigen Woche über dreißigmal Schulden für ihn eingetrieben habe, um ihn zu erweichen. Dazu noch die Proben im Schauspielhaus, ich bin vollkommen erledigt.»

«Mein Gott, was sollen wir nur tun?»

Madame Acquaire stöhnte erneut.

«Eine Lösung bleibt uns.»

«Welche?»

«Wir müssen Scipion verkaufen.»

«Das kannst du nicht tun! Das kannst du nicht tun!»

Sie schrie beinahe.

«Wir haben leider keine andere Wahl!»

Madame Acquaire ließ sich weinend auf das Bett zurücksinken, während sie mit zitternder Hand den Umschlag auf ihre Stirn drückte.

Scipion verkaufen! Nein, das war unmöglich! Nicht eine Minute war es ihr in den Sinn gekommen, dass man mit ihm so verfahren könnte wie mit den anderen Sklaven. Was kümmerte es sie, dass man Sklavinnen, den Säugling noch an der Brust, als Ammen weiterverkaufte, oder altersschwache Greise, deren Preis in Tonnen berechnet wurde wie beim Vieh, solange nur Scipion bei ihr blieb! Sie hatte in Saint-Domingue Zustände vorgefunden, die ihrer Ansicht nach nicht zu ändern waren. Als Tochter eines Plantagenbesitzers, die in einem Herrenhaus aufgewachsen war, hatte man sie von klein auf daran gewöhnt, bedient und umschmeichelt zu werden; wie alle jungen Kreolinnen hatte sie eine *cocotte*[37] gehabt, der sie ihre ersten Geheimnisse erzählte. Sie hatte sie schlagen lassen, oh, niemals heftig, nur gerade genug, damit diese Vertraute von niederer Abkunft begriff, dass sie ihre Herrin war und ihr Leben in ihrer Hand lag. Jetzt, in reiferem Alter, hatte sie gelernt, dieser Rasse gegenüber nachsichtig zu sein, aus der jener Mann hervorgegangen war, dessen rebellischer Akt sie Rang und Vermögen gekostet hatte.

Während sie solchen Gedanken nachhing, kam ihr plötzlich ein Geistesblitz. Hastig richtete sie sich auf und rief: «Aber ja doch, das wäre eine Idee...»

«Was ist denn los?», fragte Monsieur Acquaire, abrupt aus jener Benommenheit gerissen, in die ihn sein Elend gestürzt hatte.

«Minette!», flüsterte Madame Acquaire, als wagte sie noch nicht, ihren Einfall laut auszusprechen...

«Was ist mit Minette?»

Sie breitete theatralisch die Arme aus und verkündete, nun mit erhobener Stimme: «Um das Schauspielhaus bis auf den letzten Platz zu füllen und das Publikum, das sich an unseren alten Visagen ein wenig sattgesehen hat, zu begeistern, brauchen wir etwas Sensationelles, nicht wahr?»

«Stimmt!», entgegnete Monsieur Acquaire, der bemüht schien, ihr zu folgen.

«Diese Sensation wird Minette sein, in einem Duett mit einem unserer jungen Sänger.»

Monsieur Acquaire sah seine Frau an, und in seiner Miene spiegelten sich sowohl Überraschung als auch Mitleid, als er bemerkte: «Du bist verrückt geworden.»

«Verrückt, nein, ganz und gar nicht ...»

«Aber man wird einem farbigen Mädchen niemals erlauben, auf der Bühne des Schauspielhauses zu stehen! Du willst einen Skandal heraufbeschwören! Hast du vergessen, wer François Mesplès ist?»

«Nein, ich weiß, wer er ist ... Hör mir zu, wir stehen mit dem Rücken zur Wand. Nur solch ein Skandal kann all unsere Hoffnungen vernichten oder unsere Rettung sein.»

Monsieur Acquaires Auge zuckte mehrmals hintereinander. Er strich sich über das Kinn, was bei ihm stets ein Zeichen für intensives Nachdenken war.

«Ich kann nicht bestreiten, dass das Mädchen über ein außergewöhnliches Talent verfügt.»

Dieses Entgegenkommen nutzte Madame Acquaire und drängte ihn weiter.

«Lass mich nur machen. Was kann denn schon passieren? Schlimmstenfalls werden wir von der Insel vertrieben. Sei's drum. Ich verspreche dir, wenn wir scheitern, verkaufe ich Scipion, um unsere Überfahrt zu bezahlen ...»

Der Sklave hatte alles mit angehört. In einem derart kleinen Heim haben die Wände Ohren, und obwohl er nicht absichtlich lauschte, verstand er jedes Wort, das seine Herren redeten. Er begriff, dass sein Glück nicht mehr von den Acquaires abhing, sondern von jenem farbigen jungen Mädchen mit der kristallklaren Stimme. Hatte er sie bisher bewundert, so begann er sie nun zu vergöttern.

Durch ihren genialen Einfall in Windeseile geheilt, zog Madame Acquaire eine *gaule* aus malvenfarbener Seide an, band einen züchtigen Unterrock darunter und rannte zu Jasmine.

Als die Tür geöffnet wurde und die jungen Mädchen sie erblickten, entfuhr ihnen ein überraschter Ausruf, gingen sie doch davon aus, sie liege krank im Bett.

Joseph stand auf und nickte grüßend. In ihrer Erregung beachtete Madame Acquaire ihn gar nicht.

«Meine Kleinen, wo ist eure Mutter? Ruft sie her, ich möchte mit ihr reden.»

Jasmine eilte herbei und trocknete sich an ihrem blauen Caraco die Hände ab. Die Schwestern, die am Überschwang der Kreolin erkannten, dass etwas Ungewöhnliches vor sich ging, verschwanden nach draußen auf die Galerie[38], damit sie offen reden konnte.

«Jasmine, ich habe eine gute Nachricht für dich.»

«Eine gute Nachricht, Dame[39] Acquaire?»

Wie würde Jasmine reagieren? Diese Frage war der Schauspielerin bisher nicht einmal in den Sinn gekommen. Sie war davon überzeugt, dass die mittellose *affranchie* ihre Tochter nur zu gern an der Seite von Weißen auf der Bühne präsentieren wollte. Und so kam sie ohne Einleitung zur Sache: «Ich werde versuchen, Minette im Schauspielhaus der Weißen singen zu lassen.»

«Im Schauspielhaus! Aber das ist unmöglich, Dame Acquaire, das wissen Sie doch.»

«Ich kenne den Direktor des Theaters, er ist ein Weißer ohne Vorurteile. Vertrau mir deine Tochter an, und du wirst es schon sehen.»

Jasmine schloss einen Moment lang die Augen. Sie hatte ihre Tochter aufwachsen sehen, ohne um sie zu fürchten, denn sie wusste, dass Minette dank der Erziehung, die sie ihr angedeihen ließ, trotz ihrer Schönheit dem in Saint-Domingue so verbreiteten Klima aus Laster und Vergnügungssucht entgehen würde. Obwohl diese lockeren Sitten auch vor den Augen der Jugend auf den Märkten, Straßen und Plätzen praktiziert wurden, hoffte sie, ihre Töchter davor bewahren und sie zu einer ehrbaren Hochzeit mit einem Mann ihres Standes führen zu können. Sie gehörte nicht zu jenen freigelassenen Sklavinnen, die ihre Töchter lieber mit weißen Abenteurern verheirateten, als sie einem Mann ihrer eigenen Rasse zu geben. Natürlich war sie ehrgeizig, doch ihre Ziele waren legitim und rein. Was wusste sie denn von den Weißen? Die einen waren hochmütige Offiziere, die anderen grausame Grundbesitzer, die Männer und Frauen ihrer Rasse unter ihr Joch zwangen; wieder andere waren abenteuerlustige junge Libertins, die ihre Tage in den Spielstuben verbrachten. Wenn es barmherzige, großzügige, rechtschaffene Weiße gab, so hatte Jasmine nie einen von ihnen kennengelernt. Doch, einen einzigen – einen Jesuitenpater, den man aus dem Land gejagt hatte, weil er die Sklaven unterrichtet hatte.[40] Weil Madame Acquaire Kreolin war und arm, hatte sie das Gefühl, dass es trotz allem Gemeinsamkeiten zwischen ihnen gab. Aber jetzt wollte sie Minette ihrem Einfluss entreißen und sie dieser erbarmungslosen weißen Gesellschaft zum Fraß vorwerfen.

«Wieso antwortest du nicht, Jasmine?»

«Dame Acquaire, das ist unmöglich.»

«Unmöglich! Aber wenn ich dir doch sage, dass ich alles einrichten werde. Hab keine Angst.»

«Es ist nicht so, wie Sie denken, Dame Acquaire.»

Ihr Tonfall verriet Madame Acquaire, dass sie es mit einer halsstarrigen Person zu tun hatte, die, was selten vorkam in diesen Zeiten, um die Tugend ihrer Tochter fürchtete.

«Hör zu, Jasmine, ich verspreche dir, dass ich auf Minette aufpassen werde, als wäre sie meine eigene Tochter.»

Die *affranchie* lächelte. Wie groß Minettes Talent sein musste, wenn sich jemand so sehr für sie einsetzte!

«Denk an ihre Zukunft, Jasmine. Denk an all das Gute, das sie für die Ihren bewirken kann, indem sie den Weißen ihr Talent offenbart. Denn sie hat eine wunderbare Stimme, Jasmine, eine einzigartige Stimme …»

Jasmine schloss ein zweites Mal die Augen. Sie sah Minette auf der Bühne singen, in einem samtenen Kleid und mit Juwelen geschmückt, während Hunderte Hände ihr applaudierten, weiße Hände, die Hände hochgestellter Herren … Einen Moment rang sie mit sich. Würde sie ihr die Erlaubnis verweigern, hatte sie das Recht dazu? Nein, das war nicht möglich. Die wilden Sprünge ihres Herzens verrieten eine innere Erregung, die der Schauspielerin nicht verborgen blieb … Ihre Tochter würde an der Seite von Weißen auf der Bühne stehen, sie würde als Erste die unüberwindliche Mauer aus Vorurteilen niederreißen, sie, ein fünfzehnjähriges Mädchen. Gott gewährte ihr, Jasmine, der einstigen Sklavin, einen solchen Tag zu erleben!

Sie begann zu schluchzen, fiel auf die Knie und griff mit beiden Händen nach Madame Acquaires Kleid.

«Dame Acquaire, sind Sie sicher, dass Sie mein Kind beschützen können? Ich habe Angst, ich möchte es später nicht bereuen ...»

«Du wirst es nicht bereuen, Jasmine», entgegnete die Schauspielerin im Ton einer Frau, die sich ihres Sieges schon im Voraus gewiss ist.

«Ich bete zu unserem Herrn Jesus Christus, dass es so sein wird», sagte Jasmine und bekreuzigte sich.

Als sie wieder allein war, rief sie ihre Töchter herein, von denen Joseph sich auf der Galerie verabschiedet hatte, und verkündete ihnen die gute Nachricht. Überglücklich warf sich Minette ihrer Mutter in die Arme, aus denen Lise sie hervorzog, um ihr selbst um den Hals zu fallen.

«Im Schauspielhaus! Im Schauspielhaus!», rief die Jüngere unablässig.

Das brachte Minette abrupt wieder zur Besinnung.

«Im Schauspielhaus, hast du gesagt, Maman? Aber das werden sie niemals zulassen ...»

«Doch, Dame Acquaire hat es gesagt.»

«Oh, Maman ...!»

Eine Weile genoss Jasmine das Glück ihrer Töchter, dann bat sie Lise, die Waren nach draußen zu bringen, nahm Minette bei der Hand, führte sie ins Schlafzimmer und schloss die Tür hinter sich.

«Du wirst allmählich zum jungen Mädchen, Minette, und dein Leben wird sich verändern. Du wirst eine neue Welt kennenlernen, von der ich dich zu deinem Wohl und deinem Glück bisher ferngehalten habe. Vielleicht wird man dir schmeicheln, dir Komplimente machen. Weiße werden deine Nähe suchen, dir den Hof machen, lass dich davon nicht blenden ...»

Während sie sprach, knöpfte sie ihre Jacke auf, und Minette, die sie dabei beobachtete, dachte bei sich, dass sie ihre Mutter bis zu diesem Tag noch nie nackt gesehen hatte.

«Hör mir gut zu, Minette, das Leben besteht nicht nur aus Liedern,

Lachen und schönen Kleidern. Es hat auch eine andere Seite. Ich werde dich traurig machen, mein Kind, aber es hat auch eine andere Seite, schau her.»

Sie riss sich die Jacke herunter und ließ ihre Tochter ihre rechte, von einem Brandmal gezeichnete Brust sehen.[41] Dann drehte sie sich um und zeigte ihr auch ihren von Narben bedeckten Rücken.

Minette schrie auf und wollte hinauslaufen; Jasmine bedeutete ihr, still zu sein, und hielt sie fest, um sie zum Bleiben zu zwingen.

«Du musstest es erfahren, verstehst du, es musste sein.»

Sie beugte sich zu ihr vor, und mit von leisem, schmerzlichem Schluchzen erfüllter Stimme flüsterte sie: «Du wirst Weiße kennenlernen, viele Weiße. Vergiss nicht, dass dein Vater einer von ihnen war. Und er war mein Herr.»

IV

Die Tage vergingen. Während Minette pausenlos mit Madame Acquaire probte, bereitete Monsieur Acquaire das Terrain vor, indem er öffentlich bekannt gab, dass das Publikum zu Weihnachten eine außerordentliche Überraschung erwartete.

Was sie dort ohne die Zustimmung der Aktionäre und des Direktors des Theaters planten, war äußerst gefährlich, denn die politische Stimmung jener Zeit war in höchstem Maße angespannt. Die Kolonisten hatten eine große Zahl von Sklaven verloren, die in die Berge geflohen waren und sich dort den *marrons*[42] angeschlossen hatten. Unumwunden beschuldigten sie die *affranchis*, ihnen bei der Flucht geholfen zu haben. Seit einigen Wochen verging kein Tag, an dem man in der Zeitung nicht die Beschreibung eines oder mehrerer Sklaven lesen konnte, die aus den Ateliers[43] verschwunden waren. Entlang der Straßen hatte die Polizei Anschläge mit folgendem Wortlaut an die Bäume nageln lassen:

«Es ist den *affranchis* strengstens untersagt, entlaufenen Sklaven Unterschlupf zu gewähren. Jeder, der sich dieser strafbaren Handlung schuldig macht, wird seine Freiheit verlieren, ebenso alle Mitglieder seiner Familie, die im selben Haushalt leben wie er.»

Wenn die Ausrufer, die die Ankündigung zur bevorstehenden Weihnachtsaufführung im Schauspielhaus durch die Straßen trugen, vor den Bäumen mit diesen Anschlägen stehen blieben, ahnten sie nicht, dass sie selbst gerade Werbung für ein farbiges junges Mädchen machten, das an dem Abend die Hauptrolle in der komischen Oper *Isabelle und Gertrude* übernehmen sollte.[44]

Monsieur Acquaire verspürte daher eine gewisse Sorge, welchen Empfang man seinem jungen Schützling bereiten würde. Er erzählte Madame Acquaire von seinen Befürchtungen, doch diese versicherte ihm, dass der Abend ein Erfolg werden würde, sei es, weil sie nichts von der aktuellen

Politik wusste oder weil ihr Optimismus sie blind machte. Es sollte eine Benefizveranstaltung zu ihren Gunsten werden, und Madame Acquaire, die ihre Gläubiger überredet hatte, sich noch bis Weihnachten zu gedulden, verdrängte jeden Gedanken, der ihre Zuversicht ins Wanken bringen könnte.

«Ich habe Vertrauen, verstehst du», sagte sie zu ihrem Mann, wenn dieser allzu nervös erschien. «Ich vertraue sowohl auf das Talent als auch auf das bezaubernde Wesen dieses Mädchens.»

«Talent und ein bezauberndes Wesen ändern nichts daran, dass sie farbig ist und wir gegen das Gesetz verstoßen.»

«Ihre Haut ist so hell, dass man ihr vergeben wird.»

Monsieur Acquaires Auge zuckte nervös, bevor er antwortete.

«Sie hat etwas an sich, was niemanden täuschen kann.»

Madame Acquaire lächelte geheimnisvoll.

«Und genau darauf setze ich, um das Publikum für sie einzunehmen», entgegnete sie. «Selbst wenn die Frauen sie ausbuhen sollten, werden die Männer sie feiern.»

Da die Proben heimlich in der Rue Traversière stattfanden, hatte Monsieur Acquaire die Rolle des jungen Schauspielers Claude Goulard übernommen, mit dem Minette das Duett singen sollte.

Um sie mit der Bühne vertraut zu machen, richtete man mitten im Zimmer eine improvisierte Spielfläche ein. Ein großes Bettlaken diente als Vorhang. Und die übrigen Darsteller ersetzte Monsieur Acquaire kurzerhand durch Möbelstücke.

«So, dieser Stuhl hier ist Magdeleine Brousse. Sie singt gerade diese Arie, und du gibst ihr Antwort. Dieses Porträt ist die Gruppe von Schauspielern, die in der letzten Szene auftreten. Ich bin Claude Goulard, und Madame Acquaire ist Madame Tesseyre. Hast du verstanden?»

Scipion fungierte als Einsatzgeber und klopfte dreimal mit einem Stein gegen die Wand. Darauf wurde das Laken herabgelassen und Minette betrat die Bühne. Sie betrat sie vollkommen unbefangen, ohne jede Erregung, und sie wunderte sich darüber, dass manche Leute Nervosität verspürten.

«Das ist ja ganz einfach!», rief sie glücklich.

Selbstbewusst antwortete sie dem Stuhl, der Magdeleine Brousse war, und auch dem Gemälde, das die versammelten Schauspieler darstellte, und die zufriedenen Acquaires verkündeten, sie sei erstaunlich und einfach perfekt.

«Es funktioniert wunderbar», sagte Monsieur Acquaire, deswegen nicht minder besorgt.

Er ahnte, dass es ehrlicher gewesen wäre, eine Aktionärsversammlung einzuberufen und den Anteilseignern des Theaters von Minette zu erzählen. Doch wenn sie ablehnten, könnte das seine schönsten Hoffnungen zunichtemachen, und so zog er es vor, sowohl sie als auch den Direktor vor vollendete Tatsachen zu stellen. Dank ihrer trefflichen Intuition wusste Madame Acquaire im Voraus, dass sie von François Saint-Martin[45], dem liberalen Direktor des Schauspielhauses, nichts zu befürchten hatte und er von Minette ebenso hingerissen sein würde wie von allen schönen Mulattinnen des Landes. Und was François Mesplès betraf, so sagte sie sich, dass dies eine Möglichkeit wäre, sich an ihm zu rächen. Zwar könnte sich die Rache gegen sie selbst wenden, doch sie würde unweigerlich auch Mesplès treffen, und allein das war die Sache wert.

Als Joseph Ogé von dem, was sich dort anbahnte, erfuhr, war er sehr zurückhaltend in seinen Lobesbekundungen und fragte Minette auf eine Weise aus, die Jasmine mit Sorge erfüllte.

«Madame Acquaire will dich im Theater der Weißen singen lassen. Das ist sehr mutig von ihr. Aber die Heimlichkeit, mit der sie diese Aufführung vorbereitet, missfällt mir. Hat sie dich dem Direktor vorgestellt?»

«Nein.»

«Hast du einen Vertrag unterschrieben?»

«Nein.»

«Wen kennst du am Schauspielhaus?»

«Die Acquaires …»

«Die Acquaires, die Acquaires … Aber sie sind doch bloß Schauspieler, das Theater gehört ihnen nicht.»

Seine Angst war berechtigt. Zu dem Zorn, den die Flucht ihrer besten Sklaven unter den Plantagenbesitzern geschürt hatte, kam in jüngster Zeit eine Welle des Schreckens, ausgelöst durch mehrere auf Gift zurückzuführende Todesfälle. Sklaven begingen Selbstmord, nachdem sie ihre Herren und das Vieh vergiftet hatten, und in der Rue Bonne-Foi hatte ein gewisser Pradel seine Freiheit verloren, weil er zwei entlaufene Sklaven in seinem Haus versteckt hatte. Man hatte ihn als abschreckendes Beispiel an der Hauptstraße aufgehängt. Zwei Tage lang standen die Menschen Schlange, um seinen verzerrten Mund zu sehen, aus dem die riesige, lila verfärbte Zunge hing. Begierig auf neue Empfindungen, gingen Frauen dorthin, um bei diesem Anblick in Ohnmacht zu fallen, während ahnungslose Kinder das Opfer mit Steinen bewarfen.

Vorsorglich nahm man den Sklaven noch ihren letzten Trost und verbot ihnen, sich in der Kirche oder an irgendeinem anderen Ort zu versammeln und den Predigten jener «Buschpriester»[46] zu lauschen, die sie lehrten, dass Jesus Christus der Vater aller Menschen sei, unabhängig von ihrer Hautfarbe, und der Sklave das Joch annehmen und seinem Herrn mit Respekt und Ergebenheit dienen müsse. Ihre Predigten waren nicht immer so unschuldig, und das wussten die Kolonisten. Sobald es dunkel wurde, ließen sie die Kirchen schließen. Das war ein großer Fehler, denn ihrer spirituellen Zuflucht beraubt, wandten sich diese unglücklichen Kreaturen, die in ihrer Arglosigkeit alles für bare Münze nahmen, was man ihnen über die Religion erzählte, mehr denn je wieder ihrem alten Glauben zu, der diesmal unwiderbringlich in ihnen Wurzeln schlug. Aufgeklärte Geister in ihren Reihen, Zeitgenossen von Makandal, bestärkten sie in dieser Entscheidung, indem sie Vergleiche anstellten zwischen dem Gott der Weißen, der die Weißen liebte, und den afrikanischen Göttern, die die Schwarzen liebten. In den Händen der Anführer der *marrons* wurde der *vaudou*[47] zu einer mächtigen Waffe; in dieser Religion hatten sie das Ferment gefunden, das noch die Energie des resigniertesten Sklaven anzuregen vermochte.

So übermittelten die Trommeln und Lambis weiterhin von Zeit zu Zeit, vor allem nachts, in den Bergen und Ateliers ihre geheimnisvollen Botschaften …

Obwohl Jasmine das alles wusste, ging sie dazwischen, als Joseph Minette noch weiter befragen wollte. Nun, da sie eingewilligt hatte, ihr Glück zu wagen, nun, da ihre Entscheidung gefallen war, duldete sie nicht, dass jemand ihr die Zuversicht nahm.

Große Hoffnungen bewegten ihr Herz. Man kann nie wissen, sagte sie sich, oder auch: Sie singt so schön! Und um sich Mut zu machen, lautete ihr letzter Gedanke unweigerlich, dass Madame Acquaire besser als jeder andere wisse, was sie tat, und sie ihr vertrauen müsse.

Trotz ihrer mangelnden Bildung hatte die Mutterliebe in ihr ein ungewöhnliches Gespür für die menschliche Psyche befördert, das ihren Instinkt verstärkte und ihr besondere Fühler verlieh. Sie wusste, dass ihrer Tochter eine einzigartige Gelegenheit geboten wurde. Das Vorhaben der Acquaires durchbrach die traurige, elende Routine ihres Lebens. Wenn sie jetzt an die Zukunft dachte, schien diese ihr wie von einem strahlenden Lichtpunkt erhellt, von dem sie sich unwiderstehlich angezogen fühlte.

«Gib ihr diese Möglichkeit, Joseph!», hatte sie den jungen Mann gebeten. «Lass sie gehen, auch wenn es gefährlich ist …»

Joseph Ogé senkte den Kopf, er spürte, dass es letztlich besser war, die Augen zu verschließen und alles den Acquaires zu überlassen. Sie waren die verwöhnten Kinder des Theaters, sie würden vielleicht für Minette einstehen können. Mit Mühe verscheuchte er seine unliebsamen Ängste und rief die beiden Mädchen zu einer gemeinsamen Lektüre.

Als er sich um die Mittagsstunde zum Gehen anschickte, flog unvermittelt die Tür auf, und eine der Klatschbasen des Viertels stürmte auf Jasmine zu.

«Sie haben einen entlaufenen Sklaven festgenommen», sagte sie zitternd. «Wie es scheint, hatte er sich hier in der Straße versteckt. Glaubst du, sie werden uns verdächtigen? Mein Gott! Da kommt die Polizei …!»

Ohne zu antworten, ging Jasmine, gefolgt von Joseph und ihren Töchtern, hinaus.

Der Sklave war noch sehr jung, etwa im gleichen Alter wie Joseph.

Unter dem Lendenschurz, der kaum seine Oberschenkel bedeckte, zeichneten sich die geschmeidigen, starken Muskeln ab wie dicke Seile.

Seine Bewacher hatten ihm eine Kette um den Hals gelegt, und während zwei von ihnen ihn an seiner Fessel führten, folgten ihm zwei weitere mit der Muskete in der Hand.

Zahllose Schaulustige traten zum großen Verdruss der Krämerinnen, die sie mit lautem Geschrei zu vertreiben versuchten, auf die ausgelegten Waren. Elegante Damen in hastig übergeworfenen durchsichtigen *gaules* ergötzten sich an dem Spektakel. Haussklaven drängten sich auf den Türschwellen und reckten neugierig die Hälse.

«Sie haben ihn erwischt, sie haben ihn erwischt …», schrien die Jüngsten auf Kreolisch, als der Sklave vorbeigeführt wurde.

«Da kommt sein Herr …», rief jemand warnend.

Ein Weißer mittleren Alters bahnte sich einen Weg durch die erregte Menge. Er trug einen Leinenanzug, schlammverkrustete Gamaschen und einen breitkrempigen Strohhut. Als er den Sklaven erreichte, entfaltete er eine lange lederne Peitsche.

«Du wolltest dich also auch davonmachen, ja?», sagte er.

Der Sklave antwortete nicht. Er hob lediglich den Kopf, den er bis dahin gesenkt hatte, und schloss die Augen, um den Schweiß, der ihm die Sicht nahm, über sein Gesicht rinnen zu lassen.

«Du wirst deine Flucht noch bereuen!», fügte der Pflanzer hinzu. «Los, vorwärts!»

Als sie an Jasmines Haustür vorbeikamen, drehte der Sklave den Kopf und sah zu Joseph hinüber. Er spannte die Muskeln an, als wollte er seine Ketten sprengen. Der Weiße bemerkte seine Geste, die Peitsche pfiff durch die Luft und traf das Gesicht des Schwarzen. Minette entfuhr ein Aufschrei, der sich im Tumult der Menge und dem Rasseln der Ketten verlor. Der Sklave richtete den Blick auf sie. Sie klammerte sich an Joseph und weinte nervös. Denn sie hatte seinen mit frischen Narben bedeckten Rücken gesehen, auf dem der herabrinnende Schweiß Striemen aus verkrustetem, geronnenem Blut mit sich zog. So musste auch der Rücken ihrer Mutter vor einigen Jahren ausgesehen haben. Noch nie hatte dieser Anblick sie so sehr aufgewühlt. Wie alle Kinder dieses Landes hatte sie schon sehr früh mit angesehen, wie Sklaven geprügelt wurden. Das war deren Los, nicht das ihre. Aber nun, da sie wusste, dass es auch das Los ihrer Mutter gewesen war, da sie begriffen hatte, dass ihr, Minette, um ein Haar das gleiche Schicksal gedroht hätte, hatte sich ihre Auffassung von der Sklaverei gewandelt.

Sie hatte nicht aus Mitleid aufgeschrien, nein, etwas anderes musste sie unvermittelt erfasst, durchdrungen, von ihr Besitz ergriffen haben. Mitleid schnürte einem nicht auf diese Weise das Herz ab, es zerrte nicht so an den Nerven, es verursachte keine Übelkeit und weckte nicht den Drang, sich augenblicklich auf den Weißen zu stürzen, ihn zu schlagen, zu beißen, zu beschimpfen. All das aufgrund des blutenden Rückens, den sie vor sich sah und der absichtlich hergekommen zu sein schien, um ihr, sollte sie es je vergessen haben, zu zeigen, wie der Rücken eines Sklaven aussehen konnte, wenn er zur Strafe ausgepeitscht worden war. Ihre Mutter, ihre eigene Mutter hatte das Gleiche erlebt! Oh, dieser dreckige Weiße! Oh, dieses Schwein! Oh, dieser Verbrecher, auf die Galeeren gehört er, dieser weiße *poban*. Alle kreolischen Schimpfworte, die sie kannte, kamen ihr über die Lippen. Als Jasmine ihre Tränen bemerkte, senkte sie seufzend den Kopf. Auch für sie war ein solcher Anblick unerträglich, denn sie verabscheute alles, was sie an ihre entwürdigende Vergangenheit erinnerte. Sie drängte Joseph und ihre Töchter zurück ins Haus und schloss die Tür hinter sich. Minette setzte sich im vorderen Zimmer in eine Ecke, presste sich eine Hand auf den Mund und bemühte sich vergebens, ihr Schluchzen zu unterdrücken.

«Das sind die Nerven», sagte Jasmine zu Joseph. «Sie ist in einem schwierigen Alter. Das geht wieder vorbei.»

Verwundert betrachtete Lise ihre weinende Schwester. Was ist denn heute bloß mit ihr?, schien sie sich zu fragen. Joseph holte ein Glas Wasser, forderte sie auf zu trinken und versprach, dass es sie beruhigen würde.

«Ich hasse ihn», stieß Minette in einem krampfhaften Atemzug hervor.
«Wen?»
«Diesen weißen Plantagenbesitzer. Ich könnte ihn umbringen …»
«Psst!», mahnte Jasmine erschrocken.

Behutsam öffnete sie die Tür und sah hinaus. Im selben Moment drang ein lang gezogener Schmerzensschrei in das kleine Zimmer.

«Ich flehe dich an, Maman, mach die Tür zu», bat Minette stöhnend.

«Was hast du denn?», wollte Lise wissen. «Erlebst du zum ersten Mal, dass ein Sklave geprügelt wird?»

Ein weiterer Schmerzensschrei war zu hören, gedämpfter diesmal.

Nicolette kam herein. Seit einigen Tagen trug sie wie Tausendlieb mit falschem Schmuck verzierte seidene Kopftücher und Mieder aus durchsichtigem Batist. Häufig wurde sie von Weißen, jungen oder alten, in prächtigen Kutschen nach Hause gebracht. Herablassend und stolz stieg sie aus, mit zerknitterter Kleidung, aber zufrieden.

Sie warf Joseph einen verführerischen Blick zu und eilte zu dem kleinen Wohnzimmerspiegel, um sich darin zu bewundern.

«Der Sklave bekommt ordentlich das Fell gegerbt», sagte sie auf Kreolisch, während sie sich die Nasenspitze puderte.

Als sie keine Antwort erhielt, drehte sie sich zu Minette um.

«Was ist denn mit dir los? Wieso weinst du?»

«Weil der Sklave geprügelt wird», antwortete Lise.

«Weil der Sklave geprügelt wird …!»

Mit geballten Fäusten stand Minette wortlos auf, ging an Nicolette vorbei ins Schlafzimmer und schlug die Tür so fest hinter sich zu, dass das kleine Haus bebte.

V

Trotz allem verlebte sie die folgenden Tage wie im Traum. Ihre glückliche Jugend legte Balsam auf ihre Wunden und linderte den Schmerz. Zunächst war da die kleine Summe gewesen, die Madame Acquaire Jasmine für ihre Kostüme ausgehändigt hatte. Es war der 15. Dezember, und das bewusste Datum rückte näher. Ausgelassen und fröhlich liefen die beiden jungen Mädchen von Geschäft zu Geschäft. Zum ersten Mal in ihrem Leben lernte Minette die Freuden des Einkaufens kennen. Bei Mademoiselle Monnot in der Rue Bonne-Foi leistete sie sich, Madame Acquaires Rat folgend, einen Taftrock. Danach wählte sie eine transparente Spitze, mit Schmucksteinen verzierte Ohrringe, die sie lachend vor dem Spiegel der Händlerin anprobierte, und rosa Schuhe im Farbton ihres Rocks. Lise ließ sich einen Fächer schenken, den sie sich schon lange gewünscht hatte, und auf dem Heimweg hielt sie ihn wie eine echte Dame, was ihre Schwester entzückte.

«Am Tag der Vorstellung nehme ich ihn mit. Vergiss nicht, zu mir herzusehen, bevor du zu singen anfängst», schärfte sie Minette ein.

Bewundernd blieben sie vor den Auslagen der Juweliere und Parfümeure stehen. Doch es war kein Geld mehr übrig, und so mussten sie nach Hause zurückkehren, ohne Handschuhe oder Parfüms gekauft zu haben.

«Ach, Minette, ich wäre so gern reich, dann könnte ich alles kaufen, was ich mir wünsche», sagte Lise mit einem Seufzen, während sie ihre Päckchen an sich drückte.

«Glaubst du denn, es gibt auf der Welt irgendjemanden, der nicht gern reich wäre?», entgegnete ihre Schwester ...

... Um keine Putzmacherin[48] bezahlen zu müssen, baten sie Nicolette um Hilfe, und diese eilte sogleich mit einer Schere bewaffnet herbei, der sie besondere Kräfte zuschrieb; ihre geheimnisvolle Miene verriet

Jasmine auf den ersten Blick, welch abergläubischer Natur ihre Überzeugung war.

Doch sie erwies sich als derart hilfreich und von spontaner Großzügigkeit, dass selbst Jasmine ihr dankbar war.

«Wo willst du denn hin, so fein ausstaffiert wie eine Dame?», fragte sie Minette. «Zum Ball oder in die Vaux-Halls[49]?»

«Das wirst du schon bald erfahren», antwortete diese geheimnisvoll.

«Hast du einen Liebhaber? Besitzt er eine Kutsche? Ist es ein Weißer?»

«Ein Weißer!», entfuhr es Minette in unerklärlichem Ton.

«Nicolette», schimpfte Jasmine, «Minette ist noch ein Kind …»

«Mit fünfzehn», rief die Kurtisane lachend, «da hatte ich schon zwei Galane.»

«Genug jetzt, Nicolette, das reicht», ging die besorgte Mutter erneut dazwischen.

«Schon gut, schon gut, ich werde deine Unschuldslämmchen nicht weiter unterrichten. Aber glaub mir, so etwas wie die beiden ist in diesem Land ebenso selten wie Diamanten in den Taschen eines Sklaven. Erst neulich habe ich mit Tausendlieb über Minette gesprochen, du kennst sie, Jasmine, diese junge Mulattin, die der Königliche Intendant[50] zur Mätresse genommen hat. Sie hat mir versichert, dass Minette in zwei Jahren alle anderen Frauen des Landes in den Schatten stellen wird.»

Nachdem das Kleid zugeschnitten war, verabschiedete sie sich, zur großen Erleichterung von Jasmine, die Nicolettes Einfluss auf ihre Töchter fürchtete. Die Vorstellung, dass Minette schon bald ständigen Versuchungen ausgesetzt sein würde, war schlimm genug …

Trotzdem machten sie sich von nun an abends, nachdem die Waren hereingebracht waren, freudig ans Werk. Die jungen Mädchen sangen beim Nähen, und wenn Joseph Ogé an die Tür klopfte, hielt er eine Minute inne, um die anmutige Gruppe zu betrachten. Dann begann er Verse zu rezitieren, zu denen Minette spontan eigene Melodien erfand.

Am Tag vor Weihnachten war Minettes Kleid fertig, und Jasmine heftete kleine, nach Jasmin duftende Blütensäckchen daran, um es zu parfümieren. Vor einem Publikum, das sich aus den Acquaires, Joseph und einigen von Jasmine eingeladenen Nachbarn zusammensetzte, fand am Abend die von Lise so genannte «Generalprobe» statt. Nachdem sie die Tür zum Schlafzimmer geöffnet und mit triumphierender Stimme: «Sie ist so weit!» verkündet hatte, erhob sich bei Minettes Eintreten ein bewunderndes Raunen. Wie selbstverständlich trug sie ihren langen, von Nicolette makellos zugeschnittenen Taftrock, auf den Jasmine mit großer Geduld mit Goldfaden große Blumen gestickt hatte. Obwohl kaum ausgeschnitten, ließ ihr Spitzenoberteil den Ansatz kleiner, perfekt geformter Brüste erkennen. Madame Acquaire stand auf, öffnete ein Päckchen, das sie in der Hand gehalten hatte, nahm ein hinreißendes Diadem heraus und steckte es Minette ins Haar.

«Damit wirst du eine unwiderstehliche ‹Isabelle› sein», sagte sie.

Sie gab ihr einen Kuss, und alle applaudierten.

Mit zuckendem Auge erteilte Monsieur Acquaire ihr letzte Ratschläge, wie sie gehen und sich verneigen solle. Dann griff er nach ihrer Hand, trat mit ihr zwei Schritte vor das improvisierte Publikum und verbeugte sich, als stellte er sie vor. Minette lächelte, nicht im Mindesten eingeschüchtert. Mit ihrer herrlichen Stimme sang sie zwei so reine, wundervolle Töne, dass erneut Applaus erklang. Madame Acquaire empfahl Jasmine, sie an diesem Abend früh ins Bett zu schicken, und verließ mit ihrem Mann und den übrigen Nachbarn das Haus.

Joseph jedoch betrachtete Minette wortlos. Er hatte erkannt, dass sie keineswegs mehr das fleißige Kind war, das er zwei Jahre unterrichtet hatte, sondern sich zu einem jungen Mädchen von großer Schönheit entwickelt hatte, das dank seines Talents jene entsetzliche Schranke würde überwinden können, die die Weißen errichtet hatten. Wenn sie Erfolg hatte, war ihr der Ruhm gewiss und, wer weiß, vielleicht auch Reichtum! Er nahm ihre Hände.

«Du bist sehr schön, Minette, und wenn ich dich so ansehe, denke ich bei mir, dass ein Mädchen wie du seiner Rasse zur Ehre gereicht.»

«Weil ich schön bin?»

«Nein. Weil du trotz deiner Schönheit zurückhaltend und bescheiden bist.»

«Joseph!»

«Du hast Angst, Minette, habe ich recht?»

«Ja.»

«Sag dir, dass du um einen hohen Einsatz spielst. Wenn du gewinnst, umso besser, aber wenn du verlierst …»

«Wenn ich verliere?»

«Dann sagst du dir eben: Pech gehabt, und singst weiter für dich selbst und für uns. ‹Andere Dinge› werden dir Trost spenden.»

Es klang, als kämen ihm trotz seiner Worte jene «anderen Dinge» in den Sinn, von denen er noch nicht zu ihr sprechen wollte. Er fuhr sich mit der Hand über die Brust und musterte sie von Kopf bis Fuß.

«Du bist groß geworden, und du bist tapfer, nicht wahr, Minette?»

«Ich bin tapfer, aber ich habe Angst … vor ihnen.»

Abrupt packte er sie bei den Schultern.

«Hättest du Angst, wenn du gegen sie kämpfen würdest?»

«Kämpfen, sagst du?»

«Ja. Deine Stimme ist deine Waffe, und du wirst sie benutzen. Dann …» Wieder zögerte er, seufzte und fügte hinzu: «Ach, später, später vielleicht wirst du verstehen …»

Am Abend der Aufführung holte Madame Acquaire Minette frühzeitig ab, um sie ins Theater zu bringen.[51] Nicolette half Jasmine dabei, sie anzukleiden, während Lise, die viel zu sehr mit ihrer eigenen Toilette beschäftigt war, vor dem kleinen Spiegel im Schlafzimmer den Umgang mit ihrem Fächer übte.

«Scher dich weg da!», schimpfte Nicolette. «Oder singst du etwa heute Abend im Theater? Mein Gott, im Schauspielhaus der Weißen! Welch ein Glück! Ich komme mit meinem Galan, um dich zu hören, Minette. Er ist ein junger Offizier, und er hat eine schöne Kutsche. Wie schade, dass ich im Theater nicht bei ihm sitzen darf …!»

Auf dem Weg von der Rue Traversière zum Schauspielhaus erregten Minette und Madame Acquaire in ihren Kostümen großes Aufsehen. Beifall erklang, und die Menschen drängten sich auf den Häuserschwellen, um sie vorbeigehen zu sehen. Madame Acquaire, die ein Ballerinakostüm trug und ihre Ballettschuhe in den Händen hielt, bewegte sich leichtfüßig wie ein Vogel. In dem aus Gaze gefertigten Rock, der ihr kaum bis ans Knie reichte, sah sie aus wie ein kleines Mädchen. Alles auf ihrem Weg erfüllte Minette mit Erstaunen. Ihr schien, als sähe sie die Kirche, die sie doch jeden Sonntag besuchte, die Brunnen, die Gärten und die dichte Menschenmenge vor dem Theater zum ersten Mal. Nachdem sie den Eingang durchschritten hatten, kamen sie am Schankraum vorbei, wo als Zofen verkleidete junge weiße Frauen Offizieren in blitzenden Uniformen und reichen Kolonisten in samtenem Wams und gepuderter Perücke Getränke servierten.

Wie oft hatte sie sich auf dem Rückweg von einem Spaziergang mit ihrer Mutter gewünscht, hineinzugehen und zu sehen, was in dem großen Saal geschah, von dem es hieß, dort werde gesungen, getanzt, würden Verse deklamiert! Aber Jasmine hatte nie genug Geld gehabt, um den Eintritt zu bezahlen, und zum Trost ließen sich Lise und Minette die Vorstellungen in allen Einzelheiten von Nicolette beschreiben. Doch an diesem Abend betrat sie das Gebäude, und zwar nicht als einfache Zuschauerin. Sie sollte selbst eine Rolle auf der Bühne übernehmen, die Hauptrolle sogar, den Part der «Isabelle», in dieser Oper, die Madame Acquaire zufolge in Cap Français ganze zwei Monate am Stück gespielt worden war.[52] Würde sie ihrer Aufgabe gewachsen sein? Sie erschauerte, und Madame Acquaire, die ihre Hand hielt, spürte, wie sie zitterte. Sie legte ihr ein großes Umschlagtuch um die Schultern und zog sie mit sich in die Kulissen.

Mit einem Mal veränderte sich für Minette alles. Wie vor jeder Aufführung herrschte hinter der Bühne ein einzigartiges Treiben: Kostümierte Schauspieler kamen angelaufen, andere eilten, das Kostüm über dem Arm, halb nackt vorbei. Wieder andere, die in einem kreolischen Stück die Rollen von Schwarzen übernehmen sollten, schmierten sich fluchend Ruß ins Gesicht.

«Also wirklich», schimpfte einer von ihnen, «es wird höchste Zeit, dass wir endlich Schwarze in die Truppe bekommen, zum Donnerwetter!»

«Beeilt euch», rief eine Stimme, «es ist gleich so weit.»

«Was soll das denn heißen, gleich?», erwiderte einer der rußverschmierten Schauspieler gereizt. «Sagt uns doch genau, wie spät es ist.»

Allmählich wurde man hinter dem Vorhang auf Minette aufmerksam. Der Erste, der sie bemerkte, war François Saint-Martin, der Direktor des Schauspielhauses, persönlich. Er war jung, schneidig und von attraktivem Äußeren. Als wahrer Künstler scherte er sich nicht um Vorurteile und wählte seine Eroberungen unter den schönen Mulattinnen des Landes. Eroberungen, mit denen er sich teils aus Neigung, teils aus reiner Provokation in der Öffentlichkeit zeigte, als Affront gegen die weißen Frauen, die für ihn, wie er sagte, nicht mehr den geringsten Reiz boten. Auf diese liberale Einstellung vertrauten die Acquaires, und sie wussten schon im Voraus, dass ihnen verziehen werden würde.

Saint-Martin lebte mit einer farbigen Frau namens Zabeth zusammen, die ihm zwei Kinder geschenkt hatte und von der es hieß, sie sei verrückt nach ihm; er jedoch galt als verabscheuenswürdiger Ehemann. Madame Acquaire hatte sich auf die Suche nach Goulard gemacht und Minette, halb in den Falten des Vorhangs versteckt, zurückgelassen. Dort entdeckte Saint-Martin sie.

«Was machen Sie denn hier, Mademoiselle?», fragte er und musterte sie verwundert. «Suchen Sie jemanden?»

Sie wusste nicht, was sie darauf erwidern sollte, und hielt verzweifelt nach Madame Acquaire Ausschau. Doch es war deren Mann, der sie, atemlos und im Kostüm eines venezianischen Tänzers, aus ihrer Verlegenheit rettete. Sein Auge zuckte hektisch, bevor er Saint-Martin darüber in Kenntnis setzte, dass Minette an diesem Abend unter seiner Aufsicht in der Rolle der Isabelle ihr Bühnendebüt geben würde.

«In der Rolle der Isabelle? Für ein Debüt ist das ein Wagnis. Warum hast du mir nichts von diesem jungen Mädchen erzählt?»

Mit nervös zuckendem Auge stotterte Monsieur Acquaire vor sich hin und drehte den Kopf suchend hin und her, ob seine Frau nicht bald käme, was dem jungen Direktor keineswegs entging.

«Ach was, es ist mir auch egal», sagte er. «Dieser Abend wird zu euren Gunsten veranstaltet. Das ist allein eure Sache. Im Übrigen gefällt es mir, wenn junge Talente gefördert werden, und solange dabei alle Vorschriften eingehalten werden ...»

«Hmm!», brummte Monsieur Acquaire verlegen.

«Wie heißt denn das junge Fräulein?»

Monsieur Acquaire fuhr zum Direktor herum.

«Das sage ich dir nach der Vorstellung, François», entgegnete er, «vertrau mir. Ich verspreche dir, dass ich dir dann alles erzählen werde.»

«Wie du willst. Mit wem singt sie heute Abend?»

«Goulard.»

Er betrachtete Minette einen Moment lang unschlüssig, als versuchte er zu erkennen, welcher Art ihre Schönheit war, um sie einordnen zu können.

«Für eine Weiße wirkt sie ein wenig zu sinnlich», murmelte er im Davongehen, «sie muss aus dem Süden Frankreichs stammen.»

Währenddessen füllte sich der Saal. Die neun vorderen Logen, die jeweils sieben Plätze fassten, waren bereits besetzt, ebenso wie die fünf Gitterlogen und die beiden Balkone. Die einundzwanzig übrigen Logen, hinten im zweiten Rang gelegen, jenem Teil des Theaters, den man «das Paradies der Farbigen» nannte, waren zum Bersten voll.[53] Gegen acht Uhr verrieten das Scharren von Stühlen auf dem Boden und die klirrenden Waffen der Offiziere, dass der Gouverneur und der Intendant der Stadt ihre Plätze eingenommen hatten. Madame Acquaire war zu Minettes Versteck zurückgekehrt und stellte ihr Claude Goulard vor, der ebenso überrascht und bezaubert war wie François Saint-Martin.

«Claude, dieses junge Fräulein wird heute Abend deine Partnerin sein. Sie übernimmt die Rolle der Isabelle.»

Höflich verbeugte er sich vor ihr und erklärte, er fühle sich sehr geschmeichelt, an der Seite einer so hübschen Person aufzutreten, allerdings bedaure er, nicht mit ihr zusammen geprobt zu haben, was einfacher gewesen wäre und ihnen beiden die Sache erleichtert hätte. Madame Acquaire wandte ein, dass Minette unpässlich gewesen sei und das Haus nicht habe verlassen können, daher habe sie sie bei sich zu Hause proben lassen.

«Keine Angst, Claude», sagte sie, um ihn zu beruhigen. «Sie beherrscht ihre Rolle perfekt.»

Zehn Minuten vor der Vorstellung wurde sie Magdeleine Brousse vorgestellt, einer hübschen blonden Frau von zwanzig Jahren, die die Gertrude spielen sollte.

«Ach je, was für eine Geheimniskrämerei um dieses Stück!», sagte Magdeleine Brousse. «Das war das erste Mal, dass uns bei den Proben eine Darstellerin vorenthalten wurde.»

Aber sie lächelte Minette dabei freundlich an und rückte ihr wohlwollend eine Haarsträhne auf der Schulter zurecht.

«Eine hübsche Entdeckung hast du da gemacht, Madame Acquaire», bemerkte sie fröhlich. «Gertrude oder Isabelle? Da hat das Publikum heute Abend die Qual der Wahl.»

Dies hatte sie in einem so komischen Tonfall gesagt, dass alle in Gelächter ausbrachen.

In dem Moment eilte Saint-Martin, offenbar tief in Gedanken versunken, mit großen Schritten vorbei. Man klatschte ihm Beifall, und eine Stimme rief: «Ein Hoch auf unseren Direktor!»

Magdeleine warf ihm eine Kusshand zu.

«Los, los, raus auf die Bühne», sagte er, ohne stehen zu bleiben, und begleitete seine Worte mit einem Wink.

Sogleich trat ein Schauspieler, den Minette bis dahin nur flüchtig gesehen hatte, vor die Zuschauer. Tosender Applaus empfing ihn.

«Wer ist das?», fragte Minette Madame Acquaire.

«Macarty, der komische Darsteller, das Publikum liebt ihn.»

Minette hörte kaum, was der Schauspieler zum Publikum sagte, ihr Herz hämmerte, und ihr schien, als bekäme sie keine Luft mehr.

«Du bist ja ganz blass», sagte Magdeleine Brousse, die Mitleid mit ihr bekam. «So ist das beim ersten Mal, da hat jeder Lampenfieber, aber man gewöhnt sich daran. Komm, ich tupfe dir ein bisschen Rouge auf die Wangen, und sei nicht gekränkt, wenn ich dich duze, das ist so üblich unter Theaterleuten. Gott, wie braun du bist! Verbringst du deine ganze Zeit in der Sonne?»

Kaum hatte sie sie geschminkt, da nahm Madame Acquaire auch schon Minettes Hand und schob sie vor sich her. Dabei forderte sie sie auf, tief durchzuatmen, um ihre Stimme frei zu machen.

«Ich habe Angst», flüsterte sie.

«Sag das nicht», entgegnete die Schauspielerin, «das bringt Unglück.»

Der Vorhang war nach Macartys Abgang offen geblieben. Drei Schläge kündigten den nächsten Auftritt an, wie Hammerschläge dröhnten sie in Minettes Kopf. Saint-Martin stürmte an ihnen vorbei.

«Isabelle», rief er, «Isabelle und Gertrude! Kündigt die Oper an! Sagt dem Orchester Bescheid!»

Macarty war erneut auf die Bühne getreten, um das Stück anzusagen.

«Mesdames, Mesdemoiselles, Messieurs», deklamierte er in seinem unnachahmlichen Akzent, «wie in unseren *Affiches*[54] zu lesen war, feiert heute Abend ein fünfzehnjähriges Mädchen in der Rolle der Isabelle sein Bühnendebüt. Sie wurde unter größter Geheimhaltung von den Nutznießern dieses Abends, Monsieur und Madame Acquaire, auf ihren Auftritt vorbereitet, und wenn diese Ihnen nun ihre Schülerin präsentieren, bitten sie zugleich um Nachsicht für deren Jugend und Unerfahrenheit.»

Applaus ertönte.

«Ihre Stimme, heißt es, sei eine Offenbarung, und da die Proben heimlich und in kleinstem Kreise stattgefunden haben, warten wir ebenso ungeduldig wie Sie darauf, sie endlich singen zu hören.»

«Wie originell», rief jemand.

Er verbeugte sich und ging unter lautem Beifall von der Bühne.

Im selben Augenblick spürte Minette, wie sie berührt, angestoßen wurde.

«Auf die Bühne, auf die Bühne, los, raus auf die Bühne mit ihr», flüsterte eine Stimme.

Jemand packte ihre Hand, jemand hielt die Vorhänge zur Seite, jemand schob sie nach vorn, und schon stand sie auf der Bühne. Sie richtete den Blick auf den Saal und war sogleich wie geblendet. Es war, als schössen Tausende von Sternen durch den Raum. Bunte Sterne, die zu einem hellen Glöckchenklang funkelten. Plötzlich begannen sie menschliche

Gestalt anzunehmen, und halb tot vor Angst erblickte Minette einen lächelnden Stern, ein anderer neigte den juwelengeschmückten Kopf, und ein dritter, betresst wie ein Offizier, deutete mit dem Finger auf sie. Ihre wackligen Beine trugen sie keinen Schritt weiter, also schloss sie die Augen und blieb auf der Stelle stehen, mit starr herabhängenden Armen, die Hände in ihren Rock geklammert. Als sie die Augen wieder öffnete, waren die Sterne verschwunden und hatten Hunderten von Männern und Frauen Platz gemacht, Weißen, nichts als Weißen in ihren prächtigsten Gewändern.

Das Orchester spielte die ersten Takte. Aus den Kulissen drang Madame Acquaires Flüstern.

«Geh weiter, beweg dich, heb die Hände zum Himmel ...»

Während sie mechanisch gehorchte, hörte sie die erste Note der Geige, deren Melodie sie aufnehmen sollte; sie öffnete den Mund, um zu singen, doch kein Ton kam über ihre Lippen. Am Rascheln der Vorhänge, am Geräusch hastiger Schritte, an den flüsternden Stimmen erkannte Minette die Nervosität der Schauspieler hinter den Kulissen. Wie hypnotisiert starrte sie weiter unverwandt geradeaus, die Arme noch über den Kopf erhoben, den Mund halb geöffnet. Die Geige verstummte. Das Orchester stimmte erneut die erste Note an, mit mehr Schwung diesmal, als wollte es ihrem Gedächtnis auf die Sprünge helfen. In dem Moment wandte sich ihr Blick ab von dem prächtigen, allzu hell erleuchteten Saal und wanderte hinauf zu den einundzwanzig Logen im oberen Rang, wo die Farbigen saßen. Dicht gedrängt, zusammengepfercht, schienen sie miteinander verbunden in einer unermesslichen Solidarität, die ihr schlagartig offenbart wurde. Auch sie warteten. In ihren Augen, in ihren nach vorn gebeugten Körpern lag etwas so Beängstigendes, dass sie am liebsten aufgeschrien hätte. Gleich darauf zuckten zwei Bilder durch ihre Erinnerung: die Bilder zweier von Peitschenhieben gezeichneter Rücken. Der eine vernarbt, der andere noch aus frischen Wunden blutend. Ein langer Schauer durchlief sie. Diese Peitschenhiebe hörte sie nun, laut und dumpf, auf Tausende blutender Rücken niederfahren. Dicht bei ihrem Ohr flüsterte Josephs Stimme: «Sag dir, dass du heute Abend um einen hohen Einsatz spielst, deine Stimme ist deine Waffe, und du wirst sie benutzen.»

Zum zweiten Mal war die Geige verstummt. Während nun auch das gesamte Orchester in gespannter Erwartung die Hälse zur Bühne reckte, erklang ihr Einsatz zum dritten Mal.

Minette öffnete den Mund, und diesmal erhob sich ihre Stimme kristallklar, warm und so voll, dass ein bewunderndes Raunen das Publikum durchlief.

Nun, da sie sang, sah sie nichts mehr, hörte nichts mehr, sie war erfüllt von den wunderbaren Klängen, die ihre Stimme verströmte. Alles um sie herum war verschwunden: der Saal, das Orchester, ja sogar die einundzwanzig Logen, aus denen ihre Freunde sie beobachteten. Etwas in ihrem Inneren, das von weit, sehr weit herkam, gab ihr Gesten und Haltungen ein. Als Goulard zu ihr auf die Bühne kam, um in das Duett einzustimmen, sah sie Bewunderung und Überraschung in seinen Augen. Er war jung, attraktiv, und gemeinsam bildeten sie ein so vollkommenes Paar, dass die gerührten Zuschauer sie mit ihrem Beifall unterbrachen. Umringt von den übrigen Darstellern, stand Saint-Martin in den Kulissen und beobachtete sie verblüfft. Minettes Stimme drang in so kristallklaren Höhen zu ihm herüber, wurde immer voller und erstarb schließlich in so sinnlichen, tiefen Modulationen, dass er ausrief: «Diese Kleine singt, als wäre sie dreißig Jahre alt. Aus welcher Region Frankreichs kommt sie?»

Diesen Moment wählten die Acquaires, um ihm das Geheimnis zu enthüllen.

Madame Acquaire lächelte glücklich.

«Sie ist eine Farbige, François», antwortete sie schlicht, «eine *affranchie* aus meiner Nachbarschaft.»

«Eine *affranchie*!»

Diese Enthüllung sorgte für einen solchen Aufruhr unter den Schauspielern, dass der junge Direktor Ruhe gebieten musste.

«Sie hat eine außergewöhnliche Stimme», sagte Macarty, «und diese Anmut, dieses Auftreten …!»

Der immer noch völlig verdatterte Saint-Martin brach unversehens in schallendes Gelächter aus.

«Oh, was für ein fantastischer Witz, einfach fantastisch. Dieser feinen Gesellschaft mit ihren ganzen Vorurteilen einen solchen Streich zu spielen ... was für ein großartiger Einfall!»

Auf eine solche Reaktion hatten die Acquaires gesetzt, und während Monsieur Acquaires Auge vor Zufriedenheit zuckte, begann seine Frau von Minette zu erzählen. Sie berichtete, wie sie sie kennengelernt hatte, von ihren ersten Unterrichtsstunden und ihrem Entschluss, sie auf die Bühne zu bringen.

Saint-Martin war wieder ernst geworden.

«Dieses Mädchen verfügt über ein außergewöhnliches Talent», sagte er. «Und das liegt nicht allein an ihrer Stimme, sondern zeigt sich in jeder ihrer Gesten: Sie ist für das Theater geboren.»

Er schob die Vorhänge ein wenig weiter auseinander.

Vollkommen unbefangen bewegte sich Minette auf der Bühne, anmutig, zart und geschmeidig. Wie es seine Rolle verlangte, hatte Goulard die Arme um sie gelegt, und gemeinsam wiederholten ihre beiden Stimmen die Liebesworte aus dem ersten Teil der Oper. Magdeleine Brousse betrat die Bühne, danach waren Macarty und die übrigen Schauspieler in komischen Rollen an der Reihe.

«Das ist das erste Mal, dass ich einer Frau das schwarze Blut nicht auf den ersten Blick angesehen habe», vertraute François Saint-Martin Monsieur Acquaire verdrossen an.

«Wenn es dich tröstet», antwortete dieser, «dann sag dir einfach, dass du sie nur im Halbdunkel und in den Vorhängen versteckt gesehen hast.»

«Dabei können ihre Augen niemanden täuschen», entgegnete der junge Direktor verwirrt.

«Nichts an ihr vermag den Betrachter zu täuschen, mein Freund, abgesehen von diesem vornehmen, zurückhaltenden Auftreten, das man bei *affranchies* eher selten antrifft», schloss Monsieur Acquaire.

«Psst», schimpfte jemand unwirsch.

Wieder schoben sie die Vorhänge auseinander. Die von der Schönheit und dem Talent der Debütantin beeindruckten Zuschauer wurden allmählich unruhig. Geflüster erklang, man deutete mit dem Finger auf Minette. Der Gouverneur höchstpersönlich steckte, nachdem er leise mit dem Königlichen Intendanten gesprochen hatte, den Kopf aus seiner Loge und erkundigte sich laut und vernehmlich bei einem Offizier in der ersten Reihe: «Wer ist diese ‹junge Person›?»

Diese ergebnislos weitergereichte Frage fachte die allgemeine Neugier zusätzlich an.

Als sich die Schauspieler nach dem Ende der Oper verbeugten und hinter die Kulissen zurückzogen, applaudierte das begeisterte Publikum so laut, dass Monsieur Acquaire den jungen Direktor vor Erregung bei den Schultern packte und ihn zu schütteln begann, während sein Auge zuckte wie das eines Besessenen. Um ihre Präferenz deutlich zu machen, verlangten einige Zuschauer Beifall klatschend nach «Isabelle».

Ein junger Offizier erhob sich von seinem Platz und schrie: «Bravo, ‹junge Person›!»

Man musste Minette auf die Bühne zurückschicken. Bei ihrem Erscheinen gerieten die Menschen außer Rand und Band und applaudierten stehend.

Sie jedoch wahrte lächelnd ihre Zurückhaltung, winkte dezent und hielt dabei den Blick auf die rückwärtigen Logen geheftet. Dort saßen ihre Liebsten: ihre Mutter, Lise, Joseph, Nicolette und die anderen.

In ihrem Inneren tobten währenddessen die Gefühle, und als sie endlich hinter die Kulissen zurückdurfte, warf sie sich Madame Acquaire schluchzend in die Arme, ein Anblick, der sogar den jungen Direktor rührte, den sonst kaum etwas zu bewegen vermochte.

Ein achtjähriges Mädchen im Kostüm einer Tänzerin rannte zu Goulard und schmiegte sich in die Arme, die er nach ihr ausstreckte.

«Wieso weint die neue Schauspielerin?», wollte das kleine Mädchen wissen. «Ich habe gehört, wie Monsieur Macarty sagte, sie hätte die schönste Stimme auf der ganzen Welt.»

Madame Acquaire bemühte sich nach Kräften, Minette zu beruhigen, und um sie abzulenken, stellte sie ihr die Schauspieler vor, die sie bisher noch nicht kennengelernt hatte. Nachdem sie Madame Tesseyre und ihrer kleinen Tochter Rose, beides Tänzerinnen, Favart und Depoix, dem Kulissenmaler Jean Peyret und dem Maschinenmeister Julian[55] die Hand gereicht hatte, forderte Monsieur Acquaire fünf Minuten Aufmerksamkeit für den Direktor, der eine kurze Ansprache an sie alle richten wolle.

«Meine lieben Freunde», sagte Saint-Martin, «wir sind heute fast vollständig versammelt, bis auf den erkrankten Nelanger und Durand, der für ein paar Tage nach Saint-Marc[56] gereist ist. Ich wende mich heute Abend an euch nicht als die Männer und Frauen unserer Truppe, sondern ausschließlich an die Künstler, die ihr seid, und zwar mit allem, was dieses Wort an Selbstlosigkeit, Großzügigkeit, Liebe und Begeisterung für jedes wahrhafte Talent mit sich bringt. Unter uns ist heute Abend, und dies zum allerersten Mal in der Geschichte des Theaters von Saint-Domingue, eine junge Farbige, die mit einer außergewöhnlichen Stimme und einem außergewöhnlichen Talent gesegnet wurde. Obwohl das Gesetz ihr den Zutritt zum Schauspielhaus verbietet, haben Monsieur und Madame Acquaire jenes Vabanquespiel gewagt, dessen glücklichen Ausgang ihr soeben miterlebt habt. Darf ich mich, bevor ich mich bei den Aktionären des Schauspielhauses für Minette verwende, vergewissern, dass ihr sie hier wohlwollend aufnehmen und so behandeln werdet, wie es einer hervorragenden Künstlerin vonseiten anderer Künstler gebührt?»

Man applaudierte, und Magdeleine Brousse ging zu Minette und küsste sie im Namen der gesamten Truppe. Daraufhin trat auch Saint-Martin zu ihr.

«Vom heutigen Tag an gehörst du zu uns, Mädchen», sagte er.

«Danke, Monsieur», antwortete Minette, und in ihrer Stimme schwangen so viele Gefühle mit, dass er lachte.

«Danke lieber deinem Talent», sagte er. «Das allein ist für dieses Wunder verantwortlich.»

Lachend zogen die Acquaires sie in die Arme. Es war tatsächlich ein Wunder. An diesem Abend hatte Minette nicht nur ein Publikum, sondern auch einen Mann erobert. Dieser Mann war Goulard, jung, selbstlos, aufrichtig, aber arm. Er war ein enger Freund von François Saint-Martin, den er für seine überschwängliche, freie Künstlerseele bewunderte, und hatte schon in jungen Jahren sein Debüt auf den Bühnen von Saint-Domingue gegeben. Er hatte in der Nachbarschaft des jungen Direktors eine kleine Kammer gemietet, die er oft genug nicht bezahlen konnte. Ebenso treu in der Freundschaft wie in der Liebe, sehnte er sich, genährt von den Versen Racines und Corneilles, nach einem beständigen Gefühl, das ihn für alle Zeiten gefangen nehmen würde. Die flüchtigen Abenteuer, die er mit einigen Frauen erlebt hatte, waren für ihn nur ein Weg gewesen, sich als Mann zu beweisen, wie Saint-Martin es ausdrückte. In Minette war er seinem Ideal begegnet, und diese Erkenntnis hatte ihm eine wundervolle seelische Erschütterung beschert. Sie war Künstlerin, und er hatte davon geträumt, eine Künstlerin zu lieben. Sie war jung, schön, zurückhaltend und genauso arm wie er. Er konnte sein Glück kaum fassen.

Wie nach jeder Vorstellung im Schauspielhaus gab es im Anschluss einen «nächtlichen Ball», dessen Organisation den Acquaires oblag. Er fand im angrenzenden Saal statt, wo zahlreiche Büffets aufgebaut worden waren. Kaum hatte man die Kerzen in den Handleuchtern angezündet, stimmte das Orchester einen Kontertanz an, der das versammelte Theaterpublikum in ausgelassenen Gruppen hinüberströmen ließ. Während Saint-Martin mit den Schauspielern über die nächste Aufführung diskutierte, beobachtete Minette, in eine Falte des Vorhangs gedrückt, wie sich der Saal allmählich leerte. Die ersten Paare hatten zu tanzen begonnen, und auf den weit schwingenden Seidenröcken der Tänzerinnen schimmerten Lichtreflexe. In den rückwärtigen Logen waren noch einige Farbige zurückgeblieben. Da es ihnen verboten war, den Ballsaal zu betreten, begnügten sie sich damit, aus der Ferne die prächtigen Gewänder zu bewundern und der Musik zu lauschen. Arm in Arm tanzten sie auf ihren Plätzen und wiegten die Oberkörper im Takt der Melodie, während sich hübsche, mit kunstvollen *madras* geschmückte Köpfe lachend aus den Logen beugten, um besser sehen zu können.

Als Minette draußen auf der Straße zu ihrer Mutter trat, wurde sie von Applaus empfangen. Goulard und Madame Acquaire begleiteten sie. Die Sängerin küsste sie, bevor sie sie wieder in die Obhut ihrer Mutter gab.

«Ich würde viel darum geben, dich auf den Ball mitnehmen zu können, Minette», sagte sie. «Verstehst du das?»

«Ich verstehe, Madame Acquaire.»

Claude Goulard betrachtete sie so verliebt, dass es Joseph nicht verborgen blieb. Lise hielt Jasmines Hand. Sie trug einen geblümten Rock, ein Mieder aus bunt bedrucktem Kattun und ein Brusttuch, das von einer Nadel diskret zusammengehalten wurde; geziert spielte sie mit ihrem Fächer, um sich den Anschein einer jungen Dame zu geben. Kreolische Lieder singend und einander den neuesten Klatsch erzählend, zog die fröhlich lärmende Schar der Farbigen davon.

Weiße Frauen gingen vorbei, eng an Offiziere geschmiegt und in transparenten *gaules*, die ebenso tief ausgeschnitten waren wie die der *affranchies*. Tausendlieb wurde vom Intendanten des Königs begleitet. Sie sah wunderschön aus in ihrem farbenfrohen weiten Rock, die Brüste nackt unter dem durchscheinenden Batistmieder und das Haar unter einem hohen, mit Juwelen geschmückten *madras* zusammengefasst. Ein triumphierendes Lächeln lag auf ihren Lippen. Minette, die amüsiert die sich allmählich auflösende Menge betrachte, bemerkte, wie Nicolette in eine prächtige Kutsche stieg, die von einem schwarzen Kutscher in weißer Livree mit goldenen Knöpfen gelenkt wurde. Schwerer, betäubender Parfümduft erfüllte die Luft, kitzelte die Nasen, stieg zu Kopf. Männer streichelten schamlos Frauenarme und küssten aufreizend geschminkte Lippen. Auf der Straße begegneten sich mit Samt, Fransen und Borten ausstaffierte sechsspännige Karossen, bescheidenere zweisitzige Cabriolets und Kutschen mit Dachsitzen, Rollvorhängen und kleinen Taftkissen. Beringte Männerhände schoben sich zwischen den Kutschvorhängen hindurch und halfen ihren Eroberungen für eine Nacht beim Einsteigen. Schöne Frauen, Schwarze, Mulattinnen und Weiße, stritten sich um die prächtigsten Kutschen, und oft genug entbrannten zwischen ihnen heftige Wortwechsel. Vor den Herbergen, den Schenken, den Klubs und den Läden wirbelten Pferdehufe den Straßenstaub auf.

Minette sah zum Himmel hoch. Mit seinen Sternen und dem Mond, der einer aufgehängten Laterne glich, war er so schön, dass ihr ganz warm ums Herz wurde. Ach, dachte sie, glücklich unter diesem Himmel zu leben, so zu leben wie die anderen auch, in eine Kutsche zu steigen, einem weißen Herrn den Arm zu reichen, wieso denn nicht?

Nachdem Joseph, Jasmine und Lise sie umarmt hatten, berichteten sie ihr von den Kommentaren der Zuschauer.

«Ein weißer Herr sagte, du hättest die schönste Stimme, die er je gehört hat», erzählte Lise.

«Ich glaube, du hast das Spiel gewonnen», ergänzte Joseph. «Aber noch ahnen sie nichts von deinem gesellschaftlichen Stand. Lasst uns abwarten, was morgen in der Zeitung steht, dann wissen wir mehr.»

Jasmine erfuhr endlich, was Glück war. Eine ihrer Töchter hatte einen so großen Schritt im Leben getan, dass allein der Gedanke daran sie noch immer aufwühlte. Sie hatte Minette auf der Bühne gesehen, wo sie an der Seite von Weißen gesungen hatte. Sie hatte eine Vielzahl weißer Hände gesehen, die ihr Beifall klatschten. Sie hatte gehört, wie man sich nach ihrem Namen erkundigte, ihre Schönheit, ihr Talent und ihre Anmut rühmte. So hatte ihr Traum nun Gestalt angenommen. Der liebe Gott hatte dieses Wunder bewirkt. Sollte sie sich schon im Voraus freuen oder doch lieber die morgige Zeitung abwarten, wie Joseph geraten hatte? Aber eine leise Stimme verriet ihr, dass ihre ältere Tochter sich auf ihrem Weg nicht aufhalten lassen würde, dass sie noch weit, sehr weit aufsteigen würde. Die Erregung, die die Zuschauer bei Minettes ersten Tönen erfasst hatte, durfte nicht durch simple Standesfragen zunichtegemacht werden, das war unmöglich, sie wollte nicht daran denken. Ein einziges Mal in ihrem Leben wollte sie sich erlauben, glücklich zu sein; sie, die ihre schwere, kräftezehrende Vergangenheit mit sich herumschleppte, sodass sie sich mit ihren fünfunddreißig Jahren schon als alte Frau fühlte, war mit einem Mal wie verjüngt, als wasche die Gerechtigkeit, die man ihrem Kind hatte widerfahren lassen, ihre alten Wunden rein und stellte nun endgültig ihre Ehre wieder her.

Während sie diese Gedanken hatte, erreichte Jasmine an diesem Weihnachtsabend die Place Vallières, wo dicht an dicht Zelte errichtet worden waren, vor denen Gaukler gestikulierend die Preise der Plätze ausriefen und die Vorübergehenden aufforderten, einzutreten und sich Akrobaten und dressierte Tiere anzuschauen. Einige junge Frauen rannten auf sie zu, gefolgt von Männern, die ihnen anboten, für sie eine Eintrittskarte zu kaufen. Zwei junge schwarze Frauen blieben keuchend stehen, hoben ihre Röcke und wischten sich damit über das Gesicht.

Eine ausgelassene Menge drängte sich in den Straßen. Kutscher ließen ihre Peitschen knallen und trieben ihre Pferde an. Alles war hell erleuchtet: der Palast des Gouverneurs, der des Intendanten, die Kaserne, der Ballsaal gleich neben dem Theater, die Vaux-Halls, die Wirtshäuser und die Herbergen. In einiger Entfernung erstrahlten die prächtigen Herrenhäuser von Bel-Air[57] in so verschwenderischem Licht, dass es aussah, als stünden sie in Flammen. Achtzig Fackeln erleuchteten an jenem Abend die lange Allee, die zum Haus des Marquis de Caradeux[58] führte.

Er hatte zum weihnachtlichen Festmahl geladen, und zahlreiche Karossen fuhren auf den Hof, während sich die von den Fackeln geblendeten Pferde wiehernd aufbäumten. Der Lärm ihrer Hufe dämpfte die Rufe der Gaukler und mischte sich in den Klang der Glocken, die die Gläubigen zum Gottesdienst riefen. Ein paar Weiße und Farbige wandten sich in diese Richtung. Jasmine und die jungen Leute schlossen sich ihnen an. Als vom Exerzierplatz die ersten Feuerwerksraketen abgeschossen wurden, drehten sie sich um. Rings um die gleißenden Fontänen klatschten die Menschen in die Hände, umarmten einander und riefen «Frohe Weihnachten! Frohe Weihnachten!», während die Glocken in der plötzlich hell erleuchteten Kirche noch festlicher läuteten als zuvor. Einige wenige Gläubige betraten das Gotteshaus, um zum monotonen Gesang der Priester und Chorknaben niederzuknien und zu beten. Vor der Krippe, in der eine Skulptur des Jesuskinds lag, hielt man inne, tauchte einen Finger in das Weihwasser und bekreuzigte sich. Joseph, der neben Minette kniete, betete vornübergebeugt, die Stirn in den Händen verborgen. An jenem Abend lernte Jasmine eine neue Seite an ihm kennen, die ihre Zuneigung zu ihm noch vergrößerte. In der Seele der einstigen Sklavin regten sich Erinnerungen, die sie für einen Moment von diesem Ort forttrugen. Sie sah sich neben einem alten Mann sitzen, einem Sklaven wie sie selbst, der sie unterrichtete. Dank ihm hatte sie lesen gelernt, und er hatte ihr auch von Jesus Christus erzählt, dem wahren, dem gerechten Menschensohn, der für die Menschen gelitten und die Verschmelzung der Schichten gefordert hatte, indem er seine Arme für alle öffnete, ganz gleich, welchen Ranges oder welcher Hautfarbe.

Sie hatte versucht, ihren Töchtern nahezubringen, wie er war, wie sie ihn zu lieben gelernt hatte, als einen Mann, der von seinesgleichen gekreuzigt worden war, weil er die Wahrheit, an die er glaubte, in die Welt hinausgerufen hatte. Sie erinnerte sich an den alten Sklaven Mapiou. Er konnte lesen und schreiben und sang geistliche Lieder. In seiner Jugend war er an Jesuiten verkauft worden, die ihn unterrichtet hatten, so wurde er zu einem Apostel des Glaubens und fuhr, auch nachdem er einen neuen Herrn bekam, fort, die afrikanischen Schwarzen zu unterrichten, denen er auf den ersten Blick ansah, ob sie aus seinem eigenen Land stammten oder aus einem anderen.

Mit einem Seufzen sah Jasmine zu ihren Töchtern hinüber. Minette hatte den Blick starr auf die Christusfigur gerichtet, als befragte sie sie stumm, und Lise gähnte, während sie aus dem Augenwinkel die eintretenden Gläubigen beobachtete. Ihre Mutter erkannte an ihnen nicht das geringste Anzeichen wahrer Frömmigkeit. Ihnen fehlte die Inbrunst, mit der Joseph betete. Er war in der Verbundenheit mit einem Wesen versunken, das er bewunderte und verehrte. Als er den Kopf hob, entdeckte Jasmine zu ihrem Erstaunen in seinen wundervollen Augen das gleiche Feuer, das sie einst im Blick jenes Jesuitenpaters gesehen hatte, der sie und ihre Töchter aufgenommen hatte, nachdem sie das Haus ihres Herrn als freie Menschen verlassen hatten …

Als sie wieder vor die Kirche traten, hatte das fröhliche Treiben seinen Höhepunkt erreicht. Aus einem von Farbigen geführten Haus drangen Tanzmusik und lauter Applaus. Der Lärm der Orchester verschmolz zu einer derart ohrenbetäubenden Kakophonie, dass man die Menuette nicht mehr von den Kontertänzen unterschied.

Zu Hause angelangt, setzten sich Jasmine und ihre Töchter noch einen Moment auf ihre Betten und plauderten über den Abend und Minettes

Erfolg. Bevor sie sich auszogen, forderte die Mutter ihre Töchter auf niederzuknien, um Gott zu danken und ihn zu bitten, sie bis zu ihrem Tod rein und frei von Sünde zu bewahren.

«Du bist die Ältere», fügte sie hinzu und sah Minette eindringlich an, «so bitte du unseren Herrn, in dir die Erinnerung an die Vergangenheit lebendig zu erhalten, möge er auf diese Weise verhindern, dass du dem Beispiel der Frauen dieses Landes folgst und leichtfertig und verdorben wirst.»

«Ja, Maman.»

«Ruf dir jedes Mal, wenn du in Versuchung gerätst, die Vergangenheit in Erinnerung, die deine ... und die meine.»

«Ja, Maman.»

Minette verstand, dass sie nur zu ihr sprach, der Älteren, der sie die demütigenden Male gezeigt hatte, die der Weiße, ihr Herr, auf Brust und Rücken der einstigen Sklavin hinterlassen hatte. Ihre Mutter hatte recht. Diese Erinnerung hatte ihr auf der Bühne geholfen, als sie singen sollte, sie würde sie niemals vergessen.

Sie legte sich in das Bett, das sie mit Lise teilte, und bemerkte, dass ihre Mutter sich hinter der Tür auszog, wie sie es immer getan hatte. Eine Nadel hielt Jasmines Kattunoberteil dicht unter dem Hals zusammen, um die in ihre Haut eingebrannten Narben zu verdecken. Die Emotionen, die in jenen zwei langen Stunden, in denen Minette gesungen hatte, nicht von ihr gewichen waren, hatten Jasmine so sehr erschöpft, dass sie einschlief, sobald sie sich hingelegt hatte. Minette hingegen hatte dieser erste Abend in Gesellschaft über die Maßen erregt, sodass sie keine Ruhe fand, und eine Stunde später beschloss sie, ihre Schwester aufzuwecken.

«He, Lise, willst du mit mir Pläne schmieden?»

Die Jüngere schreckte hoch.

«Was?», fragte sie.

«Psst! Weck Maman nicht auf ... Ich kann nicht schlafen.»

«Wieso nicht?»

«Dieser Abend, verstehst du? Dieser Erfolg. Die Freundlichkeit der Schauspieler. Es sind Weiße, und sie sind so nett zu mir.»

«Du glaubst mir vielleicht nicht, wenn ich dir sage, dass ich schon geträumt habe», flüsterte Lise aufgekratzt. «Ich habe uns in einer herrlichen grün-goldenen Kutsche gesehen, herausgeputzt wie feine Damen und mit Juwelen geschmückt.»

Minette umarmte ihre Schwester, den Blick in der Ferne verloren.

«Glaubst du, das könnte eines Tages Wirklichkeit werden? Glaubst du, wir werden reich?»

«Du singst doch im Schauspielhaus», antwortete Lise, «sie werden dich bezahlen …»

«Ja, schon», entgegnete Minette, «aber wahrscheinlich nicht genug für das, was ich tun möchte.»

«Was möchtest du denn tun?»

«Ich möchte alle Sklaven in diesem Land kaufen und sie dann freilassen.»

Lise war von dieser Antwort so überrascht, dass sie sich abrupt aufsetzte.

«Die Sklaven freilassen!»

«Ja.»

«Aber dann wirst du niemals eine feine Dame sein, denn wie könntest du das ohne Sklaven, die dich bedienen?»

«Dann werde ich eben keine feine Dame.»

«Dein Traum kann unmöglich Wirklichkeit werden, von so etwas träumt nur eine Verrückte», versetzte Lise, «und glaub mir, du bist unreifer als deine Schwester.»

Plötzlich durchbrach der ferne Klang der Lambimuschel die Stille. Ohne zu wissen, wieso, erschauerte Minette.

«Hör doch», sagte sie zu ihrer Schwester und hob den Zeigefinger.

«Was denn?», fragte Lise gähnend.

«Der Ruf der Lambi. Das sind Botschaften der entlaufenen Sklaven, die sich in den Bergen verstecken. So kommunizieren sie miteinander.»

«Wozu das?»

«Sie fordern ihre Freiheit, das hat Joseph mir erzählt … Na los, schlaf jetzt, es ist schon spät.»

VI

Am nächsten Morgen klopfte Madame Acquaire in aller Herrgottsfrühe, noch bevor Jasmine die Waren nach draußen gebracht hatte, an ihre Tür und berichtete ihr mit triumphierender Miene von all den Lobeshymnen, die sie über Minettes Talent geerntet hatte. Sie nannte sogar die Namen einiger Kolonisten und erwähnte, dass Mademoiselle de Caradeux wünschte, Minette bei einer Soiree in ihrem Haus singen zu lassen.

«Ein Triumph, mein Kind, ein wahrer Triumph», sagte sie zu Minette. «Beim nächsten Konzert wirst du eine große Opernarie singen, und alle werden begeistert sein.»

Als sie sich verabschiedete, war Jasmine so zufrieden, dass es ihr überhaupt nicht in den Sinn kam, Madame Acquaire zu fragen, welche Gage man Minette im Schauspielhaus zu zahlen gedachte. Es war schon genug, dass man sie überhaupt auftreten ließ, sagte sie sich zur Entschuldigung. Keine allzu großen Ansprüche jetzt, sonst wird alles scheitern!

Fieberhaft wartete sie auf das öffentliche Urteil. Die Zeitung, obwohl Schwarzen und Mulatten gegenüber eigentlich wenig aufgeschlossen, schrieb in schmeichelhaften Worten über die «junge Person» von fünfzehn Jahren, die in der Rolle der Isabelle einen großen Triumph gefeiert habe. In dem Artikel wurden die liberalen Ansichten von Saint-Martins Truppe hervorgehoben, deren Mitglieder bereit gewesen seien, an der Seite eines farbigen Mädchens aufzutreten, und der Verfasser lobte diesen erfreulichen Wandel der Sitten, der die Eigenständigkeit der Schauspieler und ihre Geringschätzung des Kastenwesens bewies.

Obwohl der Artikel in erster Linie eine Lobeshymne auf Minettes Gesangskunst war, enthielt er unmissverständliche gesellschaftskritische Töne, und es bestand die Gefahr, dass er das Missfallen der Kolonisten erregte, die ihre Kastenpolitik aus materiellen Interessen vehement verteidigten. Sie könnten ohne Weiteres Protest einlegen und vom Gouverneur die Einhaltung der Gesetze verlangen. Zum Glück jedoch waren sie diesem spinnefeind, und so zeigten sie keinerlei Anzeichen von Unmut, sondern bewiesen durch ihre gleichgültige Reaktion vielmehr, welch geringe Bedeutung sie Schauspielern im Allgemeinen beimaßen, seien diese nun schwarz oder weiß. Es beeinträchtigte sie nicht persönlich und war letztlich allein Sache des Gouverneurs. Also stellten sie sich blind und erklärten, ein solches Talent fände man in den Kolonien so selten, dass sie der «jungen Person» auch bei ihrem nächsten Konzert Beifall zollen würden.

Der Gouverneur bestellte François Saint-Martin zu sich und ließ ihn der Ordnung halber versprechen, die Theaterbühne nicht mit «diesen Kreaturen» zu überschwemmen, sondern nur echte Talente zu protegieren.

«Sie werden mir zustimmen, *Monsieur le Gouverneur*, dass dieses junge Mädchen über ein ganz außergewöhnliches Talent verfügt», sagte der Leiter des Schauspielhauses.

«Mein lieber Monsieur Saint-Martin, Gouverneure sind Männer, und glauben Sie mir, sie haben Augen, um zu sehen, und Ohren, um zu hören. Diese ‹junge Person› ist hinreißend schön, und sie singt wie ein Engel. Fördern Sie sie, aber, um Himmels willen, sorgen Sie dafür, dass sie die Einzige bleibt ...»

In seinen Augen lag ein heiteres Funkeln, das Saint-Martin seine wahren Ansichten verriet.

«Diese Frauen sind schön», fügte der Gouverneur hinzu, «und wie man mir zutrug, erweist der Königliche Intendant höchstselbst ihnen die Ehre, wenn auch für meinen Geschmack ein wenig zu ... unverhohlen.»

Er entließ Saint-Martin mit einem Schulterklopfen und nannte ihn einen glücklichen Mann, was diesem ein Lächeln entlockte, denn er dachte bei sich, dass der Gouverneur mit seiner weißen Perücke und seinen fröhlichen Augen wie ein alter Schwerenöter wirkte, der nur zu gern hübsche Mädchen wie Minette auf der Bühne bewunderte.

Charles Mozard,[59] der Eigentümer der Zeitung, war zwar selbst ein mäßig begabter Poet, doch verfügte er zumindest über genug Stil, das Talent anderer wertzuschätzen. Als Höfling, Sklavenhändler, Drucker, Verfasser von Theaterstücken und Dichter war er auf seinen Gebieten ebenso rührig wie Saint-Martin im Theater. Verheiratet mit einer bescheidenen Französin von geringer Schönheit, hatte er in jenem Jahr in Cap Français sein erstes Stück zur Aufführung gebracht: *Die afrikanische Rache oder Auswirkungen von Hass und Eifersucht*.[60] Einige allzu suggestive Szenen, in denen von Aufbegehren und Rache die Rede war, missfielen den Behörden. Von dieser kühlen, ablehnenden Reaktion enttäuscht, und gekränkt, weil hinter vorgehaltener Hand sogar behauptet wurde, es mangele ihm an Talent, kehrte er nach Port-au-Prince zurück und wandte sich wieder seinen ursprünglichen Tätigkeiten zu. Minettes Anmut und Talent zu rühmen, bereitete ihm ein boshaftes Vergnügen, mit dem er sich für seine jüngste Enttäuschung rächte.

Die Zeitung triumphierend in der Hand, lief Madame Acquaire zum zweiten Mal an diesem Tag zu Jasmines Haus, wo sie Joseph Ogé und Minette antraf, die gerade *Der Dorfwahrsager*[61] von Jean-Jacques Rousseau lasen. Es war Joseph, der in fiebriger Hast als Erster Charles Mozards Artikel überflog. Als er geendet hatte, faltete er die Zeitung zusammen, nahm Minette bei den Schultern und sah ihr in die Augen.

«Ich glaube, du hast gewonnen», sagte er, «ich bin stolz auf dich und so glücklich, als wäre ich dein ... Bruder.»

«Aber du bist doch mein Bruder, Joseph.»

«Danke, Minette.»

Außer sich vor Freude, rief Lise nach Jasmine, hüpfte auf der Stelle, klatschte in die Hände und vergaß ausnahmsweise völlig, die junge Dame zu spielen, die sie doch so gern sein wollte. Jasmine, die gerade das hölzerne Tablett mit ihrer Ware nach draußen trug, ließ vor Aufregung alles fallen, was für laute Rufe und Gelächter sorgte. Während sich alle gemeinsam daranmachten, die Katastrophe zu beheben, verkündete Madame Acquaire Minette, dass man bald mit den nächsten Proben beginnen werde, da Saint-Martin hoffte, am 13. Februar eine neue Oper, *Der Liebhaber von fünfzehn Jahren*[62], aufführen zu können, in der sie erneut die Hauptrolle übernehmen solle.

«Monsieur Saint-Martin hat vor, dich diesmal in einer Märchenkulisse auftreten zu lassen. Der Abend wird zu seinen Gunsten stattfinden, das heißt, er wird die Kosten für deine Kostüme übernehmen.»

Joseph sah zu Jasmine hinüber. Dann sollte Minette also nicht bezahlt werden. Sie würde zugunsten der anderen auftreten, und man würde sie zwar schützen, aber zugleich auch ausbeuten. Da er in dieser Frage nicht zu entscheiden hatte, wagte er in Gegenwart von Madame Acquaire auch nicht, seine Meinung zu äußern. Stattdessen wollte er warten, bis sie fort war, um Jasmine die Augen zu öffnen und Minette seinen Rat zu erteilen. Zu seiner Überraschung trat diese jedoch auf die Kreolin zu, sah ihr direkt ins Gesicht und fragte in kaum widerzugebendem Ton: «Und was ist mit mir, Madame Acquaire?»

Joseph sah erneut zu Jasmine hinüber, die genauso überrascht war wie er selbst, dann wandte er sich ab und lächelte.

«Ich will einen Benefizabend zu meinen Gunsten, Madame Acquaire», fügte Minette im selben Ton hinzu.

«Einen Abend zu deinen Gunsten ... ja, natürlich. Ich muss mit dem Direktor darüber reden ...»

Sie betrachtete Minette, als sähe sie sie zum ersten Mal.

«Tatsächlich, du bist kein kleines Mädchen mehr. Das müssen wir in Zukunft berücksichtigen ...»

Ihr Blick huschte flüchtig zu Joseph und Jasmine hinüber, dann richtete er sich wieder auf Minette.

«Mach dir keine Sorgen, das wird sich alles finden», fügte sie hinzu und tätschelte ihr die Wange.

«Danke, Madame.»

Nachdem die Schauspielerin gegangen war, brach Joseph in Gelächter aus.

«Na, so was», sagte er zu Minette, «du bist ja eine richtige Geschäftsfrau!»

«Ich will mich nicht ...», sie dachte nach, als suchte sie nach dem passenden Begriff, «... ausbeuten lassen», schloss sie. «Du hast mir erklärt, was dieses Wort bedeutet, und die Vorstellung erfüllt mich mit Abscheu.»

Jasmine lächelte, als sie sie hörte.

Mochte sie selbst auch nicht für den Kampf geschaffen sein, ihre ältere Tochter würde sich zu verteidigen wissen. Mit fünfzehn Jahren sah sie den Dingen bereits ins Gesicht und würde sich von niemandem herumkommandieren lassen.

«Minette braucht ja auch viel Geld», erklärte Lise im Ton eines Menschen, der schon im Voraus weiß, dass er Missfallen erregen wird, weil er ein Geheimnis verrät.

«Viel Geld», wiederholte Joseph und sah das junge Mädchen besorgt an, «wozu denn das?»

«Sei still», schrie Minette und stürmte auf ihre Schwester zu.

«Los, raus mit der Sprache», verlangte Jasmine, ebenso besorgt wie Joseph, «willst du dir Schmuck kaufen, Kleider und …»

Sie hielt inne und zögerte, als schmerze es sie, das Wort auszusprechen.

Lise sah ihre Schwester entschuldigend an. Minette wirkte angespannt, ihre Augen funkelten, und sie hatte die Fäuste geballt.

«Dann sag es eben, du kleine Närrin», fuhr sie sie zornig an. «Wenn du schon angefangen hast zu erzählen, dann bring es auch zu Ende.»

«Aber du willst doch nichts Böses. Wieso bist du so zornig?»

Sie wandte sich an ihre Mutter und Joseph.

«Sie will alle Sklaven kaufen, um sie dann freizulassen …», fuhr sie fort.

«Du dumme, kleine Närrin», schrie Minette und rannte ins Schlafzimmer, wo die anderen sie schluchzen hörten.

Joseph bat Jasmine um die Erlaubnis, ihr folgen zu dürfen, was sie ihm mit einem knappen Nicken gestattete. Der junge Mann trat an das Bett, auf dem sich Minette schluchzend zusammengerollt hatte, und kniete neben ihr nieder. Er hob ihren Kopf an, zog ein Taschentuch aus der Tasche und trocknete ihr damit die Augen.

«Es ist gut, sehr gut sogar, dass du so schöne und großzügige Gedanken hegst», sagte er. «Hör auf zu weinen. Ich habe heute ein Buch mitgebracht. Es stammt von einem Priester. Er heißt Abbé Raynal. Komm und hör dir an, was er über das Recht auf Freiheit und das Los der Sklaven schreibt ...⁶³ Danach besuchen wir drei gemeinsam meinen alten Lehrer Labadie. Ich bin mir sicher, du wirst ihn mögen ...»

... Sie fanden den Greis an seinem Schreibtisch, auf dem sich Bücher mit gelehrten Titeln stapelten.

«Möchtest du auch so viel wissen?», fragte er Lise.

«Ich? Oh nein, dann würde ich verrückt.»

«Und was ist mit dir?», fragte er, den Blick auf Minette gerichtet.

«Ich glaube schon ...» Sie zögerte kurz, dann fügte sie hinzu: «Monsieur.»

«Du brauchst mich nicht Monsieur zu nennen, mein Kind; vor dem Gesetz sind die Farbigen alle gleich.»

Er nahm sie bei der Hand und führte sie in den Garten, der an eine riesige Zuckerrohrplantage grenzte. Dort sangen Hunderte Stimmen die Lieder der Schwarzen. Er besitzt Sklaven und behandelt sie mit Menschlichkeit, hatte Joseph gesagt. Zweifellos davon beeinflusst, war ihnen, als klängen die singenden Stimmen weder dumpf noch monoton, sondern verkündeten stattdessen ein Bekenntnis zu Glaube und Dankbarkeit. Im Garten zwitscherten Vögel, die in Bambuskäfigen saßen, und in einem seichten, von Blumen umrahmten Becken spielten Goldfische miteinander Fangen.

Er ist reich, dachte Minette. Er ist so reich wie alle weißen Kolonisten. Und unwillkürlich erfüllte sie diese Feststellung mit Stolz.

Labadie sah zu, wie die jungen Mädchen sich an seinen Schätzen erfreuten. Wie er so aufrecht in seinem Garten stand, wirkte er klein. Sein seidiges weißes Haar rahmte eine vorspringende Stirn ein, unter der zwei graue Augen nachdenklich dreinblickten. Seine Ausdrucksweise war schlicht, aber gepflegt, und wenn man ihn reden hörte, hätte man meinen können, er sei in Frankreich unterrichtet worden.

«Die beiden haben wundervolle Stimmen», sagte er, als sie verstummten. «Ich verstehe, dass die Weißen, nach dem Vorbild der Götter, ein solches Talent ehren.»

Dann küsste er sie und schenkte ihnen Blumen und Süßigkeiten.

Nachdem sie sich verabschiedet hatten, bat Lise Joseph, sie auf den

Platz zu bringen, wo an diesem Abend mehrere Attraktionen geboten wurden. Voltigeure und Jongleure sollten ihre Künste vorführen. Auf Plakaten wurden die Preise genannt: «Eintritt: eine *gourde-piastre* für Weiße, zwei *gourdins* für Mulatten und zwei *escalins* für Schwarze.»[64] Enttäuscht stellten sie fest, dass sie nicht genug Geld hatten, um den Eintritt zu bezahlen.

«Wie viel Geld hast du, Joseph?», fragte Lise.

«Sechs *escalins*.»

«Ich habe eine Idee. Wir reiben uns das Gesicht mit Ruß ein und geben uns als Schwarze aus.»

«Lise!», rief Minette.

Joseph hatte die Hände der Mädchen losgelassen und betrachtete Lise mit zusammengekniffener Miene.

«Was ist denn los, warum siehst du mich so an? Du machst mir Angst.»

Wortlos griff er wieder nach ihrer Hand.

An diesem Abend wurde Minette endgültig zu seiner Lieblingsschülerin.

VII

In nicht einmal zwei Wochen lernte Minette ihre Rolle und probierte ihre Kostüme an, die sie diesmal in die Hände einer französischen Putzmacherin gab, die Magdeleine Brousse und Madame Acquaire ihr empfohlen hatten. Voller Freude war sie in den Kreis der Theaterleute zurückgekehrt: Goulard, der sich ebenso charmant wie eifrig um sie bemühte, Madame Tesseyre und die kleine Rose, die beiden unermüdlich übenden Tänzerinnen, Depoix und Favart, zwei hervorragende Schauspieler, mit denen sie auch bei der Vorstellung am 13. Februar auf der Bühne stehen sollte, und Macarty, der komische Darsteller, der sie mit schauerlichen Grimassen zum Lachen brachte. Inzwischen war auch Durand aus Saint-Marc zurückgekehrt, und nachdem er sie hatte singen hören, hatte er in ihrem Beisein erklärt, dass er sie ganz außergewöhnlich finde. Nelanger hingegen war immer noch nicht vollständig genesen und zupfte an den Saiten seiner Gitarre, um seine Finger geschmeidig zu halten.

Auf dem neuen Programm standen ein kreolisches Stück, ein Ball und die Oper *Der Liebhaber von fünfzehn Jahren*. Freudlos lauschte Minette den Proben zu *Die Liebenden von Mirebalais*, einer Parodie des *Dorfwahrsagers* von Jean-Jacques Rousseau, die unter Schwarzen spielte.[65] Diese Gesten, diese kreolischen Sätze berührten sie unangenehm. Für sie war Theater gleichbedeutend mit Racine, Corneille oder Molière, sie verstand nicht, wie man seine Zeit damit vergeuden konnte, banale Liedchen im Dialekt der Insel zu singen, und sie fand, man würdige sein Talent herab, wenn man in solch schlichten, kurzlebigen Stücken auftrat. Wenn es wenigstens noch einen gewissen Zweck erfüllt hätte, dachte sie, wenn man die Wahrheit schreiben, die Sklaven in ihrer eigenen Sprache ihr Leid und ihren Freiheitsdrang hinausschreien lassen könnte! Doch das Gegenteil war der Fall, die Stücke unterlagen der behördlichen Zensur, man gab der Lächerlichkeit preis, was es verdient hätte, vor aller

Augen bewiesen zu werden, und so hatten die Kolonisten stets leichtes Spiel.

Abends lud Saint-Martin die Schauspieler zu sich nach Hause ein, um gemeinsam das Glas auf Minettes fabelhaftes Talent zu heben, wie er sagte. Obwohl er sie als Mann bewunderte, verehrte er sie als Künstler viel zu aufrichtig, als dass er es sich jemals gestattet hätte, Minettes Zukunft in irgendeiner Weise zu gefährden. Natürlich hätte er sie gern in den Armen gehalten, sie als hinreißende Eroberung in der Öffentlichkeit präsentiert und sie anschließend fallen gelassen, wie er es mit all den anderen Frauen in der Vergangenheit getan hatte. Doch er fürchtete, durch eine Enttäuschung diese einzigartige Stimme zu verderben, die er sich zu ihrer aller Vorteil zu nutzen geschworen hatte. Er war Minette durch und durch wohlgesinnt. Madame Acquaire hatte ihm gesagt, dass sie eine Gage forderte; er wollte ihr diese auch gern zahlen, fand jedoch nichts dabei, das Geld, das er ihr schuldete, beim Spiel zu verlieren. Danach war er untröstlich, doch seine Untröstlichkeit machte die Sache nicht besser. Auch Goulard schützte sie, und erst kürzlich hatte er sie so erbittert verteidigt, dass Saint-Martin ihn spöttisch gemustert hatte.

«Sag bloß, mein armer Freund, hat es dich so sehr erwischt?»

Worauf Goulard mit einem verräterischen Schweigen geantwortet hatte.

Vom Theater aus ging Minette nach Hause, um ihrer Mutter zu sagen, dass Saint-Martin sie eingeladen hatte.

«Um mit diesen Schauspielern Alkohol zu trinken, Kind!», entfuhr es Jasmine.

«Lass sie gehen, Jasmine», mischte Joseph sich ein, «und vertrau ihr.»

Trotzdem zog Jasmine ihr bestes Kleid an und begleitete ihre Tochter zu Madame Acquaire, um sie deren Obhut zu empfehlen.

«Ich bitte Sie, Madame, bringen Sie sie persönlich nach Hause zurück, Mütter tragen die Verantwortung für ihre Kinder», bat sie mit gesenktem Kopf.

Nun schlenderten die Schauspieler durch die Straßen, zur großen Freude der Vorübergehenden, die ihnen lachend zujubelten. Durand, ein dünner, farbloser blonder Mann mit makelloser Diktion deklamierte einige Verse. Macarty antwortete ihm mit einem Monolog, den Nelanger auf seiner Gitarre begleitete. Sie waren sympathisch, und wo sie vorbeikamen, spendeten die Menschen ihnen Applaus. Was Macarty mit einer komischen Grimasse und der Bemerkung quittierte: «Wie, halten die uns etwa für Gaukler?»

Dieser schlichte Satz löste allgemeines Gelächter aus. Claude Goulard ging neben Minette. Er hatte ihr seinen Arm geboten, doch sie hatte ihn nicht nehmen wollen; mit funkelnden Augen, geschmeidigen Schritten, die Brüste züchtig unter einem dichten Tuch verborgen, musterte sie unbefangen die Passanten und ging mit überzeugend vorgetäuschter Gleichgültigkeit an den eleganten, mit raschelnden Röcken bekleideten weißen Damen und den Offizieren in ihren tressenbesetzten Uniformen vorbei, die sich bewundernd nach ihr umdrehten.

Zwei weiße Mädchen deuteten mit dem Finger auf sie.

«Das ist die ‹junge Person›», sagte eine von ihnen vernehmlich, «da geht die ‹junge Person› …!»

Was unter den Passanten große Neugier auslöste.

«Sieh an, du bist ja berühmt, Minette», sagte Saint-Martin.

«Noch nicht», entgegnete sie in so selbstsicherem Ton, dass er herzhaft zu lachen begann und sie die «ehrgeizige Person» nannte.

Wenige Minuten später erreichten sie Saint-Martins Haus. Er öffnete die Tür, und eine junge Mulattin, an deren Röcke sich zwei Kinder klammerten, rannte ihm entgegen.

«Monsieur François», sagte sie so leidenschaftlich, dass Minette sie verwundert ansah, «wie spät du kommst!»

«Guten Abend, Zabeth», antwortete er und kniff sie geistesabwesend in die Wange. «Ich habe dir die ganze Gesellschaft mitgebracht, und dazu dieses hübsche junge Mädchen, eine *affranchie* wie du, die im Schauspielhaus singt.»

«Guten Abend, Zabeth», sagten die Schauspieler im Chor.

Die Form ihrer Augen ähnelte denen von Minette, doch es lag ein erschreckter Ausdruck darin, der jede Verwechslung unmöglich machte.

Die beiden zwei und drei Jahre alten Kinder sahen mit hübschen kleinen Gesichtern zu den Besuchern auf, den Gesichtern eines Saint-Martin im Kleinkindalter, denn bei ihrem Anblick konnte kein Zweifel daran bestehen, dass er ihr Vater war. Während Zabeth die Gläser holte, musterte sie Minette, die die Kinder streichelte. Als sie zu ihrem Vater liefen, schob dieser sie mit einer Gereiztheit von sich, die niemandem entging. Saint-Martin füllte die Gläser und hob das seine.

«Meine Freunde», sagte er fröhlich, «lasst uns heute Abend auf das Wohl von Minette trinken, dem jungen Mädchen mit der himmlischen Stimme. Möge ihr Talent ihr einen Weg voller Ruhm und Erfolg ebnen.»

«Auf Minette!», riefen alle.

Claude Goulard hielt den Blick beim Trinken unverwandt auf sie gerichtet. Die Kleinen drängten sich zu ihm durch und kletterten zutraulich auf seinen Schoß.

Am anderen Ende des Tischs sah Zabeth Saint-Martin an, und Minette, die sie beobachtete, bemerkte einen solchen Ausdruck von Stolz und Liebe in ihren Zügen, dass sie davon ganz ergriffen war. Denn diesen Ausdruck hatte auch Claude Goulard, wenn er sie ansah, und Minette erkannte, dass er sie ebenso sehr lieben musste, wie Zabeth Saint-Martin liebte. Liebe, fragte sie sich daraufhin, was ist denn Liebe? Sie liebte niemanden und fühlte sich seltsam ungebunden und keck. Sie würde sich nicht mit einem derart lästigen, vereinnahmenden Gefühl abgeben, das einem die Augen mit Traurigkeit füllte, wie sie es bei Goulard und Zabeth gesehen hatte. Sie musste sie selbst bleiben, wenn sie ihre Laufbahn erfolgreich bestreiten und ohne Reue die Komplimente und Liebeserklärungen der Weißen entgegennehmen wollte. Sie würde bald sechzehn Jahre alt werden. Sie würde Geld verdienen. Sie würde sich wie eine Dame kleiden und erbarmungslos Herzen brechen. Es widerstrebte ihr, sich die Krallen an Goulard zu wetzen. Natürlich war er ein Weißer, aber wie die Acquaires schien auch er anders zu sein, außerdem gehörte er zur Theatertruppe. Und die Truppe war Minette heilig. Hatte nicht Saint-Martin selbst, als er sie den anderen vorstellte, gesagt, Künstler seien nicht wie die übrigen Menschen? So weit waren ihre Überlegungen gediehen, als Madame Acquaire aufstand, sich für die späte Stunde entschuldigte und zum Aufbruch mahnte. Die Kinder waren in Goulards Armen eingeschlafen.

«Wenn man bedenkt», sagte er, als er sie ihrer Mutter zurückgab, «dass mindestens einer der beiden mein Patensohn wäre, wenn die Kirche uns nicht das Recht verweigerte, Kinder über das Taufbecken zu halten.»

Mit einem traurigen Lächeln wandte er sich an Saint-Martin.

«Erinnerst du dich an den Abend, François, als du die Tür der Kirche aufgebrochen hast, um zur Beerdigung der kleinen Morange die Glocken zu läuten?»[66]

«Sie war ein liebes Mädchen», bemerkte Macarty und leerte sein Glas, das er wieder vom Tisch genommen hatte.

«Und ich war zu jung, um mich nicht gegen die Ungerechtigkeit der Geistlichen aufzulehnen», fügte Saint-Martin mit einer Miene hinzu, die Minette bis dahin noch nie an ihm gesehen hatte.

Mit einem Mal hatten sich seine Züge verändert. Die zynische Maske war weicher geworden, und wiedererwachte Erinnerungen ließen eine Spur von Traurigkeit in seinen Augen aufscheinen.

«Welches Verbrechen werfen uns diese Herren Kleriker überhaupt vor?», wollte Durand wissen.

«Und zu welchem Verbrechen war die kleine Morange fähig?», versetzte Saint-Martin, dessen Stimme ein wenig rau klang. «Ich habe sie leben sehen, sie war ein sanftmütiges, unschuldiges kleines Ding.»

In dem Moment legte sich ein solcher Ausdruck von Sorge über Zabeths Gesicht, dass Minette, die sie beobachtete, spürte, wie sich ihr Herz zusammenzog. Saint-Martin hatte die kleine französische Schauspielerin geliebt, er musste sie immer noch lieben, und zwar so verzweifelt, dass sein Herz allen anderen Frauen auf ewig verschlossen bleiben würde. Zabeth wusste das. Von ihren Zügen las man jeden Gedanken ab wie in einem offenen Buch.

«Wir sind Aussätzige», sagte Macarty und verzog das Gesicht zu einer schaurigen Grimasse.

Er füllte sein Glas aufs Neue und erhob es.

«Auf Ihr Wohl, verehrte Herren Kleriker», deklamierte er mit dröhnender Stimme.

Saint-Martin lachte, wenn auch ein wenig nervös, und als Goulard ihn ansah, hatte er beinahe ein schlechtes Gewissen, weil er die Unterhaltung auf dieses Thema gelenkt hatte.

«Man verweigert uns ein Grab auf dem Friedhof, man verweigert uns eine kirchliche Beerdigung, und meine Kinder konnten nicht getauft werden, weil es keine Paten gab, denn die einzigen Freunde, die ich habe, sind Schauspieler ... Mir geht das zwar am Allerwertesten vorbei, aber manchmal würde ich doch gern einen dieser Priester beim Kragen packen und ihm sagen, er solle sich zum Teufel scheren ...»

Er drehte sich zu Minette um und entschuldigte sich.

«Schon gut, du brauchst dich nicht zu entschuldigen», sagte Monsieur Acquaire mit zuckendem Auge und lächelte. «Daran wird sie sich gewöhnen müssen. Aber wenn ihre gute Mutter das wüsste ...»

«Ich kann auch fluchen, Monsieur Acquaire», antwortete Minette, und es klang so drollig, dass alle in lautes Gelächter ausbrachen.

Wieder ein wenig aufgeheitert, verabredeten sie sich für den folgenden Morgen um zehn Uhr im Schauspielhaus und gingen auseinander.

Als Minette nach Hause kam, achtete sie darauf, Lise und ihre Mutter nicht zu wecken. Sie musste allein sein, um über das nachzudenken, was sie bei Saint-Martin gesehen und gehört hatte. Zunächst war da der heimliche Schmerz, den dieser unter seiner harten Schale verbarg und der, davon war sie überzeugt, vom Tod jener jungen Schauspielerin herrührte, die er geliebt hatte; und dann die Ungerechtigkeit, unter der sie alle litten, eine Ungerechtigkeit, die nicht nur, wie sie früher geglaubt hatte, Menschen ihrer eigenen Rasse traf. In Saint-Martins Stimme hatte sie die gleiche dumpfe Auflehnung gehört, durch die ihr Joseph eines Abends in einem völlig neuen Licht erschienen war. Also konnten auch Weiße unter der Ungerechtigkeit der geltenden Ordnung leiden! Sie erinnerte sich daran, wie Joseph ihr einmal erzählt hatte, die größten Feinde der Plantagenbesitzer seien die landlosen Weißen. Waren Unzufriedenheit, Hass und Auflehnung also in der ganzen Menschheit verbreitet und gärten nicht bloß unter den Schwarzen, die in Missachtung und Sklaverei gefangen waren?

Über solchen Gedanken schlief sie ein und erwachte erst wieder, als Lise am nächsten Morgen nach ihr rief. Es war acht Uhr, und in einem fröhlichen Stimmengewirr trugen die Krämerinnen bereits ihre Waren hinaus auf die Straße.

VIII

Wie Saint-Martin es versprochen hatte, wurde die Bühnendekoration für das neue Stück von Grund auf verändert. Zwanzig Tage lang arbeitete der Kulissenmaler Jean Peyret mit Unterstützung des Bühnenarbeiters Julian pausenlos an ihrer Umsetzung.

Am Abend des 13. Februar strömte schon ab sechs Uhr eine riesige Menschenmenge ins Schauspielhaus. Manche Zuschauer zogen es vor, zwei Stunden im Foyer des Theaters zu warten, um die besten Plätze zu ergattern und nicht im hinteren Teil in der Nähe der schwarzen Frauen sitzen müssen.

Als sich an jenem Abend der Vorhang öffnete und das Orchester die ersten Takte spielte, durchlief das Publikum bei Minettes Erscheinen ein freudiger Schauer. Diese Zuschauer waren ebenso sehr ihretwegen hier wie für Macarty oder Durand. Die Aufführung wurde ein Triumph, der in so lange anhaltendem Applaus gipfelte, dass die Schauspieler dreimal auf die Bühne zurückkehren mussten. Anschließend verlangten einige Stimmen mit «Ein Hoch auf die ‹junge Person›!»-Rufen nach Minette.

Als sie allein auf die Bühne trat, wandelte sich die Begeisterung in einen wahren Rausch. An sie gerichtete Briefe landeten vor ihren Füße, Blumen, von ungeduldigen Händen aus Knopflöchern gerissen, flogen in ihre Richtung. Als sie hinter die Kulissen zurückkehrte, weinte sie vor Ergriffenheit an der Schulter von Madame Acquaire, die ebenso gerührt war wie sie selbst. Monsieur Acquaires rechtes Auge zuckte vor Freude so stark, dass es kaum noch zu sehen war, und die kleine Tesseyre, die sich zu einer Reverenz auf die Zehenspitzen aufgerichtet hatte, vergaß vor Verblüffung, in die erste Position zurückzukehren.

Trotz dieses wunderbaren Erfolgs durfte sie sich der in den Tanzsaal drängenden Menge auch diesmal nicht anschließen. Goulard, der seinem Freund Saint-Martin bei der Organisation des Balls helfen sollte, blieb nichts anderes übrig, als ihr verliebt die Hand zu küssen und sie widerstrebend zurückzulassen. Die Hände an den Vorhang geklammert, beobachtete Minette eine Weile die Arm in Arm tanzenden Paare. Dann sah sie, wie Magdeleine Brousse, Goulard und Saint-Martin durch eine Seitentür den hell erleuchteten Saal betraten, und ging nach draußen vor das Theater zu ihrer Mutter und ihrer Schwester. Sie fühlte sich gedemütigt. Dieses Publikum, das ihr applaudiert und nach ihr gerufen hatte, als sei es an diesem Abend nur gekommen, um sie singen zu hören, verwehrte ihr nun den Zugang zum Ball. So war es seit jeher, eine Tatsache, die es zu respektieren und wie ein göttliches Gesetz hinzunehmen galt. Aber sie, Minette, hatte das Gesetz gebrochen, indem sie die Bühne betrat, schlimmer noch, sie hatte weiße Hände gezwungen, ihr zu applaudieren, verächtliche Münder dazu gebracht, nach ihr zu verlangen, und zwar allein durch den Zauber ihres Talents. Es hatte ihr eine Tür geöffnet, sagte sie sich, und es würde ihr auch weitere Türen öffnen, wenn sie das wollte, wenn sie es wirklich wollte, so, wie man etwas wollen muss, um es zu bekommen. Eines Tages würde sie diesen Saal, dessen Türen man ihr zweimal vor der Nase zugeschlagen hatte, triumphierend am Arm eines Weißen betreten. Saint-Martin und die Acquaires hatten genug für sie getan, das verstand sie. Aus Angst vor Strafe wagten sie nicht, ihre Anwesenheit noch weiter durchzusetzen. Das Gesetz des Vorurteils war an höchster Stelle erlassen worden, und ihnen blieb nichts anderes übrig, als es zu achten. Es mochte noch angehen, wenn man den Menschen zur Unterhaltung diente, eine Art Hofnarr war, wie die der Könige, von denen Joseph ihr erzählt hatte. Aber hier endete die Macht ihrer Beschützer, gegen das Gesetz zu verstoßen, und sie hatten schon so viel für sie getan ...

Jasmine stand mit Lise, Joseph und einigen Farbigen aus der Nachbarschaft zusammen. Madame Acquaire gesellte sich in einem herrlichen raschelnden Taftkleid zu ihnen, das sie eigens aus Frankreich hatte kommen lassen. Sie hielt kleine, gefaltete Briefchen in der Hand.

«Deine ersten Liebesbriefe, mein Kind», sagte sie und reichte sie Minette. «Ich habe sie von der Bühne aufgehoben. Sie stammen von deinen weißen Bewunderern. Lies sie heute Abend.»

Sie steckte sie in Minettes Mieder, die errötete, aber keinen Versuch unternahm, ihr auszuweichen.

«Liebesbriefe zu bekommen, ist so wundervoll», sagte Lise seufzend und schielte neidisch auf das Mieder ihrer Schwester. «Sag, Liebes, kaufst du mir einen Sonnenschirm? Ich hätte so gern einen Sonnenschirm.»

Sie war es leid, mit ihrem Fächer die feine Dame zu spielen, und träumte inzwischen von einem Sonnenschirm. Joseph lächelte bei dem Gedanken, dass sie schon genauso kokett war wie ein achtzehnjähriges Mädchen. Jasmine musste das Gleiche gedacht haben, denn sie zog Lise in eine abgelegene Ecke und schimpfte sie aus. Ein paar junge farbige Frauen traten zu Minette und luden sie ein, sie zur *affranchie* Célimène zu begleiten, die an diesem Abend einen großen Ball veranstaltete. Lise warf ihrer Mutter flehentliche Blicke zu, und da Joseph keine Einwände hatte, willigte Jasmine, berauscht vom Erfolg ihrer Tochter, ein.

Der Ballsaal der *affranchie* war ebenso kostbar und prächtig ausgestattet wie der des Schauspielhauses. Er war brechend voll, und in der Menge sah man junge weiße Männer, die ihren Salons den Rücken gekehrt hatten und farbige Mädchen mit *madras* auf dem Kopf zum Tanz führten. Als Minette eintraf, klatschten diejenigen, die im Theater gewesen waren, Beifall, und sogleich wurde sie von Bewunderern umringt, die sie zum Tanz aufforderten. Da sie nicht wusste, für wen sie sich entscheiden sollte, betrachtete sie sie der Reihe nach, wie um den auszusuchen, der ihr am besten gefiel. Dabei fiel ihr Blick auf einen dunkelhäutigen jungen Mann von etwa zwanzig Jahren, der an einer der Säulen lehnte und die Szene ohne ein Lächeln beobachtete.

Er trug ein gestreiftes Leinenhemd und eine weiße Hose. Sein sehr kurz geschnittenes Haar gab eine perfekte Stirn frei. Seine schmale Nase mit den bebenden Nasenflügeln schien die Anwesenden misstrauisch zu beschnuppern, ein Eindruck, der durch den harten Zug um seinen Mund und seine länglichen Augen noch verstärkt wurde, die so groß waren, dass ihr Blick, ganz im Gegensatz zum Rest des Gesichts, arglos erstaunt und vertrauensvoll wirkte. Er war schlank, gut gebaut, und seine Hände, die er lässig in die Hüften gestemmt hatte, waren schmal und elegant. Er besaß eines jener Gesichter, die, ohne wirklich schön zu sein, unweigerlich Aufmerksamkeit erregten. Ein Gesicht, das den Blick fesselte und in dessen Mimik sich jeder Gedanke widerzuspiegeln schien. In diesem Moment war sein Ausdruck spöttisch, argwöhnisch und zugleich so zärtlich und voller Leidenschaft, dass es Minette im Innersten aufwühlte.

«Schließen Sie die Augen», schlug einer ihrer potenziellen Tanzpartner vor, «und wählen Sie aufs Geratewohl einen aus unserer Mitte.»

Sie schüttelte den Kopf, stieß sie alle zurück und ging auf den Mann zu. Eine Sekunde lang begegneten sich ihre Blicke, und Minette spürte eine unerwartete Erschütterung. Ihr Herz schlug stärker, ihre Hände zitterten, und ihr war, als erschauere sie.

«Was ist mit Ihnen? Hätten Sie nicht Lust, mit mir zu tanzen?»

Wie hatte denn ihre Stimme mit einem Mal geklungen: keuchend, tonlos, beinahe flehend?

Der junge Mann lächelte, und im selben Moment war sein Gesicht wie verwandelt, es wurde hell und fröhlich. Ob das wohl an seinen strahlenden Zähnen liegt, fragte sich Minette.

Er verneigte sich und hob bedauernd die Hände.

«Es tut mir leid», sagte er, «aber ich bin ein Krüppel.»

Obwohl nicht die geringste Bitterkeit in seinen Worten mitschwang, erschütterten sie Minette noch tiefer. Einen Moment lang klammerte sich ihr verlegener, verzweifelter Blick an den des jungen Mannes.

«Verzeihen Sie», flüsterte sie, wie um sich zu entschuldigen.

«Das macht doch nichts», antwortete er.

Dann neigte er den Kopf, wandte sich ab und ging, das rechte Bein hinter sich herziehend, davon.

Um Minette wirbelten Hunderte Frauen herum in langen geblümten Röcken in den Armen ihrer Kavaliere, die gestreifte oder einfarbige Hosen und farbige Hemden trugen; sie alle sangen gemeinsam zur Musik des Orchesters. Ein Mann in gelbem Seidenhemd trat aus dem Kreis ihrer Bewunderer, schob Jasmine, Lise und Joseph in die Mitte des Saals, holte Stühle und ließ sie Platz nehmen.

«Minette wird singen!», rief er dann.

«Was ist los?», fragten tanzende Paare, die sie noch nicht bemerkt hatten.

«Minette wird singen!», rief der Mann im gelben Hemd erneut. «Das Orchester soll still sein!»

Der Mann kam auf sie zu und nahm sie bei der Hand.

«Wenn du schon nicht tanzen willst, junge Schönheit, dann sing für uns», forderte er sie auf.

Sie lächelte.

Gehorsam war das Orchester verstummt, und die Tänzer scharten sich, Beifall klatschend, in einem riesigen Kreis um sie.

«Was sollen sie spielen, junge Göttin?», wandte sich der Exzentriker erneut an sie. «Befiel, und sie werden dir gehorchen.»

Mit erhobenem Kinn blickte Minette dem davonhinkenden jungen Krüppel nach. Statt zu antworten, öffnete sie den Mund und sang einen so wundervoll klaren Ton, dass er auf der Stelle stehen blieb. Er drehte sich um und sah sie an. Sie stand allein in der Mitte des Saals, ihre Hände umklammerten den Stoff ihres Rocks, ihr Blick war starr auf ihn gerichtet. Wieder lächelte er sie an. Da sang sie ein Lied, das sie häufig aus Madame Acquaires Fenster gehört und schon als kleines Kind, neben der Auslage ihrer Mutter sitzend, vor sich hin geträllert hatte. Es war die Ariette aus *Die schöne Arsene*, die mit den Worten begann: «Welch glücklich' Schicksal erwartet mich schon …»[67]

Als ihre Stimme mit der letzten Note erstarb, sah sie, wie sich der junge Mann abwandte und langsam davonhinkte. Einen Moment blieb sie stumm, hörte weder den Beifall noch die begeisterten Rufe. Nachdem er verschwunden war, drehte sie den Kopf, sah sich nach ihrer Mutter, Joseph und Lise um, lief zu ihnen und bat, nun zu gehen. Ihre Bewunderer protestierten, doch Joseph erklärte ihnen, dass Minette müde sei und sich nicht wohlfühle. Sie verabschiedete sich, nahm Josephs Arm und wandte sich dem Ausgang zu.

Draußen sog sie in tiefen Zügen die frische Luft ein, so, wie man atmet, wenn man fünfzehn Jahre alt ist und glücklich. Lise, diesmal eifersüchtig auf ihre Schwester, weil sie nicht zum Tanzen aufgefordert worden war, obwohl sie so große Lust dazu gehabt hätte, beschimpfte die Männer auf dem Ball als «Kretins» und «hässliche Vögel».

«Die Herren, die dich zum Tanzen aufgefordert haben, waren alle hässlich, und sie sahen so dumm aus», sagte sie zu ihrer Schwester.

«Ja», antwortete diese, «sie waren tatsächlich hässlich und dumm.»

Dann drehte sie sich zu Joseph um.

«Hast du den jungen Mann bemerkt, dem ich meinen ersten Tanz angeboten habe?»

«Und der ihn dir ausgeschlagen hat», ergänzte Lise spöttisch.

«Er war … ein Krüppel, das wusste ich nicht.»

Joseph konnte sich das Lachen kaum verkneifen.

«Der, ein Krüppel, na, das wüsste ich aber! Das ist ein Scherz ganz nach Art von Jean-Baptiste Lapointe.»

«So lautet sein Name?», fragte Minette irritiert.

«Und ein Name, der für dich von keinerlei Interesse ist, glaub mir», antwortete Joseph.

«Wieso?»

«Dieser Herr genießt einen schlechten Ruf. Er lebt in Arcahaie[68], hält Sklaven, ist vermögend, und es heißt, er führe ein anstößiges, ausschweifendes Leben.»

«Ist es nicht das, was alle Männer tun?», wandte Lise interessiert ein, während Minette besorgt wirkte und nachzudenken schien.

«Nein, nicht alle Männer, Lise», antwortete Joseph. «Zumindest einige entgehen diesen Versuchungen …»

«Ja, ich weiß, du bist ein wahres Vorbild. Aber du … du … bist ja auch kein Mann wie die anderen.»

«Was soll das heißen, ich bin kein Mann wie die anderen?»

«Lise will damit zweifellos sagen», kam Minette ihr zuvor, «dass du so viele gute Eigenschaften auf dich vereinst, dass man den Eindruck hat, du seist ein ganz besonderer Mensch.»

«Ja, so ungefähr», fügte die Jüngere hinzu. «Du bist kein Mann, mit dem man Lust hätte zu … tanzen, und ich kann mir beim besten Willen nicht vorstellen, wie du ein Mädchen küsst.»

«Lise!», protestierte Jasmine.

Minette dachte nach. Dann hatte der schöne junge Mann, für den sie gesungen hatte, sich also über sie lustig gemacht? Er hatte es vorgezogen, sich hinkend zu stellen, um ihr einen Tanz abzuschlagen, und war nicht einmal davor zurückgeschreckt, zu behaupten, er sei ein Krüppel! Dumpfer Zorn ließ ihr Herz schneller schlagen. Sie, die sich unwiderstehlich glaubte! Sie erinnerte sich an das Lächeln der weißen Zähne, das sein junges Gesicht zum Strahlen gebracht hatte, und an die vermeintlich erstaunt dreinblickenden Augen, deren wahren Ausdruck sie nun erkannte: Es war Spott. Oh, schwor sie, sie würde sich an ihm rächen! Eines Tages würde sie ihm wieder begegnen, und dann würde er seinen Affront bereuen. Ihr einen Tanz abzuschlagen, ihr, Minette, die im Schauspielhaus sang und von Weißen bewundert wurde! Sie würde dafür sorgen, dass es ihm leidtat, und sollte es zehn Jahre dauern. Zu schade, dass er so weit entfernt lebte! Aber wenn sie irgendwann Geld verdiente, würde sie nach Arcahaie reisen und ihn wiedersehen, und an dem Tag würde er es bereuen.

«Ich hasse ihn», sagte sie mit einem Seufzen und drückte Josephs Arm an ihre Taille.

«Wen?», fragte er, denn er hatte ihr Gespräch bereits vergessen.

«Ihn, Jean-Baptiste Lapointe!»

«Denkst du immer noch an ihn?», fragte Lise neckend.

«Mir einen Tanz abzuschlagen! Oh, dafür werde ich mich rächen.»

An jenem Abend fiel ihr das Einschlafen schwer. Die Liebesbriefe, die sie beim Auskleiden aus ihrem Mieder gezogen hatte, lagen verstreut auf dem Tisch neben dem Bett. Sie nahm sie, und während sie darauf achtete, Lise und ihre Mutter nicht aufzuwecken, verließ sie das Zimmer, um sie zu lesen. Überrascht entdeckte sie, dass einer der Briefe vom Marquis de Chastenoye[69] unterzeichnet war, der sie freiheraus einlud, ihn zu Hause zu besuchen und Champagner mit ihm zu trinken. In schmeichelhaften Worten pries er ihre Schönheit und nannte sie eine «junge Göttin». Sie lächelte erfreut und konnte sich nach so vielen Komplimenten einer hochgestellten Persönlichkeit Lapointes Verhalten umso weniger erklären. Er war jung und sehr attraktiv, aber letzten Endes auch bloß ein *affranchi*, genau wie sie selbst. Er hatte ihr diesen Tanz abgeschlagen, und ein Marquis lud sie in sein Haus ein. Sie kam zu dem Schluss, dass er dumm war, von sich selbst eingenommen und über keinerlei Manieren verfügte. Dann verglich sie ihn mit Claude Goulard, der sich so höflich um sie bemühte, dachte mit Vergnügen an seine verliebten Blicke und ging zurück in ihr Bett, wo sie einschlief, geschmeichelt durch die Briefe, glücklich über Goulards Liebe und gekränkt wegen der Posse, mit der Lapointe sie genarrt hatte.

IX

Lise ging jeden Tag zum Unterricht bei Madame Acquaire. Sie hatte so große Fortschritte gemacht, dass diese glaubte, sie bald ebenfalls auf die Bühne bringen zu können, allerdings nicht wie Minette in der Oper, sondern in einem anderen Fach, das in jener Zeit großen Zulauf hatte. Die heimischen Komödien hatten den Gipfel ihrer Beliebtheit erreicht. In Cap Français, Saint-Marc, Léogane, Les Cayes, ja sogar in Port-au-Prince wurden sie von einem Publikum bejubelt, dem mehr daran gelegen war, sich unterhalten zu lassen, als ein bevorzugtes Genre zu genießen, und das daher nicht nur zu den Klassikern ins Theater strömte, sondern auch, wenn Stücke aus heimischer Feder aufgeführt wurden. Dank des jüngst zu ihren Gunsten veranstalteten Benefizabends hatten die Acquaires einen Teil ihrer Schulden bezahlen können, aber sogleich wieder neue Verbindlichkeiten angehäuft. Monsieur Acquaire hatte dem Würfelspiel gefrönt, seine Frau hatte sich neue Kleider gegönnt. Der Teufelskreis hatte sich erneut geschlossen, und sie brauchten einen weiteren Abend, um ihre Gläubiger zufriedenzustellen. Lise war ihre neueste Entdeckung. Sie würden sie bald auftreten lassen und mithilfe kluger Werbung, in der die neue Sängerin als die Schwester der «jungen Person» angepriesen wurde, ein stattliches Publikum ins Schauspielhaus locken. Über dieses Vorhaben hatten sie bisher mit niemandem gesprochen. Saint-Martin hatte sie gewarnt, dass der Gouverneur zwar Minette seinen Schutz gewährte, aber zugleich darum gebeten hatte, keine weiteren Farbigen am Schauspielhaus aufzunehmen.

Es war acht Uhr morgens, als Minette in geblümtem Rock und seidenem *madras* das Haus verließ und zu Madame Acquaire ging, um sie zur Probe zu begleiten. Scipion war allein und räumte auf. Er empfing sie mit bewundernden Blicken; Blicken, die Minette bereits kannte und die sie amüsierten, wie jedes Mal, wenn der Riese sie auf diese Weise ansah. Er erzählte ihr, dass seine Herrin schon sehr früh zum Schauspielhaus aufgebrochen sei, nachdem Monsieur Saint-Martin sie hatte rufen lassen. Minette ging also allein ins Theater und stieß dort auf eine Aktionärsversammlung. Da sie die Diskussion, die ihr bei ihrer Ankunft äußerst hitzig erschien, nicht unterbrechen wollte, setzte sie sich hinter einen Vorhang, schlug ihre Partitur auf und ging die Oper durch. Der Klang der Stimmen riss sie aus ihrer Lektüre. Sie zog den Vorhang zur Seite und warf einen Blick auf die Bühne. Dort war ein Tisch aufgestellt worden, an dem Monsieur Saint-Martin, die Acquaires, Durand, Depoix, Favart und einige Weiße saßen, die Minette nicht kannte. Einer von ihnen, ein etwa fünfundvierzig bis fünfzig Jahre alter Mann mit vorstehendem Bauch und stark ausgeprägten, groben Gesichtszügen, sprach mit harter, herrischer Stimme. In diesem Moment schlug er mit der Faust auf den Tisch und unterbrach damit Saint-Martin.

«Sie ist doch diejenige, die uns Dank schuldet», schimpfte er. «Wir haben ihr erlaubt, auf der Bühne zu stehen, und das war nicht ohne Risiko.»

Minette sah, wie Monsieur Acquaires Auge heftig zuckte, während Saint-Martin dem Mann lächelnd auf die Schulter klopfte, als wollte er ihn beruhigen.

«Aber, aber, Mesplès!», redete er ihm gut zu. «Ihr Talent hat in letzter Zeit unfassbar viele Zuschauer ins Theater gelockt, durch sie ist der Erfolg der neuen Oper, die ich gerade vorbereite, schon im Voraus garantiert.»

«Du hegst zu große Sympathien für sie, mein lieber Saint-Martin», entgegnete Mesplès, «aber ich bin der Letzte, der dir deine Vorliebe für Mulattinnen zum Vorwurf machen würde. Ich teile dieses Laster und …»

Statt den Satz zu beenden, brach er in ein unangenehmes, anzügliches Lachen aus, während Saint-Martin protestierte.

«Ich will gar nicht bestreiten, dass diese junge Person über ein gewisses Talent verfügt», fuhr Mesplès fort, «aber was bedeutet das denn schon für eine Farbige? Nichts, überhaupt nichts. Ohne die Acquaires säße sie immer noch wie eine Gauklerin singend neben der Auslage ihrer Mutter. Glaubt mir, wenn ihr sie einen Vertrag unterschreiben lasst, wird sie sich für eine Weiße halten und arrogant und unausstehlich werden. Ich kenne diese Leute.»

Madame Acquaire sah zu ihrem Mann hinüber, der wortlos zwinkerte. Es war Durand, der, nachdem er mit gesenkter Stimme zu Depoix und Favart gesprochen hatte, das Wort ergriff: «Aber wenn sie doch zur Truppe gehört …»

«Sie gehört zu keiner Truppe», schnitt Mesplès ihm das Wort ab.

«Oh doch, das tut sie», erwiderte Saint-Martin. «Wir haben sie aufgenommen und mit ihr gefeiert, wie wir es bei allen unseren neuen Schauspielern tun.»

«Das war unvorsichtig», sagte Mesplès.

«Gut», entgegnete Monsieur Acquaire versöhnlich, «nehmen wir einmal an, sie gehört nicht zur Truppe. Aber da sie nun einmal eine Gage verlangt …»

«Dann gestatten wir ihr eben hin und wieder einen Benefizabend. Sie soll zwanzig Prozent der Einnahmen bekommen, und dass man ihr das ja ohne Vertrag zusagt, so verhindern wir, dass sie sich für unentbehrlich hält …»

Der zynische, spöttische Ton, in dem er dies sagte, ließ Minette erstarren. Sie konnte es nicht länger mit anhören. Lautlos stand sie auf, ging die kleine hölzerne Treppe zur Hinterbühne hinunter und floh.

Sie ging sehr schnell, wie von einer nervösen Kraft getrieben, die sie in ihrer Unerfahrenheit für Zorn hielt. Dabei war es viel mehr als das. Was sie über die Vorurteile gegen Menschen ihres Standes wusste, hatte sie lediglich geschmerzt, sobald sich die Attacken gegen sie persönlich richteten. Sie hatte die Benachteiligung gespürt, als sie am Schauspielhaus singen sollte. Damals hatte sie sich zwar Sorgen gemacht, aber kaum gelitten, denn für sie war die herrschende Ordnung, die alle in ihrer Umgebung akzeptierten, etwas vollkommen Natürliches. Heute hatte sie in den Worten von François Mesplès, dem Aktionär des Theaters, zum ersten Mal in ihrem Leben unmittelbar jene blinde, verstörende Missgunst des Weißen gegenüber den *affranchis* gespürt. Sie war noch zu jung, um sich dieser Tatsache sogleich bewusst zu werden und dadurch die Welt, in der sie lebte, von außen beurteilen zu können. Noch beschränkte sich alles auf sie. Trotzdem kamen ihr einige Worte wieder in den Sinn, die Joseph Ogé gesagt hatte. Sie erinnerte sich an den *Code noir* und seine Artikel und an andere, verworrene Dinge, die sie noch nicht von ihrem Gefühl persönlichen Aufbegehrens zu trennen vermochte. Oh, was dieser Herr da gesagt hatte! Oh, in welch verächtlichem Ton dieser Herr über sie gesprochen hatte! Wie er sich geweigert hatte, ihr einen Vertrag zu gewähren, der sie an das Schauspielhaus binden sollte! Worte stiegen aus ihrer Erinnerung auf: «Was bedeutet Talent denn schon für eine Farbige? Ohne die Acquaires säße sie immer noch wie eine Gauklerin singend neben der Auslage ihrer Mutter.» Der unbegreifliche Impuls überkam sie, ihr Blut und ihre Rasse zu verfluchen. Dieses Blut und diese Rasse, die für all ihre Enttäuschungen verantwortlich waren. Weil ein paar Tropfen schwarzen Blutes in ihren Adern flossen, sollte sie sich also damit abfinden, ihr Leben lang gedemütigt und beleidigt zu werden? Weil sie von einer Rasse abstammte, die durch die Unmenschlichkeit der Kolonisten zum Sklavendasein verdammt worden war, sollte sie ihr Leben lang die Schultern krümmen und sich in ihr Schicksal ergeben?

Ach, wieso bin ich eine *affranchie*? Wieso denn bloß, mein Gott, dachte sie zu ihrer eigenen Verwunderung.

Sie schämte sich und beschleunigte ihre Schritte noch weiter. Ohne sich bewusst in diese Richtung gewandt zu haben, erreichte sie das Hafenviertel, wo sich die übliche ausgelassene, sorglose Menge drängte. Matrosen, die von Bord des neu eingetroffenen Schiffes kamen, verteilten sich singend in den Straßen. Manche von ihnen waren halb betrunken, grölten Lieder, schwenkten ihre Mützen und stierten unverhohlen nach den Frauen. Ein Sklavenhändler trieb ein paar angekettete Schwarze mit seiner Peitsche wie Vieh vor sich her. Die Sonnenstrahlen brannten so sengend auf die Erde und die Bäume herab, dass sie vor Hitze rot zu glühen schienen.

Minette, die mit gesenktem Kopf, das Herz schwer von Auflehnung, blicklos geradeaus ging, stieß mit einem Matrosen zusammen, der sie sogleich umarmte und an sich zog.

«He, mein Täubchen, was läufst du denn, als wärst du blind!»
Vergeblich versuchte sie sich von ihm zu befreien.
«Lassen Sie mich los, so lassen Sie mich doch los ...»
«Nicht, bevor du mir sagst, wo du wohnst.»
Schwankend presste er sie an sich. Minettes *madras* fiel herunter, und ihr Haar ergoss sich über ihre Schultern. Schamlos begann er sie zu begrapschen, während sie ihm Fußtritte verpasste und ihn schimpfend zu beißen versuchte.
«Lassen Sie mich los, Sie widerlicher Säufer. Loslassen, Sie weißer Abschaum, Sie wildes Tier.»
Während er sie zu küssen versuchte und sich allmählich eine Schar fröhlicher Schaulustiger um sie sammelte, galoppierte ein Reiter vorbei. Abrupt zügelte er sein Pferd, sodass es sich aufbäumte, und kam im Schritt näher heran. Minette schrie immer noch und wehrte sich gegen den Matrosen, der sie lachend fester an sich zog. Niemand sah, woher das Messer kam, doch plötzlich bohrte es sich in seinen Rücken und der Mann fiel hintenüber. Frauen schrien auf, andere rannten davon, während sich der Kreis immer enger um Minette und den verletzten Matrosen schloss. Verstört hob Minette den Kopf und sah sich um. In einiger Entfernung zu den dramatischen Geschehnissen tänzelte das Pferd, als wollte es ihre Aufmerksamkeit auf sich lenken. Sie erkannte den Reiter, und ein Schauer durchlief ihren Körper. Jean-Baptiste Lapointe, das Gesicht von einem großen Strohhut umrahmt, musterte sie mit einem so seltsamen Ausdruck in den Augen, dass sie für eine Minute den Matrosen, die Schaulustigen und den entsetzlichen Vorfall vergaß. Dann wendete er sein Pferd und stürmte in wütendem Galopp davon.
«Rette sich, wer kann!», schrie jemand, denn in diesem Moment trafen die Gendarmen ein.
Hastig stoben die Farbigen, der weiße Pöbel und die Kinder auseinander. Eine prächtige Kutsche hielt an, ihr entstieg ein ausnehmend gut gekleideter Herr in hohem Alter, der herankam und Aufschluss darüber forderte, was geschehen sei. Man gab ihm lautstark einige Erklärungen. Schließlich bemerkte er Minette, die neben dem verletzten Matrosen stand.

«Das ist ja die ‹junge Person›», sagte er überrascht. «Was macht sie denn hier?»

Minette erblickte in dem Eindruck gebietenden Herrn, der sie wiedererkannt hatte, auf Anhieb einen möglichen Retter. Mit gefalteten Händen eilte sie auf ihn zu.

«Monsieur, ich weiß nicht, was geschehen ist. Der Matrose war betrunken und wollte mich zwingen, ihn zu küssen. Ich habe mich gewehrt, und jemand hat ihn niedergestochen …»

«Sie sagt die Wahrheit», bekräftigte ein Mann, der auf den Herrn aus der Kutsche zutrat. «Ich bin ein kreolischer Weißer, Juwelier aus der Rue Bonne-Foi. Mein Name ist Bascave, und der Matrose hielt dieses junge Mädchen in den Armen, als er von hinten angegriffen wurde.»

Die Gendarmen, die sich über den Seemann gebeugt hatten, richteten sich wieder auf.

«Er ist tot!», sagten sie.

Entsetzt verbarg Minette das Gesicht in ihren Händen.

«Was ha… hatten Sie hier zu suchen, in den A… Armen des Matrosen», verlangte ein Gendarm stotternd zu wissen.

Gelächter antwortete ihm, und jemand rief: «Was sucht denn eine Frau üblicherweise in den Armen eines Mannes?»

Der Juwelier aus der Rue Bonne-Foi verbürgte sich erneut für sie und berichtete, wie Minette von dem Matrosen bedrängt worden sei und dieser sich trotz ihrer Proteste geweigert habe, sie gehen zu lassen.

«Diese ‹junge Person› kann für das, was geschehen ist, nicht verantwortlich sein. Das Messer wurde aus großer Entfernung und mit unglaublicher Kraft geworfen», ergänzte der Herr aus der Kutsche.

Daraufhin stellte man fest, dass die Klinge vollständig in den Körper eingedrungen war. Die Polizisten redeten leise mit dem Herrn aus der Kutsche. Dieser griff nach Minettes Arm.

«Sie sind ja völlig aufgelöst, mein Kind. Steigen Sie ein. Ich bringe Sie nach Hause.»

Da man unterdessen dazu übergegangen war, aufs Geratewohl einige Farbige zu verhaften, stürmten die Umstehenden Hals über Kopf davon, wobei zahllose Menschen umgerissen, niedergetrampelt und verletzt wurden. Minette, die durch den Tumult abrupt von ihrem Retter aus der Kutsche getrennt wurde, sah sich eine Minute suchend nach ihm um, bevor sie, von der allgemeinen Panik angesteckt, ebenfalls davonlief. Als sie schließlich keuchend stehen blieb, um wieder zu Atem zu kommen, bemerkte sie, dass sie an der Tür eines kleinen Häuschens lehnte, das unmittelbar an die Straße grenzte. Zu ihrer Überraschung wurde die Tür langsam geöffnet, und eine Hand zog sie rasch ins Innere. Halb ohnmächtig vor Angst und Erschöpfung drehte sie sich um und sah sich vier Schwarzen gegenüber: einem alten Paar, einer jungen Frau von etwa dreißig Jahren und einem fünfunddreißigjährigen Mann mit glühendem Blick, dessen Größe, als er sich erhob, die aller Männer zu übertreffen schien, denen Minette bisher begegnet war. Nicht einmal Scipion kann so groß sein wie er, dachte sie, während er sie musterte.

«Erzählen Sie mir, was passiert ist», forderte er Minette barsch auf, und seine Stimme klang so scharf wie eine Axt.

«Lass sie sich doch erst einmal ausruhen, Jean-Pierre», sagte die alte Frau auf Kreolisch. Sie hatte einen krummen Rücken, und ihr stumpfer, verschreckter Gesichtsausdruck erinnerte Minette an den ihrer Mutter. «Die Ärmste sieht ja völlig entkräftet aus!»

Dann deutete sie auf einen Stuhl.

«Setz dich, mein Kind», forderte sie sie auf.

Die kurze Einmischung der alten Frau gab Minette Gelegenheit, die vier Anwesenden genauer zu betrachten. Abgesehen von den beiden Alten und dem ungewöhnlich groß gewachsenen jungen Mann namens Jean-Pierre war da noch die junge Frau am anderen Ende des Tischs. Sie war sehr schön, doch in ihrem Blick und ihrer Miene lag eine Tragik, die fast schon Unbehagen weckte.

«Du hast deinen *madras* verloren», sagte sie mit leiser Stimme.

Minette hob eine Hand an ihr Haar.

«Ja, er ist heruntergefallen, als ich mich gewehrt habe.»

«Du hast dich gewehrt, junges Fräulein, gegen wen denn?», fragte der alte Mann, der bis dahin noch nicht gesprochen hatte.

Sie wandte sich ihm zu, um ihm zu antworten, und überrascht bemerkte sie die große Ähnlichkeit zwischen seinen Augen und denen der beiden jungen Leute. Es waren drei identische Augenpaare, sowohl in der Form als auch in ihrem Ausdruck, und vollkommen anders als die der alten Frau, denn während diese eingeschüchtert und ängstlich dreinblickten, lag im Blick der drei anderen Stolz und eine furchteinflößende Herausforderung. Minette hielt dem Blick des Alten stand, ohne mit der Wimper zu zucken, obwohl ihr war, als schössen aus seinen Augen Blitze, die sie versengten.

«Ja, ich habe mich gegen einen weißen Matrosen gewehrt, der mich küssen wollte.»

«Und weil er dich küssen wollte, bist du gerannt, als würdest du dich vor etwas fürchten?»

«Der Matrose wurde getötet», ergänzte Minette.

«Getötet! Von wem?», fragte der junge Mann so angespannt, dass er zu keuchen schien.

«Das weiß niemand.»

Die junge Frau sah zu Jean-Pierre hinüber, und das gleiche unbezähmbare Feuer loderte in ihrer beider Augen. Plötzlich beugte der Mann sich vor.

«Versteck sie, Zoé», wies er die junge Frau an. «Sie kommen.»

«Ich bin von jedem Verdacht befreit», setzte Minette an, «ein weißer Herr …»

«Sei still», flüsterte Jean-Pierre mit einem Wink.

In seiner Stimme lag so viel Autorität, dass Minette auf der Stelle gehorchte. Sie folgte Zoé ins Nebenzimmer und ließ die beiden Alten und den jungen Mann allein. Zoé hatte die Tür noch nicht hinter sich geschlossen, als bereits jemand, ohne anzuklopfen, den vorderen Raum betrat. Sie hörten das Klirren eines Schwerts und einen Fluch. Es war ein ehemaliger Sklave, erfahren im Dienst der Maréchaussée[70], für den die Jagd auf entlaufene Sklaven oder *affranchis*, die gegen das Gesetz verstießen, ein lukratives und unterhaltsames Spiel bedeutete.

«Wen suchen Sie?», fragte Jean-Pierre.

«Einen Farbigen, der verdächtigt wird, einen Matrosen getötet zu haben. Halten sich noch andere Personen im Haus auf?»

«Ja, im Schlafzimmer sind zwei Frauen. Sie können gerne nachsehen, wenn Sie wollen.»

Wortlos ging der Mann nach hinten, und als er Minette erkannte, entfuhr ihm ein überraschter Ausruf.

«Du? Was machst du denn hier? Ich dachte, du wärst mit dem Marquis de Chastenoye weggefahren.»

«Ich habe ihn in der Menge aus den Augen verloren.»

«Und du wohnst hier?»

«Nein, ich besuche … Freunde», antwortete Minette ängstlich.

«Ich hätte dich verhaften sollen», fuhr der Polizist fort, während er Minette und Zoé mit einem merkwürdigen Ausdruck im Gesicht musterte, «aber dieser verrückte Alte hat mir ein hübsches Sümmchen dafür bezahlt, dass ich dich in Ruhe lasse. Außerdem waren sich die weißen Gaffer einig, dass du nichts mit dem Vorfall zu tun hattest. Es war nicht zufällig dein Liebhaber, der das Messer geworfen hat, oder?», fragte er mit plötzlichem Misstrauen.

Schlagartig wandelte sich Minettes Haltung, und sie wurde zu einem linkischen, unschuldigen jungen Mädchen.

«Oh nein», protestierte sie, «doch nicht in meinem Alter …!»

«Wie, in deinem Alter? Jüngere als du stehen schon mitten im Leben, weißt du das nicht?»

«Nein … darüber weiß ich nichts …»

«Na gut. Dann will ich dir mal glauben. Das war vielleicht wieder ein Anschlag dieser verfluchten unzufriedenen Teufel.»

Er verließ das Zimmer, durchquerte den vorderen Raum und ging hinaus, ohne sich zu verabschieden.

Zoé griff nach Minettes Hand und zog sie mit sich.

«Jean-Pierre», sagte sie, «er hat von ‹Unzufriedenen› gesprochen, und dieses junge Mädchen wird nicht verdächtigt.»

«Ist das nicht eine Schande!», versetzte er, und Zorn brodelte in seiner Stimme. «Solche Worte aus dem Mund eines unserer Brüder!»

Er wandte sich wieder zu Minette. Fast eine Minute lang richtete sich sein glühender Blick auf sie.

«Du kannst uns vertrauen», sagte er dann. «Wen verdächtigst du in dieser Sache?»

«Verdächtigen? Aber ... niemanden ...», stammelte Minette, während vor ihrem inneren Auge ein braun gebrannter Reiter mit einem Strohhut auf dem Kopf erschien. Sie erinnerte sich daran, wie der Blick von Jean-Baptiste Lapointe sie aufgewühlt hatte, und nun erkannte sie auch, dass beim Anblick des Matrosen, der sie misshandelte, Hass und Verachtung in seine Augen getreten waren. Ja, das konnte sehr wohl der Ausdruck eines Verbrechers oder eines erbitterten Kämpfers für die Gerechtigkeit gewesen sein. Aber wieso hätte er den Weißen töten sollen? Ihretwegen? Das war unmöglich. Er hatte nichts von einem glühenden Bewunderer oder eifersüchtigen Liebhaber an sich; dass er ihr während des Balls einen Tanz abgeschlagen hatte, war doch der beste Beweis für seine vollkommene Gleichgültigkeit ihr gegenüber.

Die vier musterten sie so gespannt, dass sie gern gesprochen hätte. Doch gleichzeitig beschlich sie Argwohn. Wer waren diese Menschen? Sie schienen anständige Leute zu sein, vor allem die Alten, aber die beiden anderen – diese Leidenschaft in ihrem Blick, diese Fiebrigkeit in ihren Stimmen und Gesten! Wieso befragten sie sie mit einer solchen Neugier, einer solchen Ungeduld? Was interessierte sie so sehr an der Sache?

«Du brauchst keinen Namen zu nennen, wenn du das nicht möchtest, Mädchen», sagte Jean-Pierre, «aber rede, damit wirst du uns helfen, glaub mir.»

Einen Moment lang stand er aufrecht vor ihr, und die riesigen Augen in seinem schwarzen Gesicht öffneten sich so weit, dass Minette Angst bekam.

«Verdächtigst du einen Weißen, diesen Matrosen getötet zu haben ...?»
«Einen Weißen», entfuhr es Minette, «oh nein ...!»
«Dann verdächtigst du also tatsächlich jemanden.»
«Ich wage es nicht ... ich will nicht ...»

«Nenne keinen Namen, wenn es dir zu schwerfällt», sagte Zoé aufmunternd.

«Es war ein *griffe*[71]», sagte Minette schließlich, «ein großer, gut aussehender, junger *griffe* auf einem Pferd.»

Mit einem Schlag veränderte sich die Atmosphäre im Raum. Außer sich vor Freude fielen Jean-Pierre und Zoé einander in die Arme und küssten sich.

«Das war er», rief Zoé, «ich bin mir ganz sicher, das war er …!»

«Beruhigt euch, meine Kinder, beruhigt euch», beschwor sie die alte Frau mit einem besorgten Blick aus dem Fenster, «um Himmels willen, beruhigt euch!»

Jean-Pierre war wieder ernst geworden, nicht, weil er der Anweisung der alten Frau folgte, vielmehr schien ihn ein Gedanke zu bewegen, und er stürzte zum Stuhl des alten Mannes. Ihre Blicke trafen sich, und wieder fiel Minette die Ähnlichkeit zwischen ihnen auf.

«Ihre Auflehnung wird mit jedem Tag gewaltsamer. Bald, Vater, bald können wir auf eine Welle der Unterstützung hoffen, nicht wahr …»

«Bald», antwortete dieser, «niemand kann sagen, ob es bald sein wird, vielleicht sterbe ich, bevor es so weit kommt, aber es wird geschehen … irgendwann.»

Minette spürte, dass sie sie vergessen hatten. Erst als sie sich zu ihr umdrehten, erkannte sie an ihrem Zusammenzucken, dass sie sich ihrer Anwesenheit wieder bewusst geworden waren. Einen Moment schienen sie sich wortlos miteinander zu verständigen, und es war, als gelangten sie zu einer Art stummem Einvernehmen. Dann wandte sich Zoé an Minette.

«Wie alt bist du?», fragte sie.

«Fünfzehn.»

«Mit fünfzehn Jahren hatte ich schon vieles begriffen.»

Sie stand auf, kam auf Minette zu und legte ihr die Hände auf die Schultern.

«Du bist die Tochter einer Mulattin und eines Weißen und ich die Tochter zweier Schwarzer. Deine Haut sieht anders aus als die meine, aber wir sind beide *affranchies,* und für uns gelten dieselben Gesetze, habe ich recht?»

Minette nickte beklommen. Mein Gott, worauf wollte sie hinaus? Welch tragische Augen, dachte sie, und welch schreckliche Leidenschaft in ihrer Miene!

«Ich kenne deine Geschichte», fuhr Zoé fort. «Deine Mutter war eine Sklavin, ihr Herr hat sich ihr aufgezwungen, und du kamst zur Welt, war es nicht so?»

«Ja, aber woher weißt du das?»

«Es ist die ewige Geschichte der hübschen farbigen Mädchen. Vor dir wurde schon deine Mutter unter den gleichen Umständen geboren, und dass ihr frei seid, habt ihr allein dem Zufall zu verdanken.»

Sie begann in dem kleinen Raum auf und ab zu gehen, ohne Minette dabei aus den Augen zu lassen. Und diese hatte den Eindruck, dass Zoé das, was sie nun sagte, schon Hunderten Menschen gesagt hatte, um etwas bei ihnen zu bewirken, was sie, Minette, jetzt noch nicht verstand.

«Meine Eltern waren Sklaven, Sklaven in Martinique, einem Land, in dem dasselbe Leid herrscht wie in Saint-Domingue. Dieselbe Ungerechtigkeit.»

Dieses letzte Wort war von so viel Bitterkeit erfüllt, dass Minette es zum allerersten Mal zu hören meinte.

Ungerechtigkeit! Wer hatte schon vor Zoé davon gesprochen? Wer? Die Ungerechtigkeit, die die Sklaven in Ketten hielt, die es erlaubte, sie zu schlagen, sie zu quälen, sie zu töten. Die Ungerechtigkeit gegenüber den *affranchis*, jene Ungerechtigkeit, die es ihr verbot, im Schauspielhaus aufzutreten, den Ball der Weißen zu besuchen, etwas zu lernen, all diese Gesetze waren ungerecht, die althergebrachte Ordnung war ungerecht, die gesellschaftlichen Vorurteile waren ungerecht … Wer bloß hatte schon vor Zoé davon zu ihr gesprochen? Joseph? Abbé Raynal? Nein, es war ein schmerzliches Empfinden, dessen Ausdruck sie in allem wahrgenommen hatte, was sie umgab, und diese Erkenntnis war ihr nicht gekommen, weil jemand sie darauf aufmerksam gemacht hätte, sondern weil sie in sich selbst ein stummes Aufbegehren gegen all diese Absurdität gespürt hatte.

Das Aufbegehren schwelte schon lange in ihr. Sein Beginn reichte zu jenem Tag zurück, als sie erkannt hatte, dass sie und Lise, weil sie ein paar Tropfen schwarzes Blut in ihren Adern hatten, sogar von kleinen weißen Mädchen gemieden wurden, die nicht älter waren als sie selbst. Doch sie hatte mit diesem Aufbegehren weitergelebt, ohne zu ahnen, dass es da war, und sie aß und schlief und beneidete die Weißen um ihr Los, wie es die Menschen ihres Standes zu tun pflegten. Aber als sie nun Zoé reden hörte, zerriss ein Schleier und gab den Blick frei auf all das, was so tief in ihrem Inneren verborgen gelegen hatte, all das, was zweifellos den Drang in ihr geweckt hatte, die Weißen zu beschimpfen, ihnen ins Gesicht zu spucken und sie zu hassen. Joseph hatte ihr dabei geholfen, sich über sich selbst klar zu werden. Das Werk, welches Zoé nun an ihrem kleinen, eingeschränkten Bewusstsein einer glücklichen *affranchie* verrichtete, dieses Werk hatte Joseph begonnen, aber auf eine sanftere, geduldigere und vor allem behutsamere Weise.

Zoé hob einen Vorhang an und zeigte ihr ein paar Regalbretter voller Bücher.

«Dort habe ich lesen gelernt, und hier lerne ich auf eigene Faust weiter. Ein alter *affranchi* leiht mir seine Bücher. Er ist reich, und der Hof seines Hauses ist ein wahres Paradies voller Vögel und Fische.»

«Labadie!», rief Minette.

«Du kennst ihn?»

«Ja. Auch ich habe aus seinen Büchern gelernt.»

«Ach …»

Voller Zuneigung legte Zoé die Arme um Minettes Schultern, und ihre Geste war von solch unerwarteter Zärtlichkeit, dass Minette sie unwillkürlich verwundert ansah. Doch Zoé hatte sich schon von ihr abgewandt. Sie war zu ihrem Bruder gerannt und redete leise und beschwörend auf ihn ein. Den Blick in die Ferne gerichtet, hörte er ihr zu.

In diesem Moment wurde die Tür zur Straße geöffnet, und eine Mulattin kam herein. Sie hatte ihre langen geflochtenen Zöpfe im Nacken zu einem Knoten geschlungen und trug einen schwarzen, streng geschnittenen Rock und ein Mieder, dessen lange Ärmel ihre Hände zur

Hälfte bedeckten. Bei ihrem Eintreten entfuhr Zoé ein überraschter Ausruf.

«Louise», rief sie, eilte ihr entgegen und küsste sie.

Die Mulattin blickte besorgt zu den beiden Alten, küsste sie und reichte dann Jean-Pierre die Hand.

«Hast du Beauvais gesehen, Lambert?», fragte sie.

«Nein, seit drei Tagen nicht mehr», antwortete er, «aber er hat mir versprochen zu kommen, also wird er auch kommen.»

«Ich habe die Postkutsche aus Pernier[72] genommen. Ich wollte mit dir reden.»

Sie ließ den Blick erneut durch den kleinen Raum wandern, und erst jetzt schien sie Minette zu bemerken.

«Wer ist das? Eine Freundin von dir, Zoé?», fragte sie und musterte Minette argwöhnisch.

«Eine Freundin!», antwortete Zoé und sah Minette in die Augen. «Ja, ich glaube schon ... Ich glaube, wir können uns auch auf sie verlassen.»

«Gut», sagte die Mulattin und griff nach Jean-Pierre Lamberts Hand.

«Entschuldigt uns, etwas Vertrauliches», fügte sie hinzu und zog ihn in das andere Zimmer.

Minette war erschöpft. Zu viele Ereignisse waren an diesem Morgen auf sie eingestürmt. Sie hatte nur noch einen Wunsch: nach Hause zurückzukehren, sich hinzulegen und nichts mehr zu hören und zu sehen. Sie stand auf, umarmte Zoé wortlos und gab ihr einen Kuss.

«Verrätst du mir deinen Namen?»

«Minette.»

«Wo wohnst du?»

«In der Rue Traversière.»

«Wir werden uns wiedersehen, Minette.»

«Das hoffe ich, Zoé. Auf Wiedersehen, *papa*, auf Wiedersehen, *maman*.»

«Auf Wiedersehen, mein Kind», antworteten die beiden Alten.

Es war fast ein Uhr, als Minette zu Hause ankam. Ihre Mutter hatte schon die Waren hereingeholt, um das Mittagessen aufzutischen. Zum ersten Mal in ihrem Leben verheimlichte das junge Mädchen seiner Mutter etwas. Sie erzählte ihr weder von dem getöteten Matrosen noch von Jean-Baptiste Lapointe oder den Lamberts. Doch Lise entging die sorgenvolle Miene nicht, mit der sie den Reis und die üblichen Erbsen aß, und fragte sie nach ihrem Morgen aus. War sie mit Madame Acquaire zum Theater gegangen? War die Probe zufriedenstellend verlaufen? Hatte Goulard ihr Komplimente gemacht?

«Ich war nicht im Theater», entgegnete Minette, um ihren lästigen Fragen ein Ende zu setzen, «ich hatte Lust, spazieren zu gehen, also bin ich spazieren gegangen.»

«Redet Französisch!», flehte Jasmine.

Plötzlich wurde ihr bewusst, was Minette gerade gesagt hatte.

«Was? Was sagst du da, Kind? Du bist spazieren gegangen? Mit wem denn?»

«Oh, allein, Maman», antwortete Minette gereizt.

Es gelang ihr nicht, die Tränen zurückzuhalten, die ihr über die Wangen zu laufen begannen.

«Ich bin müde», sagte sie mit so zitternder, kläglicher Stimme, dass Lise, die den Blick auf ihren Teller gesenkt hatte, aufsah.

«Du weinst ja», rief sie. «Was ist denn mit dir?»

Minette schob den Teller zurück und stand auf. Sie hätte viel darum gegeben, eine Minute allein zu sein, eine Minute bloß. Ach, hätte ich doch ein kleines Zimmer für mich, dachte sie, nur für mich, wo ich mich einschließen und in Ruhe nachdenken und weinen könnte! Alles, was sie an diesem Morgen erlebt hatte, wirbelte in einem fieberhaften Chaos in ihrem Inneren durcheinander: der Aktionär des Schauspielhauses, der Matrose, der Reiter, Zoé und Jean-Pierre! Sie konnte einfach nicht mehr. Gleich würde sie zu schreien beginnen, zu schreien, als hätte sie den Verstand verloren. Jasmine sah sie an wie eine Glucke, die spürt, dass ihr Küken ihr zu entwischen droht, und Lise machte ein Gesicht wie eine erstaunte, dumme kleine Gans. Durfte sie denn nicht ein einziges Mal Dinge für sich behalten, über die sie einfach nicht reden wollte? Wie sollte sie darüber reden? Sie begriff nicht einmal selbst, was seit dem Moment, als sie das Schauspielhaus verlassen hatte, in ihr und um sie herum geschehen war. Wie sollte sie da Jasmine erklären, dass sie allein spazieren gegangen war, dass ein Matrose, der sie zu küssen versuchte, getötet worden war, und dass sie einen gewissen Lapointe verdächtigte, ihn umgebracht zu haben. Ach, das alles war viel zu kompliziert, und Jasmine hätte ganz recht, wenn sie drauflosplappern, weinen und ihr tief in die Augen sehen würde, um sie an ihren vernarbten Rücken zu erinnern, um sie zu zwingen, zu bereuen und in sich zu gehen. Wortlos verließ sie das Esszimmer, ging in das einzige Schlafzimmer und schloss die Tür hinter sich. Eine Minute lang horchte sie auf den Klang von Lises und Jasmines Stimmen, um sich zu vergewissern, dass sie ihr nicht gefolgt waren. Dann legte sie sich in ihr Bett, vergrub den Kopf in das Kissen und brach in verzweifeltes Schluchzen aus.

X

Um ein Exempel zu statuieren, ließen die Kolonisten wegen des getöteten Matrosen zwei Farbige hängen. Obwohl sie schworen, nur Zeugen des Vorfalls gewesen zu sein, führte man sie auf den Platz und hängte sie nach einem Blitzurteil an zwei Laternen auf. Als hätten sie sich abgesprochen, legten durch puren Zufall ausgerechnet an diesem Tag einige *affranchies* ihre Sandalen, Baumwollröcke und Kopftücher ab und zeigten sich demonstrativ in aller Öffentlichkeit in Samt und Spitze am Arm der attraktivsten Offiziere der Kolonie.

Zu allem Überfluss trugen sie Schuhe, was die weißen Kreolinnen und Europäerinnen vollends in Rage versetzte. Mit Juwelen geschmückt, die ihre weißen Liebhaber ihnen tags zuvor geschenkt hatten, wohnten die farbigen Mädchen, herausgeputzt wie Reliquienschreine, der Hinrichtung der beiden *affranchis* bei.

Bei den Beschuldigten handelte es sich um zwei junge Männer von etwa zwanzig, fünfundzwanzig Jahren. Der jüngere der beiden schrie und versuchte sich aus den Händen der Soldaten zu befreien. Ihre Mütter und die übrigen Verwandten folgten ihnen unter Klagen, Rufen und Gebeten. «Erbarmen», riefen sie, «Erbarmen, lieber Gott, unser Herr, so hab doch Erbarmen.» Eine der Mütter wälzte sich vor Verzweiflung auf dem Boden, und als man ihrem Sohn die Schlinge um den Hals legte, stürzte sie sich auf einen Polizisten und biss ihn in den Arm. Man verhaftete sie auf der Stelle. Die Schaulustigen drängten einander zur Seite, um einen Blick auf die hin und her schwingenden Körper und die lila verfärbten, geschwollenen Zungen zu erhaschen, die allmählich aus den Mündern der Gehenkten hervorquollen.

Unter den *affranchies* erkannte man Nicolette in rotem Samtrock und Spitzenmieder und Tausendlieb, das Gesicht halb unter einem Sonnenschirm mit Fransensaum verborgen. Obwohl es ungewöhnlich war, Kleidung als Form von Vergeltung zu nutzen, wunderte man sich, als sie sich am Schauplatz der Hinrichtung versammelten, über ihre luxuriöse Aufmachung, die trotz der kindischen Natur dieser Geste eine Form von Protest zu sein schien. Einige weiße Frauen, die unter den Kavalieren der schönen *affranchies* ihren Ehemann oder Geliebten erkannten, beschimpften sie wütend als dreckige Negerinnen, Bastardinnen und Sklavenbrut[73]. Das waren schlimme Beleidigungen, doch sie nahmen sie hin, ohne mit der Wimper zu zucken, als hätten sie verabredet, sich um jeden Preis unverwundbar zu geben.

Nach der Hinrichtung, der sie mit unergründlichen Mienen beiwohnten, entfernten sie sich mit der Menge, und von diesem Tag an sah man sie nur noch wie Damen gekleidet. Die Ermordung des Matrosen, das provozierende Auftreten der *affranchies* und zahllose Fälle von entlaufenen Sklaven erzeugten eine immense Anspannung, die sich gegen Minette wandte; da sie sich in einer exponierten Stellung befand und als Erste kostspielige Stoffe getragen hatte, wählte man sie zur Zielscheibe. Unverzüglich wurde sie in der Zeitung angegriffen und für ihren Luxus kritisiert. Um ihr Ansehen in den Augen der Öffentlichkeit herabzusetzen, hielt man ihr eine weiße Schauspielerin namens Madame Marsan[74] aus Cap Français entgegen. Man verglich das Talent der beiden Frauen, ihre Schönheit und ihre gesellschaftliche Stellung. Man klagte über die Vorliebe des Publikums von Port-au-Prince für diese junge Farbige, die einige allzu nachsichtige Weiße, unbekümmert um die geltenden Gesetze, zu einer Laufbahn gedrängt hatten, die es ihr ermöglichte, öffentlich aufzutreten, was die Macht des Vorurteils schwächen und unter «diesen Kreaturen» unerwartete Ansprüche wecken konnte. Unverhohlen wurde dem Gouverneur vorgeworfen, solchen Angriffen auf königliche Erlasse Vorschub zu leisten, indem er durch seine Schwäche bei den «Unzufriedenen» himmelschreiende Ambitionen und Wünsche beförderte. Am darauffolgenden Tag wurde Minettes Name im Zusammenhang mit dem Drama im Hafenviertel genannt. Man enthüllte die «junge Person», die im Schauspielhaus sang, als die Frau, die der Matrose zum Zeitpunkt seiner Ermordung in den Armen gehalten habe.

Erbittert über die Hinrichtung der beiden *affranchis*, verbrachte Minette den Tag in ihrem Zimmer, wo sie weinend den toten Matrosen, die Richter und die Kolonisten verfluchte. Nun, da sie Zoé Lambert das Wort «Ungerechtigkeit» hatte schreien hören, nutzte sie es als Heilmittel und wiederholte es unablässig in ihrem Inneren. Als Joseph eintraf, sprach sie es ihm gegenüber in dem gleichen Ton aus wie Zoé.

«So eine Ungerechtigkeit, so eine entsetzliche Ungerechtigkeit, dass sie diese unglücklichen Männer getötet haben! Ich bin mir sicher, dass sie nicht das Geringste mit der Sache zu tun hatten.»

Ohne auf ihre Worte einzugehen, schlug Joseph die Zeitung auf, die er mitgebracht hatte, und zeigte Minette den Artikel.

«Wie tief bist du in diese unselige Geschichte verstrickt, Minette?», fragte er.

Da er mit erhobener Stimme gesprochen hatte, bedeutete sie ihm mit einem Wink zu schweigen.

«Maman und Lise brauchen von alldem nichts zu wissen. Komm näher, dann werde ich dir alles erzählen.»

Als sie geendet hatte, nickte er.

«Du bist dem Marquis de Chastenoye zu großem Dank verpflichtet. Ohne ihn wärst du verhaftet und vor Gericht gestellt worden.»

«Er scheint ein freundlicher alter Herr zu sein.»

«Verlass dich nicht zu sehr darauf. Er verfolgt zweifellos ... private Interessen, dich zu beschützen.»

«Private Interessen?»

«Genug davon. Reden wir lieber über diesen gehässigen Artikel, der deine vielversprechenden Anfänge am Theater zu untergraben versucht. Hast du mit Saint-Martin oder den Acquaires gesprochen?»

«Nein. Ich habe das Haus seit gestern nicht mehr verlassen.»

«Sie hätten herkommen können.»

Während Minette und Joseph sich über den bewussten Artikel unterhielten, waren die Acquaires wutentbrannt zu Charles Mozards Büro geeilt.

«Wieso haben Sie einen solchen Artikel über unseren jungen Schützling verfasst?», wollte Madame Acquaire mit mühsam unterdrücktem Zorn von ihm wissen.

«Das ist nur zu ihrem Besten, glauben Sie mir», erwiderte der Journalist trocken, «denn sie will zu hoch hinaus. Und je höher man sie steigen lässt, umso schrecklicher wird ihr Absturz sein.»

Mit beängstigend zuckendem Auge wandte Monsieur Acquaire ein, dass der Gouverneur Saint-Martin sein Wort gegeben habe, der «jungen Person», in der er ein wahres Talent erkannt habe, seinen uneingeschränkten Schutz zu gewähren, und sollte er, Mozard, Minette weiterhin angreifen, werde er sich beim Gouverneur über ihn beschweren. Madame Acquaire, die fürchtete, ihr Mann könne den Journalisten verärgern, zupfte ihn beschwichtigend am Arm. Doch stattdessen lachte Mozard laut auf und schlug vor, gemeinsam ins nächstgelegene Wirtshaus zu gehen und etwas zu trinken. Madame Acquaire willigte ein, denn sie hoffte, anschließend eine Gelegenheit zu finden, ihn zu überzeugen. Aber nachdem sie zahlreiche Argumente vorgebracht hatte, musste sie sich geschlagen geben.

«Dabei waren Sie zu Beginn doch voll des Lobes und haben sie sogar noch ermutigt, mein lieber Monsieur Mozard», sagte sie leise, und ihr Tonfall verriet ihre Überzeugung, er sei für diesen Sinneswandel bezahlt worden.

«Das war zu Beginn», erwiderte der Journalist ohne jeden Groll und trank einen Schluck, «seitdem hat Ihr Schützling ein gutes Stück Weg zurückgelegt, das genügt.»

«Was werfen Sie ihr denn vor?»

«Ihren Hang zu Flitter und kostspieligen, grellbunten Stoffen, den die Negerin in ihr mit abstoßendem Triumph zur Schau stellt.»

«Aber das sind doch Kostüme …»

«Eher schillernd als realistisch, wie Sie zugeben müssen.»

Madame Acquaire legte dem Journalisten eine Hand auf den Arm.

«Versuchen Sie doch, beim nächsten Mal nicht ganz so streng zu sein», bat sie in verführerischem, einschmeichelndem Ton.

«Schicken Sie sie zu mir, dann kann sie mich selbst darum bitten.»

«Oh!», entgegnete Madame Acquaire schockiert. «Soll das etwa ein Handel sein?»

«Sie lieben offene Worte, Madame, doch diese können verletzend sein; hüllen Sie sie lieber in einen Schleier, und sei er noch so transparent …»

Mit angewiderter Miene stand sie auf, nahm ihren Mann beim Arm und zog ihn mit sich.

«Der gute Monsieur Mozard wird dafür ein hübsches Sümmchen eingesteckt haben!»

«Das er nur zu gern für Minette ausgeben möchte.»

«Niemals», protestierte Madame Acquaire. «Das Mädchen ist erst fünfzehn Jahre alt, und ich habe ihrer Mutter versprochen …»

«Ach, papperlapapp», fiel ihr Monsieur Acquaire ins Wort, «wenn sie mit jemandem ins Be… sich ins Verderben stürzen will, wird sie sich hüten, vorher ihre Mutter um Erlaubnis zu fragen.»

Sie erreichten Jasmines Häuschen, wo Minette, nun wieder ruhiger, im vorderen Zimmer saß und ein Mieder nähte. In ihrer Erregung verstand Madame Acquaire den verstohlenen Wink des jungen Mädchens nicht und begann in Gegenwart von Jasmine und Lise zu reden. Entsetzt schlug ihre Mutter die Hände an den Kopf und hätte um ein Haar die Tasse Tee umgeworfen, von der sie gerade trinken wollte.

«Guter Gott, Minette», rief sie, «wieso hast du mir denn nichts von alldem erzählt?»

Diese fand sich sogleich damit ab und legte ihre Handarbeit auf den Tisch.

«Wenn ich recht verstehe, Madame Acquaire», sagte sie bedächtig, «wirft man mir vor, zu schnell zu hoch aufgestiegen zu sein …»

«Dabei empfindet Monsieur Mozard für dich durchaus eine gewisse … Bewunderung.»

«Dann hat er eine merkwürdige Art, sie auszudrücken. Ich habe nicht vergessen, dass ich Ihnen Dank schulde, Madame Acquaire, und da ich für Sie nun zu einer Belastung geworden bin, werde ich ab jetzt nicht mehr im Schauspielhaus singen.»

«Ach was, Minette, das renkt sich schon wieder ein», widersprach die Kreolin mit belegter Stimme. «Warte nur ab, das Publikum wird nach dir verlangen.»

«Ich kann nicht länger Teil der Truppe sein, ohne den gleichen Respekt und die gleiche Handlungsfreiheit einzufordern, die auch die übrigen Darsteller genießen. Es genügt, dass ich ausgebeutet werde. Ich arbeite ohne Vertrag und werde nach Gutdünken bezahlt, damit habe ich mich abgefunden, aber jetzt macht man mir Scherereien, und ich will meine Ruhe haben.»

«Minette», protestierte Jasmine, «wo bleibt dein Respekt vor Dame Acquaire?»

«Ich respektiere sie, Maman ...»

«Hör zu, Minette», mischte sich Monsieur Acquaire ein, «wir haben dich von Anfang an verteidigt, und das werden wir auch weiterhin tun. Was deinen Vertrag angeht, so hoffen wir, François Mesplès überzeugen zu können, wenn sich die Lage wieder beruhigt.»

«François Mesplès!», rief Minette, als wollte sie sich den Namen merken, «diesen Herrn würde ich gern einmal persönlich kennenlernen.»

Madame Acquaire wechselte einen raschen Blick mit ihrem Mann.

«Das ist eine gute Idee, mein Kind», sagte sie mit Nachdruck. «Du könntest ihn aufsuchen. Du weißt doch, wo er wohnt, nicht wahr?»

«Wer in Port-au-Prince kennt nicht das Haus des reichen Monsieur Mesplès?»

«Gib dich sanft und demütig, und leg ja keinen Schmuck an», fuhr die Kreolin fort.

In Minettes Augen trat ein beunruhigender Ausdruck, der ihrer Mutter nicht entging. Während die Acquaires sich verabschiedeten, beobachtete sie ihre Tochter, deren Blick wie hypnotisiert auf etwas Unsichtbares geheftet war.

Sie hatte gerade einen geheimen Plan entworfen und schwor sich, ihn in die Tat umzusetzen. Monsieur Mesplès, war das nicht jener Weiße, der sie neulich morgens im Theater so scharf angegriffen hatte? Seinetwegen hatte sie gelitten, denn sie konnte nicht vergessen, in welch hasserfülltem, verächtlichem Ton er über ihre vermeintlichen Rechte und ihre Zukunft am Schauspielhaus gesprochen hatte.

Gegen zehn Uhr begleitete sie Lise zu ihrem Unterricht bei Madame Acquaire, obwohl Jasmine unter Tränen mehrfach behauptet hatte, das sei doch nun vollkommen sinnlos, da Monsieur Mozards Artikel alles zerstört habe. Die Erkenntnis, dass manche Weiße das Auftreten ihrer Tochter im Schauspielhaus missbilligten, machte ihr Angst, und als Mensch, der es gewohnt war, zu gehorchen und sich dem Willen anderer zu beugen, senkte sie den Kopf und kapitulierte schon jetzt.

Aber für Minette war noch nicht alles vorbei. Sie würde kämpfen, mit ihrer Schönheit, ihrer Jugend, ihrem Talent. Sie hatte bereits eine kleine Liste zusammengestellt: der Marquis de Chastenoye, der Gouverneur und all die Offiziere, die ihr Liebesbriefe geschrieben hatten. Sie brauchte nur mit dem Finger zu schnippen, und schon lägen sie ihr allesamt zu Füßen.

Als sie nach Hause zurückkehrte, traf sie zu ihrer Überraschung auf Joseph, der auf sie wartete. Es war nicht seine gewohnte Uhrzeit, und dies beunruhigte sie umso mehr, da er sie ansah, als versuchte er ihr direkt ins Herz zu blicken.

«Minette», begann er, «weißt du, wer den Matrosen getötet hat?»

Sie wandte den Kopf ab, bevor sie antwortete.

«Ich habe nur einen Verdacht, nichts als einen Verdacht, ich kann niemanden beschuldigen.»

«Ich habe mit den Lamberts gesprochen, Minette.»

«Mit den Lamberts! Du kennst sie?»

«Ja.»

«Was haben sie gesagt?»

«Dass sie dich trotz deiner Jugend in ihre Gruppe aufgenommen haben. Ich wurde beauftragt, mit dir darüber zu reden.»

«In ihre Gruppe!»

«Sei diskret und sieh dich vor. Gott hat dich auf einen Weg geführt, der mit Beschwerlichkeiten und Fallstricken übersät ist. Um ihn zu beschreiten, wirst du manchen Träumen entsagen, auf manche Dinge verzichten müssen. Auch ich habe mich für dich eingesetzt, weil ich glaube, dass du bereit bist.»

«Rede, Joseph …»

«Lambert ist der Anführer einer Gruppe von Aufständischen. Er versteckt entlaufene Sklaven und hilft ihnen bei der Flucht in die Berge.»

Erschauernd faltete Minette die Hände.

«Mit welchem Ziel?»

Joseph kam mit seinem Mund dicht an ihr Ohr und flüsterte ein paar Worte.

Sogleich veränderte sich ihre Miene. Grausame Befriedigung trat in ihre Züge und verlieh ihr ein beinahe grimmiges Äußeres.

«Du also auch …?»

«Ja, ich auch, Minette, obwohl ich, wie Lise es so schön ausdrückt, anders zu sein scheine als sie. Ich gehöre zu ihrer Gruppe, ich kämpfe an ihrer Seite, weil sie die Schwächsten sind. Dabei weiß Gott, wozu ich mich eigentlich berufen fühle. Ich glaube, jetzt kann ich dir alles gestehen …»

Einen kurzen Moment lang loderte ein Feuer in seinen Augen auf.

«Ich wäre so gern Priester geworden!»

Impulsiv griff das junge Mädchen nach seinen Händen.

«Das war es also!»

«Ich bin davon überzeugt, dass ich Gott näherkomme, indem ich mit ihnen gemeinsam für ihre Rechte kämpfe.»

Das Feuer war aus seinen Augen verschwunden, stattdessen glomm darin nun ein zärtliches, sanftes und so mitfühlendes Leuchten, sodass Minette die Tränen kamen.

«Ach, Joseph», sagte sie, «wir dürfen die Hoffnung nicht aufgeben! Habe ich nicht selbst schon einen ersten Schritt getan? Und ich werde meinen Weg trotz aller Hindernisse fortsetzen, das habe ich mir geschworen.»

Sie hatte mit zu viel Schärfe gesprochen.

Rasch senkte er den Blick auf sie herab. Sie erkannte darin so viel Sorge, dass sie ihn beruhigte.

«Hab keine Angst, ich bin vernünftig, nichts wird mich ins Verderben stürzen.»

Er nickte glücklich, nahm ihre Hand und führte sie hinaus auf die Straße, wo Jasmine hinter ihrer Auslage hockte und ihre Waren verkaufte. Sie ließen sich neben ihr nieder und lauschten mit einem Lächeln Lises Stimme, deren konzentrierte Triller zu ihnen herüberwehten.

«Sie übt regelmäßig!», bemerkte Joseph zufrieden.

Jasmine hatte ihn gehört. Mit nun wieder traurigen, erloschenen Augen sah sie ihn an.

«Wozu soll das noch gut sein?», sagte sie seufzend. «Jetzt, wo die Zeitung alles verdorben hat ...»

Joseph ging fort, doch am Nachmittag kam er wieder und setzte sich zu Jasmine und Minette neben die Auslage. Er war seit ein paar Minuten da, als etwas Ungewöhnliches plötzlich für Aufruhr unter den Krämerinnen sorgte. Schrille, verängstigte Frauenschreie erklangen. Dann stürmte ein großer, kräftiger, halb nackter Mann mit Brandmalen an den Armen wie von Sinnen durch die Schar der Händler und stieß alles zur Seite, was ihm in den Weg kam. Ziellos lief er hin und her, mit hervorquellenden Augen und aufgerissenem Mund. Minette packte Josephs Hand. Könnte ich doch nur etwas tun, sagte sie sich, mein Gott, ich würde so gern etwas tun!

Der Sklave war nur noch zehn Schritte von Jasmines Auslage entfernt und sah sich mit verzweifelten Blicken um. Unvermittelt ließ er sich zu Boden fallen und kroch auf Joseph zu. Im selben Moment drängten Polizisten in die Straße. Der Sklave rollte sich mit gesenktem Kopf vor Josephs Füßen zusammen und rührte sich nicht mehr.

Inzwischen herrschte Stille, beängstigend und so ungewohnt, dass Joseph jäh einen Entschluss zu fassen schien. Ungestüm griff er nach allem, was ihm in die Hände fiel, warf Jasmines Kopftücher und die Stoffe der benachbarten Auslagen über den Körper des Unglücklichen. Dann, als gäbe er den anderen ein Stichwort, begann er zu rufen: «Holla, M'sieur, holla, M'dame, hübsche Tücher, hübsche Stoffe, Seifen, duftende Parfüms, holla ...»

Von all den Menschen, die die Szene beobachtet hatten, hätte ein einziger ihn verraten können. Ein weißer, ärmlich gekleideter Greis, der stehen geblieben war, um mit Jasmine um ein paar Taschentüchern zu feilschen. Ein Fuß des Sklaven war nicht vollständig verdeckt. Der alte Mann warf das Tuch darüber, das er in der Hand hielt. Zehn Soldaten der Maréchaussée liefen vorbei, den Blick forschend auf die Gesichter gerichtet, verkündeten sie mit lauter Stimme die Strafe, die jedem drohte, der einen entlaufenen Sklaven versteckte. Aber was sollten sie schon sehen, was erkennen in diesem Tumult aus lautstark werbenden Stimmen, inmitten Hunderter dunkler Arme, die Seifen, Kopftücher und Stoffe in die Höhe hielten?

Um jeden Argwohn zu zerstreuen, hielt das erregte Treiben noch eine Weile unvermindert an, nachdem die Soldaten weitergezogen waren. Keuchend regte sich der Sklave unter den Tüchern.

«Ruhig, mein Freund», flüsterte Joseph auf Kreolisch. «Sie sind fort, und bald wird es dunkel.»

Mehr als zwei Stunden lag er da, zusammengekrümmt, mit steifen Gliedern und zitternd vor Angst. Als die Dunkelheit hereinbrach und sie sicher waren, dass das Viertel nicht länger unter Verdacht stand, forderte Joseph ihn auf, in den Hof zu kriechen, wo sie ihn, ohne eine Sekunde zu verlieren, eine von Jasmines Jacken anziehen ließen. Unterdessen kam Lise von einem Besuch bei Pitchoun zurück und ging an der Auslage vorbei, ohne etwas Auffälliges zu bemerken. Der Sklave, der sich ein Tuch um den Kopf gebunden hatte und, als Frau verkleidet, nicht mehr zu erkennen war, wollte gerade mit Joseph das Haus verlassen, als sie in den Hof hinaustrat.

«Guten Abend ... Nachbarin», sagte sie und musterte den Sklaven verwundert.

«Wer ist diese Frau?», flüsterte sie ihrer Mutter zu. «Ich kenne sie nicht.»

«Eine Freundin von Joseph», antwortete Jasmine.

Erstaunt bemerkte Minette den Gesichtsausdruck ihrer Mutter. Alles Erloschene in ihren Zügen war wie unter dem Einfluss eines kraftvollen, belebenden Lufthauchs wieder neu entfacht worden. Zwar verrieten ihre zitternden Hände ihre Sorge, und sie atmete schwer, als bekäme sie kaum noch Luft, aber zugleich schien es Minette, als habe ihr Blick für eine kurze Minute dem von Zoé geähnelt. Sie stand vor dem Sklaven und sah ihm in die Augen. Wahrscheinlich erkannte sie darin einen vertrauten Ausdruck, denn sie nickte, wie um auszudrücken, dass sie verstanden habe.

«Auf Wiedersehen», sagte Joseph in diesem Moment.

Und er schob den Sklaven hinaus.

«Ist Josephs Freundin stumm?», fragte Lise daraufhin ihre Mutter.

«Du redest zu viel», fuhr Minette ihr gereizt über den Mund.

«Was ist denn mit dir los?», erwiderte das Mädchen.

«Sprecht Französisch», wies Jasmine sie in ihrem gewohnt monotonen Plauderton an.

«Wie war dein Unterricht?», erkundigte sich Minette, um das Thema zu wechseln.

«Gut. Und Madame Acquaire hat mir versprochen, dass sie die Sache mit diesem Monsieur Mozard für dich wieder einrenken wird.»

Wie aus einem schlechten Gewissen heraus küsste Minette ihre kleine Schwester und ging ins Schlafzimmer. Dort setzte sie sich aufs Bett und legte die Hände aneinander. Sie hatte sich vor ihrer Mutter verstellt, weil sie sie für unfähig gehalten hatte, gewissen Gefahren zu trotzen, und nun waren sie Komplizinnen in einem Verbrechen, das sie beide die Freiheit kosten konnte. Hatten sie das Recht, dadurch Lises Zukunft aufs Spiel zu setzen? Sie war so jung, so sorglos, so wenig geschaffen für ernste Angelegenheiten! Sie dachte an Joseph und erschauerte. Er schwebte in großer Gefahr. Um nicht mit Lise reden zu müssen, wenn diese hereinkäme, zog sie sich aus und ging gleich zu Bett. Sie verbrachte eine unruhige Nacht, geplagt von entsetzlichen Träumen, in denen sie mit ansehen musste, wie Kinder und Frauen geschlagen und zu Tode gequält wurden.

XI

Früh am nächsten Morgen kam der Theaterdirektor in Begleitung aller anderen Schauspieler zu Minette. Dass die Künstler ihr durch diesen Besuch ihre Freundschaft und Solidarität bekundeten, überzeugte Minette vollends davon, dass sie unter der weißen Bevölkerung des Landes eine Sonderstellung einnahmen. Verliebter als je zuvor flehte Goulard um einen Blick, in den sie kein Versprechen zu legen vermochte. Saint-Martin, der beim Gouverneur gewesen war und ihn ein zweites Mal um Schutz für Minette gebeten hatte, versicherte ihr, dass sie zumindest von dieser Seite nichts zu befürchten habe; außerdem versprach er, das Publikum, Mozard eingeschlossen, werde bei der nächsten Aufführung von ihrer Stimme so bezaubert sein, dass sie alle, ohne zu zögern, die Waffen strecken würden. Voller Zuneigung schüttelten sie ihr die Hand, und Goulard lud sie zu einem Spaziergang zur Place Vallières ein, wo französische Voltigierer eine kostenlose Vorstellung geben sollten. Sie dachte an Joseph und lehnte ab, denn sie machte sich zu große Sorgen, um eine solche Belustigung genießen zu können.

«Begleitest du mich, Minette?», bettelte Goulard.

«Nicht heute Abend, aber ein andermal, versprochen.»

Sie wartete vergeblich auf Joseph und blickte hin und wieder verstohlen zu ihrer Mutter, um zu sehen, ob diese genauso besorgt war wie sie selbst. In der Ferne ertönte das Grollen einer Trommel, und wie stets antwortete ihm der schroffe Klang der Lambimuschel. Jasmine, die sich gerade nach der Wäsche bückte, die sie zum Trocknen in die Sonne gelegt hatte, verharrte einen Moment in dieser Haltung und lauschte den düsteren Klagelauten. Im Inneren des Hauses machte Lise mit einem Notenheft in der Hand Stimmübungen, während Minette schweigend, die Hände im Schoß verschränkt, auf Joseph wartete. Um neun Uhr rief Jasmine nach ihr, und sie musste zu Bett gehen. Nachdem Lise eingeschlafen war, sah Minette, wie ihre Mutter aufstand und sich wieder anzog.

«Bleib hier, ich will sehen, ob ich etwas in Erfahrung bringen kann», sagte Jasmine in unbewegtem Ton.

«Maman!»

«Psst, sei still und warte, bis ich wieder da bin.»

Zwei Stunden später kam sie zurück, und Minette, die nicht hatte einschlafen können, lief ins vordere Zimmer, sobald sie hörte, wie die Eingangstür geöffnet wurde.

«Und, Maman?», flüsterte sie.

«Nichts, ich habe nichts herausfinden können. Die Türen des Hauses, in dem er sein Zimmer gemietet hat, waren verschlossen. Ich habe nichts erfahren.»

Als hätte er gewusst, dass seine Freundinnen aus Sorge um ihn keinen Schlaf gefunden hatten, kam Joseph am nächsten Morgen in aller Frühe zu ihnen. Er wartete, bis Lise gegangen war, bevor er ihnen erzählte, wie es ihm gelungen war, dem Sklaven zur Flucht zu verhelfen, ohne den geringsten Verdacht zu erregen, und wie dieser zum Dank auf die Knie gefallen war und ihm die Hände geküsst hatte.

«Jetzt ist er in Sicherheit», schloss er.

«Still», unterbrach ihn Minette, «da kommt jemand.»

Gleich darauf wurde die Tür geöffnet, und Monsieur und Madame Acquaire stürmten herein. Lautstark durcheinanderredend, versuchten sie Minette zu erklären, dass man sie brauche, dass sie singen müsse, dass man das Eintreffen einer hochgestellten Persönlichkeit erwarte, dass der Gouverneur persönlich sie bitte, wegen dieser in Kürze eintreffenden Persönlichkeit die nächste Rolle anzunehmen, und so weiter und so fort. Minette schwirrte der Kopf, und sie hielt sich mit beiden Händen die Ohren zu.

«Ich verstehe nicht recht, Madame Acquaire.»

«Das ist ja auch kein Wunder», entgegnete diese und warf ihrem Mann einen grimmigen Blick zu. «Du unterbrichst mich, du redest gleichzeitig mit mir, du stotterst ...»

«Und dein Auge zuckt», beendete Monsieur Acquaire den Satz im gleichen Tonfall wie seine Frau.

«Und dein Auge zuckt», schoss Madame Acquaire zurück. «Das verdirbt alles. Lass mich mit dem Mädchen reden ... Hör zu, Minette, wir kommen als Abgesandte. In genau zwei Wochen erwartet der Gouverneur den Besuch des Herzogs von Lancaster, das ist der dritte Sohn des Königs von England.[75] Man hat uns gebeten, zu seinen Ehren eine Vorstellung zu geben. Verstehst du?»

«Ja, Madame Acquaire.»

«Du wirst die Rolle der Myris in *Die schöne Arsene* übernehmen. Das bietet dir eine einzigartige Gelegenheit, wieder vor das Publikum zu treten, denn in Gegenwart einer so bedeutenden Persönlichkeit wird es niemand wagen, seinem Missfallen Ausdruck zu verleihen.»

Joseph nickte zustimmend, während Jasmine die Hände zusammenschlug. Ihre Tochter würde vor dem Sohn des englischen Königs singen! Minette zog sich eilends an und folgte den Acquaires zum Theater, wo sie auf Saint-Martin und die Schauspieler trafen.

«Da kommt ja die schöne ‹Myris›!», rief der junge Direktor, als er sie erblickte.

Glücklich und voller Enthusiasmus teilte er ihr mit, dass sie diesmal in einer märchenhaften Kulisse auftreten werde.

«Es handelt sich um eine äußerst erfolgreiche Oper, die in Paris Furore macht, und ich bin mir sicher, dass du der Aufgabe gewachsen sein wirst.»

«Sie können sich auf mich verlassen, Monsieur.»

«Und ich habe noch eine gute Nachricht für dich. Wenn dein Auftritt tatsächlich so ein Erfolg wird, wie ich es voraussehe, dann werde ich dich auf meine eigene Verantwortung für drei Jahre engagieren.»

«Mit einem Vertrag?»

«Hab Geduld, Minette, und akzeptiere die Dinge, wie sie sind. Monsieur Mesplès will nicht, dass du einen Vertrag bekommst.»

«Dann werde ich diese Oper nicht singen, Monsieur.»

«Was sagst du da?»

«Ich sage, dass ich einen Benefizabend zu meinen Gunsten verlange, und ich bestehe darauf, unter Vertrag genommen zu werden. Wenn Sie sich weigern, werde ich nicht mehr im Schauspielhaus auftreten.»

«Das meinst du nicht ernst. Du willst dir aus reinem Stolz diese einmalige Gelegenheit entgehen lassen, dein Publikum zurückzuerobern? Was glaubst du denn? Dass wir keinen Finger gerührt hätten, um Mesplès zu überzeugen? Frag Goulard, wie er beinahe aus der Truppe geworfen worden wäre, weil er sich etwas zu nachdrücklich für dein Recht eingesetzt hat.»

«Dann werde ich eben selbst mit Monsieur Mesplès sprechen.»

«Was? Du …»

«Ich werde Monsieur Mesplès aufsuchen; darüber hatte ich ohnehin schon nachgedacht.»

Saint-Martin schien eine Minute zu überlegen, dann trat ein merkwürdiges Lächeln auf sein Gesicht. Dieses aufsässige, stolze Persönchen gefiel ihm. Er reichte ihr die Hand.

«Wer weiß, vielleicht funktioniert es ja. Ich wünsche dir viel Glück, Minette.»

«Danke, Monsieur.»

Als sie sich zum Gehen wandte, bemerkte sie Goulard, der auf sie zugerannt kam. Er packte sie bei der Hand und hielt sie zurück.

«Was ist denn nun mit unserem Spaziergang, Minette?», fragte er.

«Wohin wird uns all das führen, Claude?»

Er beugte sich vor.

«Zur Liebe», flüsterte er. «Du weißt genau, dass ich dich liebe.»

«Ja, ich weiß, dass Sie aufrichtig sind.»

«Ich möchte dich ohne Zeugen sehen. Ich muss mit dir reden. Minette, ich flehe dich an!»

Sie entzog ihm ihre Hand und lächelte verlegen.

«Führen Sie mich nicht in Versuchung.»

«Bitte!»

Sie zögerte.

«Heute Abend», stieß sie hervor, «Place Vallières. Ich werde da sein.»

Dann lief sie davon und ließ den jungen Schauspieler, außer sich vor Hoffnung und Freude, zurück.

Zu Hause nahm sie ihr schönstes Kleid aus der Truhe. Das, welches sie in der Rolle der Isabelle getragen hatte und das Nicolette zuvor mit ihrer Glücksschere zugeschnitten hatte. Sie würde Jasmine über das, was sie an diesem Abend vorhatte, belügen müssen. Doch sie zögerte nicht eine Minute: Sie würde lügen. Sie hatte das unbestimmte Gefühl, dass sie, um ihre «Handlungsfreiheit» zu gewinnen, wie sie es nannte, als Erstes der Aufsicht ihrer Mutter entfliehen musste, auch wenn das bedeuten sollte, sie zu enttäuschen. Natürlich würde sie so behutsam wie möglich vorgehen, aber nachdem sie erkannt hatte, dass man im Leben nichts erreicht, wenn man mit verschränkten Armen herumsitzt und jammert, sah sie dem Dasein nun mutig ins Gesicht und war bereit, ihm zu trotzen.

Nachmittags klagte Jasmine über Rückenschmerzen und bat Minette, auf den Markt zu gehen und einzukaufen, was sie an diesem Tag brauchten. Nachdem Lise zu ihrem Unterricht bei Madame Acquaire gegangen war, machte sie sich auf den Weg. Auf dem Markt empfing sie die bunt gemischte Menge aus europäisch gekleideten Kolonistenfrauen, zerlumpten Händlern, sinnlichen, von ihren *cocottes* begleiteten Kreolinnen in durchscheinender *gaule* und wehendem *madras*, arroganten Pflanzern mit der Peitsche in der Hand, Beamten in Perücke und Spitzenjabot und Sklaven, die, wie Tiere zusammengepfercht, zum Kauf angeboten wurden.

Mühsam bahnte sich Minette einen Weg durch das lärmende, lachende, diskutierende, schimpfende Gewühl. In der Ecke, in der die Sklaven zusammengetrieben worden waren, standen die Menschen so dicht beieinander, dass sie nicht mehr weiterkam. Ein Pflanzer feilschte um zwei schwarze Jungen und unterzog sie einer so intimen Begutachtung, wie es nur möglich war; ein anderer tippte mit dem Ende seiner Peitsche eine junge Mulattin an und befahl ihr aufzustehen und ein paar Schritte zu gehen. Danach schob er die Träger ihres Kleids herunter, hob den Rocksaum an und forderte sie auf zu lächeln.

«Wie viel?», fragte er, an den Händler gewandt.

«Zweitausend Livres, Herr. Schau sie dir an, sie ist eine wahre Schönheit. Los, zieh dich aus», befahl er und stieß die junge Sklavin an.

Weinend zog sie ihr Kleid aus. Bald war sie nackt.

«Das ist zu teuer», sagte der Pflanzer und verzog das Gesicht. «Sie ist dürr.»

«Dürr? Diese Schönheit?»

Um dem Käufer die Qualität der Ware deutlicher vor Augen zu führen, drehte der Händler sie in sämtliche Richtungen, pries ihr langes Haar, ihre schmale Taille, ihre festen Brüste.

«Fünfzehnhundert Livres», bot der Pflanzer kühl.

Nachdem der Handel abgeschlossen war, zog die Sklavin sich schluchzend wieder an und folgte ihrem neuen Herrn.

«Sie ist noch Jungfrau», rief der Händler dem davongehenden Pflanzer nach. «Sie haben ein gutes Geschäft gemacht.»

Erschüttert sah Minette der jungen Sklavin nach. Ihr Herz raste, denn während sie die Szene beobachtet hatte, war die Vergangenheit ihrer Mutter an ihr vorübergezogen, jene Vergangenheit, von der Zoé mit einer solch plakativen Eindringlichkeit gesprochen hatte, dass es sie für alle Zeiten geprägt hatte. Schrecklicher Zorn erfasste sie und weckte in ihr eine solche Energie, dass sie hätte töten können. Oh, es würde ihr nichts, wahrlich nicht das Geringste ausmachen, ein Messer in verschiedene Nacken zu rammen, Leute zu vergiften, Feuer zu legen. Erschauernd wurde ihr bewusst, dass in ihren Augen das gleiche Fieber, die gleiche Leidenschaft lodern musste wie in denen der Lamberts, und sie erkannte, dass sich in ihr eine Metamorphose vollzog. In einem Alter, in dem sie nur an Kleider und Liebe, Schmuck und Eroberungen hätte denken sollen, nahm in ihrem jungen Herzen ein noch unzusammenhängendes, bedrohliches Vorhaben Gestalt an. Was umfasste dieses Vorhaben? Sie wusste es noch nicht, nur so viel, dass es dabei war, das junge Mädchen in ihr zu zerstören und die Frau, die sie bald sein würde, in ein Werkzeug in Diensten des Schicksals zu verwandeln. Heute Abend war sie mit Goulard verabredet. Wie schön wäre es, ihn zu lieben, sich von ihm küssen zu lassen und jene ungetrübten Freuden zu genießen, von denen sie manchmal träumte.

Sie kaufte die Vorräte, ohne zu handeln, auch auf die Gefahr hin, dass Jasmine deswegen mit ihr schimpfen würde, und ging nach Hause, um sich umzuziehen. Sie ignorierte Madame Acquaires Rat, legte ihren Schmuck an und eröffnete Jasmine, dass sie ausgehen werde.

«Ausgehen? Wo willst du denn hin?»

«Zum Schauspielhaus, Maman», log sie.

«Spielst du heute Abend?»

Ihr fehlte der Mut, sie noch länger zu täuschen.

«Ja, ein riskantes Spiel.»

«Minette», rief Jasmine, «sieh dich vor!»

Sie trat zu ihrer Mutter und nahm deren Gesicht in beide Hände.

«Meine arme, liebe Maman», flüsterte sie.

Schroff befreite sich Jasmine aus ihrer Umarmung.

«Ach, lass mich», sagte sie. «Du verheimlichst mir Dinge. Je älter du wirst, desto mehr wirst du zu einer Fremden. Ich erkenne dich nicht wieder.»

«Ach was, Maman.»

«Nein, ich erkenne dich nicht wieder. Du verheimlichst mir deine Gedanken, du verheimlichst mir, was du tust, und du hast gelernt zu lügen.»

Sie starrte Minette aus tränenverquollenen Augen an.

«Ich habe keine Kinder mehr», fügte sie hinzu, «nein, ich habe keine Kinder mehr.»

Dann tupfte sie sich die Wangen mit dem alten Wäschestück ab, das sie gerade flickte.

Minette sah sie vorwurfsvoll an, seufzte schwer und ging hinaus. Es war noch früh. Sie ging langsam, dachte an das bevorstehende Gespräch, bereitete Sätze vor, die sie gleich wieder verwarf und durch andere ersetzte. Vor dem Haus des Malers Perrosier[76] hörte sie, wie jemand ihren Namen rief. Mit Palette und Pinseln in der Hand stand er vor seiner Tür. Sein Haar war zerwühlt, sein Kittel mit Farbflecken übersät, und er lächelte ihr bewundernd zu.

Seit ein paar Wochen wohnte er in einem winzigen, aus zwei Räumen bestehenden Häuschen in der Rue Traversière, das von außen noch armseliger aussah als das von Jasmine. Hin und wieder betrank er sich nachts und malte Brustbilder von schwarzen Frauen mit nacktem Oberkörper, die er als seine Meisterwerke bezeichnete. Manchmal wankte er an den Krämerinnen vorbei, die ihn den «betrunkenen Weißen» nannten, und Minette fand, er müsse der schmutzigste Weiße im ganzen Land sein.

«Du bist schön», sagte er, «ich will dein Porträt malen.»

Schwankend kam er ein paar Schritte auf sie zu.

«Ich habe kein Geld, um Sie zu bezahlen, Monsieur», antwortete Minette lachend.

«Dabei heißt es, du würdest im Theater der Weißen arbeiten.»

«Das schon, aber ich verdiene kaum etwas.»

«Es ist doch immer wieder das gleiche Problem: die Ausbeutung der niederen Schichten», entgegnete er mit schwerer Zunge und der Miene eines Mannes, der sich der Bedeutung seiner Worte gar nicht bewusst ist. «Du solltest darauf bestehen, dass man dir zahlt, was dir zusteht, meine Schöne, sonst sind sie imstande, dich noch ganz umsonst arbeiten zu lassen. Obwohl ich ...»

Er setzte zu einem zweifellos bekannten Monolog an, und Minette fiel ihm ins Wort, um seinen Redeschwall zu beenden.

«Monsieur Perrosier, ich bin in Eile», sagte sie. «Ich verspreche Ihnen, dass ich in den nächsten Tagen bei Ihnen vorbeischauen werde.»

«Versprochen?»

Sie lachte erneut und winkte ihm freundschaftlich zu. Dieser junge, zerlumpte Künstler war ihr sympathisch. Er gehörte zu jenen mittellosen Weißen, die weder Hass noch Neid kannten und deren einzig wahre Leidenschaft der Kunst galt.

Für ihn waren alle gesellschaftlichen Schichten miteinander verschmolzen und bildeten, ohne Unterschied durch Blut oder Vermögen, eine einzige Schar von Menschen, unter denen er, je nach Lust und Laune, seine Auswahl traf. Daher hatte er es in den fünf Jahren, seit er in Saint-Domingue von Bord eines Schiffes aus Nantes gegangen war, auch nie zu einem Vermögen bringen können. Zu Beginn war ihm das Glück hold gewesen, denn als Monsieur de Renodeau von seiner Ankunft erfuhr, ließ er ihn rufen, um die biedere Schönheit seiner sechzehnjährigen Tochter auf die Leinwand zu bannen, blond, fad, ätherisch. Für den Maler war dies eine unverhoffte Gelegenheit, sich einen Namen zu machen. Während das Mädchen ihm zum ersten Mal Modell saß, brachte eine junge, halb nackte Sklavin mit brauner Haut ein Tablett mit Gläsern herein; als Perrosier sie erblickte, stieß er einen bewundernden Schrei aus und legte seine Pinsel zur Seite.

«Mein Gott, wie schön sie ist», rief er. «Wie gern würde ich sie malen!»

Gekränkt darüber, dass jemand in ihrer Gegenwart eine Sklavin bewundern konnte, wandte Mademoiselle de Renodeau dem verdutzten Maler den Rücken zu und ließ ihn auf der Stelle von einem schwarzen Lakaien hinausbegleiten. Die junge Sklavin hingegen bezahlte mit fünfundzwanzig Peitschenhieben für das unangemessene Lob des weißen Malers.

Von diesem Tag an lebte Perrosier in bitterster Armut. Er verfiel dem Alkohol, schlug sich als umherziehender Maler durch und vergnügte sich damit, auf öffentlichen Plätzen gegen ein paar Münzen die lasziven und sinnlichen Silhouetten der *affranchies* zu zeichnen.

Es war Nicolette, die Minette seine Geschichte erzählt hatte. Die junge Kurtisane bewahrte in ihrem Zimmer mehrere Skizzen auf, die Perrosier von ihrer heißblütigen schlanken Gestalt angefertigt hatte. Außerdem hatte sie hinzugefügt, dass der junge Maler ein glühender Verehrer Minettes sei und sie, Nicolette, schon hundert Mal gebeten habe, sie zu ihm zu bringen.

«Er schwört, dass du das Meisterwerk sein wirst, das ihm dabei helfen soll, sich hier wieder einen Namen zu machen», sagte sie.

«Das wird seinem Ruf doch nur noch mehr schaden, ich bin bloß eine mittellose *affranchie*.»

In Gedanken immer noch bei Perrosier, erreichte Minette die Place Vallières. Sie sah zum Himmel auf, wo sich dicke schwarze Wolken türmten. Sie verdrängten die Luft und strahlten erbarmungslose Hitzewellen aus. Trotz des drohenden Regens hatte sich eine dichte Menschenmenge versammelt, um den neu eingetroffenen Akrobaten zu applaudieren, die mitten auf dem Platz ihre Zeltbuden errichtet hatten. Gardeoffiziere ritten vorbei, warfen sich in die Brust und spielten mit ihrer Gerte, um die Aufmerksamkeit der Frauen zu erregen. Zwei weiße Jungen in ausgetretenen Schuhen trieben einen als *affranchi* verkleideten Affen an der Leine vor sich her.

«Wer will einen dressierten Affen auf dem Seil tanzen sehen?», riefen sie dabei. «Fünfzig *escalins*, nur fünfzig *escalins*, um einen Affen auf dem Seil tanzen zu sehen.»

Ein vorbeigaloppierender Offizier hätte den Affen und seine Dompteure beinahe umgerissen.

«Platz da, macht Platz für den Königlichen Intendanten», schrie jemand.

Minette erreichte den Hafen mit seinem üblichen Gewimmel aus Matrosen, fliegenden Händlern und Prostituierten und wandte sich Bel-Air zu. In diesem Viertel reihten sich Häuser auf mächtigen Holzständern, mit Schieferdächern und riesigen Galerien aneinander. Importierte Ulmen säumten die gepflasterten Straßen und warfen Schatten in Winkel, in die sich auf amouröse Abenteuer erpichte Männer zurückzogen, um die vorübergehenden Frauen zu beobachten.

Ein greller Blitz zuckte über den Himmel, und die Ränder der schwarzen Wolken leuchteten auf wie in einer Feuersbrunst. Ein fürchterlicher Donnerschlag ertönte, im selben Moment prasselten dicke Regentropfen vom Himmel und vertrieben die Passanten, die eilends in den Wirtshäusern und Spelunken Zuflucht suchten. Minette ging schneller. Es war erst sieben Uhr, doch die Straßenlaternen und die Lichter in den Häusern waren bereits angezündet. Auf der Straße herrschte lebhaftes Treiben, eingehüllt in ein seltsames Konzert aus Lachen, Rufen, Räderklappern und Peitschenknallen. Zu beiden Seiten der Straße standen herrschaftliche Wohnhäuser, und unmittelbar an der Ecke erkannte sie im Licht der zahllosen Fackeln, von denen die gewaltige Zufahrt gesäumt war, das prächtige Haus des Marquis de Caradeux. Sie erreichte ein gemauertes, mit Schindeln gedecktes Haus mit umlaufenden Galerien und klopfte an die Tür. Ein junger Sklave öffnete ihr. Minette wunderte sich über die bescheidene, unkomfortable Einrichtung, die sie an ihr eigenes kleines Haus in der Rue Traversière erinnerte und die von Geldmangel, wenn nicht gar Armut zeugte. Wie konnte ein Mann, der so reich war wie Monsieur Mesplès, in einem derart ärmlich möblierten Haus wohnen? Sie hatte sich für diesen Besuch herausgeputzt wie eine Dame, hatte gehofft, in einem prächtigen Salon mit ihrem Fächer spielen, sich in großen Spiegeln betrachten und sich in jene samtenen Sessel sinken lassen zu können, von denen ihr Nicolette erzählt hatte. Mit einer Verbeugung deutete der Sklave auf einen Stuhl.

«Wenn Madame bitte Platz nehmen möchte. Wen darf ich meinem Herrn melden?», sagte er in einem makellosen Französisch, wobei er lediglich das r ein wenig verschluckte.

Sie lächelte. Der Sklave hielt sie für eine Dame, das war ein gutes Zeichen, und sie fühlte sich geschmeichelt. Aber welchen Namen sollte sie ihm nennen? Sie überlegte eine Sekunde, dann antwortete sie in perfekter Aussprache: «Sag deinem Herrn, dass ‹Mademoiselle› Minette ihn zu sprechen wünscht.»

Der Sklave verschwand und kehrte kurz darauf zurück. Diesmal verneigte er sich zurückhaltender.

«Mein Herr kann Sie nicht empfangen.»

«Aber ich muss mit ihm reden.»

Bis zu dieser ersten Hürde hatte sie sich keinerlei Sorgen gemacht. Sie hatte darüber nachgedacht, was sie anziehen würde, darüber, welchen Eindruck es auf den Weißen machen würde, sie so schön zu sehen. Wie erstaunt er wäre, wenn sie mit ihm reden würde, ohne den Kopf zu senken, und stattdessen stolz seinen Blick erwiderte, wie sie es seit Langem schon in Gegenwart Höhergestellter zu tun pflegte. Ja, an alles hatte sie gedacht, nur nicht daran, dass Mesplès es ablehnen könnte, sie zu empfangen. Wie sollte sie ihn umstimmen? Ratlos kaute sie auf ihrem Zeigefinger. Der Sklave beugte sich zu ihr vor.

«Du hast nur eine Möglichkeit», flüsterte er mit einem schiefen Lächeln. «Aber ich warne dich, sie erzielt nicht immer das gewünschte Ergebnis.»

Minettes Lippen zitterten. Sollte sie wirklich zu dieser List greifen, um zu dem Weißen vorgelassen zu werden, und mit ihm jenes Katz-und-Maus-Spiel spielen, das die Männer offenbar so sehr erregte, dass sie bereit waren, einem jeden Gefallen zu erweisen? Nicolette hatte ihr so viele Geschichten erzählt, die ihr erstaunlich vorgekommen waren, doch nun, da sie sie zu ihrem eigenen Vorteil zu nutzen gedachte, ganz einfach wurden. Sie musterte den Sklaven. Er stand immer noch über sie gebeugt und wartete auf ihre Antwort.

«Einverstanden», wisperte sie schließlich.

Wieder verschwand der Sklave. Diesmal pochte Minettes Herz so schnell, dass sie kaum noch atmen konnte. Die Tür am Ende des Zimmers wurde geöffnet, und der Sklave rief: «Komm herein.» Als sie ihn erreichte, schob er sie in das Zimmer und schloss die Tür hinter ihr.

François Mesplès lag im Hausrock auf seinem Bett und rauchte Pfeife. Wortlos ließ er sie eintreten, was Minette genug Muße ließ, ihn zu betrachten: Eine ausgeprägte Hakennase verlieh seinem dicken Gesicht einen Ausdruck unvergleichlicher Härte. Das Gesicht eines Graupapageis, dachte sie angewidert. Die schmalen Lippen und die hohe Denkerstirn wurden durch den Schmerbauch eines Lebemanns, Vielfraßes und Säufers Lügen gestraft, der auf den ersten Blick einen vollendeten Jünger des Epikur[77] verriet.

«Die junge Person …!», rief er, als er sie erblickte. «Dann kommst du also, um mich zu verführen? Wenn du wüsstest, wie leid ich eure liederlichen Mätzchen bin …»

Diese gleichgültig dahingeworfenen Worte ließen Minette erstarren. Bei ihm ist jede Mühe verloren, sagte sie sich. Und sie überlegte, was Nicolette in einem solchen Fall und in Gegenwart eines solchen Mannes getan hätte. Kurz bedauerte sie, sie nicht vorher um Rat gefragt zu haben, dann klappte sie den Fächer zu, und die aufgesetzte Koketterie wich aus ihren Zügen. Ich hasse ihn, dachte sie, er ist alt und hässlich, und er scheint mich nicht einmal hübsch zu finden. Sie erkannte, dass sie sich getäuscht hatte, als er einen tiefen Zug aus seiner Pfeife nahm.

«Komm näher», forderte er sie auf. «Wenigstens gefällt mir deine

Stimme. Ich frage mich, wie ein Gör wie du zu einer solchen Stimme kommt!»

Er klopfte seine Pfeife in einem Aschenbecher aus, der auf einem Tisch neben dem Bett stand.

«Komm her», wiederholte er, als sie wie angewurzelt stehen blieb. «Du siehst ja tatsächlich aus wie eine Dame. Wer hat dir denn den ganzen Schmuck gekauft? Los, raus mit der Sprache, wer war es? Ich weiß nicht, was in letzter Zeit in euch gefahren ist, dass ihr herumlauft, als wärt ihr weiße Frauen. Ihr äfft sie nach wie die Makaken und ruiniert mit diesem Firlefanz alles, was euren eigenen Reiz ausmacht. Was ist los mit dir, hast du Angst?»

Obwohl sie vor ihm zitterte und sich durch diesen Empfang gedemütigt fühlte, riss sie sich zusammen.

«Nein, Monsieur», antwortete sie, «ich habe keine Angst, und ich bin hergekommen, weil ich auf die Ehre hoffte, mit Ihnen reden zu dürfen.»

«Willst du mich zum Besten halten?»

«Nein, Monsieur. Was zu Ihrem Besten ist, halte ich sicher nicht für das Meinige.»

Überrascht starrte er sie an.

«Soll das ein Witz sein?», spuckte er aus, als hätte er seine Worte kaum noch unter Kontrolle.

«Nein, Monsieur, Witz ist den Geistreicheren vorbehalten.»

«Dann halte gefälligst den Mund und komm her. Na, sieh einer an, du schaust mir in die Augen, du spielst die Stolze. Ganz schön dreist.»

Er stand auf, steckte die Hände in die Taschen und kam auf sie zu.

«Wozu bist du in mein Haus gekommen?»

Minette atmete tief ein. Was auch immer geschehen würde, sie war gekommen, um zu reden, also würde sie reden. Er war es sicher gewohnt, verführerische *affranchies* zu empfangen, die ihm scheinheilig schmeichelten und sich ihm zu Füßen warfen. Sie hingegen würde ihn überraschen, indem sie von Gleich zu Gleich mit ihm sprach, ohne falsche Scham, aber mit dem Respekt, den sie ihm schuldete.

«Monsieur Mesplès …», setzte sie an.

Schon fiel er ihr ins Wort.

«Wenn du hier bist, um mich um Geld zu bitten, dann vergiss es lieber sofort», schrie er.

Sie unterbrach ihn ihrerseits und begann aufs Neue: «Monsieur Mesplès, ich habe beschlossen, nicht mehr im Schauspielhaus zu singen.»

Es entging ihr nicht, dass er zusammenzuckte. Aha, dachte sie, davor hast du also Angst. Du brauchst mich für die nächste Oper, weil der Sohn des englischen Königs bald eintrifft. Du brauchst mich, um deine Einnahmen zu verdoppeln, aber mich willst du umsonst singen lassen.

«Was redest du da?»

«Ich werde nicht mehr im Schauspielhaus singen, wenn ich keinen Vertrag bekomme, Monsieur.»

«Darum geht es dir also? Jetzt ist es raus. Ich hatte Saint-Martin gewarnt, dass du dir zu viel einbilden würdest.»

Zorn rötete sein Gesicht.

«Du willst also einen Vertrag?»

«Ja, Monsieur, was man mir zahlt, reicht gerade für meine Kostüme ...»

«Das glaube ich gern», entgegnete er und musterte sie verächtlich. «Dass du den Luxus liebst, das sieht man.»

«Ich lerne, das Schöne wertzuschätzen, Monsieur, und mich der Truppe würdig zu erweisen, zu der ich gehöre.»

«Du gehörst zu keiner Truppe», schrie er sie an, «wir lassen dich singen, das ist alles.»

Da verlor sie die Beherrschung und hob die Stimme wie ein eigensinniges, schlecht erzogenes Kind. Ich schulde diesem Mann keinen Respekt, sagte sie sich, er will ... sie zögerte ... mich ausbeuten.

«Das ist ungerecht, ungerecht, ungerecht.»

Sie schrie die Worte hinaus und sah im selben Moment, wie eine Hand vorschnellte und sie ins Gesicht traf. Er ohrfeigte sie einmal, zweimal, dreimal, so brutal, dass sie zu kreischen begann.

«Da hast du deinen Vertrag. Und jetzt verschwinde. Ich habe genug Zeit mit dir vergeudet. Mich zum Narren halten zu wollen, du kleines Luder! Mich!»

Wutentbrannt wollte er sich erneut auf sie stürzen, doch sie ergriff die Flucht.

«Gut so, lauf nur weg, wenn du nicht willst, dass ich dich zerquetsche, du dreckige kleine Negerin.»

Wie um ihr einen Ausweg zu bieten, öffnete sich vor ihr die Tür einen Spalt. Als sie aus dem Zimmer rannte, sah sie, dass der junge Sklave den Türgriff hielt.

«Lauf», flüsterte er ihr zu, «bring dich in Sicherheit. Er ist ein Teufel, womöglich verfolgt er dich noch.»

Draußen regnete es in Strömen, und sie rannte zu einem Vordach, wo bereits zahlreiche andere Personen Zuflucht gesucht hatten. Ein dünner Blutfaden rann ihr aus dem Mundwinkel. Sie wischte ihn mit dem Taschentuch fort und starrte lange auf den Fleck, als versuchte sie zu begreifen, wo er herkam. Blut! Ihr Blut! Er hatte sie so heftig geschlagen, dass ihr Mund aufgerissen war. Wieso? Während sie in den Regen hinaussah, versuchte sie sich die Szene wieder in Erinnerung zu rufen. Was hatte sie gesagt, das Monsieur Mesplès so wütend gemacht haben konnte? Sie kam nicht darauf. Eine bleierne Müdigkeit erfasste sie, und sie musste sich gegen die Mauer lehnen. Von einer nahen Kirche hallten acht Glockenschläge herüber. Acht Uhr, dachte sie. Schweres Schluchzen sammelte sich in ihrer Kehle, doch ihr Stolz drängte es zurück, bis sie kaum noch Luft bekam. Nein, sie würde nicht weinen, nein, nein. Als der Regen aufhörte, ging sie weiter und erreichte die Place Vallières. Jemand lief hinter ihr her und holte sie ein. Es war Goulard.

«Minette!», rief er.

Sie sah mit verstörter Miene zu ihm auf.

«Was hast du denn?»

«Ach, lassen Sie mich, lassen Sie mich zufrieden. Ich hasse Sie, ich hasse Sie alle, Sie und Ihresgleichen.»

Passanten blieben stehen.

«Psst!», mahnte Goulard. «Beruhige dich. Meine arme Kleine, wie sehr musst du leiden, dass du solche Dinge sagst!»

Die Stimme des jungen Mannes klang so aufrichtig und mitfühlend, dass Minette sich unversehens an die dargebotene Schulter warf und zu schluchzen begann. Dieses Schluchzen kam von weit her. Sie hatte es so lange unterdrückt, dass es nun krampfhaft und verzweifelt aus ihr hervorbrach. Goulard zog sie von den neugierigen Blicken fort in eine dunkle Ecke.

«Meine Kleine!»

«Claude, wenn Sie wüssten …»

«Erzähl es mir, wenn es dein Herz erleichtert.»

«Monsieur Mesplès …!»

«Er! Was hat er dir angetan?»

Voller Sorge musterte er ihr Gesicht.

«Er hat mich geschlagen, geschlagen und wieder geschlagen. Sehen Sie nur, mein Mund hat geblutet. Und das nur, weil ich einen Vertrag gefordert habe», stieß sie fieberhaft hervor.

«Dieser Rohling!», sagte er erleichtert, denn er dachte bei sich, dass es auch schlimmer hätte kommen können.

Er nahm sie in die Arme und drückte liebevoll seine Wange an die ihre.

«Versprich mir eines, Minette, lass mich Saint-Martin davon erzählen. Aber vor allem, ob mit oder ohne Vertrag, sing die Rolle der ‹Myris›. Das ist der beste Weg, dich zu rächen.»

XII

Am nächsten Morgen verließ Minette in aller Frühe mit Lise das Haus, um ins Schauspielhaus zu gehen.

«Weißt du, was Maman heute Morgen gesagt hat?», fragte Lise.

«Was hat sie gesagt?»

«Dass das Theater der Weißen ihr ihre Töchter gestohlen hat und sie dich nicht mehr wiedererkennt.»

«Ich bin älter geworden, das ist alles.»

«Nein, Minette, du hast dich wirklich verändert.»

«Aber du hast dich doch auch verändert. Das liegt am Alter, sage ich dir …»

«Erinnerst du dich noch an unsere Pläne, unsere wundervollen Pläne?»

«Oh ja, wir wollten am Arm eines gut aussehenden weißen Herrn in eine prächtige Kutsche steigen und Juwelen und kostbare Kleider tragen!»

«Die Juwelen und die Kleider hast du schon …»

«Meine Juwelen sind falsch, das weißt du genau, und meine Kleider kaufe ich, um darin auf der Bühne zu stehen.»

«Ich würde das auch so gern tun können», sagte Lise und seufzte neidvoll.

Plaudernd erreichten sie das Theater, wo die Schauspieltruppe bis auf Madame Tesseyre und ihre Tochter Rose vollständig versammelt war. Goulard hatte Saint-Martin offenbar erzählt, was am Abend zuvor zwischen Minette und Mesplès vorgefallen war, denn der Direktor kam ihr zur Begrüßung entgegengeeilt. Er nahm ihr Gesicht in beide Hände und musterte es forschend wie ein Künstler, der befürchtet, ein von ihm geschätztes Kunstwerk beschädigt vorzufinden.

«Gott sei Dank», begann er, «es ist nichts zu sehen, und …»

Mit einem knappen Nicken deutete Minette auf Lise.

«Ich werde unter vier Augen mit Ihnen reden, wenn es Ihnen nichts ausmacht, Monsieur.»

Sie ließen Lise bei Madame Acquaire, die sich sogleich ans Klavier setzte, um mit ihr zu üben.

«Es war ein Fehler, dich zu ermutigen, zu diesem Mann zu gehen», sagte Saint-Martin, als sie allein waren. «Goulard hat mir alles erzählt, und genau wie er bin ich der Meinung, dass es noch viel schlimmer hätte kommen können. Wie dem auch sei, Monsieur Mesplès hat sich wie ein erbärmlicher Rohling verhalten. Ich habe also in Absprache mit den anderen eine Entscheidung zu deinen Gunsten getroffen. Du wirst einen privatschriftlichen Vertrag unterzeichnen, demzufolge dir eine jährliche Gage in Höhe von achttausend Livres zusteht. Außerdem wird darin festgehalten, dass das Schauspielhaus dir diesen Betrag auch für die beiden zurückliegenden Jahre schuldet, in denen du hier dauerhaft gearbeitet hast. Bist du damit einverstanden?»

«Oh, Monsieur Saint-Martin!»

«Ganz gleich, ob die Zeitung über dich herfällt oder nicht, du bist ein fester Teil unserer Truppe. Ich sehe in der Zukunft einige Schwierigkeiten auf dich zukommen, aber wir werden dir helfen, sie zu überwinden.»

«Danke, vielen Dank, Monsieur.»

Das Angebot war zu großzügig. Nicht einer der anwesenden Schauspieler glaubte ernsthaft daran. Doch Minette war außer sich vor Freude.

Welch ein Trost nach ihrer grausamen Enttäuschung vom Vorabend! Das Leben war trotz allem gerecht und meinte es gut mit ihr. Auf den Schmerz folgte nun der Balsam, der nötig war, damit die Wunde heilen konnte. Sie würde einen Vertrag unterschreiben, den anderen Künstlern gleichgestellt sein, und rückwirkend den Lohn für die beiden vergangenen Jahre Arbeit bekommen! Welch eine Befriedigung es ihr bereiten würde, Monsieur Mesplès in die Augen zu schauen und darin seine Niederlage zu sehen! Der Direktor und alle Künstler der Truppe würden sie beschützen. Was machte es schon, dass sie den Eigennutz spürte, der sie dazu bewog, solange sie sie respektierten und bereit waren, ihr Genugtuung zu verschaffen. Sie waren so gut zu ihr, und in Goulard hatte sie einen charmanten, uneigennützigen Verehrer gefunden. All diese Gedanken wühlten sie derart auf, dass sie Saint-Martins Hand ergriff und ihre Lippen darauf drückte.

«Das werde ich niemals vergessen, Monsieur.»

Er streichelte ihr Gesicht.

«Du bist reizend. Komm und unterschreib deinen Vertrag.»

Es war Goulard, der ihn überglücklich vor ihr ausbreitete.

Das Blut stieg ihr in die Wangen! Sie schämte sich für ihren Namen: Minette! Was hatte ihre Mutter sich nur dabei gedacht, einen solchen Namen für sie auszusuchen! Er schrie ihre gesellschaftliche Stellung geradezu heraus. Er war banal, dumm und ohne jede Persönlichkeit. Ihr wurde bewusst, dass er nicht zu ihr passte. Schon als kleines Mädchen hatte sie darunter gelitten, dass die Kinder in ihrem Viertel aus schattigen Winkeln heraus miauten[78], wenn sie vorbeiging, und nun war es dieser Name, den sie unter ihren Vertrag setzen sollte. Monsieur Mesplès würde in schallendes Gelächter ausbrechen, wenn er das sah! Oh, wie sie diesen Weißen verfluchte, ihren Vater, der sie gezeugt und mit nichts und wieder nichts auf der Welt zurückgelassen hatte.

«Na los, unterschreib, mein Herz!»

Sie blickte zu Goulard auf; er sah sie so liebevoll an, dass es ihr Mut machte. Sie unterschrieb.

«Und jetzt noch eine letzte gute Neuigkeit», verkündete Saint-Martin und klatschte in die Hände. «Ich habe beschlossen, dass der nächste Benefizabend zu Minettes Gunsten stattfinden soll … Also lasst uns keine Zeit mehr verlieren. Madame Acquaire, wollen Sie mit den Proben beginnen? Depoix und Favart, an eure Instrumente. Macarty, deine Flöte, sieh nur, sie liegt da im Staub, wenn du nicht aufpasst, bekommst du noch Pickel!»

Macarty, der Komödiant, hob die Flöte mit einer so fürchterlichen Grimasse auf, dass Magdeleine Brousse schwor, sie wäre beinahe in Ohnmacht gefallen, woraufhin er gleich die nächste Fratze schnitt, diesmal direkt ins Gesicht der schönen Schauspielerin, die ihm, statt ohnmächtig zu werden, einen Kuss gab und davoneilte.

«He, Magdeleine, was ist mit deiner Rolle? Probst du nicht?», rief Saint-Martin ihr nach.

«Gewiss doch, mein lieber, gut aussehender Direktor, aber einer Schauspielerin ist es wohl noch erlaubt, ein Rendezvous zu haben.»

«Natürlich ist es das. Aber warte mit deinem Rendezvous bis nach der Vorstellung.»

Sie ignorierte ihn und stahl sich geschwind davon, während Saint-Martin nachsichtig den Kopf schüttelte, wie um auszudrücken, sie sei vollkommen verrückt.

Goulard lehnte am Klavier und sang ein Duett mit Minette, und als Madame Acquaire mit Singen an der Reihe war, überließ sie das Klavier dem Orchesterpianisten, der gerade verspätet und völlig außer Atem eingetroffen war. Sie sollte in einem Duett mit ihrem Mann auftreten, und als Minette die Schauspielerin dabei beobachtete, wie sie ihre Rolle interpretierte, spürte sie, wie sehr diese ihren Beruf liebte.

Nach der Probe erkundigte sich Macarty besorgt nach Madame Tesseyre und ihrer Tochter, die immer noch nicht aufgetaucht waren. Da berichtete ihnen Saint-Martin, dass die kleine Rose krank sei und sie nun alle gemeinsam zu ihr gehen und sich nach ihrem Befinden erkundigen würden.

«Bevor wir jedoch aufbrechen, um nach der kleinen Tesseyre zu sehen», fügte er hinzu, «möchte ich euch von einem Vorhaben erzählen, das umzusetzen ich mir geschworen habe.»

«Tadaa», kommentierte Nelanger und zupfte an seiner Gitarre.

«Ruhe», forderte Monsieur Acquaire mit zuckendem Auge.

«Du ...», unterbrach Madame Acquaire ihn daraufhin. «Du übertreibst mittlerweile. Ich habe dich beim Singen beobachtet. Da hattest du deinen Tick vergessen.»

«Ja, ich hatte ihn in meiner Tasche versteckt.»

Alle lachten.

«Dann sperr diese Tasche gefälligst mit einem Schlüssel zu.»

«Aber natürlich, mein Täubchen. Und ich werde sie erst wieder öffnen, wenn wir allein sind.»

«Ruhe!», rief Saint-Martin.

Nur mühsam legte sich das Gelächter.

«Also», wollte Durand wissen, «was ist nun mit deinem Vorhaben?»

«Wie ihr alle wisst, stehe ich in Verhandlungen mit dem früheren Direktor des Theaters von Saint-Marc, dessen Konzessionär ich bald zu werden hoffe. Mein Traum ist es, irgendwann für die Theateraufführungen in allen Städten von Saint-Domingue verantwortlich zu sein …»

«Bravo, bravo», schrie Macarty und drehte eine Pirouette.

«Nach Saint-Marc kommt Les Cayes[79] an die Reihe. In Les Cayes werden wir übrigens bald unser Debüt feiern, und ich habe vor, Lise dorthin mitzunehmen.»

«Mich, Monsieur!»

«Ja, dich. Du hast eine hübsche Stimme, wusstest du das noch nicht?»

«Nein, Monsieur.»

«Na, dann weißt du es jetzt, Dummerchen», sagte er und kniff sie in die Wange.

Außer sich vor Freude lief Lise zu Minette.

«Hast du das gehört? Hast du das gehört?»

«Wie wunderbar für dich», antwortete diese und gab ihr einen Kuss. «Hast du auch daran gedacht, dich bei unserem Direktor zu bedanken?»

«Nein, noch nicht.»

«Dann geh.»

Sie lief zu Saint-Martin und fiel ihm vor Begeisterung kurzerhand um den Hals.

Saint-Martin lächelte und sah zu Magdeleine Brousse hinüber, die gerade wiederkam. Eifersüchtig drehte sie ihm eine lange Nase.

«Also wirklich, du übertreibst, sie ist noch ein Kind.»

Er trat zu Goulard.

«Ich liebe diese Frauen», sagte er, während sie sich dem Ausgang zuwandten. «Sie verfügen über so viel Spontaneität und frühreifen Charme. Ich kann mir beim besten Willen nicht vorstellen, wie ein Mann je wieder eine Weiße reizvoll finden soll, wenn er auch nur eines dieser Mädchen im Arm gehalten hat …»

Goulard legte ihm sanft eine Hand auf die Schulter, um ihn zu unterbrechen.

«Du warst Minette gegenüber zu großzügig», sagte er. «Du wirst dein Versprechen nicht halten.»

«Für wen hältst du mich?», protestierte Saint-Martin. «Gleich heute Abend werde ich versuchen, das Geld zu gewinnen, das ich ihr schulde. Ich liebe diese Mädchen …»

«Deine Sinne lieben sie.»

«Und das ist die beste Art und Weise, glaub mir. Was ist die Liebe denn anderes als ein spielerisches Duell der Sinne?»

«Wo bleibt für dich das Herz?»

«Das Herz ist auch ein Sinn. Sieh nur, wie es sich beim Liebesspiel verhält.»

Goulard lachte auf, wurde jedoch gleich wieder ernst.

«Hör zu, François, es gibt da etwas, worüber ich schon lange mit dir reden will. Was wird bei all deinen schönen Plänen aus Zabeth und den Kindern?»

Saint-Martin musterte Goulard, als versuchte er, seine Gedanken zu lesen.

«Du glaubst doch wohl nicht, ich wäre imstande, sie verhungern zu lassen?»

«Doch.»

«Oh nein, du übertreibst! Sei etwas nachsichtiger mit mir.»

«Du bist zu aberwitziger Großzügigkeit ebenso imstande wie zu grausamem Egoismus. Ich bin jünger als du, mein Freund, aber ich kenne dich seit sechs Jahren, vergiss das nicht. Für dich ist Zabeth die Sklavin, die du dir leisten konntest und mit der du geschlafen hast. Aber da sind auch noch die beiden Kleinen.»

Während dieser Unterhaltung waren sie ein Stück vorausgegangen, und die übrigen Schauspieler folgten ihnen in einigem Abstand. Nun blieben sie stehen, um auf sie zu warten.

«Du liebst dieses Mädchen, nicht wahr?», fragte Saint-Martin Goulard und wies mit dem Kinn auf Minette.

«Ja, und wenn nicht ein albernes Gesetz die Ehe zwischen Weißen und Farbigen verböte, dann würde ich sie heiraten.»

«Schreib an den König von Frankreich.»

«Du machst dich über mich lustig.»

«Aber ich meine es nicht böse, das weißt du.»

Sie hatten ihr Ziel erreicht. Madame Tesseyre bewohnte mit ihrer Tochter ein kärglich möbliertes Zimmer im gleichen Häuserblock, in dem auch das Theater lag. Da sie nicht alle gleichzeitig hineinpassten, schickten sie Macarty und Magdeleine Brousse vor. Die beiden klopften an die Tür, während die anderen wieder nach unten in den Hof gingen. Madame Tesseyre öffnete und deutete stumm auf Rose, die, vor Fieber glühend, im Schlaf vor sich hin jammerte. Magdeleine beugte sich über das Bett, nahm die Hand der Kleinen und rief ihren Namen.

«Wie tief sie schläft!», bemerkte die Schauspielerin besorgt.

«Nein, sie schläft nicht», antwortete die Mutter. «Sie ist seit vier Stunden in diesem Zustand.»

«Hast du denn keinen Arzt gerufen?»

«Doch. Aber er konnte nicht kommen. Er hat zu viel zu tun. Seht nur.»

Sie öffnete das Fenster, und Macarty und Magdeleine Brousse beugten sich hinaus.

«Der Arzt ist da hinten und kämpft seit heute Morgen um das Leben von drei Kindern. Offenbar ist es eine neue Epidemie.»

«Es gibt doch noch andere Ärzte», schlug Macarty vor.

«Er ist der einzige, den ich kenne.»

Eine sehr dünne schwarze Frau in einem schlichten Caraco kam herein. Sie hielt eine Tasse mit gelblichem Tee in der Hand und reichte sie Madame Tesseyre.

«Hier, Dame Tesseyre», sagte sie auf Kreolisch, «gib ihr das zu trinken, das hilft gegen das Fieber.»

«Danke, Mélinise.»

Sie nahm der Frau die Tasse ab und stellte sie auf den Tisch.

«Du hast mich spät gerufen», sagte diese vorwurfsvoll, als sie sich über Rose beugte.

Sie schob eines ihrer Lider hoch, beugte sich noch ein wenig tiefer und schnupperte an ihrem Atem.

«Gib ihr den Tee», riet sie, «und ruf den Doktor her.»

Sie war schon auf dem Weg zur Tür, als von unten plötzlich herzzerreißende Schreie in das Zimmer drangen.

«Guter Gott», sagte sie und bekreuzigte sich, «der Tod ist im Viertel!»

Sie floh, gefolgt von Magdeleine Brousse, die hinter ihr die Treppe hinunterrannte, an den Schauspielern vorbeistürmte und sie in ihrer Hast zur Seite stieß.

«He», rief Durand ihr nach. «Was ist denn los? Was ist das für ein Geschrei?»

Sie winkte ausweichend und rannte weiter, den Doktor holen, der in diesem Moment das Nachbarhaus verließ. Als sie mit ihm zurückkam, hatte die kleine Tesseyre gerade die Augen geöffnet. Schwärzlicher Schaum lief ihr aus den Mundwinkeln. Sie streckte eine trockene, geschwollene Zunge heraus.

«Sie hat Durst», sagte der Arzt, «geben Sie ihr etwas zu trinken.»

Madame Tesseyre nahm die Tasse vom Tisch.

«Was ist das?», fragte er.

«Ein Tee, den eine Schwarze aus der Nachbarschaft zubereitet hat.»

Er warf einen Blick darauf, dann hob er die Tasse an seine Nase.

«Solche Heilmittel sind manchmal die besten. Diese Leute verstehen sich oft besser auf die Heilung einiger der einheimischen Krankheiten als wir Ärzte ... Geben Sie ihr den Tee.»

Madame Tesseyre schob den Arm unter den Nacken des Kindes, hob seinen Kopf an und goss ihm ein paar Tropfen zwischen die Lippen.

Der neben dem Bett kniende Arzt fühlte der Kleinen den Puls und untersuchte ihre Fingernägel. Dann nickte er.

Kaum hatte sie den Tee getrunken, da spuckte sie ihn mit einem schmerzhaften Würgen wieder aus. Sofort verbreitete sich ein übler Geruch in dem kleinen Raum. Der Doktor beugte sich über sie und schob ihre Augenlider hoch, wie es zuvor auch die Schwarze getan hatte. Die Haut des wenige Minuten zuvor noch so bleichen Gesichts hatte eine gelbliche Färbung angenommen, ihre Lippen verzerrten sich, und es gelang ihr kaum noch, den Mund zu öffnen.

«Das ist das Ende», flüsterte der Arzt, an Macarty gewandt. «Ich bin zu spät gekommen.»

Unvermittelt ließ er die kleine Hand los, die er gehalten hatte, und sah zu Madame Tesseyre hinüber.

«Doktor», wisperte Magdeleine Brousse mit einem Mal voller Angst, «sie atmet nicht mehr.»

Als hätte er nur auf diese Feststellung gewartet, zog er langsam, ganz langsam das Laken über das kleine Mädchen – es war tot.

Da warf sich Madame Tesseyre schreiend auf das Bett, und die weinende Magdeleine Brousse vermochte sie nicht davon abzuhalten, das tote Kind in die Arme zu nehmen, es zu wiegen und laut seinen Namen zu rufen. Auch Macarty weinte. Er hatte die Fortschritte der kleinen Rose im Schauspielhaus begleitet, hatte sie aufwachsen sehen. Sie war wie alle übrigen Darsteller ein Teil der Truppe, und vier Jahre lang hatte sie sie mit ihrer Anmut und ihrem Talent bezaubert.

Als die Schauspieler Madame Tesseyre schreien hörten, kamen sie, François Saint-Martin vorneweg, heraufgerannt und hämmerten mit der Faust gegen die Tür.

«Seid ihr verrückt geworden?», rief Macarty, nachdem er den Kopf durch den Spalt gesteckt hatte. «Einer von euch kann hereinkommen, nur einer. Du, François, los, komm.» Dann sah er die anderen an und fügte hinzu: «Die Kleine ist tot.»

Als François Saint-Martin eintrat, griff der Arzt nach seinem Hut und wandte sich zum Gehen. Macarty deutete auf den Leichnam.

«Doktor», fragte er, «woran ist dieses unglückliche Kind gestorben?»

«Am Fieber. Immer wieder das Fieber. In einem Monat habe ich mehr als hundert Fälle gesehen. Und nur Weiße. Trösten Sie die Mutter. Leben Sie wohl, Mesdames, Messieurs.»

Madame Tesseyre kniete inzwischen schluchzend neben dem Bett und rief immer noch den Namen ihrer Tochter. Als Saint-Martin ihr einen Arm um die Schultern legte, sah sie auf.

«François, François, meine arme Kleine. Erinnerst du dich, wie gern sie getanzt hat? Erinnerst du dich, wie anmutig sie war? Wie soll ich nur ohne sie weiterleben? Wie?»

Saint-Martin putzte sich die Nase, dann rief er Magdeleine Brousse und bat sie, sich um Madame Tesseyre zu kümmern.

«Bleib bei ihr. Wir werden zusammenlegen, um den Sarg und eine kleine Grabstätte für das Kind zu bezahlen.»

Die Beerdigung fand am darauffolgenden Tag ohne Magdeleine Brousse statt. Sie war immer noch an der Seite der verzweifelten Mutter. Macarty und Saint-Martin trugen den Sarg, dahinter folgten die übrigen Schauspieler, die Orchestermusiker, die Rose gekannt hatten, die Bühnenarbeiter, der Kulissenmaler Jean Peyret und der Maurer. Scheinbar ungerührt gingen sie am Friedhof der Weißen vorbei und erreichten nach einem langen Marsch einen abgelegenen Winkel, wo sie alle ihre Toten begraben hatten. Goulard ging neben Minette her, als ein herangaloppierender Reiter unvermittelt so heftig an den Zügeln riss, dass sein Pferd sich aufbäumte und sich eine Weile auf den Hinterbeinen im Kreis drehte, bevor es schließlich stehen blieb. Es war Jean Lapointe, mit offenem Hemdkragen und Strohhut. Kühn, gut aussehend, mit feurigem Blick und nervöser Gerte, sah er zu, wie der Trauerzug an ihm vorbeiging. Brüsk nahm er den großen Strohhut ab und neigte grüßend den Kopf. Er hatte wieder jenen harten, verkniffenen Zug um den Mund, doch als er Minette bemerkte, zuckte er zusammen, seine Augenbrauen hoben sich vor Erstaunen, und ein flüchtiges Lächeln trat auf seine Lippen. Dann gab er seinem Pferd die Sporen, lenkte es zu einem Haus am Ende eines riesigen Anwesens und verschwand. Minette hatte ihn wiedererkannt, sie hatte sein Erstaunen gesehen und sein Lächeln. Es war das dritte, das er an sie richtete, obwohl sein ernster, zynischer Gesichtsausdruck vermuten ließ, dass er im Allgemeinen damit eher geizig war. Minettes Herz hatte wild zu klopfen begonnen, als sie den attraktiven Reiter erblickte.

«Was ist denn los, du wirkst erschrocken?», hatte Goulard gefragt, der sie in diesem Moment zufällig ansah.

Sie hatte nicht zu antworten brauchen: Der Reiter war weitergeritten, und sie erreichten ihr Ziel. Genau gegenüber dem Anwesen, das Lapointe betreten hatte, erhoben sich einige Hundert bescheidene Gräber. Der Maurer legte sein Material auf den Boden, griff nach der Hacke und grub das Loch, in das sie den leichten Sarg hinabließen. Wie um das Unrecht zu rächen, das der unschuldigen Künstlerin widerfuhr, begann die Glocke einer nahen Kirche schwungvoll zu läuten. Es war acht Uhr morgens, die Messe war zu Ende. In dem Moment erinnerten sich alle an jenen Abend, als Saint-Martin aufgebracht die Kirchentür aufgebrochen hatte und den Glockenturm hinaufgestürmt war, um der kleinen Morange das Totengeläut zu schenken, das ihr Zustand und das die Geistlichen ihr verweigerten. Und auch diesmal war er es, der Minette bat, für Rose Tesseyre zu singen.

«Das wird ihre ganz persönliche Totenmesse», sagte er mit einem herzzerreißenden Lächeln.

Minette nahm Lises Hand und trat mit ihr an das Grab, das der Maurer gerade errichtet hatte. Sie sangen ein trauriges, wehmütiges kreolisches Wiegenlied, das ihre Mutter ihnen beigebracht hatte und das mit den Worten endete: «Schlaf jetzt, schlaf, schließ die Augen, meine Kleine.» Die Anwesenden schluchzten, und eigenhändig gravierte Saint-Martin in den Stein den Namen der kleinen Rose, die mit acht Jahren gestorben war.

Der behelfsmäßige Friedhof lag außerhalb der Stadt, gleich hinter dem Gouverneurspalast und neben dem Haus, in dem Lapointe verschwunden war. Während die Schauspieler sich dem Ausgang näherten, kam eine Frau in Reitkleid auf einem Fuchs vorbeigeritten und betrat dasselbe Haus.

«Das ist Louise Rasteau[80]», sagte Durand. «Ich sehe sie so gern zu Pferd!»

Auch Minette hatte sie wiedererkannt. Sie erinnerte sich an den Tag, an dem sie ihr bei Lambert begegnet war, und an den misstrauischen Blick, mit dem die Frau sie gemustert hatte. Lapointe bei Louise Rasteau! Louise Rasteau, der Freundin der Lamberts! Was hatten die Lamberts gesagt, als sie ihnen von dem Mann erzählt hatte, den sie verdächtigte, der Mörder des Matrosen zu sein? Hatten sie nicht gerufen: «Das war er, das war er!» Und hatten sie danach nicht vor Freude getanzt? Lapointe also? Die Gedanken drängten sich in ihrem Kopf, und sie hatte solche Mühe zu begreifen, dass sie um ein Haar von einer heranjagenden Mietkutsche umgerissen worden wäre. Goulard zog sie am Arm zur Seite und schalt sie wegen ihrer Unachtsamkeit.

Pfeilschnell schoss das von einem schwarzen Kutscher gelenkte Gefährt an den Schauspielern vorbei und erreichte das Haus von Louise Rasteau. Sofort sprangen drei Männer heraus und rannten in das Gebäude. Zwei der drei Männer waren schwarz, der dritte ein junger *griffe*, in dem Minette und Lise Joseph Ogé erkannten.

«Joseph!», rief Lise überrascht.

Herrisch hielt Minette ihrer Schwester den Mund zu.

«Psst! Du hast ihn nicht erkannt.»

«Aber wieso, ich habe ihn genau erkannt, das ist Joseph.»

«Sei still, du dummes Ding, und hör auf, seinen Namen zu kreischen.»

Die Kutsche rollte vom Hof, fuhr erneut an den Schauspielern vorbei und entfernte sich, eingehüllt in eine Staubwolke, in die Richtung, die von der Stadt wegführte. In diesem Moment tauchte aus der anderen Richtung eine mit goldenen Fransen und scharlachrotem Samt geschmückte Karosse auf und fuhr langsam am Haus von Louise Rasteau vorbei. Ein etwa zwanzigjähriger Schwarzer mit breiten Schultern und kräftigem Hals saß auf dem Kutschbock.

«Holla! Halt an!», rief eine Stimme aus dem Inneren der Kutsche.

Der Schlag wurde geöffnet, und im Spalt erschien der Kopf eines Weißen. Ein noch recht junger Kopf mit schmaler Nase und aristokratischem Mund. Als der Weiße die Schauspieler entdeckte, winkte er sie heran.

«He, ihr da, habt ihr eine Droschke vorbeifahren sehen?»

Minette war so, als hätte sie dieses Gesicht schon einmal gesehen.

«An wen diese Worte wohl gerichtet sind?», fragte Macarty und schielte mit komisch verzogener Miene zu der Kutsche hinüber.

«Stellen wir uns einfach taub», schlug Madame Acquaire vor.

«Und blind», ergänzte Monsieur Acquaire, dessen Auge in Richtung des Pflanzers zuckte.

«Ihr da hinten, habt ihr mich gehört? Habt ihr entlaufene Sklaven gesehen?»

Sie sahen einander einfältig an und zuckten mit den Schultern, als fragten sie sich: Was redet der Pflanzer da bloß?

Minette hingegen beobachtete den Kutscher. Er ließ sie nicht aus den Augen, und seine Hände, in denen er die Zügel hielt, zitterten entsetzlich.

«He, du da, Kleine, die meinen Kutscher anstarrt. Komm her und sag mir, was ich wissen will. Dann bekommst du auch eine hübsche Belohnung.»

Minette betrachtete immer noch den Kutscher. Wo hatte sie dieses Gesicht schon einmal gesehen? Sie zermarterte sich das Gehirn bei dem Versuch, sich zu erinnern, als sie plötzlich bemerkte, dass er ihr verstohlen ein Zeichen zu geben schien. Er hatte die rechte Hand um den Zügel geschlossen, und sein gekrümmter Zeigefinger bewegte sich regelmäßig hin und her, als winke er sie heran, während sich sein Blick auf ihre Augen heftete. Da erinnerte sich Minette plötzlich an einen jungen Sklaven mit blutüberströmtem Rücken, der an einer Leine geführt wurde; ein Pflanzer, derselbe, der in diesem Moment in der Kutsche saß, schlug ihn mit einem langen Lederriemen ins Gesicht: Monsieur de Caradeux und sein Sklave. Jener aufsässige Sklave, den er nicht zu töten gewagt hatte, weil er schön und stark war. Jener reinrassige Senegalese[81], der ihm Ehre machte, wenn er auf dem Bock der prächtigen Kutsche saß, den er geprügelt und wieder geprügelt hatte am Tag seiner Flucht und den er leichtsinnigerweise als Haussklaven behalten hatte – oh, zu welcher Blindheit einen die Verachtung doch treiben kann! Für den Herrn war er ein schönes Tier ohne jede Vorstellungskraft oder Verstand, ein schönes Tier, das man sich unterwerfen musste wie ein rebellisches Pferd.

Hatte Saint-Martin die Geste des Kutschers bemerkt, oder fürchtete er, sie könne dem Pflanzer eine unüberlegte Antwort geben? Er trat auf Minette zu und nahm sie beim Arm.

«Wir machen keine Politik, Minette», flüsterte er ihr zu, «wir sind Künstler, nur Künstler, vergiss das nicht.»

«Das vergesse ich nicht, Monsieur.»

«Dann komm.»

Sie riss ihren Arm aus Saint-Martins Griff und suchte den Blick des Kutschers. Er hatte den Kopf gesenkt und sah sie mit stumpfsinniger Miene aus halb geschlossenen Augen an.

Der Pflanzer wurde ungeduldig und öffnete den Schlag nun vollends. Womöglich steht das Haus unter Verdacht, dachte Minette, die Kutsche muss unbedingt hier fort.

Wie zur Bestätigung hörte sie Goulards Stimme.

«Die Sklaven, die er sucht, wurden gewiss vor ein paar Minuten in dieses Haus gebracht», flüsterte er Depoix zu, «doch das geht uns nichts an.»

Aber sie, Minette, ging es durchaus etwas an. Sie erinnerte sich an Zoé, Jean-Pierre, Joseph! Zum Teufel mit der Gleichgültigkeit der Schauspieler! Sie war die Tochter einer ehemaligen Sklavin, und was sie alle nicht verstehen konnten, das musste sie, Minette, sehr wohl verstehen. Währenddessen hatte Monsieur de Caradeux genauer hingesehen und sie erkannt.

«Sieh an», rief er, «die junge Person! Du bist das! Wieso weigerst du dich zu reden?»

Erregung ergriff von ihm Besitz, und seine Miene begann sich zu wandeln.

«Komm, Kleine, komm mit mir. Vergiss deine Freunde und begleite mich. Du wirst es nicht bereuen.»

Die anderen richteten den Blick auf sie. Oh, diese Angst in Goulards Augen! Die stumme Verachtung, mit der Saint-Martin sie ansah, als wollte er sagen: Geh nur, los, geh und mache es wie deinesgleichen. Ihr endet doch alle auf diese Weise!

Der Finger des Kutschers winkte sie aufs Neue verstohlen heran, auch wenn der Mann den Kopf gesenkt hielt und seine Augen ausdruckslos blieben.

Kurz entschlossen wandte sie sich an Goulard.

«Ich vertraue Ihnen meine Schwester an, Claude. Seien Sie so lieb und bringen Sie sie nach Hause.»

Dann sah sie die anderen an.

«Entschuldigen Sie … Sie müssen verstehen, ich warte schon so lange auf diesen Moment. In eine prächtige Kutsche steigen, meinen Arm einem gut aussehenden Weißen reichen, weißt du nicht mehr, Lise?»

Sie entfernte sich von der Gruppe, ging zur Kutsche, legte ihre Hand in die des Weißen und stieg ein. Der Pflanzer rief dem Kutscher einen knappen Befehl zu.

«Minette!», schrie Lise.

Einige Minuten rollte die Kutsche langsam dahin. Aufgewühlt sah Minette sich um, betrachtete die seidenen Kissen, die goldenen Griffe, die verstaubten bestickten Teppiche. Unvermittelt packte der Pflanzer ihren Arm und begann ihn zu kneten.

«Ich habe dich singen gehört. Wer geht nicht ins Schauspielhaus, um dich singen zu hören! Sogar meine Nichte …! Oh, wie schön du bist! Und so jung … Wie alt bist du?»

«Sechzehn Jahre, Monsieur.»

«Darauf hätte ich gewettet. Ich liebe diese kleinen grünen, noch ein wenig säuerlichen Früchte. Für mich ist eine Frau mit fünfundzwanzig schon alt. Das versuche ich auch meiner frömmlerischen Nichte zu erklären, doch sie hütet ihre *cocottes* wie heilige Jungfern … Oh!»

Er riss Minette in seine Arme und biss sie in die Wange.

«Oh, mein Täubchen! Wir werden eine schöne Zeit miteinander verbringen.»

Während er sprach, wurde seine Erregung immer größer, seine Hände verirrten sich in den Ausschnitt ihres Mieders, umschlangen die schmale, schön geschwungene Taille, versuchten ihren Rock hochzuschieben.

«Hast du Angst? Dann bist du also noch Jungfrau. Wenn du es bist, werde ich dich fürstlich bezahlen. Mein Gott, wie schön sie ist! Ich hatte in meinem Leben schon ein ganzes Heer von eurer Sorte, aber keine war so schön wie du. Siehst du, ich spiele mit offenen Karten und weiß den Wert der Ware zu würdigen.»

Minette stieg das Blut in die Wangen. Sie versuchte, die allzu forschen Hände von sich zu schieben, und drückte sich so weit wie möglich in eine Ecke.

«Monsieur, Monsieur ...!»

Wann hält die Kutsche denn endlich an, fragte sich, wann kann ich aussteigen und die Flucht ergreifen? Noch lange Minuten musste sie voller Angst die unverschämten Zärtlichkeiten des Kolonisten über sich entgehen lassen, bis die Kutsche stehen blieb.

«Wir sind da. Du kommst mit mir.»

Sein Ton duldete keinen Widerspruch. Er drehte den Kopf zur Seite und rief dem Kutscher einen weiteren Befehl zu. Diesen unachtsamen Moment nutzte Minette, um den Schlag zu öffnen und auf das Pflaster hinauszuspringen.

«Halt, bleib stehen ... Oh, du elendes Luder», schrie er, «das wirst du bereuen.»

Da er nicht in der Öffentlichkeit dabei gesehen werden wollte, wie er diesem kleinen Aas von einer *affranchie* hinterherlief, ließ er sie gehen. Minette warf einen Blick auf den Kutscher. Sehr aufrecht saß er auf dem Bock.

«Fahr auf den Hof», schrie die Stimme des Pflanzers.

In dem Moment hob der Sklave die Hände, als wollte er die Zügel loslassen, und ein zusammengeknüllter Zettel traf Minette an der Schulter, bevor er neben ihr auf den Boden fiel. Für eine kurze Sekunde trafen sich ihre Blicke, dann gab der Kutscher seinen Pferden die Peitsche und lenkte sie in die lange Allee. Minette bückte sich und hob das Papier auf. Als sie es auffaltete, entdeckte sie diese unbeholfen gekritzelten Worte:

Warne Lambert
Sein Haus unter Verdacht.

Er wollte Lambert eine Botschaft übermitteln. Aber wieso hatte er ausgerechnet sie für diese heikle Mission ausgewählt? Auf dem Weg zu Zoé rief sie sich die Szene in Erinnerung. Der junge Sklave, blutend und wie ein Tier durch die Straßen geführt, hatte plötzlich versucht, seine Ketten zu sprengen, nachdem sein Blick auf Joseph gefallen war. Das war es! Joseph. Er kannte ihn, und er hatte ihn mit Minette zusammen gesehen. Jetzt begriff sie alles. Aber, mein Gott, warum musste sie in diese Dinge verwickelt werden? Warum ließ man sie nicht in Ruhe? Sie war erst sechzehn Jahre alt. Und außerdem sollten Künstler, wie Saint-Martin gesagt hatte, nur für die Kunst leben. Mit solchen Gedanken brachte sie die Nachricht in ihrem Mieder in Sicherheit und beschleunigte ihre Schritte. In ihrer Hast stieß sie mit einer jungen Mulattin zusammen, die dabei um ein Haar ihren *madras* verloren hätte. Die Mulattin stieß einen schändlichen Fluch aus, gefolgt von einem überraschten Ausruf. Es war Nicolette in einem rosafarbenen Taftkleid mit einem dazu passenden Kopftuch.

«Was machst du denn hier, so allein?»

Sie lachte auf.

«Ich wette, du hast ein Rendezvous.»

Eine sechsspännige Kutsche fuhr vorbei und wirbelte eine dichte Staubwolke auf. Nicolette deutete auf ein Wirtshaus, auf dessen Stirnseite ein dicker Schwarzer gemalt war, der lächelnd ein Tablett voller Gläser in der Hand hielt.

«Komm, wir gehen zum Dicken Onkel, und ich lasse dich einen von diesen Kokosnusslikören probieren …»

«Nein, nein», wehrte Minette ab.

«Ach, komm schon, dann können wir ein wenig plaudern. Ich habe dir eine Menge amüsanter Geschichten zu erzählen.»

Sie sprach laut und Kreolisch. Minette wurde verlegen.

«Wir sehen uns heute Abend, Nicolette, versprochen, aber nicht jetzt. Nicht jetzt, ich kann nicht.»

«Habe ich also recht, du hast ein Rendezvous? Na Donnerwetter, meine Freunde! Dann bis später, meine Liebe.»

Wieder lachte sie fröhlich auf und ging mit nickendem Haupt und wiegenden Hüften davon.

Minette rannte beinahe zu der Straße, in der die Lamberts wohnten. Irgendwo in der Nähe des Hafens, das wusste sie noch. Nach vielem Zögern erkannte sie schließlich das kleine, schmutzige Haus wieder, ein Haus von Menschen wie sie selbst, ohne Reichtümer, ohne Sklaven. Sie rannte darauf zu und drückte gegen die Tür. Diesmal war sie von innen versperrt, doch das Geräusch über den Boden scharrender Stühle verriet ihr, dass jemand kam, um ihr zu öffnen. Es war Zoé selbst.

«Minette», rief sie, «ich bin froh, dich zu sehen!»

«Wo ist dein Bruder, Zoé?»

Ihr Blick wurde forschend.

«Wieso?»

Hastig zog Minette die Nachricht aus ihrem Mieder und hielt sie Zoé hin. Nachdem diese sie gelesen hatte, nahm sie sie bei der Hand und zog sie mit sich. Die beiden Alten wiegten sich schweigend in ihren Schaukelstühlen. Minette näherte sich ihnen respektvoll und begrüßte sie.

«Guten Tag, *maman*, guten Tag, *papa*», sagte sie.

«Guten Tag, *ma fi*[82]», antworteten sie.

Jean-Pierre Lambert war in seiner Schreinerwerkstatt. Er hielt einen Hammer in der Hand und schickte sich gerade an, einige Bretter zusammenzunageln, als Minette und Zoé eintraten. Die Werkstatt war ein schmaler Raum, eine Art notdürftig gedeckter Schuppen, in dem sich Bretter, halb reparierte Möbel und alle Arten von Schreinerwerkzeug stapelten.

«Jean-Pierre», rief Zoé.

Sie reichte ihm den Zettel, den Minette gebracht hatte.

Er las ihn ebenfalls und runzelte die Stirn.

«Wer hat dir diese Nachricht gegeben?», fragte er.

«Ein junger Kutscher.»

«Kennst du seinen Namen?»

Minette schüttelte den Kopf.

«Wie sah er aus?», fuhr Lambert fort.

«Sehr groß und sehr stark.»

«Das ist Samuel», sagte er bloß. «Dieser Mann verfügt über eine Intelligenz, die ihresgleichen sucht, und Monsieur de Caradeux wäre gut beraten, sich vor ihm in Acht zu nehmen.»

Er blickte Zoé an.

«Siehst du», fügte er hinzu, «ich spreche ganz offen vor deiner Freundin. Ich vertraue auf dein gutes Gespür.»

Statt zu antworten, legte Zoé eine Hand auf Minettes Schulter.

«Habe ich mich jemals getäuscht, Jean-Pierre?»

«Nein, das gebe ich zu.»

«Ich verfüge über einen sechsten Sinn, das sagst du selbst. Aber unserem Vater zufolge ist es das *makandal*[83], das mich klug macht.»

Sie zog einen winzigen schwarzen, an den vier Ecken zugenähten Beutel unter ihrem Rock hervor.

Ihr Gesicht hatte wieder diesen tragischen Ausdruck angenommen, und als sie Lambert anschaute, lag in ihren Augen ein seltsamer Glanz. Lambert las die Nachricht erneut.

«Ich bin nicht einmal beunruhigt», sagte er. «Auch ich bin klug, und ich treffe meine Vorkehrungen. Sollen die Gendarmen nur kommen, dann können sie sich auf etwas gefasst machen ...»

Plötzlich flog die Tür der Werkstatt auf, und ein Mann kam herein. Es war Beauvais[84], Lamberts Freund. Er war der uneheliche Sohn eines Weißen und einer Mulattin, und genau wie Minette hatte er eine nur leicht gebräunte Haut, seidiges, lockiges Haar und einen runden, willensstarken, fest zusammengekniffenen Mund. Er trug eine weiße Leinenhose und einen Strohhut.

«Schau, was mir dieses junge Mädchen gerade gebracht hat», sagte Lambert und reichte ihm die Nachricht. «Im Augenblick habe ich nichts zu befürchten. Die Letzten, die ich hier versteckt habe, sind schon bei Louise, von wo aus sie bald in die Berge gehen werden. Was hältst du davon, Louis?»

Beauvais legte in einer vertrauten Geste eine Hand an sein Kinn.

«Was ich davon halte? Hmm. Du bist nicht wachsam genug, das habe ich dir immer gesagt. Unsere lieben farbigen Brüder bei der Maréchaussée lassen sich von den Zuwendungen der Weißen anspornen und sind eifriger bei der Sache denn je. Ich rate dir, vorsichtig zu sein, sehr vorsichtig.»

Er sprach das makellose Französisch eines Mannes, der in Frankreich zur Schule gegangen war. Dort hatte er seine frühe Jugend verbracht. Lambert schüttelte den Kopf, wie um seinem Freund zu bedeuten, dass manchmal auch Kühnheit angebracht war und er nicht gern zögerte, bevor er zur Tat schritt.

Beauvais deutete auf Minette.

«Wer ist sie?», fragte er Lambert.

Es war Zoé, die ihm antwortete.

«Eine junge Farbige, die gerade das Gesetz ins Wanken bringt.»

«Wie das?»

«Sie singt im Schauspielhaus.»

«Ah. Sie ist das ...!»

Beauvais musterte Minette ausgiebig. Von Kopf bis Fuß, dachte sie, ohne Bewunderung, ohne Neugier, stattdessen mit einer Ungerührtheit, in die sich psychologisches Interesse mischte. Wenn er einen ansah, hatte man das Gefühl, dass ihm das Äußere völlig entging und er sah, was hinter alldem lag, das, was Augen oder ein Mund seiner Ansicht nach verbargen. Daher war diese eingehende Prüfung unangenehm für jeden, der den forschenden Blick seiner undurchdringlichen, kalten schwarzen Augen über sich ergehen lassen musste. Wie unterschiedlich Lambert und Beauvais doch sind, sagte sie sich. Der eine wirkt verstörend und scheint die Gedanken hundertmal in seinem Kopf hin und her zu wenden, bevor er sie ausspricht, der andere dagegen sprüht vor Feuer, Spontaneität und Wagemut.

Während sie Beauvais' Blick mit einer Unverfrorenheit standhielt, die ihn sehr zu belustigen schien, dachte sie darüber nach, dass auch er schon von ihr gehört hatte, dass sie trotz allem eine Art Berühmtheit war. Diese Gedanken stiegen ihr zu Kopf wie Weihrauchschwaden. Ihr Stolz und ihr jugendlicher Hochmut hatten einen Weg gefunden, sich Ausdruck zu verleihen. Als eine von Tausenden drangsalierter, gedemütigter Farbiger hatte sie für sich eine Bresche geschlagen. Sie war vom Schicksal auserwählt, ihre Botschafterin in der Welt der Weißen zu sein und durch ihr Talent zu beweisen, dass auch diese von ihnen verachtete Rasse außergewöhnliche Menschen hervorbrachte. Ein weißes Publikum hob sie in den Himmel, und von dieser erhöhten Warte aus schaute sie hinab auf ihre Füße und sah alles unverhüllt. Und in dem, was sie sah, gab es entsetzliche Dinge. Das war schade, denn wie schön wäre es, reich zu sein, gefeiert und von allen verehrt zu werden, ohne irgendwelche Gewissensbisse zu empfinden. Ohne den Blick von Beauvais abzuwenden, seufzte sie. Er lächelte. Offensichtlich verfügte sie über die Gabe, selbst den verkniffensten Lippen ein Lächeln abzuringen.

«Was für eine seltsame kleine Person!», sagte Beauvais.

Er trat dicht vor sie.

«Hast du schon jemals vor einem Menschen den Blick gesenkt?», fragte er.

«Niemals, Monsieur, nicht einmal vor einem Weißen.»

«Nicht einmal, so, so!»

Er lachte. Lambert gab Zoé ein Zeichen, woraufhin diese mit Minette die Werkstatt verließ; die beiden Männer blieben allein zurück.

XIII

Der große Tag war gekommen. Seit dem Vortag waren die Vorbereitungen abgeschlossen. Dekorationen und Kostüme hatten unfassbar viel Geld verschlungen. Da Saint-Martin die nötigen Mittel dafür fehlten, hatte er an die Großzügigkeit des Gouverneurs appellieren müssen. Die Stühle und Bänke des Theaters waren instand gesetzt, der gesamte Saal neu gestrichen worden. Alles glänzte vor Sauberkeit, die Ränge ebenso wie die Bänke in den ersten Reihen. Minettes weißes, mit Gold besticktes Samtkleid lag ausgebreitet auf ihrem Bett. Seit dem Morgen wurde das Schiff mit Prinz Wilhelm an Bord erwartet. In samtenem Anzug und Schuhen mit goldenen Schnallen inspizierte der Gouverneur die bewaffneten Soldaten, die aufgereiht bereitstanden, um dem illustren Gast entgegenzumarschieren, sobald die Fanfaren erklangen.

In einem bunten Gewirr aus Farben, Blumen, Handschuhen, Perücken und dem Rascheln kostbarer Stoffe strömte die Menge auf den Platz. Und auch in Jasmines kleinem Häuschen zog seit dem Morgen ein endloser Reigen von Besuchern vorbei, um Minettes Kostüm zu bewundern. «Mein Gott, wie schön sie aussehen wird!», riefen sie entzückt. «Mein Gott, was für ein Glück sie doch hat: im Theater der Weißen vor einem Prinzen zu singen!»

Mit leuchtenden Wangen zogen die Frauen der Nachbarschaft Jasmine in eine Ecke, gaben ihr *makandals* und Talismane und rieten ihr, sie Minette am Abend tragen zu lassen. Hin- und hergerissen zwischen ihrem Aberglauben und dem Wunsch, den Lehren des alten Jesuitenpaters zu folgen, der sie und ihre Töchter halb verhungert bei sich aufgenommen hatte, nachdem sie das Haus ihres verstorbenen Herrn verlassen hatten, versteckte Jasmine sie in einer Schublade, denn sie wagte nicht, sie wegzuwerfen. Noch nie in ihrem Leben war sie so glücklich gewesen. Indem diese Menschen ihr Komplimente machten und über ihre Tochter redeten, als sei sie etwas ganz Besonderes, zeigten sie ihr, dass auch sie, Jasmine, sich nun mit Minettes Aufstieg abfinden musste; Minette war der Quell dieses Glücks, wie einer Göttin schuldete sie ihr Respekt und Verehrung. Von diesem Moment an wechselte sie ihre Taktik. Alles, was Minette sagte, alles, was sie tat, wurde ohne Widerspruch hingenommen. Sie hatte diese Höhen erklimmen können, weil sie mit einem Glück geboren worden war, das sie über ihresgleichen hinaushob. Von ihr kam das Geld, von ihr kam die Freude, ihr galt die Wertschätzung der Weißen. Sie war die Tochter des Glücks, und wie man eine glückbringende Pflanze, einen glückbringenden Gegenstand verehrte, so sahen Jasmine und all die anderen im Viertel in ihr ein nahezu heiliges Wesen. Scipion brachte ihr Blumen und kniete vor ihr nieder, um den Saum ihres Kleids zu küssen. Die Nachbarn schenkten ihr Obst, die jungen Mädchen Konfitüren, und die Großmütter bereiteten für sie kleine Gerichte zu. Erstaunlicherweise beneidete sie niemand um ihr Talent und ihren Erfolg. Sie war diejenige, die die Götter auserwählt hatten, um ihnen allen Ehre zu machen, und sie applaudierten ihr im Theater ebenso stolz wie Jasmine selbst.

Der kleine Pitchoun kam an diesem Morgen schon früh in ihr Haus. Er trug Schuhe, und sein lockiges Haar war sorgfältig gekämmt. Er nahm Minette beiseite und führte sie in den Hinterhof unter einen männlichen Orangenbaum, der einen schweren, intensiven Geruch verströmte. Dort zog er einen kleinen metallenen Gegenstand aus der Tasche und reichte ihn dem jungen Mädchen.

«Hier», sagte er, «das ist ein Ring, den ich für dich gemacht habe.»

Es war ein schmaler Reif aus Zinn, an der Außenseite mit kleinen Blüten verziert. Minette steckte ihn an den Finger und gab dem kleinen Jungen zum Dank einen Kuss. Er war drei Jahre jünger als sie, aber so groß und kräftig, dass man es ihm nicht ansah.

Nachdem er ihr versprochen hatte, abends mit seiner Mutter ins Theater zu kommen und so laut zu applaudieren, wie es seine Hände nur zuließen, lief er davon.

«Bis heute Abend, Minette», rief er von der Straße aus, «und vergiss nicht, zu unserer Loge hochzusehen. Ich werde mit meiner Mutter da sein.»

Minette drehte den Ring an ihrem Finger.

«Danke für den Ring, Pitchoun», antwortete sie.

Als die Kanone die Einfahrt des Schiffes in die Reede verkündete, konnte sie nicht mit Lise zusammen auf den Platz laufen, da kurz zuvor Monsieur und Madame Acquaire in einem Zustand höchster nervlicher Anspannung bei ihr eingetroffen waren.

«Geh heute Morgen nicht in die Sonne, Kind. Das wird dich nur ermüden», riet ihr die Kreolin, «bleib liegen und ruhe dich aus.»

«Vergiss nicht», fügte Monsieur Acquaire hinzu, «dass du heute Abend für Seine Königliche Hoheit, Prinz Wilhelm, den Herzog von Lancaster, singst!»

Jasmine schlug die Hände zusammen und eilte zu ihrer Tochter, um das Kissen unter ihrem Kopf zurechtzurücken. Minette gab ein leises, entnervtes Stöhnen von sich.

Seit zwei Tagen hatte sie nichts mehr von Joseph gehört. Mittags brachte sie von den zahllosen schmackhaften Häppchen, die die Schwatzbasen der Nachbarschaft vorbeibrachten, keinen Bissen herunter.

«Sieh nur die Krapfen, die *granne*[85] Rosa dir schickt», sagte ihre Mutter.

«Oder diese Granatapfelkonfitüre», schlug Lise vor, die mit naschhaften Gesten von allem probierte.

Auch Nicolette kam vorbei, um Minettes Kostüm zu bewundern. Sie hatte Tausendlieb mitgebracht, die nach Art der Europäerinnen die Spitze ihres fransenverzierten Sonnenschirms auf ihren rosa Schuhen abstützte.

«Mein Gott, seid ihr elegant!», rief Lise und klatschte in die Hände. «Sieh nur, Minette, genau so einen Sonnenschirm wie Tausendlieb wünsche ich mir. Bitte, Minette … Ach», setzte sie hinzu, als ihre Schwester nicht antwortete, «ich werde ja auch bald arbeiten, dann kaufe ich mir den Schirm eben selbst.»

«Ist das wahr?», fragte Nicolette neugierig.

«Ich werde demnächst mit Monsieur Saint-Martin nach Les Cayes reisen, wo ich mein Bühnendebüt geben soll.»

«Nach Les Cayes?», wiederholte Tausendlieb. «Kinder, Kinder, eure Nabelschnur wurde aber ganz bestimmt mit einer goldenen Schere durchtrennt. So viel Glück auf einem Haufen habe ich ja noch nie gesehen!»

Anschließend bewunderten sie das Kostüm der «Myris», das sie hinreißend fanden, und eilten davon, als die Kanone zum zweiten Mal donnerte. Prinz Wilhelm war eingetroffen. Die gesamte wohlhabende weiße Bevölkerung der Insel war auf den Beinen. Die Kolonisten scharten sich um den Gouverneur und die Vertreter der Kolonialverwaltung. In der Hoffnung, dem Prinzen persönlich zu begegnen, war der Marquis de Caradeux von seinen Ländereien zurückgekehrt und hatte dafür eigens eine nächtliche Reise auf sich genommen. Beinahe mit Gewalt hatte er seine Tochter Céliane mitgeschleift, die eine heimliche Neigung zum Klosterleben verspürte. Nun jedoch stand sie in einem weißen Kleid neben ihm und sah mit ihrem Stehkragen und den langen Ärmeln aus wie ein Schulmädchen.

Der Marquis de Caradeux war unter den Kolonisten hoch angesehen. Er war sehr reich, hatte auf seinen Plantagen mehr als dreihundert Sklaven und noch einmal um die fünfzig Haussklaven in seinem prächtigen Herrenhaus in Bel-Air, wo sie sich bei Empfängen in seinem riesigen Speisesaal drängten. Der über die Maßen leidenschaftliche Politiker stand an der Spitze eines Zirkels, der vordergründig gesellschaftlichen Zielen diente, an manchen Tagen jedoch die reichsten und aufmüpfigsten Kolonisten in seinen Reihen versammelte. Dieser Zirkel machte keinen Hehl aus seiner Abneigung gegen die Kolonialverwaltung und seinem Bestreben, sich deren Autorität zu entziehen. In einigen verwegeneren Köpfen hatte sogar schon der Gedanke an eine Abspaltung von Frankreich Gestalt angenommen, und als Argument für ihre kühnen Pläne führten die Verfechter einer Rebellion das Massaker von Boston an, das allen noch frisch in Erinnerung war.[86]

Dennoch schüttelte der Marquis de Caradeux dem Gouverneur lächelnd die Hand. Auch wenn beide wussten, was sie von solchen Freundschaftsbekundungen zu halten hatten. Dem neuen Gouverneur war bekannt, dass die Mitglieder des Kolonistenzirkels schon mehrmals nach Frankreich geschrieben hatten, um sich über ihn zu beschweren. Als Männer von Welt verabscheuten der Marquis de Caradeux und der Gouverneur einander mit einem Lächeln. Zu oft wurden die Gouverneure abberufen und ersetzt. Manchmal gaben sie, der deprimierenden, intrigengeschwängerten Atmosphäre überdrüssig geworden, ihr Amt auch freiwillig ab und kehrten ins Mutterland zurück, wobei sie die Kolonisten offen als Abtrünnige und Gesetzlose beschimpften. Der Königliche Intendant beeilte sich daraufhin, dies als Beweis ihrer Inkompetenz darzustellen, und beschwerte sich in langen, an höchste Stellen gerichteten Briefen über die Unfähigkeit der Gouverneure, mit der feindseligen Haltung der kolonialen Gesellschaft umzugehen.

Nun aber bemühte sich jeder, seinen persönlichen Groll zu vergessen. Der Sohn des englischen Königs sollte mit größtmöglichem Pomp empfangen und begeistert werden. Man hatte ein aufwändiges Programm für ihn vorbereitet: Diners, Theateraufführungen, Feuerwerke, Fanfarenmusik, eine Truppenparade und dergleichen mehr. Während die Kanone und die Glocken ihren Bass und hellen Sopran miteinander verbanden, gingen die Priester in ihren Festtagssoutanen und die Reichen der Insel dem erhabenen Gast entgegen. Der Marquis de Caradeux hielt seine Tochter am Arm. Er stellte sie vor, und während sie einen Knicks machte, sagte er mit einer Verbeugung: «Königliche Hoheit, ich hoffe doch sehr, dass Sie mein Haus mit Ihrer Anwesenheit beehren werden. Dürfte ich davon ausgehen, dass Sie morgen Abend …»

Doch der Ruf des Königlichen Intendanten unterbrach ihn: «Lang lebe Seine Majestät der König von England, lang lebe der König von Frankreich!»

Die Menge wiederholte seine Worte, dann machte man sich auf den Weg zum Gouverneurspalast, wo kühle Getränke serviert werden sollten. Der junge, gut aussehende Prinz Wilhelm schien sich ausgesprochen wohlzufühlen. Entzückt betrachtete er das verwaschene Indigo des Himmels, die betörend duftenden Bäume, deren Blätter sich im warmen Wind regten, die geschminkten, mit Blumen geschmückten Mulattinnen mit ihren, die weißen Frauen in ihren Reifröcken, die Sklaven mit freiem Oberkörper und die schwarzen Frauen mit ihrem strahlenden Lächeln und ihren aufreizenden Hüften.

Auf dem Platz hatten Lise und Pitchoun Tausendlieb und Nicolette wiedergefunden. Eng an die jungen Kurtisanen geschmiegt, beobachteten sie voller Bewunderung den Festzug. Beim Klang der Fanfare konnte Pitchoun nicht länger an sich halten und begann, den Kartonsäbel über der Schulter, im Takt zu marschieren.

«Schau nur Mademoiselle de Caradeux», sagte Tausendlieb zu Nicolette, «sie sieht aus wie eine Märtyrerin.»

«Sie ist schön», antwortete ihr Pitchoun, «aber traurig.»

«Wieso denn? Sie ist doch reich?», bemerkte Lise.

Währenddessen lag Minette auf einer Matte, die Jasmine im winzigen Hof unter dem männlichen Orangenbaum für sie ausgebreitet hatte, und dachte an Joseph. Eine halbe Stunde, nachdem Lise gegangen war, stand sie auf und zog sich an.

«Maman», sagte sie zu Jasmine, «ich werde heute Abend nicht singen können, wenn ich nicht weiß, was mit Joseph ist.»

«Wo willst du hin, mein Kind?», fragte ihre Mutter.

«Zu Labadie.»

«Dann geh», antwortete Jasmine bloß, die ihre ältere Tochter mit jedem Tag weniger unter Kontrolle hatte.

Minette traf den Greis in seinem Garten an, wo er in einem Buch über alte Geschichte las.

«Guten Tag, Schulmeister», sagte sie.

«Guten Tag, mein Kind. Aber weshalb legst du nur so viel Wert darauf, mir einen Titel zu geben?», fügte er hinzu und betrachtete Minette neugierig. «Für ein Mädchen deines Alters mag es natürlich ein wenig unangenehm sein, einen Greis bei seinem Namen zu nennen, aber wieso sagst du nicht *papa* oder *tonton*[87], wie es unter uns üblich ist?»

Minette schüttelte halsstarrig den Kopf.

«Sie sind ein großer Gelehrter.»

«Ich habe viel gelernt, aber nie einen Titel erworben.»

«Ohne die Ungerechtigkeit unseres Standes wären Sie ein Doktor, ein Naturkundler, ein Astronom, das hat Joseph mir erzählt.»

«Aber das bin ich doch alles, weil ich es gelernt habe. Was kümmert es mich da, ob man mich *papa* oder *tonton* nennt.»

Er legte eine Arm um Minettes Schulter, rückte seine Brille zurecht und betrachtete sie voller Zuneigung.

«Du hast gerade erstaunliche Dinge gesagt», schloss er, «und da ich mich außerdem ein wenig auf das Wahrsagen verstehe, will ich vorhersagen, wieso du heute Morgen zu mir gekommen bist. Du möchtest dich nach Joseph erkundigen, nicht wahr?»

«Ja, Schulmeister.»

«Sorge dich nicht um ihn. Er ist an einem sicheren Ort.»

«Ist das wahr?»

«Ich gebe dir mein Wort darauf.»

Vor Freude fiel sie Labadie um den Hals und gab ihm einen Kuss. Dann lief sie zur Voliere, legte den Mund an die Gitterstäbe und sang zwei so schöne Triller, dass die Vögel lauschten, während sie nervös hin und her flatterten.

Als sie nach Hause kam, war Lise schon wieder zurück. Aufgeregt berichtete sie, was sie am Hafen gesehen hatte, imitierte den Gang des Prinzen, schwärmte von seinem Lächeln und seinen Augen und erklärte, dass sie ihn unglaublich attraktiv fand.

Jasmine musste sie unterbrechen, sagte, sie werde Minette ermüden, und riet dieser, sich noch einmal auf die Matte im Schatten des Orangenbaums zu legen.

Gegen drei Uhr nachmittags kam Joseph, so liebevoll, enthusiastisch und freundlich wie immer. Jasmine umarmte ihn wie einen Sohn und überließ ihn anschließend den beiden jungen Mädchen, die ihm auf tausenderlei Weise ihre Freundschaft bekundeten.

«Wo warst du denn, du gemeiner Kerl?»

«Wieso bist du drei Tage fortgeblieben?»

Er zog ein zerknittertes Büchlein aus der Tasche und hielt es triumphierend in die Höhe.

«Ich war in der Schule, meine jungen Damen.»
«In der Schule!»
«Ja, in Bossuets Schule.»
«Bossuet?»[88]
«Hört her.»
Mit lauter Stimme las er einige Passagen daraus vor: «‹Welch erhabenen Standes sich die Menschen auch rühmen mögen, sie alle entstammen ein und demselben Ursprung, und dieser Ursprung ist gering.› Oder hier: ‹Aber vielleicht vermögen nicht Reichtum, sondern vielmehr die Gaben des Geistes, die großen Vorsätze, die Weite des Denkens uns über den Rest der Menschheit zu erheben. Größe und Ruhm! Können wir diese Namen im Triumph des Todes noch vernehmen? Nein, meine Herren, ich vermag sie nicht mehr aufrechtzuerhalten, diese großen Worte, mit denen der menschliche Hochmut sich zu betäuben sucht, um nicht in sein eigenes Nichts zu blicken.›»[89]

«Wie seltsam, deine Stimme hat beim Lesen gerade geklungen wie die eines Priesters», bemerkte Lise.

Minette hingegen schwieg. Sie hatte nicht nur die Bedeutung der Sätze verstanden, die Joseph ihnen vorgelesen hatte, sondern auch, dass er, beflügelt von seinem unerreichbaren Ideal, Trost in der Lektüre revolutionärer Bücher suchte.

«Erzähl mir von Bossuet», bat sie ihn leise.

«Er war ein Priester.»

Überrascht zuckte sie zusammen.

«Ein Priester …!»

Schweigend sahen sie einander an. Dann begann Joseph zu lachen. Er wirkte verjüngt, glücklich, entspannt. Drei Tage lang hatte er sich mit Bossuets Predigten bei Louise Rasteau eingeschlossen, drei Tage lang hatte er in seiner Vorstellung zu einer großen Menschenmenge gesprochen, mit weit ausholenden Gesten und einer von aufwühlender Überzeugungskraft erfüllten Stimme. Als er schließlich mit Minette allein war, erzählte er ihr, dass er bei Labadie einem Jesuiten begegnet war. Als dieser erfuhr, welche Berufung Joseph in sich fühlte, hatte er ein altes Buch aus seiner Soutane gezogen und gesagt: «Da die Gesetze dieses Landes die Diener des Herrn nach der Farbe ihres Blutes wählen, solltest du das hier lesen, mein Sohn; so wirst du auch ohne Soutane und Priesterweihe für dein Volk eintreten können.»

«Drei Tage lang habe ich mich bei Louise eingeschlossen. Jetzt kenne ich das Buch beinahe auswendig. An manchen Stellen ist der Stil so erhaben …»

Er seufzte und beugte sich zu Minette vor.

«Ach, könnte ich doch nur zu meinen Brüdern sprechen. Könnte ich sie alle zusammenrufen, dann würde meine Stimme meine Worte noch bis zum Letzten von ihnen tragen.»

Josephs schwärmerische Erregung machte Minette benommen. Nie zuvor hatte sie ihn so ungeduldig erlebt, so ergriffen vom kühnen Überschwang seines Ideals.

«Es muss herrlich sein, zu spüren, wie sich das Wunder in einer Menge vollzieht, die man selbst entflammt hat. Zu sehen, wie sie sich ihrer selbst bewusst wird, und sich dann sagen zu können: Das ist das Werk Gottes, und mich hat er auserwählt, sie zu erleuchten.»

Es schlug sieben Uhr. Da rief Jasmine nach Minette.

Als diese aus dem Hof hereinkam, war das vordere Zimmer voller Menschen. Die Kinder des Viertels, die Frauen, die Männer, sie alle waren gekommen und warteten auf sie, um sie zum Schauspielhaus zu geleiten.

Eine Stunde später begab sie sich in ihrem eleganten weiß-goldenen Samtkleid zum Theater. Sie stellte fest, dass Goulard ihr aus dem Weg ging. Seit dem Tag, als sie eingewilligt hatte, in die Kutsche des Kolonisten zu steigen, war er nicht mehr derselbe. Er vermied es, sie anzusehen, mit ihr allein zu sein, ja überhaupt nur mit ihr zu reden. Saint-Martin, der sie zuvor mit ausgesuchter Höflichkeit behandelt hatte, zog sie inzwischen schamlos mit Blicken aus. Darin erkannte sie eine weitere Ungerechtigkeit, jene Ungerechtigkeit der feinen Gesellschaft, die nach dem äußeren Schein verurteilt, ohne den Dingen auf den Grund zu gehen.

Das bekümmerte sie. Dass Claude Goulard und Saint-Martin, die bisher so freundlich und respektvoll zu ihr gewesen waren, ihr Verhalten so abrupt ändern konnten, ohne überhaupt in Erwägung zu ziehen, die Situation zu ihren Gunsten auszulegen, zeigte ihr, wie gering sie sie tatsächlich schätzten. Der aufgesetzte Respekt des Weißen vor einer Farbigen, dachte sie, und dieser Gedanke verbitterte sie. Ach, was soll's, ich bin nicht ihre Sklavin! Die Acquaires und Magdeleine Brousse begrüßten sie voller Zuneigung. Madame Tesseyre, die trotz ihres Kummers gezwungen war, an diesem Abend aufzutreten, wischte sich verstohlen Tränen aus dem Gesicht, die die anderen absichtlich übersahen, um nicht selbst von Trauer erfasst zu werden. Nur Saint-Martin kniff sie im Vorbeigehen ins Kinn, und obwohl er seiner Geste einen ruppigen Anschein zu geben versuchte, war sie doch voller Mitgefühl.

Macarty blieb neben Minette stehen. Die Hände in die Hüften gestemmt, betrachtete er ihr Kostüm und sah missbilligend auf ihren Schmuck.

«Richte dich darauf ein, morgen in der Zeitung boshafte Kritiken zu lesen. Du bist zu schön, und du trägst zu viel Schmuck.»

«Mein Schmuck ist falsch ...», erwiderte sie gereizt und presste die Lippen zusammen.

«Deine Schönheit verstärkt seine Wirkung, er erscheint echt.»

Dann nahm er ihre Hand und ließ sie mit Kennerpfiff eine Pirouette drehen.

«Gleich geht es auf die Bühne», rief Saint-Martin. «Kommt her, kommt alle her, der Prinz ist in der Loge des Gouverneurs. Macarty, auf die Bühne, gleich hebt sich der Vorhang, Achtung ...!»

Drei laute Schläge ertönten, und der Vorhang öffnete sich. Einen Moment lang glaubten sich die Zuschauer wahrhaftig nach Paris versetzt, Stolz erfasste sie und löste eine Woge der Begeisterung aus, die sich in lang anhaltendem Applaus äußerte.

Macarty grüßte, breitete, um Ruhe bittend, die Arme aus und dankte Prinz Wilhelm dafür, dass er sie mit seiner Anwesenheit beehrte. Das Orchester spielte eine englische Fanfare, der das Publikum stehend lauschte, und der anschließende Beifall wurde von lauten Rufen begleitet: «Lang lebe seine Majestät der König von England! Lang lebe seine Majestät der König von Frankreich!»

Als Minette die Bühne betrat, musste sie eine ganze Minute schweigen, denn der Applaus, mit dem sie empfangen wurde, schien kein Ende zu nehmen. Sie nutzte die Gelegenheit, um ihren Blick durch den Saal schweifen zu lassen. In der Loge des Gouverneurs entdeckte sie den Prinzen und ein sehr schönes, sehr blondes junges Mädchen in einem dunklen Kleid mit strengem Stehkragen. Sie saß nach vorn gebeugt und sah Minette mit leicht geöffneten Lippen aus großen nachdenklichen Augen an.

In den oberen Logen erkannte sie ihre Mutter, Lise, Joseph, Nicolette, Tausendlieb, Beauvais, die beiden Lamberts, Labadie, Louise Rasteau, die Nachbarn aus ihrem Viertel und zahlreiche weitere Farbige aus der ganzen Stadt.

Als sie zu singen begann, hing das Publikum verzückt an ihren Lippen. Die wahrlich märchenhaften Kulissen, ihr Kostüm, ihre Schönheit und ihr Talent schufen zusammen eine einzigartige Atmosphäre. Der junge Prinz beugte sich zum Gouverneur hinüber und sagte einige Worte, woraufhin dieser respektvoll nickte.

Inzwischen sangen Goulard und Minette Hand in Hand ein Duett. Minettes Gesicht befand sich ganz dicht vor dem seinen, und lächelnd sah sie ihm in die Augen. Wie dumm du doch bist, schien sie zu sagen, mir einen Fehler vorzuwerfen, den ich nicht begangen habe!

Nach dem Ende der Oper erlebte sie einen Triumph sondergleichen: Als sie unter tosendem Beifall und einem Regen aus Blumen und Briefen die Bühne verlassen hatte, kam ein weißer Offizier der Maréchaussée zu ihr und verkündete, dass Prinz Wilhelm sie in seiner Loge erwarte, um ihr zu ihrem Auftritt zu gratulieren. Madame Acquaire hielt ihr die Blumen und Briefe hin, die sie eilends von der Bühne aufgesammelt hatte.

«Und das hier hat gerade jemand für dich abgegeben», sagte sie.

«Wer?»

«Ein junger Bursche, er sagte, er heißt Pitchoun.»

«Ah!»

Sie nahm Madame Acquaire ein kleines Bouquet roter Nelken und einen zusammengefalteten Brief aus den Händen, steckte beides in ihren Ausschnitt und bat sie, den Rest ihrer Mutter zu geben. Dann folgte sie dem Offizier in die Loge des Prinzen. Vor Aufregung zitternd, versank sie in einem anmutigen Knicks.

«Erheben Sie sich, *Mademoiselle*», sagte der Sohn des Königs von England. «Ihr Talent hat mich tief berührt, und ich danke Ihnen für Ihren wunderbaren Gesang. Möge Gott Ihnen ein langes Leben schenken.»

Als sie sich erneut vor ihm verneigte, nahm der Prinz ihre Hand, verschränkte seine Finger mit den ihren und zog sie hoch.

«Würden Sie mich heute Abend auf den Ball begleiten?», fügte er mit einem charmanten Lächeln hinzu.

«Eure Hoheit, das würde ich niemals wagen», stotterte Minette.

«Ich lade Sie ein», beharrte der Prinz.

Der Gouverneur lief dunkelrot an und hüstelte verlegen, dann stand er auf und bot dem jungen blonden Mädchen, das ihn begleitete, die Hand. Einen Moment lang setzte Minettes Herzschlag aus. Nein, sie konnte unmöglich richtig verstanden haben, was der Prinz gesagt hatte. Sie würde mit dem Sohn des Königs von England auf den Ball der Weißen gehen! Wie jedes Mal, wenn sie aufgewühlt war, schloss sie die Augen. Als sie Prinz Wilhelm wieder anschauen konnte, schien ihr, als blitzte in seinen blauen Augen schalkhaftes Vergnügen.

Im Saal, wo die Zuschauer darauf warteten, dass der Prinz seine Loge verließ, bevor sie sich selbst von ihren Plätzen erhoben, setzte Geflüster ein, und neugierige Blicke richteten sich auf die Loge des Gouverneurs.

Der Ballsaal war hell erleuchtet. Dicht gedrängt standen die Gäste dort zu beiden Seiten und erwarteten das Eintreffen des Prinzen. Die Farbigen applaudierten von ihren Plätzen aus, als Minette an ihnen vorbeiging. Jasmine, die zwischen Lise und Joseph saß, zog ihr Taschentuch hervor, um Tränen der Erregung und des Glücks zu trocknen.

Als Minette an der Hand des Prinzen den Ballsaal betrat, empfing sie ein missbilligendes Raunen. Es verstummte jedoch rasch, da der Gouverneur aus Sorge vor offenkundigerem Protest als Erster zu applaudieren begann. Sogleich folgte man seinem Beispiel. Minettes Talent erhob sie über ihre farbigen Mitbrüder und -schwestern, und wenn die Weißen sich schon ins Theater bemühten, um sie singen zu hören, konnten sie sie auch an diesem Abend in ihrer Mitte dulden, sagten sich die Gäste, um ihre Nachsicht zu rechtfertigen. Trotzdem klappten einige Damen ruckartig den Fächer zu und begaben sich diskret zum Ausgang. Man gab vor, sie nicht zu bemerken.

Als Minette mit dem Prinzen an diesen Weißen vorbeischritt, die sie vor lauter Zittern kaum anzusehen wagte, bemerkte sie einen Herrn, der demonstrativ applaudierte und sich noch tiefer verneigte als alle anderen: François Mesplès in samtenem Anzug. Oh, mit welchem Triumph sie ihm in die Augen sah, die Hüfte elegant geschwungen, den Kopf hoch erhoben und mit einem gleichermaßen ergriffenen wie stolzen Lächeln! Trotz allem musste sie ihm dankbar sein, denn sein Anblick half ihr dabei, ihre Aufregung zu bezwingen.

Unbeirrbar eröffnete der Prinz mit ihr den Ball. In seinen Augen leuchtete ein amüsiertes Funkeln, das sich alle Mühe gab, harmlos zu erscheinen. Doch seine ganze Haltung schien auszudrücken: Ich hindere Sie nicht daran, in meine Kolonien zu reisen und es mir mit gleicher Münze heimzuzahlen, wenn Sie das wünschen, meine sehr verehrten französischen Herren, aber jetzt habe ich erst einmal meinen Spaß ...

Hin und wieder wechselte das junge blonde Mädchen, das den Gouverneur begleitete, mit dem Prinzen einen verschwörerischen Blick. Auch sie schien sich trotz ihrer strengen Kleidung, die aus all den aufwändigen Roben hervorstach, trotz ihrer sanften, ruhigen braunen Augen prächtig über das verlegene, tiefrote Gesicht des Gouverneurs und die unverhohlene Missbilligung ihres Vaters zu amüsieren, der sich in diesem Moment mit dem Königlichen Intendanten unterhielt. Als Minette an den Tisch zurückkehrte und Prinz Wilhelm sich entfernte, um andere Damen zum Tanz aufzufordern, beugte sie sich zu Minette hinüber.

«Ich bin Céliane de Caradeux», sagte sie. «Du hast die schönste Stimme, die ich jemals gehört habe. Ich möchte dich um etwas bitten: Komm beim nächsten Weihnachtsfest zu mir und singe für mich.»

«Wie Sie wünschen, Mademoiselle», entgegnete Minette, die ihr Erstaunen kaum verbergen konnte.

Das war Céliane de Caradeux! Die reichste weiße Erbin des Landes und Tochter des bösartigsten und grausamsten Plantagenbesitzers von allen! Wie konnte dieses freundliche, natürliche Mädchen in seinem schlichten, strengen Kleid die Tochter des Marquis de Caradeux sein? In ihrer jugendlichen Unerfahrenheit war Minette davon ausgegangen, dass alle Töchter von Kolonisten nach dem Vorbild ihrer Väter unweigerlich böse und lasterhaft sein mussten.

Nun hatten auch die Schauspieler den Ballsaal betreten. Man applaudierte ihnen, und nach einem vergeblichen inneren Kampf kam Goulard auf Minette zu und bat sie um einen Tanz.

«Geh schon», sagte Mademoiselle de Caradeux, «stürze ihn nicht in Verzweiflung.»

Diese junge Dame war mehr als hinreißend, und Minette schwärmte Goulard gegenüber in den höchsten Tönen von ihr.

«Mein Gott, wie freundlich und schön diese Pflanzerstochter ist!»

Die Lippen des jungen Schauspielers zitterten, als er erwiderte: «Ist es ihr Onkel, für den sie sich so eifrig einsetzt?»

«Seien Sie nicht albern, Claude.»

«Wieso, Minette? Sag mir, wieso bist du zu diesem Mann in seine Kutsche gestiegen?»

«Ach, wie lästig Sie doch sein können!»

«Ich hielt dich für ein ehrbares Mädchen.»

«In meinen Augen bin ich das auch.»

«Schwöre mir, dass du die Wahrheit sagst.»

Sie bekam Mitleid mit ihm. Wie kann er mich so sehr lieben?, fragte sie sich, und um dem Ganzen ein Ende zu machen, lächelte sie ihn an und flüsterte: «Ich schwöre es.»

Dass ihm ein letzter Zweifel blieb, erkannte sie, als er hervorstieß: «Ich verfluche diesen erbärmlichen Herrn und wünschte, ich hätte das Recht, dich zu schlagen.»

Weil er so aufgebracht und eifersüchtig war, verspürte sie an diesem Abend den Wunsch, ihn zu küssen. Als er sie bat, den Ball mit ihm zu verlassen, willigte sie mit gesenktem Blick ein, kehrte an den Tisch zurück und sank vor dem Prinzen in einen Knicks. Dann legte sie beide Hände auf ihr Herz, eine vollendete Geste großer Künstlerinnen, und sagte: «Königliche Hoheit, bis an mein Lebensende werde ich nicht vergessen, welche Ehre Sie mir erwiesen haben.»

«Leben Sie wohl», antwortete Prinz Wilhelm, «und danken Sie Ihrem Talent, es wird ihnen noch die Pforten des Himmels öffnen.»

Sie küsste Goulard unter einem einsam stehenden Katappenbaum[90] am Rand des Platzes vor dem Intendantenpalast und schwor ihm, eng an ihn geschmiegt, die Arme um seinen Nacken gelegt, den Mund hingebungsvoll dargeboten, dass er der erste Mann sei, der sie in seinen Armen hielt.

Als sie sich von ihm trennte, waren sie versöhnt. Doch als sie auf dem Grund ihres Herzens zu lesen versuchte, wunderte sie sich, dort trotz der Küsse, die noch immer auf ihren Lippen brannten, trotz der himmlischen Empfindungen, die ihr offenbart worden waren, nicht jene wunderbare Flamme zu entdecken, als die sie die Liebe erahnte.

XIV

Als Minette an jenem Abend heimkam, war das Haus immer noch voller Menschen. Berühmtheit machte offenbar jedes Alleinsein unmöglich. Es herrschte ein solcher Trubel, dass die Hunde der Nachbarschaft, von der Erregung angesteckt, nervös bellten. Jeder wollte sie umarmen. Lise bestand darauf, dass sie vor ihr den Knicks wiederholte, den sie vor dem Prinzen gemacht hatte, und erklärte, sie hoffe, eines Tages ebenfalls hochgestellten Persönlichkeiten vorgestellt zu werden.

Joseph war genauso stolz auf Minettes Erfolge wie Jasmine und Lise, doch tief im Inneren fürchtete er, all das könne seine liebe kleine Schwester, wie er sie nannte, irgendwann verändern. Jasmines Autorität war weiter geschwunden, inzwischen gehorchte sie blind jeder Laune ihrer älteren Tochter. Daran gewöhnt, dem Willen eines Herrn unterworfen zu sein, erschien es ihr vollkommen natürlich, vor dem privilegierten jungen Mädchen, das sie einst in ihrem Schoß getragen hatte, den Kopf zu neigen und es wie eine Göttin zu verehren.

Solange Jasmine eine strenge Glucke gewesen war, hatte Joseph das Gefühl gehabt, sie könne ihren Töchtern Schutz bieten. In ihren traurigen Augen, die angespannt auf jeden noch so kleinen Fehler der Mädchen lauerten, brannte ein nie verlöschendes Licht, das sie selbst klarer sehen ließ und ihr dabei half, den beiden den rechten Weg zu weisen. Diese ewige Flamme hatte sich nun in einen Ausdruck von Stolz verwandelt, den Minette nur allzu deutlich erkannte und der sie dazu bringen könnte, die mütterliche Autorität vollends zurückzuweisen. So dachte der junge Mann.

Nachdem sich die Freunde der Familie an jenem Abend verabschiedet hatten, suchte er eine Gelegenheit, unter vier Augen mit Jasmine zu reden. Die beiden Mädchen zogen sich im Schlafzimmer aus, und als ihre Mutter in den Hof hinausgehen wollte, um abzuspülen, winkte Joseph sie schweigend zu sich. Sie stellte die mit Geschirr gefüllte Wanne auf dem kleinen Tisch ab und trat zu ihm.

«Jasmine», sagte er, «auch wenn du sehr stolz auf deine ältere Tochter bist, zeige es ihr nicht allzu deutlich und wahre deine Autorität als Mutter.»

Sie antwortete nicht, aber in ihre Augen trat ein seltsamer Glanz.

«Ich sage das zu euer beider Wohl, Jasmine. Minette ist sehr jung.»

Sie warf einen verstohlenen Blick zur Schlafzimmertür.

«Ach, Joseph, mein Sohn, diesem Kind ist eine große Zukunft bestimmt», flüsterte sie, als fürchtete sie, es könne sie noch jemand anders hören als der junge Mann, «eine große Zukunft. Das Blut ihres Vaters lebt in ihr, und mir scheint, als flösse in ihren Adern nur das weiße Blut, jenes schreckliche väterliche Blut voller Hochmut und Kühnheit. Ich bin schwach, sie ist stark; ich bin ängstlich, sie ist mutig. Glaub mir, in diesem Kind lebt nichts von der Sklavin. Das Blut ihres weißen Vaters hat sie geprägt. Er war ein Adliger, ein hoher Herr, gerissen und voller Härte.»

Schrecken lag in ihrer Stimme, und sie sprach sehr schnell, als drängte es sie, ihm ihr Herz auszuschütten.

«Das alles habe ich unlängst verstanden, als ich sie auf der Bühne stehen sah und sie so stolz und ohne jede Befangenheit gelassen Tausenden weißer Blicke standhielt.»

«Jasmine!»

«Bevor mir das alles bewusst wurde, hatte ich ihr meinen Rücken und meine Brust gezeigt, um sie zu schützen, um sie zu lehren, meine Peiniger zu hassen. Ach, Joseph! Manchmal habe ich das Gefühl, sie möchte mich rächen und hasst die ganze Welt.»

«Ich bin mir sicher, dass du dich irrst.»

Als sie die Zwischentür ächzen hörte, beugte Jasmine sich vor und wischte sich hastig die Tränen weg.

Lise platzte ins Zimmer, gefolgt von der zornsprühenden Minette.

«Lise, gib mir den Brief zurück», schrie sie.

Lise schlüpfte zwischen den Möbeln hindurch, während sie gleichzeitig zu lesen versuchte, was auf dem Zettel stand.

«Lise, gib ihn wieder her ...»

«Nicht bevor ich ihn gelesen habe ...»

Minette bückte sich, zog einen Schuh aus und warf ihn ihrer Schwester ins Gesicht. Er traf sie an der Stirn, die zu bluten begann.

«Minette!», schrie Jasmine.

Vor Schreck hatte Lise den Brief fallen lassen. Wortlos hob Minette ihn auf und schob ihn in ihr Mieder. Dann sah sie Lise an.

«Ich hätte das niemals getan, wenn ich nicht im Recht wäre, das weißt du genau, ihr alle drei wisst es. Meine Briefe gehören mir, und ich kann nicht dulden, dass meine kleine Schwester ...»

«Minette, ich bitte dich», flehte Jasmine und sah Joseph in die Augen, als wollte sie sagen: Verstehst du mich jetzt?

Minette verließ den Raum, ging ins Schlafzimmer und schloss geräuschlos die Tür hinter sich. Sie setzte sich aufs Bett und zog aus ihrem Ausschnitt ein kleines Bouquet roter Nelken, an denen sie mit geschlossenen Augen roch. Dann las sie den Brief. Er war kurz. Unterschrieben von Jean-Baptiste Lapointe stand dort Folgendes:

Komm nach Arcahaie, wir werden dich wie eine Königin empfangen. Ich bewundere dich.

Ihr Herz raste. Jetzt klopfte es so, wie es hätte klopfen sollen, als Claude Goulard sie küsste. Sie legte sich auf den Rücken und lächelte. Er also auch, dachte sie. Ich fange sie alle in meinen Netzen, die Weißen wie die Farbigen. Sie stand wieder auf, öffnete eine Tasche und nahm zahlreiche Briefe heraus, die sie, immer noch lächelnd, auf ihren Rock herabregnen ließ. Das alles war nur der Anfang. Sie hatte am Arm eines Prinzen den Ball der Weißen besucht. Und es würde noch besser werden. Wie? Das wusste sie noch nicht, aber eines wusste sie ganz gewiss: Sie würde nicht auf halbem Weg stehen bleiben, sie würde weiter aufsteigen, immer höher hinauf, bis ihr schwindlig wurde. Sie legte sich hin und gab vor zu schlafen, als Lise und ihre Mutter hereinkamen. Die Nachricht von Jean-Baptiste Lapointe, die Pitchoun Madame Acquaire persönlich übergeben hatte, lag zusammen mit den roten Nelken an ihrem Busen verborgen. Am nächsten Morgen legte sie sie in die Truhe zu ihren kostbaren Schätzen, die sie sorgsam hütete und zu denen auch der kleine Ring aus Zinn gehörte, den Pitchoun für sie gemacht hatte.

Gegen acht Uhr stand sie auf, nahm ein Bad und zog sich an. Lise trug einen Verband, Minette vermied es, ihn anzuschauen und frühstückte wortlos. Doch als Jasmine sich anschickte, ihre Waren nach draußen zu bringen, half sie ihr, sie hinaus auf die Straße zu tragen, und machte sich anschließend auf den Weg zum Schauspielhaus. Sie hatte nicht vergessen, dass der Erlös des vergangenen Abends ihr zugutekommen sollte, und sie würde fordern, was ihr zustand.

Als sie am Haus der Acquaires vorbeikam, bemerkte sie Scipion. Er lief auf sie zu und schenkte ihr eine Hibiskusblüte in einem rosigen Bernsteinton, die er für sie gepflückt hatte. Er nannte sie wieder «kleine Nachtigall» und sah sie an wie seine Retterin; er war sich sicher, dass seine Herren ihn dank ihres Erfolgs im Theater nicht mehr verkaufen würden.

Saint-Martin erwartete sie bereits. Als sie eintraf, hob er begeistert die Arme, dann zog er eine Zeitung aus der Tasche und hielt sie ihr hin.

«Die Kritik ist voll des Lobes. Du hast Prinz Wilhelm eine Menge zu verdanken. Hier, lies selbst.»

Mit Verve schilderte der Verfasser den vergangenen Abend. Er pries ihr Kostüm, ihre Schönheit, ihr Talent. Doch mit keinem Wort erwähnte er ihren Besuch des Balls an der Seite des Prinzen, und dieses Stillschweigen erschien so demonstrativ und beleidigend, dass es wie eine Ohrfeige wirkte. Der Kritiker vermittelte den Eindruck, als wisse er nichts davon, aber man ahnte, dass dies allein dem Respekt vor dem Herzog von Lancaster geschuldet war, und er nur auf dessen Abreise wartete, um auf den Vorfall einzugehen.

Danach händigte Saint-Martin ihr den Erlös des Abends aus und zog in ihrer Gegenwart die Ausgaben für die Organisation des Balls und die Anfertigung der Kostüme ab. Obwohl sie an diesem Morgen ein kleines Vermögen in Höhe von neunhundert Livres entgegennahm, blieb sie beim Anblick des Kuverts, das sie in ihre Tasche steckte, vollkommen ungerührt und dankte Saint-Martin mit klarer, unverstellter Stimme. Im Stillen nahm sie sich vor, sich beim nächsten Benefizabend, den man ihr gewährte, selbst um alles zu kümmern und, wie die Mitglieder des Schauspielhauses auch, die Verantwortung für Inszenierung und Dekorationen persönlich zu übernehmen. Da der Direktor bald nach Les Cayes aufbrechen sollte, würde es ihr leichtfallen, ihren Willen durchzusetzen, dachte sie.

«Die Gage für die zwei Jahre, die das Schauspielhaus dir noch schuldet, bekommst du später», versprach er ihr.

Einige Tage zuvor hatte Saint-Martin nach langen Verhandlungen die Konzession für das Theater von Saint-Marc erhalten. Die Größe ihrer Truppe reichte für die Aufführung gewisser Stücke nicht aus. Zu seiner großen Freude hatte Saint-Martin dort einige hervorragende Schauspielerinnen entdeckt, Madame de Vanancé und Mademoiselle Duchelot etwa, sowie drei Schauspieler, Desroches, Sainville und Duchainet, die einst in Paris glänzende Erfolge gefeiert hatten. Er erwartete sie am darauffolgenden Tag und hoffte, sie in einem neuen Stück an der Seite von Magdeleine Brousse, Minette und Madame Tesseyre auftreten lassen zu können.

Gerade schickte Saint-Martin, der in einer Woche nach Les Cayes aufbrechen wollte, sich an, zu Jasmine zu gehen, um mit ihr über Lise zu sprechen, als an diesem Morgen zwei talentierte Schauspielerinnen aus Frankreich eintrafen.

Es war etwa zehn Uhr.

Eine Hand auf dem prallen Umschlag in ihrer Tasche, plauderte Minette mit Goulard, der an einer großen Truhe lehnte, die üblicherweise als Lumpenkiste diente. Saint-Martin unterhielt sich etwas weiter entfernt mit Durand, Depoix und Favart über das nächste Stück. Macarty polierte pfeifend seine Flöte, während Madame Tesseyre mit angespannter, kummervoller Miene ein Taschentuch bestickte und dabei den etwas wirren Geschichten von Magdeleine Brousse lauschte. Plötzlich erklangen vom obersten Rang weibliche Stimmen, die im Duett eine unbekannte Melodie sangen. Die Stimmen waren schön und die Triller kunstvoll ausgeführt. Überrascht drehten sich alle um und entdeckten zwei elegante junge Damen, die nach der neuesten Pariser Mode gekleidet waren. Ungezwungen kamen sie näher und stellten sich mit wohlgesetzten koketten Gesten vor.

«Madame Valville», erklärte die Ältere von beiden, eine Rothaarige mit breitem Lächeln und einer von Sommersprossen übersäten Stupsnase.

«Mademoiselle Dubuisson», fügte die zweite hinzu, eine kleine, rundliche Brünette, die an eine Puppe erinnerte. «Wir sind gerade aus Frankreich angekommen. Wie ist es denn um das Theater bei Ihnen bestellt?»

Saint-Martin, den neue Künstler stets in höchstes Entzücken versetzten, empfing sie mit offenen Armen und berichtete allen von einer Idee, mit der er sich schon seit Monaten herumschlug.

«Inzwischen verfügen wir über genügend Künstler, um die größten Opern Frankreichs aufzuführen. Wir haben lange genug Stücke mit eingeschränkter Besetzung gespielt. Bei unserer nächsten Vorstellung bringen wir eine der größten französischen Opern auf die Bühne.»

Daraufhin wurden alle Anwesenden vorgestellt, und als Minette in Begleitung von Goulard das Theater verließ, schloss man bereits Verträge.

Bevor sie nach Hause zurückkehrte, schlenderte Minette mit Goulard noch ein wenig durch die Straßen und besuchte einige Geschäfte. Bei Madame Guien auf dem Platz vor dem Intendantenpalast kaufte sie Lises Sonnenschirm und bei Mademoiselle Monnot ein Halstuch und Batist für Jasmine. Nachdem sie ihre Einkäufe erledigt hatte, ging sie nach Hause. Claude, der sich nicht von ihr trennen mochte, begleitete sie. Sie bot ihm einen Stuhl im vorderen Zimmer an und rief ihre Schwester und Jasmine, die das Mittagessen kochten. Als Lise das Paket öffnete und den wundervollen, mit rosa Fransen besetzten Sonnenschirm erblickte, vergaß sie ihre Verletzung und ihren Groll, hüpfte vor Freude auf der Stelle und gab Minette einen Kuss.

«Aber ich warne dich», riet ihre Schwester, «versuche nie wieder, so neugierig zu sein, und achte die Geheimnisse der anderen.»

Jasmine bot Goulard Granatapfelsaft und Kekse an, und nachdem er gegangen war, nahm Minette das Geld aus ihrer Tasche und reichte es ihrer Mutter.

«Maman», bat sie, «wenn ich jeden Monat so viel verdiene, glaubst du, dann können wir ein Haus mieten, in dem ich ein kleines Zimmer für mich allein hätte? Ich bin kein kleines Mädchen mehr, Maman ...»

Jasmine nahm das Geld und zählte es mit zitternden Fingern.

«Einverstanden, Kind», sagte sie, «ich werde mich im Viertel umhören, und wir ziehen in ein anderes Haus.»

Um eleganter auszusehen, hatte Lise bereits ihren Verband gelöst und stand nun vor dem kleinen Spiegel, warf sich in die etwas mageren Hüften und bemühte sich, den Sonnenschirm wie eine erfahrene Kokette auf ihrer Schulter zu drehen.

Jasmine unterbrach ihr Treiben und forderte sie auf, die Waren nach draußen zu bringen, worauf sie mit einem tiefen Seufzen den Schirm zuklappte und widerstrebend gehorchte.

Es war Mai, und ein warmer Wind kündete bereits vom nahen Sommer. Mit der Hitze kamen, wie in jedem Jahr, zahlreiche Fälle von Fieber. Die Hospitäler quollen über von mittellosen Weißen, die manchmal mitten auf der Straße zusammenbrachen und nach drei oder vier Tagen ihrer Krankheit erlagen.

So stand es um die Dinge, als eines Morgens von den umliegenden Hügeln herab das bedrohliche Grollen der Trommeln und die schroffen, düsteren, unheilverkündenden Klänge der Lambis erklangen.[91] Es war nicht der übliche ferne, von rhythmischem Klagen durchbrochene Widerhall, sondern ein ohrenbetäubendes Konzert, das von Minute zu Minute näher kam. Wer sich draußen aufhielt, lief, von plötzlicher Unruhe erfasst, los, die Mütter horchten angespannt auf den Türschwellen und riefen ihre Kinder herein, prächtige Karossen, Mietkutschen und Kaleschen fuhren in ungewohnt hohem Tempo vorbei. Bis an die Zähne bewaffnete Reiter der Maréchaussée gaben ihren Pferden die Sporen und galoppierten durch die Straßen.

«Fünfhundert Livres Belohnung für jeden gefassten *marron*», gaben sie bekannt.

Ein Weißer in zerrissenem Hemd und mit einem löchrigen Strohhut auf dem Kopf hob die Arme zum Himmel.

«Die *marrons* kommen, die *marrons* kommen!»

Einige Schüsse waren zu hören, gefolgt von lautem Geschrei, dann kamen aus Richtung des Marktes von Panik erfasste Menschen angerannt. Kinder, die auf Botengänge geschickt worden waren und von dem wilden Gedränge überrascht wurden, irrten weinend in der Menge umher.

Was genau geschah, sollten die Einwohner der Stadt nie erfahren. Das Gefecht fand in einiger Entfernung von Port-au-Prince statt, anschließend brachte man rund hundert Verletzte zurück, die in das bereits überfüllte Hospital getragen wurden. In dem plötzlichen Tumult, der durch den Angriff der *marrons* ausgelöst wurde, waren zahlreiche Sklaven aus den Häusern und von den umliegenden Plantagen geflohen. Wutschnaubend mussten die Pflanzer einen Friedensvertrag mit den aufständischen Schwarzen schließen, die lediglich zwei Bedingungen stellten: das Recht, sich in Neiba taufen zu lassen, und die Anerkennung ihrer um den Preis ihres Blutes erkämpften Freiheit.[92] An diesem Tag wurden zehn *affranchis*, die man beschuldigte, den Haus- und Feldsklaven bei der Flucht geholfen zu haben, festgenommen und, um ein Exempel zu statuieren, ohne auch nur den Anschein eines Gerichtsurteils abzuwarten, auf dem Paradeplatz erschossen. Am selben Abend wurden zwei weiße Familien beim Essen vergiftet. Zwei Familien, darunter acht Kinder zwischen drei und fünfzehn Jahren. Trotz grausamster Folter redete kein einziger Sklave. Zum Zeichen der Trauer läutete die Sturmglocke der Kirche die ganze Nacht, und am darauffolgenden Morgen segnete der Priester zwölf im Kirchenschiff ausgestellte Särge, vor denen die Weißen weinend Blumen niederlegten. Monsieur de Caradeux nahm blinde Rache. Er hatte zwei befreundete Familien verloren, und sowohl um ihretwillen als auch um seinen eigenen Sklaven von vornherein jeden Wunsch nach einer vergleichbaren Rebellion auszutreiben, marterte er drei von ihnen zu Tode, indem er ihnen heißes Blei in die Ohren goss und sie anschließend bei lebendigem Leib bis zum Hals in die Erde eingraben ließ. Erschüttert hörte ganz Bel-Air das Gebrüll der Unglücklichen, und an diesem Abend fand niemand Schlaf, da ihre herzzerreißenden Schreie weit in die umliegenden Viertel drangen.

Joseph blieb bis spät in die Nacht bei Jasmine. Schweigend sah er zu, wie Lise sich die Ohren zuhielt, um die Schreie der Sklaven nicht hören zu müssen, während Minette mit harten, angespannten Zügen nervös auf ihrem Taschentuch herumbiss. Sie weigerte sich, etwas zu Abend zu essen, behauptete, ihr Magen sei wie zugeschnürt, und plötzlich begann sie, immer noch mit diesem verschlossenen Ausdruck im Gesicht, lauthals eine Opernarie zu singen. Joseph war der Einzige, der erkannte, dass sie litt, als sie sich schließlich am Ende ihrer Kräfte, mit trockenen Augen und nach Atem ringend, auf einen Stuhl fallen ließ. Nachdem er gegangen war und Jasmine das Licht gelöscht hatte, lag sie wach und horchte auf die fernen Stimmen, die Stunde um Stunde leiser wurden. Im Morgengrauen war es endlich still. Die Sklaven waren tot. Da erst vergrub sie den Kopf unter ihrem Kissen und fiel in einen schweren, traumlosen Schlaf, aus dem sie am späten Vormittag mit geschwollenen Augen und ausgedörrter Kehle wieder erwachte.

Auch der Herzog von Lancaster hatte schlecht geschlafen. Äußerst übel gelaunt wachte er am nächsten Morgen auf. Abends sollte er bei Monsieur de Caradeux dinieren. Gähnend brach er dorthin auf, nachdem er dem Gouverneur, bei dem er untergebracht war, in unmissverständlichen Worten kundgetan hatte, dass die einzigen vertrauenswürdigen und sympathischen Menschen in diesem Land die Schauspieler im Theater seien. In nicht einmal fünf Tagen hatte er einen Aufstand entlaufener Sklaven, Vergiftungen und qualvolle Hinrichtungen miterlebt. Er verkündete, er habe genug davon, und beschloss, gleich am nächsten Morgen abzureisen.

«Das ist bloß ein unglücklicher Zufall, Königliche Hoheit, glauben Sie mir», versuchte der verzweifelte Gouverneur ihm zu erklären. «Sie müssen noch einmal wiederkommen.»

«Dieses Land ist schön, und die Frauen sind hinreißend, das gebe ich zu», entgegnete der junge Prinz, «aber zu vieles läuft hier verkehrt. Unzufriedenheit und Hass herrschen hier mehr als der König von Frankreich.»

Der Gouverneur senkte den Blick und wechselte das Thema. Liebend gern hätte er die Kolonisten für diese Zustände verantwortlich gemacht, doch er wagte niemanden zu beschuldigen. Erst kürzlich hatten einige Erlasse des Königs ihnen recht gegeben, und als guter Diplomat zog er es vor zu schweigen. Achtzig Fackeln erhellten an diesem Abend die lange Auffahrt zum Herrenhaus von Monsieur de Caradeux. Als die Karosse des Gouverneurs in die Allee einbog, standen bereits an die fünfzig Kutschen auf dem Hof. Céliane de Caradeux begrüßte die Gäste an der Eingangstür. Sie war sehr blass und trug ein elfenbeinfarbenes Seidenkleid. Auf den ersten Blick erkannte der Prinz, dass auch sie in der vergangenen Nacht kein Auge zugetan haben konnte und es sie übermenschliche Anstrengung kostete, an diesem Diner teilzunehmen. Bei Tisch saß er neben ihr. Mehr als fünfzig livrierte Sklaven standen hinter den Stühlen der Gäste, denen sie jeden Wunsch von den Augen ablasen, und obwohl die Türen weit offen standen, herrschte im Speisesaal eine drückende Hitze. Der Tisch war mit Blumen und kostbarem Geschirr geschmückt, und die Kristallgläser, in die die Bordeauxweine geschenkt wurden, hatten einen Fuß aus ziseliertem Silber. Dem Prinzen entging nicht, wie nervös Monsieur de Caradeux war. Misstrauisch schnupperte er an den Gerichten, und als unvermittelt der Klang einer Lambi die Stille zerriss, zuckte er heftig zusammen. Einige Damen horchten erschauernd auf, und Monsieur de Chastenoye lauschte, die Gabel noch in der erhobenen Hand schwebend. Die Sklaven standen ungerührt da und schienen nichts zu hören. Nur die Augen lebten in ihren unergründlichen Gesichtern, und einen Moment lang wechselten sie verschwörerische Blicke. Céliane de Caradeux wirkte genauso ruhig wie die Sklaven. Hin und wieder huschte ein trauriges Lächeln über ihre bleichen Lippen, und als Prinz Wilhelm den Sklaven beobachtete, der sie bediente, begriff er, dass dank dieses sanften, unschuldigen Mädchens kein Racheakt der Schwarzen zu befürchten war, der sein Leben in Gefahr bringen könnte. Sie musste bemüht sein, die Grausamkeiten ihres Onkels und ihres Vaters wenigstens zum Teil wiedergutzumachen, und die Sklaven mussten sie dafür lieben. Der Prinz beugte sich zu ihr hinüber.

«Ich werde zwei schöne Erinnerungen von hier mitnehmen», sagte er. «An Sie und an jenen Abend im Theater.»

Am nächsten Morgen stach er in See.

Die Zeitung hatte so viel Anstand bewiesen, zumindest seine Abreise abzuwarten, bevor sie über Minette herfiel. Kaum war er fort, erschien ein vernichtender Artikel. Der Verfasser forderte, jenem Sittenverfall einen Riegel vorzuschieben, der einer jungen Farbigen mittlerweile sogar Zugang zu gesellschaftlichen Ereignissen gewährte, wo sie schamlos ihren Triumph zur Schau stellen durfte. Er kritisierte die luxuriöse Extravaganz des Kostüms der «Myris» und die tendenziell anmaßende Exzentrik des Herzogs von Lancaster.

Auf diese Reaktion hatte François Mesplès nur gewartet, um ebenfalls zum Schlag auszuholen. Er ging ins Theater und beleidigte Minette dort in Gegenwart der Schauspieler aus Saint-Marc und der Damen Valville und Dubuisson aufs Unflätigste. François Saint-Martin und Goulard gingen dazwischen; Macarty und Depoix mussten Goulard sogar festhalten, als er Mesplès einen Rüpel schimpfte und auf ihn losgehen wollte.

«Ist sie mit dir ins Bett gegangen, ja? Die hat dich um den Finger gewickelt, und du bist drauf reingefallen, du Trottel.»

«Halt den Mund, Mesplès», schrie Saint-Martin ihn an.

«Und du wirst dich auch noch von ihr einwickeln lassen, wenn es nicht schon geschehen ist», fuhr der reiche Wucherer, rasend vor Zorn, fort. «Es widert mich an, zu sehen, wie dieses farbige Luder euch alle im Griff hat und sicher herzlich darüber lacht. Ihr habt ihr den gesamten Erlös eines Benefizabends überlassen? Ja, seid ihr denn wahnsinnig geworden? Zwanzig Prozent wären mehr als genug gewesen. Aber alles, einfach alles! Und wenn euch dann selbst nichts mehr bleibt, darf ich mir wieder anhören: ‹Mesplès, streck mir dies vor – Mesplès, streck mir das vor …› Solange sie von euch Benefizabende zu ihren Gunsten bekommt, werde ich euch keinen einzigen Sou mehr vorstrecken, ist das klar?»

Er ging hinaus. Saint-Martin ließ den Kopf hängen. Sie waren seit vielen Jahren befreundet, und er hatte keinen Grund, über Mesplès zu klagen. Er war womöglich der einzige Mensch, der in den Genuss von Mesplès' Großzügigkeit gekommen war, und er musste ihm zugestehen, dass er ihm schon oft aus der Verlegenheit geholfen hatte, ohne je eine Gegenleistung zu verlangen. Ihre Freundschaft reichte in jene Zeit zurück, als Saint-Martin noch seinen richtigen Namen, La Claverie, trug. Nach dem Skandal um den Tod der kleinen Morange, der dazu geführt hatte, dass er seinen Namen wechseln musste, hatte Mesplès ihn aufgesucht. Er hatte von seiner Heldentat erfahren, schüttelte ihm die Hand und nannte ihn «den Glöckner». Der Charakter des Schauspielers verriet eine gewisse Kühnheit, die ihm gefiel. Selbst aufbrausend und zu Gewalt neigend, widerstrebte es ihm nicht, bei anderen ähnliche Züge zu entdecken. Vorausgesetzt natürlich, diese anderen waren Weiße. Voller Vorurteile, was Hautfarbe und Rasse betraf, hegte er für jeden, in dessen Adern auch nur ein Tropfen afrikanischen Blutes floss, die empörteste Verachtung. Sklaven und *affranchis* waren für ihn ein und dasselbe, und er weigerte sich, zwischen ihnen auch nur den geringsten Unterschied zu sehen.

Mit Wut im Herzen hatte Minette Mesplès' Beleidigungen schweigend hingenommen. Nachdem er gegangen war, breitete sich zwischen den neuen Schauspielern aus Frankreich und Saint-Marc und der Truppe von Port-au-Prince eine gewisse Verlegenheit aus. Die Haltung der Neuankömmlinge ließ vermuten, dass sie die Ansichten des Aktionärs teilten.

Es gab nun mehr als genug weiße Darstellerinnen, und dieses farbige Mädchen noch länger in den höchsten Tönen zu loben, würde bedeuten, ihnen selbst das Talent abzusprechen. Als Minette, um dieser verstörenden Atmosphäre zu entfliehen, grußlos das Theater verließ, war Goulard der Einzige, der ihr folgte. Während des gesamten Weges vom Schauspielhaus zur Rue Traversière wechselten sie kein Wort. Doch als sie vor ihrem Haus ankamen, drehte Minette sich zu Goulard um und reichte ihm die Hand.

«Danke, Claude», sagte sie nur.

«Ich flehe dich an, triff keine übereilte Entscheidung», riet er ihr. «Warte, bis sich die Dinge wieder beruhigt haben. Es werden noch weitere Prinzen Wilhelm ins Land kommen, und dann werden sie dich brauchen.»

Sie schüttelte den Kopf.

«Ich werde das Schauspielhaus nicht verlassen, mein lieber Claude, ich habe einen Vertrag, ich verdiene achttausend Livres pro Jahr, und ich bin Teil einer Truppe.»

«Bravo!», entgegnete Goulard. «Hier ist ein Mädchen, das weiß, was es will.»

Er nahm ihre Hand und drückte seine Lippen darauf. Dann fragte er, wann er sie wieder küssen dürfe.

«Wenn ich aus Arcahaie zurück bin», antwortete sie so gelassen, dass er begriff, dass sie nicht im Mindesten in ihn verliebt war.

Sein Herz zog sich zusammen, und sein Gesicht verdüsterte sich.

«Was willst du denn in Arcahaie?», fragte er betont gleichmütig.

«Ich habe dort eine Verabredung.»

Sie lachte, dann fügte sie hinzu: «Außerdem werde ich dafür sorgen, dass sie mich vermissen. Ich sage Monsieur Saint-Martin, dass ich mich weigere, bei der nächsten Aufführung mitzuwirken. Sollen sie doch ohne mich auftreten, dann sehen wir weiter.»

Als Joseph an diesem Abend kam, schilderte sie ihm alles, was im Theater geschehen war, und wiederholte Wort für Wort sämtliche Beleidigungen, die Mesplès ihr an den Kopf geworfen hatte. Dann erzählte sie ihm von ihrem Vorhaben, eine Vergnügungsreise nach Arcahaie zu machen.

«Wieso gerade Arcahaie, Minette?», fragte er unumwunden mit seiner volltönenden Stimme.

Sie antwortete nicht.

«Wieso, Minette?»

«Ich mag dich sehr, Joseph, das weißt du. Du bist mein Bruder. Aber ich werde bald siebzehn, und ich darf niemandem, nicht einmal meinem Bruder, erlauben, mich zu bevormunden. Ich habe dir versprochen, dass mich nichts und niemand ins Verderben stürzen wird, und ich halte mein Wort. Das ist die einzige Antwort, die ich dir geben kann.»

«Das Leben ist manchmal grausam, und Menschen können einen enttäuschen.»

«Das weiß ich seit Langem.»

Er legte ihr eine Hand auf die Schulter und suchte ihren Blick.

«Du hast ja recht. Du bist jetzt alt genug, um selbst über dein Leben zu entscheiden. Nutze die Gelegenheiten, die sich dir bieten, aber vergiss niemals, dass alles, was du tust, sich gegen eine ganze Kaste wenden wird, jene Kaste, für die du in den Augen der Weißen, die dich kennen, stehst.»

Wortlos senkte sie den Blick. Hatte sie denn nicht das Recht, unbehelligt ihr Leben zu führen? Sie hatte schon genug für die Ihren getan. Würde sie tatsächlich in jeder Stunde ihres Daseins zuerst an die anderen denken müssen?

Nachdem Joseph gegangen war, verkündete sie ihrer Mutter, dass sie demnächst nach Arcahaie reisen werde.

«Mit der Truppe?»

«Nein, allein, Maman.»

«Gut, mein Kind.»

«Und, Maman, warte lieber noch ein wenig, bevor du das neue Haus mietest. Man kann nie wissen, verstehst du, man kann nie wissen, was geschieht.»

Sie gab ihr die Hälfte des Geldes, das sie verdient hatte, und forderte sie auf, nach Belieben darüber zu verfügen, dann ging sie los und kaufte sich eine kleine Reiseausstattung, die sie zu Nicolette brachte.

«Wie viel verlangst du, um mir daraus drei Röcke, zwei Mieder und zwei Unterröcke zu nähen?», fragte sie die Schneiderin.

«Gib mir eine rote Halskette aus dem Laden von Mademoiselle Monnot», antwortete diese.

Ein solches Schmuckstück hatte keinerlei Wert. Minette küsste sie zum Dank.

«Ja, eine rote Halskette, und dann Schwamm drüber.»

Danach holte sie ihre berühmte Schere, die sie in einer mit getrockneten Blättern und Vogelfedern geschmückten Blechdose aufbewahrte.

«Sieh nur meine Dose. So hergerichtet,[93] zwingt sie meine Schere, nur gute Arbeit zu leisten.»

Mit sicherer Hand schnitt sie die Stoffe zurecht.

Im Nu waren Röcke, Mieder und Unterröcke zugeschnitten und genäht. Während Minette ihr zusah, dachte sie bei sich, dass sie noch nie in ihrem Leben so flinke Finger die Nadel hatte führen sehen.

«Und erzähl mir diesmal nicht, du hättest kein Rendezvous. Es wäre nicht normal, wenn ein Mädchen deines Alters keinen Verehrer hätte», sagte Nicolette und musterte sie mit fröhlichem Blick.

Mit verschwörerischer Miene erzählte ihr Minette, dass sie in Arcahaie tatsächlich einen gut aussehenden jungen Mann besuchen wolle, der sie bewunderte.

«Meine Mutter weiß nichts davon. Verrate mich nicht.»

«Verraten wir Frauen einander jemals?», entgegnete Nicolette vorwurfsvoll.

Dann gab sie ihr einige Ratschläge, die, wie sie ihr versicherte, nützlich und durch lange Erfahrung erprobt waren.

«Das ist dein erstes Liebesabenteuer, habe ich recht?», fragte die junge Kurtisane. «Also denk zunächst an deine Taschen und dann erst an dein Herz. Und vergiss nicht deine Sinne, bevor du deine Gefühle befragst. Sonst bist du verloren.»

Sie versprach Minette, ihr die neuen Kleider am nächsten Morgen in aller Frühe vorbeizubringen.

«Ich werde sie auch für dich bügeln. Dann brauchst du sie nur noch in deinen Reisesack zu legen.»

Wieder zu Hause, sah Minette, wie Jasmine drei Teller und eine Schüssel mit nach Piment duftender Brühe auf den Tisch stellte.

«Wo ist Lise?», fragte sie.

«Bei den Acquaires, sie hat Gesangsunterricht», antwortete Jasmine.

Sie hatte den Satz kaum beendet, da kam Lise herein, gefolgt von Madame Acquaire. Vorsichtshalber erwähnte diese den Zusammenstoß mit Mesplès mit keinem Wort, stattdessen sprudelte sie geradezu vor aufgesetzter Begeisterung. Sie versuchte, Minette ihre neu entdeckte Leidenschaft für einheimische Stücke nahezubringen, schilderte, wie sie Gefallen daran gefunden hatte und wieso sie und Saint-Martin sich dafür interessierten.

«Eigentlich könntest du es doch auch einmal damit versuchen, Minette», sagte sie, als sie glaubte, genug gesagt zu haben, um das junge Mädchen auf den Geschmack zu bringen.

«Ich, Madame?»

«Aber ja, wieso denn nicht?»

«Sind Sie womöglich zu dem Schluss gekommen, dass man mir diese billigen Triumphe eher verzeihen würde, Madame?»

«Meine Güte, was nimmst du die Dinge auch immer übel auf!»

«Nein, Madame, ich durchschaue sie, das ist alles.»

Es war unnötig, noch länger darauf zu drängen. Madame Acquaire erkannte sehr wohl, dass sie sich nie dazu bereit erklären würde, eine Rolle in einem dieser entwürdigenden Stücke zu übernehmen. Niemals könnte ich im Possengewand einer schlecht geschriebenen Komödie das entsetzliche Leid der Menschen meiner *Rasse* darstellen, dachte Minette. Wie um diesen Gedanken besser zu verbergen, fügte sie hinzu: «Sie haben meinen Geschmack geformt, und ich bin für alle Zeiten vom Schönen und Erhabenen geprägt. Wie konnten Sie nur eine Minute glauben, ich würde einwilligen, in Volkskomödien zu spielen, Madame Acquaire …?»

Lise, die diesen Ausbruch gegen das, was sie selbst berühmt machen sollte, nicht im Mindesten nachvollziehen konnte, glättete sich vor dem Spiegel kokett das Haar.

«Das sind doch ganz normale Theaterstücke. Monsieur Saint-Martin hat selbst zu mir gesagt, dass *Die Liebenden von Mirebalais* ein Meisterwerk sei. Es ist eine Parodie des *Devin de village* von Jean-Jacques Rousseau, musst du wissen.»

Minette betrachtete sie ohne jede Herablassung. Dass Lise beteuern mochte, ein Stück von einem unbegabten hiesigen Dichter sei ein Meisterwerk, verwunderte sie nicht. Aber in einer Sache war sie sich ganz sicher: Saint-Martin hatte gelogen, als er das behauptete.

Madame Acquaire seufzte. Ihre Zukunft im Theater musste am seidenen Faden hängen, wenn die gute Frau sich genötigt fühlte, ihr so etwas vorzuschlagen, dachte Minette. Die Schauspieltruppe wollte sie nicht verlieren. Immerhin brachte sie Geld in die Kassen. Also versuchte man, sie zu halten, ohne dabei allzu sehr das Missfallen von Monsieur Mesplès zu erregen.

«Diese ganze Sache ist ärgerlich, wirklich sehr ärgerlich!», entfuhr es der Kreolin, und wieder seufzte sie.

Nachdem Madame Acquaire fort war, kam Magdeleine Brousse und versuchte Minette mit aufmunternden Worten und den gleichen Versprechungen auf Erfolg zu überreden, eine Hauptrolle im nächsten Volksstück zu übernehmen.

«Ich bitte dich, was ist denn schon dabei, meine Kleine? Was willst du? Geld verdienen, habe ich recht? Und wenigstens wird dir dann niemand Scherereien machen.»

Minette, die allmählich genug davon hatte, riss sich nur mit Mühe zusammen. Sie verspürte den unbändigen Drang, den Acquaires, Magdeleine Brousse und François Saint-Martin höchstselbst wüste Beschimpfungen an den Kopf zu werfen. Was Mesplès anging, so schwor sie sich, ihm zu gegebener Zeit alles heimzuzahlen. Mochte es auch noch eine Weile dauern, er würde bekommen, was er verdiente. Zwei Mal hatte er sich ihr schon in den Weg gestellt, und allmählich verlor sie die Geduld. Jetzt war es ihm ein Leichtes, sie für die spöttische, triumphierende Miene bezahlen zu lassen, mit der sie ihn am Abend des Balls gemustert hatte, aber eines Tages würde sie mächtig sein, und dann, schwor sie sich, dann würde er sie fürchten. Und wenn sie sich dafür allen Potentaten des Landes hingeben müsste. Diese sinnlose Keuschheit wurde ihr immer mehr zur Last. Tausendlieb hatte gut daran getan, sich in aller Öffentlichkeit mit dem Königlichen Intendanten zu zeigen, dadurch erwarb man sich Anerkennung und Respekt. Ja, auch sie würde einen mächtigen Beschützer für sich gewinnen: den Marquis de Chastenoye zum Beispiel. Er war alt, reich und angesehen. Man würde wissen, dass sie offiziell die Protektion einer bedeutenden Persönlichkeit genoss, und die Leute würden sie in den höchsten Tönen loben. Vermochte Joseph mit seinen reinen, kompromisslosen Ansichten eines Priesters das Dilemma, in dem sie steckte, überhaupt zu begreifen? Von gewissen Seiten des Lebens wusste er vermutlich nichts. Das verriet sein Blick, der so klar und gelassen geblieben war. Andererseits konnte er kaum jene Priester um sich herum übersehen haben, die Sklaven besaßen und mit ihnen handelten, er konnte nicht aufgewachsen sein, ohne wie sie, Minette, gesehen zu haben, dass der Kampf ohne Gnade geführt wurde und dass man manchmal sein Herz und seine Ehre in den Staub treten und das Leben mit beiden Händen packen musste, packen und mit den Fingern fest zudrücken, wie um den Hals eines Feindes, den man erst wieder loslässt, wenn man ihn besiegt hat. O ja, sie würde kämpfen! Alle François Mesplès zusammen würden sie nicht daran hindern, ihren Weg zu gehen und ihr Ziel zu erreichen.

«Du weigerst dich also?», hakte die blonde Schauspielerin nach, die die anderen geschickt hatten, um sie zu überzeugen.

«Ich kann nicht, ich kann einfach nicht», wiederholte sie verstockt. «Gute Musik und erhabene Verse, nur das ist in meinen Augen das wahre Theater. Das ist doch nicht meine Schuld.»

Bei diesen Worten beugte Magdeleine Brousse sich vor und küsste sie.

«Damit hast du vollkommen recht, meine Kleine», sagte sie. «Wenn du nachgegeben hättest, wäre dir vielleicht sogar der Direktor selbst böse gewesen. Bleib standhaft, und lass uns sehen, wie sich die Dinge entwickeln …»

XV

Die Ankunft der neuen Schauspielerinnen aus Frankreich hatte sowohl Saint-Martins Abreise nach Les Cayes als auch Minettes Reise nach Arcahaie um einige Wochen hinausgezögert. Es gab zu viel zu tun mit dem neuen Stück, in dem Minette aus unbekannten Gründen nicht mitspielen wollte. Saint-Martin hielt ihre Weigerung für eine vorübergehende Laune und hatte nicht weiter darauf gedrängt. Für dieses eine Mal hatte er sie durch Mademoiselle Dubuisson ersetzt, die ihre Aufgabe sehr anständig meisterte. Nach der Aufführung hatte er einen neuen Anlauf unternommen, Jasmine zu überreden, ihm Lise anzuvertrauen. Es hatte ihn einige Mühe gekostet. Jasmine fand, ihre Tochter sei noch sehr jung, und Saint-Martin genoss einen schlechten Ruf. Doch genau wie Minette entglitt ihr auch Lise: Sie war ehrgeizig und träumte schon lange davon, endlich selbst auf der Bühne zu stehen, Applaus zu ernten und mit Lob überschüttet zu werden. Ihr jugendlicher Stolz hatte jeden von Minettes Erfolgen registriert; ohne Neid zwar, doch bestärkten sie diese Erfolge in dem Wunsch, sich ebenfalls einen Namen zu machen, Geld zu verdienen und berühmt zu sein, denn auch sie besaß eine hübsche, gut ausgebildete Stimme. Sie sah ein, dass ihre Schwester über mehr Temperament verfügte als sie selbst und dass Minettes Stimme voller und geschmeidiger war als ihre eigene.

«Meine Schwester hat eine Altstimme, und ich bin ein leichter Sopran», sagte sie stolz und ahmte dabei kokett Madame Acquaires Tonfall nach. Was bedeutete: Für jeden Geschmack ist etwas dabei. Sie machte sich das Leben nicht so kompliziert wie Minette, wusste genau, wohin sie wollte und wieso. Im Theater würde sie Geld verdienen, und mit diesem Geld würde sie all die hübschen Dinge kaufen, die sie sich im Moment so sehnlich wünschte, ohne sie sich leisten zu können. Nicolettes freizügiger Lebenswandel lockte sie nicht. Sie war kokett, aber ohne jede Sinnlichkeit, und sie hatte nicht die geringste Lust, für Geld oder Schmuck mit alten Männern zu schlafen. Stattdessen fand sie es sehr viel angemessener, und vor allem weniger abstoßend, dieses Geld zu verdienen, indem sie im Schauspielhaus auftrat, sei es nun in einheimischen Stücken oder in anspruchsvollen Dramen.

So, wie sie sich bislang noch nicht mit komplizierten Sachverhalten belastete, nahm sie auch die gegebene Ordnung gleichmütig hin, sah gelassen auf ihre Umwelt und träumte abends von Kleidern, prächtigen Kutschen und Ruhm.

Ihr Wesen war gänzlich frei von jenem glühenden Drang, andere herauszufordern, sie zu beeindrucken und zu besiegen. Wenn sie mit Madame Acquaire oder den Schauspielern am Theater redete, wahrte sie die Zurückhaltung eines wohlerzogenen jungen Mädchens, das sehr früh gelernt hatte, den Weißen nicht in die Augen zu sehen, gehorsam und gefällig zu sein und vor allem überschwänglich zu danken. Die Weißen standen über ihr. Das Französisch, das sie sprach, war die Sprache der Herren und symbolisierte Schicklichkeit und gute Erziehung.

Ihre Mutter, die im Haus ihres Herrn Französisch gelernt hatte, ermahnte ihre Töchter zehnmal, zwanzigmal am Tag: «Sprecht Französisch, sprecht Französisch.» Diese Worte hatten Lise und Minette ihre gesamte Kindheit hindurch gehört. So war das Einzige, was den heimischen Stücken in Lises Augen ein wenig von ihrem Wert nahm, die Tatsache, dass darin Kreolisch gesprochen wurde, und auch in Minettes Ablehnung schwang ein wenig von diesem Minderwertigkeitskomplex mit. Sie redete von nichts anderem als der Musik Grétrys[94], deklamierte nach dem Vorbild von Madame Acquaire die schönsten klassischen Verse, wie konnte man da von ihr verlangen, auf Kreolisch zu schwadronieren und sich aufzuführen wie ein Possenreißer! Dieses Widerstreben konnte Lise noch vage nachvollziehen. Was ihr jedoch völlig entging, war der andere, ebenso bedeutsame Grund: Niemals hätte sie geglaubt, dass sich alles in Minette dagegen sträubte, die körperlichen und seelischen Leiden der unglücklichen Sklaven im possenhaften Gewand einer Komödie darzustellen. Wenn Lise es sich hätte leisten können, hätte sie gleich am nächsten Tag einen oder zwei Sklaven gekauft, damit sie sie bedienten. Die reichen *affranchis* besaßen schließlich auch Sklaven, die schwarzen wie die Mulatten, weshalb sollte sie dann keine haben? Selbst wenn sie von der Vergangenheit ihrer Mutter wüsste, würde sie Sklaven kaufen. Das spürte Jasmine so deutlich, dass sie es vorzog, sich ihrer schmerzlichen Vergangenheit nicht noch einmal auszusetzen, denn es hätte ohnehin nichts genutzt. Lise liebte sie sehr, das wusste sie; wenn sie ihr die Narben auf ihrem Rücken zeigte, würde sie weinen, doch zwei Tage später wäre alles vergessen.

Bei Minette hingegen schien ihre Geste nicht vergebens gewesen zu sein. Aber wie sie es Joseph gegenüber angedeutet hatte, fürchtete sie ab und an, dass das Blut des Herrn, dieses Erbe, das in den Adern ihrer älteren Tochter pulsierte, sie unbewusst zu maßlosem, gefährlichem Ehrgeiz trieb. Der entsetzliche Hochmut ihres Vaters, dieses neureichen Weißen, der sich einen Namen gekauft hatte, lebte in seiner Tochter weiter, der er als einziges Vermächtnis sein mit Widersprüchen und Stolz befrachtetes weißes Blut hinterlassen hatte. Sie war ihm unbestreitbar ähnlich. Das erkannte Jasmine mit jedem Tag mehr. Manchmal verdächtigte sie Minette, in dem kleinen Zimmer, das sie drei sich teilten, ein gefährliches Leben zu führen, in dem Oberflächlichkeiten kaum noch Platz hatten. Bereits an jenem Tag, als Joseph den Sklaven bei ihr versteckt hatte, hatte Minette sie überrascht. Ihr Verhalten war nicht das eines verschreckten jungen Mädchens gewesen, sondern das einer erwachsenen Frau, die bewusst ein hohes Risiko eingeht. Sie hatte das Geheimnis bewahrt und nie ein Wort darüber verloren.

Und sie war es auch, die es geschafft hatte, den Widerstand ihrer Mutter zu brechen, als Saint-Martin mit Jasmine über Lise gesprochen hatte.

«Maman», hatte sie in ruhigem, beinahe zurückhaltendem Ton gesagt, «lass Lise gehen, stell dich ihr nicht in den Weg. Sie könnte es dir später zum Vorwurf machen.»

Jasmine hatte sofort nachgegeben und dabei geweint, wie alle Mütter weinen, wenn sie sich in Situationen wiederfinden, die sie nicht kontrollieren können.

In demselben zurückhaltenden Ton hatte sie auch Joseph von ihrem Vorhaben erzählt, nach Arcahaie zu reisen.

Obwohl sie ihm dabei direkt in die Augen sah, wie es ihre Art war, hatte er gespürt, dass sie ihm niemals den wahren Grund für ihre Reise verraten würde. Sie hatte keinen Vorwand gesucht, um ihn zu täuschen, sondern ihm stattdessen in einem Tonfall von ihrem Entschluss berichtet, der jede weitere Nachfrage verbot. Trotzdem sprach aus ihrer Haltung so viel Zuneigung, so viel Respekt. Einem solchen Mädchen konnte er vertrauen. Er fürchtete lediglich, dass sie von ihrer eigenen Natur mitgerissen werden und in ihrem Hochmut Schlechtes mit Gutem verwechseln könne. Es hatte ihn glücklich gemacht, dieses Vertrauen, das er ihr entgegenbrachte, auch bei Zoé und Lambert zu entdecken. Dabei waren sie Minette nur zweimal begegnet. Selbst Beauvais, der misstrauische Beauvais, hatte von ihr in den höchsten Tönen gesprochen und gesagt, sie besäße den offensten, unverschämtesten Blick, den er je bei einer Frau gesehen habe. Doch trotz aller Argumente, mit denen Joseph sich zu beruhigen versuchte, plagte ihn die Erinnerung an Jean-Baptiste Lapointe und den Eindruck, den dieser am Abend des Balls auf Minette gemacht hatte. Würde sie ihn aufsuchen und einen neuen Versuch wagen, ihn zu erobern? Es fiel ihm schwer, diesen bohrenden, schmerzlichen Gedanken zu verscheuchen. Tief in seinem Inneren wusste er, dass es so war, dass darin die Antwort auf seine Frage lag, aber da er ohnehin nichts dagegen ausrichten konnte, schwieg er, wünschte lediglich im Stillen, dass Minette bald zurückkommen möge, und betete, wie alle frommen Seelen beten, für den Schutz seiner geliebten kleinen Schwester.

Lises Reise hingegen entsprang, wie er selbst zu Jasmine gesagt hatte, einer Notwendigkeit. Trotz seiner religiösen Ideale gehörte er nicht zu jenen borniertten Menschen, die überall nur Böses wittern. Dank Labadie hatte er eine Vielzahl von Dingen kennengelernt, die sein Denken erweitert und ihn dadurch wie selbstverständlich auf einen Weg geführt hatten, für den er bestimmt zu sein schien. Er würde zu den guten Priestern gehören, die das Recht auf Gerechtigkeit verteidigten, für die Unterdrückten das Licht von Bildung und christlicher Nächstenliebe forderten, dabei stets Mensch blieben und, vor allem, das Menschliche im Menschen erkannten.

Lise wollte fort, um ihr Glück zu versuchen. Er legte sein Gewicht für sie in die Waagschale und überzeugte Jasmine mit den Worten: «Früher oder später wirst du dich ohnehin damit abfinden müssen. Lass sie gehen, Jasmine …»

Am Tag der Abreise der beiden Schwestern führte Minette Joseph in einen stillen Winkel des Hinterhofs.

«Richte den Lamberts aus, dass ich nichts vergessen habe», sagte sie ihm, «ganz gleich, wo ich mich befinde, ich werde immer bei ihnen sein. Diese Reise, diese Reise …»

Joseph legte ihr eine Hand auf den Mund.

«Bewahre dein Geheimnis, meine Schwester», unterbrach er sie. «Auch das gehört zur Freiheit.»

… Das kleine Haus war voller Menschen: Nachbarn und einige Schauspieler aus dem Theater drängten sich im vorderen Zimmer.

Saint-Martin, der mit Erleichterung gehört hatte, dass Minette eine Weile verreisen wollte, billigte diesen Plan mit Nachdruck; er sagte sich, dass es vielleicht gut wäre, wenn das Publikum sie vergaß oder sie so sehr vermisste, dass es ihre Rückkehr fordern würde. Er gab ihr ein Empfehlungsschreiben für Madame Saint-Ar, eine Europäerin, die einen kreolischen Plantagenbesitzer aus Arcahaie geheiratet hatte. Sie galten, erzählte er ihr, als freigeistige Menschen ohne Vorurteile oder Standesdünkel, und Saint-Martin drängte darauf, dass Minette ihnen einen Besuch abstattete.

«Du wirst zu Mittfasten noch dort sein, lass dir diesen günstigen Zeitpunkt, einen Ball von Madame Saint-Ar zu erleben, nicht entgehen. Das wird eine deiner schönsten Erinnerungen sein.»

Dann hatte er, zweifellos aus Höflichkeit, hinzugefügt: «Es ist also wahr? Du gehst einfach fort und lässt uns im Stich?»

Ohne darauf einzugehen, hatte sie gemeinsam mit ihm das Haus verlassen und war zum Schauspielhaus gegangen, um sich zu verabschieden.

Im Theater herrschte eine fröhliche, enthusiastische Stimmung, die ihr verriet, dass sie zum allseitigen Vorteil ersetzt worden war. Zynisch lobte Monsieur Mesplès, der an diesem Tag ebenfalls anwesend war, in ihrem Beisein demonstrativ das Talent der neuen Schauspielerinnen und pries in schmeichelhaftesten Worten Mademoiselle Dubuissons Stimme. Diese ließ keine Gelegenheit aus, ihm schöne Augen zu machen, während sie zugleich den übrigen Männern ihr verführerisches stupsnasiges Lächeln schenkte.

«Sie ist bereits Saint-Martins Mätresse», hatte ihr die eifersüchtige Magdeleine Brousse sofort erzählt.

«Dann machen Sie also Ferien, mein Kind?», fragte Mademoiselle Dubuisson Minette in leicht gönnerhaftem Ton.

«Ich werde mich von meinen Erfolgen erholen», versetzte diese zornbebend und sah ihr geradewegs in die Augen.

Diese unerwartete Reaktion einer jungen Person, die gerade erst in ihrer Gegenwart beleidigt worden war, überraschte die Schauspielerin.

«Sie werden schon früh genug wieder zurück sein», lautete ihre unverschämte Erwiderung. «Ja, Sie werden früh genug wieder zurück sein, damit das Publikum erkennt, dass es Ihrer überdrüssig geworden ist.»

Diesmal verteidigte Goulard sie nicht, Liebeskummer und Eifersucht machten ihn boshaft.

Trotzdem hatte er sie zusammen mit Joseph und Jasmine zur Postkutsche begleitet, voller Groll und ohne auch nur ein Wort an sie zu richten. Schweigend hatten sie einander die Hand gereicht, und er hatte sie nicht einmal um einen Abschiedskuss gebeten.[95] Der Instinkt des Verliebten verriet ihm, dass diese Reise seine Schöne zu neuen Bekanntschaften führen würde, die ihn bereits im Voraus kränkten, und so viel Ungeniertheit und Gleichgültigkeit verletzten seinen männlichen Stolz.

«Unsere Liebe ist kaum erwacht, und schon glaube ich, es wäre besser, sie zu begraben», sagte er verbittert.

«Wer weiß?», entgegnete sie. «Vielleicht kehre ich verliebter zu Ihnen zurück.»

«Müssen Sie sich denn erst an anderen die Krallen schärfen, bevor Sie mich lieben können? Leben Sie wohl, Minette. Ich beabsichtige, vollständig geheilt zu sein, wenn Sie zurückkehren.»

«Selbst schuld, Sie gemeiner Kerl!»

Sie lächelte ihn an, und nachdem sie ihre Mutter und Joseph geküsst hatte, wünschte sie Lise viel Glück und gab ihr tausend gute Ratschläge mit auf den Weg. Die Postkutsche nach Arcahaie, in der bereits zahlreiche Farbige zusammengepfercht saßen, wartete ein paar Schritte entfernt. Ohne sich noch einmal umzusehen, rannte sie darauf zu und verschwand.

Schweigend machten die anderen kehrt und folgten der Straße in die entgegengesetzte Richtung nach Süden.

Saint-Martin war bereits eingetroffen, begleitet von Scipion, der sein Gepäck trug. Lise trug eines von Minettes Kleidern, das Jasmine an ihre Größe angepasst hatte, und war herausgeputzt wie eine Dame. Sie sah entzückend aus, und als Saint-Martin sie betrachtete, dachte er, dass es amüsant wäre, sie in der ausgewählten Postkutsche an seiner Seite zu behalten und als Weiße auszugeben. Das wäre eine gute Gelegenheit, mit den dummen Vorurteilen dieses Landes seinen Spott zu treiben. Ein paar Minuten vor der Abfahrt der Kutsche nach Les Cayes eilten die Schauspieler in ausgelassenen Grüppchen herbei.

«Auf Wiedersehen, Lise», sagte Madame Acquaire, «schreib uns und berichte von deinen Erfolgen.»

«Na dann, auf Wiedersehen, kleine Schwester», sagte Joseph zu ihr, «und vergiss nicht, wenn man das, was man tut, mit dem Herzen tun kann, ist einem der Erfolg gewiss.»

Weinend küsste sie ihre Mutter und Joseph. Um den kummervollen Abschied abzukürzen, deutete Saint-Martin auf Zabeth und seine Söhne, die gerade herbeieilten.

«Sieh nur, Lise», sagte er, «ich verlasse sie ohne eine Träne. Na, komm schon, wir sind doch bald wieder zurück.»

Zabeth mühte sich, beim Laufen ihre Kinder hinter sich herzuziehen. Sie konnten ihr kaum folgen, stolperten immer wieder und klammerten sich weinend an ihre Röcke.

Als sie die Schauspieler endlich erreichten, hatten die Reisenden schon in der Kutsche Platz genommen. Sie bückte sich, nahm ihre Söhne in die Arme und rief mit Wehklagen in ihrer Stimme: «Monsieur François! Monsieur François …!»

Saint-Martin beugte lächelnd den Kopf aus dem Schlag.

«Auf Wiedersehen, Zabeth», sagte er. «Denk nicht zu viel an mich, dann siehst du bloß so verhärmt aus. Warte auf mich, und gib gut auf dich acht.»

«François …!»

Sie schluchzte verzweifelt. Goulard nahm eines der Kinder und legte der jungen Mulattin den Arm um die Schultern.

«Na, na, Zabeth, beruhige dich. François kann Tränen nicht leiden, das weißt du doch.»

«Er geht weg, Monsieur Goulard!»

«Das ist nicht das erste Mal.»

«Ich weiß nicht, was mit mir ist, ich weiß es nicht», schluchzte sie, und aus ihrer Stimme sprach eine so herzzerreißende Verzweiflung, dass Claude Goulard erschauerte.

Der Vorfall hatte einen frostigen Mantel über den Abschied gebreitet, den sich doch alle so fröhlich gewünscht hatten, und obwohl sie nicht wussten, wieso, spürten die Schauspieler Sorge, als sie der davonfahrenden Kutsche nachblickten.

Macarty bemühte sich als Erster, diesen unangenehmen Eindruck abzuschütteln. Er griff nach der kleinen Hand des Kindes, das Goulard auf dem Arm hielt, und begann damit zu winken.

«Auf Wiedersehen», rief er, «kommt bald wieder.»

Sogleich folgten alle seinem Beispiel, und Jasmine musste sich abwenden, um ihre Tränen zu verbergen. Sie fühlte sich einsam, einsamer noch als Zabeth, denn die hatte wenigstens ihre Kinder zum Trost. Das bedeutete es, Mutter zu sein: sich zu Tode zu rackern, um kleine Wesen großzuziehen, sie voller Sorge aufwachsen zu sehen und sich dann, eines Tages, von ihnen zu trennen und zu sagen: Lebt euer Leben, ihr braucht mich nicht mehr.

Joseph legte ihr eine Hand auf die Schulter und machte sich mit ihr auf den Heimweg.

Ein Jahr war seit der Unterzeichnung des bewussten Vertrags vergangen. Was Joseph und Jasmine aber sicher nicht wussten, war, dass Minette, auch nachdem sie einen privatschriftlichen Vertrag unterschrieben hatte, nach wie vor im Schauspielhaus der Weißen arbeitete, ohne auch nur zu wagen, ihre Gage einzufordern.

XVI

Die Kutsche rollte über die steinige, zerfurchte Straße. Minette saß eingezwängt zwischen einem alten, benommen wirkenden Schwarzen und einer stark geschminkten jungen *câpresse*[96] mit brillantbesetztem *madras* und blickte schläfrig durch den Spalt zwischen den Vorhängen hinaus auf die vorbeiziehende Landschaft. Es regnete in Strömen. Immer wieder spritzten dicke Tropfen auf die Passagiere, und der in einen Wachstuchumhang gehüllte schwarze Kutscher fluchte mit dröhnender Stimme.

«Los, hü! Jetzt hott, zum Henker, ihr verrückten Gäule, hott, Teufel noch eins!»

Nur um Haaresbreite wich er den Furchen aus, und die im Schlamm versinkenden Räder drehten sich, als wollten sie sich gleich vom Boden lösen.

«Was für ein Pech», sagte eine dicke, eher hellhäutige Frau seufzend und bekreuzigte sich, «ausgerechnet bei solchem Wetter zu reisen!»

«Das ist recht ungewöhnlich für März», antwortete ein junger Schwarzer, der Minette gegenübersaß, «aber wir müssen uns wohl damit abfinden.»

Die Passagiere wurden hin- und hergeworfen, durchgerüttelt, und die Schlafenden schreckten von fürchterlichen Donnerschlägen hoch, die nur zwei Schritte von der Kutsche entfernt loszubrechen schienen.

Drei Stunden kämpfte sich die Kutsche im sintflutartigen Regen die Straße entlang, zwischen Bäumen hindurch, deren Blätter, vom Wasser schwer, durch die Luft segelten und im Schlamm landeten. Als sie endlich hielt und der Kutscher «Arcahaie, Arcahaie, Reisende nach Arcahaie» schrie, hatte es gerade aufgehört zu regnen.

Minette stieg als Erste aus, verlangte vom Kutscher ihr Gepäck und stand eine Weile allein auf der Straße. Ein paar Minuten später stieg auch der junge Schwarze aus, der ihr gegenübergesessen hatte. Sein Gepäck bestand aus einem Bündel, das er sich schwungvoll über die Schultern warf. Er blieb neben ihr stehen und sah zum Himmel hinauf. Über ihnen schüttelten die Bäume in der abgekühlten Brise Tropfen von ihren Zweigen. Minette raffte ihren Rock und hielt ihn mit einer Hand hoch, damit er nicht schmutzig wurde, ihre Schuhe waren bereits voller Schlamm. Auf der Straße breiteten sich große Pfützen aus, sodass man nicht gehen konnte, ohne sich vollzuspritzen. Zwei schwarze Soldaten der Maréchaussée ritten auf Pferden vorbei, deren Sprunggelenke mit Dreck verkrustet waren, und eine von einem alten Schwarzen gelenkte Mietkutsche fuhr geradewegs durch die Wasserlachen. Ein paar zerlumpte Bettler mit amputierten Gliedmaßen warfen den Passanten flehende Blicke zu.

Am Ende langer, von Orangen- und Flammenbäumen gesäumter Alleen erhoben sich mit Schindeln oder Schiefer gedeckte Häuser.

Minette sah die Straße entlang. Wohin sollte sie sich wenden? In dem Moment drehte sich der junge Schwarze mit dem Bündel über der Schulter zu ihr um.

«Darf ich Ihnen aus der Verlegenheit helfen?», erkundigte er sich in einem nur ganz leicht schleppenden Französisch.

«Danke. Wie komme ich zum Haus von Jean-Baptiste Lapointe?»

«Jean-Baptiste Lapointe, der *griffe* von Arcahaie! Der wohnt ein ganzes Stück entfernt, in Boucassin. Für diese Strecke brauchen Sie ein Pferd, und es geht zurück in die Richtung, aus der wir gerade gekommen sind.»

«Ach so?»

«Sein Haus liegt eine halbe Stunde von hier, draußen auf dem Land.»

«Und wo bekomme ich ein Pferd?»

«Das können Sie überall mieten. Gehen Sie einfach zu dem Tor da hinten. Fragen Sie nach Nicolas, und sagen Sie ihm, Simon schickt Sie. Er wird Ihnen helfen.»

Er rückte das Bündel auf seiner Schulter zurecht und lüpfte den Strohhut.

«Ich würde Sie gern begleiten, aber ich bin ein Sklave. Ich hatte eine Besorgung zu erledigen und komme schon zu spät.»

Minette musterte ihn aufmerksam.

Er trug eine kurze Hose aus festem Leinen und ein bis zum Hals zugeknöpftes Hemd mit langen Ärmeln. Seine Füße steckten in Sandalen, deren Riemen die Zehen freiließen. Haussklaven in Hemden aus Vitré- oder Morlaix-Leinen[97] waren Minette in den Straßen von Port-au-Prince bereits begegnet, was ihr jedoch vollkommen neu erschien, war der zufriedene, gelassene Ausdruck im Gesicht dieses Sklaven. Natürlich hatte sie schon livrierte Schwarze gesehen, die als Kammerdiener und Lakaien fungierten, Kutscher wie die des Sieur Caradeux in Hemden mit goldenen Knöpfen, aber sie alle hatten in ihren Zügen etwas Verschlossenes gehabt, eine vage Unzufriedenheit, die auf den ersten Blick ihre gesellschaftliche Stellung verriet. Dieser junge Schwarze war anders, er wirkte glücklich. Konnte es, abgesehen von Scipion, einen einzigen Sklaven geben, der nicht geschlagen, überwacht, verdächtigt, misshandelt wurde und der ohne Angst vor seinen Herren lebte? Seit frühester Kindheit wusste sie, dass die Sklaven so unglücklich waren, dass sie nur auf einen günstigen Augenblick warteten, um in die Berge zu fliehen, und dass die Herren, ganz gleich, ob weiß, schwarz oder von gemischtem Blut, weil sie Herren waren, sie wie Lastvieh behandelten.

Mit einem Lächeln verabschiedete sie sich von dem jungen Sklaven und sah ihm versonnen nach, als er davonging, dann setzte sie sich in Bewegung. Nach einigen Schritten war ihr Rock triefnass und so dreckig, dass sie nicht länger darauf achtete. An Nicolas' Tor angekommen, entdeckte sie ein kleines, von einer Galerie umgebenes Holzhaus inmitten eines großen Hofs, wo angebundene Pferde geschnittenes Gras fraßen. Ein einarmiger alter Mann kam auf sie zu und fragte sie in lispelndem Kreolisch, was sie wünsche.

«Simon schickt mich», antwortete sie. «Ich möchte ein Pferd mieten, um nach Boucassin zu reiten.»

«Sofort, sofort», entgegnete der Einarmige, «ich gebe dir auch einen Führer; du bist nicht von hier, du brauchst einen Wegweiser: fünfzig Escalins für das Pferd und zwanzig für den Führer. Einverstanden?»

«Ja», sagte sie.

Sogleich zog sie eine kleine Börse aus ihrem Mieder und leerte sie in ihre Hand.

Nachdem sie bezahlt hatte, betrachtete sie ihre Füße und den Saum ihres Rocks: Sie waren voller Schlamm. Ihr durchweichter *madras* war zerknautscht und zur Seite gerutscht. Sie rückte ihn zurecht. O je, in welchem Aufzug würde sie zu diesem Rendezvous erscheinen? Ihr Batistmieder, ihr seidenes Brusttuch und die kleinen Beutel, die Nicolette so sorgsam bestickt hatte, waren zerknittert. Sie sah aus wie eine dieser schmutzigen *affranchies*, die auf dem Markt Schweinefleisch oder Fische verkauften.

Man brachte ihr ein gesatteltes Pferd, und ein zwölfjähriger Schwarzer, barfuß und mit einem einfachen Lendenschurz bekleidet, half ihr beim Aufsteigen.

Draußen vor dem Tor fuhr eine sechsspännige Kutsche vorbei. Auf dem Bock saß ein lächelnder Mulatte, der Nicolas mit seiner Gerte freundschaftlich zuwinkte.

«Wer ist das?», fragte Minette den Jungen, der die Zügel ihres Pferdes hielt.

«Das ist Michel, Herrin, der Kutscher von Madame Saint-Ar.»

Madame Saint-Ar, dachte sie gleich. Für sie ist doch der Brief, den mir Monsieur Saint-Martin mitgegeben hat. Hastig wandte sie den Kopf zu ihrem jungen Führer.

«Madame Saint-Ar! Wohnt sie hier in der Nähe?»

«Ja, Herrin, schau, da hinten, das große Anwesen. Es heißt ‹Les Vases›. Das gehört Madame Saint-Ar! Sie ist eine freundliche weiße Dame.»

Das Pferd bog hinter dem jungen Burschen von der Straße ab und folgte ihm auf einen einsamen, von Baumwollpflanzen[98] gesäumten Weg. Nach einer halben Stunde deutete der Führer, der Minettes Reisesack auf dem Kopf trug, auf einen Hügel, wo ein flaches Haus mit rotem Schindeldach und einer einzelnen Galerie auf der rechten Seite stand.

«Wir sind da», sagte er.

Minette, die sich auf dem Pferderücken äußerst unwohl fühlte, schüttelte unbeholfen ihren geblümten Seidenrock, um ihn vom Dreck zu befreien. Sich mit einer Hand am Sattel festhaltend, versuchte sie anschließend, ihren *madras* zu richten, aber da das Pferd inzwischen den steilen Hang erklomm, rutschte sie zur Seite weg und fiel mit dem Hintern in eine rote Pfütze, deren Wasser auf ihr Mieder und ihr Gesicht spritzte. Sie fluchte, stieß den Führer, der ihr aufhelfen wollte, zurück und sprang zornig auf die Beine.

«Ich muss ja schön aussehen», schimpfte sie – auf Kreolisch, wie immer, wenn sie sich über sich selbst ärgerte.

Der Junge, der sich vergeblich das Lachen verkniff, half ihr zurück in den Sattel.

«Halt dich fest, Herrin», riet er, «der Weg ist steil.»

Fünf Minuten später erreichte das Pferd die Galerie auf der rechten Seite des Hauses. Drei Sklaven, die wie ihr Führer einen Lendenschurz aus grobem Leinen trugen, kamen auf sie zugelaufen. Sie nannten sie Herrin und halfen ihr vom Pferd, indem sie die Hände ausstreckten, damit sie ihre Füße daraufstellen konnte. Plötzlich stürmten zwei riesige Hunde bellend und mit gefletschten Zähnen heran. Entsetzt begann Minette zu schreien.

«Was ist denn hier los?», ertönte gleich darauf eine Stimme. «Ruhig, Luzifer, Satan, ruhig.»

Die Tür zu einem der Zimmer des Hauses wurde geöffnet, und Jean-Baptiste Lapointe trat heraus auf die Galerie.

Er trug eine weiße Leinenhose und ein halb aufgeknöpftes Batisthemd, das den kräftigen Hals freiließ. Unter dem transparenten Stoff schimmerte die dunkle Haut seines muskulösen, jungen Oberkörpers. Einen Moment lang schaute er neugierig, dann kam er die steinernen Stufen von der Galerie herab. Als er Minette erkannte, zuckte er kurz vor Überraschung, doch dann betrachtete er sie genauer und brach in schallendes Gelächter aus. Er lachte so herzhaft, dass ihm Tränen über die Wangen liefen, und nach jedem Versuch, sich zu beherrschen, prustete er nur umso heftiger wieder los.

Minette sah ihn mit gerunzelten Brauen an. Sie hatte einen Verrückten vor sich. Jean-Baptiste Lapointe war verrückt. Auf welches Abenteuer hatte sie sich da bloß eingelassen?

Als er sich endlich beruhigte, erkannte sie, dass er lediglich ausgelassen gelacht hatte. Er entschuldigte sich für diesen Empfang und reichte ihr die Hand, um ihr die Treppe hinaufzuhelfen.

Nun lammfromm, strichen die beiden riesigen Hunde mit jämmerlichem Kläffen um den jungen Mann, der sie allein durch den Klang seiner Stimme gebändigt hatte. Lapointe öffnete die Vordertür, und Minette betrat einen großen Raum mit blitzsauberen Holzmöbeln, Vorhängen aus bedruckter Baumwolle und Pflanzen, die in großen Tontöpfen wuchsen.

«Hübsch haben Sie es hier», sagte sie mit einem koketten Lächeln.

Sie wandte sich einem großen Spiegel zu und wollte gerade ihren *madras* abnehmen, als sie vor Überraschung wie angewurzelt stehen blieb.

Sie war entsetzlich schmutzig, und das vom Kopf bis zu den Füßen. Ihr Gesicht war mit kleinen getrockneten Schlammspritzern übersät, ihr Kleid wies von der kurzen Rockschleppe bis hinauf zur Taille Flecken auf, und ihr feuchter *madras* war zerknautscht wie die Mütze eines komischen Tölpels auf der Bühne. Wie zuvor Lapointe brach sie in schallendes Gelächter aus.

«Ich brauche Ihnen meinen etwas … heiteren Empfang wohl nicht weiter zu erklären», bemerkte er unter neuerlichem Lachen. «Was allerdings vonnöten wäre, sind ein Bad und die Möglichkeit, Ihre Kleider zu wechseln.»

«Was ist mit Ihren Eltern? Kann ich sie begrüßen?»

«Das … das muss ein Irrtum sein. Ich habe schon immer allein gelebt.»

«Was?»

In seine schwarzen, zu den Schläfen hin lang gezogenen Augen trat wieder jener zynische, verstörende Ausdruck, den sie bereits kannte.

«Ich lebe allein …»

«Dann verlasse ich Ihr Haus», erwiderte Minette, zu Tode beschämt. «Sie waren ein Krüppel, jetzt sind Sie es nicht mehr; Sie haben mich zu Ihrer Familie eingeladen, jetzt leben Sie allein. Ich hasse missverständliche Situationen.»

«Dann hassen Sie das Leben selbst. Nichts auf dieser Welt ist so klar, wie es scheint.»

Minette musterte ihn verstohlen.

Eine Faust in die Hüfte gestemmt, stand er da und erwartete mit schlecht gespielter Gleichgültigkeit ihre Entscheidung. Eine große Müdigkeit ergriff von ihr Besitz. Am liebsten hätte sie sich gleich an Ort und Stelle hingelegt, einfach dort, vor seinen Füßen, und geschlafen, geschlafen, bis sie des Schlafens überdrüssig war. Sie konnte auf keinen Fall einwilligen, mit ihm allein zu bleiben. Sie würde den langen Weg, am Sattel festgekrallt, zurückreiten müssen; die Muskeln in ihren Armen schmerzten, und sie spürte, wie sie wie tot an ihrem Körper herabhingen.

«Leben Sie wohl», sagte sie dennoch.

Gleichzeitig fuhr sie sich mit einer Hand über das Gesicht, um die verkrusteten Schlammspritzer abzureiben.

«Ich werde Sie schon nicht fressen, wenn Sie ein Bad nehmen und sich umziehen möchten. Ich bin doch kein *lougarou*[99].»

Ein freundliches Lächeln begleitete seine Worte. Sie sah ihn an und bemerkte das leichte Zittern seiner Hände.

«Einverstanden, ich nehme ein Bad», sagte sie kurz entschlossen, wie es ihre Gewohnheit war.

In solchen Momenten verließ sie sich auf ihren Instinkt, der sicherer urteilte, als langes Nachdenken es vermocht hätte, und dem sich ihre angeborene Kühnheit nur allzu bereitwillig fügte.

Die gleiche Kraft, die ihr auf der Bühne den Ausdruck, die Gesten eingab, hatte sie dazu gedrängt, nach Arcahaie zu kommen. In ihrer Vorstellung war diese Kraft etwas Geheimnisvolles, das in ihr lebte und ihr wohlgesinnt war. Daran war nichts verwunderlich: Seit ihrer Kindheit stritten in ihrem Inneren die abergläubischen Überzeugungen der Menschen ihrer Rasse mit den Lehren des Christentums, die Joseph ihnen so oft vorgelesen und erläutert hatte. Wo lag die Wahrheit? Die einen fürchteten die Götter Guineas, die von den Schwarzen verehrt wurden, die anderen glaubten an die Überlegenheit eines einzigen Gottes, Vater des Mensch gewordenen Christus. Sie hatte oft gehört, wie die alte Heilerin aus der Nachbarschaft Jasmine erzählte, der Gott der Weißen sei ein Plantagenbesitzer des Himmels, genauso weiß wie die Weißen selbst, und verstehe kein einziges Wort vom Kreolisch der unglücklichen Schwarzen. Je mehr sie gelesen und gelernt hatte, umso mehr hatte sie sich von solch naiven Vorstellungen befreit, aber als folgsame Tochter Guineas[100] bewahrte sie trotz allem den Glauben an vielerlei kleine Dinge, hielt sich an Weissagungen und Träume, an Glück und Unglück verheißende Tage.

Sie wäre eher gestorben, als am helllichten Tag Geschichten zu erzählen oder das obere Ende einer Wassermelone zu essen.[101] Und ihre Mutter hatte Lise eines Tages vor Schreck laut ausgeschimpft, weil diese mit dem Finger auf einen Regenbogen gedeutet hatte.[102] Jasmine besaß einen Talisman, den ihr der alte Schwarze Mapiou geschenkt hatte. Sie hatte ihn bei ihrem Herrn kennengelernt, und während er den Sklaven heimlich lesen und schreiben beibrachte, erzählte er ihnen zugleich von der Macht der *loas*[103]. Minette hatte den Talisman auf dem Boden der großen Truhe entdeckt, als sie eines Tages saubere Wäsche gesucht hatte. Sie hatte begriffen, dass es sich um ein *makandal* handelte, wie das, welches Nicolette an ihr Hemd heftete, um sich vor bösem Zauber zu schützen. Es war eine Art kleiner Beutel, prall gefüllt mit Gegenständen, die ebenso mysteriös waren wie seine Macht selbst, und Lise und Minette berührten ihn nur voller Abscheu und Respekt. Man konnte ja nie wissen. Im Katechismus standen hübsche Geschichten, aber die Frauen im Viertel hatten mit eigenen Augen erstaunliche Manifestationen gesehen. Und das genügte, um in ihnen Zweifel und Furcht zu wecken.

Im Grunde hatte sie immer geglaubt, dass es vielleicht doch dem *makandal*, das ihre Mutter an ihrem Unterrock befestigt hatte, zu verdanken war, dass sie an jenem ersten Abend im Schauspielhaus der Weißen ihre Stimme wiedergefunden hatte.

In diesem Moment sprach die Kraft zu ihr, sie sagte: «Bleib», und Minette gehorchte. Sie wusste, dass es keinen Sinn hatte, sich zu wehren, die Kraft wäre stärker. Es war dieser Zustand, den Nicolette beschrieb, wenn sie sagte: «Meine Ahnung sagt mir, ich soll», oder «Meine Ahnung sagt mir, ich soll nicht», und das genügte, um sie auf die eine oder andere Weise zu überzeugen.

Ja, sie würde bei ihm bleiben, es musste sein. Sie hatte diese Reise schließlich nicht auf sich genommen, um den Ball von Madame Saint-Ar zu besuchen, wie Monsieur Saint-Martin ihr nahegelegt hatte, und auch nicht, um die Landschaft zu bewundern. Sie war ehrlich zu sich selbst. Lapointe war der einzige Grund, aus dem sie hergekommen war. Der Ärger im Schauspielhaus hatte in ihr den Wunsch geweckt, zu fliehen, zu vergessen, glücklich zu sein. Zu vergessen und glücklich zu sein, dazu war sie hier. Mein Gott, sie würde doch nicht gleich wieder kehrtmachen, bloß weil Lapointe gelogen hatte, als er ihr erzählte, dass er mit seiner Familie zusammenlebte. Nicolette hätte sie ausgelacht, weil sie sich benahm wie ein verschrecktes Gänschen, aber wie schmerzhaft wäre es für Joseph und Jasmine, sie in einer solchen Situation zu wissen!

Lapointe hatte in die Hände geklatscht. Sogleich öffnete sich die Tür zum zweiten Zimmer, und zwei junge *câpresses* in Kleidern aus grobem Gingang[104] kamen barfuß herein. Sie hatten langes, krauses Haar, das sich über ihre Schultern ergoss, und ihre Haut hatte die Farbe von Sapotillen[105]. Ihre Gesichter waren ausdruckslos, denn sie hatten den Blick gesenkt.

«Das ist Ihre Leibwache», sagte Lapointe zu Minette. «Zu Ihrem Schutz werden sie zu Ihren Füßen schlafen. Du, Fleurette, kümmere dich um das Bad der Herrin», befahl er einer der Sklavinnen, die einen Schönheitsfleck über der Oberlippe hatte, «und du, Roseline, hol den Reisesack herein und bring die Herrin in das blaue Zimmer. Ihr weicht ihr nur von der Seite, wenn sie euch selbst dazu auffordert.»

«Ja, Herr», antworteten sie.

Minette folgte ihnen. Im Grunde war es angenehm, bedient zu werden wie eine feine Dame. Das ist also das Leben einer reichen *affranchie*, dachte das junge Mädchen. Sklaven, die sie Herrin nennen, *cocottes*, die ihr wie eifrige Hunde auf Schritt und Tritt folgen und ihr jeden Wunsch von den Augen ablesen, Männer und Frauen, die der Reichtum ihr beschert und deren Leben in ihrer Hand liegt. Welch ein Luxus! «Wir werden Sie wie eine Königin empfangen.» Was das anging, hatte Lapointe sein Versprechen gehalten: Er führte sie ein in das herrschaftliche Leben.

Die beiden jungen Sklavinnen begleiteten Minette in einen Raum, der mit blauen Baumwollvorhängen, einem Bett aus hellem Holz und einem facettierten Spiegeltisch ausgestattet war. Auf den Regalbrettern sah sie einige Bücher. Und auf einem kleinen Tischchen stand eine Kristallvase mit einer prächtigen, rot blühenden Blume darin.

«Leg dich hin, Herrin», forderte Fleurette sie auf, während sie ihr den *madras* abnahm.

«Ich gehe und erwärme das Wasser für dein Bad», sagte Roseline, zog ihr die verdreckten Schuhe aus und nahm sie mit, um sie zu säubern.

Minette fühlte sich unwohl. Man muss ein solches Leben seit Langem gewohnt sein, um sich bedienen zu lassen, ohne spontan widersprechen zu wollen, ohne die Gesten zu vollenden, zu denen eine auf Knien hockende Sklavin ansetzt, um alles anzunehmen, ohne auch nur mit einem Wort, einem Blick zu danken. Fleurettes eifrigen Händen ausgeliefert, hatte sie sich, wenn auch ein wenig widerstrebend, ausziehen lassen. Nackt zu sein, schüchterte sie ein. Sie konnte sich noch so oft sagen, dass Fleurette nur eine Sklavin war, von Lapointe gekauft und für einige Tage in ihren Dienst gestellt, trotzdem machte sie die Gegenwart dieser Fremden, die in ihrem Gepäck kramte und ihr das Hemd auszog, verlegen. Als Roseline kam, um sie zum Bad abzuholen, bemerkte sie unangenehm überrascht, dass diese einen Hausmantel mitgebracht hatte, den sie ihr umlegte und im Bad mit geschickter Hand wieder abstreifte, bevor sie sie aufforderte, in die Wanne zu steigen. Auf dem Wasser schwammen frische, zerdrückte Blätter, die nach Majoran dufteten, und Minette ließ sich genüsslich in die große Blechwanne gleiten. Leise ein kreolisches Lied vor sich hin singend, rieben die Sklavinnen ihr Rücken, Arme und Beine ab. Nicht ein indiskreter Blick. Lediglich eine große Beflissenheit in ihren Gesten und Mienen, die von dem Wunsch zeugten, zu gefallen und alles richtig zu machen.

Erfrischt und duftend stieg Minette aus dem Bad.

Als sie ins Schlafzimmer zurückkam, hatte Fleurette bereits Rock und Mieder auf dem Bett ausgebreitet, dazu den passenden *madras* und das Brusttuch. Als Roseline sich anschickte, ihr ein sauberes Hemd überzustreifen, hielt Minette sie zurück und nahm es ihr aus der Hand.

«Das genügt, meine Kleinen», verkündete sie in ihrer schroffen Art, «ihr könnt jetzt gehen.»

Fleurette biss sich auf die Oberlippe mit dem Schönheitsfleck darüber, und Roseline ließ den Kopf hängen, als hätte sie sich etwas zuschulden kommen lassen.

«Ist die Herrin nicht zufrieden?»

Als Minette ihre verzweifelten Gesichter sah, verspürte sie einen Anflug von Gewissensbissen, die sie jedoch sofort unterdrückte, denn die Anwesenheit dieser beiden Mädchen machte sie unglücklich. Sollte sie etwa während ihres gesamten Aufenthalts in diesem Haus – denn sie würde bleiben, das wusste sie nun –, sollte sie etwa die ganze Zeit diese beiden allzu eifrigen Zeuginnen um sich haben, die ihr die Einsamkeit verdarben? Sie waren noch blutjung, vierzehn bis sechzehn Jahre vielleicht. Sie waren fröhlich, gesund und dumm. Niemals würde sie eine solche Gesellschaft dulden.

«Sollen wir dir den Kopf kraulen, Herrin?»

«Oder dir die Fußsohlen kitzeln?»

«Oder dir die Hände massieren?»

«Und den Rücken?»

Minette lächelte. So waren sie, die kreolischen Sklavinnen: durchtrieben, schmeichlerisch, verdorben. Die armen Kleinen, sagte sie sich gleich darauf, sie können nichts dafür! Auch Jasmine musste solche Dinge getan haben. Es war ihr Stand, der sie geformt hatte, und seit ihrer frühesten Kindheit hatten sie gelernt, den geringsten Launen ihrer Herren zu gehorchen. Wie können sie sich nur damit abfinden? Ich würde sterben oder in die Berge fliehen, dachte Minette.

Inzwischen krümmten sich die beiden Mädchen weinend auf dem Boden.

«Der Herr wird uns bestrafen», ächzte Roseline und küsste ihr die Füße, «lass uns bei dir bleiben, Herrin, lass uns bei dir bleiben.»

Das war nicht möglich. Ließ Lapointe seine Sklaven schlagen? Sie konnte es nicht glauben. Die Kleinen machen mir etwas vor, um mein Herz zu erweichen, dachte sie.

«Wieso lügst du?», schrie sie sie an. «Du bist nie geschlagen worden.»
Die beiden wechselten einen Blick, dann nahmen ihre Gesichter einen verschlossenen, scheinheiligen Ausdruck an.

Ohne sie noch eines Blickes zu würdigen, zog Minette einen grünen Rock und ein weißes Mieder an. Dann legte sie ein geblümtes Brusttuch um ihren Ausschnitt und befestigte daran die Brosche, die sie mit Magdeleine Brousse bei Mademoiselle Monnot gekauft hatte. Sie knotete keinen *madras* um ihr Haar, sondern flocht es zu zwei dicken Zöpfen, um die sie je ein grünes Band schlang. Dann nahm sie die Sklavinnen bei der Hand und ging mit ihnen hinaus auf die Galerie.

Jean-Baptiste Lapointe erwartete sie am Fuß der Treppe zwischen zwei gesattelten, aufgezäumten Pferden. Als er sie so schön vor sich sah, durchlief ihn ein Schauer, und er ging ihr entgegen.

«Da sind Sie ja wieder», sagte er leise.

«So sind die Männer, sie akzeptieren es keine Minute, enttäuscht zu werden.»

«Ich liebe Sie», fuhr er, ohne zu zögern, fort.

«Oh nein, nicht vor Zeugen.»

«Welche Zeugen?»

«Na, die beiden.»

Sie deutete auf die beiden Mädchen.

«Die! Aber das sind Sklavinnen.»

Entsetzliche Verachtung sprach aus seiner Stimme.

Minette erstarrte. Dann stimmte es also. Auch er war ein Verfechter der Sklaverei. Auch er war ein grausamer Pflanzer, der in den Unglücklichen, die er kaufte, nichts anderes sah als Vieh! Ohne zu ahnen, was in ihr vorging, scheuchte er die Sklavinnen mit einer knappen Geste fort. Dann nahm er Minettes Hand und drückte seine Lippen darauf.

«Oh, lassen Sie mich!», schrie sie.

«Ich liebe Sie», wiederholte er.

«Ja, aber ich kann keinen Mann lieben, der wie ich ein Mulatte ist, seine Bediensteten jedoch im Tonfall eines weißen Kolonisten ‹Sklaven› nennt.»

Abrupt veränderte sich seine Miene. Jede Spur von Zärtlichkeit verschwand aus seinem Gesicht. Er verschränkte die Arme vor der Brust.

«Ich sprach zu Ihnen von Liebe», versetzte er mit harter Stimme.

«Was ist das für eine Liebe, wenn man den Menschen, den man lieben möchte, nicht bewundern kann?»

Er gab vor, sie nicht zu verstehen.

«Aber ich bewundere Sie.»

«Ich Sie nicht.»

«Haben Sie Gründe dafür?»

«Ich hasse die Kolonisten.»

«Und ich hasse sie ebenso sehr, wie ich die Sklaven hasse.»

«Dabei haben Letztere Sie reich gemacht.»

Er setzte sich in Bewegung. Bitterer Groll verhärtete seine Züge; eine Falte zog sich zwischen den Brauen über seine Stirn.

«Sie erinnern mich zu sehr an meinen eigenen Stand. Oh, Sie werden mich niemals verstehen können …»

Trotz dieser Feststellung sprach er, wie von einer entsetzlichen Macht getrieben, weiter.

«Mein Leben lang habe ich darunter gelitten, zu sein, was ich bin. Mein Leben lang wurde ich beleidigt, verhöhnt, gedemütigt. Ich habe mich gebildet. Gibt es ein Buch, das ich nicht gelesen habe? Diejenigen, die Resignation predigen, ebenso gut wie die, die Rebellion säen. Und was findet man, wenn man sie alle gelesen hat? Leere Versprechungen, nichts als leere Versprechungen. Man verschränkt die Arme und sagt sich: So, jetzt weiß ich viele Dinge, aber wozu führt das alles?»

Im Gehen brach er einen Zweig von einem Strauch und schlug damit erregt gegen seine Hose.

«Das hier ist das Leben …»

Er breitete die Arme aus, als wollte er eine riesige Masse umfangen.

«Ja, das hier, zusammenraffen, so viel Geld wie möglich anhäufen, sich durch seinen Reichtum behaupten, Beleidigungen erwidern, so gut man es vermag, töten, schlagen, sich rächen und jede der kleinen Freuden ergreifen, die sich einem bieten.»

Sie sah ihn an. Trotz seines grimmigen Ausbruchs ging etwas Anziehendes von ihm aus, etwas Kindliches und Grausames zugleich. Bei den letzten Worten hatte er sich auf die Unterlippe gebissen, und seine herrlichen Zähne bildeten einen weißen Fleck vor seinem dunklen Mund.

«Ich hasse die Weißen und die Schwarzen gleichermaßen. Die einen verachten mich, und die anderen erniedrigen mich. Ich hasse diese Sklavin, die meine Mutter war, ihre *Rasse* ist verflucht.»

«Ihre Mutter kann nichts dafür, das wissen Sie genau», widersprach Minette.

«Ach, immer dieses moralische Geschwätz. Die Sklavinnen schlafen mit ihrem Herrn, wer auch immer er sein mag, und wir zahlen den Preis dafür. Ich habe nicht darum gebeten, geboren zu werden. Was habe ich in meinen Adern? Das degenerierte Blut eines Mulatten und das einer ungebildeten, abergläubischen Afrikanerin[106]. Ich hasse sie beide.»

Er stieß ein hohl klingendes, herzzerreißendes Lachen aus.

«Wie konnten Sie nur eine Sekunde lang glauben, ich führte mit ihnen das alberne, beschauliche Familienleben eines schicksalsergebenen *affranchi*?»

«Sie haben es mir geschrieben ...»

«Dann haben Sie sich in meinen Worten getäuscht. Dieses ‹wir›, so es denn missverständlich gewesen sein sollte, bedeutete meine Sklaven und ich. Ich habe mir nichts vorzuwerfen. Wie dem auch sei, einer Sache können Sie sich sicher sein. Ich habe in meinem ganzen Leben nie eine Frau vergewaltigt, das verbietet mir mein Stolz.»

Sie spürte, dass sie etwas sagen musste.

«Ich vertraue Ihnen», sagte sie leise.

Ja, sie wusste, dass er sein Leben nicht auf solche Taten beschränken würde. Vielleicht würde er Schlimmeres tun: Seine Augen, seine Gesten, seine Worte, alles an ihm verriet es. Er würde Schlimmeres tun, das war gewiss, denn nichts an ihm versuchte, darüber hinwegzutäuschen. Sein Blick war hart wie Stahl, sein Körper war geschaffen für den Kampf. Er wirkte wie ein unerschütterlicher Fels, und seine Kraft schien ungeheuer.

«Das sind nur Worte», stieß er hervor. «Die meisten Menschen verabscheuen mich, und das ist kein Wunder.»

Dieser Satz offenbarte Minette einen solchen Schmerz, dass sie sich zu ihm umwandte. Schwer atmend war er stehen geblieben, ein Feuer loderte in seinen Augen, und seine zitternden Hände zerbrachen den Zweig, den er hielt, in kleine Stücke.

«Darf ich Ihnen eine Frage stellen?», fragte sie aufgewühlt.

«Ich beantworte Fragen immer.»

«Wieso haben Sie den weißen Matrosen getötet?»

«Welchen? Ich habe mehrere von ihnen getötet; ich könnte aus reinem Vergnügen jeden Tag hundert Weiße töten, ich hasse sie.»

«Ist Ihnen klar, dass Sie sich selbst als Mörder bezeichnen?»

«Ich sehe doch nichts als Mörder um mich herum. Oder was halten Sie von den reichen weißen Plantagenbesitzern, die ihre Sklaven verstümmeln und zu Tode foltern?»

«Oh!», entfuhr es Minette.

Ihr fiel keine Antwort darauf ein, sie ließ sich auf den feuchten Rasen fallen und begann zu schluchzen.

Er kniete sich neben sie.

«Nein, nicht doch, weinen Sie nicht», sagte er, dann schwieg er lange.

Als sie schließlich den Kopf hob, sprach er weiter, wie von schmerzlichen Erinnerungen getrieben, die er so schnell wie möglich mit ihr teilen wollte.

«Ich wollte nicht hassen, glauben Sie mir, nein, ich glaube nicht, dass ich dazu geboren wurde … Es gab eine Zeit, ach, ich war noch sehr jung, da fühlte ich mich zu den Wissenschaften hingezogen. Ich hoffte, eines Tages ein bedeutender Arzt zu werden … Sie haben mir zu verstehen gegeben, dass uns dieser Beruf verboten ist …»

Er schwieg eine Minute, dann fuhr er fort: «Vor einigen Monaten bestieg ich ein Schiff nach Cap Français.[107] An Bord lernte ich eine junge weiße Dame kennen, die gerade aus Frankreich eingetroffen war, und ich gefiel ihr. Abends kam sie zu mir auf das Deck, das den Farbigen vorbehalten war. Beim Verlassen des Schiffs geriet ich durch Zufall zwischen die weißen Passagiere. Die junge Dame hatte meinen Arm genommen. Ein paar der Umstehenden machten keinen Hehl aus ihrer Überraschung, als sie uns sahen. Da ich ahnte, was geschehen würde, suchte ich nach einer Möglichkeit, mich von der Dame zu verabschieden und zu fliehen, als zwei Kolonisten auf mich zutraten und drohten, mich zu ohrfeigen, wenn ich nicht auf der Stelle verschwände.

‹Aber wieso denn?›, fragte die Dame.

‹Er ist ein *affranchi*›, antwortete einer der Weißen.

‹Ein *affranchi*?›, rief die Dame verständnislos.

‹Ja, der Sohn einer Sklavin, und er hat sich an das Gesetz zu halten, das es ihm verbietet, sich unter uns zu mischen.›»

Er senkte den Kopf und schloss die Augen, als drängte er seine Tränen zurück.

«Und so war es immer, für uns alle ...»

«Schweigen Sie», beschwor ihn Minette, «Sie tun sich nur selbst weh.»

«Weh», entgegnete er, «nein, inzwischen habe ich mich daran gewöhnt.»

Er verstummte, fuhr sich mit einer Hand über die Augen und erschauerte, als erwachte er aus einem bösen Traum.

«Verzeihen Sie, dass ich Sie damit belästigt habe ...», sagte er, wieder so reserviert wie zuvor.

Er blickte zum Haus zurück.

«Die Pferde sind bereit. Soll ich Sie in die Stadt zurückbegleiten?»

«Ich war gekommen, um zu bleiben.»

«Wollen Sie das wirklich?»

Sofort wurde sein Gesicht wieder jung und so zärtlich, dass Minettes Herz dahinschmolz. Oh, ihn zu lieben, ihn trotz allem zu lieben. Die Augen zu schließen und sich zu sagen: Sei's drum. Ihn zu nehmen, wie er ist, oder ihn durch die Kraft der Liebe zu verwandeln.

«Wollen Sie das wirklich? Oh, ich habe mich so sehr darauf gefreut, Sie hier zu empfangen. Jeden Tag habe ich mir gesagt, sie wird kommen, sie wird kommen, und jetzt sind Sie da.»

«Und jetzt bin ich da», antwortete Minette.

Mit einem Mal war er ein anderer Mann.

«Ich habe mich geweigert, mit Ihnen zu tanzen», sagte er und biss auf einem Grashalm herum. «Fragen Sie mich, wieso.»

«Nein, ich weigere mich.»

«Sie Hochmütige. Na los, fragen Sie mich, wieso. Sie weigern sich. Meinetwegen, ich sage es Ihnen trotzdem, damit zwischen uns keinerlei Missverständnisse mehr bleiben. Sie hatten sich als Weiße verkleidet. Ich habe Sie verabscheut.»

«Und wann haben Sie begonnen, mich zu lieben?»

«Ich habe Sie vom ersten Moment an geliebt.»

Seine Stimme war wieder ernst geworden. Er drehte sich zu ihr um.

«Minette, die Menschen, die mich lieben, nennen mich Jean.»

«Jean», sagte sie.

Er nahm sie in die Arme und zog sie fest an sich.

Sie hatte den Kopf in den Nacken gelegt, und ihre halb geöffneten Lippen lächelten. Er küsste ihren Mund so gierig, dass sie seufzte. Er stöhnte vor Begehren, stand, ohne sie loszulassen, auf, hob sie hoch und trug sie vor die Tür des Wohnzimmers, die zwei Sklaven für ihn öffneten.

Als Minette wieder auf eigenen Füßen stand, umarmte er sie so ungestüm, dass sie protestierte.

«Aua, Sie tun mir weh!»

Er ließ sie los und ging ans Fenster, auf dessen Sims er sich für einen Moment mit den Ellbogen abstützte. Minette trat neben ihn. Aus der Ferne drang wehmütiger kreolischer Gesang herein. Hunderte Stimmen psalmodierten im Rhythmus der Trommeln ein sanftes, trauriges Lied.

«Hören Sie», forderte Lapointe sie auf, «die Sklaven singen!»

«Ihre Sklaven?»

«Ja. Das Atelier ist ein paar Hundert Meter von hier entfernt. Ich führe Sie morgen hin, wenn Sie mögen.»

Plötzlich zerriss der Klang einer Lambimuschel die Stille. Die beiden riesigen Hunde brachen in wütendes Gebell aus, und die Sklaven hörten auf zu singen, als lauschten sie.

«Die Lambi!», sagte Minette.

«Die Lambi der *marrons*», ergänzte Lapointe. «Meine Schwarzen singen nicht mehr, sie deuten eine Botschaft. Morgen werden sie nervös sein. Das ist ärgerlich, aber ich werde den Aufseher anweisen, sie strenger zu überwachen. Die Arbeit darf nicht darunter leiden, ich muss nächsten Monat mehr als fünfzig Ballen Zuckerrohr verschicken.»

Der Bann war gebrochen. Minettes Blick verlor sich in der Ferne, vor ihrem geistigen Auge sah sie das riesige Atelier, die elenden Hütten, die unter der öden Sonne gekrümmten Rücken, die Peitsche des Aufsehers, die Strafen, die Folterungen …

Sie drehte sich zu ihm um. Er schaute immer noch aus dem Fenster auf die umliegenden Hügel, die sich wie gewaltige düstere Massen unter dem plötzlich aufgehellten Himmel abzeichneten. Er deutete auf eine Ecke des Himmels.

«Das Massiv der Hauts Pitons!», sagte er. «Auf diesen Berg fliehen sie, aber eines Tages werden sie wieder herunterkommen.»

«Ich bitte Sie, reden Sie nicht mehr darüber», flehte Minette, «das ist ein Punkt, in dem ich Sie nicht verstehe.»

Schroff packte er sie bei den Schultern und zog sie an sich.

«Verstehst du mich wenigstens in den anderen?»

Forschend betrachtete er ihr Gesicht, und aus seinen schwarzen Augen schienen glühende Flammen zu schlagen.

«Oh!», seufzte Minette. «Welch ein Unglück, Sie zu lieben.»

Mit einem Kuss verschloss er ihr den Mund.

«Minette!», stöhnte er. «Was zählt alles andere, wenn wir uns lieben!»

«Ohne Einschränkung zu lieben, das wäre wahres Glück.»

In plötzlichem Aufbegehren riss sie sich aus seinen Armen los.

«Aber wieso, wieso? Oh, ich hätte Sie so gern so vieles gefragt … Zu wissen, zu begreifen, wer Sie sind. Das ist keine leichte Aufgabe. Bei Ihnen weiß man nie, woran man ist.»

Trotz allem erinnerte sie sich an seine Haltung, sein Mienenspiel, an jene zwiespältigen Gefühle, die seine Hände zittern ließen und sein junges Gesicht verzerrten, als er sich ihr erklärt hatte. Was bedeutete der Satz: «Ich hasse die Weißen und die Schwarzen gleichermaßen»? Er hatte gelitten, das hatten ihr seine offenen Worte bewiesen, und nun rächte er sich am Leben als Anarchist, der weder für die einen noch für die anderen Partei ergriff und sich mit egoistischen Befriedigungen begnügte. Aber wie entschuldbar sein Verhalten doch war!

«Dabei arbeiten Sie mit Lambert zusammen», bemerkte sie unvermittelt, ohne sich bewusst zu sein, dass sie dadurch ein Geheimnis verriet.

Er zuckte zusammen, als hätte man ihm einen Peitschenhieb in den Nacken versetzt.

«Lambert!», rief er. «Woher wissen Sie das?»

Er lachte auf.

«Ah, ich verstehe», fuhr er fort, «Sie gehören zu Zoés Rekruten!»

«Und Sie?»

«Ich bin ein Einzelkämpfer; Fanatiker wie Beauvais und Lambert hoffen, dass ich für sie ein paar Weiße in Stücke reiße. Es gibt allerdings einen Aspekt ihres Kampfs, der mich interessiert: Ich habe geschworen, dass ich vor meinem Tod die Privilegien genießen werde, die uns der *Code Noir* zugesteht. Genau wie die anderen fordere ich die Anwendung unserer bürgerlichen und politischen Rechte.»

Wie von Sinnen vor Glück warf sie sich an seine Brust.

«Jean, Jean», flüsterte sie. «Ich hatte solche Angst. Endlich habe ich begriffen. Ich fürchtete, Sie zu lieben und gleichzeitig zu verachten ...»

Er unterbrach sie, machte sich von ihr los und sah ihr fest in die Augen.

«Vorsicht, ich verhelfe ganz sicher keinem Sklaven zur Flucht.»

Und wenn schon, sagte sich Minette, Hauptsache, er begreift die Situation, Hauptsache, er steht Joseph und Lambert nahe. Dieser zynische Ton war doch nicht von Bedeutung, solange er tapfer war, rebellisch und kämpferisch. Nein, er war kein Mörder, und er tötete zu Recht! Sie selbst hatte eines Tages den gleichen Drang verspürt, als sie sah, wie auf dem Markt weinende junge Sklaven verkauft wurden.

«Ach, was soll's», seufzte sie, «was soll's!»

Sie entfernte sich ein Stück von ihm und betrachtete den Himmel. Durch die Zweige eines Mangobaums schimmerte ein riesiger Lichtschein, wie von einer wandernden Laterne. Der junge Mann kam auf sie zu und nahm sie in die Arme. Sie gingen die steinernen Stufen hinab, auf denen plaudernde Hausklaven saßen, und wandten sich der von duftenden blühenden Orangenbäumen gesäumte Allee zu.

Er pflückte einige Blüten für sie, und sie steckte sie sich ins Haar. Daraufhin sagte er, sie sehe aus wie Myris, und fügte hinzu, wie sehr ihm eine bestimmte Arie aus *Die schöne Arsene* gefallen habe.

«Ich hatte diese Reise einzig und allein aus dem Grund unternommen, Sie auf der Bühne zu sehen», gestand er.

Da sang sie für ihn:

«Jung scheine ich,
und bin doch mehr als hundert Jahre alt.
Eine liebende Fee schenkte mir, ich weiß es wie heut,
in meiner Jugend die Gabe zu gefallen.
Anmut, Talent und Schönheit, die Kunst zu erfreu'n,
All das war mein Los …
Ihr seht mich hier in meiner frühesten Gestalt.
Fünfzehn Jahre bin ich erneut.»

«Was für eine herrliche Stimme Sie haben!», sagte er und sah sie bewundernd an.

Roseline und Fleurette kamen, um sie zum Abendessen zu holen. Im vorderen Zimmer war für zwei gedeckt. Sobald sie Platz genommen hatten, bemühten sich vier junge Sklaven eifrig darum, ihnen jeden Wunsch von den Augen abzulesen.

Die appetitlichsten Gerichte folgten aufeinander, und Minette, die sich an Jasmines karge Mahlzeiten erinnerte, sprach dem Hühnchen und den zahlreichen Desserts freudig zu. Er schenkte ihr ein und hob das Glas auf ihr Wohl. Während des Essens leerten sie zu zweit eine gute Flasche Bordeauxwein. Als Minette aufstehen wollte, schwankte sie und musste sich lachend an den Tisch lehnen. Da legte er die Arme um sie und führte sie nach draußen unter die Bäume, wo die Sklaven Hängematten aufgehängt hatten. Sie wollte sich nicht hinlegen und behauptete, sie habe zu viel gegessen.

«Dann sind Sie keine echte Kreolin», sagte er.

«Doch», gab sie zurück, «aber man hat mich nicht an Luxus gewöhnt.»

Das Gesicht des jungen Mannes verfinsterte sich. Er legte sich in eine der Hängematten, und Roseline und Fleurette gesellten sich unverzüglich zu ihm. Sie knieten neben ihm nieder, und die eine begann seinen Kopf zu kraulen, während die andere, auf dem Boden hockend, leise ein kreolisches Lied anstimmte und sich dazu auf der Mandoline begleitete. Es war ein lasziv es, trauriges Liebeslied, und sie sah ihren Herrn dabei aus hingebungsvollen Augen unverwandt an.

«Minette», sagte Jean-Baptiste Lapointe plötzlich, «erlauben Sie mir, nichts an meinem Leben zu ändern, solange Sie hier sind.»

«Was meinen Sie?»

Er erhob sich aus der Hängematte und pfiff nach seinen riesigen Hunden, die sofort herbeigelaufen kamen.

«Ich gehe spät ins Bett und bin im Morgengrauen wieder auf den Beinen. Jeden Abend mache ich meine Runde. Heute ist Samstag, der Abend, an dem meine Sklaven tanzen, diese Gelegenheit muss ich nutzen, um sie zu zählen. Ich wünsche Ihnen eine gute Nacht.»

Er wandte sich an die Dienerinnen: «Gebt gut auf eure Herrin acht.»

Noch bevor sie antworten konnten, protestierte Minette.

«Oh nein, Sie werden mir doch nicht diese beiden Mädchen aufdrängen! Ich brauche keine Sklavinnen.»

«Werden Sie sich denn ohne ihre ‹Leibwache› sicher fühlen?»

«Was habe ich zu befürchten?», erwiderte Minette. «Ihre Hunde sind die Einzigen, die mir Angst machen.»

«Dann verkennen Sie Ihre besten Beschützer.»

«Mag sein, aber ich ziehe es vor, allein zu sein.»

«Sie sind hier zu Hause.»

Er klatschte in die Hände, und die beiden Mädchen verschwanden.

Wieder hatte er sich verändert. Warum?, fragte sich Minette. Was geht in diesem Moment in ihm vor? Es war ihr ein Rätsel. Stumm sah er sie im

Halblicht des Mondes an. Dennoch erfüllte sie nach und nach ein köstliches Vertrauen und ließ alle Sorgen von ihr abfallen. Nicht eine Minute dachte sie an das Schauspielhaus, an Mesplès und ihre Enttäuschungen. Eine sanfte Mattigkeit erfasste ihre Glieder. Ach, könnte ich doch mein Leben hier verbringen, dachte sie. Mich ebenfalls in eine Hängematte legen, mich Herrin nennen lassen und mich in die Hände schmeichlerischer Dienerinnen geben, über die ich voller Güte herrschen würde! Sie sah zu Lapointe auf. Immer noch betrachtete er sie schweigend.

«Sie sind sehr schön», sagte er nur.

Sie senkte den Kopf. Sie würde ihn nicht gehen lassen. Nein. Dafür begehrte sie ihn zu sehr. Wieso redete er nicht? Wieso bemühte er sich nicht, diese Verlegenheit zwischen ihnen zu zerstreuen?

«Auf bald», sagte er leise.

«Jean!»

Mit einem Aufschrei warf sie sich in seine Arme.

In dem kleinen Holzhaus brannte eine Kerze nach der anderen nieder. Auf der Galerie schliefen Sklaven auf ihren Matten. Fleurette und Roseline waren nirgends zu sehen. Nur die Nacht stand zwischen den Liebenden, eine Nacht, golden getönt durch den Mond, der seine Strahlen in das Schlafzimmer ausstreckte und Minettes gelöstes Haar mit funkelnden Pailletten überzog, die der Mann mit seinen Lippen pflückte.

XVII

Drei Tage lang schlossen sie sich ein und redeten wegen der Enge im Haus, die ihnen keine Privatsphäre ließ, nur flüsternd miteinander. Eine zahnlose, bucklige alte Sklavin, die von allen Ninninne genannt wurde, war die Einzige, die Minette in ihrer Nähe duldete. Ninninne brachte ihnen das Essen, räumte murrend auf und sah ungerührt zu, wie sie einander liebkosten. Minette, die noch nicht an den Umgang mit Sklaven gewöhnt war, wusste nicht, dass sie alle aus Respekt vor ihrem Herrn dieselbe Gleichgültigkeit an den Tag gelegt hätten. Lapointe weigerte sich, mit einem Sklavenaufseher zu sprechen, der eine wichtige Nachricht brachte, und warf den Verwalter hinaus.

Als er am Morgen des vierten Tages das Zimmer wieder verließ, erfuhr er, dass zwei seiner besten Sklaven geflohen waren. Sogleich verflog der Zauber. Er beschimpfte den Verwalter und schlug einen der Aufseher mit dem Lederriemen ins Gesicht. Minette schrie, er wurde zornig. Sie machte ihm Vorwürfe wegen seiner Brutalität, und er verlangte von ihr, sich aus Dingen herauszuhalten, die nur ihn allein etwas angingen. Obwohl er es ihr verboten hatte, folgte sie ihm auf einem großen Pferd, das von einem jungen Sklaven am Zügel geführt wurde, zum Atelier. Lapointe machte ihr Angst. Trotz ihrer Schreie und Proteste ließ er drei Schwarze auspeitschen, dazu die Frauen der Sklaven, die beschuldigt wurden, an der Verschwörung beteiligt zu sein. Weinend stieg Minette wieder auf ihr Pferd und ergriff die Flucht. Sie hatte kaum etwas von der riesigen Zuckerrohrplantage gesehen, von den nackten schwarzen Kindern, die keuchend Grasbündel schleppten, von den schwachen Greisen, die das Unkraut jäteten, von den Hunderten gebeugter schwarzer und brauner Rücken und den Armen, die Macheten hoben, um die Blütenrispen abzuschneiden, da wurde sie bereits von Krämpfen geschüttelt. Die schweißüberströmten, konzentrierten Gesichter, die ängstlich auf die Peitsche der Aufseher lauerten, schrien ihr eine Wahrheit entgegen, die sie nicht hören wollte. Alles hier, von den blättergedeckten Hütten bis zu den Werkstätten mit ihrer Mühle, ihren Siedepfannen, ihrem Schornstein, zeigte ihr das alltägliche Leben eines erbarmungslosen, ausbeuterischen Pflanzers, den die Gier nach Gewinn hartherzig und grausam machte.

Auf dem Rückweg weinte Minette. Sie war zu glücklich gewesen, und das Erwachen war fürchterlich. Im Haus angekommen, packte sie unverzüglich ihre Sachen und küsste Ninninne.

«E' ist nicht böse», sagte diese und streichelte ihr über das Haar, «e' ist zo'nig, und weil e' innendrin so zo'nig ist, richtet sich sein Zo'n gegen alle anderen. Geh nicht, bitte, geh nicht, sonst ist e' ganz auße' sich.»

Roseline und Fleurette verbargen sich in der Türöffnung und beobachteten sie mit scheinheiliger Miene. Die Herrin verließ das Haus, die Herrin weinte, das bedeutete, dass der Herr sie nicht mehr wollte. Sie freuten sich über ihre Enttäuschung, auch wenn sie nicht einmal zu lächeln wagten.

Kurz spielte sie mit dem Gedanken, Lapointe eine Nachricht zu hinterlassen, doch dann besann sie sich, rief einen Sklaven und ließ sich in die Stadt bringen.

Ein weiteres Gewitter kündigte sich an. Schmutzig graue Wolken hingen vom Himmel wie schauerliche Lumpen. Hin und wieder zuckten Blitze auf und ließen ein dumpfes Grollen ertönen.

Minette hatte Saint-Martins Brief in ihrem Mieder versteckt und war nun auf dem Weg zu Madame Saint-Ars Anwesen «Les Vases». Obwohl es erst elf Uhr morgens war, verbreitete die wolkenverhangene Düsternis die Melancholie eines späten Nachmittags.

Als sie vor Madame Saint-Ars Tor vom Pferd stieg, stellte sie fest, dass die zahlreichen Pfützen getrocknet waren. Die Straßen wirkten dadurch sauberer und besser begehbar. Sie richtete Rock und Brusttuch und betrat, ihren Reisesack in der Hand, das Anwesen, an dessen hinterem Ende sich ein sehr schönes, von üppigem, rot blühendem Hibiskus eingerahmtes Haus erhob. Es war in einem bemerkenswerten Stil erbaut: Breite, von geschnitzten Balustraden eingefasste Galerien schlossen an eine von weißen Säulen getragene Treppe an. Inmitten eines mit importierten Pflanzen bewachsenen Gartens stand ein Springbrunnen, dessen Wasserstrahl aus dem Mund einer kleinen, lächelnden Amorfigur sprudelte. Prächtige Zitronenbäume ließen goldgelbe Früchte fallen, deren intensiver Duft die Luft erfüllte.

Minette stieg die Treppe hinauf und klopfte an die Vordertür. Ein kleiner Hund, dessen langes, weißes Fell an Schafwolle erinnerte, begann zu kläffen. Die Tür wurde geöffnet, und eine junge Schwarze mit weißer Schürze und weißem Häubchen empfing sie lächelnd.

«Madame Saint-Ar?», fragte Minette und sah sich verwundert um.

Unwillkürlich zog sie den Vergleich: Sie sah Lapointes kleines Holzhaus mit seiner winzigen, auf eine Seite beschränkten Galerie vor sich. Und das hatte sie für schön und luxuriös gehalten! Angesichts der schweren, geschnitzten Möbel, der Spiegel, der Gemälde, der Vasen, der Teppiche und der samtenen Wandbehänge im Haus von Madame Saint-Ar erkannte sie, dass Lapointe trotz seines Vermögens ein einfaches Leben führte, das sich in jeglicher Hinsicht von dem der weißen Plantagenbesitzer unterschied. Dieser riesige Salon mit seinen Kristallüstern und silbernen Kerzenständern, seinen mit seidenen Kissen gepolsterten Sesseln und den goldenen Aschenbechern offenbarte ihr einen Luxus, von dem sie bislang nicht einmal etwas geahnt hatte.

Das schwarze Hausmädchen betrachtete Minette aufmerksam. Wer ist sie?, schien sie sich zu fragen. Eine Weiße oder eine *affranchie*?

«Wen soll ich melden?», fragte sie in schleppendem Französisch.

«Ich habe einen Brief», antwortete Minette und zog den verschlossenen Umschlag aus ihrem Mieder.

Das Hausmädchen nahm den Umschlag und deutete nach kurzem Zögern auf einen Stuhl.

«Wenn Mademoiselle Platz nehmen möchte.»

Sie musterte sie von Kopf bis Fuß, und die Prüfung fiel offenbar zu Minettes Gunsten aus, denn sie schenkte ihr ein breites, gastfreundliches Lächeln und verließ den Raum.

In einem der angrenzenden Zimmer spielte jemand auf einer Geige eine Melodie von Grétry, und von Zeit zu Zeit erklang das junge, glückliche Lachen einer Frau.

Das schwarze Dienstmädchen kam zurück.

«Die Herrin erwartet Sie.»

Minette folgte ihr durch eine Flucht von weiteren luxuriös möblierten Räumen und traf Madame Saint-Ar bequem im Kühlen in einem Schaukelstuhl aus Mahagoni sitzend an. Zu ihren Füßen kniete ein junges Mädchen von etwa fünfzehn, sechzehn Jahren mit milchweißer Haut, dessen ebenmäßige Züge von seidigen schwarzen Locken eingerahmt wurden. Beide trugen eine mit Spitze verzierte seidene *gaule*, und auf Madame Saint-Ars weißem Haar thronte ein gerüschtes Batisthäubchen. Ihre Wangen waren rosa geschminkt, und ihr Doppelkinn verlieh ihr das freundliche Äußere einer Frau, die das Leben zu genießen wusste. Sie sah Minette aus sehr jungen blauen Augen an und winkte sie mit ihrer von Ringen beschwerten Hand näher.

«Nur herein, mein Kind, nur herein», forderte sie sie auf. «Monsieur Saint-Martin, mit dem ich gut bekannt bin, hat mir über dich und dein Talent in höchsten Tönen des Lobes geschrieben. Als ich noch jung war, liebte ich das Theater, und ich bin glücklich, dich hier bei uns zu haben.»

«Danke, Madame», antwortete Minette.

«Hol dem jungen Mädchen doch einen Stuhl, Marie-Rose, nimm ihr Gepäck und lass uns einen schönen, kühlen Fruchtsaft bringen.»

Begleitet vom Geräusch raschelnder Seide stand Marie-Rose auf, lächelte Minette zu und nahm ihr den Reisesack ab.

«Welches Zimmer, Patin?»

«Das rosafarbene, mein Kind.»

«Dann singst du also im Schauspielhaus, wie ich höre?», sagte Madame Saint-Ar zu Minette, nachdem sie allein zurückgeblieben waren.

«Ja, Madame.»

«Und du hattest die Ehre, mit dem Herzog von Lancaster zu tanzen?»

«Ja, Madame.»

«Mein Gott! Welch reizende Bescheidenheit ... Bist du eigens hergekommen, um mich zu besuchen?»

Die Andeutung, die in ihrem verschmitzten Tonfall mitschwang, ließ Minette bis an die Ohren erröten.

«Heilige Jungfrau, was für eine Schönheit sie ist. Ich verlange nicht, deine Geheimnisse zu hören, mein Kind. Auch ich hatte so einige davon ... Hast du daran gedacht, dir Kleider für meinen Ball anfertigen zu lassen? In zwei Tagen ist Mittfasten, an diesem Abend veranstalten wir einen festlichen Ball, gefolgt von einem Maskenball.»

«Oh ... nun, Madame ...», murmelte Minette verlegen. «Monsieur Saint-Martin muss vergessen haben, Ihnen zu sagen, dass ...»

Sie verstummte und sah Madame Saint-Ar direkt in die Augen.

«Was, mein Kind, dass du eine Farbige bist? Glaubst du denn, das sähe man nicht auf den ersten Blick?»

Minette ließ den Kopf hängen.

«Aber wieso sollte ich mir Gedanken über die Farbe deines Blutes machen? Ich gehöre nicht zu diesen voreingenommenen Franzosen. Die einzigen Vorurteile, die mein Mann und ich hegen, richten sich gegen das Gewöhnliche und Hässliche.»

Sie lachte und fügte hinzu: «Das ist nicht sehr gnädig, aber so sind wir nun einmal.»

Wortlos warf sich Minette ihr zu Füßen und küsste ihr die Hand.

«Mein Gott», rief die alte Frau lächelnd, «so viel Dankbarkeit für eine solche Kleinigkeit. Na komm, steh wieder auf und setz dich zu mir. Heilige Jungfrau, was für eine Schönheit sie doch ist!», wiederholte sie. «Diese goldene Haut und die schwarzen Augen ... Und obendrein sollst du auch noch eine wunderbare Stimme haben ... Ach, ich weiß, dann wirst du am Ballabend ein Lied für mich singen ...»

Schwerfällig erhob sie sich von ihrem Schaukelstuhl und musterte Minette prüfend.

«Lass mich überlegen, wie könnte ich dich verkleiden? Als Harlekin, als Pierrette, das wäre zu banal ...»

Sie dachte nach, während sie das junge Mädchen hin und her drehte.

«Eine schmale, herrlich geschwungene Taille und diese Kopfhaltung …! Du würdest eine hinreißende Isolde abgeben, ja, das ist es. Aber dann brauche ich auch einen Tristan. Wer ist dein Galan, mein Kind, los, raus mit der Sprache, hast du einen Verehrer? Sag mir seinen Namen, damit ich mir ein Urteil über deinen Geschmack bilden kann.»

Überwältigt von dieser Lawine aus Wohlwollen und Höflichkeit, brach Minette unvermittelt in Schluchzen aus. Seit sie Jean-Baptiste Lapointes Haus verlassen hatte, drängte sie die Tränen tapfer zurück, aber nun war ihr von Bitterkeit erfülltes Herz aufgeplatzt wie ein Abszess unter dem Druck des Skalpells. Eine Weiße empfing sie ohne Dünkel oder Mitleid. Und was für eine Weiße! Eine feine Dame, die sagenhaft reiche Gemahlin eines Plantagenbesitzers, in deren Haus der Gouverneur sein eigenes Zimmer hatte.

Madame Saint-Ar sah ihr eine Minute beim Weinen zu, dann schüttelte sie den Kopf, wodurch ihre weißen Löckchen und die Falten ihres Kleides wippten.

«Wie alt bist du?»

«Siebzehn, Madame», stammelte Minette.

«Dann kenne ich das. Du hast Liebeskummer. Und ich weiß, was du brauchst: Du musst allein sein. Geh in dein Zimmer und komm erst wieder heraus, wenn ich es dir erlaube. Ich bin schließlich für dich verantwortlich, nicht wahr?»

«Danke, Madame», sagte Minette und tupfte sich mit ihrem Taschentuch die Augen.

Madame Saint-Ar klatschte in die Hände, im selben Moment wurde die Tür geöffnet, und ein Sklave erschien. Minette zuckte zusammen, es war der junge Reisende namens Simon, der ihr geholfen hatte, zum Haus von Lapointe zu finden. Er verneigte sich vor Madame Saint-Ar und erwartete ihre Anweisungen.

«Simon, mein Junge», sagte sie zu ihm, «begleite Mademoiselle zum rosa Zimmer und richte meiner Patentochter aus, man solle ihr die Mahlzeiten bis auf Weiteres dort servieren.»

«Sehr wohl, Herrin.»

«Und sorge dafür, dass es ihr an nichts fehlt.»

«Sehr wohl, Herrin.»

«Wo sind die Herren?»

«In der Bibliothek, Herrin, sie spielen eine Partie Craps[108].»

«Gott, welche Leidenschaft, sie hätten ruhig noch ein wenig damit warten können!»

Minette folgte dem Sklaven durch einen langen Korridor, der zu beiden Seiten von Zimmern gesäumt war. Auf der hinteren Galerie waren etwa zwanzig Sklaven, Männer, Frauen und Kinder, allesamt sauber gekleidet, unter leisem Geplauder damit beschäftigt, Geschirr abzuspülen, Erbsen zu enthülsen und das Feuer zu schüren. Alles schien von einer wunderbaren Harmonie erfüllt zu sein. Wie im Gesicht des Sklaven, der sie begleitete, entdeckte Minette auch in denen der anderen verwundert eine Art seliger, vertrauensvoller Zufriedenheit.

Der Sklave öffnete die Tür zu einem der Zimmer.

«Das ist Ihr Reich, Mademoiselle», sagte er.

«Danke, Simon. Hättest du gedacht, dass wir einander so bald wiedersehen?»

«Das freut mich sehr, Mademoiselle.»

Er verneigte sich und schloss die Tür hinter sich. Minette ging ans Fenster und sah hinaus. So weit das Auge reichte, reihten sich weiße Hütten aneinander, und aus einem roten Ziegelschornstein stieg hellgrauer Rauch. Hin und wieder trug der Wind den Geruch von Bagasse[109] und frisch gepresstem Zuckerrohr heran. Ein undeutliches Gemurmel drang an ihre Ohren, der gedämpfte Gesang Hunderter Stimmen, die im Rhythmus der Trommel ein Sklavenlied sangen. Die Werkstätten, dachte Minette. Sie schloss die Augen und sah Lapointe vor sich, den erbarmungslosen Hass in seinen Zügen; sie sah die Hände der Aufseher, die den Sklaven die Kleider vom Leib rissen, sah die erhobenen Peitschen. Würde sie die Schreie der Unglücklichen jemals vergessen können? Wie hatte er das nur tun können? Er besaß kein Herz, kein Gefühl. Aus Liebe hatte sie sich einem wilden Tier hingegeben. Mein Gott, und all das war nie wieder gutzumachen! Sie warf sich aufs Bett und vergrub den

Kopf im Kissen. Als sie sich ein wenig ruhiger fühlte, sah sie sich um und bewunderte die rosa Seidenvorhänge, das Himmelbett, das weiße Mückennetz und den großen Spiegel, zu dem sie eilte. Ihre Augen glichen rot glimmenden, von schwarzen Schatten umrandeten Kohlen. Sie litt, sie, Minette, wegen eines unwürdigen Mannes. Sie ballte die Fäuste und schlug gegen den Spiegel. Ihn vergessen, vergessen. Sie ging zu ihrem Reisesack, öffnete ihn, nahm ein frisches Kleid heraus und breitete es über den Lehnstuhl. Der Klang einer Geige ließ sie aufhorchen. Jemand spielte die Arie aus *Die schöne Arsene*, die sie vor Kurzem erst für Lapointe gesungen hatte, und das auf meisterliche Weise. Sie stürzte ans Fenster und sah hinaus in den Hof: Der Geiger war der junge Sklave, Simon.

«Oh!», entfuhr es Minette, und vor Überraschung ließ sie den *madras*, den sie in der Hand hielt, in den Garten fallen. Die Geige verstummte, und der Sklave wandte den Kopf zu ihrem Fenster. Mit einem strahlenden Lächeln verneigte er sich zum Gruß, dann hob den *madras* auf, kam die Treppe herauf und klopfte an ihre Tür. Als er ihr den *madras* reichte, war Minette beeindruckt von seinen ausgesucht höflichen Manieren.

«Sag mir, Simon, wer hat dir das Geigespielen beigebracht?»

«Na, Monsieur Saint-Ar persönlich, Mademoiselle; er ist ein hervorragender Geiger, und die Leute kommen von weither, um ihn spielen zu hören.»

Mit einer Verneigung erwartete er ihre Anweisungen.

«Das genügt, du kannst gehen.»

Er legte die Geige wieder an seine Schulter und begann im Fortgehen erneut zu spielen. Eine Flut von Erinnerungen strömte auf Minette ein. Sie sah das kleine Haus auf der Hügelkuppe, das Zimmer mit den Baumwollvorhängen. Ein Schauer durchlief sie. Ihr Blut brannte noch von den Umarmungen des Mannes. Sie erinnerte sich an sein jungenhaftes Lachen, an die Traurigkeit in seinem Blick, an seine behutsame Liebe, seine zärtliche Aufmerksamkeit. Sie hielt sich die Ohren zu, um die Geige nicht mehr zu hören.

In dem Moment klopfte es leise an der Tür, und noch bevor sie antworten konnte, tauchte Marie-Roses hübscher Kopf auf.

«Darf ich hereinkommen?»

«Aber natürlich, Mademoiselle.»

«Oh nein, nenn mich Marie-Rose. Unter Farbigen gilt keine Etikette», sagte sie, während sie sanft die Tür hinter sich schloss.

«Sie?», entgegnete Minette, so verblüfft, dass sie völlig vergaß, ihrer Aufforderung Folge zu leisten

«Ja, ich. Ich bin die Tochter eines Weißen und einer Sklavin von Madame Saint-Ar. Meine Mutter starb bei meiner Geburt, deshalb glauben alle, ich sei ihre Verwandte.»

«Ich hätte nie gedacht …», sagte Minette und betrachtete sie aufmerksam.

«Wieso, weil meine Haut so weiß ist? Meine Mutter war eine *mestive*.»

Sie war lebhaft, zierlich und sprach in einem reizenden kindlichen Tonfall. Während sie plauderte, bewunderte sie das Kleid, das Minette auf dem Lehnstuhl ausgebreitet hatte.

«Hast du ein Kleid für den Ball? Zeig mir, was du mitgebracht hast. Es werden unglaublich viele Leute da sein. Bis nach Les Cayes haben wir Einladungen verschickt.»

Minette spürte, wie die Traurigkeit von ihr abfiel. Sie kniete sich neben Marie-Rose auf den Boden und zog die Kleider hervor, die Nicolette genäht hatte.

«Sie sind nicht schlecht geschnitten, und die Stoffe sind hübsch. Aber bei einem festlichen Ball tragen die Damen nur tief ausgeschnittene Kleider. Ich werde mit meiner Patentante reden … Mach dir keine Sorgen.»

Zehn Minuten später waren sie schon so enge Freundinnen, dass Marie-Rose ihr mit einem fröhlichen, glücklichen Lachen anvertraute, dass sie einen Liebsten hatte.

«Ich habe einen Verehrer, weißt du. Er heißt Fernand de Rolac, ein junger Weißer, der vor Kurzem auf die Insel gekommen ist … Er ist jung, er ist schön … aber du wirst ihn ja bald kennenlernen, auf dem Ball …»

Sie umarmte Minette und küsste sie auf die Wange.

«Ich lasse dir etwas zu essen bringen. Du musst völlig ausgehungert sein. Ich komme später wieder, um mit dir deine Kostümierung und dein Kleid auszusuchen.»

«Danke, Marie-Rose.»

Das Mädchen verzog das Gesicht zu einer entzückenden Miene, aus der ihre Zuneigung sprach, und eilte davon.

XVIII

Die Vorbereitungen für den Ball erfolgten bei herrlichstem Wetter. Sengend heiß funkelte die Sonne am Himmel. Das Laub der Bäume schimmerte, und der kleine Amor im Brunnen spuckte warmes, von sommerlichen Aromen erfülltes Wasser.

Seit dem Morgen trafen ununterbrochen Karossen ein, denen in *gaules* gekleidete Frauen und Männer mit Perücken entstiegen.

Etwa fünfzig Sklaven waren dem Kommando eines «Küchenmeisters» unterstellt worden, eines massigen Kongolesen[110] mit mächtigem Bauch und dröhnender Stimme, dessen knappe Befehle im ganzen Haus widerhallten. An die zwanzig Köche und Küchenjungen machten sich rings um die Kessel zu schaffen, die unter einer Laube aufgestellt worden waren. Inmitten der lärmenden Betriebsamkeit knieten kleine schwarze Mädchen und Jungen vor den Holzfeuern und fachten sie mit aus Palmblättern geflochtenen Hüten an.

Minette erwachte um zehn Uhr morgens. Madame Saint-Ar hatte recht gehabt, das Alleinsein hatte ihr gutgetan; sie war nicht mehr ganz so traurig und fühlte sich ruhiger. Seit ihrer Ankunft in diesem Haus waren ihre Überzeugungen ins Wanken geraten. Sie lernte, nicht mehr alle weißen Kolonisten über einen Kamm zu scheren, und ihr erkaltender Hass nahm eine große Last von ihrem Herzen. Dann können Sklaven bei weißen Pflanzern also doch glücklich sein, sagte sie sich immer wieder, denn in ihrer Unerfahrenheit sah sie lediglich die Oberfläche der Dinge. Weil sie bei einigen Herren Güte entdeckte, sprach sie sie rasch von jeder Schuld frei, nur allzu froh darüber, sie nicht mehr in Bausch und Bogen verdammen und sie allesamt hassen zu müssen. Hass wiegt schwer, und es ist ein Segen, sich davon zu befreien. Minette war jung, und sie neigte daher eher zu Freude und fröhlicher Ausgelassenheit als zu einem düsteren Ideal aus Traurigkeit und Groll. In gewisser Weise schmerzte es sie, bei Madame Saint-Ar auf jene Nachsicht und Güte zu stoßen, die sie bei Lapointe zu finden gehofft hatte. Hier waren die Schwarzen glücklich, bei ihrem Geliebten wurden sie behandelt wie Vieh. Sie wusste zu diesem Zeitpunkt noch nicht, dass manche Plantagenbesitzer von gemäßigterem Naturell mit schönen Worten und gelegentlichen Aufmerksamkeiten mehr Profit aus ihren Sklaven zogen als jene, die sie schlugen. Sie wusste nicht, dass Ausbeutung, ob verhüllt oder offen, stets ein und dasselbe Ziel verfolgte, welches, einmal ans Licht gezerrt, unweigerlich die Züge von Schmerz und Grauen trug. Später sollte sie erfahren, dass der freundliche, joviale Monsieur Saint-Ar seine alten, gebrechlich gewordenen Sklaven nach Gewicht verkaufte und sie durch Neuankömmlinge ersetzte, deren unversehrte Kräfte den Betrieb seiner Werkstätten sicherten. Vorerst genügte es ihr, zu sehen, dass manche Weiße ihren Sklaven sogar Geigen kauften, um sogleich, wie auch die Sklaven selbst, eine überwältigende Dankbarkeit zu empfinden.

Zudem schmeichelte ihr der ungewohnte Empfang, den man ihr bereitete, und er vergrößerte ihre Dankbarkeit noch zusätzlich. Sklaven nannten sie «Mademoiselle», und zum ersten Mal in ihrem Leben würde sie als «Gast» den Salon von Weißen betreten. Sie war kein ungebetenes Anhängsel, nein, man empfing sie wie alle anderen, man lobte ihren goldenen Teint und ihre Schönheit, und Monsieur Saint-Ar hatte ihr mit einem Lächeln die Hand geküsst. Die amüsierte Höflichkeit, das machiavellistische Kalkül, die sich hinter all dem verbargen, sah sie nicht. Deren Ziel war noch zu geschickt verborgen, und trotz ihrer Intelligenz verfing sie sich in den Fallstricken einer raffinierten Komödie.

Die erste Irritation bewirkte ein Sklave, der mit einer Hand in die Zuckerrohrmühle geriet. Als das Alarmsignal ertönte, rannten die Gäste aus ihren Zimmern und versammelten sich neugierig auf der hinteren Galerie, wo schweißüberströmte Schwarze gerade das Festmahl vorbereiteten. Eine dicke, schmutzige Alte, die auf Knien in ein Reisigbündel pustete, erhob sich besorgt und blickte mit den anderen in Richtung des Ateliers. Ein imposanter schwarzer Sklave von außergewöhnlicher Statur kam heran, gestützt von zwei anderen, die ihm tröstende Worte zumurmelten. Eine Hand des Unglücklichen war bis zum Ellbogen abgerissen worden, und aus dem grausig zerfetzten Stumpf lief Blut. Sie hatten ihm den verletzten Arm in seine gesunde Hand gelegt und betrachteten ihn traurig. Dicke Schweißtropfen rannen ihm von der Stirn in die Augen, sodass er kaum noch etwas sehen konnte, und mit geschlossenem Mund stieß er leise Klagelaute aus.

Monsieur Saint-Ar bahnte sich einen Weg durch seine Gäste und stand schon bald neben Minette und Marie-Rose in der ersten Reihe der Zuschauer.

«Bringt ihn ins Hospital», rief er den Sklaven zu, die den Verletzten stützten.

Einer von ihnen kam die Treppe heraufgerannt.

«Er will mit dir reden, Herr.»

«Mein lieber Freund», sagte ein Mann mit Perücke, der wie Monsieur Saint-Ar Schuhe mit goldenen Schnallen trug, «wie können Sie es dulden, dass Ihre Sklaven bis an Ihr Haus kommen und Sie belästigen? Ihr Wohlwollen im Umgang mit diesen Kreaturen überschreitet ganz offenbar jedes Maß.»

Der Verletzte riss sich vom Arm seines Gefährten los, rannte zu Monsieur Saint-Ar und warf sich ihm zu Füßen.

«Siehst du, Herr, siehst du?»

Und als er sah, dass sein Herr ihn mit strenger Miene musterte, fuhr er fort: «Es war nicht meine Schuld, Herr, das schwöre ich. Oh Herr, du warst so stolz auf meine Kraft und meine Ausdauer, du nanntest mich deinen schönen Kongolesen, und du verwöhntest mich. Aber jetzt, Herr, jetzt bin ich ein Krüppel. Du wirst mich doch nicht weiterverkaufen wie die anderen, Herr, du wirst mich doch nicht verkaufen?»

Er fiel auf die Knie und küsste Monsieur Saint-Ars Füße, während dieser unbewegt vor ihm stand.

«Herr, du wirst mich doch nicht verkaufen?»

«Wir werden sehen, Michel, wir werden sehen», entgegnete der Pflanzer unangenehm berührt.

«Oh Herr, Herr, lieber sterbe ich.»

«Ja, glaubst du denn, die Arbeit wird erledigt, wenn ich Krüppel und Greise einsetze ...? Los, bringt ihn zurück und lasst seine Wunde versorgen.»

Der Sklave erhob sich schluchzend. Mit aller Kraft drückte er nun seine gesunde Hand auf die schreckliche Wunde.

«Wie großmütig von Ihnen», rief eine junge Frau, deren *gaule* aus transparentem Musselinstoff ihre Brüste halb entblößte. «Mein lieber Monsieur Saint-Ar, wie können Sie nur Ihre Zeit damit verschwenden, das Gejammer eines Sklaven anzuhören? Er hätte vielmehr eine ordentliche Tracht Prügel verdient.»

«Was sind Sie doch für ein hübsches kleines Biest», entgegnete Monsieur Saint-Ar und nahm ihren Arm.

Die Gäste zerstreuten sich wieder und kehrten, über den Vorfall plaudernd, in ihre Zimmer zurück.

«Dieser hässliche Affe hat meinen Mittagsschlaf gestört», sagte ein junges Mädchen in malvenfarbener *gaule*. «Ich werde heute Abend ganz zerknittert aussehen. Kommst du, Louise?»

Sie legte den Arm um ein blondes Mädchen, das laut lachend den Worten eines jungen Mannes in blauer Weste und weißer Hose lauschte.

«Was erzählt dir dieser unverbesserliche Fernand denn schon wieder?»

«Es geht um farbige Mädchen. Er sagt ...»

Sie beugte sich zu ihrer Freundin vor und flüsterte ihr eine haarsträubend komische Geschichte ins Ohr, woraufhin diese ebenfalls in schallendes Gelächter ausbrach.

«Lass uns gehen, Liebes, hier riecht es nach Ziegenbock», fügte sie hinzu und blickte naserümpfend auf die Sklaven.

Minette sah, wie Marie-Rose blass wurde, und griff nach ihrer Hand. War ihr Verehrer etwa dieser blonde junge Schnösel, der hinter vorgehaltener Hand obszöne Geschichten über farbige Mädchen erzählte?

«Komm, Marie-Rose, lass uns in mein Zimmer gehen.»

«Meine liebe Mademoiselle Briand», mischte sich in dem Moment Fernand de Rolac ein, «wollen Sie etwa gehen?»

Der blonde junge Mann verneigte sich vor Minette und Marie-Rose.

«Oh, Fernand», flüsterte Marie-Rose in kläglichem Ton.

«Was haben Sie denn, meine Schöne?»

«Ich? Aber nichts …»

Während er sprach, ruhte sein Blick auf Minette. Wo habe ich dieses Gesicht schon einmal gesehen?, schien er sich zu fragen. Höflich verbeugte er sich erneut.

«Sehe ich Sie dann später wieder, meine liebe Marie-Rose?»

«Natürlich, Fernand.»

Er ging davon, und die beiden jungen Mädchen blieben allein zurück.

«Lass uns hineingehen», sagte Minette.

Zwei Karossen bogen in rasantem Tempo in die Auffahrt ein. Ihnen entstiegen zwei Paare, die Madame Saint-Ar auf der vorderen Galerie in Empfang nahm.

Marie-Rose seufzte.

«Ich muss meiner Patentante helfen, ich komme später noch einmal zu dir.»

«Gut.»

Minette ging in ihr Zimmer und setzte sich auf das Bett. Ihr Herz schlug so stark, dass sie kaum noch Luft bekam. Einen Moment lang floh sie vor der Wahrheit, die ihr offenbart worden war, und befragte sich vergeblich nach dem Grund für ihre innere Erschütterung. Was war geschehen? Wieso hatte sie im Verhalten von Monsieur Saint-Ar etwas Verdächtiges gespürt, eine hinter Scheinheiligkeit verborgene Unmenschlichkeit? Liebte er seine Sklaven etwa nicht? Er schlug sie nicht, er gab ihnen zu essen, er verwöhnte sie, er sorgte gut für sie. War das nicht die Wahrheit? Noch weigerte sie sich zu begreifen und vergrub den Kopf in beiden Händen: Was ist nur los mit mir, mein Gott?, fragte sie sich. Wieso muss ich mir ständig Gedanken machen und leiden? Wieso kann ich mich nicht einfach mit meinem Los abfinden und auch das der anderen akzeptieren, wie es ist?

Sie dachte an Jasmine, an Joseph und ging zu einem hübschen kleinen Schreibmöbel, das im Zimmer stand; dort nahm sie ein Blatt Papier und eine lange Gänsefeder und tauchte sie in das randvolle Tintenfässchen.

«Meine liebe Maman», schrieb sie,
«mach Dir keine Sorgen um mich. Ich bin bei Madame Saint-Ar, einer weißen Dame, der mich zu empfehlen Monsieur Saint-Martin die Güte hatte. Sie ist sehr reich und mit einem Kreolen aus Arcahaie verheiratet. Ich bin von Sklaven umgeben, die glücklich zu sein scheinen und bei der Vorstellung, sie könnten anderswohin weiterverkauft werden, in Tränen ausbrechen. Ihre Patentochter Marie-Rose behandelt Madame Saint-Ar wie ihresgleichen, obwohl sie zu einem Viertel schwarz ist.[111] Hier nennt man mich ‹Mademoiselle›, und als ich Monsieur Saint-Ar vorgestellt wurde, hat er mir die Hand geküsst wie einer Dame. Sag Joseph, dass manche weißen Pflanzer weniger böse und grausam sind als so einige der schwarzen oder mulattischen Sklavenhalter …»

Als sie ihren Brief beendet hatte, schlug es eins. Die Glocke rief die Gäste zum Mittagessen ins Speisezimmer. Minette stand auf und eilte zum Spiegel, um ihre Frisur zu richten. Sie wollte gerade ihr Zimmer verlassen und zum Essen gehen, als es an der Tür klopfte. Sie öffnete, und Simon kam mit einem großen Tablett voller verschiedener Gerichte herein.

«Ihr Mittagessen, Mademoiselle.»

«Aber ich wollte gerade ins Speisezimmer gehen.»

«Die Herrin denkt, Sie seien noch erschöpft, und es sei daher besser, wenn Sie in Ihrem Zimmer essen.»

«Ach so!»

Wieder streifte sie die Wahrheit, doch sie schob sie von sich. Stattdessen nahm sie den verschlossenen Umschlag und reichte ihn dem Sklaven.

«Kannst du diesen Brief nach Port-au-Prince zu meiner Mutter schicken lassen?», bat sie ihn.

Simon drehte den Umschlag um und las die Adresse.

An die Frau namens Jasmine
in der Rue Traversière
neben Madame Acquaire

Er hob den Blick, sah Minette an und antwortete mit merkwürdiger Betonung: «Sehr wohl, ‹Mademoiselle›.»

Es war keine Gehässigkeit, die in seiner Stimme mitschwang, aber doch ein unverkennbarer Anflug von Spott.

Trotzdem verneigte er sich höflich, bevor er hinausging.

Seit ihrer Ankunft hatte Minette ihr Zimmer nur ein einziges Mal verlassen, um den verstümmelten Sklaven zu sehen. Dabei hätte sie sich heute sehr gern zu den anderen ins Speisezimmer gesellt.

Sie öffnete ihre Tür einen Spalt und steckte neugierig den Kopf hinaus. Unter das Klirren von Silberbesteck und Geschirr mischten sich die gedämpften Stimmen der Domestiken. Etwa zwanzig schwarze Hausmädchen in Schürze und weißem Häubchen eilten zwischen Speisezimmer und der rückwärtigen Galerie hin und her.

Der «Küchenmeister» schwitzte Blut und Wasser, während er Kälberviertel zerteilte, die ein paar alte Vetteln anschließend mit verzerrter Miene ins heiße Fett warfen.

Eine Geige spielte eine unbekannte Melodie. Minette verließ ihr Zimmer und schlüpfte zwischen den Pflanzen auf der Galerie an der rechten Hausseite hindurch. Die Tür zu einem der Zimmer wurde geöffnet, und sie drückte sich wie eine Diebin an die Wand. Stimmen drangen an ihr Ohr. Sie reckte den Hals. Nur wenige Schritte von ihr entfernt saßen rund fünfzig Weiße plaudernd an dem riesigen, durch Ansteckplatten noch vergrößerten Tisch beim Essen. Unzählige Sklaven bevölkerten den Raum. In der luxuriösen Livree von Kammerdienern aus weißem Tuch mit vergoldeten Knöpfen standen sie hinter den Stühlen. Schwarze Hausmädchen schlängelten sich um den Tisch und servierten die Gerichte, während die Kammerdiener Getränke einschenkten. In einer Ecke des Raums spielte Simon zur Unterhaltung der Gäste Geige.

«Welche Herren haben denn nun eigentlich recht?», ertönte eine Stimme, in der Minette die des Onkels von Céliane de Caradeux zu erkennen glaubte.

«Was meinen Sie, mein lieber Monsieur de Caradeux?», erkundigte sich Monsieur Saint-Ar.

«Wer von Ihnen beiden hat recht, mein lieber Monsieur Saint-Ar, mein Bruder oder Sie? Mein Bruder ist der Ansicht, dass man selbst gefügige Sklaven wie gefährliche Tiere behandeln muss, während Sie genau das Gegenteil davon tun.»

«Die Ergebnisse meiner Methode waren stets ausgesprochen zufriedenstellend.»

«Sie werden mir aber doch zustimmen, dass mein Bruder den schönsten Zucker der ganzen Insel produziert. Vielleicht hat er dieses Ergebnis seiner Strenge zu verdanken.»

«Andere, deren Zucker nicht ganz so schön ist, sind deswegen nicht weniger reich», entgegnete der Hausherr mit einem höflichen, leicht spöttischen Lächeln. «Ich bin in dieser Hinsicht nicht pedantisch, und solange sich mein Zucker gut verkauft …»

Madame Saint-Ar unterbrach ihr Gespräch, indem sie Simon aufforderte, ihre Lieblingsmelodie zu spielen.

«Und gehe beim Spielen um den Tisch herum, mein Junge», wies sie ihn an.

Minette kehrte in ihr Zimmer zurück und setzte sich vor das gefüllte Tablett. Sie aß kaum einen Bissen. Sie hatte einen Kloß im Hals, und nachdem sie vergeblich versucht hatte, etwas hinunterzuschlucken, schob sie das Tablett von sich. Die Geige spielte immer noch. Minette legte sich aufs Bett. Nach einer Weile stand sie wieder auf, um einem Kammermädchen zu öffnen, das die Kleider brachte, die Marie-Rose ihr schickte.

«Ist sie denn nicht bei den übrigen Gästen im Speisezimmer?»

«Nein, Mademoiselle ist mit der Schneiderin in ihrem Zimmer.»

Wie alle Sklaven verschluckte sie das *r* und sprach in einem schleppenden, beinahe singenden Tonfall. In diesem Haus spricht aber auch wirklich jeder Französisch, dachte Minette, zumindest radebrechen sie es.

Sie nahm der Sklavin eine große Pappschachtel aus den Händen, in der ihre beiden Kleider lagen: Sie waren aus Taft genäht und mit Spitze, Halsketten und Musselinstoff verziert. Das Ballkleid war rosa und das Kostüm der Isolde grün mit elfenbeinfarbenem Spitzenbesatz.

«Mein Gott, wie schön!», rief Minette.

Sie schickte die Sklavin fort und warf die Kleider über den Lehnstuhl. Marie-Rose aß also ebenfalls in ihrem Zimmer. Was hatte das zu bedeuten? Vielleicht war sie müde und Madame Saint-Ar hatte sie deshalb aufgefordert, sich auszuruhen.

Immer noch hörte sie die Geige. Während der drei Stunden, die das Essen dauerte, spielte sie ohne eine einzige Pause. Plötzlich hörte Minette Schritte vor ihrer Tür, dann den dumpfen Aufprall eines fallenden Körpers. Hastig rannte sie hinaus: Zwei Sklaven richteten Simon in eine sitzende Position auf, während ein dritter ihm ein Glas Rum in den Mund goss. Er schwitzte stark, und seine Lippen waren so bleich, dass sie in seinem schwarzen Gesicht wie ein breiter weißer Strich wirkten.

«Was hat er?», wollte das junge Mädchen wissen.

«Er ist ohnmächtig geworden. Das passiert immer, wenn er zu lange spielt.»

Der Sklave kam wieder zu Bewusstsein. Er hielt sich die zitternden Hände vor die Augen und massierte mit schmerzlich verzerrter Miene seine Handgelenke.

«Diese verdammten Krämpfe», sagte er stöhnend.

Im Speisezimmer erhoben sich die Gäste von ihren Plätzen. Die Hausmädchen und Kammerdiener, die sich um Simon gekümmert hatten, eilten zurück ins Innere des Hauses.

Kaum war die Tafel aufgehoben, da knöpfte Monsieur Saint-Ar, genau wie seine Gäste, die Weste auf und legte seine Perücke ab. Sich den Schweiß von der Stirn wischend, kam er heraus auf die Galerie.

«Na, junge Schönheit», rief er, als er Minette bemerkte, «sind Sie immer noch erschöpft?»

«Das bin ich schon lange nicht mehr, Monsieur.»

«Papperlapapp, dieses Jungmädchengeschwätz. Sie sind doch alle gleich, Sie würden sich umbringen, ohne es überhaupt zu merken.»

Simon saß immer noch. Er lächelte zu Monsieur Saint-Ar auf und gab sich größte Mühe, nicht mehr leidend zu wirken.

«Was ist denn los, mein Junge?»

«Nichts, Herr, ich ruhe mich nur aus, um später bei Kräften zu sein und Ihnen Ehre zu machen.»

«Du hast heute Mittag sehr gut gespielt.»

Fröhlich klopfte er ihm auf die Schulter.

«Sei heute Abend rechtzeitig im Salon. Dann spielst du ein Solo für uns. Ha, Monsieur de Caradeux wird gelb vor Neid», fügte er hinzu und schlug sich mit der Faust in die geöffnete Hand.

«Danke, Herr.»

Danach wandte sich Monsieur Saint-Ar an die Haussklaven.

«Heute Abend sollen alle feiern. Schlagt euch den Bauch voll, ich genehmige zwei Viertel Tafia. Sagt im Atelier Bescheid.»

Ein zufriedenes Murmeln erhob sich aus der Gruppe der Sklaven.

«Danke, Herr», riefen sie glücklich, «danke, unser guter Herr.»

Monsieur Saint-Ar rief den Küchenmeister zu sich und legte ihm vertraulich eine Hand auf die Schulter.

«Du, César, hast die Aufsicht über alles. Gib acht, dass dir der Tafia nicht die Sinne vernebelt. Ein misslungenes Diner ist eine Schande für einen Plantagenbesitzer. Vergiss das nicht und mäßige dich bei der Zahl deiner Gläser. Denk an deinen Titel, du bist der ‹Küchenmeister›.»

Der dicke Sklave fuhr sich mit einer kräftigen Hand über die mollige Wange.

«Tafia ist gefährlich, Herr. Ich bin seit dem Morgengrauen auf den Beinen, und heute Nacht muss ich noch arbeiten; wenn ich einen Tropfen trinke, schlafe ich ein.»

«Dann trinke nichts.»

«Gut, Herr; danke, Herr.»

In diesem Moment entstieg die aus Port-au-Prince angereiste Kapelle einer Kutsche, auf deren Bock ein Weißer saß. Ihre Instrumente in der Hand haltend, nahmen die Musiker die Mützen vom Kopf, um den Hausherrn zu grüßen, und folgten dann einem Sklaven zu einer kleinen, für sie vorbereiteten Zimmerflucht. Die ersten Gäste machten es sich für die tägliche Mittagsruhe unter den Bäumen bequem. Junge Kreolinnen lagen auf Matten, den Kopf auf den angewinkelten Arm gestützt, und nahmen lächelnd die Komplimente entgegen, die ihnen die Herren mit rosigen Wangen und in legerem Aufzug machten. Neben den Matten knieten junge Sklavinnen mit großen Ohrringen und leuchtend bunten Kopftüchern und verscheuchten mit Palmfächern die Mücken.

Marie-Rose ging zwischen den Gästen umher und bot ihnen auf Silbertabletts Erfrischungen und Häppchen an.

«Ich habe noch nie eine Kreolin gesehen, die weniger faul gewesen wäre als Marie-Rose», bemerkte jemand voller Bewunderung.

Fernand de Rolac saß neben dem blonden jungen Mädchen, mit dem er sich bereits am Vormittag unterhalten hatte, und hatte das Gespräch auf ein etwas pikantes Thema gelenkt. Er erzählte gerade, wie er sich einmal in Frankreich wegen einer Frau duelliert hatte, die ihm zwei Tage später den Laufpass gegeben hatte, um mit seinem Widersacher durchzubrennen.

«Diese Europäerinnen brechen reihenweise Herzen, aber selbst haben sie keins.»

Das recht geistlose Bonmot kam von einem jungen Mann mit Halbglatze, der, flankiert von zwei Sklavinnen mit Fächern in den Händen, schlaff in einer Hängematte lag.

Seine Bemerkung löste lauten Protest und Vorwürfe aus.

«Europäerinnen sind auch nicht schlimmer als andere. Es gibt überall gute und schlechte Frauen.»

«Natürlich, sogar unter den farbigen Mädchen», entgegnete der glatzköpfige Mann mit einem schallenden Lachen.

«Einen Vorteil haben sie immerhin», erklärte Fernand de Rolac, «sie altern besser als die weißen Frauen.»

«So heißt es zumindest», entgegnete nachsichtig die in eine Musselin-*gaule* gekleidete junge Frau, der Monsieur Saint-Ar ein paar Stunden zuvor den Arm gereicht hatte.

«Stimmt es, dass sie unangenehm riechen?», fragte die junge Blondine neben Fernand de Rolac kichernd.

«Louise», schalt dieser, «können Sie denn gar nichts für sich behalten …?»

Marie-Roses Hände zitterten so stark, dass ihr das Tablett entglitt.

«Was ist mit Ihnen, meine Schöne?»

Fernand eilte zu ihr und legte die Arme um sie, doch sie riss sich von ihm los und rannte davon.

Es war Minettes Tür, an die sie klopfte.

«Mein Gott, was ist denn los, Marie-Rose?»

Ohne zu antworten, ließ sich das junge Mädchen auf das Bett fallen. Ihr reizendes Gesicht mit den zarten, kindlichen Zügen verzerrte sich, und Tränen liefen ihr über die Wangen.

«Sie beleidigen farbige Mädchen.»

Minette zuckte mit den Schultern.

«Das ist nur eine Mode, sie meinen es nicht ernst, glaub mir.»

«Sogar Fernand ...»

«Auch auf die Gefahr hin, aufdringlich zu erscheinen, lass mich dir ein paar Fragen stellen ... Bist du dir sicher, dass Monsieur de Rolac dich liebt?»

«Das hat er mir gesagt.»

«Hast du deiner Patentante davon erzählt?»

«Sie befürwortet unsere Verbindung.»

«Hast du vor, Monsieur de Rolac von deiner Herkunft zu erzählen?»

«Oh nein, niemals! Das hat mir meine Patentante strengstens verboten.»

«Ich verstehe ... und ist er der erste Mann, der dir den Hof macht?»

Sie ließ den Kopf hängen und seufzte schwer.

«Nein. Aber er war ein *quarteron*, und meine Patentante war dagegen. Er wusste alles, und ... er liebte mich.»

So hatten sie auch aus diesem reizenden, zerbrechlichen Mädchen ein zerrissenes, gequältes Geschöpf gemacht, dachte Minette, das sie nach Belieben zwischen Hoffen und Enttäuschung schwanken ließen, indem sie sogar noch über seine Zukunft entschieden. Wieso hatten sie ihr von ihrer Herkunft erzählt, wenn sie sie anschließend als Weiße ausgeben wollten? Wieso förderten sie, wenn sie sie wahrhaftig liebten, ihre Verbindung mit diesem dünkelhaften Kleinadligen, der sie niemals glücklich machen würde?

Marie-Rose weinte still vor sich hin. Schließlich stand sie auf und umarmte Minette.

«Sie sind gut, sie sind beide so gut zu mir. Und doch ... manchmal, da ... oh, Minette, verrate mich nicht, du darfst mich niemals verraten ...»

Sie küsste ihre Freundin und trat vor den Spiegel.

«Mein Gott, hoffentlich merkt niemand, dass ich geweint habe.»

«Leg dich hin und ruh dich hier ein wenig aus.»

«Ich kann nicht, ich habe keine Zeit. Ich muss noch den gedeckten Tisch überprüfen, die Vasen mit Blumen füllen und das Silberbesteck zählen. Und danach muss ich meiner Patentante beim Ankleiden helfen.»

Sie lachte.

«Ich bin die Einzige, die sie wirklich an ihrer Seite duldet ... Sie findet die Sklavinnen ungeschickt und nennt mich ‹ihre kleine weiße Kammerzofe›.»

Also gaben sie auch ihr einen schmeichelhaften Titel. Einen hübschen Titel, der verhinderte, dass sie spürte, wie man sie ausnutzte, und der sie glauben ließ, sie werde geliebt.

«Marie-Rose! Darf ich mit dir reden wie mit einer Erwachsenen? Darf ich dir einen Rat geben? Du hast mir Geheimnisse anvertraut, und ich werde dich nicht verraten. Wirst du für mich dasselbe tun?»

«Das schwöre ich dir, Minette.»

«Wo ist dein Verehrer, der *quarteron*?»

«Er wohnt ganz in der Nähe.»

«Geh zu ihm und lass dich von ihm heiraten.»

«Was?»

Sie wurde kreidebleich und zitterte so stark, dass sie sich an einen der Bettpfosten lehnen musste.

«Du rätst mir, meine Patentante zu verlassen und zu diesem Mann zu gehen, ohne ihr etwas davon zu sagen? Wie undankbar das wäre! Ist dir denn nicht klar, was sie für mich getan hat? Meine Mutter war eine Sklavin, hast du das vergessen?»

Sie wandte das Gesicht ab und begann zu schluchzen.

«Ich war grausam. Es ist meine Art, die Dinge offen und direkt auszusprechen. Marie-Rose, selbst wenn du mich nach dem, was ich dir jetzt sagen werde, hassen solltest, will ich hinzufügen, dass du jedes Recht der Welt hättest, dich so zu verhalten.»

«Minette!»

Sie sah ihre Freundin entsetzt an, dann öffnete sie die Tür und rannte, das Taschentuch auf die Augen gedrückt, davon.

XIX

Während sich die Hausgäste gegen sechs Uhr abends festlich gekleidet in den Salon begaben, brachten zahllose Karossen weitere, weniger enge Bekannte herbei, die aus allen Teilen des Landes angereist waren. Vor den sich aufbäumenden Pferden wich die Schar der Neugierigen zurück, die sich unter der Toreinfahrt drängten: Mittellose Weiße, Farbige und Bedienstete aus der Nachbarschaft bemühten sich, so viel von dem Ball mitzubekommen, wie sie nur konnten.

Die Kapelle hatte ein Menuett angestimmt. Monsieur Saint-Ar eröffnete den Ball mit der fröhlichen, blonden Louise, und unverzüglich schlossen sich ihnen weitere Paare an.

Minette war zusammen mit Marie-Rose und den übrigen jungen Leuten in einen Nebenraum des Ballsaals verbannt worden. Hingerissen sah sie sich um: Die funkelnden Kristalllüster, die prunkvollen Garderoben, die vornehmen, anmutigen Tänzer und die riesigen, zum Souper gedeckten Tische erfüllten sie mit Entzücken. Außer ihr und Marie-Rose hielten sich in dem Raum noch ein paar jüngere Mädchen auf, Töchter von Kolonisten, die an diesem Abend in die Gesellschaft eingeführt werden sollten. Steife, schüchterne Kreolinnen, die, was selten genug geschah, unter der strengen Fuchtel ihrer Eltern aufgewachsen waren, dazu einige halbwüchsige Jungen mit bartlosem Lächeln und verlegenen Gesten, deren Blicke die entblößten jungen Nacken verstohlen liebkosten.

Marie-Rose, die ein weißes Brokatkleid trug, tippte Minette mit ihrem Fächer auf die Schulter und verzog mit einem Blick in Richtung der jungen Leute das Gesicht.

«Was für eine schreckliche Gesellschaft. Mit wem sollen wir denn hier tanzen?», flüsterte sie.

Minette lächelte.

«Und dann soll ich auch noch ihre Gastgeberin spielen und sie umschmeicheln! Mein Gott, wie einfältig sie aussehen!», setzte Marie-Rose hinzu.

Auf das Menuett folgte ein Kontertanz.

«Wann dürfen wir in den Ballsaal?», erkundigte sich Minette.

«Sobald uns ein Tänzer erlöst.»

«Dann sollten wir zusehen, dass wir diese Herren erobern.»

«Welch grässliche Vorstellung!»

«Na, komm schon ...»

«Meinetwegen ...»

Sie klappten ihre Fächer auf und stolzierten auf die jungen Männer zu.

«Nun, meine Herren, ist es die Hitze, die Sie abschreckt?», fragte Marie-Rose spöttisch.

«Und wir stehen währenddessen wie die Mauerblümchen da», ergänzte Minette.

Angesichts dieses unverhofften Glücks kam es unter den anwesenden Herren zu einem hektischen Gerangel. Alle zehn verneigten sich gleichzeitig vor den beiden Schönheiten.

«Na, na, hier sind auch noch andere Damen», sagte Marie-Rose und schob einige von ihnen in Richtung der jungen Mädchen, die erfreut von ihren Stühlen aufsprangen.

Am Arm ihrer Kavaliere verließen sie den Nebenraum und betraten den Ballsaal.

«Wartet», riet Marie-Rose, «dieser Tanz ist gleich zu Ende.»

Dann wandte sie sich an ihren Kavalier: «Können Sie denn wenigstens tanzen?»

«Na... Na... Natürlich», stotterte der junge Bursche, das Gesicht rot wie eine Hibiskusblüte.

Das Orchester verstummte. Die jungen Leute standen abwartend im Schutz einer Türöffnung. Monsieur Saint-Ar schlenderte am Arm eines sehr jungen Mannes vorbei und blieb in der Nähe der Tür stehen, ohne sie zu bemerken.

«Ja, mein lieber Monsieur de Laujon[112], was auch immer Monsieur de

Caradeux denken mag, sie sind einer strengen Arbeitsdisziplin unterworfen. Ich bringe sie dazu, ein Höchstmaß an Leistung zu erbringen, ohne dass sie sich dessen überhaupt bewusst sind. Es sind gutmütige Tiere, und weil sie bei mir weder Peitsche noch Folterungen erleben, brauche ich kein Feuer oder Gift zu fürchten», erklang Monsieur Saint-Ars Stimme.

«Sind sie denn zu solchen Reaktionen fähig?», erkundigte sich der junge Mann an seiner Seite neugierig.

«Man merkt, dass Sie noch nicht lange in diesem Land sind. Ja, mein lieber Monsieur de Laujon, sie richten Zerstörungen an, und sie zerstören sich selbst. Ihre Rache kann fürchterlich sein. Aber was auch geschehen mag, hier in ‹Les Vases› sind wir sicher. Es gibt nicht einen meiner Sklaven, der nicht bereit wäre, für mich zu sterben.»

Der junge Mann lächelte ironisch.

«Und wie halten Sie es mit den Farbigen, mein lieber Monsieur Saint-Ar?»

«Ich behandele sie rücksichtsvoll, meide aber den Umgang mit ihnen. Manchmal empfange ich sogar einige von ihnen in meinem Haus. Unvoreingenommen betrachtet, gibt es unter ihnen Männer von gewissem Wert. Da man nie weiß, wie sich die Dinge entwickeln, behandele ich sie ebenso rücksichtsvoll wie meine Sklaven, und …»

Der Rest des Satzes ging in den ersten Takten einer Quadrille unter. Minette und Marie-Rose hatten jedes Wort gehört.

«Verstehst du jetzt, wie recht ich mit meinem Rat an dich hatte?», flüsterte Minette erbarmungslos.

Marie-Rose folgte ihrem Kavalier in den Saal. Doch der Wunsch zu tanzen war verflogen. Ein schwer zu fassendes Gefühl, verbunden mit dem unerklärlichen Drang nach Einsamkeit, schnürte ihr das Herz zusammen. Monsieur Saint-Ars Stimme klang ihr noch in den Ohren. «Behandele ich sie ebenso rücksichtsvoll wie meine Sklaven …» Das war also seine Zuneigung! Und bei Madame Saint-Ar war es gewiss nicht anders …? Sie behandelten sie ebenso rücksichtsvoll wie die anderen … Wie hatte sie auch nur eine Minute glauben können, man betrachte sie als

«Tochter des Hauses», wo sie doch nichts weiter war als die Tochter einer Sklavin?

Diese letzten Worte hämmerten so stark in ihren Schläfen, dass ihr schwindlig wurde. Sie ließ die Hand ihres Kavaliers los, stieß einen leisen Schrei aus und verlor das Bewusstsein.

Minette ließ ihren Kavalier ebenfalls stehen und lief zu ihr. Sie hob ihren Kopf an und rief ihren Namen. Jemand reichte ihr ein Fläschchen Riechsalz und riet: «Rufen Sie Madame Saint-Ar.»

Ein anderer drängte sich ungeduldig durch die Tanzenden.

«Verzeihung, Verzeihung …»

Es war Fernand de Rolac. Er beugte sich zu Marie-Rose hinunter, nahm sie in die Arme und trug sie, gefolgt von Minette und Madame Saint-Ar, in das nächstgelegene Schlafzimmer.

«Wie ist denn das geschehen?», wollte Madame Saint-Ar wissen, und ihre Stimme verriet eine Spur von Verärgerung.

«Sie hat getanzt, Madame», antwortete Minette und hielt dem jungen Mädchen das Riechsalz unter die Nase.

«Mit Ihnen, Fernand?»

«Leider nicht, Madame.»

«Dabei hatte ich sie angewiesen, den Raum mit den jungen Leuten nicht zu verlassen, bevor ich es ihr sage.»

«Die Versuchung war wohl zu groß …», wagte Fernand einen Einwand.

«Dieses Kind war bisher noch nie ungehorsam … Ah, sie schlägt die Augen auf … Fühlst du dich wieder besser?»

Mit zitternder Hand fuhr sich Marie-Rose über das Gesicht.

«Was ist passiert? Wie dumm von mir.»

Unter größten Mühen setzte sie sich auf und lächelte.

«So, es ist nichts weiter.»

Sie sah Madame Saint-Ar an, und ihre Lippen bebten.

«Es tut mir leid, Patin.»

«Du hast uns ein wenig den Spaß verdorben, aber wie du schon sagst, es ist nichts weiter. Fühlst du dich kräftig genug, um wieder in den Ballsaal zurückzukehren, oder möchtest du lieber in deinem Zimmer bleiben?»

Beiläufig strich sie ihrer Patentochter über das Haar.

«Heilige Jungfrau, wie schön meine liebe kleine Patentochter doch ist!»

Sie sagte es ohne echte Begeisterung und in einem gleichmütigen Ton, der Minette erstarren ließ.

«Wenn Sie erlauben, Madame, bringe ich Ihre Patentochter selbst in ihr Zimmer.»

Sie half dem jungen Mädchen beim Aufstehen.

Fernand de Rolac griff nach Marie-Roses zitternder Hand, verneigte sich und drückte seine Lippen darauf.

«Ich bedaure diesen misslichen Zwischenfall ...»

«Ich ebenfalls.»

«Übrigens, mein Kind», sagte Madame Saint-Ar freundlich, den Blick auf Minette gerichtet, «du hast mir versprochen, heute Abend für uns zu singen. Ich bin mir sicher, dass du als Isolde für großes Aufsehen sorgen wirst. Haben dir deine Kleider gefallen?»

«Ich wollte Sie aufsuchen, um mich zu bedanken, Madame, aber ich fürchtete, Sie zu stören.»

«Schon gut, reden wir nicht mehr darüber ... In ein paar Minuten müssen wir den Galaball beschließen, das Souper wird um Mitternacht serviert. Wie spät ist es jetzt, Fernand?»

Der junge Mann blickte auf seine Uhr.

«Halb zehn.»

«Gut. Jetzt, wo Sie das Geheimnis kennen, behalten Sie es für sich. Es soll eine Überraschung werden. Wie es scheint, verfügt dieses junge Mädchen über eine ganz wunderbare Stimme ...»

Sie nahm Monsieur de Rolacs Arm und kehrte zu ihren Gästen zurück, während Minette Marie-Rose in deren Zimmer begleitete.

Sie schlossen die Tür hinter sich ab und setzten sich schweigend auf das Bett. Marie-Rose blickte in die Ferne und knüllte nervös ihr Taschentuch zusammen. Hin und wieder erhob sich ein Frauenlachen über das Geräusch raschelnder Seide, und Absätze klapperten auf dem Boden des Korridors.

«Der Maskenball fängt bald an», stellte Marie-Rose mit tonloser Stimme fest, «die Gäste kommen, um ihre Kostüme anzuziehen.»

«Ja.»

Plötzlich veränderte sich ihre Haltung, und ihre Augen begannen zu glänzen.

«Erzähl mir von dir», bat sie.

«Was willst du denn wissen?», fragte Minette.

«Alles. Bis jetzt kenne ich nur mein eigenes unbedeutendes Leben. Meine Welt beschränkte sich auf dieses Haus, auf das Atelier voller Sklaven, auf die Domestiken, die mich bedienten ... Ich glaubte, die ganze Welt sei wie das, was ich jeden Tag um mich sah. Eine zärtliche Geste, ein banales Kompliment schmeichelten mir ebenso sehr wie einem Hund. Weil man mir von der Vergangenheit meiner Mutter erzählt hatte, machte mich jede Kleinigkeit glücklich, jede Kleinigkeit versetzte mich in einen Rausch. Sieh nur mein Kleid, es ist aus Brokat; bis heute habe ich mich nie gefragt, wo all das Geld dafür herkommt ...»

Unter lauten Rufen verließen kostümierte Gäste ihre Zimmer und unterhielten sich quer durch den gesamten Flur. Das Orchester empfing sie mit einer Sarabande[113].

«Schon als kleines Mädchen», fuhr Marie-Rose fort, ohne zu bemerken, dass sie an Minettes statt redete, «schon als kleines Mädchen hatte ich vieles begriffen. Aber das alles blieb in meinem Inneren, wie eingelagert. Kennst du diese Weinfässer, die nach einer Weile platzen? So fühle ich mich. Ich war zu voll und bin geplatzt ... Dabei hatte ich keine Möglichkeit zu einem Vergleich, aber eine Stimme flüsterte mir zu: Vorsicht, so sollten die Dinge nicht sein. Ich weiß nicht einmal, ob es anderswo schlimmer ist.»

«In gewisser Weise ist es schlimmer», antwortete Minette, «denn selbst wenn man sich nur etwas vormacht, ist es immer besser, sich einzureden, man sei glücklich.»

«Aber nein, genau das ist doch das Verbrechen. Wieso haben sie mich nicht lieber gedemütigt, geschlagen und gequält!», schrie sie auf.

Minette zuckte zusammen und hielt ihr mit einer Hand den Mund zu.

«Bist du verrückt?»

«Sicher tausendmal habe ich mir gesagt: ‹Sie lieben dich, siehst du denn nicht, dass sie dich lieben!›», fuhr Marie-Rose leiser fort und wirkte dabei so folgsam und jung, dass sich Minettes Herz zusammenzog. «Wenn ich ins Atelier ging, musste ich beim Anblick der schweißüberströmten Gesichter der Sklaven weinen. Ich hatte mich mit einem alten, einarmigen Mann angefreundet, der mir auf Kreolisch Märchen aus seiner Heimat erzählte. Monsieur Saint-Ar hat ihn trotz meiner Tränen und trotz der flehentlichen Bitten des Sklaven verkauft. Seitdem habe ich so oft mit angesehen, wie sie verkauft wurden, dass es mir nichts mehr ausmacht.»

Sie trat ans Fenster und beugte sich hinaus.

Im Fackelschein näherten sich vom Atelier her dunkle Gestalten.

«Die Sklaven», sagte sie leise, «sie kommen zum Fest. In ein paar Stunden wird man ihnen die Reste zuwerfen, als wären es Hunde, sie werden sich betrinken und glauben, sie seien glücklich. Auch mir hat man Reste zugeworfen, und ich habe es nicht begriffen.»

Minette legte ihr eine Hand auf die Schulter und sah ebenfalls hinaus zu den Sklaven.

Einige Paare tanzten eine *chica*[114] und ließen immer wieder ihre Hüften aneinanderstoßen, andere lieferten sich, fluchend und mit den Füßen in den Staub stampfend, eine Partie Stockkampf.

Unter der Laube beaufsichtigte der Küchenmeister, umringt von seinen Helfern, die Zubereitung der Gerichte. Als plötzlich der Ruf einer Lambi ertönte, erstarrten sie alle mitten in der Bewegung und wandten sich instinktiv den Bergen zu.

Marie-Rose erschauerte und sah, genau wie Minette, in dieselbe Richtung.

«Mein alter Geschichtenerzähler sagte immer: ‹Makandal werden sie nicht so schnell vergessen ... Es sind die *loas*, die durch die Stimme der Lambi sprechen, und wenn die Schwarzen ihr zuhören, empfangen sie die Botschaften der Götter Afrikas. Der Tag wird kommen, an dem sie sich alle hinter dieser Stimme versammeln.›»

Sie schwieg einen Moment, als denke sie nach, dann fügte sie hinzu: «Ich habe nie erfahren, wer Makandal war.»

«Er war der Anführer einer Gruppe von *marrons*. Auf seinen Befehl hin töteten die Sklaven mit Gift und Feuer, und sie flohen in die Berge, wo sie sich heute noch verstecken.»

«Gibt es noch andere Anführer?»

«So heißt es.»

Marie-Rose schloss die Fensterläden und lehnte sich einen Moment zitternd dagegen.

«Ich habe Angst», flüsterte sie.

«Das brauchst du nicht, Liebes.»

«Das hat mein alter Einarmiger auch immer gesagt, aber der Klang der Lambi hat mich schon immer erschreckt …»

Abrupt setzte sie sich wieder auf ihr Bett.

Verkleidete Gäste gingen laut lachend an ihrem Zimmer vorbei.

«Der Maskenball», rief Minette, «ich habe Madame Saint-Ar versprochen zu singen.»

Marie-Rose sprang auf.

«Ich werde auch hingehen.»

Hastig wühlte sie in einer Schublade und drückte Minette zwei schwarze Halbmasken in die Hände.

«Wir bleiben *inkognito*. Meine Patentante hat mein Kostüm nur ganz kurz gesehen. Sie wird mich nicht erkennen. Außerdem werden sicher an die zwanzig Colombinas[115] dort sein …»

«Und wenn du erneut ohnmächtig wirst …?»

«Ach, Unsinn. Ich halte bis zum Morgen durch.»

Als sie den Salon betraten, hielten sich dort hundert Harlekine, Colombinas, Schäferinnen und Tritonen[116] bei der Hand und tanzten eine wilde Farandole[117]. Sofort wurden sie von ausgelassenen Händen gepackt, die kein Entkommen duldeten, während zugleich Rufe erschallten: «Weiter, weiter, nicht anhalten …» Im Laufschritt tanzten sie an Madame Saint-Ar vorbei, die als Schlossherrin verkleidet einen eindrucksvollen Anblick bot. Monsieur Saint-Ar, als Triton kostümiert, unterhielt sich mit einem spanischen Tänzer, hinter dem sich Monsieur de Caradeux verbarg, und einem attraktiven Schäfer: Alfred de Laujon. Als die Farandole an ihnen vorbeikam, riss sie diesen trotz seiner Gegenwehr mit.

«Sie nehmen die jungen Leute», bemerkte Monsieur Saint-Ar und sah Monsieur de Caradeux an, als wollte er ihn deswegen aufziehen.

«Ach, ich ziehe ohnehin das Tanzen vor. Entschuldigen Sie mich, lieber Freund.»

Er ging zu einer Dame mittleren Alters, die im Rock einer Marquise ein wenig überladen wirkte, und verneigte sich vor ihr, woraufhin sie lächelnd auf einen Stuhl deutete.

Unterdessen stürmte die Farandole hinaus in den Garten. Als sie die Büsche erreichte, rief jemand: «Löst die Kette auf», und im selben Moment wiederholten hundert Stimmen: «Löst die Kette auf». Minettes rechte Hand lag in der von Alfred de Laujon. Als sich die Tänzer in unterschiedliche Richtungen zerstreuten, behielt er sie in der seinen.

«Wer sind Sie, schöne Isolde?», flüsterte er.

«Isolde höchstselbst bin ich.»

«Und ich bin Tristan im Kostüm eines Schäfers. Zeigen Sie mir Ihre Augen.»

«Nein.»

Sie entzog dem jungen Mann ihre Hand und lief los.

«Warten Sie, Isolde, warten Sie.»

Unter den Bäumen küssten sich Pärchen im Schutz der Dunkelheit.

Auf der Suche nach Marie-Rose kehrte Minette in den Salon zurück, wo sie auf Madame Saint-Ar traf.

«Ist es Zeit, Madame?», fragte sie nach einer Verbeugung.

«Ach, bist du das, mein Kind? Das Kostüm steht dir gut. Und welch wundervoller Einfall, dazu eine Halbmaske zu tragen. Monsieur de Laujon», rief sie, «wo ist denn nur dieser junge Laujon geblieben?»

«Hier bin ich, Madame, ich verfolgte eine reizende Isolde, aber wenn mich nicht alles täuscht, steht sie jetzt hier vor Ihnen.»

«Geben Sie die Verfolgung auf, junger Freund», entgegnete Madame Saint-Ar und versetzte ihm mit dem Fächer einen Klaps auf den Arm.

«Helfen Sie mir lieber bei den Vorbereitungen für eine Überraschung, die, wie ich glaube, auf große Begeisterung stoßen wird …»

Sie entfernte sich mit dem jungen Mann, der ihren Worten folgsam lauschte und sich dann unverzüglich dem Orchester zuwandte. Mit einigen Akkorden bat der Pianist um Ruhe.

«Meine Damen und Herren …», begann Alfred de Laujon. Doch seine Stimme ging in Gelächter und lauten Rufen unter.

«Meine Damen und Herren», wiederholte er, lauter diesmal, «würden Sie mir eine Minute Ihrer Aufmerksamkeit schenken?»

Hurrarufe ertönten.

Immer wieder aufflackerndes Gelächter erstickend, scharten sich die Gäste um ihn, und verspätete Paare eilten mit zerzaustem Haar aus dem Garten herein.

«Meine Damen und Herren, unsere reizende Gastgeberin, Madame Saint-Ar, hat mich gebeten, Ihnen zu verkünden, dass es heute Abend drei große Überraschungen geben wird: Bei der ersten handelt es sich um die Gesangseinlage einer jungen Dame, die unerkannt bleiben möchte.»

Applaus erklang.

«Die beiden anderen Überraschungen betreffen die Kostüme aller Anwesenden. Es werden zwei Preise ausgelobt: der erste für die komischste Verkleidung und der zweite für die schönste …»

«Hurra!»

«Und nun bitte ich Sie um absolute Stille. Die Darbietung beginnt.»

In diesem Moment betrat ein gelber Domino den Raum, sein Gesicht war hinter einer Maske verborgen, und seine Hände steckten in Handschuhen. Er blieb in der Türöffnung stehen und blickte zum Klavier. Von neckischen Schlägen mit dem Fächer und aufreizenden Seitenblicken angespornt, schenkte Alfred de Laujon den Damen sein charmantes Lächeln und verteilte diskrete Handküsse und Komplimente. Schließlich entwischte er der weiblichen Meute und gesellte sich zu Madame Saint-Ar, die Minette zum Klavier geleitete.

«Was werden Sie singen, schöne Isolde?», fragte er.

«Die Ariette aus *Die schöne Arsene*.»

Er beugte sich zu Madame Saint-Ar.

«Und wer wird sie begleiten, Madame?»

«Monsieur Saint-Ar höchstselbst.»

Da trat der gelbe Domino ein paar Schritte nach vorn, bis er direkt vor der Sängerin stand.

Auf einem Tablett reichte Simon Monsieur Saint-Ar eine Geige, und dieser spielte die ersten Takte.

Die als Isolde verkleidete Minette erregte zunehmend die Neugier des Publikums.

Als sie zu singen anhob, starrten die Gäste sie verwundert an.

Einige Anwesende, die sie bereits im Schauspielhaus von Port-au-Prince gehört hatten, flüsterten miteinander, ohne den Blick von ihr zu wenden.

«Ja sapperlot», rief Monsieur de Caradeux, der neben dem gelben Domino stand, «das ist doch die ‹junge Person›!»

Dann drehte er sich zu einem gepuderten, dickbäuchigen Marquis um und setzte hinzu: «Nein, wirklich, mein guter Lugé, in welchen Zeiten leben wir? Dieser Monsieur Saint-Ar übertreibt es mit seiner Exzentrik! Er öffnet sein Haus einer farbigen Hure und lässt zu, dass sie sich unter unsere Frauen und Töchter mischt!»

Der Domino machte eine rasche Bewegung, als wollte er etwas zu Monsieur de Caradeux sagen. Doch dann schien er sich zu besinnen.

«Madame», wandte sich in diesem Moment Alfred de Laujon an Madame Saint-Ar, «dieses junge Mädchen hat die schönste Stimme, die ich jemals gehört habe ... Wer ist sie denn bloß?»

Sie neigte sich ihm zu und flüsterte ihm ein paar Worte ins Ohr. Dann fuhr sie mit erhobener Stimme, sodass man sie hören konnte, fort: «Holen Sie mir dieses junge Mädchen her, Alfred, sie verdient einen Kuss.»

Nachdem der letzte Ton der Ariette verklungen war, brach tosender Applaus los. Während Minette in die Menge grüßte, betrachtete sie den gelben Domino. Er lächelte ihr zu, und ihr Herz machte einen Satz. Aber sie wollte die Ungewissheit noch ein wenig länger andauern lassen. Da trat unversehens Monsieur de Caradeux mit einem impertinenten Zug um die Lippen an das Klavier.

«Monsieur», sagte er zu Monsieur Saint-Ar, «Sie brechen sogar das Gesetz, um Ihren Gästen zu gefallen; seien Sie versichert, wir wissen eine solche Exzentrik und Kühnheit zu würdigen …»

Dann wandte er sich an Minette.

«Wir würden gern Isoldes Augen sehen», setzte er hinzu.

Mit einer jähen Bewegung, die nichts in seiner Haltung hatte vorausahnen lassen, riss er ihr die Maske vom Gesicht und warf sie ihr vor die Füße.

Sie sah ihn ungerührt an.

«Ich hatte mich also nicht getäuscht, es ist die junge farbige Schauspielerin, die die öffentliche Meinung in Aufruhr versetzt.»

Seine zweideutigen Worte wurden von unterdrückten Ausrufen und Geflüster unterbrochen.

«Ich kann Monsieur de Caradeux' Verhalten nicht gutheißen», sagte Alfred de Laujon empört.

«Aber wenn sie doch eine Farbige ist», entgegnete Fernand de Rolac.

«Verlassen Sie den Salon, mein Kind», riet Monsieur Saint-Ar Minette verlegen, «es ist besser so.»

In diesem Moment fuhr die Hand des gelben Domino auf Monsieur de Caradeux' Schulter herab.

«Wenn Sie kein Feigling sind, Monsieur …»

Die Stimme ließ Minette erschauern. Es war die von Lapointe. Sie musste dieses Duell um jeden Preis verhindern, sonst wäre es sein Todesurteil.

«Mein Gott!», flüsterte sie.

Sie sah sich nach Marie-Rose um und entdeckte das junge Mädchen, das sich vor Madame Saint-Ars Blicken versteckte und sie angespannt beobachtete. Verstohlen winkte Marie-Rose ihr zu, woraufhin sie zu ihr lief.

«Wer ist das?», wisperte Marie-Rose.

«Mein Galan.»

«Ist er ein Weißer?»

«Nein …»

«Oh, wie außergewöhnlich!»

Sie zerdrückte Minettes Hand beinahe in ihrer eigenen.

«Welche Waffe, Monsieur?», ertönte in dem Moment de Caradeux' Stimme.

«Das überlasse ich Ihnen.»

«Der Degen.»

Der Domino lächelte.

Seine Lippen waren geschminkt, und die obere Hälfte seines Gesichts war hinter der Maske verborgen.

«Einverstanden.»

Monsieur Saint-Ar gab Simon einen Wink, woraufhin dieser in einen anderen Raum eilte und gleich darauf mit zwei auf einem Silbertablett liegenden Degen zurückkehrte.

«Hier sind die Waffen, meine Herren», sagte der Hausherr mit einem undefinierbaren Lächeln, «gehen wir hinaus in den Garten.»

«Heilige Jungfrau», ächzte Madame Saint-Ar, «mein schönes Souper …!»

Sie gingen die breite Steintreppe hinunter.

«Nehmen Sie die Maske ab», forderte de Caradeux und schwang seinen Degen.

«Setzen Sie doch selbst eine auf.»

Das Klirren der Waffen vermischte sich mit den Schreien der Damen und den Rufen der Männer. Lapointe, größer und stärker als sein Gegner, gewann rasch die Oberhand.

«Bei meiner Treu, Monsieur», rief er, «Sie werden noch aufgespießt.»

Rasend vor Zorn stürmte Monsieur de Caradeux mit gesenktem Kopf auf ihn zu.

«Wer sind Sie?»

«Glauben Sie mir, Ihr Stolz leidet weniger, wenn Sie es nicht wissen …»

Minette, die erneut von Marie-Rose getrennt worden war, zog sich in den Schutz einer Baumgruppe zurück und wusste nicht, wohin sie sich wenden sollte. Da spürte sie eine Berührung an ihrem Arm. Es war Alfred de Laujon. Er verneigte sich und küsste ihr die Hand.

Die Aufrichtigkeit seiner Geste tröstete sie.

«Gehen Sie, Mademoiselle», sagte er, «es ist besser so, glauben Sie mir.»

Sie senkte den Kopf und ging in ihr Zimmer. Dort nahm sie ihre Sachen, stopfte sie in den kleinen Reisesack und schlich zurück in den Garten. Plötzlich ertönte ein Schrei: Lapointe hatte Caradeux entwaffnet und drückte ihm die Spitze seines Degens an die Brust.

Sie vergaß alle Vorsicht und warf sich zwischen die beiden Männer.

«Minette», schrie Marie-Rose ...

«Sie verdanken ihr das Leben», brüllte Lapointe, dann schlitzte er das Hemd des Weißen an zwei Stellen auf, wobei er leicht dessen Haut anritzte, nahm ihm mit dem Degen den Hut vom Kopf und balancierte diesen wie eine Trophäe an der Spitze seiner Waffe.

«Den behalte ich zur Erinnerung ...»

Dann brach er in ein schauriges Lachen aus.

«Wer ist das? So nehmt ihm doch die Maske ab ...»

Minette ergriff die Flucht. Sie hörte noch, wie Marie-Rose ihren Namen rief, aber sie blickte sich nicht mehr um.

Sie drängte sich zwischen den Neugierigen hindurch, die sich beim Tor versammelt hatten, und rannte hinaus auf die Straße. Eine entsetzliche Kälte beschlich ihre Glieder. Ich werde doch jetzt nicht ohnmächtig wie Marie-Rose, beschwor sie sich, Beleidigungen und Demütigungen bin ich gewohnt. Sie atmete tief ein und hörte hinter sich ein galoppierendes Pferd. Zwei große Hunde sprangen um sie herum und leckten ihr die Hände.

Der herangaloppierende Reiter beugte sich zu ihr herab, packte sie mit beiden Armen und zog sie vor sich in den Sattel.

«Oh», seufzte sie. «Wieso bist du gekommen?»

Beim Reiten nahm er die Maske ab.

«Und du? Was wolltest du denn bei diesen ehrenwerten Franzosen?»

«Demütigungen ernten, wie du siehst.»

Er brach in dröhnendes Gelächter aus.

«Die Saint-Ars! Die gutherzigen, sanftmütigen Weißen, die ihre Sklaven über alles lieben!», rief er. «Was hast du denn gedacht? Lapointe verprügelt diese Unglücklichen, und Monsieur Saint-Ar verhätschelt sie … Das war es doch, nicht wahr?»

«Lass mich in Ruhe.»

«Du fliehst aus meinem Haus und verlässt mich, weil ich ein paar Sklaven ausgepeitscht habe, du närrisches, närrisches Ding …»

Das Pferd machte sich an den steilen Anstieg und hielt schließlich vor den steinernen Stufen, die zu der einzigen, bescheidenen Galerie hinaufführten. Lapointe half Minette beim Absteigen, dann sprang er selbst vom Pferd und reichte einem Sklaven die Zügel.

«Wie ärmlich dir mein Haus nach all dem Luxus erscheinen wird!»

«So sei doch endlich still.»

Brüsk drehte er sie zu sich herum und nahm sie in die Arme.

«Ich dachte, du seist für immer fort. An jenem Tag habe ich mehr als zehn Sklaven ausgepeitscht.»

«Du bist ein Ungeheuer.»

«Was macht das schon, wenn ich dich liebe.»

Zärtlich vergrub er eine Hand in ihrem Haar und küsste sie auf den Mund.

Sie machte sich von ihm los und wischte sich mit dem Handrücken über die Lippen.

«Wirst du niemanden schlagen, solange ich hier bin?»

«Du stellst Bedingungen?»

«Eine einzige.»

«Und wenn ich mich weigere?»

Sie brachte ihr Gesicht dicht vor das seine.

«Dann liebst du mich nicht.»

Er zog sie an sich, küsste wie von Sinnen ihr Gesicht, öffnete die Tür zum Schlafzimmer und schob sie vor sich her.

Er hielt sein Versprechen. Während der acht Tage, die Minette unter seinem Dach verbrachte, zügelte er seinen Zorn. Als sie darauf bestand, ausschließlich von Ninninne bedient zu werden, widersprach er nicht und schickte die beiden Mulattinnen aus dem Haus. Er umsorgte sie auf vollendete Weise und überhäufte sie mit Aufmerksamkeiten. Die beiden Hunde waren zu Freunden geworden, deren Liebkosungen sie sich gern gefallen ließ und mit denen sie sich lachend draußen im Garten im Gras balgte. Acht Tage lang führten sie ein bezauberndes Leben, das für Minette nur durch die wehmütigen, aus dem Atelier herüberklingenden Lieder gestört wurde.

Eines Morgens ritt Lapointe hinunter nach Arcahaie und brachte von dort einen verschlossenen Umschlag mit, den er ihr reichte.

«Der Kutscher wollte ihn schon zu Madame Saint-Ar bringen, da habe ich ihn an mich genommen. Ich habe ebenfalls Post.»

Mit einem Mal hatte sich sein Gesicht verdüstert.

«Küss mich», forderte Minette ihn auf.

Statt zu gehorchen, strich er ihr über das Haar.

«Lies deinen Brief.»

Sie öffnete den Umschlag und las laut vor.

Meine liebe Minette,
das Publikum verlangt nach Dir. Die ersten Auftritte der Damen Dubuisson und Valville waren ein großer Erfolg, doch inzwischen scheint das Publikum ihrer überdrüssig zu werden. Bei der letzten Vorstellung hat Mademoiselle Dubuisson einen Ton nicht getroffen und wurde ausgepfiffen. Du siehst also, Du hattest deine Rache. Unser Direktor hat uns geschrieben, dass Deine jüngere Schwester in Les Cayes einen wahren Triumph erlebt hat. Er verlässt sich darauf, dass Du bald wieder zu uns zurückkehrst, umso mehr, als demnächst das erste Jahr seit der Unterzeichnung Deines Vertrags abgelaufen ist und er Dir, wie vereinbart, achttausend Livres auszahlen muss. Wir erwarten Dich und senden Dir all unsere Zuneigung.
Dame ACQUAIRE

Unwillkürlich trat ein strahlendes Lächeln auf Minettes Gesicht.

«Der Gnadenstoß», murmelte Lapointe sehr ernst.

Sie schlang die Arme um seinen Nacken.

«Wir werden uns wiedersehen. Das Leben ist doch deswegen nicht zu Ende.»

«Für mich wird es nach deiner Abreise zu Ende sein. Ach, wenn du mich doch nur genug liebtest, um alles aufzugeben, dann würde ich dir anbieten, dich zu heiraten …»

«Jean», sagte sie leise, «meine Karriere gehört auch zu meinem Leben.»

Er brauste auf.

«Dann geh doch zurück zu deinem beruflichen Aufstieg!», schrie er sie an.

Sie spürte seinen Schmerz und versuchte, ihn zur Vernunft zu bringen.

«Jeder von uns hängt an dem, was er hat. Und wir streben beide mit Leidenschaft nach dem, was uns erfüllt. Du hast einmal zu mir gesagt, das Atelier und deine Sklaven würden dir dabei helfen, dich in der Welt zu behaupten. Meine Stimme ist alles, was ich besitze …»

«Du bist das einzige Gut, an dem mir wahrhaft etwas liegt.»

Sie spürte eine solche Verzweiflung in seiner Stimme, dass sie von ihm fortging, aus Angst, in Tränen auszubrechen.

Sie betrat das Schlafzimmer und legte ihre Kleider zusammen, um sie in den Reisesack zu packen. Er blieb eine Weile allein auf der Galerie zurück, dann hörte Minette den Hufschlag eines davongaloppierenden Pferdes. Er kam erst abends zurück, völlig verdreckt und halb betrunken. Sie empfing ihn ohne Vorwurf und half ihm dabei, sich auszuziehen.

«Wann reist du ab?», fragte er.

«Morgen.»

Knurrend legte er sich auf das Bett und gab vor zu schlafen.

Er berührte sie nicht, und sie wagte nicht, sein Verlangen zu wecken. Nachts hörte sie, wie er langsam aufwachte. Er ging ins Nebenzimmer und kam mit einer Flasche Rum zurück, die er ans Fußende des Bettes stellte. Dreimal stand er unendlich vorsichtig auf und trank in langen Zügen direkt aus der Flasche. Beim dritten Mal fiel er sturzbetrunken zurück aufs Bett. Da deckte sie ihn zu wie ein Kind und weinte. Als sie am nächsten Morgen das Haus verließ, schlief er noch. Sie küsste Ninninne und gab ihr einen Brief für Marie-Rose.

«Geh zu Madame Saint-Ar. Und frag nach Mademoiselle Marie-Rose. Hast du verstanden?»

«Demoiselle Marie-Rose bei Dame Saint-Ar», wiederholte sie.

Dann griff sie nach Minettes Händen.

«Du verlässt uns also, Herrin?»

«Leider ja, Ninninne.»

«Was soll denn aus ihm werden, wenn du gehst?»

«Gib gut auf ihn acht, hörst du, und wenn du mir eine Nachricht schicken willst, dann geh zu Mademoiselle Marie-Rose, sie wird dir helfen.»

«Gut, Herrin.»

«Leb wohl, mein altes Großmütterchen.»

«Gott segne dich.»

Ein Sklave half ihr aufs Pferd, und sie verließ das kleine Haus in Boucassin, wo sie Stunden verlebt hatte, die sie nie mehr vergessen würde.

XX

Es war elf Uhr am Morgen, als sie in Port-au-Prince eintraf. Jasmine brach in Tränen aus, als sie sie sah, entriss sie den Händen der Krämerinnen und brachte sie ins Haus.

«Jesus, Maria, wie groß du geworden bist, und wie du dich verändert hast!»

«In gerade einmal zwei Wochen, meine gute Maman?»

«Du hast dich tatsächlich verändert. Dein Blick ist nicht mehr derselbe.»

Während sie noch redete, brachte sie Minettes Gepäck in das schmale, kleine Schlafzimmer.

«Hast du schon gefrühstückt? Möchtest du etwas essen?»

«Ich kann noch ein wenig warten. Erzähl mir lieber von Joseph und Lise.»

«Es geht beiden gut. Lise feiert in Les Cayes große Erfolge, sie hat mir die überschwänglichsten Briefe geschrieben.»

«Dann ist meine kleine Schwester ja glücklich.»

Plaudernd packte Jasmine den Reisesack aus. Minette lag auf dem Bett und beobachtete ihre Mutter verstohlen. Sie bemerkte, dass sich graue Strähnen in das zu einem nachlässigen Knoten geschlungene Haar gemischt hatten und sich in ihrem vorzeitig gealterten Gesicht eine tiefe Falte an der erschlafften Wange entlangzog.

«Ich finde, du bist diejenige, die sich verändert hat, Maman», konnte sie sich nicht verkneifen, zu bemerken.

Hastig wandte Jasmine das Gesicht ab, als machte dieser forschende Blick ihr Angst.

«Ich bin eine alte Frau, das weißt du doch, eine alte, verlassene Frau.»

Sie ging aus dem Zimmer und kam ein paar Minuten später mit einer Tasse zurück, die mit einer gelblichen Flüssigkeit gefüllt war.

«Hier», sagte sie, «ich habe dir einen Zitronengrastee gekocht, schön duftend, so, wie du ihn magst.»

Minette nahm ihr die Tasse aus den Händen und trank ein paar Schlucke.

«Hast du mir nichts zu sagen, Maman?»

Sie stellte die Tasse auf das Tischchen neben dem Bett.

«Maman!»

In dem Moment stieß jemand schwungvoll die Haustür auf. Wie erlöst, eilte Jasmine aus dem Zimmer, um nachzusehen, wer gekommen war. Minette hörte Nicolettes schrille Stimme. Dann schien ihr, als flüsterte Jasmine, denn es folgte eine kurze Stille, in der sie nichts mehr hörte.

Sie stand auf und verließ ebenfalls das Schlafzimmer.

«Ah, da bist du ja», rief Nicolette in ihrem schleppenden Kreolisch. «Gut siehst du aus! Lass mich dir einen Kuss geben ... Und was ist mit deinen Kleidern? Hatten sie Erfolg?»

Sie kicherte anzüglich.

«Die Luft von Arcahaie hat eine belebende Wirkung ...»

Dann zog sie eine Nachricht aus ihrem Mieder und hielt sie Minette hin.

«Liest du mir das vor?», bat sie. «Meinem Verehrer ist nichts Besseres eingefallen, als mir einen Liebesbrief zu schreiben. Allerdings muss ich gestehen, dass ich mich auch nie getraut habe, ihm zu sagen, dass ich nicht lesen kann.»

«Dann wird es höchste Zeit, dass du es lernst», entgegnete Minette und überflog die Zeilen.

«Wozu? Das nutzt einem doch nichts. Man lernt nicht aus Büchern, wie man mit Männern ins Bett geht.»

Jasmine warf ihr einen entrüsteten Blick zu und ging aus dem Raum.

«Na, was steht denn jetzt da?», fragte Nicolette und nahm Minette den Brief aus den Händen.

«Das ist kein Liebesbrief», antwortete Minette, «sondern eine Trennung.»

«Was?»

«Dieser Herr teilt dir mit, dass er heiraten wird, und warnt dich, ja keinen Versuch mehr zu unternehmen, ihn wiederzusehen.»

«Oh, dieses Schwein! Da merkt man doch gleich, dass er kein Adliger ist. Ach was, mir egal! Einer weg, da finden sich hundert Neue ...»

Sie zerriss den Brief und beugte sich zu Minette hinüber.

«Und jetzt erzähl. Ist der Weiße, zu dem du gefahren bist, wenigstens treu?»

«Es ist überhaupt kein Weißer.»

«Jesus, Maria und Joseph! Wir sind doch alle gleich. Für Geld und den schönen Schein schlafen wir mit Weißen, aber den Mann fürs Herz, den suchen wir unter den *affranchis*. Sogar Tausendlieb ...»

Und sie erzählte ihr die erstaunliche Liebesgeschichte ihrer Freundin, in die sowohl ein mittelloser Weißer als auch ein junger Mulatte «mit seidigem Haar» verliebt gewesen waren: «Jawohl, meine Liebe! Der Weiße hat den Mulatten absichtlich beleidigt, worauf dieser mit einer entsprechenden Antwort reagierte. Daraufhin hat der Weiße behauptet, der Mulatte hätte die Hand gegen ihn erhoben, und ihn verhaften lassen. Das Gericht hat den jungen Mulatten auspeitschen lassen, und der ist danach aus Empörung über diese Behandlung gestorben.»

Nicolette zufolge war das der Grund für Tausendliebs liederlichen Lebenswandel.

«Damals führte sie noch ihren Taufnamen: Marie-Rose ...»

«Marie-Rose», wiederholte Minette leise.

Unversehens stürmte eine solche Flut von Erinnerungen auf sie ein, dass ihr schwindlig wurde: Das Bild ihres Geliebten füllte ihr Herz, und in ihrem Mund bemerkte sie einen Hauch jenes salzigen Geschmacks, der den Tränen vorausgeht. Unter dem Vorwand, sie sei sehr müde, schickte sie Nicolette fort, und ging zurück ins Schlafzimmer, wo sie Jasmine antraf.

«Diese Nicolette ist ein verdorbenes Gör», schimpfte Jasmine.

«Sie ist kein schlechtes Mädchen, Maman.»

«Es stimmt schon, dass sie sehr früh ihre Mutter verloren hat, aber was für ein Kreolisch sie spricht!»

«Sie hat auch nicht wie wir in einem Herrenhaus gelebt.»

«Was meinst du?»

«Sie ist in Freiheit geboren, und auch ihre Mutter wurde in Freiheit geboren.»

Als Minette sah, wie ihre Mutter erschauerte, überkam sie mit einem Mal die Gewissheit, dass diese ihr etwas verschwieg.

Sie sprang vom Bett auf und klammerte sich an sie.

«Rede, Maman», beschwor sie sie, «so rede doch, ich flehe dich an.»

«Ach, ich wollte wenigstens diesen Tag mit dir verbringen», klagte Jasmine. «Ich wollte die traurige Nachricht wenigstens um einen Tag hinauszögern. Mein Haar ist noch weißer geworden, mein Gesicht ist von neuen Falten gezeichnet, und daran ist diese Sache, diese entsetzliche Sache, schuld …»

«Nun rede doch endlich, Maman», schrie Minette.

Und in ihrer schrecklichen Ungeduld schüttelte sie die unglückliche, völlig aufgelöste Frau.

«Joseph», begann Jasmine.

«Was ist mit ihm geschehen?»

«Man hat einen entlaufenen Sklaven bei ihm gefunden, und die Polizei hat ihn Monsieur de Caradeux übergeben.»

«Joseph, mein Gott!»

«Wir haben seitdem nichts mehr von ihm gehört. Am Tag nach seiner Verhaftung ist Labadie zu uns gekommen, er war in Begleitung einer jungen, sehr schönen schwarzen Frau.»

«Zoé!», rief Minette sofort.

Sie drängte ihre Tränen zurück und richtete notdürftig ihr Haar. Joseph bei Caradeux, Joseph ein Sklave, nein, das war unmöglich!

«Was hast du vor, Minette? Wir können nichts tun, das ist vergebliche Mühe. Bleib bei mir, bleib bei mir.»

Sie nahm ihre Tasche und küsste Jasmine.

«Maman, meine arme Maman! Wie hart das Leben doch ist!», sagte sie nur.

Sie umarmte sie und lief aus den Haus, wo die Krämerinnen und Nachbarn sie erneut mit freudigen Gesten begrüßten. Mit einem gezwungenen Lächeln erwiderte sie ihre Zuneigungsbekundungen und überquerte die von Ständen und fliegenden Händlern verstopfte Straße. Sie mied die Umgebung des Theaters und das Haus der Acquaires, ging die Rue de Bretagne entlang und durchquerte die Königlichen Gärten, um zum Haus der Lamberts zu gelangen.

In den Straßen fand sie das übliche Gedränge der Stadt, die bunt gemischte Schar ihrer Einwohner unverändert vor. Eine prächtige Kutsche fuhr dicht neben ihr vorbei. Der Kutscher zog an den Zügeln, und die Kalesche wurde langsamer. Ein Kopf beugte sich zwischen den Vorhängen heraus: Es war der Marquis de Chastenoye.

«Wo haben Sie sich denn in letzter Zeit versteckt, mein schönes Kind?», sprach der Greis sie an.

«Verzeihung, Monsieur, danke, Monsieur, es ist mir eine Ehre, Monsieur.»

Sie war so zerstreut, dass sie ihn beinahe nicht erkannt hätte. Während sie die Höflichkeitsfloskeln stammelte, die jedem Weißen seines Ranges gebührten, erinnerte sie sich an den Tag, als er sie vor der sicheren Verhaftung gerettet hatte. Er war mächtig, er würde ihr helfen können. Sie betrachtete ihn genauer: Er war alt, so alt, dass er gebrechlich wirkte. Sie lächelte ihn an, während sie jenem Strom aus Erinnerungen folgte, den das geringste Wort in ihr anschwellen ließ, bis ihr davon schwindlig wurde. Wie in einer Art Gedankenverknüpfung kam alles wieder hoch und führte sie keuchend zurück zu dem kleinen Haus in Boucassin.

«Willst du nicht einsteigen?», bat der alte Mann sie mit zittriger Stimme inständig.

Minettes Lippen bebten. Würde sie es schaffen, die schamlosen, schlüpfrigen Gesten dieses halb impotenten Greises über sich ergehen zu lassen? Mein Gott, wie mutig die Mädchen waren, die sich für Geld an solche Elendsgestalten verkauften!

Als sie neben ihm saß, bemerkte sie verwundert, dass er Abstand wahrte. Im respektvollen Ton eines Gönners erzählte er ihr, wie die Gesellschaft ihre Abwesenheit im Theater bemerkt hatte.

Sie sah ihm ins Gesicht.

«Für sie bin ich nichts als eine Art Hofnarr, der ihrer Belustigung dient, Monsieur.»

Freundlich nahm er ihre Hand, und die Geste wirkte so väterlich, dass sie ihn neugierig musterte.

Er hatte ein schmales Gesicht, das früher einmal energisch gewesen sein musste, und seine blauen Augen mit den welk gewordenen Lidern betrachteten diejenigen, auf die ihr Blick sich richtete, mit mehr Wohlwollen als Verachtung. Seine alten, gepuderten Züge wurden von einer Perücke eingerahmt, deren Locken auf ein plissiertes Jabot fielen. Von einer schweren, mit einer Diamantnadel befestigten Berlocke[118] führte eine goldene Kette über seine Brust und schwang gegen seine Weste.

«Seien Sie nicht verbittert, mein Kind. Ein Hofnarr plagt sich, um zu schmeicheln und die Menschen zum Lächeln zu bringen, Sie hingegen ...»

Er verstummte und ließ Minettes Hand auf ihren Rock sinken, wie um ihr zu beweisen, dass seine Geste nichts Anstößiges an sich hatte.

«Sie hingegen», fuhr er fort, «Sie verzaubern und betören, das ist ein großer Unterschied ...»

«Danke, Monsieur.»

«Sie sehen den Menschen ins Gesicht. Es gefällt mir, wenn jemand den Menschen, mit denen er redet, in die Augen blickt. Ich empfinde großes Wohlwollen für Sie: Ihre Stimme erinnert mich auf eigentümliche Weise an die einer Frau, die ich vor langer Zeit gekannt habe ... Vor sehr langer Zeit. Ich bin alt und lebe von Erinnerungen.»

Die Kutsche durchquerte die Königlichen Gärten in entgegengesetzter Richtung und erreichte den Häuserblock, in dem das Schauspielhaus lag.

«Sie sind am Ziel, mein Kind, hier ist das Theater.»

«Das Theater! Aber ich wollte doch gar nicht zum Theater ...»

«Dann wird der Kutscher Sie dorthin bringen, wo Sie es wünschen.»

Mit einem Mal bekam sie Angst vor ihm. Die unsinnige Angst, er könne herausfinden, dass sie zu Lambert wollte, und alles erraten. Sie war wie erstarrt, wie jedes Mal, wenn einer dieser Perücken tragenden Weißen das Wort an sie richtete. Die Angst der Unterdrückten vor dem uneingeschränkten Herrn, der sie mit einem einzigen Wink verschonen oder vernichten kann. Sie begann zu zittern.

«Was haben Sie, mein Kind?»

«Ich, Monsieur? Gar nichts.»

«Ich will Ihnen nichts Böses, glauben Sie mir.»

«Ja, Monsieur.»

«Habe ich Sie nicht schon einmal gerettet?»

«Doch, Monsieur.»

«Wieso zittern Sie dann?»

«Ich weiß es nicht, Monsieur.»

«Sie sehen mir ins Gesicht, aber gleichzeitig zittern Sie.»

Sie brach in Tränen aus und warf sich ihm zu Füßen auf ein seidenes Kissen, das auf dem Boden der Kutsche lag.

«Oh, Monsieur, Monsieur, wenn Sie mir doch nur helfen könnten.»

«Ich werde Ihnen helfen, aber setzen Sie sich wieder hin.»

«Mein Bruder, Monsieur ... der Marquis de Caradeux hat ihn geholt, weil er einen entlaufenen Sklaven versteckt hatte, und das bringt mich um.»

«Wie lautet sein Name?»

«Joseph Ogé.»

«Beruhigen Sie sich, mein Kind, und trocknen Sie Ihre Tränen. Ich verspreche, ich werde Ihnen helfen.»

Er rief dem Kutscher einen knappen Befehl zu.

«Wollen Sie hier aussteigen?»

«Gott hat Sie auf meinen Weg geführt! Oh, Monsieur, ich schwöre, dass ich Ihnen eines Tages meine Dankbarkeit beweisen werde!»

«Gehen Sie jetzt, mein Kind.»

Sie stieg so selbstbewusst und bei klarem Verstand aus der Kutsche, dass ihr schien, als hätte sie gerade in einem Theaterstück gespielt. Einem Theaterstück, das ihr dabei helfen sollte, Joseph zu retten. Ihr Kampf hatte gerade erst begonnen. Als Erstes würde sie zu den Lamberts laufen und danach Céliane de Caradeux aufsuchen. Wie um ihr Kraft zu geben, nahmen all diese Vorhaben in ihrem Inneren plötzlich Gestalt an. Ja, sie konnte kämpfen, ja, Joseph würde seine Freiheit wiedererlangen. Der Marquis de Chastenoye bewunderte und respektierte sie; und wieder war es ihre Stimme, die dieses Wunder bewirkt hatte. Ein einflussreicher, wohlhabender, adliger Weißer hatte zu ihr gesagt: «Sie verzaubern und betören», und er hatte für die Hilfe, um die sie bat, keinerlei Gegenleistung verlangt.

Sie achtete kaum auf die Vorübergehenden und eilte mit schnellen Schritten zum Haus der Lamberts.

Vor ihr ging ein in Lumpen gekleideter alter Schwarzer, hinkend und den Hut in der ausgestreckten Hand. Um seinen anderen Arm war ein dickes Tuch gewickelt, das sich plötzlich mit Blut vollsog. Er drehte sich um, und Minette sah in ein zutiefst verängstigtes, von Schmerzen verzerrtes Gesicht. Nur eine Sekunde später wich dieser Ausdruck aus seinen Zügen, und die dicken, wulstigen Lippen verzogen sich zu einem einfältigen Lächeln.

«Eine milde Gabe», bat er und hielt ihr mit der freien Hand seinen dreckverkrusteten Strohhut entgegen, «nu' eine kleine milde Gabe.»

Der Alte ging langsam, doch ab und an beschleunigte er seine Schritte, als wollte er die Straße so schnell wie möglich hinter sich lassen, ohne Aufsehen zu erregen. Sein umwickelter Arm blutete, und das Tuch färbte sich rot. Niemand beachtete ihn, die Menschen hasteten gleichgültig an ihm vorbei. Als er den Blick auf seinen Verband richtete, hatte Minette, die dicht hinter ihm ging, den Eindruck, als wandelte sich seine Angst unvermittelt in Panik. Sie nahm ihr Brusttuch ab, ging so nah an den Verletzten heran, dass sie ihn berührte, und steckte es ihm im Vorübergehen heimlich zu. Hastig band er es sich um den Arm und folgte nun ihr. Sie bog einmal ab, ein zweites Mal, er folgte ihr immer noch. Als sie an die Tür der Lamberts klopfte, holte er sie ein und hob den Kopf.

«Mein Gott!», entfuhr es ihr.

Er war so bleich, dass sein schwarzes Gesicht die Farbe von Asche angenommen hatte.

Die Tür wurde geöffnet, und Zoé stand vor ihnen.

«Minette!», rief sie.

Dann sah sie den Bettler an.

«Ich bin verletzt», flüsterte der Krüppel mit letzter Kraft und schwankte, als würde er gleich umfallen.

Zoé schaute die Straße hinauf und hinab, dann griff sie nach seinem Handgelenk.

«Komm herein», sagte sie und schloss sorgsam die Tür hinter ihnen.

Kaum hatte er das Innere des Hauses betreten, da brach er in Tränen aus.

«Sie haben mir den Arm abgesägt, sie haben mir den Arm abgesägt ...»

«Komm.»

Mit Minettes Hilfe schleppte sie ihn zu Lamberts Werkstatt.

Als dieser sie herankommen sah, schloss er das kleine Fenster, durch das frische Luft in den Raum gelangte.

«Woher kommst du?», wollte Lambert wissen und legte den Zeigefinger unter das Kinn des Verletzten, um diesen zu zwingen, ihn anzusehen.

«Ich komme von weither. Aus dem Atelier des Sieur Laplace an der Straße nach Arcahaie. Ein Sklave war zum Tod durch Verhungern verurteilt worden, und sie haben mich dabei erwischt, wie ich ihm zu essen gegeben habe. Zur Strafe sollte mir erst jeden Tag ein Arm oder ein Bein abgesägt werden, und danach würde ich lebendig begraben werden. Andere Sklaven haben mir zur Flucht verholfen.»

Er fiel auf die Knie und deutete auf seinen Armstumpf.

«Auf der Straße bin ich diesem jungen Fräulein begegnet. Mein Arm blutete, sie hat mir ihr Tuch zugesteckt, und ich bin ihr nachgegangen ...»

Er sah Minette an und begann wieder zu weinen.

«Lass mich nicht im Stich, junges Fräulein, lass mich nicht im Stich», flehte er.

«Jemand muss ihn zu Louise bringen», sagte Lambert.

«Ich bringe ihn hin», antwortete Zoé.

«Mach dich bereit, Schwester», entgegnete Lambert lediglich, «und möge Gott dich dafür segnen, dass du dich unserem Anliegen so ganz und gar verschreibst.»

Dann wandte er sich an Minette.

«Du hast deine Freiheit aufs Spiel gesetzt.»

«Andere tun mehr als ich.»

«Schon gut, geh mit Zoé.»

Er beugte sich zu dem Sklaven hinab und legte die Hände um seinen Armstumpf, dann sah er ihn aus seinen riesigen Augen, mit diesem Blick, dem kaum jemand standzuhalten vermochte, fest an.

«Wir werden dich verbinden, dann gehst du mit meiner Schwester zu jemandem, der dir dabei helfen wird, in die Berge zu fliehen. Mögest du niemals vergessen, dass wir unsere Freiheit aufs Spiel setzen, indem wir dich schützen.»

«Oh nein, das werde ich nicht vergessen, nein, bei allen Göttern Guineas und bei Jesus Christus unserem Erlöser, niemals, niemals …»

«Sei still», wies Lambert ihn an, «und wappne dich, um nicht zu schreien, ich verbinde jetzt deine Wunde …»

Minette und Zoé waren ins Haus zurückgegangen, wo in einem der Zimmer die beiden Alten in Schaukelstühlen aus hellem Holz saßen. Sie erkannten Minette wieder und fragten sie, weshalb sie so lange fortgeblieben sei. Die Augen des Vaters, die denen seiner Kinder so ähnlich sahen, folgten jeder Geste von Zoé, während diese sich ankleidete.

«Wo gehst du hin?», fragte die Mutter in ihrem martiniquischen Kreolisch.

«Zu Louise, Maman.»

«Begleitest du jemanden?»

«Ja, Maman.»

«Pass auf dich auf, Zoé, ich bin alt, ich brauche dich.»

«Ich weiß, Maman …»

«Ich habe unsere Freiheit sehr teuer erkauft, Zoé …»

Mit einem Schlag veränderte sich der Ausdruck in den Augen der jungen Frau. Ein feuriger Glanz schien darin auf, als sei ihr Blick auf etwas glühend Heißes gerichtet.

«Nimm mir nicht den Mut», entgegnete sie in gepresstem Ton, als unterdrückte sie einen grauenvollen Schmerz.

«Lass sie», mischte der Vater sich ein und sah zu seiner Tochter auf.

«Wir sind alt, sehr alt, und unsere Kinder haben nichts anderes im Sinn, als sich ins Verderben zu stürzen.»

Sie senkte den Kopf, und in dieser Haltung sprach sie weiter, als schämte sie sich für die Worte, die über ihre Lippen kamen.

«Denk an die Vergangenheit, Zoé, erinnere dich …»

«Die Vergangenheit …!»

«Ja, unser Leid, deine Kindheit, die deines Bruders …»

Sie erhob sich aus dem Schaukelstuhl und ging mit mühsamen Schritten auf ihre Tochter zu.

«Erinnere dich, Zoé, erinnere dich an die Peitsche, den Hunger, die Erschöpfung, die Angst …»

Die junge Frau schrie leise auf und warf sich gegen den Tisch, vornübergebeugt, den Kopf zwischen den Armen verborgen.

Minette erschauerte. An welche Qualen musste sich Zoé erinnern, dass sie dieser Schwäche nachgab.

«Erinnere dich», fuhr die Stimme der Mutter fort.

«Lass sie», schrie der Vater erneut.

Doch sie sprach weiter, und ihre zögerlichen Schritte, ihre zitternden Hände, ihre aufgewühlten Züge verrieten die Verzweiflung, die Furcht, die Angst, jene entsetzliche, alltägliche Angst, die ihre Glieder seit ihrer frühesten Jugend zittern ließ. Mit erhobener Stimme verlieh sie ihr Ausdruck, ohne jede Scham, die verkrümmten Hände zur Decke erhoben.

«Ich habe Angst, ich habe Angst …»

Wie ein Hauch waren die Worte über ihre Lippen gekommen, ein Hauch, der sie zu verstärken, sie rot zu färben schien, rot wie Blut, ihr eigenes Blut, das Blut der ehemaligen Sklavin, die, um ihre Freiheit und die ihrer Kinder zu erkaufen, das Martyrium der Prostitution auf sich genommen und sich den Weißen, die sich auf der Plantage verdingten,[119] und den Sklaven im Atelier hingegeben hatte. Genug Geld zu verdienen, nur deshalb war sie zur Liebeshändlerin geworden, und wenn sie abends mit schmerzenden Gliedern in ihre Stampflehmhütte zurückkehrte, befriedigte sie die Männer, halb besinnungslos vor Erschöpfung, in demselben Raum, in dem auch ihr Mann und ihre Kinder schliefen.

In höchster Erregung griff Minette nach den Händen der alten Frau.

«Ich werde Zoé auf ihre Mission begleiten, das verspreche ich dir ...»

Zoé hob den Kopf. Sie wirkte so ruhig, als hätte sie alle Gefühle tief in ihrem Inneren vergraben. Nur in ihren weit offenen, nach wie vor fiebrig glänzenden Augen lag noch eine Spur von Verstörtheit. Sie kleidete sich fertig an und knotete den *madras* um ihr Haar, dann kramte sie in einer Schublade und holte ein *makandal* heraus, das sie einen Moment schweigend betrachtete.

«Komm, Minette», sagte sie bloß.

«Hast du nichts vergessen, meine Tochter?»

«Ich habe nichts vergessen, Maman ...»

Da begann die Alte so heftig zu weinen, dass ihr ganzer Körper von Krämpfen geschüttelt zu werden schien. Und doch rann nicht eine Träne über ihre Wangen. Ihre Quelle war versiegt, aber die Angst, die sie rief, war noch so lebendig, dass sie sie vollständig umklammert hielt.

Eine Sekunde lang fühlte sich Minette von dieser unbeherrschbaren Angst angesteckt. Am liebsten hätte sie sie einfach allein gelassen, wäre nach Hause geflohen und niemals wieder zurückgekehrt. Ich setze meine Freiheit aufs Spiel, sagte sie sich erschauernd. Wie um ihre Nervosität noch zu steigern, klammerte sich die Alte an Zoés Arm.

«Sei vorsichtig, meine Tochter ...»

«Ich werde vorsichtig sein, Maman.»

Sie ging zu ihrem Vater. Einen kurzen Moment verschmolzen ihre einander so ähnlichen Blicke.

«Gib acht, dass niemand in deinen Augen liest», sagte der Alte nur, «deine Augen sprechen.»

Zoé beugte sich zu ihm hinab und küsste ihn versehentlich oberhalb der Wange. Der Kuss klang hohl, als sei er in ein Loch gefallen. Minette wandte den Kopf und sah zu ihm hin: Eines der Ohren das alten Mannes fehlte, es war am Ansatz abgeschnitten worden.

XXI

Den Weg von Zoé zu Louise Rasteau, wo sie den zur Sicherheit als Krämerin verkleideten Sklaven zurückließen, brachten sie ohne Zwischenfälle hinter sich. Minette hatte nichts Schlimmeres zu erdulden brauchen als ihre eigenen Ängste, und kaum waren sie wieder zurück bei den Lamberts, fühlte sie sich bereit, selbst die gefährlichsten Aufträge zu übernehmen. Sie ließ Zoé bei ihren Eltern und ging zu Jean-Pierre in dessen Werkstatt, wo er gerade Pfeife rauchend ein Brett zurechtsägte.

«Willst du mit mir reden, Kleines?», fragte er, als er sie sah.

«Ich werde zu Joseph gehen, Lambert», sagte sie ohne Umschweife.

«Beim Marquis? Das wäre Wahnsinn. Das Haus wird von reißenden Hunden und bis an die Zähne bewaffneten Sklaven bewacht.»

«Mademoiselle hat mich gebeten, sie zu besuchen.»

«Dich?»

«Ja, mich. Sie hört mich gern singen, und ...»

«Wenn du das tun könntest ... Wenn das möglich wäre ...»

Er ließ die Säge los, legte die Pfeife auf den Tisch und sah Minette an.

«Zoé hat recht, du bist kein Hasenfuß.»

«Danke.»

Er trat zu Minette und legte seine kräftigen Hände auf ihre Schultern.

«Kann ich mich auf dich verlassen?»

«Ich bin kein Hasenfuß, Lambert», wiederholte sie seine Worte und sah ihm stolz ins Gesicht.

«Daran zweifle ich nicht ... Aber ich will dich lieber nicht allzu großen Gefahren aussetzen ... Auf seine Weise ist uns dein Talent in der Welt der Weißen von Nutzen. Du glaubst mir nicht? Aber es stimmt. So gibt es eine Vielzahl großer und kleiner Dinge, die indirekt demselben Ziel dienen ... Wenn ich dir bisher noch nie dafür gedankt habe, dass du so gut singst, dann lass es mich heute tun.»

«Danke, Lambert.»

Jäh zerriss der Hufschlag eines galoppierenden Pferdes die Stille in der schmalen Straße. Lambert horchte auf, und Minette sah, wie plötzliche Sorge seine Gesichtszüge verzerrte.

«Das ist vielleicht ein Soldat der Maréchaussée», sagte er knapp.

Wiehernd hielt das Pferd vor der Tür des Hauses, und Minette sah, wie Lambert erschauerte und die Fäuste ballte. Dann entfernte sich der Hufschlag.

«Sei vorsichtig, wenn du das Haus verlässt», sagte er daraufhin, «und komm wieder, wenn du Neuigkeiten von Joseph hast.»

«Kann ich jetzt gehen?»

«Warte.»

Er ging zur Vordertür, öffnete sie einen Spalt und suchte mit Blicken die Straße ab.

«Geh», sagte er dann.

Die Erinnerung an Joseph verfolgte sie, bis sie das Theater erreichte. Dort traf sie die anwesenden Schauspieler fassungslos an, denn kurz zuvor war die schreckliche Nachricht vom Tod François Saint-Martins eingetroffen. Mit geröteten Augen kam Goulard ihr entgegen. Er küsste ihr die Hand und schnäuzte sich. Sie alle waren so entsetzlich traurig, dass Minette sich für einen Moment wünschte, nach Arcahaie zurück zu fliehen. Seit sie wieder da war, gab es für sie nur traurige Neuigkeiten. Nach Joseph nun Saint-Martin. Was sollte Lise jetzt tun? Wie allein sie sich fühlen musste, mit diesem Toten, um den sie sich zu kümmern hatte!

«Armer François», sagte Macarty, «zu sterben war das Einzige, was ihm überhaupt nicht ähnlich sah.»

«Woran ist er denn gestorben?», fragte Minette erschüttert.

«Am Fieber. Wir haben hier einen Brief von dem Notar, dem er seinen letzten Willen diktiert hat.»

«Lise hat nicht geschrieben?»

«Davon wissen wir nichts.»

In dem Moment kamen die Acquaires. Sie küssten Minette, dann fielen sie Macarty und Nelanger schluchzend in die Arme.

Die blonde Dubuisson, die etwas weniger selbstgefällig war, seit man sie ausgepfiffen hatte, beobachtete Minette verstohlen. Was hat dieses Mädchen nur an sich, schien sie sich zu fragen, dass das Publikum es so sehr liebt? Laut seufzend putzten sich Madame Tesseyre und Magdeleine Brousse die Nase. Saint-Martins Tod rief die Erinnerung an die kleine Rose wieder wach, und die schluchzende Madame Tesseyre hätte nicht genau zu sagen gewusst, um wen sie gerade weinte. Madame Valville dagegen hatte ihre vogelgleiche Lebhaftigkeit eingebüßt und hüllte sich in gekränktes Schweigen.

«Mein Gott», stammelte Magdeleine Brousse, «was ist der Tod doch für eine grässliche Sache!»

Sie hatte noch nicht ausgesprochen, da kam François Mesplès herein. Er war so bestürzt, dass er Minettes Anwesenheit gar nicht bemerkte. Er schüttelte den Schauspielern die Hand und murmelte unentwegt: «Was für eine schreckliche Nachricht, was für eine schreckliche Nachricht …!»

Minette stand zwischen Goulard und Mademoiselle Dubuisson. Mesplès entdeckte sie, als er Goulard die Hand reichte, und seine aufgewühlte Miene verzog sich zu einer ebenso gereizten wie versöhnlichen Grimasse.

«Ah, da bist du ja wieder», sagte er, ohne ihr die Hand zu geben. «Du musst deinen kleinen Triumph genossen haben. Du verschwindest. Das Publikum verlangt nach dir, und schon schreibt man und bittet dich zurückzukommen … Meine Güte …!»

Dann wandte er sich an Mademoiselle Dubuisson.

«Was Sie angeht, mit ihrem schiefen Ton …!»

«Sie hatte Halsschmerzen», sagte Madame Valville kühl.

«Dann hätten Sie sie nicht singen lassen dürfen.»

«Ich fühle mich ganz merkwürdig in letzter Zeit», wandte nun auch die junge Dubuisson ein und sah scheinheilig in Minettes Richtung.

«Was meinen Sie damit?», wollte Mesplès wissen.

«Ach, ich weiß nicht … Einen Tag nach der Abreise dieses Mädchens wurde ich plötzlich heiser und bekam Migräne … In diesem Land sind die Weißen solchen Leuten und ihrem scheußlichen Aberglauben hilflos ausgeliefert …»

«Sind Sie verrückt?», rief Minette aufgebracht.

«Seien Sie still», fiel Mesplès ihr ins Wort. «Wie kommen Sie dazu, Mademoiselle Dubuisson als verrückt zu bezeichnen?»

«Sie beleidigt mich.»

Goulard ging dazwischen, und auch Madame Acquaire verteidigte Minette, indem sie sich für ihre Unschuld verbürgte.

«Meinetwegen», entgegnete Mesplès. «Ich bin für diesen Schlamassel nicht verantwortlich. Sie haben das Mädchen auf die Bühne geholt,. Das Publikum vergöttert es, jetzt sehen Sie zu, wie Sie zurechtkommen. Solange ich mein Geld bekomme, soll mir von nun an alles egal sein.»

Mechanisch strich er sich über den dicken Bauch, und eine lange Sekunde hielt er Minettes Blick stand.

Dieses kleine Luder ist die schönste *affranchie*, die ich je gesehen habe, dachte er. Und sie schämt sich nicht einmal, einem Weißen in die Augen zu sehen … Oh, wenn sie nur nicht diese Stimme hätte …!

Er ging und ließ die Schauspieler zurück. Zu deren Bestürzung über die Nachricht von Saint-Martins Tod gesellte sich die Sorge über die Verbindlichkeiten, denen sie sich gegenübersahen. Das Schauspielhaus ächzte unter hohen Schulden. Die Kolonisten hatten seit drei Monaten ihre Abonnements nicht mehr bezahlt. Sie hatten Zahlungsverpflichtungen unterzeichnet, mit denen man wie üblich bei Mesplès vorstellig werden müsste, damit er dem Theater zu einem Wucherzins Geld vorstreckte. Saint-Martin, der getreu seiner Künstlernatur nie auch nur einen Gedanken an den Tod verschwendet und sein Leben im Vertrauen auf sein Glück und in die Würfel gelebt hatte, schuldete den Bühnenarbeitern, den Kulissenmalern, den Portiers, ja sogar den Grenadieren, die für Ordnung im Saal sorgten, Geld. Monsieur Acquaire stieß einen gewaltigen Seufzer aus, und sein Auge zuckte grotesk.

«Saint-Martin hat uns leere Kassen hinterlassen. Wer übernimmt jetzt die Verantwortung?»

Depoix sah Favart an. Die beiden Unzertrennlichen tauschten ein Lächeln und traten vor.

«Wir.»

«Gut», sagte Goulard, «aber ich warne euch, das Schauspielhaus schuldet den Darstellern genauso viel wie den Bühnenarbeitern.»

«Wenn der Gouverneur uns die Leitung des Theaters überträgt, werden wir mit allem fertig», versprach Favart.

«Viel Glück dabei!», wünschte Magdeleine Brousse, immer noch untröstlich über den Tod des jungen Direktors.

«Danke», entgegnete Depoix kühl.

Sie gingen auseinander, und Minette verließ das Gebäude in Begleitung von Magdeleine Brousse, die wütend über das Leben schimpfte.

«Oh, dieses elende Leben, ich schwöre dir, es ist von Anfang bis Ende ein scheußliches Elend. Ich versuche, das zu vergessen, indem ich mit allen Männern ins Bett gehe, die mir gefallen. Das ist die einzige Möglichkeit, alt zu werden und zu sterben, ohne etwas zu bereuen.»

Um Minette zu beweisen, dass dies keine leeren Worte waren, verabschiedete sie sich von ihr und wandte sich einem jungen Offizier zu, der ihren Namen rief.

«Auf bald», sagte sie. «Ich werde das elende Leben für ein paar Stunden in den Armen dieses jungen Mannes vergessen.»

Der Offizier betrachtete Minette. Er war schlank, groß, und das schwarze Haar fiel ihm in wilden Locken in die Stirn. Darunter leuchteten zwei herrliche blaue Augen.

«Bring deine Freundin mit», rief er Magdeleine zu.

«Willst du mitkommen?», fragte diese Minette.

«Nein.»

«Bring sie her», ließ der Offizier nicht locker.

«Sie will nicht.»

«Weil sie mich noch nicht aus der Nähe gesehen hat ...»

Eine Faust an die Hüfte gelegt, kam er herüber, und sein unwiderstehliches, lächelndes junges Gesicht beugte sich zu Minette hinab.

«Na, was ist, kommst du mit?»

«Nein.»

«Gefalle ich dir nicht?»

«Nein.»

Sie schenkte ihm ein verführerisches Lächeln und machte sich auf den Heimweg. Ihre Kehle war trocken, und mit einem Mal schien ihr, als hätte sie die letzten Stunden durchlebt, ohne sich wirklich darüber klar zu werden, ob sie litt oder nicht. Als sie die Rue Traversière erreichte, waren die Krämerinnen zum Glück schon hineingegangen. Sie war so müde, dass sie nicht fähig gewesen wäre, mit ihnen zu reden. Nur der Maler Perrosier stand vor seiner Tür, so dreckig und betrunken wie immer.

«Komm und steh mir Modell, junge Schönheit», rief er lachend.

Sie rannte davon, öffnete die Haustür, durchquerte den vorderen Raum und ging ins Schlafzimmer. Es war leer. Sie ließ sich auf ihr Bett fallen und blieb, den Blick zur Decke gewandt, reglos liegen. Jean, Jean-Baptiste Lapointe!, schrie ihr Herz. Joseph! Joseph bei Caradeux, Joseph ein Sklave! Nein, nein, nein! «Mein Gott», flüsterte sie, «hab Erbarmen, hab doch Erbarmen mit uns.» Dann rief sie sich die jüngsten Beleidigungen in Erinnerung, mit denen die Dubuisson und Mesplès sie bedacht hatten.

Jasmine steckte den Kopf durch den Türspalt.

«Da bist du ja. Möchtest du etwas essen?»

«Trinken, Maman, gib mir etwas zu trinken, bitte.»

Jasmine reichte ihr ein großes Glas kühles Wasser. Sie stürzte es hinunter, ohne auch nur einmal Luft zu holen. Danach blieb sie im Bett, aufrecht sitzend nun, und dachte, ohne sich zu rühren, an so viele Dinge gleichzeitig, dass ihr der Kopf schmerzte. Was genau wollte sie? Nach Boucassin zurückkehren, Joseph befreien, die Weißen ohrfeigen, die sie beleidigten? Sie kämpfte, gefangen im Mahlwerk der drei unmöglichen Optionen. Schließlich vertrieb sie diese Bilder aus dem Kopf und bemühte sich, ihre Gedanken auf ein realistischeres Vorhaben zu lenken. Sollte sie sich noch länger von den Theaterleuten beleidigen lassen? Saint-Martin war tot, und er schuldete ihr die Gage für fast drei Jahre Arbeit. Sie würde das Geld einfordern, das ihr zustand, und von Mademoiselle Dubuisson und François Mesplès eine Entschuldigung verlangen. Sie rief nach ihrer Mutter.

«Lise kommt bald zurück, Maman», teilte sie ihr mit. «Monsieur Saint-Martin ist in Les Cayes gestorben.»

«Der junge Direktor, mein Gott! Und Lise ist ganz allein da unten!»

«Man wird sie dort schon nicht fressen, Maman. Ich kann ihr nicht verzeihen, dass sie nicht ein Wort darüber geschrieben hat.»

«Sie muss schon auf dem Heimweg sein, mein Gott, mein Gott …!»

Minette stand auf und begann sich auszuziehen. Sie nahm ein Bad und legte sich wieder hin. Abends kam Lise nach Hause, und sie sah so mitgenommen aus, dass Minette alle Vorwürfe vergaß und sie schweigend in die Arme nahm.

«Oh, es war entsetzlich, so entsetzlich, Minette», vertraute sie ihr an, kaum dass sie angekommen war. «Er hat sich gewehrt, er wollte nicht sterben, er klammerte sich an die Laken, an meinen Arm, an den des Arztes. Oh, das werde ich nie wieder vergessen …»

Jasmine machte ihr sogleich einen beruhigenden Kräutertee und steckte sie ins Bett.

«Oh, Maman, er war so gut zu mir, so aufmerksam. Er war wie ein Bruder, wie ein älterer Bruder, ich hätte nie gedacht, dass mich ein Weißer jemals so behandeln könnte …»

«Rede nicht mehr darüber», riet ihre Mutter.

«Aber ich werde es nie, niemals wieder vergessen können. Er wollte nicht sterben, er wollte nicht …»

Sie schluchzte, während die ersten Krämerinnen, die gesehen hatten, wie sie angekommen war, herbeieilten, um sie auszufragen und ihr gute Ratschläge zu geben. Minette hätte sie am liebsten hinausgeworfen. Sie drängten sich in dem kleinen Zimmer, redeten alle durcheinander und wiegten die mit farbenfrohen *madras* geschmückten Köpfe. Mitten in diesen Trubel platzte Pitchoun hinein, um zu verkünden, dass er in die Miliz[120] eintreten werde.

«Bald bin ich ein Soldat in Uniform, und wenn ich dir dann ein bisschen gefalle, dann … dann …»

Sein Gestotter belustigte Minette.

«Du wirst mir bestimmt sehr gefallen.»

Da beugte er sich unvermittelt vor und küsste sie auf die Wange.

«Du närrischer Junge!», sagte sie und zerzauste ihm liebevoll das lockige Haar. «Komm und sag Lise Guten Tag. Ich muss jetzt ins Schauspielhaus. Entschuldige mich ...»

Als sie auf dem Weg dorthin plötzlich mit der Stirn gegen die Füße eines Gehenkten stieß, durchfuhr sie ein solcher Schreck, dass sie spürte, wie sie wankte.

Ein farbiger Mann schwang am Ende eines Stricks. Man hatte ihm einen Sack über den Kopf gezogen, und an seinen Füßen war ein Schild befestigt. Entsetzt las Minette darauf die folgenden Worte:

«Erstickt ihre Forderungen.»

Eine Minute stand sie da, ohne einen Gedanken zu fassen, ohne auch nur die Schaulustigen zu bemerken, die sich allmählich zusammenscharten. Dann machte sie kehrt und rannte zurück nach Hause, rannte an ihrer Mutter vorbei, ohne sie anzusehen, und stürmte durch die Vordertür, wo sie mit Pitchoun zusammenprallte, der in diesem Moment herauskam.

«Was hast du, Minette?»

«Oh, lass mich.»

«Sag doch, was hast du?»

«Was soll ich dir sagen?», schrie sie ihn derart gereizt an, dass er sie verdutzt musterte. «Dass sie einen Farbigen aufgehängt haben? Weißt du nicht ebenso gut wie ich, dass solche Dinge passieren?»

Sie verbarg das Gesicht in ihren Händen.

«Minette ...!»

«Ich habe kehrtgemacht, verstehst du? Ich war auf dem Weg ins Schauspielhaus, um dort das Geld einzufordern, das sie mir seit drei Jahren schulden. Ich wollte von ihnen eine Entschuldigung verlangen für ihre grundlosen Beleidigungen, ich wollte ... ich wollte ...»

Sie lachte auf, ein schrilles, nervöses Lachen, das so falsch klang, dass Pitchoun ihre Hände packte.

«Hör mir zu, Minette, hör mir zu ...»

«Ach, lass mich doch in Frieden ...»

«Ich bin kein Kind mehr, hör mir zu ...»

«Lass mich, ich flehe dich an, lass mich, lass mich!»

Er ließ ihre Hände los, verließ das Zimmer und schlug die Tür hinter sich zu. Als sie wieder zur Besinnung kam, rannte sie hinter ihm her, um ihn zurückzurufen, aber er war nirgends mehr zu sehen.

Sie setzte sich einen Moment lang und starrte reglos vor sich hin.

«Minette!», rief Lise.

Sie stand auf und öffnete die Tür zum Schlafzimmer.

«Was war das gerade mit Pitchoun?»

«Nichts», antwortete Minette.

«Du wirkst erregt.»

«Ja. Aber es ist nichts.»

Lise hatte einen kühlenden Umschlag auf der Stirn, und ihre Augen waren immer noch rot vom Weinen.

«Ich habe Hunger», stammelte sie, beinahe verschämt.

«Ich hole dir etwas zu essen. Aber ich glaube nicht, dass wir noch viel im Haus haben. Und ich habe keinen einzigen Sol. Was ist mit dir, hast du in Les Cayes etwas Geld verdient?»

«Ja», gestand sie, «aber davon musste ich meine Kostüme bezahlen.»

Minette ging hinaus und kam mit einem Stück Brot und etwas Karamellkonfekt zurück, das sie ihrer Schwester reichte.

«Das ist alles, was ich finden konnte.»

Hastig setzte Lise sich auf und machte sich gierig darüber her.

«Ich habe seit gestern nichts mehr gegessen», sagte sie, wie um sich zu entschuldigen.

Und während sie Bissen und Bissen verschlang, erzählte sie Minette von ihrem Bühnendebüt, ihren Erfolgen und Saint-Martins Tod.

«Oh, wenn du mich nur als Thérèse gesehen hättest, mit meinem bunten Caraco, meiner Pfeife und meinem gerafften Rock! Monsieur Saint-Martin spielte den Papa Simon. Es war ein großartiger Erfolg ...!»[121]

Minette verzog spöttisch das Gesicht.

«Ich weiß, dass du die einheimischen Stücke nicht magst. Aber dieses ist entzückend, glaub mir. Das Bühnenbild zeigt Papa Simons Hütte und einen kleinen Acker, und mein Partner war ein junger Weißer, den sie leider Gottes schwarz anmalen mussten. Er sah gut aus, aber jedes Mal, wenn er mich berührte, machten seine Hände mich schmutzig ...»

«Das ist einer der Gründe, weshalb ich die heimischen Stücke nicht leiden kann», sagte Minette wie zu sich selbst.

Ganz in ihre Erinnerungen versunken, setzte sich Lise im Bett auf und hielt mit einer Hand den Umschlag an ihrer Stirn fest.

«Glaubst du, ich könnte weiter auftreten? Ich würde gern nach Léogane gehen, dazu hat man mir in Les Cayes geraten.»[122]

«Wieso nicht?»

«Dann verlasse ich mich darauf, dass du Maman überzeugst.»

«Kannst du das nicht selbst?»

«Doch, natürlich. Aber wenn du auf meiner Seite bist, wird sie schneller einwilligen.»

«Na gut, meinetwegen.»

Minette stand auf und verrückte gedankenverloren ein paar Gegenstände auf dem hölzernen Tisch.

«Maman ist völlig mittellos, Lise», sagte sie dumpf.

«Oh. Aber du wirst bald viel Geld bekommen. Monsieur Saint-Martin hat in meiner Gegenwart einem Notar seinen letzten Willen diktiert, und er hat bestätigt, dass er dir die Gage für fast drei Jahre Arbeit schuldet.»

«Das tröstet mich. Leider sind die Kassen des Schauspielhauses leer.»

«Er hat Monsieur Mesplès geschrieben, dass er dich bezahlen soll.»

«Monsieur Mesplès! War er im Delirium?»

«Auch diesen Brief hat er in meiner Gegenwart diktiert. Er hat ihn aufgefordert, dir dein Geld zu geben.»

«Dann werde ich nie einen Sol davon sehen.»

«Wieso denn nicht?», fragte Lise arglos.

Minette antwortete nicht und verließ das Zimmer. Als sie gerade nach draußen zu ihrer Mutter gehen wollte, platzte Madame Acquaire, nach Atem ringend, herein.

«Der Gouverneur hat das Angebot von Depoix und Favart angenommen. Sie sind die neuen Direktoren. Und ihr Enthusiasmus ist genauso groß wie der des armen François ...»

Sie verstummte, wischte sich über die Augen und putzte sich die Nase.

«Der arme François», wiederholte sie ... «Nun, das Leben muss weitergehen ... Die neuen Direktoren haben mich beauftragt, dir mitzuteilen, dass in zwei Wochen eine neue Aufführung stattfinden soll. Du wirst die Hauptrolle in dem Duett aus der *Iphigenie*[123] singen, zusammen mit Durand, der um das Privileg gebeten hat, an deiner Seite auftreten zu dürfen. Durand bezieht eine königliche Pension, weißt du, und er hat in Frankreich beim großen Konzert der Königin[124] gesungen. Man wird in den *Affiches* noch einmal eigens daran erinnern, um das Publikum anzulocken ... Oh, mein Kind, das werden harte Proben! So viele Verse zu deklamieren, so viele Arien zu singen. Aber für dich ist das natürlich ein Kinderspiel ... Nun denn, wir sehen uns morgen früh im Schauspielhaus. Bis dann. Und sei ja pünktlich.»

Sie kniff Minette in die Wange und wollte schon die Tür zum Gehen öffnen, als Minette leise sagte: «Ich werde nicht auftreten, solange ich nicht bezahlt worden bin, Madame.»

«Sag das morgen den neuen Direktoren.»

«Gut, Madame.»

Als Madame Acquaire fort war, ging Minette hinaus zu ihrer Mutter auf die Straße. Jasmine streckte den Vorübergehenden ihre Ware entgegen, und an ihrem Hals zeichneten sich die Adern ab, wenn sie ihre Stimme erhob, um durch lautes Rufen deren Aufmerksamkeit zu erregen. Wie müde sie aussieht!, dachte Minette. Entmutigt kehrte sie zurück in den Hinterhof, wo sie sich traurig unter den Orangenbaum setzte. All ihre Pläne, ihre kindlichen Träume waren verstümmelt, entwurzelt worden. Sie arbeitete hart und blieb doch so arm wie zu Beginn. So viele Abende hatte sie, statt zu schlafen, im Schein der Lampe lange Monologe auswendig gelernt, so viele Morgen neben dem Klavier gestanden, Gesangsübungen gemacht und schwierige Melodien geübt! Es wirkte so leicht. Ihr Talent verbarg selbst die größten Mühen, die sie dafür aufwandte.

«Aber für dich ist das natürlich ein Kinderspiel», hatte Madame Acquaire gesagt.

Dabei hatte sie hart gearbeitet, das wusste sie. Sie hatte schreckliche Ängste überwunden und gespürt, wie ihr vor Nervosität das Herz stehen blieb. Als Belohnung hatte sie die Ehre gehabt, einmal am Arm eines Prinzen den Ball der Weißen zu besuchen. Eine große Ehre für eine *affranchie*, um die man sie beneidete. Aber sie hätte gern nicht nur für Anerkennung und Ehre gearbeitet, sondern auch für ein bisschen materiellen Wohlstand. Es hätte sie stolz gemacht, ihrer Mutter ein schönes Haus zu mieten, ihr Warenangebot zu vergrößern, ihr ein paar Kleider zu kaufen. Es war nicht vernünftig gewesen, nach Arcahaie zu reisen. Doch sie spürte, dass sie von dem, was dort in dem kleinen Haus in Boucassin geschehen war, nichts zu bereuen brauchte.

Sie war kein leichtes Mädchen. Sie liebte diesen komplizierten Mann, der grausam war und so zärtlich zugleich, diese gequälte junge Seele, die verzweifelt gegen den Widerstreit heftiger Gefühle ankämpfte, hin- und hergerissen zwischen dem Drang, Rache zu üben, und Hass und dem Wunsch nach Vergebung und Liebe. Sie ahnte, dass er zur Hälfte schuldlos war an einigen seiner Taten, dass er sie beging wie jemand, der seine wahren Empfindungen unterdrückt, aus Aufschneiderei und dem Bedürfnis heraus, sich in der Welt zu behaupten. Sein inneres Aufbegehren, ein Aufbegehren, das wahrscheinlich für immer fruchtlos bleiben würde, dachte sie, verwandelte seine rechtschaffenen Gefühle in den schmerzhaften Drang, sich selbst zu zerstören. Sie erfasste noch nicht deutlich, was um sie herum dafür verantwortlich war. Aber da sie zwölf Tage Seite an Seite mit ihm gelebt hatte, wusste sie, dass er seine oftmals verwerflichen Handlungen nicht gedankenlos und nur dazu beging, sich Befriedigung zu verschaffen. Hass trieb ihn an. Ein tödlicher, alles verzehrender Hass, der seine edelsten Neigungen zu ersticken drohte. Er war innerlich zerrissen. Er wollte dies und war gezwungen, jenes zu tun. Er war ihr gegenüber so zärtlich gewesen und gegen seine Sklaven so hart und grausam. Er hasste zu sehr. Hass ist ebenso zerstörerisch wie Gift. Der Hass wappnete seinen Arm, ließ sein Herz erstarren, und Minette ahnte, dass er ihn früher oder später dazu treiben würde, sich zu rächen, und sollte es seinen eigenen Untergang bedeuten. Einen solchen Mann hatte ihr

Herz gewählt. Wie sehr wünschte sie sich, sie könne ihn durch ihre Liebe retten, ihn vergessen lassen und seine Gedanken von aller Härte reinwaschen. Sie sah ihn vor sich, wie er mit gerunzelter Stirn, von seinen beiden Hunden flankiert, weit ausschritt, wie er mit zornerfüllten Gesten seine Sklaven auspeitschte. Wie gern wäre sie wieder zu ihm gereist, um in seinen Armen alles zu vergessen und zu sehen, wie seine erbitterten Züge durch ihre Küsse milde wurden!

XXII

Eines Nachmittags brach das Verhängnis in Gestalt eines jungen weißen Offiziers über die Krämerinnen der Rue Traversière herein.

Sie saßen wie üblich hinter ihren Auslagen. Eine mittellose Weiße aus der Nachbarschaft feilschte gerade mit Jasmine um ihre Seifen, während die bunte Menge um sie herumwogte.

Plötzlich galoppierten zwei junge Offiziere, die eine Wette abgeschlossen hatten, wie von Sinnen die Straße entlang.

Ein Hund bellte vor Schmerz auf: Er war von einem der Pferde getreten worden, das sich, vom Scheuern des Geschirrs an seinem Gebiss und den Rufen der Händlerinnen in Panik versetzt, wiehernd im Kreis drehte. Gekränkt, weil sein Gefährte unter schallendem Gelächter davonritt, zerrte der Reiter entnervt an den Zügeln, doch statt sich vorwärtszubewegen, wich das Pferd zurück.

«Vorsicht, Vorsicht …»

Mehrere Auslagen wurden umgeworfen, darunter auch die von Jasmine.

Wildes Geschrei und Protestrufe übertönten sich gegenseitig, was die Nervosität des Pferdes noch steigerte. Von seinem sichtlich amüsierten Reiter zurückgehalten, stampfte es auf der Stelle. Seifen, Parfümfläschchen und Taschentücher waren bald bloß noch ein wüster Haufen.

Schreiend versuchte Jasmine das Pferd zurückzustoßen. Der Offizier schlug ihr mit der Peitsche auf die Hand.

«Pfoten weg …!»

Auf Knien bemühten sich die Unglücklichen, aus der Katastrophe zu retten, was zu retten war.

Der weiße Reiter wollte sich gerade entfernen, als er Minette bemerkte. Sofort lenkte er sein Pferd auf sie zu. Sie stand mit geballten Fäusten da und starrte ihn aus hasserfüllten Augen an.

«Na, so was, die ‹junge Person›! Hier lebst du also?»

Sie vermied es, ihm zu antworten, und sah zu Jasmine hinüber, die immer noch auf allen Vieren ihre verstreuten Waren zusammensuchte.

«Ihr Pferd hat Schaden angerichtet, Monsieur», sagte sie, den zornigen Blick wieder auf ihn gerichtet.

«Sind das alle Waren, die du besitzt? Sie sind deiner nicht würdig.»

«Sie ermöglichen mir etwas zu essen zu bekommen, Monsieur.»

«Dann musst du so schlecht ernährt sein, dass du Gefahr läufst, deine Stimme zu verlieren. Dabei hast du ein besseres Los verdient. Triff mich heute Abend in den Königlichen Gärten, und ich gebe dir zehnmal so viel, wie diese Kramwaren wert sind.»

Eine schwarze Frau berührte Minette am Arm.

«Senk den Blick, mein Kind», flüsterte sie, «das ist der Cousin des Königlichen Intendanten.»

Unbändige Wut erfasste sie. Am liebsten hätte sie sich auf das Bein des Reiters gestürzt und ihre Zähne hineingeschlagen, bis das Blut spritzte.

Gleichzeitig wirbelten konfuse Gedanken durch ihren Kopf. Wenn sie es dem Weißen gegenüber an Respekt mangeln ließ, würde man sie ins Gefängnis werfen, man würde sie auspeitschen. Wer weiß, vielleicht würde sie sogar ihren Platz im Schauspielhaus verlieren. Womöglich würden auch Jasmine und Lise verhaftet. Oh, wie sollte sie da kämpfen? Die Waffen waren zu ungleich verteilt. Musste man also aus dem Hinterhalt töten, im Dunkeln morden, um sich zu rächen? Lapointe hatte recht.

Sie ballte die Fäuste noch fester und schloss für den Bruchteil einer Sekunde die Augen.

«Dann ist es also abgemacht», wiederholte der Reiter, «heute Abend in den Königlichen Gärten.»

Sie spürte, dass sie ihm antworten musste, doch es gelang ihr nicht, sich zu beherrschen.

«Danke, Monsieur», schrie sie zornig, «aber ich bin nicht Teil der Ware. Mich kann man nicht kaufen.»

«Sieh einer an, du spielst die Stolze! Vielleicht ziehst du ja zähere Brocken vor?»

Sie verkniff sich eine Antwort. Er wendete sein Pferd.

«Ich werde trotzdem kommen, um dich singen zu hören. Viel Glück ...», sprach er und galoppierte davon.

Lise tröstete die weinenden Krämerinnen. Jasmine wischte schluchzend die halb zerdrückten Seifenstücke und zerknitterten, eingerissenen Kopftücher an ihrem Caraco ab.

«Mein Gott, das hat er absichtlich getan. Wie konnte er das nur absichtlich tun?», wiederholte sie unablässig.

«Das ist ungerecht», schrie Minette unvermittelt auf, «so ungerecht ...»

«Psst ...!»

Sie schaute sich um, als würde sie gleich platzen.

«Versteht ihr denn nicht, dass wir aufhören müssen, Angst zu haben.»

«Psst!», sagte noch jemand. «Da kommt die Polizei ...»

Soldaten marschierten langsam an den verängstigten Krämerinnen vorbei. Mein Gott, dachte Minette, wie gern wäre ich gestorben!

Ihre Kehle war so fest zugeschnürt, dass sie kaum schlucken konnte. Ohne ein weiteres Wort bückte sie sich und half Jasmine dabei, die Überreste ihrer Auslage ins Haus zu bringen.

Am nächsten Morgen lief Minette gleich nach dem Aufwachen zu Nicolette. Sie war die Einzige, die ihr dabei helfen konnte, Céliane de Caradeux eine Nachricht zukommen zu lassen. Hinter ihr lag eine entsetzliche Nacht; sie war von Erinnerungen an Joseph gepeinigt worden und an den Offizier, der Jasmines Auslage verwüstet hatte. In diesen Momenten glaubte sie vor Zorn zu ersticken.

Sie hielt Nicolette den Brief hin.

«Hast du gesehen, was der weiße Offizier gestern den Krämerinnen in unserer Straße angetan hat?», fragte sie.

«Oh, dieser Kerl! Und wenn er mir einen Karren voll Gold dafür gäbe, dass ich mit ihm schlafe, ich würde mich weigern», antwortete Nicolette und spuckte vor Abscheu aus.

«Er ist der Cousin des Königlichen Intendanten», entgegnete Minette in aufforderndem Ton.

Nicolette sah sie überrascht an.

«Was sagst du da …?»

«Hör zu, dieser Brief muss unbedingt zu Mademoiselle de Caradeux. Selbst wenn du ihn dazu meinem schlimmsten Feind anvertrauen müsstest …»

«Oh!», sagte Nicolette.

«Selbst wenn es dieser Offizier von gestern sein sollte, der den Brief überbringt», setzte Minette hinzu und sah ihr fest in die Augen. «Und noch ein guter Rat: Wenn du mir einen Gefallen tun willst, verlange etwas weniger als einen Karren voll Gold, sonst könnte es womöglich nicht klappen.»

«Wir werden sehen», zeigte sich Nicolette etwas entgegenkommender.

«Nimm ihn, um der guten Sache willen», sagte Minette, «und dann setz ihm Hörner auf, um uns zu rächen.»

«Das klingt schon besser …»

Minette winkte der jungen Kurtisane zum Abschied zu und ging zum Schauspielhaus. Dort traf sie auf Depoix und Favart, die angesichts der Höhe von Saint-Martins Schulden nicht mehr ein noch aus wussten.

«Ich hätte nie geglaubt, dass eine Kasse so leer sein könnte», vertraute Favart ihr ratlos an.

Innerhalb kürzester Zeit erschienen in der Zeitung einige Anzeigen, in denen die Kolonisten dazu aufgefordert wurden, ihre noch ausstehenden Theaterabonnements zu bezahlen. Die säumigen Schuldner, von denen einige entweder mit dem Gouverneur oder dem Intendanten verwandt oder aber mit dem Königlichen Prokurator[125] befreundet waren, stellten sich taub und zahlten nicht einen Sol.

«Wir werden wieder bei null anfangen», erklärte Depoix den versammelten Schauspielern. «Monsieur Saint-Martin ist tot. Friede seiner Seele. Nun möge jeder von uns, aus Liebe zu seinem Beruf und aus Respekt vor dem Andenken unseres jungen, guten Direktors, auf das verzichten, was das Theater ihm schuldet.»

Die Schauspielerinnen aus Saint-Marc, die Saint-Martin weniger gut gekannt hatten, wechselten einige flüchtige Blicke. Minette wurde blass.

«Wir haben hier eine Bekanntmachung», fuhr Depoix fort, «die Monsieur Mesplès in seiner Eigenschaft als Monsieur Saint-Martins Testamentsvollstrecker in Kürze veröffentlichen wird.»

Er faltete ein Blatt Papier auf und las vor:

«Am kommenden Mittwoch werden im Haus des verstorbenen Saint-Martin sämtliche Besitztümer aus dessen Nachlass, bestehend aus einem schwarzen Koch, einem Kutscher, einer Chaise, Möbeln, Wäsche, Silbergeschirr *et cetera*, zum Verkauf angeboten. Alle Gläubiger des besagten Verstorbenen sind eingeladen, bei dieser Gelegenheit einen Ausgleich für ihre rechtmäßigen Ansprüche zu fordern.»

Depoix faltete das Papier wieder zusammen und steckte es in die Tasche.

«Ich schlage Folgendes vor», sagte er. «Nach dem Verkauf von Saint-Martins Besitz geht ein Teil des Erlöses in die Kasse, um die anstehenden Ausgaben zu bestreiten, und der Rest an die Schauspieler und Bühnenarbeiter. Von der Höhe der aufzuteilenden Summe hängt ab, ob wir vollständig bezahlt werden können, und wenn nicht, finden wir uns eben damit ab. Seid ihr damit einverstanden?»

Goulard stimmte als Erster zu. Die Schauspieler aus Saint-Marc verzogen unwillig das Gesicht, und Madame de Vanancé vertrat rundheraus die Ansicht, dass sie dann lieber gleich die Hände in den Schoß legen sollten, statt umsonst zu arbeiten. Madame Tesseyre seufzte, und Madame Valville erklärte, unter den gegebenen Umständen sei es für sie und Mademoiselle Dubuisson wohl besser, nach Frankreich zurückzukehren.

«Zu unserer kleinen Truppe gehören alte und neue Künstler», unterbrach Depoix die Diskussion. «Ich zähle auf diejenigen, die François Saint-Martin gekannt haben, die ihn schätzten und liebten …»

Magdeleine Brousse brach in Tränen aus, womit sie sogleich auch Madame Tesseyre ansteckte. Goulard räusperte sich.

«Ich für meinen Teil akzeptiere alles, was Depoix gerade vorgeschlagen hat», sagte er. «Ich liebte Monsieur Saint-Martin zu sehr, um nicht auf jede mir mögliche Weise zu versuchen, diese Schwierigkeiten in seinem Andenken aus dem Weg zu räumen.»

Wieder räusperte er sich, als sei er verlegen, dann fuhr er fort: «Allerdings schuldete Monsieur Saint-Martin bei seinem Tod Minette die Gage für fast drei Jahre Arbeit ...»

Favart fiel ihm ins Wort, doch Goulard ließ sich nicht unterbrechen. «In seinem Testament hat Monsieur Saint-Martin mir seine Kleidungsstücke und Bühnenkostüme vermacht, dazu eintausendfünfhundert Livres. Die Kleidung und die Kostüme nehme ich gern, aber das Geld will ich nicht.»

«Das ist etwas anderes», fuhr Depoix dazwischen, «dabei handelt es sich um eine private Angelegenheit.»

«Wieso willst du das Geld nicht, Claude?», fragte Madame Acquaire.

«Ich überlasse es seinen Kindern.»

Er wandte sich ab und verließ das Schauspielhaus. Minette lief ihm nach. Als sie ihn am Arm berührte, drehte er sich um. Seit ihrer Rückkehr aus Arcahaie hatte sie es vermieden, unter vier Augen mit ihm zu sprechen. Es widerstrebte ihr, ihn endgültig abzuweisen, denn nun, da sie selbst liebte, ahnte sie, wie schmerzhaft es war, enttäuscht zu werden.

«Danke, Claude», sagte sie lediglich.

«Ich hasse dich», erwiderte er so leise, dass sie einen Moment glaubte, sich verhört zu haben.

Ohne etwas zu entgegnen, sah sie ihn an. Ja, er war es sich schuldig, sie zu hassen, genau wie sie Jean-Baptiste Lapointe hassen würde, sollte er sie jemals leiden lassen, indem er sie zurückwies. Wieder legte sie eine Hand auf seinen Arm und sagte: «Verzeihen Sie mir.» Ihre Stimme klang so flehend, dass er sogleich das Unwiderrufliche heraushörte und davonlief. Minette kehrte zu den übrigen Schauspielern zurück.

«Monsieur Durand hat darum gebeten, mit dir das Duett aus der *Iphigenie* zu singen, Minette», sagte Favart.

«Ich fühle mich geschmeichelt, Monsieur.»

«Er hat einen Abschluss der Königlichen Akademie[126] und ...»

«Ich weiß, Monsieur.»

Sie bekam ihre Partitur und versprach, regelmäßig zu den Proben zu kommen.

«Wir werden versuchen, den Saal bis auf den letzten Platz zu füllen», sagte Depoix. «Zum Einstieg gibt es einen durch Monsieur Acquaire dargebotenen afrikanischen Tanz und ein indianisches Ballett mit Madame Tesseyre, Madame Acquaire, Magdeleine Brousse, Favart, Goulard und mir. Danach führen wir eine kreolische Posse auf und zum Abschluss folgt das Duett aus der *Iphigenie*.»

«Pfitt …» Monsieur Acquaire stieß einen Pfiff aus. «Das ist ein umfangreiches Programm.»

«Es wird ein Benefizabend zu meinen Gunsten sein, und ich trage für alles die Verantwortung», warf Durand in seinem makellosen Französisch ein.

«Gut!»

Man ging auseinander, und Minette machte sich auf den Heimweg. Goulard, der an der Straßenecke auf sie gewartet hatte, gesellte sich zu ihr.

«Ich hasse dich, weil ich dich liebe», sagte er so unglücklich, dass sie Mitleid mit ihm bekam.

«Das verstehe ich, Claude.»

«Antworte mir offen und ehrlich, das bist du mir schuldig. Liebst du einen anderen?»

Sie antwortete ihm, ohne den Blick zu senken.

«Ja.»

«Das ist alles, was ich wissen wollte …»

Mit finsterem Blick und trauriger Miene ging er neben ihr her.

«Ich habe versucht, dich zu vergessen, dich zu hassen, aber ich konnte es nicht», gestand er ohne falsche Scham.

«Dafür bin ich nicht verantwortlich.»

«Oh, das weiß ich doch …»

Danach fragte er sie, ob sie ihn zu Zabeth begleiten wolle.

«Sie weiß noch nichts, die Ärmste. Ich muss ihr von François' Tod erzählen, bevor Mesplès seine ganzen Habseligkeiten holt, um sie zu verkaufen.»

«Was hat er ihr und den Kindern denn hinterlassen?»

«Nichts. Ich konnte nicht anders, als den Tod des Künstlers zu betrauern, aber meine Freundschaft zu Saint-Martin ist in dem Moment gestorben, als ich sein Testament gelesen habe. Er hat sein Haus François Mesplès vermacht.»

«Monsieur Mesplès!»

«Er ist als der vollendete Egoist gestorben, der er auch im Leben war. Aber das hätte ich ihm niemals zugetraut.»

Als sie bei Zabeth eintrafen, gab diese gerade den Kindern zu essen. Neben ihr kniete ein alter Sklave mit einer Schürze um den Leib und sprach leise auf sie ein. Als sie Goulard und Minette bemerkte, stand sie auf und wurde leichenblass. Goulard öffnete den Mund, um etwas zu sagen, doch sie schrie auf.

«François!»

«Er ist tot, Zabeth.»

Weinend zog sie ihre Kinder an sich.

«François», schrie sie erneut, «François …»

«Er hat an dich gedacht, Zabeth. Dies hier hat er dir geschickt.»

Er nahm die tausendfünfhundert Livres aus der Tasche und gab sie ihr.

Minette sah, wie sie zitterte, und berührte ihre Stirn: Sie war glühend heiß.

«Sie ist krank, Claude.»

Er nahm die Kinder in die Arme und gab dem alten Sklaven ein Zeichen.

«Sie will sich nicht pflegen, Monsieur», gestand dieser sofort. «Ich kenne wirksame Kräuter. Aber sie will einfach nichts nehmen.»

«Ist das wahr, Zabeth?»

Sie antwortete nicht. Ihr schönes, ausgemergeltes braunes Gesicht hatte alle Farbe verloren. Sie trocknete sich mit ihrem geblümten Baumwollrock die Augen und verließ stumm, mit zögernden, kraftlosen Schritten den Raum.

Goulard übergab die Kinder dem Sklaven.

«Gib gut auf sie und ihre Mutter acht», bat er ihn.

«Oh, ich liebe sie wie meine eigenen Kinder, Monsieur.»

Er nahm einen Jungen auf jeden Arm und setzte sich mit ihnen in den Schaukelstuhl, um sie zu wiegen.

Der ältere hieß François und der jüngere Jean. Goulard liebte vor allem den Älteren, dessen Pate er hätte werden sollen.

Er strich ihm übers Haar und versprach, am darauffolgenden Tag wiederzukommen.

Am nächsten Morgen klopfte ein berittener Bote zu früher Stunde an Jasmines Tür und reichte ihr einen an Minette adressierten Umschlag. Es war die Antwort von Céliane de Caradeux: Sie gewährte ihr das gewünschte Treffen und erwartete sie am selben Abend um sechs Uhr. Kaum war der Bote wieder fort, schob Minette den Umschlag in ihr Mieder und eilte zu Nicolette.

«Ich danke dir», sagte sie, «und auch deinen Talenten: Sie sind unwiderstehlich.»

«Nicht doch», entgegnete die junge Kurtisane geziert, «das war keine große Mühe …»

Lachend rannte Minette davon. Endlich würde sie sich für Joseph einsetzen können!

Die Zeit bis zum Abend verbrachte sie in einer derart fiebrigen Erregung, dass sie im Schauspielhaus nicht einmal fähig war, ihre Rolle richtig zu proben.

«Was sind Sie doch nervös, mein Kind», sagte Macarty und schielte, um sie zum Lachen zu bringen. «Kommen Sie, ich spiele Ihnen auf meiner Flöte ein Solo vor, das wird Sie beruhigen.»

Er führte sie in eine dunkle Ecke, verzog den Mund zu einer schauerlichen Grimasse und erkundigte sich, ob ihr vielleicht der Sinn danach stehe, ihn zu küssen. Noch bevor sie etwas erwidern konnte, hatte er nach seiner Flöte gegriffen und spielte für sie eine sanfte, einschmeichelnde Melodie.

«Geht es jetzt besser?», fragte er, nachdem er geendet hatte.

«Ja, Sie sind sehr freundlich.»

«Zu hübschen Persönchen immer …»

Er beendete den Satz mit einer waghalsigen Pirouette. Dann landete er wieder mit beiden Beinen auf festem Boden, verneigte sich und tat, als ziehe er grüßend seinen Hut.

«Und nun zurück zu den ernsthaften Dingen», grölte er.

Man hieß ihn schweigen. Die Probe war fortgesetzt worden, und Madame Tesseyre und Goulard spielten gerade eine Szene aus der kreolischen Posse. Als Minette sie beobachtete, erkannte sie, wie schwer es den beiden fallen musste, andere zum Lachen zu bringen, während sie selbst so traurig waren.

Trotz Macartys Flötentönen war sie immer noch so nervös, dass Depoix aufgab und ihm nichts anderes übrig blieb, als sie nach Hause zu schicken.

«Was ist denn nur los mit dir? Was hast du?», fragte Monsieur Acquaire.

«Ich fühle mich nicht wohl, Monsieur.»

«Dann geh nach Hause und ruh dich aus», riet Madame Acquaire, die ein Gefühl der Demütigung verspürte, weil Minette sich in Gegenwart der Damen Valville und Dubuisson, die sie noch nie hatten singen hören, so wenig in der Gewalt hatte.

«Wie ich sehe, hat das Publikum von Saint-Domingue einen schlechten Geschmack», bemerkte Mademoiselle Dubuisson spöttisch. «Aber das scheint mir in allen Kolonien so zu sein.»

«Mag sein», versetzte Macarty, «aber zumindest weiß es, was es will.»

Durand, der Minettes Talent kannte, fuhr sich lächelnd mit den Fingern durch das allzu blonde Haar und warf Mademoiselle Dubuisson einen amüsierten Blick zu. Macarty, der gerade unter dem Vorhang hindurchtauchte, um eine Abkürzung hinter die Kulissen zu nehmen, machte einen Satz rückwärts, als er Magdeleine Brousse in einer etwas zu eindeutigen Pose in Nelangers Armen entdeckte.

«Also wirklich, ihr übertreibt», rief er und trat hastig den Rückzug an.

«Was ist denn los?», erkundigte sich Favart. «Bist du mit jemandem aneinandergeraten?»

«Nein. Es ist Nelanger. Er spielt Gitarre, ohne einen Laut von sich zu geben», antwortete Macarty ungerührt.

«Das ist auch eine Möglichkeit zu üben», antwortete Favart.

«Du sagst es.»

Sich vor Lachen krümmend, ging Macarty davon.

Um Viertel vor sechs war Minette bereit. Auf Schmuck oder Spitzenbesatz hatte sie beim Ankleiden verzichtet. Céliane de Caradeux' zurückhaltende Erscheinung an jenem Tag, als sie einander begegnet waren, bestimmte ihre Kleiderwahl. In ihrem keuschen Aufzug erinnerte sie an eine jener frömmlerischen jungen *affranchies*, die so selten waren «wie Diamanten in den Taschen von Sklaven», wie Nicolette es ausdrückte. Ihre Schwester war neugierig, wohin sie ging, und bestürmte sie mit Fragen; Jasmine hingegen schwieg.

«Ach übrigens, wie geht es eigentlich Joseph?», erkundigte sich Lise plötzlich. Sie hatte sich zwar wieder erholt, lag aber immer noch im Bett, um sich von ihrer Mutter verwöhnen zu lassen. Minette sah sie an.

«Er hat entlaufene Sklaven versteckt», antwortete sie mitleidlos. «Er wurde verhaftet und Monsieur de Caradeux ausgeliefert.»

Lise stieß einen Schrei aus.

«Deinetwegen wird sie noch krank», protestierte Jasmine. «Sie hat schon einen schweren Schlag erlitten, und jetzt versetzt du ihr den nächsten.»

«Daran wird sie nicht sterben, Maman. Komm schon, beruhige dich, kleine Schwester. Ich gehe jetzt und versuche, seine Freilassung zu erwirken. Ich lasse sie in deiner Obhut, Maman. Tröste dich und kümmere dich um sie. Wir mussten ihr doch alles sagen, verstehst du das nicht?»

Sie beugte sich vor und gab den beiden einen Kuss, dann ging sie hinaus auf die Straße und wandte sich dem Hafenviertel zu. Der tägliche Strom aus Kaufleuten, Matrosen auf Landgang und Freudenmädchen empfing sie mit ohrenbetäubendem Lärm.

Sie beschleunigte ihre Schritte, und außer Atem erreichte sie Bel-Air. Dort standen, auf riesigen, von Ulmen gesäumten Anwesen, zahlreiche Häuser, die ebenso prächtig und luxuriös waren wie das der Saint-Ars.

Vor einem imposanten Tor blieb Minette stehen und klopfte an. Wütendes Hundegebell antwortete ihr. Zitternd sprang sie zurück. Da wurde einer der riesigen Torflügel einen Spalt weit geöffnet, und der Kopf eines Schwarzen kam zum Vorschein.

«Was willst du?», fragte er das junge Mädchen.

«Mademoiselle Céliane besuchen.»

«Wie ist dein Name?»

«Minette.»

«Komm herein», sagte er, ohne zu zögern, was sie annehmen ließ, dass sie erwartet wurde.

«Die Hunde!»

«Komm herein», wiederholte der Schwarze. «Sie sind angekettet.»

Eine lange, von livrierten Sklaven gesäumte Allee führte zum prächtigen Wohnsitz des Plantagenbesitzers. Jedes Mal, wenn er an einem dieser Lakaien vorbeikam, nickte der Sklave ihm verschwörerisch zu. Während sie sich dem Haus näherten, dachte Minette darüber nach, welches Gesicht sie machen würde, sollte sie zufällig Célianes Onkel begegnen. Er verabscheute sie ebenso sehr wie Mesplès und all die anderen von Vorurteilen platzenden Weißen. Bestimmt hassten sie alle Farbigen in gleichem Maße, und Minette, die sich unwillkürlich fragte, was der Grund dafür sein mochte, fand keine Antwort. Denn es war leicht, sich zu sagen: «Wir sind zu viele, sie haben Angst vor uns», oder: «Zu viele *affranchis* sind reich, das verärgert sie», oder: «Sie haben etwas gegen unsere Hautfarbe und unser Blut.» Das waren billige Ausreden. Vor allem die letzte war leicht zu widerlegen. Die weißen Männer gelüstete es sogar nach schwarzen Frauen mit unvermischtem Blut. Also?

Mit solchen Gedanken folgte sie dem Sklaven zu einer Galerie, von der aus man Zugang zu einer Zimmerflucht hatte, die vom Rest des Hauses beinahe abgetrennt lag. Darauf achtend, von niemandem gesehen zu werden, huschte der Sklave zu einer Tür und klopfte an. Gleich darauf wurde sie geöffnet, und eine Frauenstimme flüsterte: «Wer ist da?»

«Ich, Herrin», antwortete der Sklave, ebenfalls flüsternd, «das junge Mädchen ist gekommen.»

«Danke, Tabou. Sag ihr, sie soll eintreten.»

Wie mysteriös, dachte Minette, wovor fürchtet sie sich bloß?

Sie betrat ein bescheiden eingerichtetes Schlafzimmer, in dem lediglich ein Bett, ein Tisch und einige Stühle aus Eisenholz[127] standen. An der Wand über dem Bett hingen ein großes goldenes Kruzifix und ein Bildnis der heiligen Cäcilia. Zwei junge Sklavinnen, die eine *câpresse*, die andere schwarz, saßen in einer Zimmerecke.

«Zünde die Lampe an», wies Céliane de Caradeux die *câpresse* an.

Dann wandte sie sich an Minette und legte ihr eine Hand auf die Schulter.

«Du kannst ohne Furcht sprechen. Niemand hier wird dich verraten.»

Minette musterte die Sklavinnen: Sie trugen züchtige Kleider aus weißem Gingang und weiße Kopftücher, die ihre Ohren bedeckten. An den Füßen trugen sie lederne Sandalen. In ihren Zügen war keine Spur jener rohen Abgestumpftheit zu erkennen, die man bei jungen Sklavinnen so häufig antraf. Unwillkürlich verglich sie sie mit Fleurette und Rosalie.

«Da kommt jemand, Herrin», sagte die Schwarze plötzlich, zu Mademoiselle de Caradeux gewandt.

Leise Schritte näherten sich über die linke Galerie, dann klopfte es an der Tür.

«Wer ist da?», fragte Mademoiselle de Caradeux. «Sieh nach, Phryné.»

Die Schwarze stand auf und öffnete die Tür einen Spalt.

«Mein Herr bittet die Herrin, zu ihm in den Salon zu kommen», sagte eine Stimme.

«Gut.»

Phryné schloss die Tür. Zitternd lehnte sich Céliane de Caradeux an den Tisch.

«Ich werde wieder einen Kampf bestehen müssen», sagte sie leise, «mein Gott, schenk mir Kraft. Schnell, Nanouche, gib mir meinen Schleier.»

Die *câpresse* reichte ihr einen langen weißen Schleier, unter dem sie ihr herrliches blondes Haar verbarg. Sie stand neben dem Bild der heiligen Cäcilia, und Minette bemerkte erstaunt die Ähnlichkeit zwischen ihnen.

«Warte auf mich, Minette, es wird nicht lange dauern.»

Die beiden Sklavinnen öffneten ihr die Tür und sie ging davon, die Hände gefaltet, als bete sie.

Lange Minuten verstrichen in Schweigen. Nanouche zog einen Rosenkranz aus ihrer Tasche und begann zu beten, während Phryné sich in die Lektüre eines religiösen Buchs vertiefte. Minette, die sie verwundert beobachtete, stellte fest, dass ihre Hände ebenso zitterten wie zuvor die ihrer Herrin. Das waren keine Sklavinnen. Aus diesen Unglücklichen, die durch ihre Geburt zu einem Leben als Nutzvieh verdammt worden waren, hatte Mademoiselle de Caradeux bewusste Wesen gemacht, die nicht vor der drohenden Strafe zitterten, sondern allein aus Liebe und Hingabe zu einem anderen Menschen.

«Wie lange das dauert», sagte Phryné seufzend und legte das Buch zur Seite, bei dem es sich um eine Lebensgeschichte der heiligen Cäcilia handelte.

«Arme Herrin!»

Plötzlich zerriss eine Stimme die Stille. Eine harte, schneidende Männerstimme, die die einzelnen Wörter zerhackte wie mit einem Messer. Ein Absatz hämmerte über den Ziegelboden der linken Galerie, und eine herrische Hand stieß die Zimmertür auf.

«Ich bin es endgültig leid, hören Sie», sagte die Stimme, «endgültig leid, mit anzusehen, wie Sie jeden Ihrer Bewerber in die Flucht schlagen. Sie machen sich lächerlich in diesem frömmlerischen Aufzug ... Ihr Kopf ist angefüllt mit Unsinn und ...»

Im samtenen Wams betrat der Marquis de Caradeux das Zimmer seiner Tochter, die ihm mit gesenktem Kopf folgte. Von hochgewachsener Gestalt, das Gesicht blass unter dem aschblonden Haar, war er eine ebenso elegante, vornehme Erscheinung wie sie. Er war zehn Jahre älter als sein Bruder, den er zu seinem Teilhaber und Verwalter gemacht hatte, und gemeinsam waren sie die gefürchtetsten Kolonisten der ganzen Insel. Diese gierigen, grausamen, ehrgeizigen, verbrecherischen Männer hatten ihr Haus zu einer politischen Versammlungsstätte gemacht, wo sie als erbitterte Verfechter der Sklaverei jedes noch so geringe Zugeständnis der Regierung an die *affranchis* bekämpften. Um ihre Sklaven besser ausbeuten zu können, hielten sie sie in Unwissenheit und Aberglauben gefangen. Sie seien Heilige, redeten sie ihnen ein, durch ihr adliges Blut seien sie Nachfahren von Jesus Christus selbst, und die verängstigten Sklaven erzitterten, sobald sie ihrer nur ansichtig wurden. Sie hatten sich unantastbar gemacht, indem sie behaupteten, wer auch immer die Hand gegen sie erhebe, sei unweigerlich zu ewigem Höllenfeuer verdammt. Um dieser Prophezeiung Nachdruck zu verleihen, war das Feuer auch ihre bevorzugte Form der Bestrafung. Und so sah man von Zeit zu Zeit abends die Flammen eines Scheiterhaufens lodern, auf dem ein Unglücklicher, geknebelt und sich vor Schmerzen windend, sein Leben aushauchte.

Die Frau des Marquis war bei Célianes Geburt gestorben. Mit zwölf Jahren hatte er sie auf eine Schule in Nantes geschickt, von wo sie mit dem Wunsch zurückgekehrt war, ins Kloster einzutreten. Er hing an seiner Tochter, und auf seine Weise liebte er sie. An dem Tag, als sie ihm von ihrer Entscheidung berichtete, bekam er einen Wutanfall, und um sie von dem abzulenken, was er ihren «bigotten Unsinn» nannte, führte er sie in die Gesellschaft ein, veranstaltete ihr zu Ehren prunkvolle Empfänge und stellte sie den besten Partien in seiner Umgebung vor. Doch vergebens …

Ohne Minettes Anwesenheit zu bemerken, schloss er die Tür hinter sich.

«Sie werden heiraten, mein Kind, und wenn ich Sie dazu zwingen muss. Meine einzige Erbin gebe ich ganz gewiss nicht ins Kloster. Ich habe hart dafür gearbeitet, Sie mit einer Mitgift auszustatten. Und im Gegenzug werden Sie mir Enkel schenken. Der Graf von Chateaumorond ist vor lauter Enttäuschung gegangen. Sie sahen mit Ihrem Schleier aus wie eine Nonne. Ich verbiete Ihnen, ihn jemals wieder zu tragen.»

Als er sich umwandte, um ihn ihr vom Kopf zu reißen, fiel sein Blick auf Minette.

«Wer ist das denn?», fragte er, als versuchte er sich zu erinnern, wo er dieses Gesicht schon einmal gesehen hatte.

«Das ist eine Schauspielerin aus dem Theater», antwortete Céliane de Caradeux kleinlaut.

Minette erhob sich von ihrem Stuhl. Der Marquis ging auf sie zu.

«Aber ich kenne sie doch. Das ist die ‹junge Person›, die so eine schöne Stimme hat! Ja, so ist es besser, Mademoiselle», sagte er, plötzlich besänftigt, zu seiner Tochter und legte ihr eine lange, feingliedrige Hand auf den Kopf. «In der Öffentlichkeit würde ich Ihnen einen solchen Umgang nicht empfehlen, aber um Sie zu zerstreuen und auf andere Gedanken zu bringen, könnte es genau das Richtige sein.»

Minette erbleichte, wie jedes Mal, wenn sie auf diese Weise beleidigt wurde. Céliane de Caradeux bemerkte es.

«Diese ‹junge Person› hat in meiner Gesellschaft am Tisch des Prinzen Wilhelm diniert», entgegnete sie sanft.

«Das war die schrullige Laune eines jungen Narren, der hier seine Ferien verbracht hat. Glauben Sie ernsthaft, mein Kind, Prinz Wilhelm würde ein solches Beispiel in Jamaika abgeben?»

Céliane de Caradeux senkte den Kopf.

«Aber darum geht es nicht», fuhr der Marquis fort. «Wenn diese junge Person bereit ist, uns mit ihrem Talent zu unterhalten, will ich ihr gerne zahlen, was sie verlangt …»

Er betrachtete Minette von Kopf bis Fuß, dann lächelte er.

«Gehaben Sie sich wohl, mein Kind, ich denke, bald werden Sie verheiratet sein», fügte er hinzu und kniff seine Tochter in die Wange.

Als sich die Tür hinter ihm schloss, ließ sich Céliane de Caradeux auf das Bett fallen, wo sie minutenlang zusammengekauert liegen blieb. Schließlich regte sie sich wieder und wandte Minette ihr sanftes, trauriges Gesicht zu.

«Was wolltest du mir sagen, Minette?»

«Mademoiselle!»

Sie fiel vor dem Bett auf die Knie und hob das Gesicht zur Tochter des Plantagenbesitzers auf.

«Mademoiselle, wollen Sie mir helfen?»

«Was kann ich für dich tun?»

«Vor einer Woche wurde ein junger *affranchi* namens Joseph Ogé hierhergebracht: Er ist mein Bruder.»

«Du hast gesehen, was für ein Mensch mein Vater ist. Ich werde dir nicht helfen können», sagte sie, als schämte sie sich dafür.

Sie schien eine Minute nachzudenken, dann trat plötzlich Angst in ihre Augen, und sie suchte den Blick der beiden Sklavinnen. Sie senkte den Kopf, verbarg das Gesicht in den Händen und sank neben Minette vor dem Bett auf die Knie.

«Mein Gott», flüsterte sie, «hab Erbarmen mit diesem unglücklichen Mann.»

Minette kam ein Gedanke.

«Wenn das Gesetz es erlaubte, wäre mein Bruder heute Priester», sagte sie leise zu dem jungen Mädchen.

«Oh», stöhnte Céliane.

Sie hob den Blick und suchte die Augen der Heiligen, deren Vorbild sie nachfolgen wollte. Sie faltete die Hände, erschauerte und schien unvermittelt in eine Überlegung versunken. Alle Heiligen waren zunächst Märtyrer gewesen, sie alle hatten sich geopfert. Wohin führte ihr eigener Opfergang?

Ohne sich einzugestehen, was sie in ihrem tiefsten Inneren wusste, dass sie nämlich dem Willen ihres Vaters nichts entgegenzusetzen hatte, glaubte sie, es sei der göttliche Einfluss der Heiligen, unter dem sie nachgab. Sie würde ihren Vater aufsuchen und mit ihm einen Handel schließen: Joseph Ogés Freiheit gegen ihre Einwilligung in eine Heirat. So war es denn vorbei. Sie stand auf.

«Geh jetzt», sagte sie, ohne Minette anzuschauen. «Du wirst deinen Bruder bald wiedersehen.»

«Oh, danke, danke, Mademoiselle, Gott segne Sie.»

«Kannst du beten?»

Vor diesem reinen, unschuldigen Blick schlug Minette zum ersten Mal in ihrem Leben die Augen nieder.

«Joseph wird für Sie beten, Mademoiselle», versprach sie.

Dann griff sie nach ihrer Hand und drückte die Lippen darauf. Das erinnerte sie an eine ganz ähnliche Geste, vor einiger Zeit im Salon von Madame Saint-Ar. War sie wieder getäuscht worden? Nein, der Blick dieser blauen Augen glich dem von Joseph, so wie ihr eigener manchmal an den von Zoé Lambert erinnerte. Blicke, wenn man sie zu deuten weiß, täuschen nur selten, und Minette hatte den ihren vor dem himmlischen Abglanz in den Augen dieser Tochter eines Kolonisten gesenkt.

Sie verließ das Zimmer in Begleitung der beiden Sklavinnen, die sie zum Tor führten, wo sie erneut wütendes Gebell empfing.

XXIII

Obwohl das Geld seit der Verwüstung ihrer Waren noch knapper war als sonst, hatte Minette den Eindruck, dass Jasmine weniger niedergeschlagen wirkte. Was gab ihr Halt? Die Hoffnung, dass Joseph bald freikommen würde? Die Erfolge ihrer Töchter? Minette hätte es nicht zu sagen gewusst. Zu viele Eindrücke drängten sich in ihr. Das machte es ihr unmöglich, das Wesentliche herauszufiltern. Selbst ihre Liebe schien eingeschlafen zu sein. Ihr war, als lebte die Erinnerung an Jean-Baptiste Lapointe in ihrem Herzen, ohne zu ihrem Gehirn aufsteigen zu können. Wenn sie an ihn dachte, dann in flüchtig aufblitzenden Erinnerungen, die vom alltäglichen Kampf rasch wieder zurückgedrängt wurden. Ihre Tage verbrachte sie im Schauspielhaus und bei den Anproben, und abends lernte sie bis spät in die Nacht ihre Rolle. Von dem Geld, das Durand ihr für ihre Kostüme gegeben hatte, hatte sie ein paar Gourdes abgezweigt, dank derer sie zu essen hatten. Sie würde wieder auf der Bühne stehen, und um ihre weißen Rivalinnen auszustechen, übertrieb sie den Prunk ihrer Kostüme, kaufte Samt, Taft und Spitze in verschwenderischer Fülle.

Nachdem sie ihre Einkäufe erledigt hatte, kehrte sie nach Hause zurück. Als sie um die Straßenecke bog, bemerkte sie eine Menschentraube vor ihrem Haus. Sie lief los, schubste die Nachbarinnen, die ihr den Weg zu versperren suchten, zur Seite und wollte die Tür öffnen. Doch sie rüttelte vergebens.

«Ich bin es, Minette», rief sie daraufhin. «Macht auf ...»

Sofort schwang die Tür zurück. Um das Eindringen der Krämerinnen zu verhindern, hatte Lise zwei Stühle dagegengelehnt. Sie weinte. Jasmine kauerte vor Josephs Füßen und wiegte, eine Hand an ihr Kinn gelegt, den Oberkörper klagend vor und zurück.

«Joseph!», rief Minette.

Weinend vor Glück, stürzte sie auf ihn zu und nahm sein Gesicht in beide Hände.

«Mademoiselle de Caradeux hat ihr Versprechen gehalten. Wann hat man dich freigelassen?»

Er hatte sich verändert. Seine Züge waren mager und angespannt. Er sah Minette an und lächelte, ohne ihre Frage zu beantworten.

Mit einem Mal kam ihr sein Schweigen seltsam vor.

«Joseph!», schrie sie auf. «Was hast du? Was haben sie dir angetan?»

Er hatte ein Stück Papier und einen Bleistift in der Hand. Ängstlich blickte er darauf. Jasmine riss ihm den Zettel aus den Händen und hielt ihn Minette hin. Es war Josephs Handschrift. Und sie las diesen kurzen Satz: «Sie haben mir die Zunge herausgeschnitten.»

«Nein.» Wieder schrie sie. «Nein, nein, nein …»

Sie warf sich vor ihm auf den Boden und schluchzte haltlos.

«Nein, nein …»

Plötzlich erfasste sie eine blinde Wut, die sich, weil sie ohnmächtig war, gegen sie selbst richtete. Sie riss sich die Haare aus, zerriss ihre Kleidung, biss sich in die Faust und hatte das Gefühl, wahnsinnig zu werden. Sie beruhigte sich erst, als er ihre Hände nahm und sie zwang, ihn anzusehen. Sein Gesicht war ruhig und so sanft, dass sie sich für ihre hasserfüllte Verzweiflung schämte. Er blickte sich suchend nach dem Zettel um, hob ihn auf und schrieb weiter.

«Mein Los ist beneidenswert. Tausende andere leiden in der Hölle der Sklaverei.»

Unter Zuhilfenahme von Papier und Stift berichtete er ihr, dass er schon am zweiten Tag nach seiner Ankunft bestraft worden war. Der Verwalter, Monsieur de Caradeux, der Bruder des Marquis, hatte ihn dabei erwischt, wie er zu einigen Sklaven über Religion sprach. Dann forderte er sie auf, stark zu sein und das alles zu vergessen. Hatte er nicht Bücher und die Stimmen der beiden Schwestern zu seinem Trost? Das Leben würde weitergehen wie zuvor. Noch am selben Abend wollte er Lambert aufsuchen und ihm erneut seine Dienste anbieten. Danach bat er um ein Heft und einen Stift, die er in seine Tasche steckte.

Er konnte noch nichts essen. Die kaum verheilte Wunde schmerzte entsetzlich, und von Zeit zu Zeit ging er hinaus in den Hof, wo er rötlichen Speichel ausspie. Als es dunkel wurde, verabschiedete er sich und ließ die drei Frauen untröstlich zurück.

Am darauffolgenden Morgen, einem Sonntag, weigerte sich Minette, die Messe zu besuchen; sie schimpfte so gotteslästerlich, dass Jasmine in Tränen ausbrach und, Lise hinter sich herzerrend, die Flucht ergriff. Als sie zurückkamen, war Joseph bei ihnen.

Minette saß im Wohnzimmer, das Gesicht hart und verkrampft. Joseph schrieb einen Satz in sein Heft und bat sie, für ihn zu singen. Sie weigerte sich und behauptete, sie sei müde. Ihr schien, als würde sie nie wieder singen können. Sie hatte zu viel geschrien, zu viel geweint. Die ganze Nacht hindurch hatte sie die Schreie in ihrer Kehle erstickt: «Diese elenden Weißen, diese elenden weißen Kolonisten.» Die unterdrückte Wut hatte ihre Kehle entzündet und ihre Stimme verlöschen lassen. Sie war siebzehn Jahre alt, aber ihr war, als läge bereits ein langes, langes Leben voller Auflehnung und Schmerz hinter ihr.

Absichtlich verpasste sie die Probe und blieb in ihrem Zimmer. Durand, der bereits nervös war, weil die Aufführung näher rückte – am übernächsten Tag sollte es so weit sein –, kam persönlich, um sie zu holen. Jasmine führte ihn ins Schlafzimmer, wo Minette, immer noch im Nachthemd, sich unter den Laken versteckte.

«Bist du krank?», fragte er.

«Ich fürchte, ich kann bei Ihrer Soiree nicht auftreten», antwortete sie mit abgewandtem Blick.

«Ich bitte dich, Minette», flehte er, «das kannst du mir nicht antun. Ich bin bis über beide Ohren verschuldet, und wie du sicher gehört hast, werden wir aus dem Verkauf von Saint-Martins Besitz auch nicht viel bekommen. Dieser Benefizabend findet zu meinen Gunsten statt, willst du mich tatsächlich im Stich lassen?»

Die ganze Auflehnung, die ganze Wut, die sich in ihr aufgestaut hatten, nutzten dieses Ventil, um zu entweichen. Sie schleuderte die Laken zurück, verfluchte die Weißen und beschimpfte sie als grausame Ausbeuter.

«Oh nein, Sie wollen nicht, dass ich Sie im Stich lasse, genau das ist es. Sie, Sie, immer nur Sie. Und was bleibt für die anderen Rassen, nachdem die Weißen sich bedient haben? Haben Sie sich jemals gefragt, ob ich vielleicht verhungere? Ich habe fast drei Jahre gearbeitet, ohne auch nur einen Sol dafür zu bekommen, aber das ist ja einerlei, nicht wahr? Umsonst zu arbeiten, das gehört sich für Leute wie mich. Dass ich mich abschinde, ist vollkommen normal. Ich werde übermorgen nicht auftreten, ich werde nie wieder auftreten, haben Sie mich verstanden? Ich hasse Sie, ich hasse die ganze Welt ...»

Keuchend und mit geschlossenen Augen ließ sie sich zurückfallen, ihr Mut war erschöpft. Verdattert starrte Durand sie schweigend an. Jasmine gab ihm aus dem Nebenzimmer ein Zeichen, und als er zu ihr trat, senkte sie den Blick und sprach leise auf ihn ein. Unverzüglich verließ er das Haus. Es war Goulard, der später wiederkam, und er hatte Saint-Martins Söhne auf dem Arm.

«Ich habe sie in meine Obhut genommen», sagte er zu Minette, «Zabeth ist gestorben, und Mesplès verkauft jetzt das Mobiliar. Willst du mir helfen?»

Saint-Martins Söhne! Wie ähnlich sie ihm sahen! Sie erinnerte sich an das charmante, vertrauenerweckende Lächeln des jungen Direktors, an seine wohlwollende Fürsorge. Aber auch er hatte sie, wenngleich ohne böse Absicht, gehörig ausgebeutet! Sie streckte die Arme aus, und Goulard legte das jüngere der beiden Kinder hinein.

«Wie heißt er?», fragte sie.

«Jean.»

«Jean!»

Eine Flut von Erinnerungen strömte auf sie ein, als wollten sie sie allein durch ihre schiere Zahl niederstrecken. Sie war wie benommen.

«Ich gebe ihn dir, Minette.»

Sie betrachtete den Jungen und lächelte Goulard an.

«Dieser hier heißt François. Aus ihm werde ich einen großen Künstler machen. Nicht wahr, François?»

«Ja, mein Pate», antwortete das Kind mit seiner leisen, hellen Stimme.

«Wir werden hart arbeiten müssen, Minette. Ein Kind hat nicht gern Hunger … Übrigens, hast du mit Mesplès über deine Gage gesprochen? Er schuldet dir ein hübsches Sümmchen. Vierundzwanzigtausend Livres, das ist kein Pappenstiel. Du solltest versuchen, das Geld zu bekommen.»

Minette zuckte mit den Schultern.

«Welchen Beweis habe ich denn? Wir haben einen privatschriftlichen Vertrag geschlossen.»

«Du hast Recht und Gerechtigkeit auf deiner Seite.»

«Machen Sie Scherze, Claude, oder haben Sie vergessen, wer ich bin?»

«Ich habe nicht das Geringste vergessen. Du entstammst der Schicht der Kämpferinnen, der starken Frauen. Kämpfe, bevor du dich geschlagen gibst. Mesplès hat bereits öffentlich Abbitte geleistet, indem er dich zurückrufen ließ, damit du wieder auftrittst. Er wird nachgeben. Was Mademoiselle Dubuisson betrifft, sie kennt dein Talent nicht, und so richtet sie sich darauf ein, dich mit dem ganzen Saal gemeinsam auszupfeifen …»

Er sah sie an und erkannte, dass er sein Ziel erreicht hatte. Minettes Wangen hatten plötzlich wieder Farbe angenommen, und ihre Lippen verzogen sich zu einem spöttischen Lächeln.

«Das werden wir ja sehen …»

Sie beugte sich zu dem Jungen hinab, der mit ihrem Ohrring spielte, und gab ihm einen Kuss.

«Mein Gott, ich trage tatsächlich die Verantwortung für ein Kind», sagte sie.

Goulard ging hinaus zu Durand, der mit Jasmine und Lise plaudernd vor dem Haus auf ihn wartete.

«Es geht ihr wieder besser», sagt er.

«Hat sie versprochen aufzutreten?», fragte Durand.

«Kennst du sie so schlecht? Wenn man ein Versprechen von ihr fordert, wird sie nie nachgeben.»

«Worum hast du sie denn stattdessen gebeten?»

«Die Dubuisson zu beschämen und sich an Mesplès zu rächen.»

Durand stieß einen Pfiff aus.

«Deine Methoden sind eines Machiavelli würdig.»

«Um der Gerechtigkeit Genüge zu tun, ich habe auch noch eine dritte Methode angewandt, und die gereicht ihr ganz und gar zur Ehre.»

«Welche?»

«Ich habe an ihre Muttergefühle appelliert: Ich habe ihr den Jungen überlassen.»

«Sapperlot!»

Als Lise das hörte, stieß sie einen Freudenschrei aus und rannte hinein …

Am nächsten Morgen verließ Minette zu früher Stunde das Haus und ging zu der weißen Schneiderin, die Durand ihr empfohlen hatte. Die Kostüme waren fertig, und sie nahm sie mit. Vor dem kleinen Schlafzimmerspiegel probierte sie sie für Lise und Jasmine noch einmal an und trällerte dazu das Duett aus der *Iphigenie*. Sie waren so prächtig, dass selbst Mademoiselle Dubuisson vor Neid erblassen würde.

Im Lauf des Vormittags kam Joseph. Er hatte das Theaterstück von Racine mitgebracht und reichte es ihr. Sie setzte sich an den Tisch und las, ohne ihn anzusehen, einige Passagen daraus vor. Dann stand sie auf und ging hinaus in den Hof, wo sie sich schnäuzte und die Tränen aus dem Gesicht wischte. Er, der so wunderbar vorlas! Er, der so wunderbar redete! Er, der so klangvoll Verse zu rezitieren verstand! Nein, niemals würde sie das Geschehene verschmerzen. Seit Josephs Bestrafung entdeckte sie zu ihrer Verwunderung in sich selbst jenen Hass, den sie Jean-Baptiste Lapointe zum Vorwurf gemacht hatte. Zwar hatte sie die Weißen auch vorher schon verabscheut, aber sie hatte nie gewusst, wie gewaltsam, bitter und zerstörerisch dieses Gefühl sein konnte. Nachts träumte sie davon, wie sie mit ruhigem Lächeln, als erfülle sie eine höchst angenehme Aufgabe, breite Messerklingen in weiße Nacken stieß. Wie viel näher sie sich ihrem Geliebten seitdem fühlte!

Wo war er? Was machte er? Wieso kam er nicht? Da sie sich nicht länger damit abfinden mochte, ohne Nachricht von ihm zu sein, schrieb sie ihm einen langen Brief, in dem sie sich nach ihm erkundigte, und gab ihn dem Fahrer der Postkutsche mit, die alle drei Tage nach Arcahaie fuhr.

Und alle drei Tage wartete sie sehnsüchtig auf ihre Rückkehr, weil sie auf eine Antwort hoffte. Nach zwei Wochen vergeblichen Wartens schrieb sie einen zweiten Brief, den sie an Marie-Rose adressierte, mit der Bitte, ihn nach Boucassin weiterzuleiten. Endlich erhielt sie eine Antwort: Sie kam von Marie-Rose selbst.

«Liebe Minette», schrieb sie, «Jean-Baptiste Lapointe ist verschwunden. Es heißt, er habe einen Plantagenbesitzer getötet und sei über die Berge in den spanischen Teil der Insel geflohen. Er wurde verurteilt, *in effigie*[128] gehängt, und auf seinen Kopf wurde ein Preis ausgesetzt. In Arcahaie ist von nichts anderem mehr die Rede. Es tut mir unendlich leid, dass ich Dir solch traurige Nachrichten senden muss ...»

Minette konnte den Brief nicht zu Ende lesen. Ihre Hand zitterte so stark, dass sie sie eine Sekunde lang verwirrt anstarrte. Er hatte einen Plantagenbesitzer getötet, er war geflohen. Dann war also alles zu Ende zwischen ihnen. Sie würde ihn nie mehr wiedersehen. Sie ließ sich auf einen Stuhl sinken und las den Brief noch einmal, langsam, als hoffte sie, ihn falsch verstanden zu haben. Schlag auf Schlag, dachte sie, so viel Unglück, Schlag auf Schlag. Wo war die göttliche Barmherzigkeit, wo war dieser allzu gut versteckte Gott, der lachend immer mehr Leid über die Menschen auszugießen schien? Wen sollte sie anrufen, zu wem beten? «Mein Gott», flüsterte sie dennoch, der Gewohnheit folgend. Es hatte so weit kommen müssen, ja, so hatte es enden müssen. Er trug zu viel Groll, zu viel Hass in sich. Dieser Hass hatte zu seiner Befriedigung ein erlesenes Opfer verlangt und sich gegen einen Plantagenbesitzer gerichtet. Wer war dieser Kolonist? Ein unverschämter, herablassender junger Bursche oder ein grausamer, blutrünstiger Dickwanst? Er hatte wieder getötet! Und wenn schon! Wie sollte sie ihm deswegen Vorwürfe machen? Er hatte gewagt, das zu tun, wovon Tausende andere träumten. Er hatte einen Weißen getötet, einen Kolonisten, nachdem er an betrunkenen Matrosen sein Geschick verfeinert hatte. War er ein Verbrecher? Lieber Gott, hilf mir, flehte Minette. Sie wollte klarsehen, die Fakten nüchtern bewerten und Lapointe auf dieser Grundlage entweder verurteilen oder ihm verzeihen. Er war dazu getrieben worden. Alles hatte ihn dazu getrieben, lautete ihr Schluss. Der Groll, die Demütigungen, die Ungerechtigkeit, der Schmerz und der Hass. So viele Rechtfertigungen ...!

Sie hörte die Stimme von Saint-Martins Sohn, der nach ihr rief. Sie antwortete mit seinem Namen: «Jean, Jean!»

Er kam herbeigelaufen, und sie zog ihn an sich. Wer weiß, vielleicht würde auch er eines Tages leiden, hassen, töten. Man konnte nicht erwarten, dass alle Männer über Josephs Großmut und sanftes Wesen verfügten. War sie, Minette, denn wie Céliane de Caradeux? Es gibt Menschen, in denen die Güte stirbt, sobald sie zum ersten Mal Auflehnung verspüren. Zu diesen gehörte auch sie. Zu Menschen wie Lambert, wie Jean-Baptiste Lapointe, und sie bedauerte es nicht; inzwischen war sie in der Lage, ein sanftes Wesen bei anderen zu bewundern, ohne sie, wie früher, darum zu beneiden. Sie behielt ihre Verzweiflung für sich, wie sie auch das Geheimnis ihrer Liebe für sich behalten hatte. Ohne sich einzugestehen, dass sie sich womöglich schämte, ihre Gefühle für Lapointe zu offen zu zeigen, erzählte sie nicht einmal Joseph davon, den sie mit noch mehr Zuneigung überschüttete als zuvor, so groß war ihr Bedürfnis zu lieben.

Und sie war nicht die Einzige, die ihn umsorgte. Sobald die Nachbarinnen sahen, dass er Jasmines Haus betrat, schickten sie ihm Obstsäfte oder *bavaroises*[129] mit Milch, die er leichter schlucken konnte, ohne die Stelle, an der seine Zunge herausgeschnitten worden war, allzu sehr zu reizen. Er trank mit geschlossenen Augen, doch sogleich traten dicke Schweißtropfen auf seine Stirn, die er danach mit einem Lächeln wegwischte, um Lise und Minette nicht zu erschrecken. Jasmine hatte eingewilligt, Lise nach Léogane ziehen zu lassen. Sie hatte sie nicht einmal lange darum zu bitten brauchen. Ihre schwierigen Lebensumstände und die Entbehrungen, die sie mit sich brachten, hatten Jasmines Entscheidung beeinflusst: An manchen Tagen hatten sie Hunger gelitten, und so etwas vergaß man nicht leicht.

Auch die übrigen Schauspieler hatten nach Saint-Martins Tod solche Tage erlebt. Nachdem der schwarze Koch und das Mobiliar verkauft waren, hatte der Erlös gerade ausgereicht, um die Hälfte ihrer Schulden bei der Truppe aus Saint-Marc und den französischen Schauspielerinnen zu begleichen. Um neue Bühnenausstattung kaufen und die Kostüme bezahlen zu können, hatten sich Depoix und Favart an Mesplès wenden müssen, der sich bereit erklärte, ihnen eine gewisse Summe vorzustrecken, und zwar zu einem Zinssatz von vierzig Prozent. Depoix protestierte empört.

«Die Entscheidung liegt bei Ihnen, mein Freund», erwiderte François Mesplès. «Ich tue Ihnen einen Gefallen, und Sie werden wütend, hier sind wohl die Rollen vertauscht.»

Minette hatte die beiden begleitet, weil sie hoffte, Mesplès dazu zu bringen, ihr ihre ausstehende Gage zu zahlen.

«Was willst du hier?», herrschte er sie an.

«Mein Geld, Monsieur.»

«Welches Geld?»

«Monsieur Saint-Martin hat Sie in einem Brief aufgefordert, mir vierundzwanzigtausend Livres zu zahlen. Meine Schwester war dabei, Monsieur.»

«Ich habe nie einen Brief erhalten.»

«Aber, Monsieur …»

«Zweifelst du etwa an meinem Wort? Soll ich dich wegen grober Beleidigung eines Weißen einsperren lassen? Los, mach, dass du rauskommst.»

«Sie schrecken sie ab, Monsieur», protestierte Depoix erneut. «Sie ist imstande und weigert sich zu singen. Und das wäre unser Ruin, der sichere Ruin.»

Der Wucherer brummte etwas Unverständliches, öffnete eine Schublade, nahm einen Schein heraus und warf ihn auf seinen Schreibtisch.

«Hier sind fünftausend Livres, und jetzt will ich nichts mehr davon hören. Ich habe niemals einen Brief von Saint-Martin bekommen, und ich will nicht, dass man mein Wort in Zweifel zieht.»

Favart nahm den Schein, faltete ihn zusammen und reichte ihn Minette.

«Das ist immerhin etwas», sagte er und lächelte sie freundlich an.
Dann wandte er sich wieder an Mesplès.

«Ich habe hier etwa fünfzig Subskriptionen[130] hochgestellter Persönlichkeiten auf Theaterabonnements, unbezahlte Subskriptionen natürlich. Zu welchem Zinssatz würden Sie die in Zahlung nehmen?»

«Immer noch vierzig Prozent.»

«Monsieur …!»

«Sie vergeuden Ihre Spucke und Ihre Zeit. Ich sagte vierzig Prozent.»

Favart zog einen Stapel Zettel aus einer ledernen Tasche und reichte sie dem Wucherer. Dieser spuckte sich auf die Finger und zählte sie, dann betrachtete er die Unterschriften.

«Meine Güte, nicht einmal der Königliche Intendant und Monsieur de Caradeux bezahlen ihre Schulden.»

«Mit dem Schauspielhaus kann man es ja machen, Monsieur.»

«Oder mit den Schauspielern.»

Er hielt ihnen ein Blatt Papier hin.

«Unterschreiben Sie hier.»

Mit dem Geld konnten die neuen Direktoren die hohen Kosten der nächsten Aufführung bestreiten und den Maler Peyret sowie den Bühnenmeister Julian bezahlen, die sehr ungehalten waren, weil sie bisher umsonst gearbeitet hatten.

Von ihren fünftausend Livres kaufte Minette Jasmine neue Ware. Aber die Haushaltskasse blieb weiterhin leer.

Und das blieb sie auch bis zum Abend der Vorstellung. Auf Anschlägen und in der Zeitung waren die Rückkehr der «jungen Person» auf die Bühne angekündigt worden, ihr Auftritt an der Seite von Durand, Bezieher einer königlichen Pension, mit dem sie das Duett aus der *Iphigenie* singen würde, und ein festlicher Ball, gefolgt von einem Maskenfest. Um sechs Uhr abends war der Saal bereits zum Bersten voll. Draußen machten zahlreiche Neugierige, die keinen Platz mehr gefunden hatten, lautstark ihrem Unmut Luft. Und da Monsieur Mesplès die Abonnements ausgesetzt hatte, um deren Inhaber zu zwingen, ihre Schulden zu begleichen, fuhren zahlreiche Kutschen mit wutschnaubenden, über die neuen, verantwortungslosen Direktoren schimpfenden Kolonisten wieder davon.

Auch dieser Abend wurde ein Triumph. Die Regimentsoffiziere, darunter der junge Reiter, der Jasmines Auslage zertrampelt hatte, riefen Minette zurück auf die Bühne und verliehen ihr einen neuen Titel. Ausgelöst wurde dies durch den Offizier mit den blauen Augen, dem sie eines Tages in Gesellschaft von Magdeleine Brousse begegnet war. In seinem Überschwang stieg er auf seine Bank und schrie: «Ein Hoch auf ‹Mademoiselle› Minette!»

Wie im Rausch wiederholten Hunderte Stimmen seine Worte. Minette war nicht länger die «junge Person». Ihr Talent hatte ihr den beneidenswerten Titel einer «Demoiselle» eingebracht, auf den keine *affranchie* jemals hoffen durfte. Man warf ihr einen Kranz aus Rosen zu. Briefe regneten vor ihre Füße. Hoch oben in ihrer Loge klammerte sich Jasmine weinend an Joseph. Ihre Tochter war unvergleichlich gewesen, das spürte sie.

Doch nicht einmal der begeisterte Applaus des Publikums oder die gerührten Dankesbezeugungen der neuen Direktoren vermochten ihr die Türen des Ballsaals zu öffnen. Und sie unternahm auch keinen Versuch, hineingebeten zu werden. Sie hätte sich in dieser mondänen Umgebung mehr als unglücklich gefühlt. Nicht, dass sie Bälle an sich nicht mehr mochte, sie stand viel zu gern im Mittelpunkt, um sie abzulehnen, aber ihre verwundete Seele war noch nicht vollständig geheilt, und Fröhlichkeit schmerzte sie eher, als sie zu verlocken. Sie war restlos zufrieden. Sie hatte Mademoiselle Dubuissons enttäuschte, überraschte, wütende Miene genossen, sie hatte die einfältige Bewunderung der Weißen im Publikum genossen, sie hatte ihren Sieg genossen. Triumphierend verließ sie an Josephs Arm das Schauspielhaus, umringt vom Beifall ihrer Bewunderer, die ihr unter zahllosen Komplimenten versprachen, sie nach Hause zu geleiten.

Unter ihnen befand sich auch Goulard. Er folgte ihr unbemerkt, als plötzlich zwei Weiße darum wetteten, wer von ihnen Minette küssen würde, noch bevor sie ihr Zuhause erreichte.

«Wie hoch ist der Einsatz?»

«Dreitausend Livres.»

«Wo sind die Zeugen?»

Man wählte sie aufs Geratewohl aus einigen unverschämten Weißen.

«Wir laufen gleichzeitig los, und der Erste, der sie küsst, hat gewonnen.»

«Einverstanden.»

Als der Erste sie erreichte, stieß er Joseph und Lise, die Minette untergehakt hatten, kurzerhand beiseite, umarmte sie und schrie: «Da habt ihr den Kuss, und auch noch auf den Mund.»

Er drückte ihr die Lippen auf den Mund und ergriff die Flucht. Goulard erwischte ihn beim Kragen. Sie verlangten nach Degen. Man brachte sie ihnen. Sie wählten einen abgeschiedenen Ort nahe der Kirche und begaben sich, gefolgt von der angespannten, erregten Menge, dorthin. Joseph zog Minette, die um Goulard zitterte, mit sich fort. Begleitet von der ausgelassenen Schar der Farbigen, traf Minette zu Hause ein, wo sie den kleinen Jean schlafend in der sicheren Obhut der alten Zulma vorfand, einer schwarzen Frau aus der Nachbarschaft, die sich in ihren schmutzigen Lumpen vor dem Bett zusammengerollt hatte. Jasmine weckte sie auf, drückte ihr eine Münze in die Hand und schickte sie mit den Worten fort, dass sie von nun an häufig auf ihre Dienste zurückgreifen würden.

Der Kleine schlief, das lockige Haar über das Kissen gebreitet, in der Mitte der beiden Betten, die sie zusammengeschoben hatten, um für ihn Platz zu schaffen. Minette und Lise zogen sich aus und legten sich jede auf eine Seite des schmalen Lagers. Jasmine legte sich in ihr eigenes Bett.

«Wann brichst du auf?», fragte Minette ihre Schwester.

«So bald wie möglich. Ich kann es kaum erwarten, auch endlich zu arbeiten.»

«Achte darauf, dass man dich bezahlt.»

«Ich habe nicht die Absicht, für nichts und wieder nichts auf der Bühne zu stehen. Der dortige Direktor soll übrigens ein *quarteron* namens Labbé sein.[131]»

«Einen *quarteron*, das wundert mich ... Wirst du uns schreiben?»

«Natürlich.»

Lise richtete sich auf und warf einen Blick zu Jasmine, um zu sehen, ob sie schlief.

«Minette», flüsterte sie, «liebst du jemanden?»

«Ja.»

«Ist es Monsieur Goulard?»

«Nein.»

«Entspricht er deinem Ideal? Ein schöner, guter Mann, dazu mutig und stark?»

«Das weiß ich nicht, Lise. In ihm steckt zu viel Schmerz. Nicht einmal er selbst weiß, was er wirklich ist. Das Einzige, was ich mit Sicherheit weiß, ist, dass er leidet.»

«Wieso leidet er?»

«Er ist ein Farbiger.»

«Ah!»

Sie legte sich wieder hin, und vor dem Einschlafen dachte sie über die letzten Worte ihrer Schwester nach. Nicht einmal für Lise war diese Antwort ein Geheimnis.

XXIV

Goulard wurde bei dem Duell nur leicht verletzt. Am nächsten Tag erschien er bei Minette, den Arm in der Schlinge und eine Ausgabe der Zeitung in der Hand.

«Lies das», forderte er sie wütend auf.

Sie betrachtete ihn mit einem Ausdruck milden Vorwurfs.

«Wieso haben Sie sich für mich duelliert, Claude?»

«Lies das», wiederholte er ungeduldig und schleuderte ihr die Zeitung in die Arme.

Es war ein anonymer, für Minette höchst unerfreulicher Artikel. Im Zusammenhang mit dem Duett aus der *Iphigenie* wurde der Name der schönen Madame Marsan, einer Schauspielerin aus Cap Français, erwähnt, und der Vergleich ihrer beider Talente fiel zu Minettes Ungunsten aus. Um ihr öffentliches Ansehen zu ruinieren, rief der Verfasser seinen Lesern in gnadenlosen Worten ihre soziale Stellung in Erinnerung und behauptete, das Publikum von Port-au-Prince beweise einen schlechten Geschmack, indem es sie jener weißen Sängerin aus Cap Français vorziehe, deren Ruhm im italienischen Fach dem der Dugazon[132] und der Contat[133] doch gewiss in nichts nachstünde.

Der Artikel verletzte Minettes Stolz, und sie schwor sich, in Zukunft nur noch einhelliges Lob zu erringen. Das Publikum jedoch spaltete sich in zwei Lager: Die einen blieben glühende Verehrer von Minettes Kunst, während die anderen dem Artikel zustimmten und Madame Marsan favorisierten. Doch wer hatte ihn geschrieben? Mozard? Sie nahm sich vor, dieses Rätsel zu lösen.

Noch am selben Morgen brach Lise nach Léogane auf, diesmal ohne eine Träne zu vergießen. Sie würde das Publikum anlocken, indem sie es daran erinnerte, dass sie «Minettes Schwester» war. Denn was auch immer deren Feinde behaupten mochten, sie war inzwischen etabliert und unbestritten eine Berühmtheit. Im ganzen Land kannte man ihren Namen und pries ihren Gesang.

Minette schloss einen neuen Vertrag ab, keine privatschriftliche Übereinkunft diesmal, sondern in Gegenwart eines Notars, und unterzeichnete stolz mit «Mademoiselle» Minette. Trotz einiger weiterer, äußerst gehässiger anonymer Artikel strömte das Publikum in eine zu ihren Gunsten veranstaltete Weihnachtsvorstellung. Wie es sich gehörte, hatte sie sich um alles selbst gekümmert: die Auswahl der Stücke, die Verteilung der Rollen, die Kostüme, das Bühnenbild, die Inszenierung. Es war eine exzellente Aufführung, die womöglich sogar von den Anhängern der Madame Marsan beklatscht wurde.

Fast ein Jahr lang wurde sie ohne Unterbrechung in jedem Stück gefeiert, das im Theater aufgeführt wurde. Sie spielte die Hauptrollen in *Blaise und Babet*[134], in *Rosines Reisen*[135], in *Die Dorfprobe*[136] und in *Der Liebhaber als Statue*[137], einem Stück, dessen Hauptrolle Célimène bis dahin selbst für die besten Sängerinnen als gefährliche Klippe galt. An jenem Abend kletterten zwei begeisterte junge Weiße auf die Bühne und trugen sie auf ihren Schultern umher. Trotz Madame Marsan und der anonymen Artikel war sie die Königin des Theaters von Saint-Domingue, als eines Morgens Macarty angestürmt kam und ungeniert in eine Probe platzte.

«Die ‹Pariser Komödianten› sind gerade eingetroffen», rief er, und gestikulierte dabei so angstvoll, dass man hätte meinen können, das Gebäude stünde in Flammen.

«Was ist los?», rief Nelanger.

«Die Truppe von François Ribié[138], sie ist hier.»

Eine Minute herrschte kopflose Panik. Hastig räumte man hinter den Kulissen auf und richtete notdürftig den kleinen Empfangssalon her, die Frauen legten Puder auf, die Männer zupften ihre Kleidung zurecht, und dann eilten alle, mit Ausnahme von Madame Tesseyre und Magdeleine Brousse, die fortgeschickt wurden, um Gläser und Rum zu besorgen, den Neuankömmlingen entgegen.

Der Direktor der Truppe, Louis-François Ribié, ein gut aussehender junger Mann mit Stentorstimme, begrüßte die Schauspieler mit kräftigen Schlägen auf den Rücken. Seine Wangen waren gerötet, und er wirkte ein wenig angeheitert. Nachdem er Minette ins Kinn gekniffen und sie «kreolische Schönheit» genannt hatte, stellte er ihr Mademoiselle Thibault vor, eine ausnehmend blonde Erscheinung im Gegensatz zur dunklen Minette. Favart stellte seine Schauspieler namentlich vor, und Ribié tat das Gleiche mit den Mitgliedern seiner Truppe. Als die Reihe an Claude Gémont kam, knuffte er den äußerst attraktiven jungen Mann in die Seite und schaute dabei in Minettes Richtung.

«Na, mein Freund, die wäre doch mal was, um deine Mätresse eifersüchtig zu machen», sagte er und brach in schallendes Gelächter aus, während Mademoiselle Thibault die Lippen zusammenkniff und Minette abschätzig musterte.

Depoix unterbrach die Vorstellungen und lud Ribiés Truppe ein, sie ins Theater zu begleiten, wo man gemeinsam auf ihr Wohl anstoßen werde.

«Das ist sehr freundlich», antwortete Ribié, «es ist heiß hier in den Tropen, und diese Hitze macht durstig.»

Auf dem Weg zum Theater machten die neuen Schauspieler keinen Hehl aus ihrem Entzücken über den prächtigen Himmel, die ungewöhnlichen Häuser und die abwechslungsreiche, farbenfrohe Kleidung der Frauen.

Als sie einer Gruppe von Sklaven begegneten, die Bretter trugen, riss Mademoiselle Thibault überrascht die Augen auf.

«Laufen die Neger hier alle nackt durch die Straßen?»

Goulard musste über diese Bemerkung lachen, und um sie zu beruhigen, versicherte er ihr, dass sie nach zwei Tagen gar nicht mehr darauf achten würde.

«Ich finde das originell», erklärte Claude Gémont, «diese nackten, schwarzen Körper erinnern mich an Afrika ...»

«Gibt es hier viele von ihnen?», erkundigte sich Ribié interessiert.

«Sagen Sie es uns», antwortete Monsieur Acquaire, und sein Auge zuckte seltsam. «Es sind hundertsechzigtausend, bei vierzehntausend Weißen und zwölftausend Farbigen. Und das allein hier im Westen!»[139]

Ribié stieß einen kurzen Pfiff aus, wischte sich über die Stirn und sah sich um.

«Meine Güte! Wenn es irgendwann hart auf hart kommen sollte …!»

«Monsieur Ribié», ging Favart freundlich, aber bestimmt dazwischen, «wir Schauspieler vermeiden es, uns in die Politik einzumischen.»

Ribié pfiff erneut und nickte.

«Hundertsechzigtausend», wiederholte er, «und das allein im Westen …!»

Mademoiselle Thibault sorgte für Ablenkung, als sie vor einem mit Efeu überwucherten Brunnen in begeisterte Rufe ausbrach.

«Oh, Liebster, sieh nur», sagte sie und hängte sich an Claude Gémonts Arm.

Sie deutete auf eine junge *affranchie* mit buntem Rock und Kopftuch, deren Brüste halb entblößt waren.

«Sie ist schön», rief Ribié mit seiner ungewöhnlichen Stimme, «welcher gesellschaftlichen Schicht gehört diese junge Frau?»

Seine Frage war an Minette gerichtet, und sie wollte schon antworten, als Goulard ihr zuvorkam.

«Das ist eine Mulattin aus der Schicht der Freigelassenen.»

Ponsard, ein Tänzer aus Ribiés Truppe, stellte sich auf die Zehenspitzen und breitete die Arme aus, als wollte er das ganze Land umarmen.

«Strahlend blauer Himmel, herrliche Natur und schöne Frauen, das ist das Paradies auf Erden!»

In höchstem Maße erregt durch den Anblick der nackten Sklavenkörper, die transparenten Mieder der Frauen, die Sonne und die gesamte Umgebung, küsste Mademoiselle Thibault Gémont mitten auf den Mund. Lachend und ein wenig verlegen erwiderte er ihre Küsse, während sein einschmeichelnder, dreister Blick Minettes Augen suchte.

Vor dem Theater angekommen, sang Ribié mit seiner schönen Stimme ein paar Takte des Figaro aus dem *Barbier von Sevilla*[140] und legte den Arm um Minettes Taille. In dem kleinen Empfangsraum hinter den Kulissen trafen sie auf Magdeleine Brousse und Madame Tesseyre, die gerade die Gläser bereitstellten. Das erste trank man auf das Wohl der Schauspieler aus Paris und ein zweites auf das gute Gelingen der nächsten Vorstellung. Woraufhin Ribié die Flasche bei sich behielt und sie nicht mehr aus den Händen gab.

Zwei Tage später meldeten die *Affiches* die Ankunft der französischen Truppe und kündigten eine baldige Aufführung des *Barbiers von Sevilla* an, eines Stücks von Beaumarchais, das in Paris für Furore sorgte und in dem Ribié an der Seite von Mademoiselle Thibault und Mademoiselle Minette in der Rolle des Figaro zu sehen sein werde.

Bei dem bereits angekündigten Benefizabend zugunsten der Acquaires saß Ribiés Truppe im Publikum. Minettes Talent verblüffte den Pariser Direktor, und er ging hinter die Kulissen, um ihr zu gratulieren. Danach folgten Anregungen und Kritik an die Adresse der Acquaires.

«Ihrer Inszenierung mangelte es an Zusammenhalt und den Darbietungen der Schauspieler an Schwung», erklärte er. «Ich werde Ihnen helfen, es beim nächsten Mal besser zu machen. Und was die Kostüme angeht ...!»

Falls er tatsächlich helfen wollte, stellte er sich dabei sehr ungeschickt an. Er brauste leicht auf, und seine Bemerkungen kränkten einige der Adressaten.

Aus Frankreich hatte er einen unfehlbaren Geschmack und langjährige Erfahrung mitgebracht, die er den heimischen Darstellern zu vermitteln suchte. Dadurch stellte er sämtliche Gewohnheiten dieser bemühten, aber doch recht beschränkten kleinen Welt auf den Kopf. Sie klammerten sich an das Vertraute, Ribié wurde wütend und beschimpfte sie als «Jahrmarktsgaukler». Er leitete persönlich die Proben zum *Barbier von Sevilla*. Dabei war er von einer unerbittlichen Strenge und duldete weder die kleinste Auslassung noch irgendwelche Änderungen am Text.

Im weißen Hemd, die Ärmel hochgekrempelt, gestikulierte, schrie und tobte er und ging sogar so weit, Goulard zu beleidigen, der beim Singen beharrlich die Worte in die Länge zog.

«Beaumarchais hat sein Stück doch nicht auf Kreolisch geschrieben», rief er und schwenkte die Rumflasche, die er nur selten aus der Hand legte, «mehr Schwung, mein Freund, mehr Schwung ...»

Beleidigt verließ Goulard die Bühne, und erst Minette und Mademoiselle Thibault konnten ihn mit flehentlichem Bitten zur Rückkehr bewegen.

«Das ist nur zu Ihrem Besten, mein junger Freund», sagte Ribié anschließend zu ihm. «Glauben Sie denn, ich selbst hätte nicht auch solche Momente erlebt? Teufel noch eins.»

Er trank ein paar tiefe Züge Rum direkt aus der Flasche und wischte sich mit dem Handrücken über den Mund, dabei ließ er Magdeleine Brousse nicht aus den Augen, die halb ohnmächtig war vor Bewunderung und so verzückt, dass sie nicht einmal davor zurückschreckte, ihren neuen Liebhaber mit nach Hause zu nehmen, wenn ihr Mann ausgegangen war. Eines Tages jedoch überraschte dieser sie in einem Aufzug, der keinen Raum für Zweifel ließ. Der bedauernswerte Perückenmacher war außer sich vor Zorn, er weinte, tobte und drohte.

«Ich werde unverzüglich zum Gouverneur gehen», versicherte er der blonden Magdeleine, der ausnahmsweise die Worte fehlten, «ich werde unverzüglich zum Gouverneur gehen und ihn um die Erlaubnis bitten, Sie in ein Kloster sperren zu lassen. Ich bin es leid, von Ihnen zum Gespött gemacht zu werden. Und was Sie betrifft, Monsieur …»

Als geübter Schauspieler zog Ribié geschwind seine Kleider wieder an und verneigte sich tief vor Monsieur Brousse.

«Ich bin gerade in den Genuss Ihres guten Geschmacks gekommen, Monsieur, und dafür danke ich Ihnen», sagte er mit seiner dröhnenden Stimme.

Er war attraktiv und stark, und als besondere Marotte trug er einen goldenen Ring im linken Ohr, der ihm das Aussehen eines Banditen verlieh. Monsieur Brousse wich erschreckt zurück, und beim Anblick ihres am ganzen Leib zitternden Mannes wurde Magdeleine von einem unstillbaren Lachkrampf erfasst.

Trotz allem ging es mit den Proben gut voran, und von Anfang an erkannte Minette in Mademoiselle Thibault eine Rivalin, die ihr gewachsen war. Sie war sehr jung und sehr schön. Ihre durch jahrelangen Unterricht geschulte Stimme war klar und voll. Nachdem Ribié die beiden Frauen hatte singen hören, erklärte er, Minettes Stimme sei von Sonne durchtränkt, während die von Mademoiselle Thibault so frisch sei wie ein Morgen im April. In Spiel, Diktion und Anmut waren sie einander ebenbürtig, und Minette vertraute Claude Goulard an, dass sie zum ersten Mal in ihrem Leben fürchtete, in den Schatten gestellt zu werden. Ihr Kostüm sollte schlicht und zurückhaltend sein; entgegen Madame Acquaires und Ribiés Rat verfiel sie auf den unseligen Gedanken, es mit Musselin und Spitze zu verzieren. Die Angst, von der neuen Schauspielerin überflügelt zu werden, stürzte sie in fieberhafte Erregung, und in der Nacht vor der Aufführung schlief sie sehr schlecht.

Das Stück wurde ein beispielloser Erfolg. Das Publikum feierte die Schauspieler, allen voran Ribié, Minette und Mademoiselle Thibault.

Am nächsten Morgen erschien wieder ein Artikel, diesmal unterzeichnet von Mozard. In scharfen Worten warf er Minette vor, ihre Kostüme mit unnötigem Flitterkram zu versehen, und schloss mit der Feststellung, dass sie dem Drang zu glänzen eine beglückende, authentische Darstellung geopfert habe.

Die Kritik war so berechtigt, dass sie Minettes Stolz einen herben Schlag versetzte. Ohne zu zögern, begab sie sich zu Mozard, der sie mit dem bezauberten Lächeln eines Mannes empfing, der auf den ersten Blick von seiner Besucherin eingenommen war.

«Monsieur», sagte sie und sah ihm, wie es ihre Gewohnheit war, direkt ins Gesicht, «stammt dieser schöne Satz tatsächlich von Ihnen?» Sie atmete tief ein und zitierte langsam und in gepflegter Aussprache: «Zeitungen sind die Laternen, die den Völkern Licht spenden, und die Tyrannen wollen nicht, dass die Völker erleuchtet werden.»[141]

«Dafür, dass Sie noch so jung sind, wissen Sie erstaunlich viel», antwortete der Journalist belustigt.

«Monsieur, Sie entmutigen mich.»

«In welcher Weise?»

«Ihr Artikel ...»

«Er war nicht sonderlich boshaft, und ich sage gern, was ich denke.»

«Die früheren Artikel ...»

«Die waren nicht von mir. Wie Sie ebenfalls wissen sollten, verabscheue ich die Anonymität.»

Er musterte sie aufmerksam.

«Wissen Sie», sagte er dann, «dass Sie, aus der Nähe betrachtet, nicht ganz so schön sind, aber dafür anrührender?»

Sie setzte ihre verführerischste Miene auf.

«Dann darf ich hoffen, Sie gerührt zu haben, Monsieur?»

«Na, na, na», widersprach er sofort, «keine Erpressung, lassen Sie mich gerührt sein, ohne mich gleich verführen zu wollen.»

Das wird bei ihm nicht funktionieren, dachte sie, wechselte ihre Taktik und sah ihm demonstrativ in die Augen.

«So ist es schon besser», rief er. «Sie haben nichts von einer Koketten an sich, und ich mag es nicht, wenn man versucht, mich zum Besten zu halten. Sie gefallen mir, wollen Sie heute Abend mit mir ausgehen?»

Sie sah ihn an. Er wiederum hatte nichts von einem charmanten jungen Verführer an sich. Er sah aus wie das, was er war: ein viel beschäftigter Geschäftsmann, der sich wahrscheinlich nur selten einen Ausbruch aus seiner Ehe erlaubte. Er war mit einer Frau von bescheidenen Ansprüchen verheiratet, die er wegen seiner ausgefüllten Tage nur selten sah, und seine einzigen Mußestunden verbrachte er im Theater, wo er als Journalist stets freien Eintritt hatte.[142]

In der Hoffnung, ihn vollends für sich zu gewinnen, nahm Minette die Einladung an.

Um Mozard zu beweisen, dass seine Vorwürfe unberechtigt waren, kleidete sie sich in einen schlichten dunklen Rock und ein Batistmieder mit gefältelten Ärmeln, die ihre Unterarme freiließen, dazu ein Brusttuch, das ihren Ausschnitt züchtig verhüllte. Er holte sie in einer sechsspännigen Kutsche ab, die Nicolette mit Kennermiene vorbeifahren sah. Beim Abschied wagten Jasmine und Joseph nicht einmal zu fragen, wohin sie ging. Der Respekt ihrer Umgebung war noch gewachsen, seit sie von den Caradeux Josephs Freilassung erwirkt hatte und man sie «Mademoiselle» nannte.

Als sie in Mozards Kutsche stieg, war sie innerlich zum Schlimmsten bereit. Jean-Baptiste Lapointe war für sie unwiederbringlich verloren. Und da sie trotz ihrer Verzweiflung weiterleben musste, beschloss sie, sich mit Leib und Seele in den Kampf zu stürzen. Sie musste Mozard dazu bringen, Madame Marsan nicht länger in den höchsten Tönen zu loben; sie musste ihn durch Liebe blenden, damit er jeden Wunsch verlor, sie, Minette, noch länger so streng zu beurteilen. Wenn es ihr gelang, die Zeitung auf ihre Seite zu ziehen, war sie gerettet.

Er führte sie in das Lokal eines einfachen Weißen, der sie mit untertänigen Verbeugungen empfing. Während des Essens ließ Mozard sie nicht aus den Augen. Als sie geendet hatten, hob er sein Glas.

«Auf Ihre Erfolge, meine Schöne», sagte er.

«Wenn Sie weiterhin auf mich einprügeln, werde ich keine Erfolge mehr haben, Monsieur», antwortete sie ohne ein Lächeln.

Sie sah ihm direkt in die Augen. Nein, niemals würde es ihr gelingen, ihn zu verführen. Sie konnte es nicht. Ganz gleich, wie gut sie als Schauspielerin auf der Bühne auch sein mochte, sie schaffte es trotz aller Bemühungen nicht, zu lächeln oder zu weinen, zu reden oder zu kokettieren, um einen Mann zu betören. Ihre Züge wurden hart. Am liebsten hätte sie Mozard einfach sitzen lassen und wäre nach Hause gegangen. Er war ein Weißer, ein Sklavenhändler, der bei seiner Zeitung keine *affranchis* duldete. Was saß sie hier mit diesem Feind? Ihr Blick musste sie verraten haben.

«Potztausend, das ist ja Hass in Ihren Augen», rief der Journalist.

Sie blickte nicht zu Seite.

«Sie gefallen mir», fuhr er zu ihrer Überraschung fort. «Nichts in Ihrem Verhalten erinnert an die verschlagene Art der Frauen ihres Standes, und aus der Nähe betrachtet, gewinnen Sie enorm.» Er nahm einen tiefen Schluck von seinem Wein. «Aber wieso zum Teufel beharren Sie darauf, sich in Spitze zu kleiden, wenn Sie die Rolle einer Bäuerin spielen?»

«Vielleicht, weil ich mich davor fürchte, nicht genug zu gefallen, Monsieur.»

Ihre Stimme klang so aufrichtig, dass er sich plötzlich ihrer Ängste bewusst wurde, ihres inneren Widerstreits, ihres gnadenlosen Kampfs gegen dieses launische, engstirnige Publikum, das sich früher oder später gegen sie wenden konnte. Erst in dieser Minute erkannte er, dass sie nur eine junge, vom Glück begünstigte *affranchie* war, die unter größten Mühen die gefahrvollen Stufen des Ruhms erklomm.

«Haben Sie keine Angst mehr», sagte er.

Er hatte ein gutmütiges, intelligentes Gesicht. Sein Verhalten ihr gegenüber war tadellos und höflich gewesen. Sie war kurz davor, ihm ihr Herz auszuschütten, ihren Hass zu vergessen und ihm zu gestehen: «Monsieur Mozard, wenn eine Weiße mich in den Schatten stellen sollte, würde ich sterben. Mein Talent ist alles, was ich habe.»

Aber sie schwieg und sagte sich, dass er das alles bereits wisse und es nicht nötig sei, dass er noch mehr Mitleid mit ihr bekam.

«Verraten Sie mir, wieso Sie eingewilligt haben, heute Abend mit mir auszugehen?», erkundigte er sich in ruppigem Ton.

«Ich wollte Sie verführen, Monsieur.»

Da brach er in dröhnendes Gelächter aus und klopfte ihr auf die Hand.

«Das ist Ihnen gelungen», versprach er.

Sie stiegen erneut in die Kutsche, wo Mozard sich ihr gegenüber genauso untadelig verhielt wie zu Beginn. Sie fuhren am Meer entlang, und er fragte sie, ob sie zum Tanzen in die Vaux-Halls gehen wolle. Sie lehnte ab. Da sagte er, er wisse, was ihr gefallen werde, und rief dem Kutscher eine Adresse zu. Er ließ sie vor einer Art Laden aussteigen, durch dessen Tür plaudernde, lachende Menschen ein und aus gingen. Als sie sah, was dort ausgestellt wurde, erkannte sie, dass es sich um ein Museum handelte. Er kaufte zwei Eintrittskarten und führte sie in einen Saal voller Wachsfiguren: die königliche Familie, umringt von ihrer Garde. Minette war hingerissen von Marie-Antoinettes Schönheit und machte Mozard darauf aufmerksam, dass sie Spitze und Schmuck genauso zu lieben schien wie sie selbst.

«Haben Sie keine Angst davor, sich mit einer Königin zu vergleichen?», fragte er.

«Oh doch, Monsieur. Aber ich bin stolz darauf, genau wie Ihre Majestät kostbare und schöne Dinge zu lieben.»

«Das ist kein Grund, meinen Rat nicht zu beherzigen», entgegnete er. «Und ich werde Sie auch nur in Ruhe lassen, wenn Sie mir gehorchen. Bekämpfen Sie Ihre Rivalinnen auf der Bühne mit den geeigneten Mitteln, und Sie werden sie besiegen.»

Dann brachte er sie nach Hause und verabschiedete sich mit einem Handkuss.

«Leben Sie wohl, junges Fräulein, ich hoffe, ich habe Sie nicht enttäuscht», sagte er mit einem seltsamen Lächeln.

«Sie waren sehr gut zu mir, Monsieur.»

Und zum ersten Mal lächelte sie ihn offen und so fröhlich an, dass er sie beinahe nicht wiedererkannte.

«Das war einer der reizendsten Abende meines Lebens, ich danke Ihnen, Monsieur.»

Sie lief davon, und Mozard, der allein zurückblieb, schüttelte den Kopf, als hinge er verborgenen Gedanken nach.

XXV

Immer noch versetzten die entlaufenen Sklaven die Bewohner der Ebenen und Städte in Angst und Schrecken. Ihre Unterwerfung war lediglich ein Täuschungsmanöver gewesen. Mit lautem Gebrüll stürmten ihre Banden aus den Bergen herab, plünderten die Ateliers und steckten sie oftmals in Brand.

Wenn nachts der Sammelruf der Lambis und Trommeln ertönte, griff die weiße Bevölkerung aufgeschreckt zu ihren Waffen, in den Ateliers horchten die Sklaven, und die *affranchis* senkten den Kopf und warteten, scheinbar teilnahmslos.

Eines Tages verbreitete sich die Nachricht, zwei Anführer der *marrons* seien zum Gouverneur gebracht worden. Die Menschen strömten herbei, und trotz der Bemühungen der Maréchaussée, sie zurückzudrängen, harrten sie stundenlang vor dem Gouverneurspalast aus.

Als die Tür schließlich geöffnet wurde und die Anführer der *marrons* in Begleitung eines weißen Kolonisten und zweier Soldaten der Garde herauskamen, erfasste plötzliche Erregung die Schaulustigen. Was wollten diese Rebellen? Wieso hatte man sie mit Respekt und in Ehren beim Gouverneur empfangen? Die Fragen flogen durcheinander. Eine Weiße streckte die Hand nach einem der Gardesoldaten aus und rief seinen Namen.

«Sag, Roland, was geht denn da vor sich?»

«Du bist zu neugierig, meine Schöne», antwortete er.

Sie lief zu ihm, hakte sich vertraulich bei ihm unter und wiederholte: «Sag mir doch, was vor sich geht, los, sag es mir.»

Ihr Drängen machte den jungen Soldaten verlegen, und um seine Ruhe zu haben, verriet er ihr, was sie wissen wollte.

«Monsieur Desmarrates», flüsterte er und deutete auf den Kolonisten, «hat diese Anführer einer Gruppe von *marrons* hergebracht. Man hat ein

Abkommen mit ihnen geschlossen. Im Austausch gegen die offizielle Anerkennung ihrer Freiheit verpflichten sie sich, mit ihren Angriffen auf die Plantagen aufzuhören.»

Der Frau blieb vor Schreck beinahe die Luft weg.

«Oh», keuchte sie und riss die Hand vor den Mund. «Solch tollwütigen Hunden die Freiheit zuzugestehen, aber das ist doch Wahnsinn!»

Sogleich ließ sie den Arm des Soldaten los und lief zurück zu der wartenden Menge, in der sich die Neuigkeit wie ein Lauffeuer verbreitete.

Joseph Ogé stand bei der Gruppe von Farbigen, die sich an einer Straßenecke zusammengefunden hatten. Sobald ihn die Nachricht erreichte, lief er zu Lambert, wo er Beauvais und Louise Rasteau antraf.

Seit er nicht mehr sprechen konnte, hatten seine Züge einen angespannten, beinahe tragischen Ausdruck angenommen. Seine sanften Augen waren übergroß geöffnet, als bemühten sie sich, die Intensität seines Seelenlebens erahnen zu lassen, und sein Blick glich dem eines gehetzten Tiers. Er sah Lambert an, zog automatisch den Stift und das Heft, die Minette ihm gegeben hatte, aus der Tasche und schrieb: «Santyague hat sich unterworfen, die Regierung hat die Freiheit der Sklaven vom Bahoruco offiziell anerkannt.»[143]

Die beiden Männer standen auf und wechselten einen Blick.

«Die Angst der Weißen wächst», sagte Beauvais.

In jener Zeit wütete eine neue, subtilere Form des *marronnage*. Sklaven, die von den Plantagen geflohen waren, zogen in die Städte, wo sie sich, als *affranchis* gekleidet, unauffällig bewegen konnten. Diese Sklaven bildeten eine kleine, gefährliche Gruppe ohne Gesetz und Moral. Sie legten sich in den Wäldern auf die Lauer, überfielen Reisende und raubten und plünderten jeden aus, der in ihre Nähe kam. Wenn die Soldaten der Maréchaussée Jagd auf sie machten, kehrten sie in die Städte zurück und mischten sich, als *affranchis* getarnt, unter die Menge, um jeden Verdacht von sich abzulenken.

Da es den Kolonisten nicht gelang, diese neuen Rebellen im Kampf zu stellen, veranstalteten sie regelrechte Treibjagden, bei denen Schwarze und Farbige, oft genug unschuldige Freie, getötet wurden, was die Spannungen zwischen diesen und den Weißen noch vergrößerte. Auf beiden Seiten erreichte der Hass neue Ausmaße. Die Herren sahen in ihren Sklaven lediglich stumpfsinniges Nutzvieh, keinesfalls fähig zu planvollem Vorgehen oder erfolgreichen Überfällen. Trotz des Beispiels der Schwarzen vom Bahoruco trauten sie den Afrikanern strategisches Denken nicht zu. Und so suchten sie die Schuld für die Ereignisse bei den Farbigen. Mehr denn je wurden diese gedemütigt, unterdrückt und verhöhnt. Und mehr denn je wurden die Sklaven geprügelt, gefoltert und umgebracht. Aus Angst, ihre Sklaven könnten davonlaufen, behandelten die schwarzen und mulattischen Sklavenhalter ihre eigenen Brüder nicht weniger brutal. Stolz auf die gesellschaftliche Stellung, die ihre Einkünfte ihnen zu sichern schienen, kannten sie nur ein Ziel: noch reicher zu werden. Darin waren sie den weißen Plantagenbesitzern so ähnlich, dass diese, stets auf die Wahrung ihrer Sonderstellung bedacht, unweigerlich Anstoß nehmen mussten.

Auch inmitten von Hass kann man unbehelligt leben, denn die Gewöhnung ist eine mächtige Kraft. Trotz einiger besorgniserregender Misstöne ging das Leben unverändert weiter. Diese Misstöne drangen nun nicht mehr von den Bergen herab, wo seit dem Verstummen der Lambis ein drückendes Schweigen herrschte, sondern äußerten sich auf tausenderlei Weise in Blicken, Verhalten und Gesten. Die stumme Missbilligung der *affranchis* verwandelte sich in eine dumpfe, schmerzhafte Feindseligkeit. Zähneknirschend senkten sie unter den Stiefeln und Schnallenschuhen der weißen Herren den Blick. Die mächtigen Grundbesitzer hingegen scheuten aus Feigheit gewisse verstörende, besorgniserregende Gedanken; um in Frieden leben zu können, redeten sie sich ein, es stünde alles zum Besten. Und mit jedem Tag nahmen ihre Prachtentfaltung, ihre Ausgelassenheit, ihre Vergnügungen zu.

Für Minette, wie für alle anderen, verstrichen die Jahre ohne ernsthafte Zwischenfälle. Seit Mozard seine schützende Hand über sie hielt, sang sie, spielte Theater und erhielt regelmäßig ihre Gage. Sie erklomm den Gipfel des Ruhms, der kleine Jean wuchs heran, und Lise feierte hübsche Erfolge in Léogane. War denn nicht alles wunderbar? Die Erinnerung an Jean-

Baptiste Lapointe war nur noch ein blasser Schatten in ihrem Herzen, den jedoch all die Freundlichkeit und Liebe von Claude Goulard nie ganz zu vertreiben vermochten. Manchmal war sie versucht, ihn zu lieben; doch ihr Widerstreben, seine Küsse und Umarmungen hinzunehmen, bewies ihr, dass er für sie lediglich ein ergebener, charmanter Freund war.

Mit der Zeit hatten Josephs grausame Bestrafung, der Hochmut der Weißen und die Peitschen der Sklavenhalter das stumpfe Antlitz von Routine und Resignation angenommen. Was auf dem Grund der Herzen ruhte, sollte, wie seltsam dies auch schien, erst unter dem Peitschenhieb eines außergewöhnlichen Ereignisses erwachen, das in einer brutalen Erschütterung Tausende schlafender Gemüter aus ihrer Benommenheit reißen würde.

Am Ende jenes Jahres kehrte Lise aus Léogane zurück. Sie brachte von dort Einzelheiten, Neuigkeiten und einen kleinen Beutel voller Geld zurück, den sie ihrer Mutter und Minette stolz präsentierte.

«Wenn ich will, kann ich mir eine Sklavin kaufen», sagte sie mit einer Spur von Arroganz in der Stimme.

Sie war gewachsen und hatte zugenommen, ihre Erfolge hatten ihr Selbstbewusstsein gestärkt, und das sah man. Ein wenig zu deutlich, fand Minette.

Am Abend ihrer Rückkehr gab sie eine kleine Feier, zu der sie Nicolette, Goulard, Joseph, die Acquaires und eine reiche *affranchie* namens Angevine Roselin einlud, die sie in Léogane kennengelernt hatte und von der sie stolz berichtete.

«Wieso denn Angevine?», protestierte Minette. «Wir kennen sie kaum.»

«Ich muss jetzt mit anderen Leuten Umgang pflegen. Angevine ist sehr reich, verstehst du?»

Nein, das verstand Minette nicht. Aber es war nicht ihre Feier, und Lise stand es frei, einzuladen, wen sie wollte.

«Du wirst sehen, sie ist reizend Sie ist eines Tages nach der Aufführung von *Thérèse und Jeannot* von sich aus hinter die Bühne gekommen, um mich zu küssen.»

Also wurde Angevine eingeladen. Sie kam in einer prächtigen Kutsche, begleitet von zwei jungen Sklavinnen. Auf dem Kutschbock saß ein livrierter Mulatte, der vor dem Haus auf seine «Herrin» wartete, was die Neugier der einfachen Leute in der Rue Traversière erregte. Angevine trug ein herrliches weißes Seidenkleid, das eine Modehändlerin, die heimlich für sie arbeitete, direkt in Frankreich bestellt hatte. Sie war hübsch und zeigte ihre perfekten Zähne in einem nie verblassenden glücklichen Lächeln. Nicolette, die sie mit Blicken verschlang, bemerkte, dass sie Goulard schöne Augen machte. Auf der Stelle nahm sie sich vor, den jungen Schauspieler selbst zu erobern. Sie sprachen Kreolisch, spielten mit ihrem Fächer und überschütteten ihn mit vielsagenden Blicken und Komplimenten.

Eine Stunde später würdigte Goulard, von Nicolettes geschickter Koketterie verführt, Angevine keines Blickes mehr. Zu Recht war Nicolette davon überzeugt, auf diesem Gebiet keine Rivalin fürchten zu müssen.

Minette beobachtete Angevine und die beiden jungen Sklavinnen, die auf jede ihrer Gesten achteten. Das erinnerte sie an eine Seite des Lebens, die sie beinahe vergessen hatte. Das kleine Haus in Boucassin, Marie-Rose und die Saint-Ars, Mademoiselle de Caradeux … All diese reichen Sklavenhalter, die sich von knienden Sklaven bedienen ließen, sich am Schweiß der Sklaven bereicherten. War Angevine trotz ihrer schwarzen Haut nicht in mancherlei Hinsicht in der gleichen Position wie Céliane de Caradeux? Auch dieses Wunder hatte das Geld bewirkt. Was machte es schon, dass sie gewissen Einschränkungen unterlag, wenn ihre Kutsche wie die der reichen weißen Kolonisten mit Utrechter Samt[144] ausgeschlagen war und von einem livrierten Kutscher gelenkt wurde! Das war auf jeden Fall besser, als durch die Hufe eines Pferdes in den Ruin gestürzt zu werden, das, von einem unverschämten, lachenden jungen Weißen am Zügel gehalten, die bescheidene Auslage einer Krämerin zertrampelte. Bei der Erinnerung an diesen Vorfall schlug ihr Herz schneller. Dabei war die Auslage seit Langem ersetzt und mit den besten Kramwaren des Landes aufgefüllt worden. Lise hatte oft knisternd neue Geldscheine in ihre Briefe gelegt, und seit einigen Monaten litt in dem kleinen Haus in der Rue Traversière niemand mehr Hunger.

Im Lauf der Feier bat man die beiden Schwestern zu singen. Lise verkündete, sie wolle eine ganze Inszenierung aufführen. Sie eilte ins Schlafzimmer und kam in einem an der Taille gerafften groben Leinenrock zurück. Barfuß, eine Pfeife im Mund und einen roten *madras* um den Kopf geknotet, imitierte sie den Gang der Feldsklaven und sang dazu ein sanftes, schwermütiges Lied.

Plötzlich fiel sie auf die Knie, und ihr Gesang wurde durch Stöhnen und Schluchzen abgelöst. Ihre Darbietung war perfekt und ließ niemanden im Zweifel. Sie erhielt Schläge, denen sie auszuweichen versuchte. Nachdem die Schläge geendet hatten, warf sie sich flach auf den Boden und küsste ihn an zwei Stellen, als küsste sie Füße, dann erhob sie sich wieder und tanzte eine *calenda*[145], zu der sie sich selbst mit ihrer Stimme und den Händen begleitete.

Minette sah zu ihrer Mutter hinüber: Ihre Stirn war schweißbedeckt. Wer weiß, ob sie sich nicht selbst auf diese Weise stöhnend und schluchzend unter Schlägen gekrümmt hatte! Wer weiß, ob sie nicht selbst, kaum hatten die Schläge geendet, mit blutendem Rücken auf den Herrn zugekrochen war und ihm die Füße geküsst hatte, um seine Vergebung und Gnade zu erflehen, ob sie nicht selbst anschließend getanzt und gesungen hatte, um ihn zu zerstreuen!

«Genug …!», schrie sie und hielt sich die Hände vor die Augen.

Stumm vor Verblüffung starrte Lise sie eine Sekunde an.

«Gefällt dir die Szene nicht? In Léogane war sie immer ein großer Erfolg …»

Angevine und Nicolette krümmten sich vor Lachen und applaudierten. Die beiden Sklavenmädchen hockten in einer Ecke, lachten hinter vorgehaltener Hand und aßen ein Stück Kuchen, das Jasmine ihnen gegeben hatte. Joseph und Goulard, die jeder einen von Saint-Martins Söhnen auf dem Schoß hatten, betrachteten Lise äußerlich ungerührt, während Monsieur Acquaire mit wild zuckendem Auge einen vielsagenden Blick mit seiner Frau wechselte.

«Und es kann ja schließlich nicht jeder Opernarien singen», fügte Lise wütend hinzu. «Bloß weil du dich für das große Fach entschieden hast, ist das noch lange kein Grund, so hochnäsig auf die einheimischen Stücke herabzublicken.»

Da Minette keine Erwiderung einfiel, servierte sie hastig Erfrischungen. Als sie Joseph ein Glas reichte, schaute sie ihn an und sah, dass seine Lippen bebten.

Um das Thema zu wechseln, berichtete Goulard, dass sie im Theater demnächst ein indianisches Kostümballett aufzuführen hofften, welches er in allen Einzelheiten beschrieb.

Der Abend endete ohne weiteren Zwischenfall, abgesehen davon, dass Goulard heimlich mit Nicolette verschwand, was Minette ein Lächeln entlockte.

Am nächsten Morgen erfuhren sie, dass Angevines Sklavinnen auf dem Heimweg geflohen waren und sie selbst von ihrem Kutscher vergewaltigt worden war, bevor er ebenfalls die Flucht ergriffen hatte. Außer sich vor Wut trafen Angevines Eltern vormittags bei Jasmine ein und forderten Auskünfte.

«Um wie viel Uhr ist sie hier fortgegangen?»

«Wie haben sich ihre Sklavinnen während der Feier verhalten?»

«Wurden in Gegenwart der Mädchen aufrührerische Reden gehalten?»

Angevines Vater war ein dicker, bärtiger *griffe*, der ein Kreolisch mit französischem Einschlag sprach und nach Art der reichen Plantagenbesitzer Stiefel trug. Während seine Frau bittere Tränen vergoss, als sie erzählte, dass ihre Tochter noch Jungfrau gewesen sei, brüllte der schwarze Pflanzer wütende Beschimpfungen und schwor bei allen Göttern, dass er seine übrigen Sklaven für dieses Verbrechen teuer bezahlen lassen würde.

«Bei Gott, ich werde sie prügeln und foltern lassen, bis sich mein Zorn gelegt hat.»

Nachdem sie gegangen waren, blieb Jasmine zutiefst bestürzt zurück.

Als Nicolette davon hörte, konnte sie sich ein sarkastisches Auflachen nicht verkneifen.

«Du meine Güte, was soll's? Kein Grund, daraus ein Drama zu machen. Angevine wird schon nicht daran sterben. Und ihre Eltern sollten sich lieber schröpfen lassen, das beruhigt ihr erregtes Blut.»

Der Vorfall sorgte für großes Aufsehen. Die jungen Weißen verfassten spontan ein Spottlied über Angevine, die «ihre Jungfräulichkeit verlor in den Armen eines schönen Sklaven», dann geriet alles wieder in Vergessenheit.

Andere Skandale rückten nach: Duelle, Vergewaltigungen, Prozesse wegen unbezahlter Schulden oder die rächenden Ohrfeigen betrogener Ehemänner waren groß in Mode. Ein paar Tage nach diesem Ereignis nahm Monsieur Brousse sich vor, Magdeleine zu überwachen. Er folgte ihr, lauerte ihr auf und erwischte sie schließlich ein zweites Mal, während sie gerade einen jungen Offizier küsste, der bei seinem Auftauchen seine Waffe zückte und dann angesichts der verdutzten Miene des armen Mannes in schallendes Gelächter ausbrach. Diesmal war er nicht bereit, ihr zu verzeihen, und eilte stehenden Fußes zum Prokurator, um sich über das Verhalten seiner Frau zu beschweren. Magdeleine Brousse wurde während einer Probe im Theater verhaftet und trotz ihrer Tränen und des Protests der übrigen Schauspieler ins Gefängnis gebracht. In den *Affiches* war eine neue Oper angekündigt worden: *Nina oder Wahnsinn aus Liebe*[146]. Der Erlös des Abends sollte Minette zugutekommen. Magdeleine Brousses Verhaftung war für sie ein schwerer Schlag, denn diese hätte an ihrer Seite eine der Hauptrollen spielen sollen. Die Frage war: Wer sollte sie ersetzen? Depoix schrieb an Madame de Vanancé, die gerade in Cap Français Ferien machte, und bat sie, bei nächster Gelegenheit zurückzukehren. Doch Magdeleine Brousse spielte ihre Rolle selbst, denn zwei Tage später war sie wieder da, mit dunklen Ringen unter den Augen und einem Lächeln auf den Lippen.

«Sie hatten Mitleid mit mir», sagte sie, wobei sie gespielt unschuldig die Finger verschränkte, «sie hatten Mitleid mit mir und haben mich entwischen lassen. Ach, diese Offiziere sind doch wirklich anständige Leute!»

Alle waren so glücklich darüber, sie wiederzusehen, dass man sie mit freudigen Rufen begrüßte. Der Grund für ihre Freilassung blieb ein Geheimnis, das alle bereitwillig respektierten. Die Proben wurden mit der vollständigen Besetzung fortgesetzt, und der Tag der Aufführung kam.

Es war März geworden. Ein flirrender Sternenhimmel spannte sich über der fröhlichen, festlich gekleideten Menge. In Scharen drängten sich die Gaffer vor dem Schauspielhaus. Eine halbe Stunde, bevor sich der Vorhang heben würde, trafen die kostümierten Schauspieler ein, was wie jedes Mal für großes Aufsehen auf der Straße sorgte.

Dieser Abend war einer der größten Erfolge in Minettes gesamter Laufbahn. Das verkündete ein von Mozard gezeichneter Artikel, der am nächsten Tag erschien, während François Mesplès in einem anderen Artikel anregte, sie solle sich doch auch in heimischen Stücken feiern lassen.

«Denn», schrieb er, «diese junge Person ist besser als jede andere Schauspielerin dazu fähig, gewisse Negergefühle darzustellen, stammt sie doch selbst von dieser Rasse ab. Madame Marsan», fuhr er fort, «spielte ebenso wunderbar und vollendet in heimischen Stücken wie auch in den großen Klassikern. Weshalb sollte diese junge *affranchie* einen derartigen Widerwillen gegen etwas zur Schau tragen, was ihr, ganz im Gegenteil, mit Recht zusteht ...?»

Diese Stücke waren beliebter denn je. Selbst Monsieur Acquaire schrieb heimlich an einem und hoffte, es bald aufführen lassen zu können. Betätigte sich Mesplès ebenfalls als Autor? Wollte er Minette zwingen, ihre Meinung zu ändern, indem er ihr Angst machte? Hunderte Weiße versuchten sich als Schriftsteller und verfassten Stücke, die das Schauspielhaus zumeist ablehnte. Die jungen Leute hielten sich für Dichter und die Älteren für Dramatiker. Minettes guter Geschmack sträubte sich bei der Lektüre dieser gescheiterten Bemühungen. Sie bot Mesplès die Stirn und weigerte sich, die ihr angebotene Rolle in *Julien und Zila*, einer kreolischen Übersetzung von *Blaise und Babet*, anzunehmen.

«Ich wäre fürchterlich in einer solchen Interpretation», wiederholte sie störrisch.

Abgesehen davon, dass es ihr widerstrebte, in diesen kurzlebigen Stücken Rollen zu verkörpern, die, wie sie aus Erfahrung wusste, tragisch waren, schämte sie sich, in der Öffentlichkeit Kreolisch zu sprechen, und sei es auch auf der Bühne. War die Sprache der afrikanischen Schwarzen nicht das Symbol der Erniedrigung? Sie beharrte auf ihrer Weigerung.

Mesplès machte ihr deswegen in Gegenwart der übrigen Schauspieler Vorhaltungen.

«Was glauben Sie eigentlich, wer Sie sind», schrie er sie an, «dass Sie einfach so ihr Fach wählen wollen!»

«Eine Künstlerin, Monsieur.»

«Eine *affranchie* sind Sie, die aus reiner Gefälligkeit in eine weiße Truppe aufgenommen wurde.»

«Das mag sein, Monsieur, aber Ihre Gefälligkeit wurde von der Begeisterung des Publikums übertroffen.»

Sie wurde zornig, erklärte, sie habe nun endgültig genug und werde auf keinen Fall mehr im Theater auftreten.

«Und schicken Sie ja nicht noch einmal jemanden zu mir, um mich zurückzuholen», schloss sie.

Mesplès beschimpfte sie als unverschämtes Gör und Sklavenbalg.

Alles Bitten von Goulard und den Acquaires war vergebens. Fest entschlossen, erst dann wieder einen Fuß ins Schauspielhaus zu setzen, wenn Monsieur Mesplès persönlich sie darum anflehte, ging sie nach Hause. Sie ahnte, dass es früher oder später so kommen würde.

XXVI

Von diesem Tag an saß sie während der Vorstellungen neben ihrer Mutter und Joseph in Logen des obersten Rangs, die die Weißen spöttisch das «Paradies der Farbigen» nannten. Von dort aus sah sie, wie die Schauspieler mit rußgeschwärzten Gesichtern und Händen in jenen Stücken auftraten, die beim Publikum immer beliebter wurden. Sie sah sie auch in neuen Opern, in denen ihre eigene Abwesenheit von zahlreichen Bewunderern bemerkt wurde, während die Anhänger von Madame Marsan triumphierten. Schon bald forderte Mozard in einem Artikel ihre Rückkehr auf die Bühne und bat im Namen des Publikums um eine Wiederaufnahme von *Der Liebhaber als Statue*. Eines Morgens trafen die Acquaires, Goulard und Magdeleine, von Depoix und Favart geschickt, bei Jasmine ein. Weder Mozards Artikel noch Goulards Flehen vermochten Minette umzustimmen. Sie weigerte sich, ins Theater zurückzukehren. Als wollte das Publikum seiner Forderung Nachdruck verleihen, lichteten sich allmählich die Reihen. Die Zuschauer mieden die Aufführungen und gaben stattdessen den Vaux-Halls den Vorzug. Nach einigen Tagen war die Kasse leer. Aus schierer Verzweiflung versuchten Depoix und Favart ihr Glück beim Spiel und verloren. Im darauffolgenden Monat blieben die Schulden unbezahlt. Depoix beleidigte Mesplès, woraufhin dieser ihm mangelnden Einsatz vorwarf, Favart schlug sich auf die Seite seines Gefährten, und wutentbrannt verließen die beiden Freunde die Schauspieltruppe, zu deren neuem Direktor Monsieur Acquaire bestimmt wurde. Depoix und Favart gingen auf eine Gastspielreise nach Saint-Marc und nahmen Lise mit. Allgemeine Niedergeschlagenheit erfasste die Schauspieler. Um sie anzuspornen, kündigte Monsieur Acquaire eine einzigartige Vorstellung an, in deren Verlauf unterschiedliche Darbietungen aufgeführt werden sollten.

Aber wie sollte er ein solches Projekt ohne finanzielle Mittel auf die

Beine stellen? Getreu seiner Künstlernatur riskierte er die mageren letzten Reserven der Kasse beim Spiel. Das Glück war ihm hold, und er gewann. Wild gestikulierend, verließ er die Spielstube und rannte nach Hause. Scipion, der ihn herankommen sah, glaubte, er habe den Verstand verloren; er schlug die Hände zusammen und eilte ihm nach, die Treppe hinauf, wobei sie die anderen Mieter, die ihnen begegneten, kurzerhand zur Seite stießen.

Im Zimmer der Acquaires angelangt, zog Monsieur Acquaire ein Bündel Geldscheine aus der Tasche und zeigte es zitternd seiner Frau.

«Sieh nur, sieh, was ich gewonnen habe. Oh, das Schauspielhaus ist gerettet!»

Und sein rechtes Auge zuckte ganz fürchterlich.

Seine Frau starrte ihn wortlos an, bevor sie laut loslachte und Scipion mehrmals ausgelassen auf den Rücken schlug. An jenem Tag betranken sie sich in ihrem Zimmer und redeten bis zum Abend über das nächste Stück, das eine Sensation werden würde.

Das Glück lachte ihnen auch weiterhin. Mademoiselle Noël, eine Schauspielerin aus Cap Français, machte in Port-au-Prince Ferien. Acquaire sah sie, war bezaubert von ihrer Schönheit und Jugend und bot ihr die Hauptrolle an. Sie willigte ein. Magdeleine Brousse und die anderen Schauspielerinnen waren verärgert und machten Monsieur Acquaire Vorwürfe, weil er ihnen eine Schauspielerin aus Cap Français vorzog. Bei einer Aktionärsversammlung des Schauspielhauses erwähnte jemand Minettes Namen und wies darauf hin, dass sie durch einen bestehenden Vertrag an das Theater gebunden sei und nicht das Recht habe, dieses vor Ablauf des Kontrakts zu verlassen.

«Wir könnten sie vor Gericht stellen lassen», sagte einer der Aktionäre.

Monsieur Acquaire deutete an, dass der Bruch nicht ohne Grund erfolgt sei.

«Und was war der Grund dafür?», erdreistete sich Mesplès zu fragen.

«Ihre Beleidigungen, Monsieur», antwortete Goulard kühl.

Der Wucherer schlug mit der Faust auf den Tisch und stellte klar, dass ein Weißer eine *affranchie* gar nicht beleidigen könne. Zudem habe er eine solche Reaktion bei einer Farbigen vorausgesehen, die zu hoch geachtet und den weißen Schauspielern gleichgestellt wurde.

«Ihr Talent verdiente diese Behandlung», erwiderte Madame Acquaire empört.

«Wieso haben Sie dieses Mädchen glauben lassen, es sei unersetzlich? Es kommen ständig neue Schauspieler aus Frankreich oder den anderen Städten des Landes hierher ... Das Publikum wird sie vergessen.»

Monsieur Acquaire stellte Mademoiselle Noël vor. Sie war sehr jung und hatte eine angenehme Stimme.

«Das wird sie endgültig in der Versenkung verschwinden lassen», tönte Mesplès zufrieden. «Ich werde Ihnen ausnahmsweise einen zinslosen Vorschuss gewähren. Tun Sie alles, damit dieser Abend ein beispielloser Erfolg wird. Was wir brauchen, ist ein Direktor, der seiner Aufgabe gewachsen ist. Monsieur Acquaire ...»

Monsieur Acquaire wollte beweisen, dass er seiner Aufgabe gewachsen war. Die Bühnendekoration wurde von Grund auf erneuert. Der Kulissenmaler Jean Peyret und der Bühnenmeister Julian schufteten zwei Wochen lang ununterbrochen. In den *Affiches* und auf Aushängen wurde ein «einzigartiger Abend» angekündigt, «der in jeglicher Hinsicht den Aufführungen der großen französischen Theater ebenbürtig» sein werde. Mademoiselle Noël wurde gepriesen. Ihr Name diente als Trumpf. Die Neugier der Zuschauer war geweckt, zahlreich strömte das Publikum in die Vorstellung, und als sich an jenem Abend der Vorhang öffnete, gab er den Blick auf wundervolle Kulissen und eine unvergleichliche Inszenierung frei. François Ribié hatte seine Spuren hinterlassen, und wieder triumphierte sein Einfluss: Der Abend wurde ein voller Erfolg.

Mademoiselle Noëls Jugend und Schönheit eroberten die Herzen, ihr Talent den Geist. Man warf ihr Blumen zu, man trug sie auf Schultern umher, und unter lautem Beifall rief man ihren Namen.

Minette, die zwischen Joseph und Jasmine saß, hatte die Vorstellung äußerlich ungerührt verfolgt. Nachdem der Vorhang gefallen war, hatte sie wie alle anderen applaudiert, das Gesicht unbewegt und sehr würdevoll. Auch sie war in diesem Stück aufgetreten, auch sie hatte diese

Melodien gesungen, diese Gesten ausgeführt, diese Kostüme getragen. Dasselbe Publikum hatte ihr applaudiert, hatte sie auf den Schultern getragen und sie «Mademoiselle» genannt. Und das war noch nicht lange her. Doch sie hatten sie bereits vergessen, ersetzt, in jenen Schatten zurückgedrängt, aus dem sie durch einen unverhofften Glücksfall getreten war. Nun hatte sie es begriffen: Sie würde nie wieder aus diesem Tal herauskommen, erneut auf jenen Sockel steigen, auf den das wankelmütige Schicksal sie gestellt hatte.

Sie ging mit Jasmine nach Hause und verbrachte eine schlaflose Nacht, vor Augen immer noch die Erinnerung an die weiße Schauspielerin, die sie verdrängt hatte. Ihr Stolz litt darunter, aber auch ihre aufrichtige Liebe zur Kunst. Einfach so, auf einen Schlag mit dieser ganzen Vergangenheit aus Erfolgen und unverhofften Ehren zu brechen, wie eine Fremde am Schauspielhaus vorbeizugehen, nicht mehr zu singen, nie mehr zu singen …!

Sie wusste genau, dass ihr unüberlegter Entschluss nicht ernst gemeint gewesen war und sie Monsieur Mesplès lediglich hatte beweisen wollen, dass ihm früher oder später nichts anderes übrig bleiben würde, als sie mit allerlei List wieder ins Theater zurückzuholen. Doch diese Hoffnung hatte sie aufgegeben. Das Glück hatte sich abrupt gegen sie gewandt. Sie war nichts mehr, nichts als eine unglückliche *affranchie* inmitten Tausender anderer, ohne wahren Platz, ohne jede Daseinsberechtigung außer der, sich in ihr Schicksal zu ergeben, den Nacken zu beugen wie die anderen, wie all die anderen. Der Weiße, der einzig wahre Herr, hatte sie in die Knie gezwungen. Am Ende hatte er sie besiegt. Monsieur Mesplès, Monsieur de Caradeux, Monsieur Saint-Ar, sie alle, alle, die Herren, die wahren Herren des Landes hatten sie niedergerungen. Wieso war sie geboren? Wieso hatte ihre Mutter sich nicht lieber umgebracht, statt einzuwilligen, mit diesem Weißen zu schlafen? Dieser entsetzliche Gedanke entlockte ihr ein Seufzen, und sie drehte sich flach auf den Bauch, das Gesicht im angewinkelten Arm verborgen. Der kleine Jean schlief in Lises Bett. Sie richtete sich auf einen Ellbogen auf und betrachtete ihn. Auch er war ein *affranchi*. Er wuchs auf, um sich später in sein Schicksal zu ergeben, so, wie sich alle anderen darin ergeben hatten. Was würde aus ihm werden? Ein Schreiner, Blechschmied, Wirt in einem Vergnügungslokal, Stellmacher? Selbst wenn er klug und gebildet sein sollte, würde er sich sein Leben lang den Gesetzen beugen müssen und die Krumen, die die Weißen ihm großzügig überließen, als milde Gabe annehmen! Es sei denn, er würde Plantagenbesitzer. Ein reicher Pflanzer, der mit der Peitsche in der Hand seine Sklaven zählte, um zu überprüfen, ob auch alle da waren. Dieser Gedanke ließ sie erschauern. Er hatte sie unvermittelt wieder in das kleine Häuschen in Boucassin versetzt.

Die Erinnerung an Jean-Baptiste Lapointe streckte sie nieder, wie jedes Mal, wenn sie aus den dunklen Tiefen ihres Herzens aufstieg. Ihr stockte der Atem, in ihrem Herzen tobte Aufruhr, und ihre Augen wanderten zur Seite, während sie für eine Minute wieder jene herrlichen Stunden der Liebe durchlebte …

Um ihren Gedanken zu entfliehen, bot sie Jasmine am nächsten Morgen an, ihr bei der Hausarbeit zu helfen. Was ihre Mutter mit Freuden annahm. Einen Moment lang kam es ihr vor, als hätte sie ihre kleine Tochter wieder, und um zu beweisen, dass ihre Autorität nicht gelitten hatte, plapperte sie unsinniges Zeug, beschwerte sich über die Nachlässigkeit ihrer Töchter und deutete anklagend auf die Spinnweben und den Staub.

«Ihr lasst mich allein, aber ich kann nicht alles selbst machen, ein junges Mädchen muss wissen, wie man ein Haus sauber hält, ich bin müde …»

Sie sah tatsächlich müde aus. Ihre Falten traten immer stärker hervor. Minette, die sie heimlich beobachtete, erkannte, dass sie sie seit sechs Jahren fast vollständig im Stich gelassen hatte. Ja, das Singen hatte sie ganz und gar in Anspruch genommen, das Singen und die Liebe zu Jean Lapointe … Das schlechte Gewissen schlug seine Klauen in ihr Herz. Arme Jasmine! Wie einsam sie sein musste!

Wie durch Zufall fiel Minettes Blick auf die große Truhe, in der ihre Schätze verborgen waren.

Sie wartete, bis ihre Mutter das Zimmer verlassen hatte, bevor sie sie öffnete. Sie nahm einen kleinen Beutel mit ein paar Piastern heraus und zählte sie. Das war alles, was sie in den Monaten seit Saint-Martins Tod hatte sparen können. Sie legte ihn zurück zu dem glückbringenden *makandal*, dem Ring, den Pitchoun ihr geschenkt hatte, und den roten Nelken von Lapointe.

Danach zog sie einen zu ihrem *madras* passenden Baumwollrock an und ging für Jasmine auf den Markt. Sofort steckte sie mitten im täglichen Gewühl. Eine grelle Stimme übertönte alle anderen. Ein Mann war auf einen Tisch geklettert und pries lautstark seine Ware an.

«Zu verkaufen», schrie er, «ein junger schwarzer Geiger, der auch lesen und schreiben kann, kommen Sie näher, meine Damen und Herren. Zu verkaufen, ein schwarzer Geiger, ein schwarzer Geiger …»

Plötzlich drang der Klang einer Geige durch das lärmende Getümmel. Minette drehte sich um. Die Geige spielte eine bekannte Melodie. Wo hatte sie schon einmal jemanden auf diese Weise spielen hören? Sie schlüpfte durch die Menge und näherte sich dem Tisch, auf dem der Weiße mit lauten Rufen die Aufmerksamkeit der Vorübergehenden zu erregen versuchte. Sie erkannte Simon, den jungen Sklaven der Saint-Ars. Er stand neben dem Tisch und spielte mit gesenktem Blick. Neben ihm stand reglos Monsieur Saint-Ar und musterte ihn besorgt.

Jemand hob die Hand und bot achthundert Livres.

Mit einem Aufschrei protestierte Monsieur Saint-Ar gegen diesen lächerlichen Preis.

«Tausend Livres», sagte ein anderer.

«Tausendfünfhundert.»

Monsieur Saint-Ar hielt den Blick unverwandt auf Simons Hände gerichtet, als wollte er sie mit Gewalt an der Geige festhalten. Der Sklave wurde blasser, dicke Schweißtropfen traten ihm auf die Stirn. Flehend blickte er zu seinem Herrn auf, seine linke Hand verpasste die Töne, verkrampfte sich, und er hörte auf zu spielen.

«Wieso spielt er nicht weiter?», fragte der erste Bieter.

«Er sieht müde aus», sagte der zweite, «er ist ein Wrack, fünfzehnhundert, mehr ist er nicht wert.»

«Fünfzehnhundert», schrie der Auktionator und reckte sich auf die Zehenspitzen, «fünfzehnhundert.»

«Sechzehnhundert», ertönte eine harte, schneidende Stimme.

Minette drehte sich um und sah den Onkel von Céliane de Caradeux. Als Simon ihn erblickte, durchlief ein Schauer seinen Körper, und er sah Monsieur Saint-Ar beschwörend an.

«Sechzehnhundert», brüllte der Auktionator nun, «sechzehnhundert für einen schwarzen Geiger.»

Da drängte Minette die Umstehenden zur Seite und rannte zu Monsieur Saint-Ar.

«Guten Tag, Monsieur.»

«Ach was, du hier!»

Monsieur de Caradeux, der gerade Simon in Augenschein nahm, drehte sich um.

«Du bist das! Hast du noch immer weiße Liebhaber, die sich für dich duellieren? Senk den Blick, los, senk den Blick vor mir, du kleine Hure.»

Ringsum erhob sich Gelächter, und selbst der Auktionator vergaß seine Ware und richtete seine Aufmerksamkeit auf die Szene vor ihm. Mit einem schroffen Nicken rief Monsieur Saint-Ar ihn zur Ordnung.

«Ein Neger, guter Geiger», brüllte der Auktionator, «sechzehnhundert. Wer bietet mehr als sechzehnhundert?»

Monsieur Saint-Ar betrachtete Simon, ohne Groll, aber mit kühler Gleichgültigkeit.

«Spiel», forderte er ihn leise auf.

Diesmal spielte er die Melodie aus *Die schöne Arsene*.

Einen Moment lang vergaß Minette alles um sich herum. Vor ihren geschlossenen Augen sah sie wieder das Haus der Saint-Ars, den Maskenball, den gelben Domino ...

«Simon», flüsterte sie dem Sklaven zu, «wie geht es Marie-Rose?»

«Mademoiselle Marie-Rose! Sie ist vor zwei Jahren gestorben ...»

«Wie ist sie gestorben, Simon?»

Er zögerte eine Minute, dann senkte er den Kopf.

«Sie hat sich umgebracht, Demoiselle.»

Monsieur Saint-Ar hatte Monsieur de Caradeux beim Arm genommen.

«Nun, lieber Freund», erkundigte sich dieser, «verkaufen Sie jetzt etwa Ihre Geiger?»

«Ich bin kein Egoist, verehrter Monsieur de Caradeux, ich habe einen anderen ausgebildet, also verkaufe ich diesen hier.»

«Sollte der andere etwa besser sein?»

«Nein, er ist nur jünger.»

«Und nicht so müde.»

Abrupt drehte sich Monsieur Saint-Ar zu Simon um und betrachtete ihn. Er war so blass, dass er fürchtete, er könne vor den Käufern ohnmächtig werden.

«Sechzehnhundert, wer bietet mehr als sechzehnhundert? Ein guter Geiger ...»

Monsieur de Caradeux hatte die besten Aussichten, Simons neuer Besitzer zu werden. Monsieur Saint-Ar würde ihm tröstend auf die Schulter klopfen und sagen: «Geh, mein Junge, du hast jetzt einen neuen Herrn.» Und mit gesenktem Kopf würde der Sklave ihm folgen.

Simon blickte auf seine Hände ...

Oh, seine Hände, seine verfluchten Hände waren der Grund dafür. Die Krämpfe kamen immer öfter. Wie sehr er sich auch zusammenriss, kaum hatte er ein paar Minuten gespielt, da verkrampfte sich seine linke Hand, das Gelenk wurde steif und schließlich der ganze Arm. Und ihm schien, als hörte auch sein Herz auf zu schlagen, verkrampft, erstarrt wie der Rest. Oh, welche Qual! Dieses Haus verlassen zu müssen, in dem er geboren war, wo man ihn «mein Junge» nannte und ihm auf die Schulter klopfte! Mit einem neuen, fremden Herrn fortzugehen. Wer war dieser Herr, der ihn kaufen wollte, wohin würde er ihn mitnehmen, was würde mit ihm geschehen? Zum ersten Mal in seinem Leben hatte Simon Angst. Er drehte sich um und sah Minette an.

«Mademoiselle», schluchzte er, «kaufen Sie mich ... im Gedenken an Mademoiselle Marie-Rose, kaufen Sie mich ...»

Minette hob den Blick und sah sich panisch um. Ein Mann lächelte ihr zu. Es war ein junger Offizier in tressenbesetzter Uniform, der die Auktion von Beginn an verfolgt und Minette dabei aus dem Augenwinkel beobachtet hatte. Kurz entschlossen, wie es ihre Art war, ging sie auf ihn zu, ohne dass Monsieur de Caradeux etwas davon bemerkte.

«Kaufen Sie ihn, Monsieur», bat sie und sah ihm geradewegs ins Gesicht.

«Für dich?», fragte er mit einem schiefen Lächeln. «Gehört ihm dein Herz?»

«Kaufen Sie ihn, Monsieur.»

Einen Moment lang trafen sich ihre Blicke. Der Offizier lächelte immer noch.

«Siebzehnhundert», rief er.

Monsieur de Caradeux, der den Handel schon besiegelt glaubte, schwang herum.

«Achtzehnhundert», versetzte er.

Der Offizier sah Minette an.

«Wahrhaftig, das bist du wert», flüsterte er.

«Neunzehnhundert.»

«Neunzehnhundert», wiederholte der Auktionator mit dröhnender Stimme.

Monsieur de Caradeux wurde bleich.

«Zweitausend», bot er zornig.

«Zweitausendeinhundert.»

Minette sah dem Offizier unverwandt in die Augen. In diesem Moment schien ihr, als sei ihr Blick ihr Talisman, und sobald sie ihn senkte, wäre der Bann gebrochen.

«Zweitausendeinhundert», rief der Auktionator keuchend, die Hände über dem Kopf erhoben. «Zweitausendeinhundert, wer bietet mehr als zweitausendeinhundert?»

Monsieur de Caradeux zuckte mit den Achseln und musterte den Offizier abschätzig.

«Ich gebe auf», sagte er hochmütig.

Minette erschauerte. Solange die Auktion im Gang gewesen war, hatte sie vergessen, dass auch sie anschließend würde bezahlen müssen. Simon stürzte auf sie zu, griff nach ihrer Hand und küsste sie. Sie schaute zu dem Offizier auf. Er sah sie lächelnd an. Er war jung und attraktiv, und seine Augen waren nicht die eines Narren.

Eine Farbige streifte Monsieur de Caradeux im Vorbeigehen.

«Es wird höchste Zeit, dass diesen Leuten auch auf den Märkten eigene Bereiche zugewiesen werden», sagte er voller Abscheu zu Monsieur Saint-Ar.

Da ein solches Gesetz noch nicht erlassen worden war, drängten sich in der bunt zusammengewürfelten Menge die Menschen ungeniert aneinander vorbei und feilschten und kauften an denselben Auslagen. Minette öffnete den Mund, um etwas zu sagen, doch der junge Offizier schnitt ihr mit einem Wink das Wort ab.

«Ich verlange nichts von dir», sagte er. «Ich liebe den Klang der Geige, und ich brauchte einen Sklaven.»

«Danke, Monsieur.»

«Mein Name ist Hauptmann Desroches.»

Sie lächelte ihn an.

«Kennst du diesen Sklaven?», fragte er weiter.

Sie folgte ihm, gemeinsam mit Simon, den Monsieur Saint-Ar gerade mit den Worten verabschiedet hatte: «Geh, mein Junge, du hast jetzt einen neuen Herrn.»

Minette sah zu dem Offizier auf und deutete auf Simon.

«Ich war zu allem bereit, um ihn zu retten», gestand sie in kläglichem Ton. «Ich habe ihn bei seinem Herrn spielen hören. Sie haben ein schlechtes Geschäft gemacht, Hauptmann: Dieser Sklave leidet an Krämpfen.»

Brüsk drehte er sich zu ihr um.

«Na, an Dreistigkeit mangelt es dir ja nicht!», sagte er nur.

Neugierige Blicke richteten sich auf sie. Die weißen Frauen, vor allem aber die Farbigen, die Minette kannten, waren überrascht, zu sehen, dass sie sich in aller Öffentlichkeit mit einem Weißen zeigte.

«Meine Güte, es geschehen noch Zeichen und Wunder», rief Tausendlieb ihr lachend zu, «du in Begleitung ... und eines schmucken Offiziers noch dazu.»

Sie schüttelte ihren hübschen Kopf mit dem hohen *madras*.

Eine weiße Kreolin in fließender *gaule* aus durchscheinender rosa Seide ging so dicht an dem Offizier vorbei, dass er sich umdrehte und sie lächelnd musterte.

«Ich bin noch nicht lange in diesem Land», gestand er und sah Minette von der Seite an.

«Das merkt man, Hauptmann.»

Zwei junge Sklaven, um die gerade gefeilscht wurde, weinten bitterlich. Es waren zweifellos Brüder, die getrennt voneinander verkauft werden sollten. Sie fielen sich in die Arme und flehten die Käufer an, sie beide zu nehmen. Brutal riss man sie auseinander, und der Verkäufer drohte ihnen mit dreißig Peitschenhieben, um sie zum Schweigen zu bringen.

Junge schwarze Frauen saßen auf abgeflachten Steinen und verkauften Obst an die Passanten. Schwatzende Krämerinnen überwachten geschäftig ihre Tabletts und Körbe und reckten den Vorübergehenden Kostproben ihrer Waren entgegen. Die schwarzen, braunen, weißen mit bunten *madras* geschmückten Köpfe, die langen, farbenfrohen Röcke, all das verlieh dem Markt eine pittoreske Note, die der junge Offizier mit Freude betrachtete.

«Inmitten der Bäume wirken diese Kleider ungemein hübsch, finde ich!», sagte er zu Minette.

Unvermittelt blieb er stehen und beugte sich zu ihr vor.

«Ich möchte dich gern wiedersehen», sagte er.

«Wie Sie wünschen, Hauptmann.»

«Ich lasse es dich wissen.»

«Danke, Hauptmann.»

Unter dem Vorwand, mit Minette reden zu wollen, trat in diesem Moment Tausendlieb zu ihnen. Kokett begrüßte sie den Offizier mit verführerischem Augenaufschlag und schleppender Stimme.

«Guten Tag, Hauptmann. Minette ist eine Freundin von mir. Diese Hitze, nein, diese Hitze aber auch!»

Sie fächelte sich Luft zu und bedachte ihn mit verschleierten Blicken, während der genervte Offizier sie kühl musterte.

«Ist dir heiß?», fragte er.

«Oh ja, Hauptmann», antwortete sie und wand sich wie eine Natter.

«Dann geh und nimm ein Bad.»

Woraufhin er Simon zu sich rief, sich nach einem kurzen Seitenblick auf Minette abwandte und davonging.

«Siehst du», sagte Tausendlieb, «jetzt hast du ihn mit deiner abweisenden Art in die Flucht getrieben.»

Minette kaufte ein paar Vorräte und ging nach Hause, wo sie Joseph antraf. Er hatte einen Brief von seinem Bruder Vincent bekommen, der hoffte, in Kürze aus Frankreich zurückkehren zu können. Er bat Joseph, nach Dondon zu seiner alten Mutter zu fahren und sie über seine baldige Heimkehr in Kenntnis zu setzen.[147]

«Bist du glücklich, Nachricht von deinem Bruder erhalten zu haben?»

Er nickte, dann zog er ein zerfleddertes Büchlein aus der Tasche und begann zu lesen. Es war eine der Predigten Bossuets. Minettes Herz zog sich zusammen, als sie daran dachte, wie seine Stimme früher geklungen hatte, wenn er Auszüge aus diesen Predigten vortrug.

Sie verließ das Zimmer, doch als sie plötzlich ein Schluchzen hörte, rannte sie zurück: Joseph hatte das Gesicht in Bossuets Buch vergraben und weinte wie ein kleines Kind.

XXVII

Mademoiselle Noël sollte in Kürze nach Cap Français zurückkehren, und Monsieur Acquaire beschloss, ein weiteres Mal *Der Liebhaber als Statue* aufführen zu lassen. Leider war die Darstellerin kapriziös, sie spielte weniger gut, und da das Publikum von derjenigen, die Minette verdrängt hatte, mehr verlangte, als sie zu leisten vermochte, missfiel ihre Darbietung, und sie wurde ausgepfiffen. Laute Rufe übertönten ihre Stimme: «Wir wollen Mademoiselle Minette, wir wollen Mademoiselle Minette.» Es war ein tüchtiger Skandal und ein neuerlicher Sieg, den Minette bedauerlicherweise nicht miterlebte. Der kleine Jean war krank, und sie war zu Hause geblieben, um ihn zu pflegen, nachdem die herbeigerufene Heilerin des Viertels ihm ein Abführmittel und verschiedene Kräutertees verordnet hatte.

Noch in derselben Nacht klopfte Goulard, außer sich vor Freude, an ihre Tür, um ihr von Mademoiselle Noëls Niederlage zu berichten.

«Die Götter sind auf deiner Seite, denn diese Schauspielerin verfügt tatsächlich über ein bemerkenswertes Talent», sagte er.

«Was ist denn passiert?»

«Sie hat sich einige Freiheiten erlaubt, und unser Publikum ist anspruchsvoll, wie du weißt. Die jungen Leute haben einen ohrenbetäubenden Lärm veranstaltet und lautstark nach dir verlangt.»

«Mein Gott!»

«Kommst du zurück ans Theater, Minette?»

«Aber ja, ich denke schon.»

Vor Freude fiel sie Goulard um den Hals und gab ihm einen Kuss. Er hielt sie an sich gedrückt.

«Ist dein Herz inzwischen geheilt?»

«Ach, Claude, Claude …»

«Ich liebe dich, Minette.»

«Ich weiß.»

«Wann wirst du endlich nicht mehr ‹Ich weiß› antworten, sondern ‹Ich dich auch›?»

«Ich würde viel darum geben ...»

«Ach, schweig, schweig.»

Beinahe grob stieß er sie von sich und lief davon.

Früh am nächsten Morgen kam Monsieur Acquaire und erzählte ihr, was am Abend zuvor im Schauspielhaus geschehen war.

«Mademoiselle Noël reist noch heute Vormittag zurück nach Cap Français. Das Schauspielhaus erwartet dich, Minette.»

Er beabsichtigte, sie diesem treulosen Publikum, das wieder einmal nach ihr verlangt hatte, als strahlende Siegerin zu präsentieren. Er hatte sein eigenes Stück fertig geschrieben: *Die Mulattin Arlequin oder Rettung durch Makandal*[148], und hoffte, Lise darin auftreten lassen zu können. Minettes jüngster Triumph machte ihn kühn; nachdem er sie selbst am Schauspielhaus lanciert hatte, plante er nun, weitere farbige Künstler auf die Bühne zu holen. Ein Brief von Madame Acquaire rief Lise zurück. Begeistert von der Vorstellung, im Schauspielhaus von Port-au-Prince gefeiert zu werden, machte sie sich unverzüglich auf den Weg und brachte einen jungen *griffe* namens Julien, in den sie sich verliebt hatte, und ein paar weiße Schauspieler mit.

Dieser Julien sah gut aus, hatte eine schöne Stimme und spielte Geige. Von Minette ermutigt, engagierte Monsieur Acquaire ihn vom Fleck weg für sein kreolisches Stück, in dem er an der Seite von Lise auftreten sollte. Das Festprogramm dieser Woche war bunt gemischt und sehr vielversprechend.

Vor Kurzem waren englische Kunstreiter eingetroffen und errichteten ihr Lager auf einem eingezäunten Bereich in der Nähe der Königlichen Gärten. Überall war die Rede von den Kunststücken, die sie auf dem Rücken galoppierender Pferde vollführten. Zudem hatte der Magistrat ein Feuerwerk zu Ehren des Königs angekündigt, und in den Vaux-Halls wurden wie üblich Bälle für Weiße und Farbige veranstaltet. Das Publikum hatte also die Qual der Wahl auch ohne die anstehende Theatervorführung, die nach dem Willen von Monsieur Acquaire «eine ganz besondere Sensation» werden sollte.

In den *Affiches* wurden *Die Mulattin Arlequin oder Rettung durch Makandal*, ein neuartiges indianisches Ballett, und *Der Liebhaber in der Klemme*, ein musikalisches Lustspiel von d'Aleyrac,[149] mit Minette in einer Hauptrolle angekündigt. Monsieur Acquaire setzte große Hoffnungen in Lises Jugend und ihr Talent, um sein kreolisches Stück zu einem Erfolg zu machen. Außerdem würde er beweisen, dass man für die Aufführung dieser Volkskomödien in Zukunft weitere schwarze Darsteller auf die Bühne holen müsse, statt wie bisher Weiße mit rußgeschwärzten Gesichtern auftreten zu lassen. Wie schon bei Minettes Debüt begannen die Proben zu dem kreolischen Stück hinter dem Rücken der Aktionäre. Madame Marsan wurde in jenen Tagen in *Die schöne Arsene* gefeiert. Daraufhin ließ Minette das Programm ändern, und so verkündeten die *Affiches* im letzten Moment ihre Rückkehr auf die Bühne in ebendieser Rolle aus *Die schöne Arsene*. Das Publikum begeisterte sich für den Wettstreit, und die Anhänger der beiden Sängerinnen setzten aberwitzige Summen auf den Sieg ihrer jeweiligen Favoritin.

Die allgemeine Erregung erreichte ihren Höhepunkt, als bekannt wurde, dass Madame Marsan in Port-au-Prince eingetroffen war. Bei dieser Nachricht schien ein Hauch von Wahnsinn das Theater zu erfassen. Minette brach vor nervlicher Anspannung mitten in einer Probe in Tränen aus, und Monsieur Acquaire, dessen Tick die Sache nicht besser machte, griff, um die Nervosität seiner Untergebenen zu bezähmen, zu den despotischen Methoden von François Ribié. Während einer besonders stürmischen Sitzung unterbrach Durand die gegenseitigen Vorwürfe, Tränen und Proteste und forderte das Wort.

«Ich will euch eines sagen», erklärte er mit seiner schönen, ruhigen Stimme und in seiner perfekten Diktion, «entweder ihr alle, wie ihr hier steht, beruhigt euch endlich, oder Madame Marsan wird in ihrer Loge sitzen und euch genüsslich beim Scheitern zusehen. Und was dich angeht, Minette, wenn du es nicht schaffst, dich zusammenzureißen, wird deine Rivalin als Siegerin nach Cap Français zurückkehren ...»

Diese klugen Worte wirkten wie eine kalte Dusche. Monsieur Acquaire, der selbst zu nervös war, um die anderen zur Ordnung zu rufen, machte sie sich zunutze, indem er Durand zu seiner Unterstützung heranzog, was sich als ausgesprochen hilfreich erwies.

Minette ließ sich von Jasmine beruhigende Kräutertees zubereiten, und von da an verliefen die Proben ruhig und in gesittetem Rahmen. Es wurde auch höchste Zeit, denn der Tag der Aufführung rückte näher und die ersten unbezahlten Abonnements wurden beglichen, da niemand diesen außergewöhnlichen Abend verpassen wollte.

«Madame Marsan ist gekommen, um Minette spielen zu sehen.»

Dieses Gerücht war in aller Munde.

Madame Marsan war im Goldenen Löwen abgestiegen und lebte dort völlig zurückgezogen. Niemandem gelang es, einen Blick auf sie zu erhaschen. Am Abend der Vorstellung mussten trotz der englischen Kunstreiter, trotz des Feuerwerks, trotz der Vaux-Halls und ihrer mitreißenden Musik eigens Truppen angefordert werden, um die riesige Menschenmenge in Schach zu halten, die vor dem Theater um Einlass kämpfte.

Fünf Minuten bevor sich der Vorhang hob, erschien die weiße Schauspielerin in einer eigens für sie reservierten Loge nahe bei der des Gouverneurs. Schön, gelassen, lächelnd nahm sie in einer prächtigen, mit Edelsteinen verzierten Robe den Applaus der begeisterten Menge entgegen. Als Minette den tosenden Beifall hörte, wurde sie wie bei ihrem allerersten Auftritt von kopfloser Panik erfasst. Sie klammerte sich an Goulard wie an einen Rettungsring.

«Komm schon, du musst dich beruhigen. Ich habe vollstes Vertrauen zu dir», sagte er und streichelte ihr über das Haar.

Selbst Monsieur Mesplès ließ an diesem Abend seine abwehrende Haltung fallen. Minette sah in ihrem Kostüm hinreißend schön aus, und als er an ihr vorbeikam, musterte er sie von Kopf bis Fuß.

«Vergiss nicht, dass die Ehre des gesamten Schauspielhauses auf dem Spiel steht», sagte er beinahe widerstrebend.

Diese Gelegenheit ließ sie sich nicht entgehen und sah dem Wucherer fest in die Augen.

«Soll das etwa heißen, dass seine Ehre von mir abhängt, Monsieur?»
«Es scheint so», gab sich der Weiße geschlagen.

Sie lächelte. Ein warmes Gefühl des Stolzes strömte sanft und wie belebend in ihr Herz. Sie atmete tief ein.

Macarty trat vor den geschlossenen Vorhang, um, begleitet von seinen üblichen Possen, einige Willkommensworte an den Gouverneur zu richten und das Publikum um Nachsicht und Wohlwollen zu bitten. Dann gab er ein Flötensolo zum Besten, welches Nelanger unterbrach, indem er mit seiner Gitarre auf die Bühne trat. Sie ernteten großen Applaus. Als sie hinter die Kulissen zurückkamen, waren Lise und ihr junger *griffe* bereit für die Aufführung von *Die Mulattin Arlequin oder Rettung durch Makandal*.

Dass das Stück nicht ausgepfiffen wurde, verdankte Monsieur Acquaire allein dem Talent von Lise und ihrem Gefährten. Letzterer erregte großes Aufsehen. Es war das erste Mal, dass eine Person mit derart dunkler Haut auf der Bühne des Schauspielhauses stand. Das Publikum fand diesen Einfall originell und bejubelte ihn ebenso wie das Talent der beiden jungen Farbigen. Monsieur und Madame Acquaire fielen einander überglücklich in die Arme und drehten dem verdutzten Monsieur Mesplès sogar eine lange Nase.

Endlich öffnete sich der Vorhang vor dem Bühnenbild von *Die schöne Arsene*. Als Minette die Bühne betrat, beugte sich die weiße Sängerin für eine Sekunde unwillkürlich aus ihrer Loge.

Bei den ersten Noten hob sie den Kopf und legte die Hände aneinander, als lauschte sie aufmerksam. Diese Haltung bewahrte sie bis zum Ende der Ariette, der sie, gemeinsam mit dem begeisterten Publikum, stehend applaudierte. Dann verließ sie eilends ihre Loge. Man glaubte, sie sei gegangen, und applaudierte Minette nur umso lauter. Der Vorhang hatte sich gesenkt. Als er sich zum vierten Mal wieder hob, gab er den Blick auf Minette und Madame Marsan frei, die einander umarmten und küssten. Die Begeisterung des Publikums kannte keine Grenzen mehr. Ein paar junge Männer versuchten, wie Akrobaten auf die Bühne zu klettern, und wurden von den Wachen rüde zur Ordnung gerufen.

Zwei unbesonnene Narren waren auf ihre Stühle gestiegen und bedrohten einander mit dem Degen, während eine Frau sie gestikulierend anherrschte: «Wollt ihr wohl auf die Zuschauer achten! Los, verschwindet und duelliert euch anderswo.» Durch ihre Geste hatte die weiße Schauspielerin Minettes Talent aufrichtigen, inbrünstigen Respekt gezollt. Acquaire stürzte zum Orchester, das einige Akkorde spielte. Es wurde wieder still. Die Geige spielte den Auftakt, und gemeinsam erhoben sich die Stimmen der beiden Künstlerinnen. Dann verstummte Minette, und Madame Marsan beendete die Ariette allein. Auch ihre Stimme war erstaunlich klar und voll. Weder Mademoiselle Dubuisson noch Mademoiselle Thibault oder Mademoiselle Noël verfügten über dieses Timbre. Das erkannte auch Minette, und in ihrer Freude darüber, sich selbst in dieser weißen Sängerin, dem Idol von Cap Français, so vollendet wiederzufinden, fiel sie ihr weinend in die Arme. Vor diesem letzten Bild senkte sich der Vorhang zu Boden.

Acht Tage lang berichtete die Zeitung ununterbrochen über diesen Abend. Minette und Madame Marsan wurden einhellig gepriesen, und kein alberner Vergleich trat mehr zwischen die beiden Künstlerinnen, die im Namen der alle Gesetze überwindenden Kunst Seite an Seite auf demselben Podest thronten.

Obwohl auch das Talent der farbigen Darsteller gelobt wurde, die zum ersten Mal auf der Bühne des Schauspielhauses gestanden hatten, versäumte es der Verfasser eines Zeitungsartikels nicht, diejenigen zu warnen, die für die Wahrung der öffentlichen Ordnung verantwortlich waren: «Sollen wir in Zukunft etwa von solchen Leuten überrannt werden?», beschwerte er sich. «Man möge sich damit begnügen, ein Talent wie das der Demoiselle Minette zu fördern und ihr den Vorzug zu geben, verschone uns aber mit dieser Horde mittelmäßig begabter *affranchis*.» Die Bemerkung war ungerecht. Auch Lise und sogar Julien verdienten es, gelobt und ermutigt zu werden. Doch Monsieur Acquaire wagte keinen Einspruch und riet den beiden nachdrücklich, Port-au-Prince zu verlassen und sich erneut auf eine Gastspielreise durch weniger strenge Städte zu begeben.

Seit Hauptmann Desroches Minette auf der Bühne gesehen hatte, war er aufrichtig in sie verliebt und machte ihr eifrig den Hof. Sie erhielt von ihm Liebesbriefe, Blumensträuße, Verse und Madrigale[150].

Er war ein begabter Dichter, und Minette war ihm dankbar. Daher willigte sie ein, an Fest- und Feiertagen mit ihm spazieren zu gehen. Der eifersüchtige Goulard machte ihr deswegen eine Szene.

«Dann ziehst du es also vor, diesen betressten Grünschnabel zu lieben, ja?»

«Ich ziehe es vor, niemanden zu lieben.»

«Du schwimmst mit dem Strom, meine Kleine, und Mädchen wie Nicolette und Tausendlieb reißen dich mit. Was habe ich denn bloß? Was ist falsch an mir, dass du mich nicht auch lieben kannst?»

«Ich werde nie wieder lieben.»

Er starrte sie gereizt an.

«Du übertreibst.»

«Ich kann nichts dafür.»

«Natürlich. Jeder nach seinem Naturell.»

So weit waren sie in ihrem Wortwechsel gekommen, als die Tür geöffnet wurde und ein junger Soldat eintrat. Minette sah ihn einen Moment an, ohne ihn zu erkennen.

«Pitchoun!», rief sie schließlich.

Der Soldat trat einen Schritt zurück, hob eine Hand an seine Mütze und schlug geräuschvoll die Hacken zusammen.

«Soldat Alexandre Pétion[151]», verkündete er lächelnd.

Minette fiel ihm in die Arme.

«Wie kommst du denn zu dem Namen?»

Er war mittelgroß, aber gut gebaut. Dichte, schwarze Locken fielen ihm in die intelligente Stirn, die zur Hälfte von seiner Mütze verdeckt war. Die Uniform aus blauem Nankingstoff schmeichelte seinem kupferfarbenen Teint und betonte die robuste Eleganz seiner Taille und Gliedmaßen.

«Mein Gott, was für einen prächtigen Soldaten du abgibst!», rief Minette, halb belustigt.

Diese freimütige Reaktion bewies ihm, dass sie ihn weiterhin als einen jüngeren Bruder betrachtete.

«Nun, waren es harte Jahre in der Kaserne, junger Mann?», erkundigte sich Goulard.

«Weder ja noch nein, Monsieur», antwortete der Soldat. «Die Artillerie fasziniert mich, und ich liebe meinen Beruf.»

Nicolette, die gesehen hatte, wie er Jasmines Haus betrat, kam herbeigelaufen, Tausendlieb dicht auf ihren Fersen. Kokett flatterten sie um ihn herum, und als sie ihn Pitchoun nannten, schlug er die Hacken zusammen und stellte sich ein zweites Mal unter dem Namen vor, den er für sich gewählt hatte.

«Alexandre Pétion, was für ein schöner Name!», säuselte Nicolette mit bewundernden Blicken.

«Ein großer Name», ergänzte Goulard. «Sag mir, Junge, hattest du den König von Makedonien im Sinn, als du ihn ausgewählt hast?»

«Nein, Monsieur», antwortete er schlicht. «Madame Guiole hat mir geraten, diesen Namen anzunehmen, sie meinte, er passe gut zu mir.»

Statt mit Hauptmann Desroches ging Minette von nun an mit Pitchoun spazieren. Gemeinsam besuchten sie die Vorstellung französischer Voltigeure, applaudierten lachend den Kunststücken der Pferde und tanzten auf den Bällen der Farbigen in den Vaux-Halls.

In mondänen Kreisen redete man in jener Zeit ebenso viel über *Die schöne Héloïse* wie über *Margot, die Flickschusterin*,[152] und die Mode verlangte, dass eine Frau anmutig in den Armen eines Kavaliers in Ohnmacht zu fallen verstünde.

So fielen die Damen seit einigen Tagen höchst anmutig im Haus eines Scharlatans namens Rosaldo in Ohnmacht, der sich mit den okkulten Wissenschaften beschäftigte und den die Damen in Begleitung aufsuchten, um sich die Zukunft vorhersagen zu lassen.

Eines Morgens kam Nicolette aufgeregt zu Minette und berichtete ihr von den Weissagungen des berühmten Erleuchteten.

«Er hat zu mir gesagt: ‹Du wirst eines gewaltsamen Todes sterben›», vertraute sie ihrer Freundin erschaudernd an, «und zu Tausendlieb hat er von ihrer Vergangenheit gesprochen und gesagt, dass ein Mann aus Liebe zu ihr gestorben sei. Und das stimmt.»

«Und was hat er vorausgesagt, wie sie sterben soll?», fragte Minette spöttisch.

«Eines gewaltsamen Todes», antwortete Nicolette voller Entsetzen.

«Dieser Erleuchtete mag es dramatisch», entgegnete Minette lachend.

Doch nachdem Nicolette wieder gegangen war, ließ sie der Gedanke nicht mehr los. Ihre abergläubische Seite gewann die Oberhand, und sie beschloss, den Erleuchteten mit Pitchoun zusammen aufzusuchen.

Sie betraten einen Raum, in dem bereits einige Damen in Begleitung ihrer Kavaliere warteten. Die Tür zu einem Nebenzimmer wurde geöffnet, und heraus kam ein Mann, der eine ohnmächtige junge Frau in den Armen trug. Minette und Pitchoun wechselten einen verdutzten Blick. Was erzählte der Erleuchtete seinen Kundinnen, dass es sie in einen solchen Zustand versetzte?

«Sollen wir reingehen?», flüsterte Pitchoun. «Oder hast du Angst?»

Sie schüttelte den Kopf.

Eine zweite Frau kam schluchzend durch die Tür. Um eine Ohnmacht zu verhindern, hielt ihr Kavalier ihr ein Fläschchen Riechsalz unter die Nase.

Die dritte war stoisch. Sie schnupperte aus eigener Kraft an ihrem Riechsalzfläschchen und weigerte sich, den Arm ihres Kavaliers zu nehmen.

Bald waren Minette und Pitchoun an der Reihe, das mysteriöse Zimmer zu betreten.

An einem runden Tisch, auf dem ein Kompass und ein aufgeschlagenes Buch lagen, saß ein alter Mann mit kahlem, blankem Schädel. Seine Hände lagen flach auf dem Buch, und er blickte geradeaus vor sich hin.

Nichts in diesem Zimmer war mysteriös, bis auf den alten Mann selbst. Aus riesigen Augen sah er zu Minette und Pitchoun auf, und sein glasiger, stumpfer Blick schien ein Licht zu suchen, das den Menschen unbekannt war.

«Setzt euch hin», wies er sie an.

Seine Stimme war leise und zittrig, wie die aller Greise auf dieser Welt.

«Ich schaue euch an, aber ich sehe euch nicht», sagte er, «meine Augen sind blind für das Licht der Menschen, und doch sehen sie weiter.»

Er streckte zwei lange gelbliche, von Adern überzogene Hände aus.

«Nun legt beide eine Hand in die meine», befahl er mit seiner zittrigen Stimme.

Minette und Pitchoun gehorchten.

Ein plötzlicher Schauer durchlief den Körper des Alten und übertrug sich auf die beiden jungen Leute.

«Zwei große Hände liegen in den meinen», sagte er, «die eine gehört einer großen Künstlerin, die andere einem großen Mann.»

Trotz seiner Aufregung schnitt Pitchoun eine Grimasse, als wollte er Minette zu verstehen geben, dass dieser berühmte Erleuchtete bloß ein alter Narr sei.

«Schneide keine Grimassen, junger Mann, meine Augen mögen blind sein, aber ich habe deine Zweifel gespürt. Eines Tages wirst du ein großer Mann sein, und dein Name wird der Nachwelt überliefert werden. Du liebst das Waffenhandwerk, und du wirst dich schon sehr bald auf den Schlachtfeldern bewähren. So wird dein Aufstieg beginnen.»

Unvermittelt ließ er Pitchouns Hand fallen und hielt nur noch die von Minette in der seinen.

«Was dich betrifft, junge Frau, dich hält eine schreckliche Liebe in ihren Ketten. Künstlerin und Liebende, das sollte dein Los auf Erden sein. Aber ein furchtbares Ereignis wird dein Leben erschüttern, und eines Tages wirst du eines gewaltsamen Todes sterben.»

Minette, die sich daran erinnerte, dass er den gleichen Tod auch schon Nicolette und Tausendlieb vorausgesagt hatte, hätte um ein Haar losgeprustet, doch sie riss sich zusammen und schnitt ihrerseits eine flüchtige Grimasse in Richtung Pitchoun.

«Auch du zweifelst, junge Frau. Aber die Zukunft wird mir recht geben.»

Er ließ seine Hände wieder sinken und verschränkte die Arme vor der Brust.

«Legt euren Obolus bitte auf den Tisch», sagte er und schloss seine seltsamen Augen.

Draußen auf der Straße brachen Minette und Pitchoun in schallendes Gelächter aus und nannten den Greis einen verlausten alten Scharlatan.

«In dem, was er über dich gesagt hat, steckte ja wenigstens noch ein Körnchen Wahrheit», sagte Pitchoun, «aber mir zu erzählen, ich würde ein großer Mann sein! Er muss mich für einen Weißen gehalten haben und wollte mir schmeicheln, indem er aus mir den künftigen Gouverneur dieses Landes macht. Oh, was für ein guter Witz, aber deinetwegen ist jetzt mein ganzes Taschengeld dahin. Hoffentlich lässt sich der alte Sabès noch einmal erweichen …»

«Sag», unterbrach ihn Minette besorgt, «glaubst du, er ist wirklich blind?»

XXVIII

Lise feierte in Saint-Marc glänzende Erfolge. Hin und wieder erreichte Jasmine ein Brief, der neben amüsanten Anekdoten auch nagelneue Piaster enthielt. Ihre Warenauslage war zu einer der am besten bestückten in der Rue Traversière geworden. Seit der kleine Jean alt genug dafür war, beaufsichtigte auch er die Kramwaren und versuchte mit lauten Rufen die Aufmerksamkeit der Vorübergehenden auf sie zu lenken.

Minette hingegen kannte nur noch einen Gedanken: nach Arcahaie zurückzukehren, koste es, was es wolle. Sie musste das kleine Haus in Boucassin wiedersehen, musste mit Ninninne reden, nachsehen, was aus Lapointes Atelier und den Sklaven geworden war. Jeden Tag zog sie die große Truhe unter dem Bett hervor und zählte mit klopfendem Herzen ihr Erspartes. Sobald sie die nötige Summe beisammenhatte, beschloss sie, unverzüglich aufzubrechen.

Sie gab Jasmine ein wenig Geld und teilte ihr mit, dass sie für ein paar Tage verreisen wolle.

«Wo fährst du hin?»

«Nach Arcahaie, Maman.»

Jasmine wagte nicht zu widersprechen. Sie seufzte nur und ging mit jenem schleppenden Gang schicksalsergebener Menschen davon, der ihr schon immer zu eigen gewesen war.

Als Joseph am Vormittag kam, wollte Minette ihm ebenfalls etwas Geld geben, damit er Vincents Bitte erfüllen und nach Dondon zu dessen Mutter fahren konnte. Doch er schüttelte hartnäckig den Kopf und weigerte sich, es anzunehmen.

«Na, nimm es schon», drängte sie ihn. «Du hast uns jahrelang umsonst unterrichtet ... Dieses Geld ist kein Geschenk. Ich schulde es dir.»

Beinahe mit Gewalt steckte sie ihm den Umschlag in die Tasche. Dann ließ sie ihre halb gepackten Taschen stehen und eilte zu Madame

Acquaire, um ihr zu sagen, dass sie verreisen werde. Sie traf auf Scipion, der gerade das Zimmer putzte. Mit dem üblichen Ausdruck glückseliger Verehrung im Gesicht erzählte er ihr, dass «Herrin» ausgegangen sei, aber sicher bald zurück sein werde.

«Setz dich, Demoiselle, setz dich doch.»

Er bot ihr Zuckerrohr an, das sie ablehnte, und hockte sich schließlich versonnen neben ihren Füßen auf den Boden.

Sie öffnete den Klavierdeckel, spielte eine Melodie und lauschte geistesabwesend.

«Weißt du noch, wie ich mich vor dem Klavier gefürchtet habe, als ich es zum ersten Mal sah, Scipion?»

«Ja, Demoiselle, damals warst du noch eine winzig kleine Nachtigall.»

«Ich bin älter geworden, Scipion, so furchtbar viel älter ...»

In dem Moment flog die Tür auf, und Madame Acquaire fegte herein.

«Du hier, Minette?»

«Ja, Madame.»

Sie wirkte verstört, und ihre Hände zupften nervös an ihrem Tuch, um den Knoten zu lösen.

«Draußen herrscht große Erregung», sagte sie schließlich. «Aus Frankreich sind entsetzliche Nachrichten eingetroffen. Es heißt, es gab eine Revolution.»

«Eine Revolution!»

«Mehr weiß ich auch nicht, meine Kleine. Aber die reichen Pflanzer sind in heller Aufregung, und seit heute Morgen sind mehr als sechzig Kutschen beim Palast des Gouverneurs vorgefahren ... Was sie wollen? Ich habe keine Ahnung.»

Diese Revolution in Frankreich interessierte Minette im Augenblick herzlich wenig. Sie fiel Madame Acquaire ins Wort.

«Ich bin gekommen, um mich von Ihnen zu verabschieden, Madame», sagte sie. «Morgen fahre ich nach Arcahaie.»

«Bleibst du lange?»

«Ich werde weniger als eine Woche fort sein, Madame.»

«Das ist in Ordnung. Wir werden bald eine neue Oper aufführen, die in Paris gerade groß in Mode ist.»

«Dafür bin ich rechtzeitig wieder zurück, Madame.»

«Dann wünsche ich dir eine gute Reise.»

Sie küsste Minette und schickte sie fort. Der Maler Perrosier stand in der geöffneten Tür; in der einen Hand eine Flasche Rum, in der anderen seine Pinsel, hielt er nach Modellen Ausschau. Wie jedes Mal, wenn er sie sah, rief er sie zu sich.

«Komm her und steh mir Modell, meine Schöne. Heute Morgen hat mich die Muse geküsst. Das wird ein Meisterwerk.»

«Sie haben wirklich kein Glück, ich verreise bald.»

«Du verreist?»

«Ja, nach Arcahaie.»

«Trotz dieses ganzen Tumults?»

«Welcher Tumult?»

«Na, die reichen Plantagenbesitzer sind in Aufruhr, ganz wie das französische Volk ...»

Sie zuckte mit den Schultern und ging nach Hause. Jasmine bereitete gerade das Mittagessen zu, während der kleine Jean die Auslage beaufsichtigte. Minette packte ihre Taschen fertig, dann setzte sie sich einen Moment versonnen hin. «Eine Revolution!», hatte Madame Acquaire gesagt. Ihr Blick wanderte durch das Zimmer und blieb an einem Buch von Jean-Jacques Rousseau hängen. Sie stand auf, nahm es in die Hand und blätterte fieberhaft darin. «Das französische Volk ist in Aufruhr», hatte Perrosier gesagt. Eine Weile betrachtete sie nachdenklich das Buch, dann legte sie es auf das Bett, stand auf und ging hinaus auf die Straße. Zwei Karossen, gefolgt von zwei Mietkutschen, rasten im Galopp vorbei, sodass die Passanten zur Seite sprangen. Sie ging ihnen nach. Bald waren sie nicht mehr zu sehen, und sie bog hinter einigen anderen Passanten in die Straße ein, die zum Palast des Gouverneurs führte. Madame Acquaire hatte nicht übertrieben. Mehr als sechzig Karossen standen aufgereiht vor dem Palast, und ringsum drängte sich die neugierige Menge. Vier Pflanzer stiegen gestikulierend aus ihren Kutschen, das Gesicht gerötet und mit Schweiß bedeckt.

«Es heißt, der König habe die Generalstände einberufen», flüsterte ein junger Weißer einem anderen zu.

«Das hat die Pflanzer derart erschreckt?»

«Sie sind nicht erschreckt, sie stellen Forderungen, und die verweigert man ihnen ...»

«Was fordern sie denn?»[153]

Ihr Gespräch wurde durch eine lange Reihe von Kutschen unterbrochen, die das Palastgelände verließen. Eine Gruppe schwer bewaffneter Offiziere trat heraus auf die Straße, und Minette erkannte unter ihnen Hauptmann Desroches. Jemand griff nach ihrem Arm; als sie sich umdrehte, sah sie Joseph. Ein seltsamer Glanz lag in seinen Augen, und auf seinen halb geöffneten Lippen bebte ein leises Lächeln.

«Möchtest du mir etwas sagen?»

Er nickte und zog Minette in einen verlassenen Winkel. Sie hielt seine Hand und spürte, dass er zitterte.

«Was hast du denn, Joseph?»

Er sah sich noch einmal auf der Straße um, dann zog er ein Blatt Papier aus der Tasche, auf dem in gerundeten Buchstaben folgende Worte standen:

«Die Erklärung der Menschenrechte.»[154]

Dann faltete er das Blatt zusammen, steckte es in die Tasche zurück und schrieb etwas in sein Heft: «Die Kolonisten wollen das Land regieren – ich fahre nicht – Lambert und Beauvais haben mich gebeten zu bleiben.»

Jäh riss Minette den Kopf hoch. Oh nein! Niemand würde ihre Freiheit einschränken.

«Aber ich fahre.»

Joseph schüttelte den Kopf und deutete auf eine Szene, die sich in einiger Entfernung von ihnen abspielte.

Eine Gruppe ärmlicher Weißer rannte, Beschimpfungen brüllend, hinter den Kutschen her. Sie schwangen die Fäuste in Richtung der Kolonisten, riefen ihre Namen und bedrohten ihre Kutscher.

«Das wäre unvorsichtig», schrieb er weiter.

Die allgemeine Erregung war beispiellos. Die aus Frankreich eingetroffenen Nachrichten waren höchst beunruhigend. In einem Brief an Joseph schilderte Vincent Ogé detailliert die jüngsten Ereignisse, darunter die Erstürmung der Bastille.[155]

Bei Lambert wurde der Brief im Beisein von Beauvais, dessen Frau, einer jungen Mulattin namens Marguerite, und Louise Rasteau erneut vorgelesen.

«Das französische Volk hat seine Rechte eingefordert», sagte Beauvais.

«Es hat das Zeughaus gestürmt, sich bewaffnet und eine Festung zerstört, die als Gefängnis diente ...», zitierte Lambert träumerisch.

«Und es hat gesiegt, ‹die Standesprivilegien wurden abgeschafft›», fuhr Louise Rasteau fort.

«Das französische Volk hat aufbegehrt ...»

Diese Worte, von einem zum Nächsten getragen, wirkten wie Feuer in einem Pulvermagazin. Die landlosen Weißen hoben den gesenkten Kopf und sagten es den Pflanzern und *affranchis* direkt ins Gesicht: «Das französische Volk hat aufbegehrt.» Abschriften der «Erklärung der Menschenrechte» wurden in Umlauf gebracht, und indem die Neuigkeiten die Gemüter erhitzten, weckten sie das schlafende Bewusstsein der Menschen. Mit einem Mal erwachte die in den Herzen schlummernde Revolte. Und das Signal zum Aufruhr gaben ausgerechnet die Privilegiertesten des Landes, die reichen Plantagenbesitzer!

Obwohl der König es abgelehnt hatte, Saint-Domingue als eine Provinz des Königreichs anzuerkennen, entsandten die Pflanzer Abgeordnete zu den Generalständen und konstituierten sich als Generalversammlung des Französischen Teils von Saint-Domingue.[156] In vollständiger Missachtung des Generalgouverneurs[157] mischte sich diese Versammlung in die öffentlichen Angelegenheiten ein und versuchte, ihre Macht auszuweiten, indem sie eine Verfassung erließ, die für den Gouverneur unannehmbar war. Von diesem Tag an herrschte offener Kampf. Anmaßender als je zuvor stolzierten die Pflanzer mit triumphierendem Lächeln und der Peitsche in der Hand durch die Straßen. Als Reaktion darauf schlugen sich die landlosen Weißen auf die Seite des Gouverneurs und hefteten sich stolz weiße Kokarden an die Brust, die er als Erkennungszeichen verteilen ließ, während die Pflanzer im Gegenzug die rote Kokarde wählten.

Die Menschen deuteten mit dem Finger auf sie und nannten sie die «Weißen Bommel» und die «Roten Bommel». Der Hass hatte ein Ventil gefunden und beherrschte das ganze Land. «Weiße Bommel» und «Rote Bommel» warfen einander mörderische Blicke zu und nutzten den geringsten Vorwand zu gewalttätigen Auseinandersetzungen. Den «Roten Bommeln» wurden Petitionen vorgelegt, an denen Beauvais, Lambert, Joseph Ogé und Labadie mitgearbeitet hatten. In diesen Petitionen forderten freie Farbige und Schwarze ihre Anerkennung als aktive Bürger.[158] Im Namen des *Code noir* und der «Erklärung der Menschenrechte» verlangten sie die gleichen politischen Rechte wie die Weißen. Ohnehin schon erzürnt über jene Artikel der Erklärung der Menschenrechte, aus denen sich die Abschaffung der Sklaverei ableiten ließ, drängten die Pflanzer auf die Namen der Verfasser. Bei einigen blieb das Geheimnis gewahrt, doch Labadie geriet unter Verdacht, und sein Haus wurde von rasenden Weißen angegriffen. Während seine schreienden Sklaven durch Peitschenhiebe von ihm ferngehalten wurden, zerrte man ihn hinaus auf die Straße, band ihn an den Schwanz eines ungezähmten Pferdes und peitschte anschließend auf dieses ein. Gefolgt von zahllosen Schaulustigen und seinen Sklaven, auf die die Weißen einprügelten, sobald sie auch nur den geringsten Versuch unternahmen, ihn zu retten, wurde Labadie mit blutverschmiertem Mund und halb eingedrückten Rippen durch den Staub geschleift.

Der laute Tumult hatte Jasmine, Joseph und Minette an die Tür gelockt. Als sie den alten Mann erkannten, stürzten sie schreiend hinaus. Minette sah zu den Kolonisten auf. Sie erkannte Monsieur de Caradeux und Mesplès, beide hochrot im Gesicht, außer Atem und geifernd vor Hass. Eine Peitsche pfiff durch die Luft und traf sie ins Gesicht. Gemeinsam mit Joseph und den Sklaven warf sie sich auf den Körper des alten Mannes.

Obwohl die Schläge auf sie einprasselten, entrissen sie Labadie dem sicheren Tod und brachten ihn zu Jasmine. Die aufgestachelte Menge trieb die Pflanzer zurück. Am nächsten Tag wurde einem jungen Weißen, den man beschuldigte, zu einer weiteren Petition aufgerufen zu haben, der Kopf abgeschlagen.

Der kleine Jean sah ihn zuerst. Auf sein Geschrei hin rannte Minette herbei und erblickte den Kopf eines Weißen, der, auf einen Spieß gepflanzt, durch die Straßen getragen wurde. Darunter hing ein Plakat mit der Aufschrift «Feind der Roten Bommel».

Auf der Stelle bildeten die Farbigen ein Freiwilligenkorps und strömten in Scharen zum Gouverneur, der weiße Kokarden an sie austeilen ließ und ihnen das Blaue vom Himmel versprach, um ihnen zu schmeicheln. Er nannte sie «meine lieben Freunde» und «französische Soldaten» und erwies ihnen den höchsten Respekt, indem er einige von ihnen persönlich empfing, sie in seiner Gegenwart Platz nehmen ließ und ihnen freundschaftlich die Hand auf die Schulter legte.

Sie brauchten einen Anführer und wurden Oberst de Mauduit[159] unterstellt.

Kurz darauf griff ein Weißer einen *affranchi* an und tötete ihn. Als der Oberst den Gouverneur zittern sah, rief er: «Guter Gott, wenn mich nicht alles täuscht, sind Sie erschüttert, Gouverneur?»

«Ich habe ein Herzleiden, Oberst», antwortete der Gouverneur und rieb sich sanft die linke Brust ... «Außerdem ermüden mich diese stumpfsinnigen Empfänge, und ohne das Theater wäre das Leben auf dieser Insel überhaupt nicht zu ertragen ...»

Denn die allgegenwärtigen Spannungen beeinträchtigten das gesellschaftliche Leben nicht, und selbst Monsieur de Caradeux, der sein Haus in einen veritablen politischen Club verwandelt hatte, ließ keine Gelegenheit ungenutzt, Gäste zu empfangen.

Fest entschlossen, trotz der aktuellen Entwicklungen nicht aufzugeben, berief Monsieur Acquaire im Theater eine Versammlung ein und forderte von seinen Schauspielern uneingeschränktes Vertrauen und das Versprechen, sich in keinerlei suspekte Vorgänge verwickeln zu lassen.

«Wir sind Künstler, vergesst das nicht. Die Politik braucht uns nicht. Und wie euch der selige François Saint-Martin sagen würde: Lasst uns für unser Ideal leben, für die Kunst, unser aller Gott ...»

Als Nächstes sollte ein Stück von Mozard mit dem Titel *Die unterbrochene Probe*[160] aufgeführt werden, und Minette erklärte sich bereit, die Hauptrolle zu übernehmen.

Es war kein klassisches Stück, aber auf Französisch geschrieben und im Geist der Zeit, und es gefiel durch seine schlagfertigen, amüsanten Dialoge. Zumindest, konnte Minette dem noch hinzufügen, spielten Sklaven in diesem Lustspiel keine Rolle, und das war auch gut so.

Einen Tag vor der Aufführung kehrte Lise mit rot geweinten Augen und vollkommen entkräftet aus Saint-Marc zurück: Ihr Geliebter war beschuldigt worden, eine Petition unterzeichnet zu haben, und ein Kolonist hatte ihn in ihrem Beisein mit dem Gewehr erschossen. Sie war darüber regelrecht krank geworden. Der entsetzliche Anblick und der Kummer über den Verlust des jungen Mannes machten sie so traurig und handlungsunfähig, dass Jasmine Minette nicht ins Theater begleiten konnte. In den *Affiches* war *Die unterbrochene Probe* von Charles Mozard aus Anlass «des Zusammentretens der drei Stände» angekündigt worden.

Geschmückt mit Kokarden in den Nationalfarben strömte das Publikum ins Schauspielhaus. Als die Grenadiere des Regiments die Truppenbewegungen nachstellten, erschallten laute «Lang lebe der König! Ein Hoch auf die Nation!»-Rufe; man warf den Schauspielern Kokarden auf die Bühne und forderte sie auf, sie sich anzuheften. Mochte die politische Lage auch angespannt sein, während der Aufführung war davon nichts zu bemerken, und der Abend endete in ungestörter Ordnung, die sich jeder zu wahren bemühte, und sei es nur, um seine Bereitschaft vorzutäuschen, sich den Befehlen des Königs zu beugen.

Während sich die übrigen Schauspieler zum nächtlichen Ball begaben, zu dem Farbige wie üblich nicht eingeladen waren, obwohl er, genau wie das Stück, zu Ehren des «Zusammentretens der drei Stände» veranstaltet wurde, verließ Minette das Theater.

Vor dem Ausgang traf sie auf Zoé, Lambert, Beauvais und dessen schwangere Frau. Pétion trat in Begleitung eines sechzehnjährigen Jungen zu ihnen.

«Das ist Charles Pons», stellte er ihn vor, «ein Freund.»

Er war klein und mager, sodass Lambert neben ihm wie ein Riese wirkte.

«Ich bin vielleicht schmächtig», sagte er, als er sah, dass die anderen ihn lächelnd musterten, «aber mutig.»

Er stotterte, und seine Stimme klang so dünn, dass Beauvais auflachte und ihm beruhigend eine Hand auf die Schulter legte.

«Ich zweifle nicht daran, dass man klein und mutig zugleich sein kann», entgegnete er.

Eine weitere Gruppe von Männern gesellte sich zu ihnen, und Lambert stellte sie Minette vor.

«Daguin, Vissière, Roubiou und Pierre Pinchinnat.»[161]

Minette hakte sich bei Joseph ein und wollte sich gerade von ihren Freunden verabschieden, als eine Kutsche so dicht an ihnen vorbeifuhr, dass sie den kleinen Pons beinahe überfahren hätte, wenn Lambert ihn nicht am Arm zur Seite gerissen hätte. Im Wagenschlag tauchte der Kopf eines Weißen auf.

«Scher dich aus dem Weg, du Affe, bevor ich meinen Kutscher anweise, dich auszupeitschen», schrie er den verdutzten Jungen an.

Pinchinnat, Beauvais und Lambert wechselten einen raschen Blick. Ihre Mienen waren hart geworden, und Minette, die in diesem Moment zu Zoé hinüberschaute, sah, wie sie sich auf die Lippen biss, während sie die Kutsche hasserfüllt anstarrte.

XXIX

In diesen turbulenten Tagen flohen mehr Sklaven als je zuvor. Die Soldaten der Maréchaussée waren ununterbrochen im Einsatz, und es verging keine Stunde, in der nicht Schwarze, die man bei der Flucht erwischt hatte, in Ketten zurückgebracht wurden. Durch die Hausdiener über die Ereignisse unterrichtet, lauschten die Sklaven in den Ateliers aufmerksam jenen Worten von Freiheit und Gleichheit, die ein weißes Volk durch seinen Aufstand vor den Augen der Welt in blutigen Lettern geschrieben hatte. Obwohl sie bereits im Voraus wussten, dass ihrer eigenen Revolte der Erfolg verwehrt bleiben würde, wollten sie ihr dennoch Ausdruck verleihen. Sie griffen erneut zu ihren alten Rachemethoden, vergifteten das Vieh und brachten sich aus Angst vor der grausamen Strafe um. Die Verluste nahmen immer größere Ausmaße an. So verlor Monsieur de Caradeux zehn seiner prächtigsten Pferde. Man brachte gefolterte Sklaven von seiner Plantage in die Stadt herunter und führte sie als abschreckendes Beispiel durch die Straßen. Ihre zerfetzten Rücken waren mit Spanischem Pfeffer eingerieben worden. Um ihre Qualen noch zu vergrößern, versetzten ihre Aufseher, Sklaven wie sie, ihnen von Zeit zu Zeit heftige Peitschenhiebe auf das rohe Fleisch. Ihre Schmerzensschreie lockten den angewiderten Pöbel herbei.

Es war eine Zeit der Anarchie, und Saint-Domingue schien endgültig gespalten, denn die Pflanzer beabsichtigten anstatt der Vertreter des Königs selbst die Kolonie zu regieren. Von ihnen waren nur Kränkungen, Demütigungen und Unterdrückung zu erwarten. Man sah sie überall: im Gericht, in den Provinzialversammlungen, beim Gouverneur, beim Intendanten. Ihre Arroganz kannte inzwischen keine Grenzen mehr.

Die Straßen waren seltsam verlassen. Da die Farbigen fürchteten, provoziert zu werden, vermieden sie es, vor die Tür zu gehen, während die landlosen Weißen an allen Straßenecken zusammenstanden und gestikulierend beratschlagten.

Trotz Monsieur Acquaires bester Absichten gelang es nicht, noch ein weiteres Stück auf die Bühne zu bringen. Die Lage war zu angespannt, und alle sprachen nur noch über Politik. Mit Lise und Labadie, die beide noch nicht wieder genesen waren, hatte Minette ohnehin genug zu tun. Sie verließ das Haus nicht mehr, verbrachte viele Stunden allein und träumte vor sich hin. Wie eigenartig! Die politische Situation im Land beschäftigte sie kaum. Erinnerungen hüllten sie ein, die aus dichtem Nebel aufstiegen, und ihr wurde bewusst, dass sie mehr denn je in Jean Lapointe verliebt war. Wo war er? Was tat er? Sie hätte zehn Jahre ihres Lebens darum gegeben, ihn wiederzusehen und mit ihm gemeinsam in das kleine Häuschen in Boucassin zu fliehen.

Schlummernde Sehnsüchte erwachten in ihr und verwandelten sie einmal mehr in eine einfache, liebende Frau, für die nichts zählte außer dem geliebten Menschen. Wenn sie Angst hatte, rief sie leise seinen Namen. Wenn ein *affranchi* grundlos von einem Weißen misshandelt wurde, dachte sie an ihn und sagte sich: Ach, wenn er nur hier wäre, dann würde er ihnen im Handumdrehen ein ordentliches Messer in den Rücken rammen. Und es fand ihren Beifall, dass er so meisterhaft zu töten und Rache zu nehmen verstand.

Die landlosen Weißen traten immer unverschämter auf, gingen ohne Anlass auf Farbige los, beleidigten und töteten sie. Vor allem die Frauen dienten ihnen als Sündenböcke. Sie beschimpften sie als «freigelassene Huren» und schlugen ihnen vor, auf offener Straße mit ihnen zu schlafen. Ohne sich den wahren Grund dafür einzugestehen, vermied es Minette, nach draußen zu gehen, um nicht ebenfalls zur Zielscheibe dieser willkürlichen Beleidigungen zu werden.

An jenem Abend litt Lise unter heftiger Migräne und brauchte eine Arznei. Sie bat Minette, zum Laden in der nächsten Straße zu gehen und sie ihr zu besorgen. Die Heilerin war bei Labadie und rieb ihm den Brustkorb mit Rinderfett ein, das Jasmine anwärmte. Minette richtete ihre Kleidung und ging hinaus.

In den Straßen wimmelte es von einfachen Weißen. Händler, Wurstsieder, Fleischer, Bäcker, Blechschmiede und Schuster hatten sich verabredet und unterhielten sich lautstark. Gruppen von Matrosen auf Landgang wankten ihr Arm in Arm entgegen. Ein paar alte Frauen, die Besorgungen zu erledigen hatten, huschten ängstlich an ihnen vorbei, während weiße und mulattische Huren mit halbnackten Brüsten und offenem Haar sie zu sich riefen.

Minette beeilte sich. Ein Pferd galoppierte dicht neben ihr vorbei, dann wurde es langsamer. Der Reiter saß ab und kam auf sie zu. Es war Hauptmann Desroches.

«Oh, Hauptmann!», sagte sie, erleichtert über seine Anwesenheit. «Wie schön, Sie zu sehen.»

«Hast du etwa auch Angst?»

«Sie beleidigen farbige Frauen, Hauptmann, und die Straßen sind voll von betrunkenen Matrosen.»

«Nimm meinen Arm und beruhige dich.»

Sie legte eine zitternde Hand auf den Arm des jungen Mannes und sah scheu zu der Gruppe der weißen Kleinbürger hinüber.

«Es ist ungerecht», sagte ein dicker Mann, der mit seiner Schürze wie ein Fleischer aussah, gerade, «manche *affranchis* besitzen Ländereien und Sklaven.»

«Solche Leute haben Ländereien und Sklaven, und wir haben nichts. Sie müssen gestürzt werden», sagte ein anderer.

«Aber stattdessen gibt man ihnen Waffen und macht sie zu Weißbommeln, das geht zu weit!»

«Es wird Zeit, dass auch wir endlich Herren in diesem Land sind, genau wie die Pflanzer.»

Minette betrat den Laden und kaufte Lises Arznei, dann lief sie zurück zu Hauptmann Desroches, der neben seinem Pferd auf sie wartete.

«Wie soll ich Ihnen nur danken, Hauptmann?», fragte sie.

«Das weißt du sehr gut.»

Unvermittelt beugte er sich vor und sah ihr in die Augen.

«Ich begehre dich schon lange, Minette. Du gefällst mir so gut, dass ich keine andere Frau in den Armen halten kann, ohne Abscheu zu empfinden. Triff dich mit mir heute Abend in den Königlichen Gärten, ja?»

«Ich weiß, was ich Ihnen schuldig bin, Hauptmann Desroches ...»

«Nein, nicht so, Minette.»

«Wollen Sie mich, ohne Liebe?»

«Nein.»

«Dann flehe ich Sie an, Hauptmann, bleiben Sie für mich der selbstlose Herr, der aus Bewunderung für eine unglückliche junge Farbige einen Sklaven gekauft hat.»

Bedauernd sah er sie an.

«Du weißt gut für dich zu sprechen.»

Er begleitete sie bis zur Ecke der Rue Traversière.

«Wie schade», sagte er zum Abschied.

Als Minette nach Hause kam, trugen Labadies Sklaven ihn gerade hinaus in seine Kutsche. Er hatte acht Tage bei Jasmine verbracht, und während dieser acht Tage war es in den Betten sehr eng gewesen. Auf seine Sklaven gestützt, küsste er Jasmine und ihre Töchter.

«Danke, meine Kinder», sagte er, «ich hoffe, ich werde euch eines Tages vergelten können, was ihr für mich getan habt.»

Dann zog er einen herrlichen Smaragdring vom Finger und reichte ihn Minette.

«Nimm dies als Zeichen meiner Zuneigung und Dankbarkeit», sagte er.

Kaum war er fort, da platzten einige Krämerinnen in das vordere Zimmer.

«Draußen wird gekämpft», schrie eine von ihnen.

Großer Gott! Und Labadie hatte sich gerade auf den Weg gemacht.

«Es wird gekämpft, holt eure Waren rein ...»

Auf der Straße erhob sich ein unbeschreibliches Stimmengewirr, und wie zur Bestätigung ihrer Worte ertönten in der Ferne einige Schüsse. Minette eilte hinaus, um den kleinen Jean zu holen, der die Auslage hütete. Aufgeschreckte Passanten wollten wissen, was vor sich ging, und Minette sah, wie der Maler Perrosier behutsam seine Tür schloss. Soldaten der Maréchaussée galoppierten vorbei ... Doch es war kein Kampf, wie Minette sehr schnell erkannte, sondern ein Gemetzel.

Weiße hatten eine Gruppe von *affranchis* abgeschlachtet, die sich gegen ihre Beleidigungen gewehrt hatten. In Scharen strömten die Farbigen an den Schauplatz des Geschehens, um den Tod ihrer Brüder zu rächen. Die Pflanzer vertrieben sie mit Peitschenhieben, und unter dem Vorwand, Recht zu sprechen, zogen sie ins Gericht, hielten dort eine Sitzung ab und verurteilten zehn *affranchis* dazu, an Laternen aufgehängt zu werden.

Die Plantagenbesitzer gingen zu weit; man musste ihr Machtstreben zügeln und ihnen zeigen, dass das Recht, die Kolonie zu regieren, immer noch bei den Vertretern des französischen Königs lag. Der Oberst hielt sich bereit, gegen das «Komitee des Westens»[162] vorzugehen und es aufzulösen. Dabei konnte er sich auf die Unterstützung der *affranchis* verlassen, die er durch seine Versprechungen und Freundschaftsbekundungen geködert hatte. Außerdem versammelten sich in den Reihen der Weißen Bommel die landlosen Weißen und die Grundbesitzer aus der Provinzialversammlung von Cap Français, die, entsetzt über das Machtstreben der Pflanzer aus der Westprovinz, mit diesen gebrochen hatten.

Minette wusste, was geschehen würde. Sie war dabei gewesen, als bei Lambert darüber geredet worden war, und sie selbst hatte Milchflaschen und Kekse in Josephs Tasche gepackt. Joseph war glücklich bei dem Gedanken, für die Gerechtigkeit gegen Monsieur de Caradeux in die Schlacht zu ziehen, und die Aussicht, Seite an Seite mit seinen Brüdern zu marschieren, endlich gegen die weißen Kolonisten zu kämpfen, jene grausamen Feinde, von denen einer ihn gemartert hatte, erfüllte ihn mit Freude. Er vergaß die Großherzigkeit Jesu Christi, er vergaß die Religion und ihre Lehren von Versöhnung. In ihm war nur noch Aufbegehren, Aufbegehren und der Wunsch nach Rache. Der sanfte, demütige junge Mann, der mit tiefer Stimme Gebete und Predigten rezitiert hatte, war einem Revolutionär gewichen, der sich im Angesicht der Ereignisse gegen seine Feinde erhob, um die Gerechtigkeit zu verteidigen. Er hatte erneut seine Freiheit und sogar sein Leben aufs Spiel gesetzt, indem er entlaufene Sklaven versteckte. Doch er hätte gern mehr getan. Die Umstände hatten ihn gezwungen, den Kopf zu senken und sich in sein Schicksal zu fügen. Rousseau hatte ihn genährt, und nun waren Rousseaus revolutionäre Prinzipien in Frankreich in die Tat umgesetzt worden und hatten ihn und seine Brüder aus ihrer entsetzlichen Resignation gerissen. Endlich würde er handeln …!

Monsieur de Caradeux hob bei seinen politischen Versammlungen das Glas auf die Unabhängigkeit von Saint-Domingue und gab durch sein Aufbegehren gegen seinen König und dessen Vertreter ein schreckliches Beispiel des Ungehorsams ab. Zugleich war er davon überzeugt, dass diejenigen, die er «diese Degenerierten» nannte, ihm darin niemals würden folgen können. Aber man würde ihn sich zum Vorbild nehmen, und das galt nicht nur für die Farbigen.

Nicolette irrte sich nicht, als sie an jenem Tag angelaufen kam und in ihrer üblichen Erregung berichtete, in der Rue Dauphine, vor dem Sitz des Komitees, werde wieder gekämpft. Minette sagte ihr, sie solle sich hinsetzen, und schenkte ihr ein kleines Glas gesüßten Tafia ein, um sie zu beruhigen. Plötzlich zerriss eine Musketensalve die Stille. Die besorgten Krämerinnen holten unverzüglich ihre Waren ins Haus, und Lise rief nach Minette, um sich nach dem Grund für den Lärm zu erkundigen.

«Schlaf, Liebes», antwortete sie, «das sind nur die Grenadiere bei ihren Schießübungen. Hier, nimm eine Pille.»

Seit Juliens Ermordung litt sie häufig unter Migräne und Schlaflosigkeit. Minette deckte sie zu wie einen Säugling und bedeutete Nicolette, leise zu sprechen.

In der Rue Dauphine hatte Oberst de Mauduit als einzige Antwort auf seine dreifach, im Namen der Nation, des Gesetzes und des Königs gerufene Aufforderung an das Komitee des Westens, sich den Befehlen des Gouverneurs zu unterwerfen, jenes Musketenfeuer erhalten, das die Leute in der Rue Traversière so erschreckt hatte. Er reagierte darauf mit einer eigenen Salve, die die von dem Gefecht überraschten Passanten eilends nach Hause rennen ließ. Wilder Tumult brach los. Gut eine Stunde lang dröhnten den Bewohnern der umliegenden Straßen weiteres Musketenfeuer, Schüsse aus Espingolen und das Donnergrollen der Rostaing-Kanonen in den Ohren.[163]

Die Truppen des Obersten hatten den Kasernenhof an diesem Morgen sehr früh verlassen. Als sie, die Fahnen des Komitees wie Trophäen schwenkend, siegreich dorthin zurückkehrten, folgte ihnen eine ausgelassen jubelnde Menge.

Außer sich vor Zorn darüber, dass man es gewagt hatte, mit der Unterstützung von Farbigen gegen sie zu kämpfen, machten die unterlegenen Pflanzer dem Gouverneur und den Vertretern des Königs gegenüber keinen Hehl aus ihrem Unmut.

Im Moment hatte der Gouverneur die Oberhand, und das wusste er auch. Er ging zu weit in seinem Despotismus und machte sich einen Spaß daraus, seine dünnhäutigen Widersacher zu reizen. Beim geringsten Verdacht stürmten seine Soldaten ihre Häuser, verhafteten Schuldige und schleiften sie ins Gefängnis. Fortan heftete man sich den weißen Bommel aus Angst und Vorsicht an die Brust. Doch der niedergezwungene, scheinbar besiegte Hass der Pflanzer schwelte weiter und wartete nur auf den passenden Moment, um erneut loszubrechen.

Am Abend desselben Tages bekam Joseph Besuch von einer Person, die er nicht auf Anhieb erkannte. Es war eine Krämerin, die das hölzerne Tablett mit ihren Waren auf dem mit einem Tuch bedeckten Kopf balancierte. Sie bestand hartnäckig darauf, dass er ihr Taschentücher abkaufte, und während sie sprach, schien es Joseph, als hätte er diese Stimme schon einmal gehört.

«Ich zeige dir meine Waren in deinem Zimmer, da haben wir es bequemer», sagte sie plötzlich und zwinkerte ihm zu.

Neugierig geworden, stieg er die Treppe hinauf, gefolgt von der Krämerin, die immer noch die Qualität ihrer Taschentücher anpries. Unvermittelt stellte die Frau ihr Tablett auf das Bett, riss sich das Tuch vom Kopf und gab sich zu erkennen: Es war sein Bruder Vincent. Vor Überraschung begann Joseph zu zittern, er vergaß seine Behinderung, öffnete den Mund, um zu sprechen, und gab ein entsetzliches, unverständliches Gurgeln von sich.

«Was ist mit dir geschehen?», rief Vincent und zog ihn an sich.

Er öffnete den Mund und zeigte ihm den Stumpf seiner abgeschnittenen Zunge.

Mit zitternden Beinen ließ sich Vincent für einen Moment auf das Bett sinken.

«Mein Gott», murmelte er, «wieso hast du mir in deinen Briefen denn nichts davon erzählt?»

Er blieb einen Augenblick niedergeschmettert sitzen, dann riss er sich zusammen und sah Joseph an.

«Hast du meine Mutter gesehen?»

Er schüttelte den Kopf.

«Werden die Dinge hier kompliziert?»

Diesmal nickte er.

«Wir haben in Frankreich hart an der Durchsetzung unserer Anliegen gearbeitet», sprach Vincent weiter, «aber ohne Erfolg. Ich bin gekommen, um euch zu unterstützen, denn ich habe geschworen, unseren Forderungen zum Sieg zu verhelfen. Ich fahre nach Dondon und besuche meine Mutter. Wenn ich diese Verkleidung ablege, werde ich mich Poissac nennen, vergiss das nicht, Joseph, und sag es auch den anderen.»

Noch einmal küsste er seinen Bruder, dann schlang er sich den *madras* wieder um den Kopf.

«Auf bald, mein Kleiner. Die Dinge werden sich bald ändern, du wirst schon sehen», versprach er ihm ...

Obwohl die Farbigen das Geheimnis um Poissacs wahre Identität sorgsam hüteten, erhielten die Plantagenbesitzer Nachricht vom Eintreffen eines Mulatten namens Vincent Ogé, der großen Einfluss in den Kreisen der Gesellschaft der «Freunde der Schwarzen»[164] hatte. Man erfuhr, dass er Dondon verlassen hatte, um zu seinem Freund Jean-Baptiste Chavannes nach Grande-Rivière-du-Nord zu reisen.[165]

Zwei Briefe, unterzeichnet von diesen beiden farbigen Männern, erreichten den Gouverneur und die Provinzialversammlung des Nordens:

«Wir verlangen», hieß es in diesen Briefen, «die Anwendung der Prinzipien, die die Nationale Partei[166] durch ihre Appelle im Volk propagiert hat. Wir verlangen freien Zugang zu allen Berufen, zu allen Handwerken und zu allen Ämtern ...

Wir verlangen die Anwendung des Dekrets vom 28. März, das jede Person, welche das fünfundzwanzigste Lebensjahr vollendet hat, an die Urnen ruft ...»[167]

Furchtlos hatten sie es gewagt, Forderungen zu stellen. Vierhundert *affranchis* hatten sich um sie geschart und warteten auf die Entscheidung des Gouverneurs und der Provinzialversammlung des Nordens.

Auch in Port-au-Prince warteten die Farbigen; die Männer hatten sich im Haus von Louise Rasteau versammelt, und Minette, Zoé und Marguerite Beauvais hatten sich, begleitet von Pétion und dem kleinen Pons, zu ihnen gesellt. Vincent hatte versprochen, einen Boten zu schicken, und sie würden nicht zu Bett gehen, bevor er eingetroffen war. Louise servierte Punsch, mit dem sie auf das Gelingen von Ogés und Chavannes' Vorhaben anstießen. Kaum hatten sie die Gläser abgestellt, als sich ein Pferd in schnellem Galopp näherte und vor dem Haus anhielt. Voller Hoffnung sahen sich alle an. Die Tür wurde geöffnet, und ein Reiter trat ein: Es war Jean-Baptiste Lapointe. Minette erbleichte, sie schloss die Augen und lehnte sich gegen ihren Stuhl.

«Du!», rief Lambert.

«Ja, ich. Schlechte Nachrichten. Die *affranchis* wurden bei Cap Français geschlagen; Ogé und Chavannes sind auf spanisches Territorium geflohen.»[168]

Bestürzt sanken alle zurück auf ihre Stühle. Dann begehrte Louise Rasteau plötzlich auf.

«O nein, nein!», schluchzte sie, «besiegt, jedes Mal wieder besiegt. Steht Gott denn immer nur auf der Seite der Weißen?»

Marguerite Beauvais legte ihr eine Hand auf die Schulter. Sie war jung und erwartete ein Kind.

«Lasst uns trotzdem hoffen», sagte sie. «Für unsere Kinder, vielleicht werden sie eines Tages den Triumph unserer Sache erleben.»

Jean-Baptiste Lapointe bewegte sich auf Minettes Stuhl zu. Eine Minute sah er sie an, während er den Strohhut in seinen Händen drehte.

«Ich ... ich ...», stammelte er schließlich, «ich habe einen Auftrag für dieses Mädchen. Einen ... äh ... geheimen Auftrag.»

Wortlos stand Minette auf und folgte ihm. Ohne sich auch nur einmal umzudrehen, ging er hinaus in den Hof. Dann blieb er stehen und zog sie, von rasendem Glück erfüllt, in die Arme.

«Schwöre mir, dass du auf mich gewartet hast», flüsterte er und küsste sie, «schwöre es mir.»

Sie stöhnte vor Genuss.

«Liebst du mich noch?»

«Ich habe dich nie vergessen.»

Alles war noch wie früher, seine jugendliche Kraft, der Geruch seines Körpers, die Liebkosungen seiner Hände und seines Mundes. Wie hatte sie es bloß geschafft, die Flut von Begierden in sich zu bezähmen, die sie nun so schwach gegen ihn werden ließ?

«Ich habe Angst um dich», sagte sie leise.

«Ach, ich habe nichts mehr zu befürchten. Die Herren Kolonisten sind inzwischen zu sehr mit anderen Dingen beschäftigt, um ihre Zeit mit der Jagd nach mir zu verschwenden. Ich kehre noch heute Nacht nach Arcahaie zurück, und ich schwöre bei allen Göttern, dass sie von jetzt an mit mir rechnen müssen ...»

«Was hast du vor?», fragte sie besorgt.

«Hab keine Angst. Ich habe einen hübschen, kleinen Racheplan geschmiedet. Wenn sich die Dinge so entwickeln, wie ich es hoffe, werde ich bald glänzend dastehen, und mein Ansehen unter den Weißen ist gesichert.»

Er presste sie an sich.

«Und dann werden wir für immer zusammen sein?»

«Das ist meine größte Hoffnung.»

Als sie ins Haus zurückkehrten, waren viele bereits aufgebrochen.

«Wo ist Joseph?», fragte Minette Louise.

«Mit den anderen zusammen gegangen.»

Den Heimweg legte sie an Lapointes Arm zurück. Er hatte sein Pferd bei Louise gelassen, wo er es später holen wollte. Auf dem Weg gab es überall versteckte Winkel. Er zog sie in einen davon und nahm sie, halb tot vor Schreck und Liebe. Erst vor ihrer Haustür trennten sie sich, nachdem er sie hatte versprechen lassen, dass sie ihn bald wiedersehen würde.

«Kommst du nach Boucassin?»

«Ja.»

«Wann?»

«Bald, versprochen ...»

Sie sollten sich früher wiedersehen als gedacht. Die sich überschlagenden politischen Ereignisse stellten sich treu in den Dienst ihres unentrinnbaren Schicksals und trieben sie unaufhaltsam zueinander hin.

XXX

Die Schlacht gegen Ogé und Chavannes hatte der Provinzialversammlung des Nordens einen gehörigen Schrecken versetzt, weshalb sie, sowohl aus Rachsucht als auch zur Abschreckung der übrigen *affranchis*, von den spanischen Behörden die Auslieferung der beiden Männer und ihrer Gefährten forderte.

«Die spanischen Behörden werden sie ihnen niemals aushändigen», versicherte Lambert Beauvais voller Überzeugung.

«Das hoffe ich», entgegnete Beauvais, weniger optimistisch.

Am nächsten Tag erfuhren sie, dass sie nicht nur den Weißen von Cap Français übergeben, sondern darüber hinaus vor ein Sondergericht gestellt worden waren, das sie zum Tode verurteilt hatte. Außer sich vor Sorge traf Joseph bei Minette ein, die ihm anbot, ihn auf der Stelle nach Cap Français zu begleiten. Abends kam Labadie persönlich vorbei und brachte ihnen das Geld für die Reise. Minette gab Lise und den kleinen Jean in Jasmines Obhut, bevor sie gemeinsam mit Joseph ihren Platz in der Kutsche einnahm. Es war eine anstrengende Fahrt. Nachdem sie einen ganzen Tag durchgeschüttelt worden waren, erreichten sie vollkommen erschöpft Cap Français.

Dort herrschte ein beispielloser Trubel.

Cap Français mit seinen von breiten Balkonen geschmückten Steinhäusern, seinen malerischen kleinen Straßen und den nach neuestem Pariser Geschmack ausgestatteten Läden übertraf Port-au-Prince sowohl durch die Pracht seiner Wohnhäuser als auch in der Zahl der Schiffe, die das Meer bedeckten. Minette und Joseph hatten sogar den Eindruck, dass die Menschenschar hier dichter, geschäftiger und bunter war.

Die Nachricht, die sie erreicht hatte, stimmte. Das erfuhren sie, sobald sie das Hotel betraten. Ein hellhäutiger Mulatte kam ihnen entgegen, um ihnen das Gepäck abzunehmen.

«Wollen Sie ein Zimmer?»

«Nein, zwei Zimmer.»

«Ah …! Und Sie sind sicher auch hier, um die Hinrichtung von Ogé und Chavannes zu sehen, genau wie all die anderen?»

Minette sah zu Joseph hinüber, der leichenblass wurde. Sie nahm seine Hand.

«Wann findet das Spektakel denn statt?», fragte sie gespielt gleichgültig.

«Na, morgen früh. Es heißt, sie wurden zum Tod durch Rädern verurteilt. Die Weißen sind wütend und haben sich geschworen, keine Gnade walten zu lassen …»

Sie gingen die Treppe hoch in den ersten Stock, wo der dicke Mulatte ihnen zwei nebeneinanderliegende Zimmer anwies.

Nachdem er sie allein gelassen hatte, nahm Minette Josephs Gesicht in beide Hände.

«Du darfst dich jetzt nicht verrückt machen, hörst du. Der Wirt hat vielleicht übertrieben. Wir werden bald Genaueres erfahren. Ruh dich aus. Ich werde mich ein wenig frisch machen, dann gehen wir zusammen hinaus.»

Mutlos setzte sich Joseph auf sein Bett; vor sich sah er eine Szene, die gewiss schrecklich sein musste, denn seine Hände zitterten. Plötzlich vergrub er das Gesicht in den angewinkelten Armen und ließ sich nach hinten fallen.

«Ruhig, ganz ruhig», sagte Minette und streichelte ihm über das Haar.

Dann seufzte sie und ging in ihr eigenes Zimmer. Sie gab sich nicht die Mühe, sich frisch zu machen. Auf Zehenspitzen schlich sie an Josephs geschlossener Zimmertür vorbei und lief die Treppe hinunter. Ein Paar war gerade angekommen: zwei ältere Schwarze, die von einem jungen Sklaven zu anderen Zimmern geführt wurden. Minette hielt nach dem dicken Mulatten Ausschau und entdeckte ihn hinter einem Tresen, wo er etwas in ein Heft schrieb. Sie ging zu ihm.

«Wird es den Farbigen denn erlaubt sein, der Hinrichtung von Ogé und Chavannes beizuwohnen?», erkundigte sie sich, wobei sie ihre Sorge mit einem strahlenden Lächeln überspielte.

«Natürlich. In der Zeitung wurde gestern eigens erwähnt, dass wir dazu eingeladen sind.»

«Dann werde ich hingehen», versprach sie, immer noch lächelnd.

«Das wird kein schöner Anblick ...»

«Glauben Sie?»

Sie ging wieder nach oben und klopfte an Josephs Tür. Er öffnete.

«Weißt du was», sagte sie, «wir gehen heute Abend nicht nach draußen, sondern ruhen uns lieber aus. Morgen ist immer noch Zeit genug, um Erkundigungen einzuholen ...»

Wie von Sinnen stieß er sie zur Seite und stürmte die Treppe hinunter.

«Joseph, wo willst du hin?»

Er floh, ohne ihr zu antworten.

Sie ging in ihr Zimmer und legte sich hin. Ihr Kopf dröhnte, und ihr Herz schlug in rasantem Tempo. Sie stöhnte leise und drehte sich auf die Seite. So überraschte sie der Schlaf. Als sie wieder erwachte, brach schon der Morgen an. Beim Gedanken an Joseph zuckte sie zusammen. Sie verließ das Zimmer und klopfte an seiner Tür. Als sie keine Antwort erhielt, drehte sie den Knauf. Die Tür ging auf, der Raum war leer. Hastig zog sie sich um und eilte nach unten. Der dicke Mulatte war früh auf den Beinen und ging bereits seinen Beschäftigungen nach.

«Bitte, haben Sie meinen Bruder gesehen?»

«Ihren Bruder? Ah, ja ...»

Er lachte.

«Er ist noch nicht wieder zurück. Er muss die Nacht dort verbracht haben, wo die jungen Leute seines Alters hingehen. Es gibt hier einige berühmte Freudenhäuser, ja, gleich nebenan soll es eine Schwarze geben, die für eine *piastre-gourde* pro Kopf nackt vor den Gästen tanzt ... So etwas sollte ich einem jungen Fräulein wie Ihnen nicht erzählen, aber ich will Sie nur beruhigen. Die jungen Männer gehen gern in fröhliche Lokale ... Ach, sehen Sie, da kommt er ja.»

Und in welchem Zustand: Seine Kleidung war zerknittert, sein Haar zerwühlt, er war schmutzig, dunkle Schatten lagen unter seinen Augen, und sein Gang war unsicher!

Der dicke Mulatte lachte erneut.

«Ach, diese jungen Leute sind doch alle gleich!»

Minette zog Joseph mit sich, ohne ihm auch nur eine Frage zu stellen. Er wirkte so verlegen, wenn er sie ansah, dass sie ihn allein ließ und in ihr Zimmer zurückging. Wo kam er her? In welchen Spelunken hatte er die Nacht verbracht? Womit hatte er Bekanntschaft gemacht, dass er jetzt so verändert wirkte? Sein Blick wich dem ihren aus, und hinter seinem gezwungenen Lächeln und seinen schroffen Gesten schien er eine neue Gemütsverfassung verbergen zu wollen, die für ihn selbst noch erschreckender zu sein schien.

Zwei Stunden hing Minette solchen Gedanken nach, bevor sie zu Joseph hinüberging. Die Tür stand einen Spalt offen. Sie schob sie auf: Er lag fest schlafend auf dem Bauch, ein Bein hing aus dem Bett. Sie ging wieder, ohne ihn zu wecken, und trat allein auf die Straße hinaus.

Draußen schob sich die festlich gekleidete Menge bereits an den Läden vorbei in Richtung Paradeplatz.

Dort war ein Bereich aus gestampfter Erde abgesperrt worden. Die herbeiströmende Menge teilte sich: Die Weißen gingen nach rechts und die Farbigen nach links. Minette folgte den Leuten ihres Standes und näherte sich der Absperrung. Zwei riesige, in der Sonne funkelnde Räder lehnten an eisernen Stangen, die vier Henker gerade gebracht hatten.

«Wozu dienen denn die Eisenstangen?», erkundigte sich jemand.

«Es heißt, ihnen sollen bei lebendigem Leib die Knochen gebrochen werden.»

«Tut das sehr weh?»

«Das können Sie sie gleich selbst fragen.»

Als die beiden Gefangenen mit hinter dem Rücken zusammengebundenen Händen herangeführt wurden, versuchte Minette zu erraten, welcher von ihnen Vincent Ogé sein mochte. Beide hielten den Kopf hoch erhoben und blickten unverwandt in die neugierige Menge. Geschickt schlüpfte sie zwischen den Umstehenden hindurch, bis sie die vorderste Reihe erreichte, wo sie sich neben eine stattliche alte, schwarze Matrone stellte.

«Mein Gott», murmelte diese leise und bekreuzigte sich.

Die Zuschauer in der ersten Reihe berührten die Absperrung und waren nur wenige Meter von den Gefangenen entfernt. Rechts warteten ungeduldig die Weißen, links standen die Farbigen, in weniger großer Zahl, die Gesichter von Anspannung und Entsetzen gezeichnet.

Minette betrachtete die Gefangenen. Welcher war Vincent? Der eine war ein Mulatte mit lockigem Haar, der andere hatte dunklere Haut und erinnerte in seinem Äußeren eher an Joseph. Doch es war der Mulatte, der ihm ähnlich sah. In seinen fest auf die Menge gerichteten Augen spiegelte sich vornehmer Stolz. Als der Henker sich ihm näherte, trat ein rebellischer Ausdruck in seine Züge. In diesem Moment ähnelte er Joseph so sehr, dass Minette nicht länger an seiner Identität zweifelte. Das war er, Vincent Ogé. Nachdem der Henker die Fesseln an seinen Händen gelöst hatte, hob er sie zum Himmel und rief: «Vergesst nichts von dem, was ihr gleich sehen werdet, meine Brüder.»

Minette hatte Joseph schon so lange nicht mehr reden gehört, dass sie erschauerte. Ihr war, als hätte er gerade gesprochen und nicht sein Bruder. Es war die gleich tiefe, volltönende Stimme, die gleiche langsame, gepflegte Aussprache.

Jean-Baptiste Chavannes, dem man ebenfalls die Hände gelöst hatte, streckte sie nach der linken Seite der Absperrung.

«Ich klage die Weißen an», rief er mit furchterregender Stimme, «vor der Nachwelt klage ich die Weißen, unsere Henker, an, und unseren Brüdern hinterlasse ich als Vermächtnis den Auftrag, unser Martyrium zu rächen.»

Ein allgemeiner Aufschrei übertönte seine Stimme. Die Henker hatten die Gefangenen gepackt und banden sie mit ausgebreiteten Armen und gespreizten Beinen auf die Räder. Minette senkte den Kopf. Übelkeit erfasste sie. Sie legte eine Hand an ihren Hals und hob den Kopf. Im selben Moment zerriss ein entsetzlicher Schrei die Stille: Die Henker hoben die Eisenstangen in die Höhe und begannen damit, die Gliedmaßen der Verurteilten zu brechen. Bald verwandelten sich ihre Schreie in grausiges Gebrüll. Eine farbige Frau lehnte sich an einen Baum und übergab sich weinend. Minette hielt sich die Ohren zu und floh. Die Schreie verfolgten sie bis ins Hotel, bis ins Zimmer von Joseph, der aufwachte und sie aus angsterfüllten Augen anstarrte. Sie warf sich auf ihn und presste ihm schluchzend die Hände auf die Ohren.

«Hör nicht hin, Joseph ... Hör nicht hin!»

Er warf sich auf den Boden, biss wie von Sinnen in seine Laken, in die Matratze und stieß verstörende Laute aus, die beinahe so klangen wie die der Gemarterten. Minette fiel auf die Knie.

«Sie werden sie rächen, warte es nur ab, sie werden sie rächen», wiederholte sie unablässig. «Ihre Qualen und ihr Tod werden nicht vergebens sein, unsere Brüder werden sie rächen, sie haben gesprochen, es wird nicht vergebens sein ...»

Sie half ihm hoch. Weinend sackte er auf dem Bett zusammen und vergrub den Kopf unter dem Kissen, um nicht länger die seltsam gedämpften und immer erschütternderen Schmerzensschreie hören zu müssen, die noch die ganze Nacht hindurch anhalten und die Einwohner von Cap Français am Schlafen hindern sollten.

Als am nächsten Morgen die Dämmerung anbrach, verriet die Stille, die auf ihre Schreie, dann ihr Stöhnen folgte, dass die Verurteilten tot waren. Ihre Leichen wurden ihren Müttern übergeben, zwei alten, vor Grauen erstarrten Frauen, die man mit Gewalt in ihren Gemeinden festgehalten hatte und denen man nun Särge aushändigte, in denen Leichen mit zerschmetterten Gliedern lagen. Joseph blieb in Dondon bei Vincents Mutter, und Minette legte die lange Reise von Cap Français nach Port-au-Prince allein zurück.

Diesmal machte sie Halt in Arcahaie. Sie war mutlos, wie zerbrochen. Sie brauchte die Kraft und rohe Vitalität von Jean Lapointe. Sie ging zu Fuß nach Boucassin und stieg mit ihrer Tasche in der Hand den langen Abhang hinauf. Als das kleine Haus mit seiner einzigen Galerie in Sicht kam, wurde sie von einer solchen Flut an Erinnerungen überwältigt, dass sie am Wegrand zusammensackte und mit geschlossenen Augen nach Atem rang. Lucifer und Satan kamen aufgeregt bellend angelaufen, leckten ihr die Hände und sprangen eilig wieder fort, um ihren Herrn zu benachrichtigen.

Sie vermied es, als Erste den Bann zu brechen, und schob die Erinnerung an das in Cap Français erlebte Grauen bewusst von sich. Sie war nicht hier, um über solche Dinge zu reden. Sie gab sich ganz dem Vergnügen hin und genoss die egoistische Freude darüber, endlich glücklich zu sein. Die Fragen, mit denen er sie bestürmte, betrafen allein die Liebe: «Warst du je in Versuchung, einen anderen zu lieben? Bist du mir treu gewesen? Ist deine Stimme immer noch so schön?»

Fünf Tage währte der Zauber, dann kam der Verwalter in gestrecktem Galopp angeritten: In der Nacht waren sechs der besten Sklaven geflohen.

Lapointe bekam einen Wutanfall, ließ sein Pferd satteln und ritt zum Atelier, von wo gleich darauf Schreie herüberklangen. Minette horchte bestürzt. Diese Schreie erinnerten sie an die von Ogé und Chavannes. Sie wollte nicht glauben, dass ihr Geliebter die Ursache dafür war. Bleich stand sie, umgeben von zitternden Sklaven, auf der Galerie und wartete auf ihn. Ninninne trat neben sie.

«Mein Gott», sagte sie, «er ist so wütend. Zu viele Sklaven fliehen.»

Ihr Rücken krümmte sich, und sie schüttelte den alten Kopf, um den sie einen schwarzen *madras* geknotet hatte.

«Fleurette und Roseline sind als Erste weggelaufen …»

Plötzlich wehte vom Atelier her ein undefinierbarer Geruch herüber. Im selben Moment wandelten sich die Schreie in unartikuliertes Gebrüll.

«Der Scheiterhaufen!», sagte einer der Sklaven düster.

Aus Angst, sie könne wie beim ersten Mal das Haus verlassen, kehrte Lapointe kurz darauf zurück. Als er eintraf, packte sie gerade ihre Sachen, blass und noch stärker zitternd als seine Haussklaven.

«Was tust du da?», schrie er sie an.

«Ich gehe, und ich werde nie mehr wiederkommen.»

«Weil ich einen der Rädelsführer meiner Sklaven bestraft habe?»

«Du bist bloß ein grausamer Weißer in Verkleidung», erwiderte sie zornig.

«Eines Tages wirst du bereuen, mich beleidigt zu haben. Auch ich arbeite daran, unsere Rechte durchzusetzen.»

«Indem du Schwarze umbringst?»

«Das sind Sklaven.»

«Ach, sei still!»

Er versuchte sie zu besänftigen, indem er das Thema wechselte.

«Liebende sollten einander nur in Liebesdingen Vorwürfe machen.»

«Die Zeiten haben sich geändert, heutzutage will sich die Liebe in alles einmischen.»

Sie war so fest entschlossen, ihre Drohung in die Tat umzusetzen, dass er sie zu umarmen versuchte.

«Du wirst doch nicht wirklich gehen?»

«Lass mich. Fass mich nicht an. Ich hasse dich.»

Sie stieß ihn mit so viel Abscheu von sich, dass er sie überrascht ansah.

«Das ist das zweite Mal, dass du mich wegen der Sklaven verlässt. Eines Tages wirst du vielleicht ihretwegen zu mir zurückkommen.»

Plötzliche Wut erfasste ihn.

«So begreif doch, dass ich ohne sie nichts wäre, gar nichts ... Ich muss um jeden Preis versuchen, sie zu halten.»

Als sie nicht antwortete, zuckte er mit den Schultern und half ihr aufs Pferd. Dann reichte er einem Sklaven die Zügel.

«Bring die Herrin zurück», wies er ihn an, und sein Lächeln war rätselhaft und zynisch zugleich.

XXXI

Minettes Rückkehr nach Port-au-Prince fiel mit der Ankunft französischer Verstärkungstruppen zusammen, die seit einigen Tagen angekündigt waren. Der herzschwache Gouverneur war abgereist und durch einen ebenso unfähigen Nachfolger ersetzt worden, der zuließ, dass Hunderte Soldaten in Saint-Domingue an Land gingen, die revolutionären Ideen anhingen und es an jeglicher Disziplin mangeln ließen. Sie gehörten den Regimentern aus dem Artois und der Normandie an und waren für ihre Aufsässigkeit bekannt. Unverzüglich schlugen sie sich auf die Seite der Roten Bommel und versetzten sowohl die kasernierten Truppen als auch die Bevölkerung in hellen Aufruhr.

In Massen strömten die Menschen auf die Quais, um zuzusehen, wie sie von Bord gingen. Minette ließ Lise und den kleinen Jean bei Jasmine zurück und lief mit Joseph, Nicolette und Pétion zum Hafen. An der Spitze der Roten Bommel nahm Monsieur de Caradeux die neuen Soldaten unter Applaus in Empfang und ließ ihnen von Sklaven große Gläser mit Rum servieren. Nur Minuten nach ihrer Ankunft wanderten sie durch die Straßen und grölten Revolutionslieder, in die die Kinder ausgelassen einstimmten.

Am selben Tag kehrte auch der Oberst, der auf Befehl des Gouverneurs mit seinen Truppen in den Süden marschiert war, um dort einen Aufstand von *affranchis* niederzuschlagen, mit zahlreichen Gefangenen als Sieger nach Port-au-Prince zurück. Schweigend sahen die Farbigen zu, wie sie an ihnen vorbeizogen. Unter den Gefangenen war auch André Rigaud[169], ein junger Mulatte mit stolzem, kämpferischem Auftreten, der sich mit hoch erhobenem Kopf aufmerksam umsah.

Pétion deutete mit dem Finger auf ihn.

«Das ist André Rigaud», sagte er zu Pons, «der Anführer der *affranchis*, der in Les Cayes gegen die weißen Truppen gekämpft hat.»

«Was wird mit ihm und den übrigen Gefangenen passieren?», fragte Pons besorgt.

«Sie werden sicher eingekerkert.»

«Und dann gefoltert?»

«Nein. Oberst de Mauduit hat zwar seine Versprechen uns gegenüber gebrochen, aber es ist ihm trotz allem daran gelegen, uns rücksichtsvoll zu behandeln. Er wird die Gefangenen verschonen.»

In dem Moment kamen ein Dutzend *affranchis* zwischen siebzehn und zwanzig Jahren heran und scharten sich um Pétion.

«Siehst du das, Pétion», flüsterte einer von ihnen, «der Oberst kämpft gegen die Unseren und nimmt sie gefangen.»

Langsam hob Pétion die Hand an seine weiße Kokarde und riss sie ab.

«Ich gehöre nicht mehr zu ihnen», bemerkte er kalt.

«Ich auch nicht», sagte der kleine Pons und riss sich ebenfalls die Kokarde von der Brust.

Die zwölf übrigen *affranchis* folgten ihrem Beispiel.

«Wir dürfen uns nur noch auf uns selbst verlassen», fügte Pétion hinzu, und in seine Augen, die den Truppen des Obersten nachblickten, trat ein harter Glanz.

Der Oberst hatte die Unterstützung der *affranchis* verloren. Der Moment, auf den die Pflanzer gewartet hatten, um sich an ihm zu rächen, war gekommen.

Die Situation war tragisch, denn, von den Kolonisten gedrängt, gelang es den Soldaten aus dem Artois und der Normandie innerhalb weniger Tage, die Grenadiere des Obersten auf ihre Seite zu ziehen. Dieser weigerte sich beharrlich, an einen solchen Verrat zu glauben, und ritt in Begleitung von Hauptmann Desroches zur Kaserne, um seine Männer zu befragen. Dabei hatte Desroches ihn gewarnt.

«Gehen Sie nicht, Oberst», hatte er ihm geraten, «ich weiß, dass Ihre Grenadiere Ihnen die Treue aufgekündigt haben ...»

«Das will ich nicht glauben.»

Sein Eintreffen sorgte für plötzliche Unruhe unter den Soldaten. Sie sprangen auf und rannten, ohne vor ihm Haltung anzunehmen, ins Innere der Gebäude.

«Oberst», beharrte Hauptmann Desroches und zügelte sein Pferd, «gehen Sie nicht hinein.»

«Vorwärts, Hauptmann, das ist ein Befehl ...»

Sie betraten einen Saal voller Soldaten, und als der Oberst gerade den Mund öffnete, um zu ihnen zu sprechen, rief einer seiner Grenadiere: «Ergreift Oberst de Mauduit!»

«Ihr Tölpel», versetzte der Oberst, vor Zorn bebend, «ihr habt euch von den Pflanzern einwickeln lassen.»

«Ergreift Oberst de Mauduit!», wiederholte der Grenadier, doch seine Stimme klang nicht mehr ganz so fest.

Hauptmann Desroches zog seinen Säbel und stellte sich schützend vor den Oberst.

Man packte ihn und entriss ihm die Waffe.

Sobald sich diese Neuigkeit in der Menge herumsprach, rannten Pétion und Charles Pons zu Lambert.

«Oberst de Mauduit wurde gefangen genommen», berichtete Pétion mit belegter Stimme.

«Soll er doch sehen, wie er zurechtkommt», versetzte ein junger *affranchi* mit harten, kantigen Zügen, der auf den Namen Roubiou hörte.

«Nein», sagte Lambert, «wir werden ihm helfen, und sei es nur, um ihm zu beweisen, dass wir besser sind als er.»

«Einverstanden», stimmte Pétion ihm zu. «Möchtest du diese Aufgabe übernehmen, Pons?»

«Das möchte ich», antwortete der junge Mann bereitwillig, «was soll ich tun?»

Als es Abend geworden war, huschte der kleine Pons, als Frau verkleidet, in ein dichtes Gebüsch, das den Gouverneurspalast vom Kasernenhof trennte. Die Straßen waren von den frisch eingetroffenen Soldaten abgeriegelt worden. An allen Kreuzungen stiegen bewaffnete Kolonisten aus ihren Kutschen und beratschlagten miteinander. Die Vaux-Halls, das Theater, sogar die Vergnügungslokale waren menschenleer.

Unbemerkt von den vom Rum schläfrig gewordenen Wachen, erreichte der kleine Pons die Tür des Raums, in dem der Oberst gefangen gehalten wurde. Im Nebenzimmer wurde lautstark über dessen Schicksal debattiert.

«Nieder mit Mauduit!», rief jemand.

«An die Laterne mit dem Oberst!», antwortete ein anderer.

Pons schob eine schmale Zange ins Schloss und wollte gerade die Tür aufbrechen, um dem Obersten zur Flucht zu verhelfen, als die Kolonisten und ein paar halb betrunkene Soldaten in den Raum platzten. Pons rannte zurück in das Gebüsch, wo er sich minutenlang versteckt hielt und mit anhörte, wie die Männer den Obersten bedrohten und ihm vorwarfen, gemeinsame Sache mit den *affranchis* gemacht zu haben, als sei dies ein Sakrileg.

«Sie haben uns mit einer Bande von Abschaum besiegt», geiferte einer von ihnen.

«Dafür werden Sie öffentlich Abbitte leisten», setzte ein anderer hinzu. «Morgen werden Sie höchstpersönlich die Fahnen zurückbringen, die aus dem Versammlungsraum des Komitees geraubt wurden.»

Eilends verließ Pons das Gebüsch und rannte zu Lambert. Am nächsten Morgen mussten sie hilflos mit ansehen, wie der Oberst ermordet wurde.

Umringt von angetrunkenem weißem Pöbel trug er hoch erhobenen Hauptes die Fahnen. Plötzlich trat ihm eine Frau mit zerzaustem Haar in den Weg.

«Knüpft ihn an der Laterne dort auf!», schrie sie mit erhobenen Fäusten.

Ein betrunkener Matrose stieß die Grenadiere zur Seite, ging auf ihn zu und gab ihm eine Ohrfeige. Eine weitere Frau stürzte sich auf ihn und spuckte ihm ins Gesicht.

Zwei Tränen rannen über die Wangen des Obersten. Er riss sich die Abzeichen von der Uniform und warf sie vor sich auf den Boden, als wollte er mit dieser Geste zu verstehen geben, er sei nicht länger würdig, sie zu tragen.

Ein Arm hob einen Säbel und versetzte ihm einen Hieb ins Gesicht. Ein gewaltiger Schnitt ließ seine Wange bis zum Knochen aufklaffen.

Gefolgt von einigen Weißen und Farbigen warfen sich der kleine Pons und Pétion ins Getümmel und versuchten, den Oberst aus den Händen seiner Feinde zu befreien. Sie hatten es beinahe geschafft, als ihm ein Soldat seinen Säbel in den Rücken stieß. Aus Mund und Nase blutend, brach er zusammen. Daraufhin schleifte die Menge seinen blutüberströmten Leichnam durch die Straßen und grölte: «Nieder mit Mauduit, dem Freund der Hundesöhne ...»

... In ihren Zellen horchten die Gefangenen neugierig auf den tumultartigen Lärm, der von Minute zu Minute lauter wurde.

«Da draußen wird gekämpft!», rief Rigaud überrascht.

«Und wir sind drinnen eingesperrt», sagte einer seiner Gefährten, ein großer, stämmiger Kerl mit dunkler Haut namens Boury, und seufzte. «So ein Unglück ...»

Da näherte sich der Wärter.

«Psst!», zischte Rigaud. «Tut alle so, als würdet ihr schlafen, und du, Boury, auf ans Werk ... Das ist unsere letzte Gelegenheit ...»

Sie ließen sich fallen und blieben reglos liegen. Der Wärter öffnete die Zellentür und warf das Brot, das er in der Hand hielt, auf den Boden.

«Ihr Mahl, meine Herren», sagte er spöttisch.

Plötzlich schlossen sich zwei kräftige Hände um seinen Hals.

«Drück fest zu, Boury», flüsterte Rigaud, keuchend vor Anspannung.

Die Schlüssel fielen dem Wärter aus der Hand: Rigaud hob sie auf. Boury verstärkte immer noch seinen Griff um den Hals des Mannes, obwohl dieser längst tot war, als Rigaud die Zellentür öffnete und seinen Gefährten mit einem Wink bedeutete, still zu sein. Vorsichtig lugte er hinaus in den Gang: Es war niemand zu sehen. Und so schlichen sie an den Wänden entlang zum Ausgang, ohne einer Menschenseele zu begegnen.

Draußen gerieten sie in eine Ansammlung wütend geifernder Weißer, die Teile eines menschlichen Körpers in die Höhe hielten.

«Nieder mit Mauduit!»

«Wo ist sein Kopf?»

Im selben Moment wurde er sichtbar, aufgepflanzt auf einen Spieß. Sein Anblick löste Beschimpfungen und lautes Grölen aus.

Ohne aufzufallen, gelangten Rigaud und seine Gefährten auf einen Nebenweg. Nachdem sie die ganze Nacht hindurch gegangen waren, kamen sie völlig erschöpft in Mirebalais[170] an, wo sie auf Beauvais und Pierre Pinchinnat trafen, die bei den Kolonisten unter Verdacht geraten waren und nun in der Abgeschiedenheit auf einen günstigen Moment warteten, um in den Kampf einzugreifen.

XXXII

Der neue Gouverneur floh nach Cap Français, und der Palast blieb leer.[171] Tagelang verfolgte die Erinnerung an den verstümmelten Leichnam des Obersten die Einwohner von Port-au-Prince. Cap Français erholte sich gerade erst vom grausamen Tod Vincent Ogés und Chavannes', als man von der Ermordung des Obersten de Mauduit durch seine eigenen Soldaten erfuhr. Und so hielt, trotz des siegreichen Lächelns der Kolonisten, trotz der fürstlichen Gespanne und der kostspieligen Empfänge zu Ehren der Regimenter aus dem Artois und der Normandie, eine schreckliche Traurigkeit die Herzen umfangen.

War es eine Vorahnung? Allen schien, als sollten sie nie mehr ihre frühere Sorglosigkeit und Lebensfreude wiedererlangen. Und auch die Kolonisten waren trotz ihres Jubels unruhig. Ihr Triumph verhinderte nicht, dass sie ab und an eine gewisse Sorge beschlich. Aus welcher Richtung mochte die Gefahr kommen? Sie wussten es noch nicht. Aber jene drückende, mysteriöse Atmosphäre, von der sie sich manchmal umgeben gefühlt hatten, steigerte sich in den darauffolgenden Tagen noch. Und die Sorge machte sie hundertmal arroganter und grausamer. Eine Zeitlang erstreckte sich ihre kränkende Herrschaft über die gesamte Kolonie und zwang sie in die Knie. In die Knie gezwungen, ja, aber nicht länger in ihr Schicksal ergeben, denn die *affranchis* hatten jede Illusion verloren, was die Versprechungen des Gouverneurs und der königlichen Beamten betraf. Sie erkannten, dass man sich ihrer lediglich bedient hatte, ohne auch nur einen Gedanken daran zu verschwenden, ihre Forderungen zu erfüllen, und so sammelten sie sich heimlich hinter ihren eigenen Anführern Beauvais und Lambert.

Statt ihren Mut zu brechen, hatten die Niederlage von Ogé und Chavannes, ihre qualvolle Hinrichtung und ihr Tod die seit Langem unterdrückte Rebellion der *affranchis* ausgelöst. Verzweifelt stürzten sie sich in den Kampf und gelobten, den Sieg davonzutragen. Die Ermordung des Obersten hatte ihnen den Beweis geliefert, dass der Weiße seinen eigenen Brüdern gegenüber gnadenlos sein konnte.

Das veränderte ihre Haltung von Grund auf. Denn wenn die Weißen selbst ihre eigenen Brüder umbrachten, wieso sollten sie dann die Weißen respektieren?

Diese Stimmung herrschte unter ihnen, als Joseph aus Dondon zurückkehrte. Er wirkte so mager, dass Lise bei seinem Anblick in Tränen ausbrach. Sie kam allmählich wieder zu Kräften und begann das blutige Drama zu vergessen, dass sie in Saint-Marc erlebt hatte. Ihretwegen sprachen sie nur hinter vorgehaltener Hand über die Hinrichtung von Ogé und Chavannes und die Ermordung des Obersten. Seltsamerweise schien sich sogar Nicolette für die neue Wendung der Ereignisse zu interessieren. Aufs Höchste erregt, traf sie mit leuchtenden Augen bei Jasmine ein und verlangte mit gedämpfter Stimme, Einzelheiten über die grausame Bestrafung und den Tod der beiden *affranchis* zu erfahren.

Noch erstaunlicher war die Tatsache, dass sie es war, die zu Jasmine gelaufen kam und verkündete, der König von Frankreich sei abgesetzt worden. Das war eine große, eine erschütternde Nachricht: Natürlich verbreitete sie sich wie ein Lauffeuer. Wer Nicolette davon erzählt habe, wollten sie besorgt wissen. Ein weißer Offizier. War denn sicher, dass es stimmte? Das konnte niemand sagen. Als die Nachricht offiziell wurde, feierten die reichen weißen Pflanzer mit großem Prunk ihren Sieg. Sie hatten die Unabhängigkeit im Sinn. Schon jetzt beherrschten sie die Kolonie und beugten unter ihren Stiefeln eine vor Angst zitternde Bevölkerung.

Von diesem Tag an verbargen die Menschen in Saint-Domingue ihre wahren Gedanken hinter einem gleichgültigen Lächeln und nahmen ihr früheres Leben wieder auf. Das Theater öffnete erneut seine Türen und die Vaux-Halls ihre Empfangsräume und Spielsalons. Monsieur Acquaire, der seit langen Wochen in finanzieller Bedrängnis steckte, wollte seine leere Kasse unverzüglich wieder auffüllen. Die zurückliegenden Ereignisse hatten den Schauspielern einen harten Schlag versetzt. Madame Tesseyre hatte eine Sklavin verkaufen müssen, die sie während der letzten schönen Tage erstanden hatte, Magdeleine Brousse lebte von Prostitution, und die anderen schlugen sich irgendwie durch. Mit bleichen, ausgezehrten Gesichtern, die von ihren Entbehrungen zeugten, kehrten sie ins Schauspielhaus zurück. Um Essen und Miete bezahlen zu können, hatte sich Madame Acquaire an Mesplès gewandt. Bedauerlicherweise ließ Monsieur Acquaire noch immer nicht vom Würfelspiel und verlor alles, was sie durch ihren Unterricht in Tanz und Diktion verdienten. Was Scipion zutiefst erschreckte, fürchtete er doch, in einem Moment der Not verkauft zu werden. Deshalb machte er sich nützlich, wo er nur konnte, und wünschte sich nichts sehnlicher, als dass das Schauspielhaus wieder seine früheren Aktivitäten aufnahm. Was es auch tat, aber ohne Minette, die sich weigerte, in dem Stück aufzutreten, das in jener Woche in den *Affiches* angekündigt wurde. Ohne ihre Gründe dafür zu nennen, lehnte sie es trotz der inständigen Bitten Goulards und der Acquaires ab, einen neuen Vertrag zu unterschreiben. Selbst Monsieur Mesplès, obwohl auf Seiten der weißen Pflanzer, wünschte ihre Rückkehr auf die Bühne. Als er von ihrer Weigerung erfuhr, beschimpfte er sie als undankbares Gör und dreckigen Bastard, doch angesichts der leeren Kasse, die ihm der verzweifelte Monsieur Acquaire unter die Nase hielt, suchte er sie persönlich zu Hause auf und versuchte, sie umzustimmen.

«Sie, Monsieur?», rief sie überrascht und deutete auf einen Stuhl, den er nicht zu sehen schien.

«Ja, ich. Wie es scheint, hast du dem Theater den Rücken gekehrt. Und ich bin hier, um dich nach dem Grund dafür zu fragen.»

«Ich habe keinen, Monsieur.»

«Wieso willst du dann partout nicht mehr auftreten?»

«Das Schauspielhaus hat mir lange Ehre gemacht, Monsieur. Aber diese Ehre will ich nicht mehr.»

«Ah, ich verstehe! Man soll dich wohl erst anflehen?»

«Jetzt, da ich älter geworden bin, bedeutet mir Flehen nichts mehr.»

«Wie du willst. Dann werden sie eben ohne dich weitermachen.»

«Das Schauspielhaus liegt mir am Herzen, Monsieur. Ich wünsche den Künstlern allen Erfolg, den sie verdienen.»

Enttäuscht in ihrer Liebe zu Lapointe, bekümmert über den Anblick der triumphierenden Pflanzer, verstört durch die Veränderung, die seit Vincents und Chavannes' Tod in Joseph vorgegangen war, lebte sie als Teil der Gruppe um die Anführer der *affranchis* und stürzte sich ebenso erbittert in den Kampf wie sie. An ihrer Seite fühlte sie sich weniger allein, und in ihrem Aufstand suchte sie einen Weg, ihre eigene Verzweiflung zu bekämpfen. Was auch immer die Weißen über diesen Aufstand denken mochten, er war nicht länger machtlos. Seit der Zerschlagung ihres Führungszirkels verbargen sie ihn lediglich geschickter. Sie wussten, dass sie überwacht, belauert wurden; ihre Methoden wurden raffinierter. Ihr Leben lang hatten sie ihren Unmut verheimlicht, so fiel es ihnen nicht schwer, ihren Gegnern mit gelassener Miene entgegenzutreten, während sie zugleich einen Schlachtplan entwarfen. Diesmal würden sie ihre Rechte mit der Waffe in der Hand einfordern.

Eines Abends machten sie sich, angeführt von Beauvais und Lambert, in großer Zahl auf zur Plantage von Louise Rasteau. Beauvais beförderte einige seiner Gefährten zu Befehlshabern und stellte Pétion, den er für seine ruhige Tapferkeit schätzte, an die Spitze der Artillerie. Dann entrollte er eine Fahne in den Nationalfarben, hielt sie in die Höhe und forderte alle Anwesenden auf, mit ihm gemeinsam zu schwören, dass sie jene Rechte, die ihnen so lange vorenthalten worden waren, bekommen würden, und sollte es ihr Leben kosten.

«Möge die Gerechtigkeit uns stets leiten», fügte er mit kraftvoller, entschlossener Stimme hinzu.

Alle legten den Eid ab.

Pétion, Roubiou, Pons, Joseph und einige andere wurden damit beauftragt, Sklaven, die sich in der Nähe versteckten, für ihre Sache zu gewinnen. Triumphierend kehrten sie mit dreihundert entschlossenen Schwarzen zurück, die sogleich in ihre Reihen aufgenommen wurden.

Nachts entschieden sie, sich weiter von Port-au-Prince zu entfernen, und wandten sich zum Trou Caïman[172]. Lambert und Beauvais ritten vorneweg und erklärten den Jüngeren ihren Schlachtplan, als plötzlich weiße Soldaten ihre Nachhut angriffen.

«Alarm!», schrie jemand.

Aus dem Schutz der Zuckerrohrfelder heraus schossen die Weißen aus nächster Nähe auf sie.

Lambert und Beauvais sprangen von ihren Pferden und wollten gerade das Feuer eröffnen lassen, als die Sklaven unter lautem Gebrüll Fackeln entzündeten und sie in die Zuckerrohrfelder warfen. Diese brannten sofort lichterloh, und in den Reihen der von knisternden Flammen umzingelten Weißen breitete sich Panik aus.

Als das Feuer schließlich niederbrannte, hatten sie die Flucht ergriffen und auf den verkohlten Ähren Tote und Verletzte zurückgelassen.

Dies war ein erster Sieg, und die *affranchis* feierten ihn mit Umarmungen und Gesang. Die Zukunft erschien ihnen voller Verheißungen und ihre Tapferkeit unbezwingbar. Das erste sichtbare Zeichen des Triumphs war ein Friedensangebot der aufgeschreckten Weißen von Port-au-Prince. Sie nahmen es ohne Bedingungen an, und die Abgesandten beider Lager trafen sich in Damiens. Die Weißen unterzeichneten ein Konkordat, in dem sie den *affranchis* ihre politischen Rechte zugestanden.[173] Versöhnlich reichte Monsieur de Caradeux Beauvais und Lambert anschließend die Hand.

«Nun ist es geschafft, *affranchis*.»

Als die aus fünfzehnhundert Mann bestehende Armee der *affranchis*, darunter auch die Sklaven, denen man den Sieg in der Schlacht verdankte, nach Port-au-Prince einzog, wurde sie von der farbigen Bevölkerung mit «Ein Hoch auf die Konföderierten!»-Rufen empfangen. Mit Trommeln und wehenden Fahnen durchquerte Lamberts und Beauvais' Armee die Stadt und nahm auf dem Platz vor dem Intendantenpalast Aufstellung.

Zur Feier und Besiegelung dieser unerwarteten Versöhnung sollte eine Messe gesungen werden. Alle legten die Waffen nieder, und Monsieur de Caradeux, der die Nationalgarde befehligte, ergriff den Arm von Beauvais und Lambert, während der Offizier, dem die Artillerie unterstand, Pétion vertraulich eine Hand auf die Schulter legte.

«Ich heiße Praloto», sagte er, «ich befehlige die nationale Artillerie.»

«Und ich Pétion. Ich befehlige die der Konföderierten.»

Sein schiefes Lächeln und sein verschlagener Blick missfielen Pétion. Dieser Kerl hasst uns zweifellos mehr als jeder andere Weiße, dachte er.[174]

Nach dem Mahl, das den Konföderierten in der Kaserne serviert wurde, ernannte man Monsieur de Caradeux unter allgemeinem Jubel zum Oberbefehlshaber der Nationalgarde des Westens und Beauvais zu seinem Stellvertreter.

Um allen zu beweisen, dass der Frieden wiederhergestellt war und sie sich großzügig bereit erklärt hatten, die Ansprüche der Farbigen zu erfüllen, zeigte sich Monsieur de Caradeux auch in der Folge öffentlich Arm in Arm mit Beauvais, der seine Truppen im Gouverneurspalast und in Bel-Air einquartiert hatte.

Sieger und Besiegte bekundeten eine unvergleichliche Freude. Sie waren es leid zu kämpfen, einander zu hassen und in Angst zu leben. Es waren Tage ausgelassener Vergnügungen, in denen das Schauspielhaus, die Vaux-Halls und alle übrigen öffentlichen Stätten große Erfolge feierten.

Minette und Lise besuchten Zoé Lambert in jener Zeit häufig. Der Triumph ihrer Forderungen hatte endlich den erbitterten Hass ausgelöscht, den Zoé den Weißen entgegenbrachte, und allmählich lernte sie wieder zu lächeln. Die *affranchis* hoben die gesenkten Köpfe, sahen den Menschen wieder ins Gesicht und blickten frohen Herzens in die Zukunft. Die Weißen waren keine Feinde mehr. Voller Freude streiften sie den alten Groll ab und weigerten sich sogar, die Beleidigungen der landlosen Weißen zur Kenntnis zu nehmen, die ihnen ihren Sieg neideten.

Goulard und die Acquaires besuchten Minette, um sie zu beglückwünschen, und umarmten sie voller Zuneigung.

«Kommst du denn jetzt zurück ans Theater?», fragte Madame Acquaire mit einem vielsagenden Blick, als wollte sie ihr zu verstehen geben, dass sie von ihren politischen Aktivitäten wusste.

«Versprochen, Madame.»

«Du wirst in unserem nächsten Stück auftreten?»

«Ich werde auftreten, Madame.»

Monsieur Mesplès, Monsieur de Caradeux, sie alle waren besiegt. Und nun? Ein überwältigendes Glücksgefühl raubte ihr gelegentlich den Atem. Sie und die Ihren waren den Weißen gleichgestellt. Oh, wie stolz und glücklich Ogé und Chavannes in ihren Gräbern sein mussten! Selbst in Josephs Blick lag eine Sanftheit, die sie schon lange nicht mehr an ihm gesehen hatte. Lise war wieder genesen; sie drehte sich vor dem Spiegel Locken ins Haar und ging mit Pétion und den anderen zum Tanzen in die Vaux-Halls.

Der kleine Jean war gewachsen und wurde seinem Vater immer ähnlicher.

«Du bist noch keine zehn Jahre alt und hast schon den Triumph unserer Sache erlebt», sagte Minette eines Tages zu ihm und streichelte ihm übers Haar.

«Welche Sache?», fragte er verwundert.

«Ich will es dir erklären. Dank deiner älteren Brüder wirst du, wenn du einmal ein junger Mann bist, den Beruf ergreifen können, den du liebst, du wirst bei politischen Versammlungen deine Meinung äußern können und als aktiver Bürger in deinem eigenen Land leben.»

«War das denn vorher nicht so?»

«Nein. Tapfere, mutige Männer haben gelitten, um unsere Rechte durchzusetzen, sie sind unter entsetzlichen Qualen gestorben. Andere haben gekämpft, damit du und alle anderen *affranchis* in Zukunft in der Welt als vollwertige Menschen gelten ...»

«Ich werde auch kämpfen ...»

«Natürlich, ich werde den Anführern von dir erzählen», antwortete sie lachend, «aber leider ist der Kampf jetzt vorbei.»

XXXIII

So war der Frieden also zurückgekehrt. Zumindest bemühten sich alle, das zu glauben, und beeilten sich, die verlorene Zeit aufzuholen. Wirtshäuser, Vaux-Halls und Speiselokale kannten keine ruhige Minute mehr, was der ohnehin schon allzu sinnlichen Atmosphäre eine geradezu rauschhafte Note verlieh. Paare küssten sich hemmungslos auf den Mund, und die Huren strömten ins Hafenviertel, wo die Matrosen sie mit triumphierenden Rufen in Empfang nahmen. Lockend hielten sie den Frauen prall gefüllte Geldbörsen unter die Nase, und wenn sie sie mit sich fortzogen, flüsterten sie ihnen obszöne Worte ins Ohr. Der unwiderstehliche Sog dieser warmen, fauligen Ausdünstungen erfasste sogar die weiterhin im Gouverneurspalast einquartierten Soldaten der *affranchis*. Trotz der Weigerung ihrer Anführer, sie gehen zu lassen, verließen sie die Armee und kehrten zu ihren Familien zurück.

«Das ist doch normal», stotterte der kleine Pons, an den entwaffneten Lambert gewandt, «wir sind jung, wir mü… mü… müssen …»

«Schon gut», fiel Lambert ihm ins Wort, «aber vergesst nicht, dass die Weißen euch im Auge haben.»

Doch das war im Moment ihre geringste Sorge. Man sah sie nur noch Arm in Arm mit Frauen, in Spielstuben, Wirtshäusern und den Vaux-Halls der Farbigen. Auch sie wollten die verpassten Freuden unverzüglich nachholen.

Obwohl Monsieur de Caradeux in seinem Haus jeden Abend prunkvolle Empfänge gab, beschloss er angesichts der verminderten Truppenstärke der *affranchis* sogleich, das Konkordat von Damiens aufzukündigen. Ohne ihre bewährten Bataillone erschienen sie ihm so harmlos, dass er zu bereuen begann, ihnen jemals nachgegeben zu haben.

«Es war dumm von uns, ihnen ein paar Rechte zuzugestehen», sagte er zu Praloto. «Jetzt missbrauchen sie sie, indem sie weiße Huren an ihrem

Arm zur Schau stellen, und mit ihrem arroganten Gehabe glauben sie tatsächlich, sie hätten das letzte Wort gehabt ...»

Er kam einfach nicht dagegen an: Er konnte diese *affranchis* nicht ausstehen. Wie er einer Gruppe von Plantagenbesitzern anvertraute, die in festlicher Kleidung aus dem Umland zu seinem Empfang gekommen waren, konnte er sich beim besten Willen nicht vorstellen, diese Mischlinge, von denen viele die Söhne ehemaliger Sklaven waren, als ebenbürtig anzusehen. Er hatte ihnen etwas vorgespielt, um sie zu beschwichtigen und sie zu zwingen, in den Schatten zurückzutreten. Jetzt galt es zu handeln, und zwar schnell. Den *affranchis* sein Wort zu geben und es anschließend zu brechen, war ein Kinderspiel. Wer würde denn ernsthaft glauben, dass dieses Theater echt gewesen sein sollte?

«Die *affranchis* glauben es», bemerkte ein gepuderter Marquis, der sich nonchalant mit seinem Fächer Luft zuwedelte.

«Dann haben sie Pech gehabt», erwiderte Praloto kühl.

Eine Stunde später, als die Frauen sich zurückgezogen hatten, um über Kleider zu plaudern, beratschlagten die Pflanzer, umringt von Sklaven, denen kein einziges Wort ihrer Unterhaltung entging.

«Wir werden dieses Konkordat aufkündigen», beschlossen sie, «und zwar so schnell wie möglich ...»

Der Anblick der Sklaven, die an der Seite der *affranchis* gekämpft hatten, war ihnen ein Dorn im Auge, denn sie fürchteten, die übrigen könnten sich an ihnen ein Beispiel nehmen. Daher forderten sie von den *affranchis* das Recht, sie aus Port-au-Prince fortzubringen, und versprachen, sie im Anschluss freizulassen.

«Sie werden frei sein, wir wollen nur, dass sie gehen», betonte Monsieur de Caradeux.

Beauvais und Lambert erbaten sich zwei Tage Bedenkzeit, die ihnen gewährt wurden.

Würden Monsieur de Caradeux und die anderen Kolonisten ihre Versprechen halten? Würden sie die Sklaven freilassen? Wer konnte mit Gewissheit sagen, dass sie sie nicht einfach an einem einsamen Ort aussetzten ...?

Nach langen Diskussionen, an denen auch die Frauen beteiligt waren, entschieden sie aus Sorge, die Weißen könnten das Konkordat brechen, ihrem Ansinnen nachzugeben.

«Nein», flehte Minette, «tut das nicht, liefert die Sklaven nicht den Weißen aus ...»

«Ihr werdet es vielleicht noch bereuen», fügte Zoé hinzu.

Sie verwahrten sich gegen ihre weibliche Gefühlsduselei, die in einem derartigen Kampf keinen Platz habe, und nannten jene Männer, die den Frauen zustimmten, schwach.

«Diese Sklaven haben uns geholfen, eine Schlacht zu gewinnen ...»

«Ja», antwortete Beauvais, «aber wenn ihre Verbannung die Weißen davon abhalten kann, das Konkordat zu brechen, müssen wir nachgeben ... Wir schicken sie ja nicht in den Tod, zum Teufel ...!»

Trotzdem beschlich sie, genau wie Minette und Zoé, eine furchtbare Angst, als sie sahen, wie sie mit den Weißen davongingen.

Die wunderbare Solidarität, an die Minette geglaubt hatte, war gebrochen. Dann hatte Lapointe also schon wieder recht! Die *affranchis* benutzten die Sklaven, um ihre eigenen Anliegen voranzubringen und sich selbst mehr Rechte zu verschaffen.

Als einige Tage später bekannt wurde, dass die Sklaven nicht freigelassen, sondern auf den Pontons von Môle Saint-Nicolas enthauptet worden waren, erfassten Verwirrung, Reue und Zwietracht die *affranchis*.

Wieder einmal wurde Minette bewusst, dass der Kampf vor ihren Augen ohne Gnade ausgefochten wurde. Noch oft suchten die dreihundert abgeschlagenen Köpfe mit ihren hervorquellenden Augen sie in ihren Erinnerungen heim, so, wie sie auch die farbigen Männer heimsuchten. Die frühere Eintracht schien zerstört. Ein Unbehagen, das jeder genau bestimmen konnte, entzweite Brüder, die gestern noch durch Blut und Waffen vereint gewesen waren. Bis tief in ihre Seelen hinein hatten die Weißen den Frieden erschüttert. Aufgewühlt und voller Sorge zerfielen ihre Reihen. Auf diesen Moment hatten die Weißen nur gewartet, um zum Angriff überzugehen, und inzwischen drohten sie öffentlich damit, das Konkordat aufzukündigen.

Sobald die *affranchis* davon erfuhren, scharten sie sich erneut um ihre Anführer und verdrängten das Geschehene aus ihrem Bewusstsein, um sich nur noch auf die Gegenwart zu konzentrieren.

Sie mussten kämpfen, mussten sich verbünden, sonst würden die Weißen siegen. Sie mussten alles vergessen, bis auf den heiligen Willen zum Sieg; sie mussten die dreihundert ermordeten Sklaven vergessen, sie mussten die Vergangenheit vergessen, alles, was aus dieser Vergangenheit kam, durfte nur noch von dem jetzigen, alles überwältigenden Drang erfüllt sein, um jeden Preis den Sieg davonzutragen.

Das begriff Minette sofort.

Es waren die Lamberts gewesen, die ihr von den Entwicklungen erzählt hatten. Ihre Enttäuschung, ihr Groll, ihr Aufbegehren waren angsteinflößend gewesen. Und als Beauvais geschrien hatte: «Eher sterben wir, und sie mit uns!», hatte sie erkannt, dass sie inzwischen zum Äußersten entschlossen waren.

Sie war niedergeschlagen von ihrem Besuch bei ihnen heimgekehrt und so aufgewühlt, dass sie fürchtete, an diesem Abend nicht im Theater singen zu können.

Dann würden die Weißen also wieder einmal ihren Eid brechen! Dann waren die dreihundert Sklaven also umsonst geopfert worden! Nein, das war unmöglich, das konnten sie nicht, dazu hatten sie kein Recht ... Doch plötzlich erkannte sie, wie stark sie waren, wie mächtig, und ihr Hass auf sie verschärfte sich. Ich hasse sie, sagte sie sich, ich hasse sie. Und zum ersten Mal in ihrem Leben hatte sie den Mut, ihrem Hass ins Gesicht zu sehen. Ja, ihrem Hass, so wie er war, und er richtete sich nicht mehr nur gegen die Kolonisten, sondern gegen alle Weißen auf dieser Welt. Sie war es leid, ihre Gefühle zu unterdrücken, ihre Reaktionen zu verbergen. Ich hasse sie, ich hasse sie ..., wiederholte sie, und ihre Kehle schnürte sich unter diesem zerstörerischen Brennen so fest zusammen, dass sie an ihrem Gaumen den Schnitt eines Skalpells zu spüren meinte.

Als sie nach Hause kam, verkündete ihr Jasmine die gleiche Neuigkeit wie zuvor schon die Lamberts.

«Es heißt, die Weißen hätten den Vertrag von Damiens zerrissen. Wir sind dazu bestimmt, in alle Ewigkeit besiegt zu werden.»

«Eines Tages werden wir sie besiegen, Maman.»

«Bis dahin werde ich tot sein.»

Minette antwortete nicht und zog sich an, um mit ihrer Mutter und Lise zum Schauspielhaus zu gehen.

Es waren zu viele Karossen, zu viele leichte Kutschen mit Dachsitz unterwegs, um das Fehlen einiger weniger zu bemerken. Die Atmosphäre war wie immer. Sie fand sie überall wieder: in der Menge, hinter den Kulissen, auf der Bühne. Äußerlich hatte sich nichts verändert. Alle wussten, dass die Weißen versprochen hatten, den *affranchis* auch ihre verbliebenen Rechte zuzugestehen, und dass eine neue Kolonialversammlung gewählt werden sollte. Aber alle wussten auch, dass die Weißen ihr Versprechen brechen und das Konkordat aufkündigen wollten. Im Saal wurde darüber geredet. Es war die jüngste aufregende Neuigkeit, über die diskutiert wurde, und die einen unterstützten die Entscheidung der Kolonisten, die anderen waren dagegen. Von der Bühne aus bemerkten die Darsteller als Erste, dass mehrere Logen leer geblieben waren. Das geschah nicht zum ersten Mal. Doch alle waren so glücklich darüber, sich nach all den Widrigkeiten endlich wieder dem Vergnügen widmen zu können, dass dieses Fernbleiben sonderbar schien. Das angekündigte Stück, mit Minette in einer der Hauptrollen, hätte ein unwiderstehlicher Köder sein sollen. Wieso waren diese Logen leer?

In der Pause machten sich einige Zuschauer gegenseitig darauf aufmerksam.

«Wollen wir wetten, dass das Komitee des Westens seine Versprechungen zurücknimmt?», sagte ein junger Mann mit Spitzenjabot. «Wetten wir um hundert Livres.»

«Ich wette dagegen, sie haben Angst vor den *affranchis*, sie werden ihnen in allem nachgeben.»

«Monsieur de Caradeux spricht davon, den Vertrag von Damiens für nichtig zu erklären.»

«Das kann er nicht tun, sonst beginnen die Kämpfe von Neuem.»

«Halten Sie die Wette?»

«Einverstanden.»

Da sich in diesem Moment der Vorhang öffnete, verstummten die Gespräche, und Minette trat in einem atemberaubenden Kostüm auf die Bühne.

Sie sah zu den leeren Logen hinüber. Wo waren die Kolonisten? Berieten sie gerade über das Schicksal der *affranchis*, zerrissen sie den Vertrag? In ihr brodelte eine solche Empörung, dass sie sich nicht in der Lage fühlte zu singen. Aber für diese Entscheidung war es zu spät, das Orchester spielte bereits die ersten Takte. An diesem Tag sang sie, wie sie vielleicht nie zuvor gesungen hatte, aber als der stürmische Beifall aufbrauste, rang sie vergeblich um ein Lächeln und verließ die Bühne mit dem Gefühl, dass sie nie wieder dorthin zurückkehren würde.

Kaum hatte sich der Vorhang gesenkt, wurden die politischen Diskussionen umso heftiger fortgesetzt. Es kam zu erbitterten Wortwechseln, und der Polizei, die für die Ordnung im Saal zuständig war, gelang es nur mit Mühe, die Aufgebrachten im Zaum zu halten. Am Ausgang rempelte einer der Polizisten einen Schwarzen aus den Reihen der Konföderierten an, worauf dieser ihn beim Kragen packte. Es folgte ein solcher Tumult, dass Minette von Jasmine und Lise fortgerissen wurde. Der Schwarze hatte den Weißen um den Leib gefasst und wollte ihm gerade die Waffe abnehmen, als Reiter der Maréchaussée ins Theater stürmten und den Schwarzen verhafteten. Daraufhin wurde der Lärm so ohrenbetäubend, dass man auf die Menge schießen musste, um sie in Schach zu halten. Die Farbigen schwangen die Fäuste in Richtung der Gendarmen und drohten, ihnen an die Gurgel zu gehen. Ein Weißer, der in Minettes Nähe stand, protestierte offen gegen die Ungerechtigkeit, deren Opfer der schwarze Soldat geworden war. Als die Polizei mit dem Gefangenen abzog, folgten ihnen über tausend Farbige.

Jasmine hatte Minette gesucht.

«Komm», forderte sie sie auf, als sie sie endlich gefunden hatte, «lass uns die Schar der Protestierenden vergrößern, und du, Lise, was auch immer geschieht, sei tapfer ...»

Minette sah sie überrascht an. Der schicksalsergebene Ausdruck war aus ihrem Gesicht verschwunden. Sie hielt den Kopf hoch und sehr gerade wie jemand, der sich mit einem Mal seines eigenen Werts bewusst geworden war.

Ein ärmlicher Weißer ging an ihnen vorbei, und Minette erkannte den Maler Perrosier. Er war schmutziger denn je und schwankte beim Gehen.

«Das ist ungerecht ...», rief er, die Arme zum Himmel erhoben.

Er schloss sich dem Zug der Farbigen an und wiederholte immer wieder: «Das ist ungerecht, das ist ungerecht, das ist ungerecht ...»

Tausend Stimmen nahmen seine Rufe auf.

«Das ist ungerecht», schrie Minette.

In diesem Moment tauchte Joseph mit einem Satz neben ihr auf.

Unfähig zu sprechen, traten ihm die Augen beinahe aus den Höhlen. Minette nahm seine Hand und hielt sie fest. Wenn sie nur daran dachte, wie sehr er sich gewünscht hatte, die Menge durch seine Worte aufzurütteln! Jetzt war der Moment gekommen, dieser Moment, auf den er sein Leben lang gewartet hatte. Die ersten großen Aufstände brachen los, und er konnte nicht zu den Seinen sprechen. Die Wunder, die er zu bewirken gehofft hatte, indem er das Wort Gottes verbreitete, würde er nicht mehr vollbringen können, und seine Brüder liefen Gefahr, vom rechten Weg abzukommen, indem sie den Hass zu ihrem Leitstern machten. Wohin führte der Hass sie in diesem Augenblick? Blind vor Zorn, aufgestachelt von diesem Wort «Gerechtigkeit», das sie zum ersten Mal in ihrem Leben öffentlich skandierten, würden sie von der Nationalgarde abgeschlachtet werden.

Minette sah Joseph an: Seine Stirn war schweißgebadet, seine Züge verkrampft, und sie erkannte sogleich, dass sie ihm helfen musste. Was wollte er? Die Menge aufhalten, die dem sicheren Tod entgegenging ...

Plötzlich erinnerte sie sich an einen Auszug aus Bossuets Predigten, die Joseph früher so eloquent vorgetragen hatte, und mit ihrer schönsten Stimme begann sie zu einer bekannten Melodie zu singen:

«Ihr Christen, lasst uns nachdenken über jene, deren Macht über allem zu stehen scheint. Denken wir an die letzte Stunde, die all ihre Größe mit einem Leichentuch bedecken wird …»[175]

Als die Protestierenden, besänftigt von diesen großen Worten, in ihren Gesang einstimmten, brach Joseph vor Rührung in Tränen aus. Ruhig geworden, begleitete die Menge den Gefangenen zum Magistratsgebäude, wo die Garde sie bereits mit Musketen in den Händen erwartete.

Aber was konnten sie gegen singende Menschen schon ausrichten?

Nicht eine Kugel wurde abgefeuert, nicht ein Toter blieb auf dem Pflaster zurück. Sie waren vollzählig für den letzten Kampf.

XXXIV

Am darauffolgenden Tag feierte man den Namenstag der heiligen Cäcilia. Seit dem frühen Morgen erklang das fröhliche Spiel der Glocken und rief die Gläubigen in die Kirche, wo die mit Blumensträußen überhäufte Heilige allen mit jenem Lächeln entgegenblickte, das dem von Mademoiselle de Caradeux so seltsam ähnlich sah.

An den Straßenecken boten junge Blumenverkäuferinnen den Vorübergehenden ihre Sträuße an. Nur ein paar helle Wolken zierten den strahlend blauen Himmel, der sich bis zum Horizont zog.

Bunt gekleidete *affranchis* standen in Gruppen zusammen. Sie redeten mit gedämpfter Stimme über den Protestzug des vergangenen Abends und fragten sich, welches Schicksal den Gefangenen wohl erwartete, als sich plötzlich herumsprach, dass er auf dem Exerzierplatz gehängt worden war. Da erreichte der Zorn der Farbigen seinen Höhepunkt. Nichts vermochte sie mehr zu bändigen. Sie scharten sich zusammen und verliehen ihrer Empörung wütend Ausdruck. Die Zeit der Angst war für sie lange vergangen. Die Demütigungen durften nicht mehr folgenlos bleiben. Ganz gleich, was danach auch geschehen mochte, auf diese Ohrfeige würden sie mit einer Ohrfeige antworten. In dem Moment kam einer von Pralotos Kanonieren vorbeigeritten, und als einer derjenigen, die so hitzig debattierten, ihn erblickte, verlor er den Kopf und streckte ihn, bevor ihn jemand daran hindern konnte, mit einem Gewehrschuss nieder.

Sofort ließen die Weißen Generalmarsch schlagen.

Soldaten und Offiziere rannten zurück in die Kaserne, und während die Gläubigen in frommem Hochgefühl die Kirche verließen und sich in den Straßen zerstreuten, wurde das fröhliche Glockenspiel zum Totengeläut.

Pétion, der bereits seinen Kommandoposten eingenommen hatte, sah Monsieur de Caradeux an der Spitze seiner Männer auf den Platz marschieren.

«Schießt diese Festung nieder», schrie Caradeux Pralotos Männern zu, und deutete auf die Mauer des Gouverneurspalasts, wo Pétion Stellung bezogen hatte.

Dieser streichelte seine Kanone.

«Schau, meine ‹Gefräßige›»,[176] sagte er, «da kommt ein Leckerbissen für dich.»

Und sogleich erwiderte er Pralotos Kanonenfeuer.

Der Kampf wurde so heftig geführt, dass das Geschütz glühend heiß wurde.

Pétion sah sich nach Wasser um. Die Eimer waren leer, und der Brunnen lag genau vor Praloto.

«Ein mutiger Mann», schrie er, «ich brauche einen mutigen Mann.»

Pons griff nach den Eimern und rannte zum Brunnen. Die Kugeln flogen so dicht an ihm vorbei, dass er sich mehrmals getroffen glaubte. Nachdem er die Eimer gefüllt hatte, musste er erneut die Straße überqueren. Wie sollte er mit diesen Gewichten an den Armen rennen?

Er entging dem Tod so knapp, dass er sich, kaum hatte er Pétion erreicht, mit den vollen Eimern in den Händen auf die Kanone sinken ließ.

«Sie haben dich verfehlt, es sind schlechte Schützen», sagte Pétion und umarmte ihn.

Als er feststellte, dass er auch von den Regimentern aus dem Artois und der Normandie angegriffen wurde, rief er: «Wir brauchen Hilfe, wir brauchen Hilfe, alarmiert Beauvais' Lager.»

Wie aus heiterem Himmel erschien die ersehnte Hilfe in Gestalt von Jean-Baptiste Lapointe. An der Spitze seiner Männer stürmte er auf den Exerzierplatz, wo Pralotos Soldaten überrascht das Feuer einstellten.

Umringt von seinen Männern verbreitete Lapointe Panik unter den auf dem Platz postierten Weißen. Während ihm die Kugeln um die Ohren pfiffen, drang er in das Magistratsgebäude ein, holte das Register mit den gegen die *affranchis* ergangenen Urteilen heraus, und verbrannte es auf offener Straße.[177] Dann zückte er sein Messer und begann wie von Sinnen, mit blitzenden Augen und einem grausamen Lächeln um die Mundwinkel, Weiße abzustechen.

Bald verwandelte sich der Kampf zwischen seinen Männern und den französischen Soldaten in ein gewaltiges Handgemenge.

Nach zwei Stunden ging Pétion die Munition aus.

«Guter Gott, du hast schon alles verputzt, meine Gefräßige», bemerkte er. «Bringt mir Steine, los, bringt mir Steine ...!»

Als Beauvais und Lambert erkannten, dass das Feuer stockte, befahlen sie den Rückzug nach Croix des Bouquets[178]. Die Verletzten nahmen sie mit. Zwanzig getötete *affranchis* blieben auf dem Pflaster zurück. Die Weißen hatten hundert ihrer Soldaten verloren, darunter auch Hauptmann Desroches.

Plötzlich brach in Bel-Air ein Feuer aus. Angesteckt von Abenteurern in Diensten einiger Pflanzer, denen daran gelegen war, Zwietracht und Chaos noch zu steigern, breitete es sich rasch aus. Statt zu versuchen, es zu löschen, machten die Weißen Jagd auf die *affranchis*. Wer es nicht mehr geschafft hatte, Beauvais' Truppen zu folgen, wurde umgebracht: Frauen, Männer und Kinder. Häuser wurden aufgebrochen und geplündert, ihre Bewohner niedergemetzelt. Überall erklangen Schreie und Gebrüll. Aus Angst vor den bewaffneten Weißen ließen die Farbigen ihre Häuser im Stich und flohen. Frauen lagen auf Knien und flehten die heilige Cäcilia um Beistand an.

Panik erfasste die Bewohner der Rue Traversière. Lise und der kleine Jean waren völlig verängstigt, und weinend drückte Jasmine sie an ihre Schulter.

Da platzte Nicolette herein.

«Ihr müsst hier weg», schrie sie, «die Weißen töten die Leute in ihren eigenen Häusern.»

Hastig packten Minette und Jasmine etwas Wäsche zusammen.

Mit Säbeln und Gewehren bewaffnet, näherte sich eine brüllende Horde vom Schauspielhaus her.

«Mein Gott», flüsterte Jasmine, die spürte, wie die alte Angst wieder von ihr Besitz ergriff, «hab zumindest Erbarmen mit den Jungen.»

«Sei still, Maman», flehte Minette leise, «sonst verlieren wir vor Angst noch den Kopf.»

Jäh tauchte ein großer schwarzer Körper aus dem Schatten auf: Es war Scipion.

«Ihr müsst fliehen, Mesdames», sagte er, «die Weißen kommen.»

Doch ihnen blieb keine Zeit, das Haus zu verlassen. Sechs mit Gewehren bewaffnete Weiße stürmten in das vordere Zimmer. Scipion schnitt zweien von ihnen sofort die Kehle durch. Dann packte er ihre Waffen und warf eine davon Minette zu, während er gleichzeitig einem Weißen, der auf Lise schießen wollte, den Schädel einschlug.

«Benutze deine Waffe, Demoiselle», rief er Minette zu.

Sie legte das Gewehr an und zielte auf einen der Angreifer. Er brach zusammen. Der kleine Jean schrie, Jasmine versteckte ihn im hinteren Zimmer und kehrte mit einer Eisenstange bewaffnet zurück, mit der sie einen der Mörder bedrohte. Nicolette ließ von der weinenden Lise ab und stürzte sich ebenfalls in den Kampf. Sie sprang einen der Mordgesellen von hinten an und drückte ihm wie eine Furie die Finger in die Augen. Ein Schuss löste sich, traf jedoch niemanden. Mit einem Fußtritt hatte Scipion Jasmines Gegner entwaffnet. Er hob das Gewehr auf und zerbrach es auf dem Kopf eines Weißen. Minette versuchte ein zweites Mal zu schießen, doch in ihrem Gewehr waren keine Kugeln mehr. Da rannte sie in das hintere Zimmer und kam mit einem Messer zurück. Für den Bruchteil einer Sekunde betrachtete sie die Waffe, dann stieß sie sie einem der Weißen mit glühenden Augen und verzerrten Lippen mit aller Kraft in den Leib. Die Waffe blieb im Körper des Mannes stecken, und er fiel ohne einen Schrei zusammengekrümmt zu Boden. Nicolette biss, kratzte, wich den Kugeln aus. Scipion packte ihren Gegner und zerschmetterte seinen Kopf an der Wand. Minette sah auf ihre Füße hinab: Sie stand in einem Meer aus Blut. Das ganze Zimmer lag voller Leichen. Jasmine holte den kleinen Jean, und sie rannten hinaus auf die Straße, wo die unglücklichen Flüchtenden, halb wahnsinnig vor Angst, auf der Stelle traten und in dem Gedränge keinen Schritt vorwärtskamen.

«Heilige Cäcilia, steh uns bei», murmelte Jasmine und bekreuzigte sich. Dann fuhr sie mit erhobener Stimme fort: «Unsere Seele empfehlen wir Jesus Christus, unserem Herrn, möge er unsere Leiden erkennen und uns in unserer letzten Stunde zu sich nehmen.»

«Hör auf zu beten, Maman, ich bitte dich, ich habe Angst, ich habe so große Angst zu sterben ...»

Stöhnend klammerte sich Lise an ihre Mutter.

Sie gingen ein paar Schritte, bevor sie in der Menge stecken blieben.

«Los, geht weiter, macht die Straße frei, oder wollte ihr etwa hier sterben?», brüllte jemand.

«Wir können nicht weiter, die Weißen lauern uns am anderen Ende der Straße auf.»

«Dann sind wir umzingelt.»

Minette wandte den Kopf und sah plötzlich Flammen. Um sie herum brannten die Häuser. Glühende Hitze überfiel die Fliehenden, und ein schauerlicher Lichtschein färbte die Umgebung rot. Frauen und Kinder wurden ohnmächtig: Die Menge trampelte einfach über sie hinweg. Andere, die versuchten, das Gedränge zu durchqueren, um auf die andere Seite zu gelangen, wurden zerquetscht und erstickten. Man bekam kaum noch Luft.

In der Ferne bellte wie von Sinnen ein Hund.

«Geht weiter, so geht doch weiter, bei Gott ...»

Die Feuersbrunst nahm unvorstellbare Ausmaße an. Vier Pumpen wurden von den Schiffen gebracht: Sie verbrannten innerhalb kürzester Zeit.

Plötzlich fielen Schüsse, aus nächster Nähe wurde auf die Menge geschossen. An die zwanzig Menschen brachen zusammen. Leichen, aus denen die Gedärme quollen, blieben auf der Straße liegen und wurden zertrampelt; wer nur verletzt worden war, versuchte stöhnend, die Füße abzuwehren, die auf ihn eintraten, und einige von ihnen starben unter diesen letzten Qualen.

Jasmine hielt Lise und den kleinen Jean fest an sich gedrückt, während Minette, von Scipion beschützt, vor ihnen herging. Nervenaufreibend langsam schob sich die Menge Schritt für Schritt vorwärts, während die Häuser ringsum lichterloh brannten. Von Norden und Süden kommend, erfasste das Feuer schließlich die beiden Häuserblocks um das Schauspielhaus und die große Uhr[179]. In diesem Moment verwandelte sich die Stadt in ein einziges Flammenmeer. Mit trockener Kehle und brennenden Augen drehte sich Minette nach Jasmine um. Sie sah, wie sie Lise und den kleinen Jean dicht an ihrer Seite hielt. Hinter ihnen kämpfte sich Nicolette unter Tränen durch das Gewühl. Plötzlich fiel eine Horde Dämonen in blutbesudelter Kleidung über die Bewohner der Rue Traversière her. Ein stiernackiger Weißer packte Nicolette und stieß ihr seine Waffe in den Rücken. Sie sackte neben Jasmine zusammen, die Lise und den Kleinen an sich riss.

«Seid ihr alle da? Maman, Maman?», rief Minette.

Sie schrie vor Entsetzen auf und wollte losrennen.

«Maman, Maman ... Lise ...»

Jasmine schwankte. Ein Weißer zog ein Messer aus ihrem Herzen und stieß es gleich darauf Lise in den Rücken. Der kleine Jean fiel aus Jasmines kraftlosen Armen. Minette riss sich aus Scipions Händen los und versuchte verzweifelt, das Kind zu erreichen. Doch sie kam nicht von der Stelle. Mit ausgestreckten Armen rief sie seinen Namen. Ein Weißer drehte sich um: Mit der einen Hand packte er den Hals des Kindes und erwürgte es, mit der anderen warf er einen Dolch und traf Minette in die Brust.

Scipion zog sie hastig weg und presste sie an sich.

«Bleib hier, Demoiselle, geh nicht weg von mir.»

Sie wollte etwas sagen, doch ein Strom von Blut quoll aus ihrem Mund. Sie sah zurück zu den eng umschlungenen Leichen von Jasmine und Lise. Ein Schluchzen stieg aus ihrer Kehle auf, zusammen mit einem zweiten Schwall Blut.

«Hab keine Angst, Demoiselle, eines Tages wirst du auf ihrem Grab beten können.»

Dann hob er sie hoch und trug sie mit seinen starken Armen über den Köpfen der Menge. Sie regte sich nicht mehr, sie hatte das Bewusstsein verloren.

Sobald Lapointe das Feuer bemerkte, hörte er auf zu kämpfen. Er rannte los, weg vom Platz, in der einen Hand sein Gewehr, in der anderen einen Dolch. Ein zerlumpter, einäugiger Weißer versperrte ihm drohend den Weg. Er schoss ihn nieder. Beim Schauspielhaus, unmittelbar an der Ecke zur Rue Traversière, machten etwa fünfzig bewaffnete Weiße Jagd auf die in der schmalen Straße zusammengepferchten Farbigen.

«Minette!», rief er.

Seine Stimme verhallte in einem Tumult aus Schluchzen, Schreien und wütendem Gebrüll.

Im Laufschritt bahnte er sich einen Weg durch den rasenden weißen Pöbel.

«Da ist einer von ihnen, erledigt ihn!»

Er bückte sich gerade noch rechtzeitig, um den vorbeizischenden Kugeln auszuweichen, und erreichte die letzte Reihe der *affranchis*, die in Richtung der Quais drängten.

Über der dichten Menge hielten zwei kräftige schwarze Arme eine Frau in die Höhe. Er erkannte Minette. Vor Erleichterung entspannten sich seine Züge.

«Minette!», rief er wieder.

Doch trotz aller Bemühungen kam er keinen Schritt weiter. Er stand neben einem Berg von Leichen, unter ihnen auch Lise, Jasmine und der kleine Jean. Er machte kehrt, und da in diesem Moment die Weißen kamen, versteckte er sich in den Trümmern eines noch rauchenden Hauses und erschoss mehr als ein Dutzend von ihnen.

Endlich aus der engen Gasse befreit, rannten die Fliehenden in wilder Auflösung zum Hafen. Frauen stießen verängstigte Kinder vor sich her, andere wandten sich in Richtung der Kaserne, wo die Soldaten aus dem Artois und der Normandie sie aufnahmen, um sie zu beschützen und die Verletzten zu versorgen … Scipion folgte ihnen, die ohnmächtige Minette noch immer in den Armen.

Am nächsten Morgen waren fünfhundert Häuser und Läden niedergebrannt. In den mit Blut und zerfetzten Kleidern bedeckten Straßen lagen Tote und Verletzte. Hunderte Kinder und Frauen, die sich in den

Mangroven verfangen hatten und ertrunken waren, kamen aufgedunsen wieder an die Oberfläche und trieben im Hafen...[180]

Joseph, Pétion und die übrigen *affranchis* hatten ihre Kräfte in der Cul-de-Sac-Ebene zusammengezogen und sich den Namen «Konföderierte von Croix des Bouquets» gegeben. Sie wollten gerade einige Männer losschicken, um sich nach Neuigkeiten zu erkundigen, als die Soldaten der Regimenter aus dem Artois und der Normandie eintrafen, die die Flüchtlinge aus der Stadt zu ihnen brachten. Unter ihnen befanden sich auch Minette, Zoé und Louise Rasteau.

Zoé, die ebenfalls ihre Eltern verloren hatte, hielt Lambert eng umschlungen, als sie ihm davon erzählte. Erschüttert hörten Joseph, Pétion und all die anderen Männer aus Beauvais' Armee von den schrecklichen Ereignissen. Doch dann erwachte ihr Zorn, schlimmer als zuvor. Nachdem die Konföderierten von Croix des Bouquets Rache geschworen hatten, riefen sie die unter dem Befehl von André Rigaud stehenden Truppen des Südens zu Hilfe und schnitten die Wasserzufuhr nach Port-au-Prince ab.[181] Ohne Essen und Trinken irrten die Bewohner der Stadt, von Rigauds und Beauvais' Truppen eingeschlossen, tagelang wie ausgehungerte Tiere durch die Straßen.

XXXV

Vier Tage darauf endete die Stille in den Bergen. Der dröhnende, unheilverkündende Klang der Lambimuscheln schickte Botschaften in die entlegensten Winkel der Insel. Mit Spießen, Stöcken und Macheten bewaffnet, strömten Tausende Sklaven von den Hängen herab, verbündeten sich mit den Sklaven in den Ateliers und verbreiteten an ihrer Seite Schrecken und Tod.[182] Mordend, plündernd und brandschatzend gelangten sie vor die Tore von Cap Français. Die weiße Bevölkerung griff zu den Waffen und zog den aufständischen Sklaven entgegen. Auch im Westen und Süden erhoben sich die Sklaven, mordeten, plünderten und brandschatzten unter anderen Anführern genau wie im Norden. Sie töteten ihre Herren, vergewaltigten deren Frauen und Töchter und schnitten ihnen anschließend die Kehle durch. Nicht einmal die Klöster achteten sie, und man sah fliehende Nonnen, die in ihrer Angst den Himmel um Beistand anflehten. Berauscht von Rachsucht und Hass, blieben sie dennoch einsichtig genug, als Erstes über die grausamsten Plantagenbesitzer herzufallen. So wurde das Haus von Monsieur de Caradeux geplündert und in Brand gesteckt. In einer Truhe versteckt, wo niemand auf den Gedanken gekommen war, nach ihm zu suchen, hörte er die entsetzten Schreie seiner Tochter, die von den Sklaven vergewaltigt wurde, hörte das Röcheln seines sterbenden Bruders und seines Schwiegersohns. Als das Haus in Flammen stand, kam er aus seinem Versteck und kroch zum Zimmer seiner Tochter. Sie lag bewusstlos da. Er hob sie auf, floh im Schutz der Nacht und ging an Bord eines Schiffes, das zur Abfahrt in die Vereinigten Staaten bereit lag. Mehr als tausend weiße Familien wurden an diesem Abend ermordet und unter den verkohlten Trümmern ihrer Häuser begraben.

Der Vulkan, vor dessen Existenz die Kolonisten lange Jahre die Augen verschlossen hatten, war ausgebrochen. Seine Lava, seine Asche bildete die unüberschaubare Masse der Sklaven, die die Berghänge herabrann und wie von einem Krater ausgespuckt aus Ateliers und Wäldern quoll. Und ihre bewaffneten Hände schlugen zu, schlugen endlich zurück, ohne Erbarmen ...

Da die Weißen die Schuld für den schrecklichen Aufstand auch diesmal bei den Farbigen suchten, brachten sie sie in Scharen um. Freie Schwarze und Mulatten flohen vor der Verfolgung in die Berge. Es waren auf beiden Seiten Tage unbeschreiblichster Schrecken. Die Place de la Fossette in Cap Français füllte sich mit Galgen, an denen Schwarze und Mulatten baumelten, Freie wie Sklaven, häufig zu Unrecht verdächtigt.

Die Krankenhäuser quollen über von Verletzten. Die übereinandergeschichteten, nur notdürftig vergrabenen Toten verströmten einen abscheulichen Gestank. Wie um die Situation noch zu verschlimmern, brach das Gelbfieber aus, und Hunderte Familien starben, weil sie nicht versorgt werden konnten ...

Praloto und Monsieur de Caradeux schmiedeten gemeinsam mit den weißen Pflanzern von Arcahaie den Plan, die Gemeinde im Handstreich einzunehmen, um die Verbindung zwischen den *affranchis* von Saint-Marc und den Konföderierten des Westens zu unterbrechen. Jean-Baptiste Lapointe, der durch Spione von diesem Vorhaben erfuhr, wählte die klügsten seiner Sklaven und sandte sie aus, um die Ateliers der Umgebung zum Aufstand zu bewegen. Er ließ Waffen verteilen und drängte sie, die Weißen in ihren Häusern zu überfallen und umzubringen.

Nach dem Gemetzel scharte er die rebellierenden Sklaven mit seinen eigenen hinter sich und zog an ihrer Spitze in den Marktflecken ein. Trotz ihres Argwohns blieb den Weißen nichts anderes übrig, als ihn als ihren Retter zu begrüßen, und tatsächlich kam er als Friedensstifter in den Ort und forderte die Sklaven öffentlich auf, wieder in ihre Ateliers zurückzukehren. Wie sollte man einem derart gefährlichen Farbigen Widerstand leisten?

Seit einiger Zeit war das kleine Haus in Boucassin, ebenso wie der luxuriöse Wohnsitz von Monsieur de Caradeux, zu einem wichtigen politischen Treffpunkt geworden. Dort versammelten sich, seit Lapointe aus dem spanischen Teil der Insel zurückgekehrt war, die rachsüchtigsten, hasserfülltesten *affranchis*. Geschickt fachte Lapointe ihren Hass immer weiter an, indem er ihnen anhand von Tatsachen bewies, wie sehr die Weißen sie hintergingen. Bald regierte er wie ein Diktator über sie, ließ sich erst zum Anführer der Nationalgarde, dann zum Befehlshaber der Gendarmerie und schließlich zum Bürgermeister von Arcahaie ernennen. Sämtliche Sklaven der Umgebung folgten blind seinen Befehlen. Er herrschte unangefochten, und sein Wille war Gesetz. Nun war es an den Weißen, den Kopf zu senken und sich zu fürchten. Er hatte sie in der Hand, und er würde sie nicht mehr freigeben. Er hatte sich geschworen, sie nach und nach für alle erlittenen Demütigungen, für alle Kränkungen und die ganze Verachtung, die man ihm und den anderen *affranchis* entgegengebracht hatte, bezahlen zu lassen.

Aber zuerst wollte er Minette wiedersehen und sie heiraten. Sie hatte ihn ebenso sehr in ihrer Gewalt wie er jetzt die Weißen. Verglichen mit ihr erschienen ihm alle anderen Frauen blass und nichtssagend. Selbst ihre Vorwürfe nötigten ihm Bewunderung und noch mehr Liebe ab. Wo war sie? War es dem schwarzen Sklaven, der sie getragen hatte, gelungen, sie zu retten? Außer sich vor Sorge verließ er Arcahaie und ritt zu den Konföderierten nach Croix des Bouquets. Der Erste, der ihn sah, war Pétion.

«Da kommt Jean Lapointe», rief er.

Minette, die noch nicht wieder genesen war, saß mit Zoé auf einem flachen Felsbrocken inmitten von Grün. Um sie herum schüttelten Wildblumen in der frischen Brise erschauernd ihre zarten Blütenköpfe. Das stürmische Pferd zügelnd, kam er im Schritttempo näher. Zu Minettes Füßen hielt er an. Eine Sekunde betrachteten sie einander schweigend.

«Ich habe dich gesucht ...»

Sie antwortete nicht und drückte Zoés Hand.

Er saß ab und kam zwei Schritte auf sie zu.

«Ist dir bewusst, was geschehen ist?»

Sie sagte es mit leiser, tränenerstickter Stimme, dann stand sie auf und blieb reglos stehen, die Hände auf ihr Herz gedrückt.

«Sie haben meine Mutter und meine Schwester getötet.»
«Ich weiß.»
Sie hob den Kopf, sah ihn eine Sekunde lang an und warf sich in seine ausgebreiteten Arme. Dann brach sie in Tränen aus. Nach einer Minute schmerzte ihre kaum verheilte Wunde so sehr, dass sie die Augen schloss.
«Die Menschheit ist nach dem Bild der Geier geschaffen. Wir müssen kämpfen, Minette, ohne Tränen oder Gebete. Die Zeit des Mitgefühls ist vorbei, wie oft habe ich dir das nicht schon gesagt?»
Sie beruhigte sich und trocknete ihre Augen.
Beauvais, Lambert, Joseph, Pétion und einige andere kamen heran.
«Lapointe», sagte Beauvais, «dein letzter Streich in Arcahaie war eine Heldentat sondergleichen. Ohne dein Eingreifen wären die Verbindungswege zwischen den *affranchis* von Saint-Marc und denen des Westens unterbrochen gewesen. Dann wäre uns nichts anderes übrig geblieben als die bedingungslose Kapitulation. Lass mich dir danken ...»
Er schüttelte ihm die Hand und ließ Rum ausschenken, mit dem sie gemeinsam auf den Sieg der Konföderierten anstießen. Abends führte Lapointe Minette ein Stück abseits und bat sie, mit ihm nach Boucassin zurückzukehren.
«Ich habe dir bewiesen, dass auch ich für unsere Sache kämpfe. Was wirfst du mir vor? Dass ich Sklaven besitze, dass ich sie schlage? Glaubst du denn, Ogé, Chavannes und alle, die hier versammelt sind, kämpften für ihre Befreiung? Jeder denkt an sich, kämpft für sich, und das ist schon eine gute Sache.»
Auch sie dachte schon lange so. Verzweiflung und die zahllosen Kämpfe hatten sie altern lassen. Ihr Idealismus bröckelte, und sie sah viele Dinge inzwischen klarer.
«Ich werde bald zu dir kommen, Jean», versprach sie.
«Und wenn du mich noch einmal verlässt, werde ich dich töten.»
Als er sie erneut in die Arme schließen wollte, gestand sie ihm, dass sie verletzt worden war und die Wunde noch schmerzte.
«Verletzt!», rief er. «Oh, aber du wirst wieder gesund werden. Gleich morgen soll dich ein Arzt untersuchen. Ich hole ihn persönlich her.»

Sie lächelte schwach und streichelte sein Gesicht.

«Wie viel Stärke du in dir hast!»

Er brach noch am gleichen Abend auf und ließ Minette, wenn auch nicht getröstet, so doch zumindest beruhigt zurück. Seine Vitalität und Energie hatten ihre Spuren auf ihrer verletzten Seele hinterlassen.

Am nächsten Tag kehrte er schon im Morgengrauen mit einem weißen Arzt zurück, den er Minettes Wunde sehen ließ. Sie war tief, schlecht versorgt und entwickelte bereits einen Wundbrand. Der Arzt legte einen Verband an und empfahl Ruhe. In Lapointes Gegenwart schwieg er, doch als er an Zoé vorbeiging, sagte er zu ihr: «Es ist eine böse Verletzung, und das junge Mädchen braucht tägliche Pflege, die es hier nicht bekommen kann.»

Zoé versuchte sie zu überreden, nach Arcahaie zu reisen. Sie weigerte sich. Was befürchtete sie? Das wusste sie selbst nicht. Bei ihren Freunden fühlte sie sich ruhig und geborgen, und obwohl ihre Wunde schmerzte, verspürte sie nicht den geringsten Wunsch, Croix des Bouquets zu verlassen. Vielleicht fürchtete sie sich, geschwächt und hilflos, wie sie war, vor neuen Verstimmungen, die sie ein weiteres Mal von Lapointe trennen würden. Nein, für sie wäre es besser, hier zu bleiben, dachte sie, und zu sehen, wie er, ungeduldig und verliebt, zurückgaloppiert kam. So war sie auch näher bei der Schlacht, enger eingebunden in Entscheidungen und Neuigkeiten. Denn jeden Tag kamen neue Nachrichten, und sie wurden immer atemberaubender. So erfuhren sie zwei Tage nach dem Besuch des Arztes, dass in Cap Français drei Zivilkommissare von Bord eines französischen Schiffes gegangen waren und sich, überrascht von den Zuständen in der Kolonie, nun bemühten, die Ordnung wiederherzustellen, indem sie Gespräche mit den Anführern der aufständischen Sklaven aufgenommen hatten.[183]

Beauvais bat um zwei Freiwillige, und Joseph und Pétion meldeten sich. Sie wurden nach Port-au-Prince geschickt und kehrten nachmittags mit ausführlicheren Informationen zurück. Ja, es stimmte, die Kommissare hatten Gespräche mit den Sklavenführern aufgenommen. Aber diese hatten im Ausgleich für ihre Unterwerfung für fünfzig Personen den

Status von Freien gefordert, und die Pflanzer weigerten sich, ihnen dies zuzugestehen.

«Haben sie denn immer noch nicht genug von dem ganzen Morden?», rief Lambert. «Mein Gott, was sind das für Menschen!»

Und Minette verbarg bei der Erinnerung an die Leichenberge in der Rue Traversière ihr Gesicht in den Händen.

Doch all das musste enden, sie hatten endgültig genug davon. Sie trafen ihre letzten Vorbereitungen und beschlossen, gegen die Provinzialversammlung des Westens zu marschieren. Die Zahl ihrer Kämpfer war begrenzt. Viele waren am Tag des Massakers und in den Schlachten getötet worden. Der Morgen ihres Aufbruchs war für die Frauen ein herzzerreißender Moment. Marguerite Beauvais, die durch die erschütternden Erlebnisse ihr ungeborenes Kind verloren hatte, Louise Rasteau, Zoé und auch Minette weinten ohne Scham: Die Männer verkörperten alles, was ihnen auf der Welt noch geblieben war. Ihre Eltern waren tot, die Armee der *affranchis* war ihr größter Trost. Minette klammerte sich an Jean Lapointe, Zoé an ihren Bruder, Marguerite Beauvais an ihren Mann. Sie gingen von einem zum anderen, mahnten sie zur Vorsicht, schauten in ihr Marschgepäck und steckten ein paar letzte Süßigkeiten hinein. Minette drückte Joseph und Pétion an sich, küsste ein letztes Mal ihren Geliebten und floh ins Haus. Ein undefinierbarer Geschmack stieg ihr in den Mund, sie nahm ihr Taschentuch und spuckte hinein: Es war Blut. Mit einem seltsamen Ausdruck im Gesicht blickte sie vor sich hin und legte eine Hand auf die Stelle, an der ihre Brust verletzt worden war. Als sie den Hufschlag eines herangaloppierenden Pferdes hörte, eilte sie nach draußen: Ein nach Atem ringender Emissär war angekommen. Die Nachricht, die er brachte, war unglaublich: Drei weitere Kommissare waren mit einer sechstausend Mann starken Armee aus Frankreich eingetroffen, um ein für die Farbigen vorteilhaftes Dekret durchzusetzen.[184] Alle waren außer sich vor Glück. Als die Konföderierten von Croix des Bouquets erfuhren, dass eine gemischte Kommission aus sechs Weißen und sechs *affranchis* gebildet worden war,[185] stellten sie sich auf die Seite der Kommissare und des Gouverneurs und marschierten gegen Port-au-

Prince. Zwei Tage dauerte der erbitterte Kampf, und als er endete, waren die Pflanzer geschlagen. Dies war endlich der große, der entscheidende Sieg, um den sie lange Jahre so hart gerungen hatten. Viele von ihnen waren gestorben, aber es hatten auch viele überlebt und konnten nun diesen Tag segnen und den Triumph ihrer Anliegen feiern. Von einem Volk im Freudentaumel empfangen, zog die Armee der *affranchis* in Begleitung der Kommissare und des Gouverneurs in die Stadt ein. Diesmal marschierte sie hoch erhobenen Hauptes und unter dem Beifall selbst der Weißen durch die Hauptstraßen zum Magistratsgebäude, wo ein Dekret unterzeichnet wurde, das ihnen ihre bürgerlichen und politischen Rechte zugestand.

Trotz dieses so befriedigenden Ausgangs blieben die Herzen voll Kummer. Der Grund dafür war der Anblick der Ruinen. Port-au-Prince war nicht mehr wiederzuerkennen. Feuer, Tod und Verzweiflung hatten überall ihre gewaltsamen Spuren hinterlassen. Die Mitglieder der Theatertruppe waren nach Frankreich abgereist, das Schauspielhaus selbst war nur noch ein Haufen verkohlter Trümmer. Die Krämerinnen der Rue Traversière, von denen die Hälfte umgebracht worden waren, schlugen sich nun als Hausiererinnen durch. Von den prächtigen Wohnsitzen in Bel-Air, den Läden, den Vaux-Halls blieb nur ein riesiger Ascheberg. Die Türen der Häuser waren herausgerissen und ihr Inneres geplündert worden, weit offen und leer standen sie da. Die ausgezehrte, zerlumpte Bevölkerung streifte verloren durch die Straßen. Waisenkinder streckten bettelnd die Hand aus und liefen weinend hinter den Passanten her, während Hunde mit eingefallenen Flanken an ihnen schnupperten.

Als die aus Croix des Bouquets zurückgekehrten Frauen der *affranchis* die Stadt erblickten, brachen sie in Tränen aus. Niemand, der sie willkommen hieß, kein Zuhause, keine Eltern mehr. Hin und wieder trat ein Bekannter auf sie zu, erzählte von den Verhungerten und Verdursteten, den Ermordeten und den Gefallenen. Tote, Tote, nichts als Tote. Welch ein Grauen!, dachte Minette. Als sie Scipion in der Menge entdeckte, entrang sich ihr ein erleichterter Aufschrei. Mit seiner Hilfe würde sie die Spur der Ihren wiederfinden.

«Ich habe auf dich gewartet, Demoiselle», sagte er nur.

Dann führte er sie zu einem Grab, das an einem riesigen, aus zwei Ästen zusammengenagelten Kreuz zu erkennen war. Schluchzend sank Minette darauf nieder. Wie jedes Mal, wenn sie sich anstrengte, stieg ihr der schale Geschmack von Blut in den Mund.

«Wieso, mein Gott, wieso?», flüsterte sie, den Blick starr auf das Kreuz gerichtet.

XXXVI

Auf den noch rauchenden Trümmern der Stadt erbaute die Bevölkerung, die die Toten zu vergessen suchte, um wieder Freude am Leben zu finden, die Träume von einer Zukunft.

Da Zoés Haus verschont geblieben war, suchte Minette bei ihr Zuflucht. Die Armee hatte sich aufgelöst. Tapfer bauten die Soldaten ihre zerstörten Häuser wieder auf, und diejenigen, die noch eines hatten, öffneten ihre Türen für die Obdachlosen. Nachdem Lapointe vergebens nach einem Arzt für Minette gesucht hatte, war er auf seine Ländereien zurückgekehrt, weil er hoffte, dort einen zu finden. Die Reise von Croix des Bouquets nach Port-au-Prince hatte bei Minette eine besorgniserregende Blutung ausgelöst, und Lapointe wäre vor Angst um sie beinahe wahnsinnig geworden, als sie das Bewusstsein verloren hatte. Eine Heilerin aus Zoés Nachbarschaft hatte sie versorgt, so gut sie konnte, aber Lapointe bestand auf einem Arzt.

Am Tag nach seinem Aufbruch nach Arcahaie vertraute Minette Zoé an, dass sie in wenigen Tagen heiraten wollte.

«Das freut mich so sehr», antwortete Zoé darauf, «ihr braucht einander ... Er wird dir helfen, wieder gesund zu werden, und du wirst ihm dabei helfen, sich zu ändern.»

Wortlos senkte Minette den Kopf. Er, sich ändern! Sie konnte sich nur schwer vorstellen, wie er seinen Verfolgern vergab, den Weißen die Hand reichte, die Vergangenheit ruhen ließ. Er hatte an der Seite seiner Brüder für den Sieg gekämpft, nun, da der Sieg errungen war, blieb er bei seiner Haltung und betrachtete die gegenwärtige Lage mit scharfem Blick.

Denn es stand nicht zum Besten um diese Lage, und Minette, der Lapointe davon erzählt hatte, beobachtete ängstlich, was um sie herum vor sich ging. Sie spürte, dass es noch nicht vorbei war, und wieder einmal behielt Lapointe recht. Der Hass der Pflanzer war nicht erloschen. Praloto war tot, Monsieur de Caradeux fort, doch andere traten an ihre Stelle. Und diese anderen, die das Gemetzel durch die Sklaven auf wundersame Weise überlebt hatten, waren immer noch zahlreich. Dabei brauchte die Kolonie mehr als je zuvor die Hilfe aller, denn der Feind, der Zwietracht und Unruhen im Land für sich zu nutzen hoffte, pochte an ihre Grenzen.[186] Aber ehe die Pflanzer das jüngste Dekret zugunsten der *affranchis* akzeptierten, schlugen sie sich lieber auf die Seite der Feinde, die sich gegen die Kolonie verbündet hatten, und arbeiteten gemeinsam mit Engländern und Spaniern am Untergang von Saint-Domingue.

Der Kommissar Sonthonax war ein junger, leidenschaftlicher Revolutionär. Von mittlerem Wuchs, besaß er die runden, rosigen Wangen eines jungen Mädchens, was auf den ersten Blick über sein streitlustiges Naturell hinwegtäuschte. Drei Tage nach seiner Ankunft hatte er sich eine junge Schwarze ins Haus geholt, die ihm dabei half, sein feuriges Blut zu kühlen, wie er es ausdrückte. Er behandelte sie wie eine Prinzessin, zeigte sich öffentlich mit ihr am Arm und ging sogar so weit, wie einst der verstorbene François Saint-Martin zu behaupten, verglichen mit einer solchen Göttin seien weiße Frauen nichtssagend und langweilig. Durch seine revolutionären Ansichten hatte er sich bei den Kolonisten unbeliebt gemacht, und seine unverhohlene Neigung zu farbigen Frauen steigerte ihren Abscheu noch. Er erkannte rasch, dass er sich an die Regeln halten und zum Heuchler werden musste, wenn er die Gunst der Kolonisten wiedergewinnen wollte. Sogar in Liebesdingen. Aber er weigerte sich.

Inzwischen war sein Kampf gegen Hunderte reaktionärer Pflanzer auf dem Höhepunkt angelangt. Schon hatte er, trotz der Unterstützung durch die *affranchis*, vor der schieren Zahl seiner Angreifer kapitulieren müssen. Der Feind nutzte die Situation, die Spanier eroberten bereits die Marktflecken jenseits der Grenze ...

«Ich werde sie in die Knie zwingen», schrie der junge Kommissar und schlug mit der Faust auf den Tisch, an dem er mit einigen seiner Gefolgsleute saß und beriet.

«Die Spanier haben schon Vallière, Fort Dauphin und La Grande Rivière du Nord eingenommen ...»[187]

«Genug», unterbrach Sonthonax, dessen Nerven zum Zerreißen gespannt waren. «Lasst mich allein.»

Er spürte, dass er mit dem Rücken zur Wand stand. Es war nur noch eine Sache von Stunden, bis die Spanier in die Nordprovinz einmarschierten ...

Er stützte die Ellbogen auf den Tisch und legte den Kopf in beide Hände.

Plötzlich fuhr er mit einem Ausdruck sonderbarer Zufriedenheit im Gesicht hoch.

Wieder schlug er mit der Faust auf den Tisch, diesmal jedoch mit einem lauten Lachen.

«Ich werde sie in die Knie zwingen», brüllte er.

Dann nahm er ein Blatt Papier und schrieb fieberhaft die folgenden Worte:

«Grund und Boden Saint-Domingues müssen den Schwarzen gehören; sie haben sie im Schweiße ihres Angesichts erworben.»[188]

In dieser Minute betrat ein *affranchi* den Raum. Sein keuchender Atem und der verschwitzte Körper verrieten auf Anhieb, dass er eine weite Strecke auf dem Pferderücken zurückgelegt hatte.

«Monsieur le Commissaire», stieß er, nach Atem ringend, hervor, «der Feind hat Limbé und Borgne eingenommen ...»[189]

«Das mag sein, aber er wird zurückweichen», erwiderte Sonthonax mit einer solchen Bestimmtheit, dass der *affranchi* ihn überrascht musterte. «Ja, er wird zurückweichen, selbst wenn ich dafür Soldaten der Freiheit aus Saint-Domingues Boden sprießen lassen muss ...»

Als er bemerkte, dass der *affranchi* ihn mit weit aufgerissenen Augen anstarrte, fuhr er fort: «Die Sklaven, die Sklaven ... Nur sie können uns helfen, die Schlacht zu gewinnen, verstehst du jetzt? Los, hol mir andere *affranchis* her. Ich brauche Gesandte zu den aufständischen Gruppen, die sich in der Umgebung verstecken ... Und was verspreche ich ihnen im Gegenzug? Na? Was verspreche ich ihnen wohl? Die Freiheit, ja, ihre Freiheit, hörst du», hämmerte er mit furchterregender Stimme. «Los, worauf wartest du noch? Beeil dich ...»

So fanden sich die drei seit Hunderten von Jahren so streng getrennten Klassen plötzlich vereint. Nachdem der Feind geschlagen war, verkündete Kommissar Sonthonax im Norden die Freilassung der Sklaven.[190]

Umringt von einer jubelnden Menge erklärte der junge Kommissar alle Schwarzen und Menschen gemischten Blutes der Nordprovinz zu französischen Bürgern.

Diesmal war es Scipion, der Minette die Neuigkeit überbrachte. Sie saß auf dem Bett und sang leise eine Opernarie vor sich hin. Ab und an verstummte sie, überrascht von ihrer Kurzatmigkeit und den leichten Stichen in ihrer Brust, die dafür sorgten, dass sie ihre Verletzung nicht vergessen konnte.

«Zoé», rief sie, «glaubst du, dass ich jemals wieder gesund werde? Glaubst du, ich kann nie wieder singen?»

«Die Heilerin hat gesagt, nicht vor Ablauf von drei Monaten ...»

«Die Heilerin redet Unsinn, ich habe das Gefühl, als hätte ich meine Stimme verloren ...»

«Übertreib nicht. Deine Wunde wurde schlecht versorgt. Du brauchst Ruhe, viel Ruhe und Pflege. Lapointe hat versprochen, Himmel und Hölle in Bewegung zu setzen, um einen Arzt aufzutreiben, und zwar einen guten ...»

In diesem Moment kam Scipion herein.

«Herrin», rief er, «es gibt keine Sklaven mehr, die Kommissare haben uns die Freiheit geschenkt!»

«Was sagst du da?»

«Kommissar Sonthonax ist aus Cap Français eingetroffen. Er ist auf dem Exerzierplatz bei all den Leuten ... Es gibt keine Sklaven mehr ...»

Minette und Zoé liefen hinaus.

Tatsächlich hatte sich die Bevölkerung auf dem Exerzierplatz versammelt, wo gerade der Altar des Vaterlands[191] errichtet wurde. Frauen halfen, ihn mit Girlanden und Fahnen zu schmücken. Die mit Palmwedeln und Blumen bedeckte Hauptstraße war bereit für die Prozession. Eine freudige Rührung erfasste Minettes Herz. Sie sah sich wieder als kleines Mädchen auf ihrem Bett, wie sie Lise umarmte und zu ihr sagte:

«Ich möchte alle Sklaven in Saint-Domingue kaufen und sie dann freilassen ...»

Nun war ihr Traum also endlich wahr geworden. Sie hatte lange genug gelebt, um sowohl den Triumph der *affranchis* als auch den der Sklaven mitzuerleben ...

Um sie herum schienen alle Ruinen, alle Leichen wieder aufzuerstehen. Den Blick auf den Ascheberg gerichtet, sah sie vor sich das Schauspielhaus. Alles war wieder da, alles und alle: Jasmine, Lise, der kleine Jean, Goulard, die Acquaires, die Abwesenden, all die Abwesenden waren heute mit der Menge verbunden – in Freude vereint.

Jetzt redete Polvérel. Er nannte die Sklaven von gestern «französische Bürger» und erklärte ihnen, was Freiheit war ...

Auf dem Altar sah Minette ein großes, weißes Blatt Papier, ein Tintenfass und eine Feder, doch sie begriff erst, wozu sie dienen sollten, als einige Plantagenbesitzer zum Altar hinaufstiegen, wo sie öffentlich eine Erklärung unterzeichneten und damit die Freilassung ihrer Sklaven anerkannten.

Unter ihnen war auch Labadie. Nachdem er unterschrieben hatte, umarmte er unter lautem Beifall einige der Seinen. Der Kommissar stimmte ein erhabenes Lied von Frieden und Liebe an, und bewegt fiel die Menge in seinen Gesang ein.

«Ich werde singen», sagte Minette zu Zoé und griff nach ihrer Hand.

«Hast du deine Verletzung vergessen?»

«Nein, aber ich muss singen.»

«Sei nicht unvorsichtig ...»

Aber Minette hörte Zoé nicht mehr. Sie schien inmitten der Menge allein zu sein, allein oder in Gesellschaft von jemandem, zu dem sie flehte. Ihre gefalteten Hände, ihre angespannte Haltung verrieten eine Entschlossenheit, die über den simplen Wunsch zu singen hinausging. Da war etwas anderes, ein Entfliehen ins Jenseits. Vielleicht war es auch nur die Ahnung, dass sie zu diesem Wunder beitragen könnte, der einem tief gründenden Aberglauben entsprungene wunderliche Einfall eines kleinen Mädchens, dem sie sich nicht entziehen konnte ...

Die Menge war verstummt. Minette sah zum Himmel auf. Er war so blau, dass zarte Dankbarkeit ihr Herz anschwellen ließ. Dieses Leben war es trotz allem wert, gelebt zu werden. Ja, trotz der Toten, trotz der unerbittlichen Kämpfe, der Grausamkeit und der Ungerechtigkeiten ... Ein solcher Tag nahm jede Herausforderung an, die dem Leben durch Pessimisten gestellt wurde ... Ein solcher Tag verdiente es, auf grandiose Weise gefeiert zu werden. Ihr Leben lang hatte sie davon geträumt, das hier zu erleben. In diesem Moment dachte sie an Lapointe, und ein beinahe schmerzlicher Ausdruck legte sich auf ihr Gesicht.

Für ihn würde sie singen, nur für ihn. Das wusste sie. Singen, damit sich das Wunder auch auf ihn übertrug. Denn, bei Gott, eines hatte sie an diesem Tag gelernt: Nichts auf dieser Welt war unveränderlich. Wie lange der Kampf auch dauern mochte, er war niemals vergebens. Sie hatte den Beweis vor sich, dass man die Welt neu errichten und verwandeln konnte. Wurde Saint-Domingue nicht aus seiner düsteren Vergangenheit wiedergeboren und löschte innerhalb eines Tages drei Jahrhunderte der Schande aus ...?

Minette presste beide Hände auf ihr Herz zusammen und ließ in einer letzten Anstrengung ihre wundervolle Stimme erklingen, die ganz allein das Friedenslied wieder aufnahm.

Die Kommissare sahen sich nach der Bürgerin um, die dort sang. Begleitet vom Klang der Glocken, trug ihre Stimme eine unvergleichliche Dankesbotschaft hinauf in den Himmel.

Eine Botschaft, die vielleicht auch Lapointe auf seinem Weg nach Port-au-Prince erreichte, denn er war nur noch wenige Minuten von der Stadtgrenze entfernt.

Er hatte endlich einen Arzt für Minette gefunden. Es war ein alter Jesuitenpater in schmutziger Soutane, den man auf einen zerzausten, störrischen Esel gehievt hatte. Grimmig beäugte Lapointe ihn von der Seite. In diesem Tempo würden sie Port-au-Prince womöglich erst bei Einbruch der Dunkelheit erreichen. Wie er sich am Sattel des Esels festklammerte, die mageren Beine fast bis zum Boden reichend, gab der alte Priesterarzt auf seinem Reittier ein wahrhaft klägliches Bild ab.

«Sagen Sie, Vater, wäre es vielleicht möglich, ein bisschen schneller zu reiten?»

«Mein Sohn, ich habe Ihnen nicht verschwiegen, dass ich zum ersten Mal in meinem Leben im Sattel sitzen würde. Und wäre da nicht dieser gute alte, friedfertige Esel, ich hätte mich rundheraus geweigert, Sie zu begleiten ...»

Vor ihnen erstreckte sich die Straße abwechselnd im Sonnenlicht oder von ihren zerzausten Umrissen verdunkelt.

Lapointe brodelte innerlich vor Ungeduld. Mehrmals musste er gegen den Drang ankämpfen, den alten Jesuiten einfach stehen zu lassen und nach Port-au-Prince zu galoppieren.

«Wie es scheint, hat Sonthonax im Norden die Freiheit der Sklaven proklamiert», bemerkte der Priester.

«So scheint es ...»

«Wenn sich die Dinge in diesem Tempo weiterbewegen, wird es bald keine Sklaven mehr in diesem Land geben.»

«Und wenn sie sich so langsam bewegen wie unsere Reittiere, dürfte es noch eine ganze Weile dauern.»

Als der Priester den gereizten Blick bemerkte, den Lapointe ihm zuwarf, versuchte er seinen Esel mit ein paar unbeholfenen Tritten in den Bauch anzutreiben. Nachdem er aus dem Sattel gerutscht war, saß er noch verkrampfter da als zuvor und ließ eingeschüchtert den Kopf hängen.

Seit Lapointe von den Ereignissen im Norden erfahren hatte, war er in einem schrecklichen inneren Zwiespalt gefangen. Er hatte die Schriften von Abbé Raynal, Abbé Grégoire und Jean-Jacques Rousseau gelesen ... Er wusste, dass sich einige Weiße für die Sache der Sklaven einsetzten, ein Verschmelzen der Klassen forderten und die Sklaverei als schändlichste aller Institutionen verurteilten. Und nun schwang sich ein junger, gerade erst aus Frankreich eingetroffener Girondist[192] gegen die reaktionären Pflanzer zum Kämpfer für die Gerechtigkeit auf und verkündete die Befreiung der Sklaven.

Sonst noch was? Sonthonax brauchte ja auch keine Sklaven, um seine gesellschaftliche Stellung zu festigen. Die Weißen konnten nach Belieben

Gesetze erlassen und sie auch wieder abschaffen. Es war nur natürlich, dass einige von ihnen aus Gewinnstreben für die Sklavenhaltung waren und andere aus Passion dagegen. Unwillkürlich streifte ihn der Gedanke, dass er, Lapointe, inzwischen genügend beneidenswerte Ämter auf sich vereinte – war er nicht kürzlich erst zum Bürgermeister von Arcahaie ernannt worden? –, um auf Sklaven verzichten zu können. Die gesellschaftliche Stellung hatte er jetzt. Ach, zum Teufel mit diesen Leuten ... Nach einer unruhigen, von konfusen Träumen unterbrochenen Nacht war er mit dem schmerzlichen Eindruck erwacht, seine Mutter wiedergesehen zu haben, die kleine schwarze Sklavin mit dem anrührenden, ängstlichen Blick ...

Lapointe hob seinen Strohhut an und wischte sich über die Stirn. Die Erinnerungen stiegen mit einer solchen Beharrlichkeit aus seinem Gedächtnis auf, dass es an eine Obsession grenzte. Er sah sich wieder als kleinen Jungen, wie er vor dem Haus des Vaters spielte, jenes despotischen Mulatten von niederer Gesinnung, dessen Sklaven vor Angst zu zittern begannen, wenn er sie nur ansah. Wie alt war er? Sechs Jahre, vielleicht sieben, er wusste es nicht mehr, aber die Szene sah er vor sich, als sei es erst gestern geschehen: den großen Jagdhund, der ihn angefallen hatte, und seine Mutter, die, klein und mager, wie sie war, verzweifelt darum kämpfte, ihn aus seinen Zähnen zu befreien, die sich mit dem Hund auf dem Boden wälzte und ihn erwürgte. Nach dem Kampf hatte man sie hochgehoben, doch sie war so schwach, zitterte so sehr, dass man sie zum Haus tragen musste, wo der Herr sie, vor Wut schäumend, beschimpfte, weil sie den Tod des Tieres verschuldet hatte ...

«Da ist ja Port-au-Prince!», rief der Priester triumphierend, «mein Esel hat tatsächlich eine tüchtige Strecke zurückgelegt.»

Lapointe erschauerte, als erwachte er aus einem Traum. Jenseits des Weges kam Bel-Air in Sicht, begraben unter dem verkohlten Schutt seiner einstigen Wohnhäuser. Der Geruch von feuchtem Rauch, von gelöschtem Kalk, der Geruch des Todes stieg aus den Trümmern auf.

«Das ist es, das alles hier, was es mir unmöglich macht, ihnen zu vergeben», stieß Lapointe zornig hervor, während er sich umsah.

«Den großen Völkern verdanken wir die Zivilisation, aber genau wie die kleinen ‹wissen sie nicht, was sie tun›.[193] Das ist ihre einzige Rechtfertigung, mein Sohn.»

Auf dem Exerzierplatz trafen sie auf die wie gebannt lauschende Menge. Eine Frauenstimme sang eine himmlische Melodie, und diese Stimme schien dem Priester über eine derart außergewöhnliche Klangfarbe zu verfügen, dass er innehielt, um besser hören zu können.

«Ich war vor einiger Zeit in Italien. Wer in diesem Land vermag denn dieses Lied zu singen, wenn nicht die Dugazon persönlich?»

Er hatte sich zu Lapointe umgedreht, doch dieser war, ohne sich weiter um ihn zu kümmern, vom Pferd gesprungen und rannte mitten hinein in die Menge.

Minette sang umringt von ihren Freunden: Joseph, Pétion, Labadie, Zoé, Beauvais, Lambert und den anderen …

Es war verrückt von ihr, zu singen, ihre Verletzung war noch nicht verheilt. Wie hatten sie das zulassen können? Sein Blick suchte Zoé, mit gerunzelter Stirn wies er mit dem Kinn auf Minette. Sie antwortete mit einer resignierten Geste.

Der alte Priester hatte ihn schließlich eingeholt. Er rückte die Brille auf seiner Nase zurecht und musterte Minette neugierig.

«Nun, junger Mann, was ist mit Ihrer Kranken? Gehen wir zu ihr?»

«Da ist sie, Vater.»

Gerade hatte Minette ihn in der Menge entdeckt. Ein leises Lächeln huschte über ihre Lippen, dann erlosch es und wich einem Ausdruck der Sorge, sodass er sie erstaunt ansah. Er machte zwei Schritte nach vorn, als wollte er sie unterbrechen. Ohne den Blick von ihm zu wenden, hielt sie ihn mit einer Handbewegung zurück. Aufgewühlt betrachtete er diese Menschen, die ausnahmsweise ohne Hass oder Vorurteile beieinanderstanden, diese Männer, die gestern noch Kolonisten waren und nun zum Altar hinaufstiegen, um durch ihre Einwilligung ihre Sklaven zu freien Menschen zu machen. Würde er zu ihnen gehören oder doch zu den anderen, die die Kolonie lieber dem Untergang preisgaben, als das Prinzip der Gleichheit zu akzeptieren? Wieder stieg die Erinnerung an seine

Mutter in ihm auf. Er lächelte belustigt, als sagte er sich, dass er nun vollständig der Romantik verfallen sei. Aber es tat so gut, deswegen nicht zu erröten. Dann würden sie also den Sieg davontragen, er, Lapointe, würde nachgeben, zurücktreten, auf jene Dinge verzichten, an die er sich sein Leben lang geklammert hatte wie an einen Rettungsring. Ein zweites belustigtes Lächeln entspannte seine Züge. Er nahm den Strohhut ab und drehte ihn wie eingeschüchtert zwischen seinen Fingern, dann zuckte er mit den Schultern und ging hinauf zum Altar. Gerade wollte er unterschreiben, als Minettes Stimme bei der letzten Note brach. Angstvoll drehte er sich um. Von Zoé gestützt, erbrach sie Blut. Mit einem Satz war er bei ihr und fing sie in seinen Armen auf.

Neugierig rückte die Menge näher.

«Sie ist ohnmächtig geworden, ist ein Arzt unter euch?», rief Zoé mit einem Stöhnen.

Mühsam bahnte sich der alte Priester einen Weg, und mit einem gebieterischen Wink bedeutete er Lapointe, der zitternd Minettes Mieder aufhakte, innezuhalten.

«Warten Sie ...»

Er beugte sich vor, drückte ein Ohr auf Minettes linke Brust, dann auf ihr Gesicht. Schließlich richtete er sich mit einem merkwürdigen, bass erstaunten Ausdruck im Gesicht wieder auf, und ohne Lapointe anzusehen, murmelte er wie zu sich selbst: «Nein, wirklich, also wirklich ... eine solche Stimme ...»

Lapointe warf ihm einen kurzen Blick zu, einen ausdruckslosen Blick, in dem der Priester dennoch eine solch dunkle Verzweiflung wahrnahm, dass er es vermied, mit ihm zu reden.

Er ging langsam und stierte so abwesend vor sich hin, dass es beinahe furchteinflößend wirkte. Schwer atmend und mit schweißüberströmtem Gesicht trug er sie zu Zoés Haus. Als Joseph ihm helfen wollte, schüttelte er hartnäckig den Kopf, dann legte er sie auf das Bett, ohne sie anzusehen. Ihre Augen waren offen. Joseph beugte sich über sie, schlug das Kreuzzeichen und schloss ihr mit der Geste eines Priesters, der zum ersten Mal seines Amtes waltet, die Augen.

In einer starren Haltung, die niemanden zu täuschen vermochte, drängte Lapointe, als kämpfte er verzweifelt mit sich selbst, eine Minute die Tränen zurück. Dann ließ er sich unvermittelt gegen das Bett fallen und vergrub schluchzend den Kopf in den Händen.

Als er sich wieder erhob, sah Zoé auf seinem Gesicht einen Ausdruck von unaussprechlichem Groll und Hass.

«Sie haben sie getötet, sie haben sie getötet, Zoé», murmelte er verstört ...

Sie legte ihm eine Hand auf die Schulter.

«Beruhige dich.»

«Es ist ihre Schuld, es ist ihre Schuld, und dafür werden sie teuer bezahlen.»

«Sei still», sagte Pétion mit zugeschnürter Kehle.

Joseph kniete neben dem Bett und betete.

Lapointe nahm seine Uhr und warf einen Blick darauf, dann schleuderte er sie in rasendem Zorn auf den Boden, wo sie zerbrach.

Zoé zuckte zusammen. Wurde er verrückt? Seine Augen blickten wild, seine Lippen zitterten, und die Adern in seinem tiefroten Gesicht waren so stark angeschwollen, dass sie zu platzen schienen.

«Beruhige dich», wiederholte sie sanft.

Er fiel auf die Knie und streckte eine Hand in Richtung des Bettes.

«Ich schwöre, dass ich deinen Tod rächen werde», sagte er. «Für dieses Verbrechen werden die Weißen bezahlen, das schwöre ich ...»

In dem Moment sah Jean-Baptiste Lapointe Josephs Augen und senkte den Blick.

Er verbrachte die Nacht an ihrer Seite, ohne noch ein einziges Wort zu sagen. Pétion und Joseph, die ebenfalls bei ihr wachten, schien er nicht einmal zu sehen.

Die Beerdigung fand am darauffolgenden Morgen statt. Gemeinsam mit den anderen folgte er dem Sarg schweigend, mit gesenktem Kopf und verschränkten Armen. Nur einmal, als er neben sich ein Schluchzen hörte, sah er auf und erkannte Scipion.

Noch am selben Tag kehrte er nach Arcahaie zurück. Als er erfuhr, dass ein Komplott gegen ihn geschmiedet worden war, nutzte er die Gelegenheit und ließ die Verschwörer verhaften. Ohne auch nur den Anschein eines Gerichtsverfahrens abzuwarten, schnitt er dreißig Weißen eigenhändig die Kehle durch und ging anschließend mit den übrigen Schuldigen an Bord eines Segelschiffs. Auf einem dort hastig errichteten Schafott schlug er, ohne zu zögern, zwanzig weitere Köpfe ab. Sein Hemd, seine Arme, seine Hose waren mit Blut und Fleischfetzen besudelt. Er hatte sich in einen grausigen Fleischer verwandelt.

Nachdem er sein trauriges Werk vollendet hatte, blickte er auf seine Hände und brach in ein Gelächter aus, das den Männern, die ihn begleiteten, geradewegs aus der Hölle zu kommen schien.

Zwei Tage später folgte er dem Beispiel der weißen Pflanzer und mulattischen Sklavenhalter und lieferte Arcahaie den Engländern aus.

ENDE

Anmerkungen

1 Marie Vieux-Chauvet nennt an dieser Stelle auch ihre Quelle: Bei der Schilderung von Minettes Lebensgeschichte stützt sie sich vor allem auf die 1955 erschienene Darstellung *Le Théâtre à Saint-Domingue* des haitianischen Historikers Jean Fouchard (1912–1990).
2 Das inzwischen überholte, unwissenschaftliche Konzept unterschiedlicher menschlicher «Rassen» galt nicht nur am Ende des 18. Jahrhunderts, zur Zeit der geschilderten Ereignisse, sondern auch noch in der Entstehungszeit von *Tanz auf dem Vulkan* (und Fouchards Buch, aus dem Marie Vieux-Chauvet hier zitiert) als allgemein anerkannte Tatsache. In dieser historischer Denkweise wurden die Menschen in eine Rasse hineingeboren und dadurch phänotypisch und gesellschaftlich festgelegt.
Als «farbig» bezeichnete man alle Menschen, die keine helle Hautfarbe haben. Das Weiße wurde als Referenzrahmen bestimmt und alle anderen Phänotypen als «Abweichung» betrachtet. Da eine solche Abwertung den Kern kolonialen Denkens bildet und diese Ausdrucksweise bewusst eingesetzt wurde, um Machtverhältnisse zu zementieren, wird sie in der Übersetzung ebenfalls verwendet.
3 Auch der Begriff «Mulatte» wird im heutigem Kontext als rassistisch und beleidigend gewertet. Das liegt, neben der generell überholten Einteilung von Menschen in unterschiedliche Gruppen oder «Rassen», vor allem an der Etymologie des Wortes, das mit dem spanischen *mulo/mula* (dt. «Maultier») in Verbindung gebracht wird, einer Kreuzung aus Pferd und Esel.
Der Begriff findet sich in dieser Übersetzung, weil er die kolonialen Verhältnisse Saint-Domingues und die herablassende, auf Abgrenzung bedachte Haltung der weißen Oberschicht widerspiegelt, die in *Tanz auf dem Vulkan* eine zentrale Rolle spielt.
Ursprünglich wurden als «Mulatten» in Saint-Domingue Personen gemischter ethnischer Herkunft bezeichnet, bei denen ein Elternteil schwarz, das andere weiß war. Aufgrund der herrschenden Strukturen

handelte es sich dabei immer um die Kinder weißer Herren und ihrer schwarzen Sklavinnen, die umgekehrte Konstellation war nicht möglich. Allerdings wurde der Begriff mit der Zeit auf sämtliche Personen ausgeweitet, die weder weiß noch schwarz waren, sodass sich *mûlatre* im Lauf der Kolonialzeit zu einem Synonym für *gens de couleur* beziehungsweise *people of colour* entwickelte.

4 Der Begriff *créole* («Kreole»/«Kreolin») wurde in Saint-Domingue für alle in der Kolonie geborenen Personen verwendet, unabhängig von ihrer Hautfarbe oder ihrem Status als Freie oder Unfreie.

5 Wörtlich: «Freigelassene». Die Bezeichnung beschränkt sich allerdings nicht auf freigelassene Sklavinnen und Sklaven, sondern umfasst auch deren in Freiheit geborene Nachkommen, weshalb die wörtliche Übersetzung irreführend wirkt. Deshalb haben wir uns dafür entschieden, nicht den in der Sekundärliteratur immer noch häufig verwendeten Begriff der «freien Farbigen» zu verwenden, sondern die französische Bezeichnung beizubehalten.

Die *affranchis* (weibliche Form: *affranchie*) bildeten eine gesonderte Bevölkerungsschicht von *people of colour* (zumeist gemischter ethnischer Herkunft, aber im Lauf des 18. Jahrhunderts auch zunehmend Schwarze), die zwischen den weißen Kolonisten und den Sklaven angesiedelt war. Obwohl sie rein rechtlich den Franzosen gleichgestellt waren, unterlagen sie in der stark rassistisch geprägten kolonialen Gesellschaft weitreichenden Einschränkungen.

6 Aus leichten, meist teuren Stoffen geschneidertes, locker fallendes Négligékleid ohne Tailleneinschnitt, das von weißen Kreolinnen getragen wurde.

7 Marie Vieux-Chauvet verwendet an dieser Stelle den Begriff *petits blancs* (wörtlich: «kleine Weiße»). Unter dieser Bezeichnung wurden in Saint-Domingue die weißen Kleinbauern, Ladenbesitzer, Handwerker, Angestellten, Soldaten und Seeleute zusammengefasst, im Gegensatz zu den häufig adligen Plantagenbesitzern und reichen Kaufleuten, den *grands blancs* («große Weiße»). Obwohl sie als weiße französische Bürger gesellschaftlich und rechtlich über den *affranchis* angesiedelt waren, spiegelten ihre meist ärmlichen Lebensumstände die formale Vormachtstellung nicht wider, was zu großer Enttäuschung in dieser Bevölkerungsgruppe und einer wachsenden Opposition so-

wohl zu den *affranchis* als auch zur wohlhabenden weißen Oberschicht führte.

8 In Saint-Domingue unterschied man zwischen den aus Afrika verschleppten Sklaven, den sogenannten *bossales*, und deren bereits in Gefangenschaft geborenen Nachkommen, den *créoles*. Während die kreolischen Sklaven häufig eine bessere Behandlung genossen, etwa als Haus- oder Funktionssklaven mit besonderer Ausbildung eingesetzt wurden, galten die afrikanischen Sklaven als «Tiere», die erst einmal «gezähmt» und «gebrochen» werden mussten, weshalb sie nach den traumatischen Erfahrungen von Versklavung und Überfahrt auch an ihrem Bestimmungsort besonders brutaler Behandlung ausgesetzt waren und hauptsächlich als Feldsklaven auf den Plantagen eingesetzt wurden.

9 Offene Kutsche für zwei bis vier Personen.

10 In Haiti wird das Wort *nègre/négresse* nicht im abwertenden Sinn verwendet. Es bezeichnet ganz allgemein einen Menschen in der Bedeutung «Mann/Frau», meist sogar ohne impliziten Verweis auf seine Hautfarbe. Dies gilt allerdings erst seit der Zeit der Revolution, durch die Haiti zur ersten schwarzen Republik der Welt wurde. In der französischen Kolonie Saint-Domingue schwang in der Bezeichnung *nègre/négresse* sehr wohl die herabsetzende Bedeutung mit, die auch in dem deutschen Wort *Neger* enthalten ist, und das vor allem, wenn sie von Weißen verwendet wurde. Um diesem doppelten Umstand Rechnung zu tragen, wurde *nègre/négresse*, Marie Vieux-Chauvets neutralem Verständnis des Begriffs folgend, im Erzähltext sowie in Äußerungen der *affranchis* als *Schwarzer* übersetzt, während die herabwürdigende Sicht auf Schwarze und die implizite Beleidigung in den Äußerungen der Weißen durch die Verwendung des Begriffs *Neger* transportiert werden soll.

11 Hierbei handelt es sich um ein weitverbreitetes und äußerst langlebiges Klischee. Schon bei dem französischen Beamten Médéric Louis Élie Moreau de Saint-Méry (1750–1819), der 1797 eine ausführliche Beschreibung der Kolonie Saint-Domingue verfasste, ist die Rede vom «Feuer» der Mulattinnen, deren «gesamtes Wesen zur Sinnlichkeit» neige. Ein Urteil, dem sich viele seiner Zeitgenossen in teils elegischen Worten anschließen. Und noch 1975 schwärmte der Autor einer Stadtgeschichte von Port-au-Prince zu Zeiten der Kolonie von den sinnlichen «Köni-

ginnen der Stadt», jenen «aufreizenden Geschöpfen», die sich von den reichen Kolonisten aushalten lassen.
12 Das kunstvoll geknotete Kopftuch der antillanischen Frauen. Sein Name rührt daher, dass der dafür verwendete Stoff ursprünglich aus der indischen Stadt Madras (heute Chennai) stammte.
13 Zuckerrohrschnaps, der aus Melasse, einem Abfallprodukt der Zuckergewinnung, destilliert wurde und sich als billiges Alltagsgetränk einbürgerte.
14 Diesen Begriff definiert Marie Vieux-Chauvet selbst in einer Fußnote als «Tochter einer Mulattin und eines Weißen».
15 In Saint-Domingue gebräuchliche Bezeichnung für den Generalgouverneur, dem als militärischer Befehlshaber der Kolonie Armee und Milizen unterstanden, während der königliche Intendant als höchster ziviler Beamter für Justiz und Finanzverwaltung verantwortlich war. Ihre Kompetenzen überschnitten sich in vielen Bereichen, weshalb es im Lauf der Geschichte immer wieder zu Rivalitäten und Machtkämpfen zwischen diesen beiden höchsten Vertretern der französischen Krone kam.
16 Abfällige Bezeichnung für einen mittellosen Weißen.
17 Sohn einer Mulattin und eines Weißen, männliche Form zu *mestive*.
18 Frz.: Kind, Knirps.
19 Ein leichter, leinwandartiger Baumwollstoff. Ursprünglich stammte er aus der chinesischen Stadt Nanjing, nach der er auch benannt ist, später wurde das Gewebe, wenngleich in minderer Qualität, auch in Frankreich, Deutschland und der Schweiz gefertigt.
20 Eine im 18. Jahrhundert in der bürgerlichen Mode verbreitete eng anliegende Schoßjacke mit langen Ärmeln.
21 Die Dramatiker Jean Racine (1639–1699), Pierre Corneille (1606–1684) und Jean-Baptiste Poquelin alias Molière (1622–1673) gehören zu den bedeutendsten Autoren der französischen Klassik. Racine, der vor allem die Liebe als eine alles zerstörende Leidenschaft thematisierte, und Corneille, in dessen Stücken häufig der Konflikt zwischen individuellem Glück und dem Absolutheitsanspruch des Staates behandelt wird, gelten den Franzosen bis heute als ihre größten Tragödiendichter. Molière hingegen suchte in turbulenten, provokanten Komödien nach Lösungen für die gesellschaftlichen Spannungen seiner Zeit.

Der Schweizer Schriftsteller und Philosoph Jean-Jacques Rousseau (1712–1778) ist ein wichtiger Vertreter der Aufklärung und gilt aufgrund seiner politischen Theorien als Wegbereiter der Französischen Revolution.

22 Der Eintritt in die berittene Landpolizei (*maréchaussée*) gehörte zu den wenigen Berufen, die *affranchis* in Saint-Domingue offenstanden, was dazu führte, dass diese Gendarmerie zu einem großen Teil aus freien *people of colour* bestand. Zu den Aufgaben der Maréchaussée gehörten unter anderem die Durchsetzung der Sklavengesetzgebung und die Jagd auf entlaufene Sklaven.

23 Es war nicht unüblich, dass *affranchis* aufgrund ihrer Verwandtschaft mit den weißen Kolonialherren über Bildung und ein gewisses Vermögen verfügten. Zudem gehörte die Landwirtschaft zu den wenigen Aktivitäten, die ihnen ohne Einschränkung erlaubt waren. Einige von ihnen brachten es so im Laufe der Zeit zu beträchtlichem Wohlstand, und ihre Lebensweise unterschied sich trotz der immer strengeren gesellschaftlichen und politischen Restriktionen, denen *people of colour* unterworfen waren, kaum noch von der weißer Plantagenbesitzer. Schätzungen zufolge gehörten in den 1780er-Jahren etwa ein Viertel der Sklaven in der Kolonie *affranchis*, außerdem besaßen sie ausgedehnte Plantagen und wertvolles Grundeigentum in den großen Städten.

Dies war auch der Fall von Guillaume Labadie, einem Indigopflanzer aus Aquin im Süden der Kolonie, der dank des Erbes seines Vaters zu großem Reichtum gelangte und in den 1760er- bis 1780er-Jahren als Förderer und Beschützer weniger privilegierter *people of colour* bekannt wurde.

24 Ein Erlass des Königs aus dem Jahr 1777 verbot es Weißen nicht nur, «Schwarze, Mulatten und sonstige Farbige» als ihre Dienstboten aus den Kolonien mit nach Frankreich zu bringen, auch *affranchis* war es nicht mehr gestattet, französischen Boden zu betreten. Nur wer sich zum Zeitpunkt des Erlasses bereits in Frankreich aufhielt, durfte bleiben, musste sich allerdings registrieren lassen.

25 Ein 1685 von Ludwig XIV. erlassenes Dekret, das den Umgang mit Sklaven in den französischen Kolonien regelte. Diese galten als unbestrittenes Eigentum ihrer Besitzer, die die ausschließliche Verfügungsgewalt über sie hatten, und genossen keinerlei bürgerliche oder politische

Rechte. Neben Verhaltensvorschriften für Sklaven und den Strafen, die ihnen für bestimmte Vergehen auferlegt werden durften, enthielt der *Code noir* zwar auch einige Punkte zu den Rechten der Sklaven und Verpflichtungen der Sklavenhalter, um den allzu willkürlichen Umgang mit ihnen einzuschränken, diese wurden in der Praxis jedoch weitgehend ignoriert. Einige Punkte in diesem Regelwerk betrafen auch freigelassene Sklaven, die nach ihrer Freilassung, unabhängig von ihrem Geburtsort, als französische Bürger gelten und die gleichen Rechte haben sollten wie alle französischen Untertanen in den Kolonien. Doch dies wurde vor Ort ebenso wenig beachtet wie die Rechte der Sklaven. Offiziell blieb der *Code noir* in den französischen Kolonien bis 1848 in Kraft.

26 Das Gehäuse der Großen Fechterschnecke, einer karibischen Meeresschneckenart, das als Signalhorn zur Übermittlung von Nachrichten genutzt wurde.

27 François Makandal kam als afrikanischer Sklave auf eine Zuckerrohrplantage im Norden von Saint-Domingue und vereinte nach seiner Flucht in die Berge mehrere Gruppen entlaufener Sklaven (sogenannte *marrons*) unter seiner Führung. Der charismatische Makandal galt als Vaudou-Zauberer, stachelte die Sklaven zu Giftmorden an und verbreitete nicht nur Angst und Schrecken unter den Weißen, deren Plantagen er angriff, sondern war wegen seiner angeblichen magischen Kräfte auch unter den Sklaven selbst gefürchtet. Im Januar 1758 wurde er von einem seiner Gefolgsleute verraten und von den Franzosen in Cap Français, dem heutigen Cap-Haïtien, auf dem Scheiterhaufen verbrannt. Sein Leben und Tod gaben Anlass zu zahlreichen Legenden.

28 Während Vorstellungen, deren Erlös einer bestimmten Person oder einem bestimmten Zweck zugutekommt, heute vorwiegend genutzt werden, um Gelder für wohltätige Zwecke zu sammeln, waren sie im 18. und 19. Jahrhundert ein beliebtes Mittel für Bühnenkünstler, um ihr Gehalt aufzubessern.

29 Der Franzose François Mesplès (1741–1789) kam 1763 nach Port-au-Prince, wo er es als Kaufmann und Reeder rasch zu Reichtum brachte. Er erwarb zahlreiche Grundstücke in der erst 1749 gegründeten Hauptstadt, auf denen er Mietshäuser errichtete, wodurch er zu einem der

größten Bauunternehmer der Stadt wurde. Bekannt wurde er vor allem als Erbauer und Konzessionär des prächtigen Theaters von Port-au-Prince, das seinen Namen trug: die Salle Mesplès.

30 Genau wie Monsieur und Madame Acquaire, über die wenig mehr bekannt ist, als Marie Vieux-Chauvet in *Tanz auf dem Vulkan* aufgreift, ist auch Scipion eine reale Person. Aus erhaltenen Notariatsakten weiß man, dass die Acquaires ihn von François Mesplès übernahmen und er zu diesem Zeitpunkt etwa dreißig Jahre alt war.

31 Haiti liegt an der Grenze der Karibischen und der Nordamerikanischen Platte, weshalb es in der Region immer wieder zu schweren, teils verheerenden Erdbeben kommt. Schon 1751, zwei Jahre nach der Gründung der neuen Hauptstadt, wurde Port-au-Prince durch ein schweres Beben zerstört, eine Katastrophe, die sich 1770 wiederholte: Bei einem Erdbeben der geschätzten Stärke 7,5 wurden alle Gebäude der Stadt beschädigt oder zerstört und zweihundert Menschen getötet. Diese beiden Beben führten dazu, dass gemauerte Häuser verboten wurden und nur noch in Fachwerkbauweise gebaut werden durfte, eine Entscheidung, die sich in den folgenden Jahren bei mehreren schweren Bränden als ebenso verheerend erweisen sollte.

32 Eine alte französische Silberwährung (wörtliche Bedeutung: «Pfund»). Sie wurde 1795 durch den Franc abgelöst.

33 Der Sol bzw. Sou war die Untereinheit der Livre. Eine Livre entsprach 20 Sous. Die Bezeichnung Sou ist seit dem 18. Jahrhunderts belegt, vorher war die etymologisch dem lateinischen *solidus* nähere Form Sol gebräuchlich. Dieser Übergang spiegelt sich in der schwankenden Verwendung der Begriffe Sou und Sol in *Tanz auf dem Vulkan*.

34 *Soliman second ou Les trois sultanes*, Verskomödie mit eingestreuten Arietten in drei Akten von Charles-Simon Favart (1710–1792), erstmals aufgeführt an der Pariser Comédie-Italienne 1761. Die ursprüngliche Bühnenmusik stammt von Paul-César Gibert (1717–1787). Wegen ihres ansprechenden exotischen Kolorits fand die Komödie auf europäischen Bühnen große Verbreitung, und es entstanden mehrere Neufassungen der Bühnenmusik, u. a. von Christoph Willibald Gluck (1714–1787) für die Wiener Aufführung 1765.

35 *Athalie* (1691), die letzte Tragödie des Dramatikers Jean Racine, schildert den Sturz der biblischen Königin Atalja, die nach dem Tod ihres

Mannes und ihres Sohnes ihre Enkel ermorden ließ, um selbst die Herrschaft über das Königreich Juda zu übernehmen (2 Kön, 11).

36 Nachdem Frankreich 1778 aufseiten der Kolonisten in den Amerikanischen Bürgerkrieg eingetreten war, wurde im März 1779 ein vorwiegend aus freien *people of colour* bestehendes domingisches Regiment gegründet, die *Chasseurs volontaires de Saint-Domingue*. Dieses kämpfte an der Seite der Aufständischen und war unter anderem an der Belagerung von Savannah im Herbst 1779 beteiligt. In diesem Regiment sammelten zahlreiche Anführer der späteren Haitianischen Revolution erste Kampferfahrungen.

37 Sklavin, die einer Frau als ständige Begleiterin und Vertraute dient.

38 Die überdachte Veranda (kreolisch: *galri*) ist ein traditionelles haitianisches Bauelement. Bis heute verfügt jedes Haus über eine solche «Galerie», bei einfachen Hütten beschränkt sie sich auf den Bereich vor dem Eingang, bei größeren Villen kann sie umlaufend sein und sich über beide Stockwerke erstrecken. Ihre Verbreitung erklärt sich dadurch, dass sich aufgrund der Hitze seit jeher ein Großteil des Lebens im Freien abspielt.

39 Höfliche Anrede für eine Frau niederen Standes.

40 Die Jesuiten waren dafür bekannt, sich für das Wohl der Sklaven einzusetzen. Ohne das Prinzip der Sklaverei an sich infrage zu stellen, vermittelten sie ihnen Bildung, spendeten ihnen geistlichen Trost und betrachteten sie als vollwertige Mitglieder ihrer Gemeinden. Dies stieß bei Plantagenbesitzern und Kolonialbehörden auf wenig Gegenliebe, weshalb der Orden 1763 aus Saint-Domingue ausgewiesen wurde.

41 Nach dem Kauf brannte man neu erworbenen Sklaven die Initialen des Käufers ein.

42 Entlaufene Sklaven, die sich in die nur schwer zugänglichen Hügel und Berge zurückzogen und dort lebten. Durch ihre Angriffe auf die Plantagen in den fruchtbaren Ebenen entwickelten sie sich mit der Zeit zu einer ernst zu nehmenden Bedrohung für die Pflanzer. Allerdings gelang es ihnen nur im Südosten der Kolonie, dauerhafte Siedlungen zu bilden, die weite Nordebene bot ihnen zu wenig Rückzugsmöglichkeiten, um dort wirklich Fuß zu fassen.

43 Eine zeitgenössische Bezeichnung für die Gesamtheit der Sklaven einer Plantage. Bei sehr großen Plantagen (die größten umfassten bis zu drei-

hundert Sklaven), konnten auch mehrere Ateliers gebildet werden, die jeweils einem eigenen Aufseher unterstanden und unterschiedliche Aufgaben übernahmen.

44 *Isabelle et Gertrude ou Les Sylphes supposées*, Opéra comique mit eingestreuten Arietten in einem Akt von Charles-Simon Favart (1710–1792), erstmals aufgeführt am 14. August 1765 in der Pariser Comédie-Italienne. Die «kleinen Arien» stammen von Adolphe Blaise.
Die Opéra comique hatte sich in Frankreich seit dem Ende des 17. Jahrhunderts aus dem Jahrmarktstheater entwickelt. Es handelte sich um eine dramatisch-musikalische Mischform, bei der Gesangseinlagen in die Bühnenstücke eingefügt wurden. Waren dies zu Beginn noch populäre Lieder, die das Jahrmarktspublikum zum Mitsingen animieren sollten, wurden mit der Zeit zunehmend eigene, immer anspruchsvollere Kompositionen für die Stücke angefertigt. Gleichzeitig wandelten sich die ursprünglichen Schwänke mehr und mehr zu ernsthafteren Stücken mit breit gefächerten Themen, vorzugsweise jedoch märchenhaften oder sentimentalen Sujets. Nach und nach verlagerte sich der Schwerpunkt von einem Sprechtheater mit gesungenen Einlagen zur Oper mit gesprochenen Dialogen. Von den Darstellern verlangte diese neue Spielart der Oper, die sich vor allem ab 1750 sehr großer Beliebtheit erfreute, sowohl herausragende schauspielerische als auch gesangliche Fähigkeiten.

45 Zwar basieren alle in diesem Roman auftretenden Schauspieler auf realen Vorbildern, doch ist über ihr Leben oft kaum mehr bekannt als ihr Name, der aus Zeitungsartikeln, Ankündigungen oder Notarsakten überliefert ist. Anders bei François Saint-Martin, einer der prägenden Gestalten des Theaters von Saint-Domingue in jener Zeit. Geboren im französischen Auch (wahrscheinlich 1749), arbeitete er nach seiner Ankunft in Saint-Domingue erst als Musiker und debütierte 1771 als Schauspieler am Theater von Léogane, bevor er 1777 die Leitung des Theaters von Port-au-Prince übernahm und dieses zu großen Erfolgen führte.

46 Frz. *Père savane*, kreol.: *Pè-savann*. Ursprünglich ein in den Grundzügen des Katholizismus gebildeter Sklave, der seinen Leidensgenossen predigte und als behelfsmäßiger Priester fungierte. Als Relikt aus den Zeiten christlicher Missionierung erfüllen die *Pè-savann* auch heute noch

eine wichtige Funktion bei Vaudou-Zeremonien, in denen sie als niedere Gehilfen des Vaudou-Priesters das katholische Element repräsentieren.

47 Die Ursprünge des Vaudou liegen in Westafrika, von wo schon im 16. Jahrhundert die ersten Sklaven in das 1492 entdeckte Hispaniola verschleppt wurden. Ab dem 18. Jahrhundert, als der Einsatz von Sklaven auf den Zuckerrohrplantagen im Westteil der Insel gewaltige Ausmaße annahm, waren darunter auch Priester und Herrscher der verschiedenen afrikanischen Königreiche. Aus den Bruchstücken ihrer alten Traditionen und neuen katholischen Einflüssen schufen sie eine gemeinsame «kreolische» Religion, in der sich die Vertreter aller afrikanischen Volksgruppen wiederfinden konnten und in deren Zentrum die Anrufung der alten Götter und die Sehnsucht nach der verlorenen Heimat standen. Von weißen Sklavenhaltern und den späteren mulattischen Eliten gleichermaßen verteufelt, blieb der Vaudou unter der ländlichen schwarzen Bevölkerung Haitis lebendig, bis er ab den 1920er-Jahren im Zuge der *Indigénisme*-Bewegung von Ethnologen wie Jean Price-Mars wieder ins Zentrum des Bewusstseins gerückt und als kulturelles und religiöses Erbe Haitis gewürdigt wurde. Seit 2003 ist der Vaudou in Haiti als offizielle Religion anerkannt.

48 Während mit dem Begriff Putzmacherin (oder Modistin) heute eine Hutmacherin bezeichnet wird, waren Putzmacherinnen gegen Ende des 18. Jahrhunderts für die modische Ausstattung und Verschönerung (den «Aufputz») der Kleider zuständig.

49 Nach dem Vorbild der Londoner Vauxhall Gardens erfasste die Mode öffentlicher Vergnügungsgärten mit Konzertbühnen, Tanzflächen, Illuminationen und ähnlichen Belustigungen im 18. Jahrhundert ganz Europa. Die ab den 1770er-Jahren in Saint-Domingue eröffneten Vaux-Halls boten dagegen keine Vergnügungen unter freiem Himmel, sondern vereinten Salons, die dem geselligen Beisammensein, dem Glücksspiel oder der Lektüre dienten, unter ihrem Dach. Zentrales Element der domingischen Vaux-Halls war stets ein großer Ballsaal, der mit Einschränkungen auch den *affranchis* offenstand.

50 Der königliche Intendant war als höchster ziviler Beamter für Justiz und Finanzverwaltung verantwortlich.

51 Minettes Debüt fand im Rahmen des traditionellen Weihnachtskonzerts am 25. Dezember 1780 statt. Es kam nicht selten vor, dass die eta-

blierten Sänger bei solchen Konzerten ihren begabtesten Schülerinnen und Schülern die Möglichkeit zu einem Auftritt gaben.

52 Cap Français (das heutige Cap-Haïtien) wurde 1670 von französischen Abenteurern an der Nordküste der spanischen Insel Hispaniola gegründet. 1697 fiel der Westteil der Insel mit dem Frieden von Rijswijck an Frankreich, und Cap Français wurde zur Hauptstadt von Saint-Domingue. Obwohl diese Funktion 1770 auf Port-au-Prince überging, war Cap Français noch immer die größte und wohlhabendste Stadt der Kolonie und blieb auch in kultureller Hinsicht lange das Maß aller Dinge.

53 Selbst diese schlechten, von den weißen Zuschauern strikt getrennten Plätze stellten für die *people of colour* einen Fortschritt dar. Bis zur Eröffnung des neuen Theaters 1778 war es ihnen verboten gewesen, überhaupt bei Theateraufführungen von Weißen zuzusehen.

54 *Les Affiches Américaines*, in den Jahrzehnten vor dem Ausbruch der Haitianischen Revolution die wichtigste Zeitung der Kolonie. Sie erschien zwischen 1764 und 1790 erst wöchentlich, später zweimal in der Woche und ist bis zum heutigen Tag eine der ergiebigsten Quellen über das Leben in Saint-Domingue.

55 Auch diese beiden Männer sind real. Die Tatsache, dass die Namen von Kulissenmalern und Maschinenmeistern, die für die immer aufwendigeren Bühnenmaschinerien verantwortlich waren, häufig Erwähnung in den Zeitungen fanden, zeigt, welch großen Stellenwert man in der Kolonie kunstvollen Bühnendekorationen beimaß und wie stolz man darauf war, mit den Pariser Vorbildern konkurrieren zu können.

56 Kleine Hafenstadt etwa 80 Kilometer nordwestlich von Port-au-Prince.

57 Bel-Air, das vornehmste Viertel von Port-au-Prince, lag auf einer kleinen Anhöhe am nordöstlichen Stadtrand. Aufgrund des leichten Winds war die Luft dort angenehmer als unten an der Küste, weshalb sich in dieser Gegend die reichen Plantagenbesitzer ansiedelten, deren ausgedehnte Ländereien in den umliegenden Ebenen lagen.

58 Jean-Baptiste de Caradeux (1742–1810), einer der wohlhabendsten und einflussreichsten Zuckerrohrpflanzer von Saint-Domingue. Er war berüchtigt für die Härte, mit der er seine Sklaven behandelte und die ihm den Beinamen Caradeux le Cruel («der Grausame») eintrug.

59 Théodore-Charles Mozard (1755–1810) wurde in Paris geboren. Von seinen Eltern zum Priesterstand bestimmt, reiste er stattdessen mit acht-

zehn Jahren nach Saint-Domingue, um dort sein Glück zu versuchen. Als Leiter der Königlichen Druckerei von Port-au-Prince, Buchhändler und Redakteur der *Affiches Américaines* brachte er es zu einem gewissen Wohlstand, vor allem aber zu einer einflussreichen Stellung im gesellschaftlichen und kulturellen Leben von Saint-Domingue.

60 «*La Vengeance africaine ou les Effets de la haine et de la jalousie*, Prosastück in vier Akten (erstmals aufgeführt am 22. Dezember 1781 in Cap Français), dessen Text nicht erhalten blieb. Man weiß nur, dass es sich um eine sehr freie Bearbeitung eines englischen Stücks handelt, das sich mit der Unterdrückung der Mauren in Spanien befasste.

61 *Le Devin du Village*, einaktige Oper von Jean-Jacques Rousseau, erstmals aufgeführt am 18. Oktober 1752 im Schloss Fontainebleau. Mit diesem Intermezzo im italienischen Stil positionierte sich Rousseau im sogenannten Buffonistenstreit, bei dem es vordergründig um die Vorherrschaft der italienischen oder der französischen Oper auf den Pariser Bühnen ging. Tatsächlich hatte die Auseinandersetzung durchaus gesellschaftspolitische Züge, da der konservativen, höfischen französischen Oper die bürgerlicheren italienischen Operngattungen entgegengesetzt wurden. Sowohl durch Anklänge an den schlichteren, liedartigen italienischen Kompositionsstil als auch durch das ländliche Sujet vertrat Rousseau eine dezidiert antiaristokratische Haltung. Die neue Natürlichkeit des *Devin* fand großen Anklang beim Publikum und leistete so einen bedeutenden Beitrag zur Weiterentwicklung der französischen Opéra comique.

62 *L'Amoureux de quinze ans*, Prosakomödie mit eingestreuten Arietten in drei Akten von Pierre Laujon (1727–1811), erstmals aufgeführt im Pariser Théâtre Italien 1771. Die Bühnenmusik stammt von Jean-Paul-Égide Martini (1741–1816).

63 Guillaume-Thomas Raynal (1713–1796). Seine antikolonialistische *Geschichte zweier Indien* (mit dem einen Indien ist das asiatische Indien gemeint, mit dem zweiten Westindien und der amerikanische Kontinent) gehörte zu den meistgelesenen Werken der Spätaufklärung. Die historische Darstellung bot Raynal und seinen Mitautoren (darunter die Enzyklopädisten Denis Diderot und der Baron d'Holbach) einen Rahmen für philosophische Betrachtungen und heftige Angriffe gegen Despotismus, Klerus und die Sklaverei. Seine Schilderungen der un-

würdigen Lebensbedingungen der Sklaven stärkten die abolitionistische Bewegung in Europa.
64 Die offizielle Währung in Saint-Domingue war die französische *Livre coloniale*. Im alltäglichen Zahlungsverkehr waren jedoch fast ausschließlich spanische Silbermünzen in Umlauf. Der spanische Piaster (span. *peso gordo*) wurde in Saint-Domingue als *piastre-gourde* oder *gourde* bezeichnet (und Gourde ist auch bis heute der Name der haitianischen Währung). Ein *gourdin* entsprach dem Viertel einer *gourde*, ein *escalin* ursprünglich einem Achtel der *gourde*, später nur noch einem Elftel (analog zur Wertentwicklung des spanischen Real im Verhältnis zum Piaster).
65 *Les Amours de Mirebalais*. Die große Beliebtheit des *Dorfwahrsagers* von Jean-Jacques Rousseau (1752) führte schon bald zu zahlreichen Parodien, etwa durch Marie Favart (*Les Amours de Bastien et Bastienne*, 1753), die das von Rousseau verwendete Hochfranzösisch, dem Schäferthema entsprechend, durch einen ländlichen Dialekt ersetzte. Diese Version fand ihrerseits viele Nachahmer, unter anderem Wolfgang Amadeus Mozart, der sich von ihr zu seinem frühen Singspiel *Bastien und Bastienne* inspirieren ließ (1768). Kreolische Parodien wie *Les Amours de Mirebalais* oder *Jeannot et Thérèse* transportierten das ländliche Schäferidyll auf eine Plantage, und die Protagonisten wurden zu Sklaven.
66 Der Vorfall ereignete sich 1773 in Léogane. Da der örtliche Priester der jungen Schauspielerin ein kirchliches Begräbnis verweigerte, trugen die Schauspieler sie am späten Abend mit den entsprechenden Gebeten und Liedern selbst zu Grabe. Erst als Saint-Martin die Glocken läutete, bemerkte der Priester, was vor sich ging. Am nächsten Morgen zeigte er Saint-Martin bei den Behörden an, woraufhin der Befehl erging, ihn festzusetzen. Saint-Martin verließ daraufhin Léogane, legte seinen Künstlernamen La Claverie ab, und ging nach Port-au-Prince. Allerdings war es nicht die Regel, dass Schauspielern das Patenamt oder ein Begräbnis verweigert wurde, diese Entscheidung lag stets im Ermessen des örtlichen Priesters.
67 *La Belle Arsène*, Opéra comique mit eingestreuten Ariettten in vier Akten von Charles-Simon Favart, erstmals aufgeführt 1773 im Schloss von Fontainebleau. Die Bühnenmusik stammt von Pierre-Alexandre Monsigny. Favarts Libretto beruht auf Voltaires Verserzählung *La bégueule*.

68 Hafenstadt, etwa vierzig Kilometer nordwestlich von Port-au-Prince.
69 Achille Cochard de Chastenoye (1703–1787). Nach dem Tod seines Vaters übernahm er 1749 dessen Amt als Gouverneur von Cap Français und der nördlichen Provinz, das er bis 1763 bekleidete.
70 Berittene Landpolizei. Da der Dienst in der Maréchaussée zum einen sehr schlecht bezahlt und zum anderen eine der wenigen beruflichen Optionen war, die den *affranchis* offenstanden, bestand sie zum großen Teil aus ehemaligen Sklaven.
71 Eine der zahlreichen in Saint-Domingue gebräuchlichen Bezeichnungen für Menschen gemischter ethnischer Herkunft.
72 Damals war Pernier ein kleiner, aus einigen Plantagen bestehender Ort etwa fünfzehn Kilometer östlich von Port-au-Prince in der Cul-de-Sac-Ebene. Inzwischen ist er Teil des Vororts Pétionville.
73 Marie Vieux-Chauvet verwendet im Original den Begriff *gens de la côte* («Leute von der Küste»). Damit war die afrikanische Küste gemeint, von der die Sklaven nach Saint-Domingue gebracht wurden. Die so Bezeichneten wurden als primitive, «wilde» Sklaven oder deren Abkömmlinge verunglimpft.
74 Jeanne-Marie Marsan (1746–1807) wurde als Jeanne-Marie Chapizeau in Paris geboren. Nach ersten Erfolgen als Sängerin und Schauspielerin in Frankreich folgte sie ihrem Mann 1775 nach Martinique, wo sie ihre Karriere fortsetzte. 1780 zog sie nach Cap Français und wurde bald zum umjubelten Star der dortigen Bühne. 1793 floh sie wie so viele andere französische Künstler vor der Revolution in Saint-Domingue nach Nouvelle-Orléans (dem heutigen New Orleans) in der französischen Kolonie Louisiana. Dort stand sie noch bis 1800 auf der Bühne.
75 Prinz William Henry (1765–1837), dritter Sohn von König Georg III. (1738–1820) und nach dem Tod seiner beiden älteren Brüder als Wilhelm IV. selbst König des Vereinigten Königreichs, besuchte im April 1883 tatsächlich Saint-Domingue. Belegt ist auch der Besuch einer Theatervorstellung, allerdings nicht in Port-au-Prince, sondern in Cap Français. Dass Marie Vieux-Chauvet ihn hier als Herzog von Lancaster bezeichnet, geht wahrscheinlich auf die berühmte Schilderung dieses kurzen Besuchs bei Moreau de Saint-Méry zurück, der diesen Titel nennt. In Wirklichkeit war William Henry der Herzog von Clarence, und auch das erst ab 1789.

76 Perrosier ist ein weiteres Beispiel dafür, wie Marie Vieux-Chauvet bis in die kleinsten Nebenfiguren hinein auf Authentizität achtet. Tatsächlich gab es in der Rue Traversière einen Maler namens Perrosier, allerdings weiß man über ihn nicht mehr, als dass er in der Zeitung ein Angebot für Malunterricht inserierte.

77 Epikur (um 341–271 v. Chr.), altgriechischer Philosoph und Begründer des Epikureismus. Als Vertreter des Hedonismus erhob Epikur das Streben nach Lust zum Grundprinzip eines gelungenen Lebens. Während für Epikur der Weg zu dauerhafter Lebensfreude und Seelenruhe jedoch wesentlich in der Überwindung von Furcht, Schmerz und unvernünftigen Begierden lag, wurde sein Lustbegriff später zunehmend fehlgedeutet und als bedenkenloser Genuss materieller Lebensfreuden interpretiert.

78 Minette ist ein beliebter Katzenname.

79 Die knapp zweihundert Kilometer von Port-au-Prince entfernt im Südosten der Insel gelegene Stadt war der drittgrößte Hafen von Saint-Domingue.

80 Louise Rasteau (geboren ca. 1746), häufig auch in der Schreibweise Rateau oder Râteau. Sie war eine Verwandte von Louis-Jacques Beauvais, einem der späteren Anführer des Aufstands gegen die weißen Pflanzer.

81 Die Kolonisten in Saint-Domingue waren weit davon entfernt, ihre afrikanischen Sklaven über einen Kamm zu scheren. Sie bzw. ihre afrikanischen Aufseher waren durchaus in der Lage, sie zumindest grob bestimmten Ethnien (sogenannten «Nationen») zuzuordnen, denen sie unterschiedliche Eigenschaften zuschrieben. So genossen etwa die Senegalesen unter den Kolonisten einen guten Ruf, sie galten als gutaussehend, zwar tapfer und kriegerisch, aber auch intelligent, treu und dankbar, weshalb sie häufig als Domestiken eingesetzt wurden. Das Wissen um die Herkunft ihrer Sklaven war für die Pflanzer auch deshalb wichtig, weil eine ausgewogene Mischung miteinander verfeindeter Ethnien auf der Plantage als wirksames Mittel der sozialen Kontrolle betrachtet wurde.

82 Kreolisch: meine Tochter.

83 Ein aus der westafrikanischen Mayombe-Region stammender Fetisch, der ursprünglich aus einem mit Haaren, Kräutern oder Knochensplittern gefüllten, zusammengefalteten Baumblatt bestand. Einigen His-

torikern zufolge soll der Rebell Makandal in jener afrikanischen Region geboren worden sein und den Beinamen aufgrund seiner Zauberkräfte erhalten haben.

84 Louis-Jacques Beauvais (1759–1799). Wie so viele andere Anführer der *people of colour* kämpfte er 1779 in Diensten der französischen Armee im Amerikanischen Unabhängigkeitskrieg. Anders als seine Gefährten blieb er auch nach dem Aufstand gegen die Pflanzer der französischen Armee treu und wurde 1795 zum Brigadegeneral ernannt. In dieser Funktion kommandierte er das westliche Departement von Saint-Domingue, bis er 1799 auf der Rückfahrt nach Frankreich bei einem Schiffbruch ums Leben kam.

85 Kreolisch: Großmutter.

86 Seit 1768 waren aufgrund der anhaltenden Spannungen zwischen den Siedlern in der nordamerikanischen Kolonie und der britischen Obrigkeit etwa zweitausend britische Soldaten in Boston stationiert. Am 5. März 1770 kam es zu einem Zusammenstoß zwischen einigen britischen Soldaten und einer größeren Ansammlung amerikanischer Siedler, in deren Verlauf fünf Zivilisten erschossen wurden. Im darauf folgenden Prozess wurden die Soldaten teils freigesprochen oder zu milden Strafen verurteilt. Der Vorfall gehört zu den entscheidenden Meilensteinen in den sich verschlechternden Beziehungen zwischen Kolonie und Krone, die letztlich zum Ausbruch des Amerikanischen Unabhängigkeitskriegs führten.

87 Frz.: Onkel.

88 Jacques Bénigne Bossuet (1627–1704), französischer Bischof. Bis heute ist der einflussreiche Jesuit, der unter anderem als Prinzenerzieher fungierte, für seine Predigten und Trauerreden für hochgestellte Persönlichkeiten bekannt.

89 Aus Bossuets Trauerrede für Henrietta Anne von England (1644–1670), der Herzogin von Orléans und Schwägerin Ludwigs XIV.

90 *Terminalia catappa*, auch Meer- oder Seemandel genannt, da die essbaren Samen seiner Früchte an Mandeln erinnern. Er ist als schattenspendender Zierbaum bis heute in Haiti sehr beliebt.

91 Die topografischen Gegebenheiten müssen die bedrohliche Wirkung der Trommeln und Muschelsignale noch verstärkt haben. Das Stadtgebiet von Port-au-Prince lag eingezwängt zwischen dem Meer und

dicht bewaldeten Hügeln, deren Hänge rings um den recht kleinen besiedelten Bereich steil anstiegen.

92 Nachdem die *marrons* im Lauf der Jahrzehnte zu einer immer größeren Bedrohung vor allem für die Plantagen in den fruchtbaren Ebenen im Südosten der Kolonie gewesen waren, war dieser erste, 1782 geschlossene Vertrag ein Versuch der Pflanzer, sich Ruhe zu erkaufen, indem sie den Sklaven ihre Freiheit und eine katholische Taufe versprachen, unter der Bedingung, dass diese sich nach Neiba im spanischen Teil der Insel zurückzogen. Da die *marrons* jedoch keine übergreifende Führung hatten, sondern sich in einzelnen Fluchtgemeinden organisierten, galt die Vereinbarung nur für diese eine Gruppe und stellte somit keine endgültige Lösung des Problems dar.

93 Marie Vieux-Chauvet verwendet hier das französische Wort *arrangé*, eine wörtliche Übernahme des kreolischen *ranjé* oder *rajé*. Der Glaube, dass durch den Kontakt mit zaubermächtigen Amuletten oder magische Praktiken besondere Kräfte auf Gegenstände, aber auch Tiere oder Lebensmittel übertragen werden können, ist bis heute im Vaudou weit verbreitet.

94 André-Ernest-Modeste Grétry (1741–1813) gilt als einer der bedeutendsten französischen Komponisten der zweiten Hälfte des 18. Jahrhunderts. Er ist vor allem für seine zahlreichen Opéras comiques bekannt, und leistete durch seine eingängigen, an italienischen Vorbildern geschulten Melodien einen wichtigen Beitrag zur Entwicklung dieser Gattung vom ursprünglichen Sprechtheater mit eingestreuten Arietten hin zu einer gesungenen Oper mit gesprochenen Dialogen.

95 Die beiden letzten Sätze müssten eigentlich im Präteritum und nicht im Plusquamperfekt formuliert sein. Eine Eigenheit des haitianischen Französisch, in dem Marie Vieux-Chauvet diesen Roman verfasste, sind jedoch gelegentliche Tempussprünge. Sie sind auf den Einfluss des Kreolischen zurückzuführen, in dem es keine konjugierten Verbformen gibt. Wir haben sie aus Gründen der Authentizität beibehalten.

96 Bezeichnung für eine Frau gemischter ethnischer Herkunft. Sie hat ein schwarzes und ein mulattisches Elternteil und weist somit ein eher dunkles Erscheinungsbild auf. Diese Bezeichnung ist vorwiegend in Martinique und Guadeloupe verbreitet, in Saint-Domingue wurde der entsprechende Phänotyp meist als *griffe* bzw. *griffonne* bezeichnet.

97 Dichte, starke Leinenstoffe, die in den bretonischen Städten Vitré und Morlaix für den Export, häufig in die Kolonien, gefertigt wurden.
98 Baumwolle, die seit 1730 in Saint-Domingue angebaut wurde, bildete neben Zucker, Kaffee und Indigo ein wichtiges Exportgut der Kolonie. Vor allem ab Mitte der 1760er-Jahre stieg die Baumwollproduktion rasant und Saint-Domingue wurde zu einem der wichtigsten Lieferanten von Rohbaumwolle nach Europa.
99 Abgesehen von seinem Namen, hat der haitianische *lougarou* nichts mit dem europäischen *loup-garou* (der französischen Bezeichnung für einen Werwolf) gemeinsam. Im Vaudou ist *lougarou* üblicherweise die Bezeichnung für einen weiblichen Vampir, der vor allem kleinen Kindern das Blut und damit das Leben aussaugt. In Port-au-Prince, wo Marie Vieux-Chauvet lebte, wird der Begriff aber auch für böse Hexer verwendet, die meist nachts in Gruppen ihr Unwesen treiben und Jagd auf Menschen machen, um sie zu verspeisen.
100 Guinea steht hier als *pars pro toto* für Westafrika, das Herkunftsland der Sklaven. Im Vaudou dient das alte westafrikanische Königreich Guinea bis heute als mythische Heimat und Sehnsuchtsort, die Anhänger des Vaudou bezeichnen sich als Söhne und Töchter Guineas, ihre Götter werden als «Götter Guineas» dem einen Gott der Katholiken gegenübergestellt, und nach ihrem Tod kehren die Gläubigen unter dem Ozean nach Guinea zurück.
101 Geschichten, vor allem Rätselgeschichten, darf man dem Volksglauben zufolge nur nach Sonnenuntergang erzählen, da die Dunkelheit den Zugang in die magische Welt der Erzählungen öffnet. Wer gegen dieses Gebot verstößt, riskiert den Tod eines nahen Angehörigen. Das obere Ende einer Wassermelone zu essen, führt laut Volksglauben zum Tod der Mutter.
102 Falls an diesem Finger zufällig ein Salzkorn kleben sollte, wird er ihr abfallen.
103 Geistwesen des Vaudou. Obwohl der Begriff häufig mit Gottheit übersetzt wird, gibt es im Vaudou streng genommen nur einen Gott (*le bondieu*). Die *loas* sind ihm untergeordnet und bilden die Verbindung zwischen der sichtbaren und der unsichtbaren Welt. Es gibt zahllose *loas*, mächtige und weniger mächtige, die sich während der Zeremonien manifestieren, indem sie von Menschen Besitz ergreifen.

104 Ein dichtes, gestreiftes Baumwollgewebe, auch «Schürzenzeug» genannt.
105 Die Früchte des Breiapfelbaums *(Manilkara zapota)*, auch Sapotillbaum oder Kaugummibaum genannt. Die Früchte erinnern in Geschmack und Konsistenz an Kakifrüchte, die Farbe ihrer Schale ähnelt der von Kartoffeln.
106 Diese Bezeichnung für Schwarze hatte in Saint-Domingue eine sehr abfälligen Note.
107 Die Überlandverbindungen waren in jener Zeit so schlecht, dass Schiffe oft die bequemste und schnellste Möglichkeit waren, von einer Küstenstadt in eine andere zu gelangen.
108 Ein Würfelspiel. In Saint-Domingue galt es, mit drei statt der üblichen zwei Würfeln gespielt, als das Lieblingsspiel der Wohlhabenden.
109 Die faserigen Überreste, die nach dem Auspressen der Zuckerrohrstängel übrig bleiben.
110 Als «Kongolesen» wurden in Saint-Domingue alle Sklaven bezeichnet, die aus dem riesigen Gebiet vom heutigen Gabun bis Angola kamen. Sie galten, vor allem wenn sie aus den Küstenregionen stammten, als lernfreudig, lebenslustig und freundlich, weshalb sie häufig im Haushalt eingesetzt wurden.
111 Marie Vieux-Chauvet verwendet an dieser Stelle den Begriff *quarteronne*, die in Saint-Domingue übliche Bezeichnung für eine Person, die zu einem Viertel schwarz und zu drei Vierteln weiß ist.
112 Der französische Beamte Alexandre Paul Marie de Laujon (*1766), dessen Name gelegentlich auch als Alfred de Laujon kursiert, verfasste mehrere Bücher über seine Zeit in Saint-Domingue. Er bewegte sich in den höchsten Kreisen der Kolonie und verfasste lebendige Schilderungen des gesellschaftlichen Lebens. In seinen Erinnerungen erwähnt er unter anderem einen Theaterbesuch in Port-au-Prince und eine Schauspielerin, bei der es sich wahrscheinlich um Minette gehandelt hat.
113 Eleganter, langsamer höfischer Tanz im ¾-Takt.
114 Ein rhythmischer, leidenschaftlicher Tanz, dessen Ursprünge in der Kongo-Region liegen. Auf ihn geht der spanische Fandango zurück, wobei unklar ist, ob die afrikanischen Rhythmen mit den Mauren nach Spanien gelangten oder auf dem Umweg über die spanischen Kolonien.

115 Eine Figur aus der italienischen Commedia dell'arte. Die Rolle der Colombina ist eine gewitzte junge Frau aus der einfachen Bevölkerung, die sich durch Lebensklugheit und Selbstbewusstsein auszeichnet. Gekleidet ist sie ihrem Stand entsprechend meist schlicht, und im Gegensatz zu anderen Figuren trägt sie keine Maske.
116 Triton: Ein Meergott der griechischen Mythologie.
117 Ein provenzalischer Volkstanz, bei dem die Tänzer einander bei den Händen halten und in einer langen Kette verschiedene Figuren ausführen.
118 Kleiner Schmuckanhänger.
119 Vor allem in den ersten Jahrzehnten der Kolonie war es verbreitete Praxis, dass sich Auswanderungswillige für drei Jahre zur Arbeit auf den Plantagen verpflichteten, um die Kosten der Überfahrt zu bezahlen. Während der Laufzeit ihres Vertrags war der Status dieser sogenannten *engagés* kaum besser als der der Sklaven, sie galten als Eigentum des Plantagenbesitzers, durften misshandelt, weiterverkauft oder verliehen werden. Nach Ablauf der sechsunddreißig Monate waren sie frei, sich in den Kolonien niederzulassen, Land zu kaufen oder einen Beruf auszuüben.
120 Neben den regulären französischen Truppen und der berittenen Landpolizei (*maréchaussée*) bildete die Miliz die dritte militärische Struktur der Kolonie. Im Gegensatz zur Maréchaussée, die dem Königlichen Intendanten zugeordnet war, unterstanden die Milizen wie die Truppen dem Oberbefehl des Gouverneurs. Während die Truppen in Friedenszeiten auf ihre Garnisonen beschränkt blieben, waren die Milizen auf Gemeindeebenen organisiert und übernahmen neben der lokalen Verteidigung (etwa gegen die *marrons*) zunehmend zivile Aufgaben und Kontrollen, wurden aber auch zu Diensten in den zahlreichen Forts und Batterien der Kolonie herangezogen. Ursprünglich waren alle freien Männer der Kolonie, weiße wie farbige, zum gelegentlichen Dienst in ihrer örtlichen Miliz verpflichtet, doch nachdem die Kolonialverwaltung die Milizen in den 1760er-Jahren professionalisierte und der Dienst dadurch sehr viel zeitaufwändiger wurde, kam es zu Protesten unter der weißen Bevölkerung, sodass mit der Zeit die Farbigen das Gros der Milizionäre bildeten. Da sie laut Gesetz keine privaten Waffen tragen durften, wurden sie von ihren Kommandanten für den Dienst

mit Waffen ausgestattet, was dazu führte, dass die Farbigenkompanien nicht nur besser organisiert und ausgebildet waren als ihre weißen Pendants, sondern auch besser bewaffnet.

121 Zwei der drei Hauptfiguren aus dem Stück *Jeannot et Thérése* (1758), der erfolgreichsten kreolischen Parodie des *Dorfwahrsagers* von Jean-Jacques Rousseau.

122 Kleine Küstenstadt etwa dreißig Kilometer westlich von Port-au-Prince.

123 *Iphigénie en Aulide*, Tragédie lyrique (die klassische höfische Form der französischen Oper) in drei Akten von Christoph Willibald Gluck (1714–1787), erstmals aufgeführt 1774 an der Académie Royale d'Opéra in Paris. Das Libretto von François-Louis Gand Le Bland Du Roullet (1716–1786) beruht auf Racines Drama *Iphigénie* (1674).

124 Die *Concerts de la Reine* («Konzerte der Königin») waren eine von Maria Leszczyńska (1703–1768), der Ehefrau Ludwigs XV. (1710–1774) initiierte höfische Konzertreihe. Die Konzerte, die zwischen 1725, unmittelbar nach Marias Hochzeit mit Ludwig XV., bis zu ihrem Tod mehrmals pro Woche stattfanden, genossen durch ihren prunkvollen Rahmen in den verschiedenen Königsschlössern, ihre finanzielle Ausstattung und die Anwesenheit illustrer Gäste ein großes Renommee.

125 Der Vertreter der juristischen Interessen des Königs vor den niederen Gerichten der Kolonie.

126 Die 1669 gegründete Académie d'Opéra, später Académie Royale de Musique, diente dazu, dem Publikum die klassische französische Operntradition nahezubringen. Sie genoss als einzige Institution das königliche Privileg, gesungene Dramen aufzuführen, was immer wieder zu Konflikten mit den Jahrmarktstheatern oder der aufkommenden Gattung der italienisch beeinflussten Comédie musicale führte. Aus der Académie d'Opéra ist die heutige Opéra national de Paris, die französische Nationaloper, hervorgegangen.

127 Sammelbezeichnung für verschiedene tropische Harthölzer. In Haiti ist damit vor allem der Guajakbaum (*Guaiacum officinale*) gemeint, dessen Holz aufgrund seines besonderen Glanzes für luxuriöse Möbel oder Kunstschnitzereien beliebt ist.

128 Lateinisch: «im Bildnis». Die Hinrichtung eines entflohenen Verbrechers *in effigie* wurde symbolisch an einer bildlichen Darstellung, etwa einem Gemälde oder einer Puppe, vollzogen.

129 Getränkezubereitung aus gesüßtem Tee, häufig mit Milch, manchmal auch mit Kaffee, Rum oder Kakao.

130 Eine schriftliche Anmeldung für ein künftiges Ereignis, eine erst noch herzustellende Ware, verbunden mit einer sofortigen Zahlungsverpflichtung. Solche Vorabverkaufsverfahren sind in verschiedenen Bereichen verbreitet, etwa im Buch- oder Weinhandel. In der Musik gehörte Wolfgang Amadeus Mozart zu den Ersten, die kommerzielle Sinfoniekonzerte auf Subskriptionsbasis anboten.

131 Als kleine Provinzstadt verfügte Léogane über keine besondere Theatertradition. Nachdem es vierzehn Jahre lang in der Stadt überhaupt kein Schauspielhaus gegeben hatte, was in der theaterbegeisterten Kolonie höchst ungewöhnlich war, errichtete der reiche Theaterliebhaber und Mäzen Labbé 1786 auf eigene Kosten ein neues Gebäude und holte Schauspieler aus den anderen Städten Saint-Domingues nach Léogane. Moreau de Saint-Méry erwähnt in seiner Schilderung der Stadt und des Theaters den Auftritt einer jungen Schauspielerin namens Lise, die ein ebenso verheißungsvolles Talent besitze wie ihre Schwester.

132 Louise-Rosalie Lefebvre (1755–1821), bekannt unter ihrem Künstlernamen Madame Dugazon, erregte schon in jüngsten Jahren die Aufmerksamkeit Grétrys und wurde zu einem der Stars der Opéra comique. Sie war so erfolgreich, dass die Rollen der munteren Soubrette in ihrer Zeit als *dugazons* bezeichnet wurden. Dabei war sie weniger für eine herausragende Stimme als für ihre Anmut und intelligente Darbietung bekannt.

133 Louise-Jeanne-Françoise Contat (1760–1813) debütierte mit sechzehn Jahren an der Comédie-Française. Auch sie brillierte auf den Pariser Bühnen in den Rollen der koketten Soubrette.

134 *Blaise et Babet ou La Suite des Trois Fermiers*, Opéra comique in zwei Akten von Jacques-Marie Boutet de Monvel (1745–1812), erstmals aufgeführt durch die Truppe der Comédie-Italienne am 4. April 1783 in Versailles. Die Bühnenmusik stammt von Nicolas Dezède (1740–1792).

135 *Les Voyages de Rosine*, Opéra comique in zwei Akten von Pierre-Antoine-Augustin de Piis (1755–1832), erstmals aufgeführt 1783.

136 *L'épreuve villageoise*, Opéra comique in zwei Akten von André-Ernest-Modeste Grétry, erstmals aufgeführt am 24. Juni 1784 in der Pariser Co-

médie-Italienne. Das Libretto stammt von Pierre-Jean-Baptiste Choudard Desforges (1746–1806).

137 *L'Amant Statue*, Opéra comique in einem Akt von Nicolas Dalayrac (1753–1809), erstmals aufgeführt am 4. August 1785. Das Libretto stammt von François-Georges Fouques Deshayes, genannt Desfontaines (1733–1825).

138 Louis-François Ribié (1758–1830), französischer Schauspieler, Dramaturg und Theaterdirektor. Als Sohn eines Puppenspielers begann er seine Laufbahn auf den Pariser Jahrmarktstheatern von Saint-Germain und Saint-Laurent. 1776 wurde er Mitglied der Grands Danseurs du Roi, einer auf Schwänke spezialisierten Theatertruppe, zu der neben Schauspielern auch eine Vielzahl von Akrobaten, Seiltänzern und sonstigen Artisten gehörte. Nachdem er sich zum Star dieses Theaters entwickelt hatte, gründete er 1787 seine eigene Schauspieltruppe, die Comédiens de Paris, mit der er noch im selben Jahr eine erfolgreiche Tournee nach Saint-Domingue unternahm. Sein abenteuerliches Leben umfasste ferner die Beteiligung am Sturm auf die Bastille, weitere Reisen in die Karibik, diverse Gefängnisaufenthalte wegen Trunkenheit und unangemessenen Verhaltens sowie mehrere Direktorenposten an Provinztheatern, um seinen Pariser Gläubigern zu entfliehen.

139 Saint-Domingues Erscheinungsbild ähnelte einem nach Westen hin geöffneten Hufeisen, bestehend aus zwei lang gestreckten Halbinseln im Norden und Süden sowie einem die beiden Halbinseln verbindenden Mittelteil. Dieser geografischen Erscheinung folgte auch die Aufteilung der Kolonie in drei Provinzen: Die nördliche Halbinsel bildete die Nordprovinz mit der Hauptstadt Cap Français, die südliche Halbinsel die Südprovinz mit ihrer Hauptstadt Les Cayes. Der Mittelteil zwischen den beiden Halbinseln umfasste die Westprovinz mit der Hauptstadt Port-au-Prince. Die gebirgige Struktur der Kolonie führte dazu, dass zwischen den einzelnen Provinzen nur wenige Verbindungen bestanden und diese sich sehr eigenständig entwickelten. Wenn Monsieur Acquaire hier also vom «Westen» spricht, ist damit nicht der Westteil der Insel Hispaniola, also die gesamte Kolonie, gemeint, sondern lediglich die Westprovinz. In ganz Saint-Domingue lebten Ende der 1780er-Jahre knapp 500 000 Sklaven.

140 Gemeint ist hier nicht die berühmte Opera buffa *Il barbiere di Siviglia* von Gioachino Rossini, die erst 1816 entstand, sondern die vieraktige Komödie *Le Barbier de Séville* von Pierre-Augustin Caron de Beaumarchais (1732–1799). Das 1775 durch die Schauspieler der Comédie-Française uraufgeführte Stück gehört zwar ins Sprechtheater, enthält jedoch einige Musikstücke, die Beaumarchais wahrscheinlich aus seiner früheren, von der Comédie-Française abgelehnten und heute verlorenen Opéra-comique-Fassung des Stoffs übernommen hat.

141 Diesen Satz schreibt Mozard 1991 in der Subskriptionsanzeige für seine neu gegründete Zeitung *Gazette de Saint-Domingue*.

142 Er war damit Inhaber des ersten und einzigen bekannten «Presseausweises» in der Geschichte des Theaters von Saint-Domingue.

143 Auf dem Bahoruco, einer gebirgigen Region im Grenzgebiet zwischen Saint-Domingue und der spanischen Kolonie Santo Domingo, hatte sich eine große Gruppe von *marrons* niedergelassen, die seit vielen Jahren sowohl auf französischer als auch auf spanischer Seite die Plantagen in den Ebenen bedrohten. Im Frühjahr 1785 schlossen die französische und die spanische Kolonialverwaltung mit ihnen einen Friedensvertrag: Die *marrons* unter ihrem Anführer Santyague (einem spanischen Kreolen) legten die Waffen nieder, dafür wurde ihnen im Gegenzug die Freiheit zugesichert. Der größte Teil ihrer Gruppe siedelte sich auf der französischen Seite an, wo ihnen Ländereien für ihren Unterhalt zur Verfügung gestellt wurden. Darüber hinaus verpflichteten sie sich, die Maréchaussée bei der Jagd auf entlaufene Sklaven zu unterstützen – für jeden gefangenen Sklaven sollten sie zwölf Gourdes erhalten.

144 Nach der holländischen Stadt Utrecht benannter Mohairvelours. Durch die besondere Prägung wird der edle, seidige Glanz der Mohairfaser betont, was diesen Samt in Verbindung mit seiner großen Strapazierfähigkeit zu einem beliebten Möbelstoff machte.

145 Traditioneller rhythmischer Tanz afrikanischen Ursprungs, der in allen französischen Kolonien der neuen Welt verbreitet war. Er spielt bis heute eine wichtige Rolle bei den Zeremonien des Vaudou.

146 *Nina ou la Folle par amour*, Opéra comique in einem Akt von Nicolas Dalayrac (1753–1809), einem der produktivsten Komponisten dieses Genres. Das Libretto der am 15. Mai 1786 erstmals öffentlich aufgeführten Oper stammt von Benoît-Joseph Marsollier (1750–1817). Dalayrac

wechselte mit diesem Stück vom heiteren ins sentimentale Fach und rückte eine Wahnsinnige ins Zentrum des Geschehens (Nina verliert den Verstand, nachdem ihr Verlobter bei einem Duell ums Leben kommt, erst sein Erscheinen als Geist bewirkt ihre Genesung). Da Komponist und Librettist besorgt waren, wie dieses Thema vom Publikum aufgenommen werden würde, entschieden sie sich zunächst für zwei private Vorstellungen. Doch ihre Sorge war unbegründet, das Publikum war begeistert, und schon bald galt die Oper als eines von Dalayracs Meisterwerken.

147 Vincent Ogé (ca. 1755–1791) wurde als Sohn eines wohlhabenden Weißen und einer Mulattin in Dondon geboren, einer kleinen Gemeinde im Nordmassiv, etwa 110 Kilometer nördlich von Port-au-Prince. Nach einem Studium in Bordeaux kehrte er nach Saint-Domingue zurück und übernahm den in Cap Français ansässigen Überseehandel seines Vaters. Da mit dem Beginn der Revolution und den sich verschärfenden Spannungen zwischen Weißen und *people of colour* seine Hoffnungen zerplatzten, als reicher, hellhäutiger Mulatte langfristig in die Oberschicht der Kolonie aufzusteigen, reiste er erneut nach Frankreich, um sich in Paris politisch für die Rechte der *people of colour* in den Kolonien zu engagieren. Als auch diese Bemühungen keinen Erfolg zeigten, kehrte Ogé nach Saint-Domingue zurück und stellte sich an die Spitze des Aufstands gegen die weißen Pflanzer.

148 *Arlequin mulâtresse protégée par Makandal*. Dieses im März 1786 nur ein einziges Mal aufgeführte und heute nicht mehr erhaltene Stück kam beim Publikum so schlecht an, dass Acquaire sich gezwungen sah, sich in seiner Eigenschaft als Direktor des Schauspielhauses öffentlich für die misslungene Aufführung zu entschuldigen, ohne jedoch seine Verfasserschaft einzugestehen.

149 *Renaud d'Ast*, Opéra comique in zwei Akten von Nicolas Dalayrac, erstmals aufgeführt durch die Truppe der Comédie-Italienne am 19. Juli 1787. Das Libretto stammt von Jean Baptiste Radet (1751–1830) und Pierre-Yves Barré (1749–1832). Der als Nicolas Alayrac geborene und unter dem Namen d'Alayrac berühmt gewordene Komponist verkürzte seinen Künstlernamen beim Ausbruch der Revolution zu Dalayrac.

150 Das Madrigal ist ein kurzes, meist an eine Frau gerichtetes galantes Gedicht ohne strenge Form. Ursprünglich aus der provenzalischen Lyrik

stammend, zeichnen sich Madrigale durch die anmutige, geistreiche Gestaltung eines einzelnen Gedankens aus.

151 Alexandre Sabès Pétion (1770–1818) kämpfte als Offizier während der haitianischen Revolution. Er gilt als einer der Gründerväter der Republik Haiti, deren Präsident er von 1806 bis zu seinem Tod war.

152 Es könnte sein, dass Marie Vieux-Chauvet an dieser Stelle ein Irrtum unterlaufen ist und sie statt *Die schöne Héloïse* (ein Buch, auf dessen Existenz es keinerlei Hinweis gibt) tatsächlich *Julie oder Die neue Héloïse* gemeint hat, einen 1761 erschienenen Briefroman von Jean-Jacques Rousseau, der zu den größten belletristischen Erfolgen des 18. Jahrhunderts zählt. Die gefühlvolle Liebesgeschichte wäre auch ein passender Gegenpol zu *Margot la Ravaudeuse* (1750 oder 1753), ein erotisch galanter Roman von Louis-Charles Fougeret de Monbron (706–1760), der sich in der zweiten Hälfte des 18. Jahrhunderts ebenfalls großer Beliebtheit erfreute.

153 Angesichts der horrenden Staatsverschuldung sah sich Ludwig XVI. gezwungen, im Mai 1789 die Generalstände einzuberufen, eine Versammlung von Vertretern der drei Stände (Adel, Klerus und Dritter Stand, d. h. Bürger und freie Bauern), die seit 1614 nicht mehr getagt hatte. Um den drohenden Staatsbankrott abzuwenden, wollte sich der König von diesem Gremium die Erhebung neuer Steuern bewilligen lassen. Da vor allem die Vertreter des Dritten Standes ihre Hoffnung auf politische Mitbestimmung enttäuscht sahen, kam es zum Bruch mit Adel und Klerus, und sie erklärten sich am 17. Juni 1789 zur alleinigen Interessenvertretung des französischen Volkes. Dies war der erste Schritt zur Abschaffung des Absolutismus und einer der Meilensteine in der Geschichte der Französischen Revolution.

Im Vorfeld des Zusammentretens der Generalstände bemühten sich die reichen Plantagenbesitzer und Kaufleute der Kolonien darum, ebenfalls Vertreter in die Versammlung entsenden zu dürfen, um über ihre Geschicke mitzubestimmen, dies wurde jedoch durch den für die Kolonien zuständigen Marineminister abgelehnt.

154 Am 26. August 1789 verabschiedete die neue französische Nationalversammlung die *Erklärung der Menschen- und Bürgerrechte*. Vom Gedankengut der Aufklärung beeinflusst, wurden in ihren siebzehn Artikeln die unveräußerlichen Rechte festgehalten, die jedem französischen

Bürger zustanden, darunter das Recht auf Freiheit, politische Teilhabe und freie Meinungsäußerung.

155 Der Sturm auf die Bastille, jenes Symbol der absolutistischen Unterdrückung, am 14. Juli 1789 gilt, obwohl militärisch bedeutungslos, als der Beginn der Französischen Revolution.

156 Im Sprachgebrauch der damaligen Zeit wurde mit Saint-Domingue zum einen die französische Kolonie im Westteil der Insel bezeichnet, zum anderen auch, wie hier, die gesamte Insel unter Einbeziehung der spanischen Kolonie Santo Domingo.

157 Der Generalgouverneur war für die militärische Führung der gesamten Kolonie verantwortlich. Ihm untergeordnet waren drei weitere Provinzgouverneure für die Nord-, die West- und die Südprovinz.

158 Als «aktive Bürger» galten im revolutionären Frankreich diejenigen Staatsbürger, die das fünfundzwanzigste Lebensjahr vollendet hatten, seit mindestens einem Jahr in einem Kanton lebten und in der Lage waren, alle geforderten Steuern und Abgaben zu zahlen. Sie genossen, im Gegensatz zu den «passiven Bürgern», die diese Kriterien nicht erfüllten, ein aktives und passives Wahlrecht. Allerdings gliederten sich auch die «aktiven Bürger» in zwei Gruppen: Wer Steuern in Höhe von etwa drei durchschnittlichen Tagelöhnen der jeweiligen Region zahlte, genoss das Wahlrecht auf lokaler Ebene, wer dagegen Steuern in Höhe von etwa zehn durchschnittlichen Tagelöhnen zahlte (was auf etwa ein Prozent der aktiven Bürger zutraf), für den erstreckte sich das Wahlrecht auch auf regionale und nationale Ebene. Von einem Bürgerstatus mit allen damit verbundenen Rechten ausgeschlossen waren grundsätzlich Frauen, Arme und die zahllosen Einzelpersonen, denen aus individuellen Gründen das Bürgerrecht aberkannt worden war.

159 Thomas-Antoine de Mauduit du Plessis (1753–1791), bretonischer Adliger, der sich als Offizier große Anerkennung im Amerikanischen Unabhängigkeitskrieg erworben hatte. Ihm wurde 1787 das Kommando über die Garnison von Port-au-Prince übertragen.

160 *La Répétition interrompue*. Im allgemeinen Freudentaumel über die aus Frankreich eintreffenden Nachrichten verfasste Charles Mozard dieses «Divertissement national» in einem Akt innerhalb einer Woche. Die Schauspieler fanden sich in der seltsamen Lage wieder, sich gewissermaßen selbst darstellen zu müssen, denn das heute nicht mehr erhal-

tene Stück spielte im Theater von Port-au-Prince, wo während einer Probe die unglaublichen Nachrichten aus Paris eintreffen. Die Schauspieler beschließen, diesen Anlass gebührend zu begehen, brechen ihre Probe ab und drängen den im Theater anwesenden Dichter Ramezeau dazu, auf der Stelle ein «nationales Divertimento» zu schreiben.

161 Bei diesen Männern handelt es sich allesamt um spätere militärische Anführer der *people of colour* im Kampf gegen die weißen Pflanzer.

162 Am 25. Januar 1789 gegründete Interessenvertretung der Notablen und Pflanzer der Westprovinz, die als Wahlversammlung für die Delegiertenwahlen zu den Generalständen dienen sollte. Nachdem der Kronrat sich endgültig geweigert hatte, die entsprechenden Wahlen auszuschreiben und Abgeordnete aus Saint-Domingue zuzulassen, organisierten sie die Wahlen heimlich und in eigener Regie. Gemeinsam mit vergleichbaren Komitees in der Nordprovinz (angesiedelt in Cap Français) und in der Südprovinz wurden sie zu frühen treibenden Kräften der domingischen Revolution.

163 Bei Espingolen handelte es sich um kurze Musketen mit trichterförmig erweiterter Mündung, was eine breitere Streuung der verwendeten Schrotmunition ermöglichte. Rostaing-Kanonen waren leichte, bewegliche Einpfündergeschütze. Die geschilderten Ereignisse spielten sich am 30. Juli 1790 ab.

164 Die Société des Amis des Noirs war eine im Februar 1788 in Paris gegründete Gesellschaft, die die Gleichheit von Weißen und freien Schwarzen in den Kolonien, eine sofortige Beendigung des Sklavenhandels und mittelfristig die Abschaffung der Sklaverei forderte. Zu ihren bekanntesten Mitgliedern gehörte der Abbé Grégoire. Ihr wesentlicher politischer Gegenspieler war der Club Massiac, ein Zusammenschluss von Vertretern der Pflanzerlobby und der Handelsbourgeoisie in den französischen Hafenstädten, dessen Mitglieder in der Nationalversammlung über großen Einfluss verfügten, weshalb die Wirkung der Société begrenzt blieb.

165 Jean-Baptiste Chavannes (um 1748–1791), Sohn wohlhabender mulattischer Eltern aus Grande-Rivière-du-Nord, einer Gemeinde in der Nordprovinz, etwa 25 Kilometer von Cap Français entfernt. Wie so viele der aufständischen *affranchis* hatte er im Amerikanischen Unabhängigkeitskrieg gekämpft. Im Gegensatz zu Vincent Ogé, der sich vornehm-

lich für die Rechte der *people of colour* einsetzte, forderte Chavannes darüber hinaus die Abschaffung der Sklaverei.

166 Eine Gruppe von Delegierten bei den Generalständen, hauptsächlich Angehörige des Dritten Standes, die sich durch besonders fortschrittliche Ideen auszeichneten.

167 Durch ein am 28. März 1790 von der Nationalversammlung erlassenes Dekret wurden alle freien Grundeigentümer und Steuerzahler in den französischen Kolonien ohne Unterscheidung der Hautfarbe zu gleichberechtigten Wahlberechtigten erhoben. Allerdings wurde der Begriff der «freien Farbigen» auf Betreiben der Pflanzerlobby durch «Personen» ersetzt, wodurch die *affranchis* nicht mehr explizit erwähnt wurden und ihre Beteiligung an künftigen Wahlen erneut dem Ermessen der Kolonialparlamente überlassen blieb.

168 Tatsächlich hatten Ogé und Chavannes in ihrem Brief mehr oder weniger unverhohlen mit der Anwendung von Gewalt gedroht, sollten ihre Forderungen kein Gehör finden. Allerdings hatten sie in Erwartung einer Antwort auf ihr Schreiben noch keine konkreten Vorbereitungen für eine bewaffnete Auseinandersetzung getroffen. Die Provinzialversammlung des Nordens warf ihnen vor, einen Aufstand zu planen, und ließ die Armee gegen die Rebellen ausrücken, woraufhin sich die knapp dreihundert *affranchis* einer überwältigenden Übermacht französischer Soldaten gegenübersahen.

169 André Rigaud (1761–1811), Sohn eines reichen weißen Gerichtsvollziehers aus Les Cayes und dessen schwarzer Sklavin, stieg in der Frühphase der Aufstände zu einem der wichtigsten Heerführer der *people of colour* in der Südprovinz und im Westen der Kolonie auf. Im weiteren Verlauf der Revolution geriet er jedoch zunehmend in Konflikt mit den aufständischen Sklaven unter der Führung von Toussaint Louverture.

170 Gut fünfzig Kilometer nordöstlich von Port-au-Prince gelegene Gemeinde am Ufer des Artibonite, nahe der damaligen Grenze zum spanischen Teil der Insel.

171 Cap Français war aufgrund seiner günstigeren Lage seit jeher Sitz des Gouverneurs in Kriegszeiten und Zeiten innerer Unruhen.

172 Großer Salzwassersee im Nordosten von Port-au-Prince.

173 Ursprünglich wurde mit dem Begriff «Konkordat», unter dem man heute üblicherweise einen Vertrag zwischen dem Heiligen Stuhl und

einem anderen Staat versteht, jegliche Übereinkunft bezeichnet. Das sogenannte «Konkordat von Damiens» wurde am 23. Oktober 1791 auf der Plantage Damiens unweit von Port-au-Prince unterzeichnet. Zu den wichtigsten Punkten der Vereinbarung gehörte, dass die *affranchis* von nun an gleichberechtigt mit den Weißen in allen Provinzialversammlungen, selbst in der Kolonialversammlung vertreten sein sollten. Zu diesem Zweck sollten all diese Gremien neu gewählt werden.

174 Der genuesische Abenteurer Praloto war als Matrose auf einem der Schiffe mit den Regimentern aus dem Artois und der Normandie nach Port-au-Prince gekommen. Seine Brutalität und seine revolutionäre Gesinnung machten ihn in den Augen der Roten Bommel zum richtigen Mann, um sowohl Royalisten als auch die rebellierenden *affranchis* in Schach zu halten. Nachdem de Caradeux in den unruhigen Zeiten nach der Ermordung de Mauduits und der Flucht des Gouverneurs nach Cap Français die Führung der neu geschaffenen Nationalgarde übernommen hatte, übertrug er Praloto das Kommando über deren Artillerie.

175 Das Zitat stammt in abgewandelter Form aus Bossuets zweiter Predigt zum Vierten Fastensonntag «Über den Ehrgeiz».

176 *La Gourmande* («die Gefräßige») lautete der Name der Kanone.

177 Einer der Punkte im Abkommen von Damiens besagte, dass alle in der Vergangenheit gegen *affranchis* ergangenen Urteile wegen Auseinandersetzungen mit Weißen auf ihre Rechtmäßigkeit überprüft werden sollten. Dies war bisher nicht geschehen.

178 Kleiner Ort etwa zwölf Kilometer nordöstlich von Port-au-Prince in der Cul-de-Sac-Ebene.

179 Das gesamte Stadtgebiet von Port-au-Prince bestand aus rechtwinklig angelegten Straßen und durchnummerierten Häuserblocks, sogenannten «îlets». Das «Îlet de l'Horloge» wurde nach der ersten öffentlichen Uhr in Port-au-Prince benannt, die François Mesplès 1776 an der dem Meer zugewandten Seite des von ihm errichteten Häuserblocks hatte anbringen lassen. Die große Glocke der in Frankreich gefertigten Uhr schlug die halbe und die ganze Stunde und war in ganz Port-au-Prince zu hören.

180 Die fünfhundert Häuser, die durch die Feuersbrunst am 22. November 1791 zerstört wurden, umfassten etwa drei Viertel der gesamten Stadt, das Geschäftsviertel beim Handelshafen wurde beinahe vollständig zer-

stört. Zweitausend *affranchis* sollen bei dem Massaker durch die landlosen Weißen und Pralotos Truppen umgekommen sein.

181 Das war leicht möglich, da Port-au-Prince nicht über eigene Quellen verfügte, sondern lediglich über drei Kanäle aus dem Umland mit Wasser versorgt wurde.

182 In der Nacht vom 22. auf den 23. August 1791 griffen die Sklaven in der Nordprovinz zu den Waffen. Ihr Aufstand gilt allgemein als der Beginn der Revolution in Saint-Domingue, die 1804 mit der Unabhängigkeit von Frankreich und der Gründung der Republik Haiti endete.

183 Die aus dem Juristen Ignace-Frédéric de Mirbeck und den beiden Kolonialbeamten Philippe Rume und Edmond Saint-Léger bestehende Zivilkommission wurde von der Nationalversammlung nach Saint-Domingue entsandt, als man in Paris noch nichts über den Sklavenaufstand und die jüngsten gewaltsamen Auseinandersetzungen zwischen Kolonisten und *affranchis* wusste. Daher hatte man auch darauf verzichtet, ihnen ein größeres Truppenkontingent mitzugeben, um die aufrührerischen Pflanzer nicht noch weiter zu provozieren. Als die Kommissare am 28. November 1791 in Cap Français an Land gingen, hatten sie somit wenig Möglichkeiten, die Situation mithilfe der Armee wieder unter Kontrolle zu bringen.

184 Nachdem die Nationalversammlung den Kolonien bisher bei der Regelung innerer Angelegenheiten, also auch in allen die freien *people of colour* und Sklaven betreffenden Belangen, weitgehend freie Hand gelassen hatte, änderte sich diese Haltung angesichts der immer offener zutage tretenden Autonomiebestrebungen der domingischen Pflanzer, verbunden mit ihrer Unfähigkeit, der Unruhen in der Kolonie Herr zu werden. Das Dekret vom 4. April 1792 beinhaltete u. a., dass alle freien *people of colour*, die den Zensusbedingungen entsprachen, das aktive und passive Wahlrecht erhielten und sämtliche kolonialen Gremien unter Einbeziehung dieser Bevölkerungsgruppe neu gewählt werden mussten. Zur Umsetzung des Dekrets wurde eine weitere Zivilkommission, bestehend aus den Juristen Léger-Félicité Sonthonax, Etienne Polverel und Jean-Antoine Ailhaud, nach Saint-Domingue entsandt. Am 18. September 1792 trafen sie, begleitet von einer 6000 Mann starken Armee, in Cap Français ein, um die Kolonie endlich zu befrieden und die rechtliche Gleichstellung der *affranchis* durchzusetzen.

185 Wie in dem Dekret vorgesehen, lösten die Zivilkommissare gleich nach ihrer Ankunft die Kolonialversammlung auf und ersetzten sie durch eine «Provisorische Kommission», in der jeweils zur Hälfte Vertreter der früheren Kolonialversammlung und von den Zivilkommissaren benannte *affranchis* vertreten waren. Dieses neue Gremium erhielt eine Reihe von Entscheidungsbefugnissen und fungierte für die Dauer des Krieges als Volksvertretung.

186 Der im April 1792 in Europa ausgebrochene Erste Koalitionskrieg gegen das revolutionäre Frankreich erstreckte sich auch auf Übersee und die jeweiligen Kolonien der beteiligten Länder.

187 Kleinere Ortschaften in der Nordprovinz, für deren Verteidigung der in Cap Français verbliebene Sonthonax verantwortlich war, während Polverel in Port-au-Prince das Kommando über die Westprovinz übernommen hatte und Ailhaud an der Spitze der Südprovinz stand.

188 Zitat aus einem Zeitungsartikel, den der Abolitionist Sonthonax schon 1791, also noch vor seiner Berufung zum Zivilkommissar, verfasst hatte.

189 Küstenstädte westlich von Cap Français, was bedeutet, dass die Hauptstadt des Nordens nun von beiden Seiten bedroht war.

190 Am 29. August 1793 erklärte Sonthonax die Abschaffung der Sklaverei in der Nordprovinz. Am 21. September dehnte Polverel diese Entscheidung auch auf den Westen und den Süden der Kolonie aus.

191 Während der Revolution dienten solche «Altäre des Vaterlands» oder «Altäre der Freiheit» als symbolische Verkörperung von Nation und Bürgersinn. Sie waren Schauplatz von Feierlichkeiten und bürgerlichen Zeremonien. Diese revolutionären Monumente konnten unterschiedlichste Gestalt haben und sollten laut Gesetz in jeder französischen Gemeinde errichtet werden.

192 «Girondisten» war der Name einer Gruppe von Abgeordneten aus dem gehobenen Bürgertum, die erstmals im Oktober 1791 in der Gesetzgebenden Nationalversammlung in Erscheinung trat.

193 Ein Verweis auf Lk 23,34: «Vater, vergib ihnen, denn sie wissen nicht, was sie tun» gehört zu den letzten Worten Jesu am Kreuz.

Nachwort

Am 1. Januar 1804 schüttelten Saint-Domingues Revolutionäre die frühere Kolonialherrschaft ab und erklärten ihre Inselnation zur souveränen Republik Haiti. Dieser außerordentliche Akt absoluter Verweigerung verlieh dem Land einen anhaltenden Ausnahmestatus: Erste erfolgreiche Sklavenrevolution der Welt, Erster unabhängiger Staat der Karibik und Erste schwarze Republik des amerikanischen Kontinents. All diese «ersten Male» führten dazu, dass die Haitianer bis zum heutigen Tag durch diesen beispiellosen historischen Moment definiert und auf der Weltbühne an der langen Geschichte aus politischer Korruption, «Naturkatastrophen» und sozialen Unruhen gemessen werden, die auf die inzwischen zwei Jahrhunderte zurückliegende Revolution folgte.

Der Unabhängigkeitskrieg des 19. Jahrhunderts bildet nicht nur die Grundlage für den Zustand Haitis im 20. und 21. Jahrhundert, sondern hinterließ der jungen Nation zugleich ein höchst belastetes Erbe. In einer atlantischen Welt, die noch lange nach 1804 an der Unterwerfung Afrikas und seiner Nachfahren festhielt, stellte der von Schwarzen geäußerte Ruf nach Freiheit oder Tod das in der amerikanischen Sphäre dominierende Narrativ weißer Überlegenheit und Eroberung auf den Kopf. Haiti wurde zu einer einsamen Bastion radikaler Freiheit in einer «aufgeklärten» modernen Welt, die in ihrem Bild von universeller menschlicher Freiheit zynischerweise auch Raum für die Sklaverei ließ. Daher wurde die Revolution von den europäischen Kolonialmächten und den imperialistischen Vereinigten Staaten jahrzehntelang weitgehend ignoriert, verschwiegen oder auf sonstige Weise unterminiert – zumindest soweit es die Geschichtsschreibung betrifft.

In der literarischen Fiktion stellt sich die Lage anders dar. Seit dem frühen 19. Jahrhundert haben Schriftsteller aus Europa und dem amerikanischen Raum – wie die karibischen Intellektuellen Édouard Glissant und

Alejo Carpentier, die französischen Dichter Alphonse de Lamartine und Victor Hugo, der amerikanische Romancier Madison Smartt Bell und die deutsche Autorin Anna Seghers – eine Vielzahl von Werken geschaffen, in denen sie die über ein Jahrzehnt währende Abfolge spektakulärer Ereignisse und heroischer Akteure der Revolution zu erklären versuchen. Die haitianischen Schriftsteller selbst jedoch haben das Thema, obwohl die Revolution und ihr vielfältiges Erbe in Straßennamen, Denkmälern, Anspielungen in politischen Debatten, Malerei und Musik allgegenwärtig ist, konsequent gemieden. Der Grund für diese auffallende Leerstelle ist sehr wahrscheinlich die Art und Weise, wie die Revolution bis heute von politischen Führern Haitis vereinnahmt und ausgeschlachtet wurde – das berüchtigtste Beispiel lieferte der Diktator François «Papa Doc» Duvalier, dessen totalitäres Regime (1957–1971) den politischen Hintergrund für einen Großteil von Marie Vieux-Chauvets literarischem Schaffen bildete.

Mit seinem Eintreten für eine *noiristische* («authentisch» schwarze) Lesart der Geschichte, der zufolge Haitis wohlhabende «mulattische» Elite seit Langem die politische Macht monopolisiert und Haitis schwarze Bevölkerungsmehrheit unterdrückt habe, trieb Duvalier eine bereits von verschiedenen Politikern vor ihm genutzte Strategie auf die Spitze. Bewusst setzte er ein heroisch-nationalistisches (und männliches) Narrativ der Revolution ein, um die Massen zu manipulieren und von den aktuellen politischen und sozialen Missständen Haitis abzulenken. Es scheint, als seien die haitianischen Schriftsteller vor dem Risiko zurückgeschreckt, solche Tendenzen durch ihr Schaffen zu legitimieren.

Der Tanz auf dem Vulkan (1957) bildet in dieser Hinsicht die große Ausnahme. Zu dem Zeitpunkt, als Marie Vieux-Chauvet ihren Roman verfasste, existierte kein anderes Prosawerk des 20. Jahrhunderts, das die haitianische Revolution in gleichem Maße thematisierte oder gar in den Vordergrund stellte. Aber auch dieser Roman befasst sich nicht unmittelbar mit den Ereignissen des offiziellen Unabhängigkeitskrieges. Vieux-Chauvet siedelt ihre Geschichte klar in vorrevolutionärer Zeit an – vor dem Ausbruch der eigentlichen Kämpfe, dem Auftreten der großen Helden und dem Beginn der entscheidenden historischen Ereignisse der

Revolution. Mit ihrem Werk taucht sie ein in das eng miteinander verflochtene Leben jener Menschen unterschiedlicher ethnischer und gesellschaftlicher Herkunft und divergierender politischer Ansichten, die Saint-Domingue in den Jahren vor dem endgültigen Ausbruch des Konflikts bevölkerten. Sie vermittelt ihren Leserinnen und Lesern einen Eindruck von deren Dasein am Rand der Apokalypse. Wie schon in ihrem ersten Roman ist sie bestrebt, die kleinen, intimen Geschichten derjenigen zu erzählen, die diese turbulentesten Momente der haitianischen Vergangenheit durch- und überlebten, um dadurch zu einem besseren Verständnis von Haitis komplizierter Gegenwart beizutragen.

Marie Vieux-Chauvets Talent, Geschichte so zu darzustellen, dass sie ein Licht auf die Gegenwart wirft, ist weithin bekannt, und auch darüber hinaus nimmt sie in der haitianischen Literaturgeschichte eine ganz besondere Stellung ein. Als Verfasserin von fünf Romanen und zwei Theaterstücken gilt sie als eine der wichtigsten und innovativsten Stimmen des haitianischen Literaturkanons. Sie wurde mit renommierten Literaturpreisen ausgezeichnet und genießt die Anerkennung zahlreicher haitianischer Schriftsteller, die sie als ihre Vorläuferin bezeichnen. Vor allem unter den Autorinnen in Haiti und der internationalen Diaspora ist ihr Einfluss bis heute spürbar. Zeitgenössische haitianische Schriftstellerinnen, darunter Edwidge Danticat, Kettly Mars oder Yanick Lahens, verweisen ausdrücklich auf Vieux-Chauvets Pionierleistung, die durch ihr literarisches Genie den Weg für das Erzählen von Geschichten bereitete, die die ganz persönlichen Alltagserfahrungen von Frauen unterschiedlicher Herkunft, Hautfarbe und gesellschaftlicher Stellung in den Mittelpunkt stellen.

Als Tochter des Senators und Botschafters Constant Vieux und dessen von den Jungferninseln stammender jüdischer Ehefrau Delia Nones gehörte die privilegierte, kultivierte Marie Vieux-Chauvet zur Bourgeoisie von Port-au-Prince. Das hübsche junge Mädchen besuchte den Annexe de l'École Normale d'Institutrices, eine Ausbildungsstätte für Grundschullehrerinnen, wo sie 1933 im Alter von siebzehn Jahren ihren Abschluss machte. Anschließend heiratete sie den angesehenen Arzt Aymon

Charlier und bekam mit ihm drei Kinder. Nach ihrer Scheidung heiratete sie den Reisebürobesitzer und Tourismusminister Pierre Chauvet. Diese zweite Ehe hielt, bis sie Ende der 1960er-Jahre ins New Yorker Exil gehen musste. Während dieser mehr als dreißig Jahre widmete sich Marie Vieux-Chauvet ausschließlich dem Schreiben, anfangs von Theaterstücken, später mehrerer Romane, was sie zur produktivsten und gefeiertsten haitianischen Autorin ihrer Zeit (und womöglich bis in die Gegenwart) machte.

Ihre drei ersten Romane veröffentlichte Marie Vieux-Chauvet in rascher Folge: 1954 erschien *Töchter Haitis*, drei Jahre später *Der Tanz auf dem Vulkan* und wiederum drei Jahre später, 1960, *Fonds des Nègres (Wiedersehen in Fonds des Nègres)*. Jedes dieser frühen fiktionalen Werke thematisiert mit kühner Schärfe Fragen der Ungleichbehandlung aufgrund von Klassenzugehörigkeit, ethnischer Herkunft, Sexualität und Geschlecht und strotzt geradezu von kaum verhüllten Verweisen auf die Korruption und Brutalität des haitianischen Staats. Gemeinsam bereiten diese drei Romane den Boden für das explosive, 1968 veröffentlichte Triptychon *Liebe, Wut, Wahnsinn*, Vieux-Chauvets schonungslose Anklage gegen totalitäre Staatsgewalt und deren spezielle Auswirkungen auf Frauen. Es sollte ihr letztes Werk sein, bevor sie Haiti verlassen musste. Im New Yorker Exil schrieb sie noch den Roman *Les rapaces (Die Raubvögel)*, in dem sie unverhohlen die skrupellose Geschäftemacherei des haitianischen Regimes mit Blutkonserven und Leichen beschreibt. 1973 verstarb sie mit nur 57 Jahren an einem Hirntumor

Neben ihrer eigenen schriftstellerischen Tätigkeit pflegte sie eine intensive Freundschaft zu einer Gruppe gefeierter, politisch engagierter Dichter, allesamt männlichen Geschlechts, die unter dem Namen *Haïti Littéraire* bekannt waren und die sich in ihrem Haus in einem wohlhabenden Vorort der Hauptstadt Port-au-Prince regelmäßig zum literarischen Salon trafen. Dank ihrer Familie und ihrer Ausbildung verfügte Marie Vieux-Chauvet über enge Beziehungen zur intellektuellen Elite Haitis der Jahrhundertmitte. Eine der wichtigsten davon war die Verbindung mit dem bedeutenden haitianischen Historiker Jean Fouchard, Autor der 1955 erschienen Monografie *Le Théâtre à Saint-Domingue* (*Das Theater in Saint-Domingue*), einer umfassend dokumentierten Studie über das koloniale Theaterleben im 18. Jahrhundert, auf der *Der Tanz auf dem Vulkan* beruht. Vieux-Chauvet und Fouchard verkehrten in denselben Kreisen in Port-au-Prince, sie wurden zu denselben Abendessen eingeladen, waren Mitglieder in denselben Privatclubs und besuchten dieselben gesellschaftlichen Ereignisse. Womöglich waren sie sogar über Ecken miteinander verwandt.

Neben seiner Abhandlung über das domingische Theater verfasste Jean Fouchard, der für seine akribischen Archivrecherchen zum politischen und gesellschaftlichen Leben der Kolonie bekannt ist, noch mehrere andere Bücher, darunter die beiden ebenfalls 1955 erschienenen zusammengehörenden Werke *Artistes et Répertoires des Scènes de Saint-Domingue* (*Künstler und Repertoires der Bühnen von Saint-Domingue*), in dem Künstlerbiografien und ein Verzeichnis der in Saint-Domingue aufgeführten Bühnenstücke versammelt sind, und *Plaisirs de Saint-Domingue: Notes sur la Vie sociale, littéraire et artistique* (*Die Vergnügungen Saint-Domingues. Anmerkungen zum gesellschaftlichen, literarischen und künstlerischen Leben*). Wie diese beiden Studien bietet auch *Le Théâtre* eine ausführliche Darstellung seines Themas. Dem Buch ist zu entnehmen, dass das Theater einen der wichtigsten Aspekte des domingischen Kulturlebens darstellte, und zwar nicht nur in den großen Städten der Kolonie, Cap Français und Port-au-Prince, sondern auch in den kleineren Hafenstädten. Fouchards Geschichte beschreibt jedes Detail, jede Anekdote, jede Atmosphäre dieser Theaterwelt – vom Bau der kolonialen Opern- und Konzerthäuser über die Streitigkeiten der wichtigsten Finanziers bis hin zu den Triumphen und Missgeschicken der beliebtesten Darsteller.

Eine dieser Darstellerinnen war das Bühnenwunder Minette, die Heldin von Marie Vieux-Chauvets Roman. Fouchard erzählt Minettes außergewöhnliche Geschichte in einem Abschnitt des vorletzten Kapitels, «Comédies locales et pièces en créole» («Heimische Komödien und Stücke in kreolischer Sprache».) Dieses Kapitel enthält die vielleicht farbigsten und poetischsten Schilderungen seines Buchs und bildet im Grunde den Höhepunkt des gesamten Werks. Unter dem schlichten Titel «Minette et Lise» («Minette und Lise») skizziert Fouchard in einer knappen Chronik den Aufstieg zweier junger Mädchen gemischter ethnischer Herkunft, der beiden Schwestern Minette und Lise, zu höchstem Ruhm in Saint-Domingue. Wie Fouchard erläutert, war Minette während ihrer Karriere, die mit dem Höhepunkt der domingischen Theaterbegeisterung zusammenfiel, der nahezu unangefochtene Star des Inselstaates. In den 1780er-Jahren spielte sie die Hauptrolle in einer Vielzahl unterschiedlicher Theater- und Opernproduktionen. Sie gab Gastspiele in der ganzen Kolonie, und überall wurde sie für ihr außergewöhnliches Talent und ihre große Schönheit gefeiert. Minettes Leben bietet für sich genommen schon genug Stoff für eine literarische Umsetzung, und so verwundert es nicht, dass Marie Vieux-Chauvet in ihrer Geschichte einen wahren erzählerischen Schatz erkannte.

Schon auf der ersten Seite von *Der Tanz auf dem Vulkan* verweist die Autorin auf ihre Anleihen aus Fouchards Werk. «Die beiden Protagonistinnen und alle weiteren Hauptfiguren haben wirklich gelebt», versichert sie, «und treten unter ihrem tatsächlichen Namen auf. Die wichtigsten Ereignisse in ihrem Leben sowie die geschilderten historischen Begebenheiten entsprechen den Tatsachen.» Es steht außer Frage, dass sie sich bei der Entwicklung ihrer Figuren und den entscheidenden Elementen der Handlung auf Fouchards gründliche und umfassende Recherchen in kolonialen Archiven und Bibliotheken in Paris, Rouen, Cherbourg und Nantes stützt. Spezielle Details zu einzelnen Künstlern und Kritikern, zu bestimmten Inszenierungen und zur Gestaltung der Räumlichkeiten können nur seiner Studie entnommen sein. Und tatsächlich ist auch das dem Roman vorangestellte Zitat ein direkter Auszug aus Fouchards Werk. Doch während Fouchard Minettes Leben lediglich ein zweiunddreißig Seiten umfassendes Unterkapitel von *Le Théâtre* widmet, verwandelt und erweitert Marie Vieux-Chauvet ihre Geschichte in einen fast fünfhundertseitigen Roman.

In *Der Tanz auf dem Vulkan* füllt Marie Vieux-Chauvet gewissermaßen die Lücken von Fouchards Darstellung. Ihr Roman ist eine fantasievolle Erkundung der Vergangenheit mit den Mitteln der Literatur. Einige Aspekte im Projekt des Historikers haben Vieux-Chauvet offensichtlich angesprochen, und sie fühlte sich sowohl genötigt als auch befähigt, diese eingehender zu behandeln. So schöpft ihr Roman zwar in der allgemeinen Darstellung der Theaterlandschaft und durch den Einbau zahlreicher Anekdoten zu den verschiedenen Akteuren dieses Universums eindeutig aus *Le Théâtre*, doch Vieux-Chauvet hat bei ihrer Schilderung von Minettes Geschichte einen ganz anderen Fokus als Fouchard.

Die entscheidende Abweichung liegt in der Darstellung der besonderen Formen von Rebellion und Verweigerung der Frauen in Saint-Domingue und von deren Folgen. Parallel zu Minettes einzigartigem Werdegang beleuchtet Marie Vieux-Chauvet die spezifischen Beiträge und Kämpfe einer Reihe unterschiedlicher Frauenfiguren. Dabei schildert sie die erotischen Strategien dieser Frauen ebenso wie die Kompromisse, die sie für ihr eigenes Überleben und das ihrer Kinder eingingen. Sie zeigt die Narben und Traumata, die diese mühevolle Befreiung mit sich brachte. Von Anfang bis Ende liegt Vieux-Chauvets Fokus auf den Frauen und ihren unterschiedlichen Lebenswegen, die sie so akribisch in den Vordergrund stellt. So werden beispielsweise in den letzten Kapiteln des Romans, die lediglich einige Tage umfassen, historische Ereignisse der Revolution geschildert, die sich in Wirklichkeit über mehrere Jahre erstreckten. Indem sich Marie Vieux-Chauvet solche literarischen Freiheiten erlaubt, indem sie die Chronologie umkehrt und wichtige Ereignisse des Krieges verdichtet, lässt sie die männlichen «Helden» der Revolution in den Hintergrund treten. Ebenso wenig ist ihr an einer akkuraten Darstellung der politischen Entscheidungen der neuen republikanischen Regierung in Frankreich während der chaotischen ersten Phase des Freiheitskampfs der Kolonie gelegen – den aufeinanderfolgenden Kommissionen und Dekreten in den letzten Jahren des 18. Jahrhunderts. Stattdessen konzentriert sie sich in *Der Tanz auf dem Vulkan* konsequent auf Geschichten, die in den Archiven nicht zu finden sind und nicht zu finden sein können. Ihr Roman bietet keine Geschichtsstunde, sondern in erster Linie einen kreativen, spekulativen Einblick in die Lebensläufe in jener Zeit, wie sie waren oder gewesen sein müssen.

Dazu präsentiert Marie Vieux-Chauvet ihren Lesern eine Reihe weiblicher Charaktere, deren Erfahrungen ein Schlaglicht auf die allgegenwärtigen Realitäten von Rassismus, sexueller Gewalt und wirtschaftlicher Not im Kontext der kolonialen Sklavengesellschaft werfen. Von der ersten Szene des Romans, in der *women of colour* als raffinierte Reaktion auf einen Erlass, der ihnen das Tragen von Schuhen verbietet, ihre Füße mit Juwelen schmücken, über die Ausbeutung von *women of colour* durch den weißen Theaterdirektor François Saint-Martin – darunter auch Zabeth, die Mutter seiner beiden Kinder – bis hin zu der uneindeutigen Beziehung zwischen dem freien mulattischen Sklavenhalter Jean-Baptiste Lapointe und seinen beiden Dienerinnen, sehen wir die zahllosen Facetten der Unterdrückung, mit denen sich Frauen auseinandersetzen mussten. Eines der eindringlichsten Beispiele dieser Art ist die Geschichte der alten Frau, die gezwungen war, sich zu prostituieren, um sich und ihre Familie aus der Sklaverei freikaufen zu können.

Marie Vieux-Chauvet schreibt auch über die geschlechtsspezifischen Widrigkeiten, mit denen Minettes eigene Mutter – die in Fouchards Chronik namenlos bleibt und von Vieux-Chauvet Jasmine getauft wird – zu kämpfen hat, über die Opfer, die sie bringen, und die Risiken, die sie auf sich nehmen musste, um die Freiheit ihrer beiden kleinen Töchter zu sichern. Jasmine, Minette und Lise gehören einer sozialen Schicht – einer Kaste – an, die im kolonialen Kontext als *affranchis* oder *gens de couleur* bezeichnet wurde, wobei der erste Begriff sich auf den freien Status ehemaliger Sklaven und ihrer Nachkommen bezog, während der zweite ihre multi-ethnische afrikanisch-europäische Abstammung in den Vordergrund rückte. Doch ob schwarz oder gemischter Abstammung, ob frei geboren oder freigelassen, diese Schicht nicht-weißer Menschen rüttelte allein durch ihre Existenz sowohl in biologischer als auch in soziologischer Hinsicht an den Grundfesten des Sklavenhaltersystems. Ihre Vertreter besetzten ein breites Spektrum an Positionen innerhalb der gesellschaftlichen Ordnung, einige von ihnen erwarben sogar große

Reichtümer in Gestalt von Ländereien und Sklaven und zeugten somit von der Instabilität und Willkür der auf ethnischen und sozialen Unterschieden gründenden Klassengesellschaft, die die herrschende koloniale Schicht zu verteidigen suchte.

Die freien *people of colour* der Kolonie lebten in dem Pulverfass Saint-Domingue – dem erwachenden Vulkan – in einer prekären Schwellensituation. Der Alltag dieser stetig anwachsenden Bevölkerungsgruppe wurde im 18. Jahrhundert durch ein kompliziertes Geflecht von Rassengesetzen geprägt und eingeschränkt, worauf Vieux-Chauvet in ihrem gesamten Roman immer wieder anspielt. Sie durften bestimmte Berufe nicht ausüben, hatten nicht das Recht, den Nachnamen ihrer weißen Verwandten anzunehmen, und unterlagen sogar strengen Vorgaben hinsichtlich der Waren, Kleidung und Möbel, die sie erwerben durften. Dies sind nur einige Beispiele für die verschlungenen und häufig absurden Gesetze der Kolonie – allesamt Hinweise auf die signifikante Bedrohung, die diese Bevölkerungsgruppe für das auf strikten Rassenhierarchien gründende Regime darstellte. Die restriktiven Gesetze sollten vor allem die Überzeugung festigen, dass alle nicht-weißen Einwohner von Saint-Domingue, unabhängig von ihrem Reichtum, ihrem sozialen Status oder ihrer tatsächlichen Hautfarbe, den weißen Bürgern der Kolonie untergeordnet waren.

So war es natürlich auch Minettes Status als Angehörige dieser Gruppe, der ihre Auftritte auf der Bühne und ihre beispiellose Berühmtheit gleichermaßen bemerkenswert wie skandalös machte. Die Frauen aus der Kaste der *gens de couleur* bewegten sich häufig auf gefährlichem Terrain, denn ihr Geschlecht beschnitt nicht nur ihre «beruflichen» Möglichkeiten, sondern machte sie auch besonders angreifbar für das übergriffige Sexualverhalten der weißen Männer. Vieux-Chauvet verdeutlicht dies in ihrer Schilderung von Minettes tief verwurzeltem Bewusstsein der Demütigungen, die sie jedes Mal erdulden muss, wenn sie als *woman of colour* das Risiko eingeht, vor einem weißen Publikum in Saint-Domingue aufzutreten. Das ausführliche Gespräch zwischen Minette und dem Theaterkritiker Charles Mozard führt uns diese Verletzlichkeit auf ergreifende Weise vor Augen. Trotz ihres wachsenden Ruhms sieht sich Minette gezwungen, sich vor einem mächtigen Kritiker zu rechtfertigen, dessen harsche Rezensionen ihren Erfolg und ihren Ruf herabwürdigen. Nach einem ersten (erfolglosen) Versuch, Mozard zu verführen, liefert sie sich rückhaltlos seiner Gnade aus. Sie erklärt ihm – und damit auch Marie Vieux-Chauvets Lesern –, dass die Hindernisse auf dem Weg zum Erfolg und die Folgen eines möglichen Scheiterns für sie als nicht-weiße Frau sehr viel gravierender sind als für ihre weißen Rivalinnen.

Neben den zusätzlichen Hürden, die Minette in ihrem Berufsleben zu überwinden hatte, erzählt Vieux-Chauvet auch von sehr konkreten physischen Gefahren, denen die junge Sängerin in dieser patriarchalen Gesellschaft ausgesetzt war. In der Szene, in der Minette den Theaterfinanzier François Mesplès zu Hause aufsucht, um von ihm eine Entlohnung zu fordern, die ihrem Status als Bühnenstar angemessen ist, demütigt er sie nicht nur durch seine rassistische und misogyne Haltung, im Raum steht auch die unverkennbare Drohung sexualisierter Gewalt. Durch die Porträts von Saint-Martin, Mozard, Mesplès und anderen Männern, gegen die sich Minette behaupten muss, um in dieser Welt zu überleben, sorgt Vieux-Chauvet dafür, dass ihre Leserinnen und Leser nie die Tatsache aus dem Blick verlieren, dass weiße Männer die sozialen und politischen Parameter des kolonialen Lebens ebenso kontrollierten wie die Wirtschaft und die Kultur, und da insbesondere das Theater.

Ein ähnlich kompliziertes Bild zeichnet Marie Vieux-Chauvet auch von den Männern in Minettes eigener Schicht, den freien *gens de couleur*, die sie, anders als den versklavten Teil der Bevölkerung, ins Zentrum ihrer Erzählung stellt. In ihrem Roman schildert sie das komplexe Verhältnis zwischen den freien nicht-weißen Bewohnern der Kolonie und den Sklaven anhand eines breiten Spektrums an Charakteren, zu denen grausame, kompromisslose Sklavenhalter wie Lapointe ebenso gehören wie wie Joseph Ogé und andere, die unter Einsatz ihres eigenen Lebens entlaufenen Sklaven bei der Flucht helfen. Im Laufe des Romans lässt sie Minette im Labyrinth dieser unterschiedlichen sozialen Akteure allmählich ihren Weg finden, wobei die junge Frau durch den Kontakt mit Sklavinnen, deren Leiden sie aus nächster Nähe miterlebt, ein politisches Bewusstsein entwickelt und Gerechtigkeit schließlich vor allem als weiblichen Zusammenhalt begreift.

Mit jeder Figur bietet Vieux-Chauvet Einblick in die ganz individuellen Hoffnungen, Wünsche und Traumata, die die Entscheidungen des Einzelnen beeinflussen. Obwohl die ethnische Herkunft unverkennbar ein wesentlicher Faktor bei diesen Entscheidungen ist, führen die singulären Erfahrungen und persönlichen Geschichten der Figuren zu stark voneinander abweichendem Verhalten. So schildert Vieux-Chauvet die Korruption, Vorurteile und Fehleinschätzungen dieser Klasse ebenso ausführlich wie ihren Heroismus. Indem sie die *gens de couleur* als heterogene, ja instabile und inkohärente Gruppe präsentiert, erschafft sie eine ambivalente Erzählung, die auf eindringliche Weise eine völlig neue Sicht auf die Rolle ethnischer Zugehörigkeiten in der haitianischen Geschichte zum Ausdruck bringt. Durch ihre Darstellung der wechselnden Bündnisse und widersprüchlichen Handlungen der Akteure stellt sie die provokante These auf, dass es, ungeachtet aller rassifizierten Codes und Hierarchien, nicht die ethnische Herkunft, sondern vor allem Klassen- oder vielmehr Standesallianzen waren, die die Situation ihrer verschiedenen Protagonisten während des Übergangs von der Kolonie in die postkoloniale Zeit bestimmten.

Zu behaupten, die ethnische Zugehörigkeit der handelnden Akteure sei nicht der ausschlaggebende Faktor in der vorrevolutionären Politik gewesen, war im politischen und gesellschaftlichen Kontext von 1957 eine kühne These. Denn damals griff die von *colorism* (der Ungleichbehandlung einzelner Bevölkerungsteile aufgrund der Schattierung ihres Hauttons) geprägte politische Rhetorik – ein Vorläufer von Duvaliers faschistischer *Black-Power*-Ideologie – stark auf rassisch-essenzialistische Lesarten der haitianischen Vergangenheit und Gegenwart zurück. Indem Marie Vieux-Chauvet die alles andere als schwarz-weißen Strukturen des gesellschaftlichen und politischen Lebens in Saint-Domingue in den Vordergrund rückte, veranschaulichte und kritisierte sie zugleich die nach wie vor ungelösten krankhaften Auswüchse des Rassismus in Haiti. Für

Marie Vieux-Chauvet bündelten sich in Minettes Leben und den damit verbundenen Geschichten unverkennbar die zahllosen Widersprüche und die Verlogenheit der kolonialen Welt, aus der das heutige Haiti hervorgegangen ist.

Kaiama L. Glover

Editorische Notiz

Der Tanz auf dem Vulkan, verfasst in den 1950er-Jahren, spielt im 18. Jahrhundert und hat den Kolonialismus und seine Auswirkungen zum Thema. Viele der damals üblichen Ausdrücke werden heute als unangemessen empfunden. Im Folgenden sei noch einmal zusammengefasst, welche Funktion sie im Roman-Kontext haben.

Die Vorstellung unterschiedlicher menschlicher «Rassen» galt ausgangs des 18. Jahrhunderts (zur Zeit der geschilderten Ereignisse) wie auch im 20. Jahrhundert (in der Entstehungszeit des Romans) als weitgehend unhinterfragte pseudowissenschaftliche Doktrin. Deren zentrales Paradigma bestand im Wesentlichen darin, dass alle Menschen durch die ererbte Rasse nicht nur äußerlich – phänotypisch – determiniert sind, sondern ebenso pauschal in ihren charakterlichen und sittlichen Anlagen, ihren geistigen Fähigkeiten und in ihrem sozialen Status.

Als «farbig» bezeichnete man alle Personen, die keine helle Hautfarbe haben. In diesem Begriff drückt sich unmissverständlich die «Abweichung» von der weißen (europäischen) Norm aus, die Abwertung aller «Farbigen» war dem kolonialen Denken seit jeher eingeschrieben.

Als «Mulatten» galten in Saint-Domingue ursprünglich Menschen gemischter ethnischer Herkunft, also Kinder weißer Herren und ihrer schwarzen Sklavinnen. Nach und nach wurde der Begriff dann auf alle Personen ausgeweitet, die weder weiß noch schwarz waren. *Mûlatre* entwickelte sich im Lauf der Kolonialzeit also zu einem Synonym für *gens de couleur (people of colour)*.

Als *affranchi(e)s* bezeichneten die französischen Kolonialherren auf Saint-Domingue ursprünglich freigelassene Sklavinnen und Sklaven. Sehr bald umfasste der Begriff dann auch deren in Freiheit geborene Nachkommen. In der Sekundärliteratur ist es nach wie vor üblich, von «freien Farbigen» zu sprechen. Da die wörtliche Übersetzung von *affran-*

chi(e)s als «Freigelassene» irreführend wäre, wurde hier kurzerhand die französische Bezeichnung beibehalten. In der Bezeichnung *nègre/négresse* schwangen zur Zeit der französischen Kolonie Saint-Domingue herabsetzende oder offen rassistische Untertöne in ähnlicher Weise mit wie in dem deutschen Wort «Neger». Im Zuge der Revolution, durch die Haiti zur ersten schwarzen Republik der Welt wurde, fand jedoch eine Um- bzw. Aufwertung von *nègre/négresse* statt. Fortan diente es der souveränen Selbstbezeichnung Schwarzer und bezeichnet bis auf den heutigen Tag ganz generell einen Menschen, in aller Regel sogar ohne Ansehen seiner Hautfarbe, in der Bedeutung «Mann/Frau». Um diesem komplexen Sachverhalt zu entsprechen, wurde *nègre/négresse* dort, wo es der generalistisch-neutralen Bezeichnung dient – im Erzählfluss sowie in der wörtlichen Rede der *affranch(e)is* –, mit «Schwarzer» übersetzt, und dort, wo eine Herabwürdigung intendiert ist – vor allem in der Figurenrede Weißer –, mit «Neger».

Manesse Verlag

Inhalt

Der Tanz auf dem Vulkan
5

Anmerkungen
441

Nachwort
473

Editorische Notiz
485

Titel der französischen Originalausgabe:
«Danse sur le volcan» (Éditions Zellige S. A. R. L., Léchelle, 2009)
Der Roman erschien 1957 erstmals unter dem Autorennamen
Marie Chauvet bei Éditions Plon, Paris.

Sollte diese Publikation Links auf Webseiten Dritter enthalten,
so übernehmen wir für deren Inhalte keine Haftung,
da wir uns diese nicht zu eigen machen, sondern lediglich
auf deren Stand zum Zeitpunkt der Erstveröffentlichung verweisen.

Penguin Random House Verlagsgruppe FSC® N001967

Copyright © der Originalausgabe 2004 by Zellige
Copyright © dieser Ausgabe 2023 by Manesse Verlag
in der Penguin Random House Verlagsgruppe GmbH,
Neumarkter Straße 28, 81673 München
Diese Buchausgabe wurde von Greiner & Reichel in Köln
aus der Minion Pro gesetzt
und von der Druckerei GGP Media GmbH, Pößneck
auf FSC-zertifiziertem Papier gedruckt.
Den Umschlag gestaltete das Münchner Favoritbuero
unter Verwendung der Motive von @Alicia Bock/stocksy;
@ Hub Design/shutterstock; Olga.And.Design/shutterstock
Printed in Germany 2023
ISBN 978-3-7175-2552-3

www.manesse-verlag.de

MEHR KLASSIKERINNEN BEI MANESSE

Jane Austen
STOLZ UND VORURTEIL
Übersetzung: Andrea Ott
Nachwort: Elfi Bettinger

Tania Blixen
BABETTES GASTMAHL
Übersetzung: Ulrich Sonnenberg
Nachwort: Erik Fosnes Hansen

Tania Blixen
JENSEITS VON AFRIKA
Übersetzung: Gisela Perlet
Nachwort: Ulrike Draesner

Charlotte Brontë
JANE EYRE
Übersetzung: Andrea Ott
Nachwort: Elfi Bettinger

Gwendolyn Brooks
MAUD MARTHA
Übersetzung: Andrea Ott
Nachwort: Daniel Schreiber

Willa Cather
SCHATTEN AUF DEM FELS
Übersetzung: Elisabeth Schnack
Nachwort: Sabina Lietzmann

Grazia Deledda
SCHILF IM WIND
Übersetzung: Bruno Goetz
Nachwort: Federico Hindermann

Zelda Fitzgerald
HIMBEEREN MIT SAHNE IM RITZ
Übersetzung: Eva Bonné
Nachwort: Felicitas von Lovenberg

Sarah Kirsch
FREIE VERSE
Nachwort: Moritz Kirsch

Madame de La Fayette
DIE PRINZESSIN VON CLÈVES
Übersetzung: Ferdinand Hardekopf
Nachwort: Alexander Kluge

Selma Lagerlöf
CHARLOTTE LÖWENSKÖLD
Übersetzung: Paul Berf
Nachwort: Mareike Fallwickl

Clarice Lispector
ICH UND JIMMY
Übersetzung: Luis Ruby
Nachwort: Teresa Präauer

Katherine Mansfield
DIE GARTENPARTY
Übersetzung: Irma Wehrli
Nachwort: Julia Schoch

Katherine Mansfield
FLIEGEN, TANZEN, WIRBELN, BEBEN
Übersetzung: Irma Wehrli
Nachwort: Dörte Hansen

Murasaki Shikibu
DIE GESCHICHTE DES PRINZEN GENJI
Übersetzung: Oscar Benl
Nachwort: Eduard Klopfenstein

Olive Schreiner
DIE GESCHICHTE EINER AFRIKANISCHEN FARM
Übersetzung: Viola Siegemund
Nachwort: Doris Lessing

Sei Shōnagon
KOPFKISSENBUCH
Übersetzung und Nachwort: Michael Stein

Mary Shelley
FRANKENSTEIN
Übersetzung: Alexander Pechmann
Nachwort: Georg Klein

Marie Vieux-Chauvet
DER TANZ AUF DEM VULKAN
Übersetzung: Natalie Lemmens
Nachwort: Kaiama L. Glover

Marie Vieux-Chauvet
TÖCHTER HAITIS
Übersetzung: Natalie Lemmens
Nachwort: Kaiama L. Glover

Edith Wharton
ZEIT DER UNSCHULD
Übersetzung: Andrea Ott
Nachwort: Paul Ingendaay

Virginia Woolf
MRS. DALLOWAY
Übersetzung: Melanie Walz
Nachwort: Vea Kaiser

Yosano Akiko
MÄNNER UND FRAUEN
Übersetzung und Nachwort: Eduard Klopfenstein

**PROSAISCHE PASSIONEN
DIE WEIBLICHE MODERNE
IN 101 SHORT STORYS**
Auswahl und Nachwort: Sandra Kegel

**DIE FLÜGEL MEINES SCHWEREN HERZENS
LYRIK ARABISCHER DICHTERINNEN
VOM 5. JAHRHUNDERT BIS HEUTE**
Arabisch – Deutsch
Übersetzung: Khalid Al-Maaly und Heribert Becker
Nachwort: Khalid Al-Maaly